Christina Natlacen

CHEERS! KISS FROM HILDE

Eine Kulturgeschichte in Briefen

Christina Natlacen

CHEERS!
KISS FROM HILDE

Eine Kulturgeschichte in Briefen

OTTO MÜLLER VERLAG

Inhalt

Hintergrund, Kontext, Vertiefung

ESSAYS TEIL I

Zweiter Teil

HILDE (1910–1981)

Meine Meinung ist, man müsste mehr Alltägliches
lesen, Zweitrangiges, Vorläufiges, Verworfenes,
es hat uns in vielerlei Hinsicht etwas zu sagen.

Arno Geiger,
Das glückliche Geheimnis

Eine Schachtel voller Briefe

Als mir im Sommer 2022 meine Mutter an einem sonnigen Nachmittag auf der Terrasse ihrer Wohnung eine von ihr verwahrte Schachtel mit Briefen aus unserem Familienbesitz nach langer Zeit wieder in Erinnerung rief, ahnte ich nicht, dass ich mich während der Dauer von knapp drei Jahren intensiv damit beschäftigen würde. Ich wusste bereits aus früheren Gesprächen, dass sie Schriftstücke von ihrer Großmutter und ihrer Mutter besitzt, die in den Jahren 1898 und 1929 für längere Zeit nach London gegangen sind und von dort aus ihren Eltern über ihre Erfahrungen berichtet haben. Meine Mutter setzte diese Tradition im Jahr 1967 fort, allerdings nur für den vergleichsweise kurzen Zeitraum eines Monats während der Sommerferien. Auch diese Korrespondenz ist vorhanden. Als Bild- und Kulturwissenschaftlerin hatte ich früher immer

Briefschachtel zur Aufbewahrung von Briefen aus mehreren Generationen

vermeintlich Wichtigeres zu tun, als mich für diese persönlichen Schriftstücke zu interessieren. Doch nun wurde mir bewusst, dass ich die Zeit nutzen musste, sofern es mir ein Anliegen ist, mehr über diese Briefe zu erfahren. Der Gesundheitszustand meiner Mutter ist prekär und ich bin die einzige Nachkommin, die da ist, um sich des Familiennachlasses anzunehmen. Es war der richtige Zeitpunkt, um mir des glücklichen Zufalls bewusst zu werden, dass meine Verwandten intensiv über entscheidende Strecken ihres Lebens per Brief kommuniziert haben und sich diese Schriftstücke auch erhalten haben.

In einer mit bedrucktem Blümchenstoff bezogenen Schachtel im A5-Format fand ich tatsächlich die Briefe meiner Urgroßmutter und Großmutter nebst anderen Erinnerungsstücken wie einzelnen Fotografien vor. Die Schreiben meiner Urgroßmutter waren nur ein schmaler Stapel; das dünne, durchscheinende Papier verstärkte den fragilen Charakter der wenigen noch existierenden fragmentarischen Briefbögen. Umfangreicher mutete die Korrespondenz meiner Großmutter an, von der nicht nur der Großteil ihrer während eines Jahres verfassten rund fünfzig mehrseitigen Briefe vorliegt, sondern auch ein Großteil der Antwortschreiben ihrer Mutter. Ich zweifelte, ob der Bestand an sich genug für ein Buch hergeben würde – denn das ist mein bevorzugtes Medium, um meine Arbeit mit anderen zu teilen. Bis dahin sollte es ohnehin noch ein langer Weg werden. Dieser begann jedenfalls mit einer großen Ernüchterung in Anbetracht der vor mir liegenden Schriftstücke: Während ich bei den ältesten Briefen damit kämpfte, mich mit der Handschrift vertraut zu machen, und nur langsam einzelne Wörter entziffern konnte, war dies bei den in Sütterlin verfassten Briefen meiner Großmutter ganz unmöglich. Sie blieben mir zunächst komplett verschlossen.

Ich machte mich daran, in der Wohnung meiner Mutter nach weiteren Objekten zu suchen, die mit der Zeit meiner Vorfahrinnen in England in Verbindung stehen. Fortan waren die Samstagnachmittage dafür reserviert, in sämtlichen Laden und Fächern ihrer Kästen und anderer Möbel, die zur Aufbewahrung familiärer Relikte dienen können, zu „stierln“, wie ich es nannte, da es mir trotz Erlaubnis doch seltsam vorkam, in die privaten Bereiche meiner Mutter vorzudringen. Nach und nach kam immer mehr zum Vorschein: Fotoalben, einzelne lose in Kartons aufbewahrte Fotografien, weitere autobiografische Schriftdokumente der im Fokus stehenden Personen sowie deren Zeugnisse, eine von einem Verwandten verfasste Familienchronik, der London-Stadtführer meiner Großmutter, ihr Anwesenheitsbüchlein bei den Stenografiekursen im Pitman's College und, und, und. Meine Neugierde leistete mir wichtige Dienste und tatsächlich war die Freude jedes Mal riesig, wenn ich noch etwas Unverhofftes fand. Das Mehr an Material bedeutete aber nicht automatisch einen Gewinn an Information. Ich hatte eher den Eindruck, dass jedes neu gefundene Objekt zusätzliche Fragen nach dessen Einordnung aufwarf.

Gleichzeitig war ich noch weit davon entfernt, dass mir der komplette Inhalt der Briefe vorliegen würde. Immerhin hatte ich begonnen, die Briefe meiner Urgroßmutter, deren Schrift ich nun lesen konnte, behelfsmäßig zu transkribieren. Ihr eleganter Schreibstil entfaltete für mich nicht zuletzt durch seine antiquierten Ausdrücke und Redewendungen einen besonderen Reiz. Dennoch leiteten sich aus den vorhandenen Brieffragmenten weiterhin mehr Fragen ab, als dass sie Erkenntnisse geliefert hätten. Beschreibungen von einem sonntäglichen Zoobesuch waren charmant zu lesen und benötigten kein externes Wissen, aber jene Passagen etwa, in denen sie auf die Politik der k. u. k. Monarchie Bezug nimmt, konnte ich ohne entsprechende Kontextualisierung heute nicht mehr verstehen. Auch bei den jüngeren Briefen meiner Großmutter stellte sich die Situation um nichts einfacher dar. Nachdem das gesamte Material nach der Bearbeitung durch einen mit der Transkription beauftragten Profi vor mir lag, war ich anfangs erschlagen ob der darin vorkommenden zahlreichen Namen und Ereignisse. Wie sollte ich als Außenstehende (denn das war ich letztendlich, trotz meiner verwandtschaftlichen Beziehungen) all dieses Geschriebene je in den Griff bekommen? Meine Mutter konnte mir als Auskunftsperson in einigen wesentlichen Punkten mit Hinweisen weiterhelfen, aber auch ihre Erinnerung hat Grenzen.

In beiden Korrespondenzen entdeckte ich bald einzelne Passagen, die mir als Bildwissenschaftlerin in die Hände spielten und mich nicht mehr losließen. So berichtet etwa meine Urgroßmutter von ihrem Besuch bei der International Universal Exhibition im Earl's Court Exhibition Centre im Jahr 1898, bei dem sie so sehr von der künstlich angelegten Themenlandschaft, die abends in farbigem elektrischen Licht erstrahlte, begeistert war. Auch von Scheinarchitekturen ist die Rede – sofort musste ich an die Kultur visueller Attraktionen im 19. Jahrhundert denken, etwa Panoramen und Dioramen, mit denen ich mich immer wieder in meiner wissenschaftlichen Praxis beschäftige. In den Briefen meiner Großmutter, um nur ein Beispiel zu nennen, wird wiederum erwähnt, dass sie 1929 anlässlich eines Besuchs bei Madame Tussauds Automatenfotos anfertigte, von denen sie eines ihren Eltern, die anderen ausgewählten Freundinnen zukommen ließ. Der Brief ist ein Zeugnis für die bevorzugte Aufstellung der erst unmittelbar vorher weltweit verbreiteten Photomatons an Orten der Freizeitkultur sowie ein Dokument für die überlieferte Verwendungsweise der Bilder als Freundschaftsgaben.

Damit wurde mir mit einem Schlag klar, dass mich der kulturhistorische Gehalt dieser Briefe mehr als jeder familiengeschichtliche Zusammenhang interessiert. Als Fotografie- und Filmwissenschaftlerin arbeite ich seit Längerem an einem Buchprojekt, in dem ich eine Mediengeschichte von Passant:innen in der Großstadt nachzeichnen möchte. Einer der darin gesetzten zeitlichen Schwerpunkte liegt auf der Wende vom 19. zum 20. Jahrhundert, als bereits seit gut zehn Jahren Schnappschüsse mit Handkameras auf den Straßen angefertigt werden konnten und mit den sogenannten „vues" oder Ansichten der Société Lumière auch ein filmisches Genre existierte, um Passant:innen mehr oder weniger spontan in den Blick zu nehmen. Wie Schuppen fiel es mir von den Augen, dass auch meine Urgroßmutter eine derjenigen Personen hätte sein können, die damals zufällig vor die Linse einer Kamera geraten sind. Auch die visuelle und textuelle Kultur um 1930 ist mir vertraut. Aus dieser Zeit kenne ich zahlreiche Beispiele, die den Berichten meiner Großmutter einen Rahmen geben und die ich mir nach und nach in Erinnerung rief: Unter den bekanntesten finden sich etwa Siegfried Kracauers Texte über die in den 1920er-Jahren vorherrschende Berufs- und Freizeitkultur mit besonderem Augenmerk auf deren Bedeutung für die Frauen, oder der von Robert Siodmak und anderen befreundeten Regisseuren mit leichter Hand gedrehte Film *Menschen am Sonntag*, der vom Zusammentreffen vier junger Berliner:innen an einem

Sommerwochenende erzählt.[1] Vor der Folie dieser mir bekannten kulturhistorischen Quellen gewannen die Berichte meiner Verwandten langsam an Konturen.

Die private Korrespondenz dient mir somit als Quelle, um Aufschluss über die gesellschaftliche, politische und vor allem alltagskulturelle Verfasstheit zu drei ausgewählten Zeitpunkten – 1898–1900, 1929/30 und 1967 – zu erlangen. Der Blick auf das Fin de Siècle, die Zwischenkriegszeit und die Swinging Sixties in London stammt jeweils von einer anderen jungen Frau aus meiner Familie: Meine Urgroßmutter Hildegard war zum Zeitpunkt des Antritts ihrer Englandreise 26 Jahre alt, meine Großmutter Hilde 18 Jahre, meine Mutter Christl fuhr mit 17 Jahren noch als Schülerin dorthin. Sie alle sind in derselben niederösterreichischen Stadt aufgewachsen, nämlich in Wiener Neustadt. Im Fokus stehen damit drei Generationen, deren Erfahrungen den Zeitraum von rund siebzig Jahren umfassen. Meine Familie stammt aus dem Bürgertum und schreibt Bildung und Selbstständigkeit gerade auch bei Frauen einen hohen Stellenwert zu. Die Briefautorinnen stehen somit in einer Art Familientradition von Auslandsaufenthalten, die der Verbesserung von Sprachkenntnissen und der Erweiterung des kulturellen Horizonts dienlich sein sollten. Ich sehe sie aber primär als Stellvertreterinnen für andere Mädchen und Frauen aus derselben Schicht, die ähnliche Erfahrungen gemacht haben. Wiewohl es sich um individuelle Erlebnisse und Begebenheiten handelt, so sind sie doch eingebettet in eine bestimmte Epoche und charakterisiert durch zeittypisches Denken und Handeln.

Es brauchte einige Zeit, bis ich mir einen Weg im Umgang mit den Selbstzeugnissen eröffnen konnte. Ich bin es gewohnt, meine Analysen auf Bildmaterial aufzubauen – die Textquellen stellten hingegen eine ungewohnte Herausforderung dar. Zusätzlich war ich unsicher, wie ich mich zum privaten Charakter dieser Schriftstücke verhalten sollte. In dieser Phase der Suche fiel mir das Buch *Das glückliche Geheimnis* von Arno Geiger in die Hände. Es bestärkte mich darin, nicht an der Bedeutung von alltagskulturellen Quellen zu zweifeln. Arno Geiger berichtet in diesem zutiefst persönlichen Buch von seiner langjährigen Gewohnheit, Schriftdokumente privater Verlassenschaften aus Mülltonnen zu fischen und sich diese anzueignen. Seine geheime Leidenschaft praktizierte er zu einer Zeit, als sich die letzte Generation an Erb:innen den Resten privater Schriftdokumente entledigten, weil sie diese nicht mehr entziffern konnten, keinen Platz in ihren Wohnungen zum Aufbewahren hatten oder ihnen generell keinen Wert beimaßen. Ich fühlte mich wunderbar verstanden in Geigers Liebe zum Alltäglichen und Handgeschriebenen, einer Kultur, die, wie er feststellt, allmählich untergeht. Als Schriftsteller eröffneten ihm die erbeuteten anonymen Briefe und Tagebücher jedoch eine ungeahnte Möglichkeit, mit der Vergangenheit in Kontakt zu kommen: „Was ich an solchen Briefen besaß und was sie mit mir machen würden, erfuhr ich erst, wenn ich sie las. [...] Es war, als könne ich tatsächlich [...] liegengebliebene Zeit berühren und sie durch das Berühren zum Verstreichen bringen."[2] Geiger schreibt auch davon, dass man eine Beziehung zu den Themen aufbauen müsse, mit denen man arbeitet. Während meiner Beschäftigung mit den schriftlichen Berichten meiner Vorfahrinnen brauchte es Zeit, Geduld und Sorgfalt, aber dann war plötzlich der Punkt erreicht, an dem sie zu mir zu sprechen begannen.

Um die Stimmen der jungen Frauen auch anderen zu vermitteln, ist es mir wichtig, dass die Leser:innen durch die Auswahl der zitierten Textstellen ein Gefühl für das Denken, Fühlen und Tun der Verfasserinnen bekommen. Bei allen Quellen handelt es sich um private Aufzeichnungen, die immer aus einer konkreten subjektiven Perspektive heraus entstanden sind. Daher weise ich nebensächlich erscheinenden Passagen gleichermaßen Raum zu, um die Person dahinter plastisch werden zu lassen. Ich selbst verstehe meine Rolle als Vermittlerin, deren Anspruch es ist, textgetreu mit dem Briefbestand umzugehen, nichts hinzuzufügen und nichts zu zensieren. Dennoch bin ich mir natürlich bewusst, dass ich niemals objektiv die Schriftstücke bearbeiten kann. Ich veröffentliche sie erstens als Vertreterin meiner Generation, zweitens durch die Brille meiner beruflichen Identität als Wissenschaftlerin und drittens als Familienangehörige, dabei vor allem als Tochter, deren Mutter ebenso in das Projekt involviert ist. Dieses unterschiedliche Rollenverständnis kann sich konstruktiv ergänzen, aber auch miteinander in Konflikt geraten. Dies alles geschieht in der tiefen Überzeugung und dem Wissen, dass eine Person über ihre Biografie retrospektiv nie ganz erschlossen werden kann und es immer Reste geben wird, die für Außenstehende unergründbar bleiben.

Während der Auswertung der Inhalte ging ich durch emotionale Höhen und Tiefen. Zu den erfreulichsten Momenten zählten jene, in denen mir Funde, die auch wissenschaftlich Relevantes zutage brachten, gelangen. Bei meiner Recherche gab es dank Internet und digitalisierter Inhalte neue Möglichkeiten im Auffinden und Verknüpfen von Fakten und Erkenntnissen. Dies kam mir insbesondere bei jenen Themenfeldern zugute, wo es Kreuzungspunkte zwischen meinen Vorfahrinnen und anderen historisch bedeutsamen Personen gibt. Ein solches Moment ist beispielsweise durch den Zufall gegeben, dass meine Urgroßmutter als Lehrerin in der Mädchen-Eliteschule Allenswood tätig war und dort Eleanor Roosevelt als eine ihrer Schülerinnen unterrichtete. Dadurch findet sie sogar Eingang in Roosevelts Biografie – wenn auch in einer nicht ganz rühmlichen Rolle. Am schwierigsten hingegen war es für mich als Angehörige, die Affinität zweier meiner Vorfahrinnen für den Deutschnationalismus und den aufkommenden Nationalsozialismus zu akzeptieren. Meine Angst, dass dieser Aspekt ihrer Leben alles andere überschattet, ist nach wie vor groß. Gleichzeitig bin ich mir bewusst, wie wichtig es gerade heute ist, den Blick für Tendenzen der Politisierung und Radikalisierung im Vorfeld des nationalsozialistischen Regimes zu schärfen. Auf jeden Fall hoffe ich, dass die Wahrnehmung der Leser:innen dennoch offen bleibt für die vielen anderen Facetten der im Fokus stehenden Personen. Die Chance, die ich in der Veröffentlichung dieser Korrespondenzen sehe, liegt darin, dass Geschichte aus der Perspektive einer Person in Ansätzen erlebbar wird. Gespiegelt über Individuen können Fragestellungen der jeweiligen Epochen exemplarisch nachvollzogen werden. Es handelt sich zwar lediglich um einzelne Mosaiksteine, allerdings können diese im Zusammenspiel mit anderen ein zunehmend konkreter werdendes Bild zeichnen.

Als ich mich mit den Inhalten der Briefe vertraut gemacht habe, wurde für mich rasch klar, dass ich nicht als Einzelperson dieses Buch schreiben kann – zu vielfältig sind die Kontexte, die angesprochen werden und relevant sind. Ich begab mich in Folge auf die Suche nach Autor:innen aus anderen Disziplinen, deren Wissen mit einigen Aspekten der in den Briefen angesprochenen Themenfelder korrespondiert. Sechs wissenschaftliche Beiträge begleiten, reflektieren und erweitern daher die Inhalte des privaten Quellenmaterials. Ihre Platzierung folgt einer losen chronologischen Ordnung, allerdings können sie auch als selbstständige Texte betrachtet und je nach Interesse in willkürlicher Reihenfolge gelesen werden.

Li Gerhalter richtet den Blick zurück zu den Anfängen in den 1980er-Jahren, als Selbstzeugnisse erstmals als relevante Quellen für die Geschichtsforschung entdeckt wurden, und kommt insbesondere auf die Bedeutung von Nachlässen von Frauen zu sprechen. Julia Festman macht uns Leser:innen ausgehend von den vielfältigen heutigen Möglichkeiten zum Erlernen einer Fremdsprache deutlich, unter welch anderen Voraussetzungen man Ende des 19. Jahrhunderts Sprachkenntnisse erwarb und welche Herausforderungen damit verbunden waren. Karl Zillinger richtet den Blick zurück auf politisch turbulente Jahrzehnte, die das Ende der Habsburgermonarchie und die Zwischenkriegszeit in Österreich prägten, und zeichnet die sukzessive Radikalisierung des liberalen Bürgertums nach. Gerhard Geissl konturiert in seinem Beitrag die historische Entwicklung Wiener Neustadts unter dem Aspekt der Wirtschaftsgeschichte und spannt einen Bogen vom Aufschwung um 1900 über die krisengeschüttelte Zwischenkriegszeit bis hin zum Wirtschaftswunder nach dem Zweiten Weltkrieg. Tanja Schwan hebt ausgehend von einer präzisen Lektüre von Virginia Woolfs Text *Ein Zimmer für sich allein* die Rolle des Schreibens für die weibliche Selbstermächtigung hervor und erweitert die Bedeutung eines Ortes zum Schreiben für die Selbstkonstitution um den Stadtraum per se. Ich selbst skizziere abschließend eine Mediengeschichte von fotografischen Reisebildern und führe aus, dass für die Kommunikation mit den Daheimgebliebenen im Lauf des 20. Jahrhunderts eine zunehmend größere Anzahl visueller Medien, die sich zudem immer stärker individualisierten, für die Allgemeinheit verfügbar waren. Alle Autor:innen haben ihre Beiträge in Kenntnis der brieflichen Quellen verfasst, auf die sie auch explizit Bezug nehmen. Sie sind somit eng mit den Selbstzeugnissen von Hildegard, Hilde und Christl verwoben. Die wissenschaftlichen Essays stellen nicht lediglich eine Ergänzung dar, sondern sind integraler Bestandteil dieses Buches. Denn erst ein multifokaler Blick auf das Material ermöglicht es, dessen Inhalt vor der Folie unterschiedlicher Disziplinen im Heute zu verorten.

Erster Teil

HILDEGARD

1872–1954

Porträt von Hildegard aus dem von ihr erstellten genealogischen Fotoalbum, oberhalb beschriftet mit „Hilda Petritsch 1897 vor der Fahrt nach England“

Quellenmaterial

Vorhandene Briefe
Unser Familienbesitz beinhaltet einzelne Briefe von meiner Urgroßmutter Hildegard Petritsch, die sie während ihres Aufenthaltes in England zwischen 1898 und 1900 an ihre Eltern adressiert hat. Es handelt sich um zwei vollständig und drei fragmentarisch vorhandene Briefe. Der erste besteht aus drei in der Mitte gefalteten Papierbögen, die sich inhaltlich zu einem Ganzen, datiert auf den 16. Juli 1898, zusammenfügen lassen, der zweite ist von identischem Umfang, aber undatiert. Zusätzlich existieren drei weitere Brieffragmente, von denen jeweils der Anfang verloren gegangen ist. Trotz der damit fehlenden Zeitangabe lassen inhaltliche Hinweise auf deren Entstehungszeit schließen. Einer dieser Briefe muss ebenfalls aus den ersten Wochen im Sommer 1898 in London stammen, die beiden anderen können erst nach Mai 1899 verfasst worden sein, nachdem Hildegard eine neue Stelle angenommen hat. Zusätzlich existieren zwei Postkarten, die 1899 an Familienmitglieder versandt wurden. Die Korrespondenz von den Eltern an Hildegard hat sich nicht erhalten. Die fragilen Blätter dünnen Papiers, die mit Tinte beidseitig beschrieben sind, werden durch eine Papiermanschette zusammengehalten, die Hildegard zu einem späteren Zeitpunkt, als ihre Kinder bereits geboren waren, wie folgt per Hand beschriftet hat: „Die ersten Eindrücke Londons auf Mama. Juni und Juli 1898, bei Frl. Gräff. Besuche bei Wilks, wo 2 Töchter u. 2 Söhne sind". Die Briefe wurden demnach der nächsten Generation vermacht, die sich um deren Aufbewahrung annahm. Ihre Tochter Hilde hat die Bezeichnung „Mama" nachträglich mit dem nach der Heirat angenommenen Namen ihrer Mutter präzisiert.

Autobiografische Überlieferungen
Der Familiennachlass beinhaltet handschriftliche Lebenserinnerungen, die Hildegard für ihre beiden Kinder verfasst hat und die heute als Quellen der Selbstauskunft von großer Bedeutung sind. Denn sie bieten wertvolle Informationen über wesentliche Ereignisse in ihrem Leben und erlauben es, vieles, das sich in den Briefen nur bruchstückhaft vermittelt,

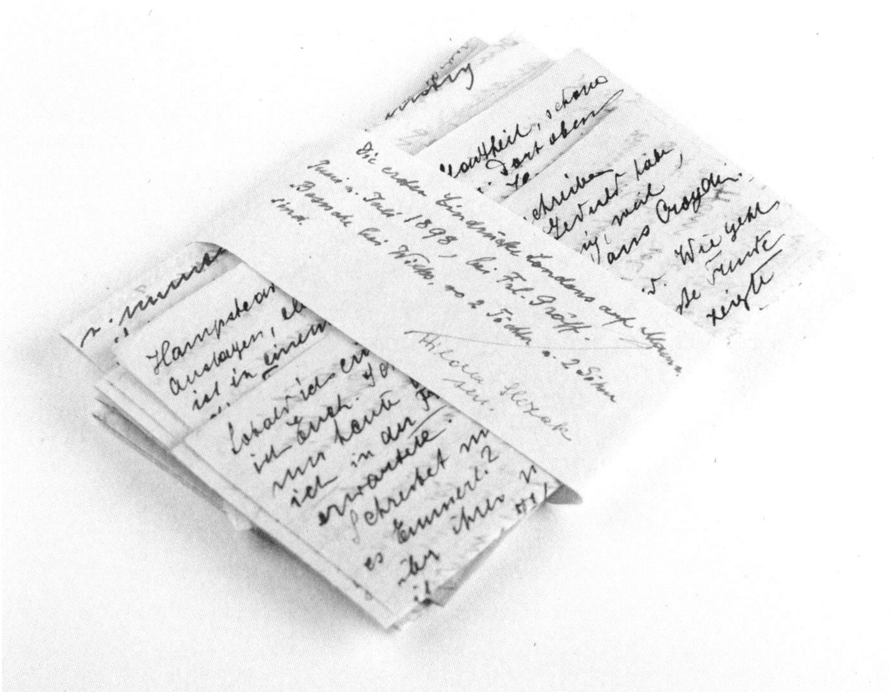

Vorhandene Briefe von Hildegard aus England mit Manschette

in einen größeren Kontext zu setzen. Ein Exemplar ihrer Lebenserinnerungen stammt aus dem Jahr 1942 und steht mit ihrem 70. Geburtstag in Zusammenhang. Auf insgesamt neun A4-Blättern, deren Vorder- und Rückseiten maximal ausgenützt werden, legt sie Zeugnis ab über all jene Ereignisse in ihrem Leben, die ihr berichtenswert und wesentlich erscheinen. Fünf Jahre später schreibt sie abermals ihre Erinnerungen nieder, in einer Version für ihre Tochter Hilde, in einer zweiten für ihren Sohn Rudi. Darüber hinaus existiert ein einseitiger Fragebogen, den sie anlässlich ihres Namenstages im Jahr 1924 ausfüllt und der auf augenzwinkernde Weise Auskunft über ihre persönlichen Vorlieben gibt. Schlussendlich gibt es noch ein kleines Adressbüchlein, das möglicherweise schon anlässlich ihres Englandaufenthaltes begonnen wurde.

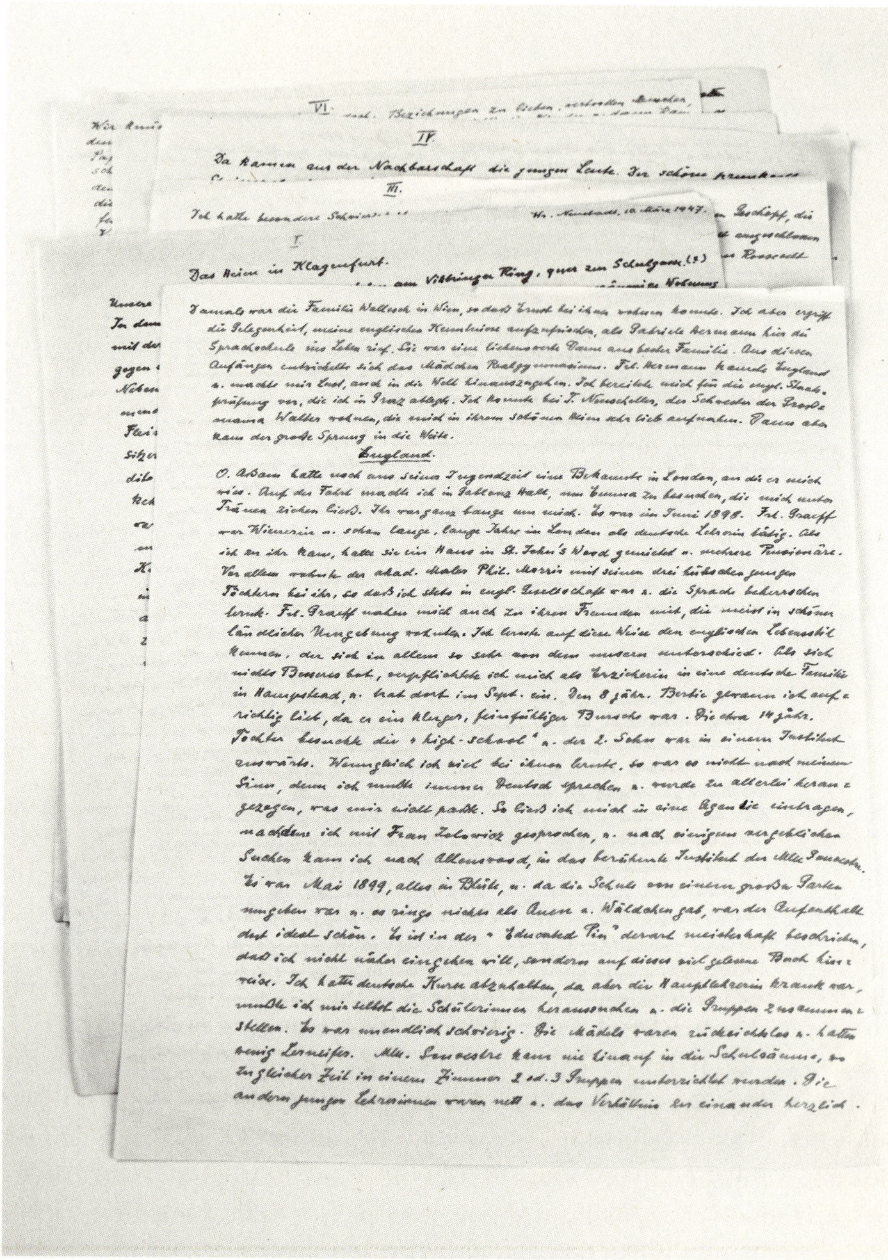

Damals war die Familie Wallesch in Wien, so dass Ernst bei ihnen wohnen konnte. Ich aber ergriff die Gelegenheit, meine englischen Kenntnisse aufzufrischen, als Gabriele Hermann hier die Sprachschule ins Leben rief. Sie war eine liebenswerte Dame aus bester Familie. Aus diesen Anfängen entwickelte sich das Mädchen Realgymnasium. Frl. Hermann kannte England u. machte mir Lust, auch in die Welt hinauszugehen. Ich bereitete mich für die engl. Staatsprüfung vor, die ich in Graz ablegte. Ich konnte bei T. Neuscheller, der Schwester der Grossmama Walter wohnen, die mich in ihrem schönen Heim sehr lieb aufnahm. Dann aber kam der grosse Sprung in die Weite.

England.

O. Adam hatte noch aus seiner Jugendzeit eine Bekannte in London, an die er mich wies. Auf der Fahrt machte ich in Tallons Hall, um Emma zu besuchen, die mich unter Tränen ziehen liess. Ihr war ganz bange um mich. Es war im Juni 1898. Frl. Graff war Wienerin u. schon lange, lange Jahre in London als deutsche Lehrerin tätig. Als ich zu ihr kam, hatte sie ein Haus in St. John's Wood gemietet u. mehrere Pensionäre. Vor allem wohnte der akad. Maler Phil. Morris mit seinen drei hübschen jungen Töchtern bei ihr, so dass ich stets in engl. Gesellschaft war u. die Sprache beherrschen lernte. Frl. Graff nahm mich auch zu ihren Freunden mit, die meist in schöner ländlicher Umgebung wohnten. Ich lernte auf diese Weise den englischen Lebensstil kennen, der sich in allem so sehr von dem unseren unterschied. Als sich nichts Besseres bot, verpflichtete ich mich als Erzieherin in eine deutsche Familie in Hampstead, u. trat dort im Sept. ein. Den 8 jähr. Bertie gewann ich aufrichtig lieb, da er ein kluger, feinfühliger Bursche war. Die etwa 14 jähr. Tochter besuchte die "high-school" u. der 2. Sohn war in einem Institut auswärts. Wenngleich ich viel bei ihnen lernte, so war es nicht nach meinem Sinn, denn ich musste immer Deutsch sprechen u. wurde zu allerlei herangezogen, was mir nicht passte. So liess ich mich in eine Agentie eintragen, nachdem ich mit Frau Zolowicz gesprochen, u. nach einigem vergeblichen Suchen kam ich nach Allenswood, in das berühmte Institut der Mlle Souvestre. Es war Mai 1899, alles in Blüte, u. da die Schule von einem grossen Garten umgeben war u. es rings nichts als Auen u. Wäldchen gab, war der Aufenthalt dort ideal schön. Es ist in der "Educated Pin" derart meisterhaft beschrieben, dass ich nicht näher eingehen will, sondern auf dieses viel gelesene Buch hinweise. Ich hatte deutsche Kurse abzuhalten, da aber die Hauptlehrerin krank war, musste ich mir selbst die Schülerinnen heraussuchen u. die Gruppen zusammenstellen. Es war unendlich schwierig. Die Mädels waren rücksichtslos u. hatten wenig Lerneifer. Mlle. Souvestre kam nie hinauf in die Schulräume, wo zu gleicher Zeit in einem Zimmer 2 od. 3 Gruppen unterrichtet wurden. Die anderen jungen Lehrerinnen waren nett u. das Verhältnis zu einander herzlich.

Lose Blätter mit Hildegards Lebenserinnerungen vom 10. März 1947

Zeugnisse von Hildegard

Zeugnisse als Belege für den Bildungsweg

Innerhalb der offiziellen Dokumente, die in toto vorhanden sind, haben insbesondere Zeugnisse, die über den Bildungsweg Hildegards Aufschluss geben, eine besondere Bedeutung. Durchaus ungewöhnlich für eine Frau der damaligen Zeit, liegt eine stattliche Anzahl an Zeugnissen vor, die mit dem Erlernen von Fremdsprachen und ihrer Ausbildung zur Lehrerin in direktem Zusammenhang stehen. Diese wurden behelfsmäßig in Geschenkpapier verpackt und beschriftet. Sie umfassen Zeugnisse aus ihrer Schul- und Fortbildungszeit an der Privat-Bürgerschule beziehungsweise Fortbildungsanstalt für Mädchen der Schwestern Petritsch in Wien, Zertifikate über die erfolgreich abgelegte englische und französische Staatsprüfung, das Maturazeugnis sowie die Bescheinigung der bestandenen Lehrbefähigungsprüfung. Dass diese auf ihren vor der

Heirat verfolgten Berufsweg zurückgehenden Zeugnisse eine nicht unwesentliche Rolle für die eigene Identität spielten, geht aus einer Angabe auf dem schon erwähnten Fragebogen aus dem Jahr 1924 hervor. Dort kommentiert sie ihre berufliche Ausbildung unter dem ersten Punkt „Name und Stand" wie folgt: „Hausfrau mit vielen staatlichen Zeugnissen". Ob aus der Kombination dieser auf den ersten Blick miteinander opponierenden Identitäten eine Ironie resultieren soll oder Hildegard beide Welten ernsthaft in einen sichtbaren Zusammenhang bringen wollte, bleibt für mich offen.

Fotografien als lebensgeschichtliche Dokumente

Die meisten von Hildegard überlieferten Fotografien finden sich an verschiedenen Orten, großteils in Papiersäcken, wo sie ein kunterbuntes Allerlei mit anderen Familienfotos bilden und erst mühsam herausgelöst werden müssen. Die älteste Fotografie stammt aus der zweiten Hälfte der 1870er-Jahre, die jüngste aus dem Jahr 1953, ein Jahr vor ihrem Tod. Bis mindestens zum ersten Jahrzehnt des 20. Jahrhunderts wurden die Aufnahmen in diversen Fotografenateliers im Carte de visite- sowie Cabinet-Format angefertigt. Unter den Bildern finden sich auch solche, denen im Kontext der wichtigsten Lebensereignisse eine besondere Bedeutung zukommt, so der Fall bei einem Porträt von Hildegard und ihrem zukünftigen Ehemann kurz vor der Hochzeit. Zusätzlich zu dem losen Fotokonvolut existiert ein genealogisches Familienalbum mit eingeklebten Fotografien und Reproduktionen, das Hildegard selbst angelegt hat und das letzte Beschriftungen von ihr aus dem Jahr 1951 trägt. Es ist nicht nur eine wertvolle Quelle für das Verständnis der Verwandtschaftsverhältnisse der Familienmitglieder, sondern lässt sich zum Teil auch als autobiografisches Dokument auswerten, weil die Auswahl und Beschriftung einzelner Fotografien Aufschluss über deren Stellenwert und Bedeutung für die eigene Biografie geben. Dieses Album, das in sechs Generationen den Stammbaum anhand von Fotografien illustriert, führt als früheste Person, die mit einem Geburtsdatum ausgewiesen ist, den 1803 geborenen Großvater von Hildegard an und endet mit Kinderbildern aus den 1970er-Jahren, die von ihrer Tochter ergänzt wurden und unter denen auch ich als Urenkelin, die sie nie kennengelernt hat, aufscheine.

Diverse Fotografien von Hildegard

„Der große Sprung in die Weite“

Meine Urgroßmutter Hildegard 1898 bis 1900 in England

Eine von Wissensdurst geleitete junge Frau

Meine Urgroßmutter Hildegard Petritsch, innerhalb der Familie unter ihrem Rufnamen „Hilda“ bekannt, ist 1872 als ältestes von fünf Kindern in Klagenfurt geboren. Entsprechend der Religion ihrer Eltern wird sie nach katholischem Ritus getauft. Ihre Familie hat von der väterlichen Linie ausgehend Wurzeln in Slowenien und ist ursprünglich in Laibach ansässig. Vor Hildegards Geburt übersiedelt die Familie vom Kronland Krain nach Kärnten. Nach einer, wie sie selbst schreibt, glücklichen Kindheit verlagert sich ihr Wohnsitz im Jahr 1880 von Kärnten nach Wien. Grund dafür ist eine familiäre Katastrophe, die sie in ihren autobiografischen Schriften kein einziges Mal explizit erwähnt. Ihr Vater, der sich im Handel selbstständig gemacht hat, versuchte auf unrechtmäßige Weise von einem seiner Kunden einen Wechsel doppelt einheben zu lassen, obwohl er nur Anspruch auf Einlösung von einem der Scheine hatte. Da er sich bei der Gerichtsverhandlung im Jahr 1879 zusätzlich des Vergehens um das Ablegen eines falschen Eids schuldig machte, wurde er zu einer zweijährigen Gefängnisstrafe verurteilt, von der er schließlich zwei Drittel absitzen musste. Von einem Tag auf den anderen ist Hildegards Mutter mit ihren bis dato geborenen vier Töchtern, deren jüngste gerade ein Jahr alt ist, auf sich allein gestellt. Die weiblichen Familienmitglieder finden Zuflucht in Wien, wo vier Schwestern von Hildegards Vater gemeinsam eine Mädchenschule führen.

Gründerin und Verantwortliche für die ab 1872 in Wien ansässige private Volks- und Bürgerschule für Mädchen der Schwestern Petritsch ist Leopoldine. Sie hat zuvor bereits gemeinsam mit ihrem Vater ab 1856 einen privaten Schulbetrieb in Laibach sowie ab 1866 in Klagenfurt unterhalten.[1] Zu diesem Zeitpunkt gab es erst wenige Schulen, die Mädchen Bildung gleichberechtigt ermöglichten. Außerdem nahm Leopoldine große Anstrengungen auf sich, um ein Lehrerinnenseminar mit Öffentlichkeitsrecht zu gründen. Obwohl bereits 1865 einzelne Frauen privat in ihrer Schule auf die staatliche Prüfung vorbereitet wurden, scheiterten ihre Ansuchen um Verleihung des Öffentlichkeitsrechts sowohl in Laibach als auch in Klagenfurt. In Wien hat die Schule zunächst in der Mariahilferstraße 111, später in der Webgasse 43 ihren Standort. Die „Privat-Lehr- und Erziehungsanstalt für Mädchen“, auch gerne der Eingängigkeit halber einfach „Institut Petritsch“ genannt, ist in der Kernbelegschaft ein Familienbetrieb, denn für maßgebliche Unterrichtsfächer wie Sprachen, Mathematik und Musik zeichnen vier Schwestern, die alle unverheiratet bleiben, verantwortlich: neben Leopoldine sind dies Fanny, Gabriele und Lina. Als fünfte ist auch Justine im Schulbetrieb tätig, wenn auch aufgrund ihrer angeborenen Taubstummheit nicht in der Lehre. Hildegard bleibt bis 1888 unter der Obhut ihrer Tanten, wo sie nach dem Abschluss der achtklassigen Bürgerschule noch während zweier weiterer Jahre Fortbildungskurse absolviert. Die Zeit, die Hildegard am Institut Petritsch verbringt, wird sie ein Leben lang prägen.

Mit sechzehn Jahren zieht sie nach Wiener Neustadt, wo ihre Eltern bereits 1883 nach dem Erwerb eines Bäckereibetriebs aus unternehmerischen Gründen ihren neuen Lebensmittelpunkt begründet haben. Die nächsten zehn Jahre verbringt sie im Familienkreis und lebt sich in Wiener Neustadt ein. Wie es für junge Frauen damals üblich ist, wird sie auf eine mögliche Rolle als Ehefrau vorbereitet, indem sie – wie sie im Rückblick schreibt – lernt, „Wäsche und Kleider zu nähen“. Dass neben der Unterstützung der Eltern und Geschwister sowie jugendlichen Unternehmungen in Form von Ausflügen und Tanzveranstaltungen nach wie vor Bildung und Wissensaufnahme zum integralen Bestandteil ihres Lebens gehören, davon zeugt die Erwähnung eines „Unterrichts in Literatur“ in ihren Lebenserinnerungen sowie die 1897 in Graz erfolgreich abgelegte englische Staatsprüfung. Ihr intensives Studium der englischen Sprache führt sie schließlich auch dazu, einen Aufenthalt in England in Erwägung zu ziehen – sie selbst nennt ihre Entscheidung „den großen Sprung in die Weite“. Vorbild und Rollenmodell für einen längeren Auslandsaufenthalt zum Zweck des Sprachstudiums sind drei ihrer Tanten, Leopoldine, Gabriele und Lina Petritsch, die alle vergleichbare Unternehmungen in Eigenregie durchführten. Leopoldine verbringt als Erste um das Jahr 1850 herum, als sie noch nicht einmal zwanzig Jahre alt ist, eine längere Zeit im Töchterinstitut Chautems in Grandson im Schweizer Waadtland, um Französisch zu lernen. In den 1870er-Jahren entscheiden sich auch ihre jüngeren Schwestern Lina und Gabriele zu einem Aufenthalt in der Fremde: So bricht Lina 1876 für zwei Jahre nach Russland ins heutige Gebiet der Ukraine auf, um dort bei einer Familie als Gouvernante tätig zu sein. Kurz darauf reist Gabriele nach Genf, wo sie schließlich sogar als Assistentin an der Université de Genève in der Faculté des Lettres tätig ist.[2] Tatsächlich war es in der zweiten Hälfte des 19. Jahrhunderts für bürgerliche Frauen mit dem Berufswunsch Lehrerin oder Erzieherin nicht mehr ganz so außergewöhnlich, zum Zweck einer besseren Qualifikation ins fremdsprachige Ausland zu gehen.[3]

Ausschlaggebend und hilfreich für die tatsächliche Durchführung von Hildegards Reise sind zwei persönliche Kontakte. Ein Onkel vermittelt die junge Frau im Alter von 26 Jahren an eine Jugendfreundin aus Wien namens Fräulein Gräff, bei der sie anfangs wohnen kann. Außerdem erhält sie die Adresse der Familie ihrer Englischlehrerin Annie Wilks, die sie am Institut Petritsch für die Staatsprüfung vorbereitet hat. Beide Namen vermerkt Hildegard als wichtige Bezugspersonen auf der Manschette, mit der sie ihre Briefe aus England zusammenfasst. Ihre Motivation nach London zu gehen speist sich zum einen aus ihrem Ehrgeiz, ihre Sprachkenntnisse zu vervollkommnen, zum anderen wohl daraus, durch das Annehmen einer Stelle als Erzieherin in einer Familie, die für das Unterrichten der Kinder in Deutsch verantwortlich ist, ein eigenes finanzielles Auskommen zu finden und so die Eltern zu entlasten. Wäre sie schon in jungen Jahren eine Ehe eingegangen, wäre es ihr unmöglich gewesen, als Frau die Reise nach England anzutreten, und es würden keine Briefe über ihre Erlebnisse existieren.

Der Entschluss zu einem längeren Aufenthalt in England stellt für Hildegard eine Zäsur in ihrem Leben dar. In dem von ihr angelegten genealogischen Fotoalbum beschriftet sie die erste Abbildung von ihr als Erwachsene mit: „Hilda Petritsch 1897 vor der Fahrt nach England“. Auch wenn die im Atelier aufgenommene Porträtfotografie ein Jahr vor der Reise zustande kam, stellt sie im Album einen Bezug zu dem wichtigen Ereignis des Wechsels nach England her. „Voll Unternehmungsgeist“, wie sie in ihren Lebenserinnerungen schreibt, nimmt sie im Juni 1898 den Zug, um von Wiener Neustadt zunächst zu ihrer in Gablonz, dem heutigen tschechischen Jablonec nad Nisou, wohnenden Schwester Emma zu fahren. Für diese war die schwesterliche Reise ins Ungewisse von großer Sorge begleitet, wovon eine Stelle in Hildegards Lebenserinnerungen zeugt: „Emma ließ mich unter Tränen ziehen. Ihr war ganz bange um mich.“ Hildegard selbst scheint weniger von Ängstlichkeit, denn von Neugierde und Vorfreude getrieben zu sein. Von Gablonz geht es weiter ins niederländische Vlissingen, wo um Mitternacht die Fähre nach England ablegt und Hildegard im Morgengrauen zum ersten Mal die englische Küste sieht.

Schwieriger Anfang: Auf der Suche nach einer Stelle als Gouvernante

Der einzige vorhandene datierte Brief, den sie während ihres Aufenthaltes in England geschrieben hat, stammt vom 16. Juli 1898 und ist, wie aus dem Inhalt hervorgeht, mit großer Sicherheit der erste Brief an die

Der erste Brief von Hildegard aus London an die Eltern vom 16. Juli 1898

Eltern in Wiener Neustadt. Mit heute noch anrührenden Worten zeugt er davon, wie schwierig sich die erste Zeit in London gestaltet, in der sich Hildegard um eine eigene Stelle bei einer Familie als Erzieherin bemüht und einige Rückschläge erleidet. Ihre vorrangige Anlaufstelle bei der Stellensuche befindet sich in der Harley Street. Sie verwendet in ihren Briefen diese Straßenbezeichnung als Synonym für das Home for Disengaged Governesses, das von der Governesses' Benevolent Institution an der Adresse 47 Harley Street in der City of Westminster unterhalten wurde. Seit 1845 bot das Haus Erzieherinnen eine temporäre Wohnmöglichkeit, um zwischen ihren Anstellungen bei Familien nicht auf der Straße zu stehen.[4] Darüber hinaus existierte dort ein Büro für die Vermittlung von Stellen, das sowohl von Familien als auch Erzieherinnen unentgeltlich genutzt werden konnte. In einem Buch, dessen Konsultation Interessentinnen offenstand, wurden alle freien Stellen registriert. Mitunter wurden Gouvernanten sogar in andere europäische Länder oder in Ausnahmefällen auch nach Übersee vermittelt. Hildegard wusste mit Sicherheit schon vor ihrer Abreise über diese Institution Bescheid, sonst hätte sie in ihrem Brief ihren Eltern erst erklären müssen, was es mit der erwähnten Harley Street auf sich hat. Als Reisende mit schmalem Geldbeutel war sie neben dem Studium von Annoncen in Zeitungen auf diese kostenlose Vermittlungsmöglichkeit angewiesen, hatte man doch bei anderen Agenturen in London mit hohen Einschreibgebühren und Provisionen zu rechnen. Das Home for Disengaged Governesses war im Übrigen auch über die Landesgrenzen Großbritanniens hinweg bekannt. Bereits 1872 widmete sich etwa ein umfassender Bericht der in Wien herausgegebenen Zeitschrift *Die Frauenwelt. Illustrirte Muster- und Modezeitung* dieser pionierhaften Institution.[5]

Hildegard ist die Einzige der in diesem Buch vorgestellten Frauen, die auf eigene Faust ins Ausland geht und darauf vertraut, dass sich vor Ort Möglichkeiten ergeben, eine Anstellung als Gouvernante zu finden, um dadurch für sich selbst sorgen zu können. Der Druck, sich möglichst rasch erfolgreich bei einer Familie, die sie aufnimmt, zu bewerben, der sich auch in ihrem Brief abbildet, muss groß gewesen sein, da ihr von zu Hause aus nur ein beschränktes Budget für die ersten Wochen zur Verfügung gestellt wurde:

London, 16. Juli 1898: Also warum ich nicht gleich schrieb: ich hatte jetzt nacheinander zwei Stellen in Aussicht u. es hat nicht viel gefehlt, so hätte ich sie bekommen. Da verschob ich das Schreiben von einem Tag zum andern, um Euch die frohe Nachricht bringen zu können. Ich las von der einen Stelle in der Zeitung, gieng gleich zu der Agentin, die die Stelle zu vergeben hat u. erfuhr, dass diese Dame in Croydon südl. von London wohne. Gleich nach dem Essen fuhr ich mit dem Underground nach Victoriastation u. von da nach Croydon. Die Dame war sehr lieb, sagte dass sie eine Katholikin vorziehe, eine Österreicherin ihr sehr recht sei. Es sind 4 Kinder, 2 £ per Monat u. nur für August u. September. Alles schien gut – sie sollte mir schreiben – doch ich wartete vergebens auf einen Brief. Wie hätte ich mich gefreut Euch das glückliche Resultat mittheilen zu können! Man muss den Umgang mit solchen Damen auch erst lernen. Vielleicht soll ich mehr versprechen – mehr aus meinen Kenntnissen machen? Übrigens war ja die Stelle nicht brilliant u. ich hätte im September vielleicht etwas versäumt, wenn ich dort gewesen wäre. Ich habe gestern in Harleystreet mehrere Adressen bekommen u. auch gleich den verschiedenen Damen geschrieben. Heute mache ich in Kensington einen Besuch bei einer Dame, deren Adresse ich auch durch Harleystreet erhalten habe. Es vergeht kein Tag, wo ich nicht etwas für eine Stelle thue, daher kann ich noch nicht soviel fürs Vergnügen thun. [...] Wenn nur einmal ein Anfang gemacht ist, wäre ich so froh. Im August geht alles fort, da ist es hier wie ausgestorben – daher möchte ich gerne ohne Bezahlung zu einer Familie. Vielleicht gebe ich es in eine Zeitung. [...] Sobald ich eine Stelle habe, schreibe ich Euch. Ich werde schon Geduld haben, nur heute bin ich traurig, weil ich in der Früh die Zusage aus Croydon erwartete.

Hildegard sucht eine Stelle als sogenannte „resident governess“. Dieser wird im Gegensatz zur „daily governess“ auch eine Unterkunft bei der Familie, deren Kinder sie unterrichtet, zur Verfügung gestellt. Bei ihrer Ankunft in London stößt sie auf die Schwierigkeit, dass sie noch keinerlei Referenzen als Erzieherin vorweisen kann. Außerdem ist es schwieriger für Personen mit deutscher Muttersprache vermittelt zu werden, da Französisch gefragter ist. Das dritte Hindernis betrifft die Religion, da Katholikinnen nicht überall gern gesehen sind. Das erwähnte Gehalt von £2 pro Monat, für das sie vier Kinder hätte unterrichten müssen, erscheint mir lächerlich gering. In einem zeitgenössischen in *The Morning Post* veröffentlichten Leserbrief wird festgehalten, dass das Einstiegsgehalt einer Gouvernante nicht weniger als £60 im Jahr betragen sollte und sich je nach Erfahrung bis auf das Doppelte steigern kann – wiewohl Gehälter über £100 in der Realität äußerst selten zu finden sind.[6] Vielleicht ist Hildegard für eine erste Stelle bereit, jedes Angebot anzunehmen? Auf jeden Fall ist die Ernüchterung groß, dass es trotz der erfüllten Voraussetzungen schlussendlich nicht geklappt hat.

Die ersten Wochen nach ihrer Ankunft verbringt sie bei Fräulein Gräff, einer Bekannten ihres Onkels aus früheren Tagen, die selbst als junge Frau aus Österreich nach London gegangen ist, um als Gouvernante Deutsch zu unterrichten. Im fortgeschrittenen Alter bestreitet sie nun ihren Unterhalt aus der Vermietung von Zimmern. Es ist nicht ungewöhnlich, dass sich Erzieherinnen in mittlerem Alter nach einer anderen Einkommensquelle umsehen müssen, denn bereits mit vierzig Jahren gilt man als schwer vermittelbar. Das Haus befindet sich in St John's Wood, einer schönen Gegend am Rande der City of Westminster im Nordwesten Londons, an der Adresse 16 Loudoun Road. Hildegard teilt sich zunächst ihr Zimmer mit der Vermieterin, wohl weil kein anderes frei ist und sie auch aufgrund der privaten Vermittlung nicht die volle Miete bezahlen muss. Fräulein Gräff, wie die unverheiratete Dame genannt wird, nimmt sich Hildegard in der schwierigen Anfangszeit durchaus freundschaftlich an und ist ihr durch ihre ehemalige Tätigkeit als Lehrerin ebenfalls eine Stütze bei der Stellensuche.

> *London, 16. Juli 1898:* Frl. Gräff ist mir überhaupt in jeder Weise behilflich. Sie kennt die Engländer so genau u. weiß ihre Schwächen. Die Arme hat sich in früheren Jahren zuviel geplagt, den ganzen Tag herumgelaufen u. Stunden gegeben. Hat sich in der Woche oft 40, 50 Gulden[7] verdient, hat damit aber immer anderen geholfen, so dass sie jetzt gar nichts erspart hat. Es ist auch nichts gewonnen, wenn man sich in der Jugend so plagt. Die Gräff ist jetzt so nervös

u. vergesslich, thut manches ganz verkehrt – zahlt eine Rechnung 2mal; über die Stiege läuft sie 100mal im Tag, wie oft ganz ohne allen Zweck. Plauschen thut sie auch gerne u. ich muss mir oft die langweiligsten Geschichten anhören. Nur gewiss war sie einmal die beste schneidigste Lehrerin – gewissenhaft und tüchtig. – Das Haus macht ihr immer Sorgen, weil sie es nicht übers Herz bringen kann, einen schlechten Zahler vor die Thüre zu setzen.

Im folgenden Brief, der kein Datum trägt, aber noch immer am Briefkopf die Adresse 16 Loudoun Road ausweist, ist nicht mehr von der Stellensuche die Rede. Stattdessen berichtet Hildegard vom sozialen Leben im Haus ihrer Gastgeberin und von verschiedenen Ausflügen und Besichtigungen. Vielleicht hat sie ihre erste Stelle bei einer Familie bereits in Aussicht und kann die Zeit bis zum Antritt als Freizeit nutzen? Für diesen Fall würde die gewählte Vergangenheitsform sprechen, mit der sie in einer ausgewählten Textstelle spricht: „Hier in Miss Gräff's Haus habe ich mich schon so hineingefunden, fühlte mich schon so daheim, dass ich ungerne an den Tag denke, wo ich diesen mir lieb gewordenen Wänden adiô sagen soll."

Das anfangs etwas distanzierte Verhältnis zu ihrer Vermieterin hellt sich bald auf. Hildegard bekommt schließlich ein eigenes Zimmer, das sie allein bewohnen kann.

Undatiertes Brieffragment, vermutlich August 1898: Ich habe jetzt ein schönes großes Zimmer mit der Aussicht in den Garten, samt Schreibtisch und Kasten. Frl. Gräff ist wie ausgewechselt – weniger nervös – plauscht oft stundenlang mit mir, erzählt mir aus ihrem ereignisreichen Leben, Freudiges u. Leidvolles, macht auch oft Dummheiten, dass ich herzlich lachen muss. Sie ist sehr gescheit u. kennt die Menschen durch u. durch. Wo sie nur kann, sorgt sie für mein Vergnügen und mein Wohlbefinden. Sie lädt nun auch öfters jemanden ein, und dann geht es ganz lustig hier zu.

Der Aufenthalt bei Fräulein Gräff ermöglicht Hildegard erste soziale Kontakte und eine Art elterliche Umsorgung, zumindest aber das Gefühl, nicht ganz auf sich allein gestellt zu sein. In ihren Lebenserinnerungen und ihren Briefen erwähnt sie zwei andere Dauermieter, mit denen sie Kontakt hat. Es handelt sich zum einen um Herrn Haschke, einen verarmten ehemaligen Kolonialhändler österreichischer Herkunft mit abenteuerlichem Lebenslauf, der sich früher als Goldgräber und Matrose verdingt hat, und zum anderen um den Maler Philip Richard Morris, der sich mit Seestücken, Porträts und allegorischen Landschaftsbildern einen Namen gemacht hat und nach dem Tod seiner Frau mit seinen drei Töchtern in dem von Fräulein Gräff vermieteten Haus wohnt. Mit ihm nimmt Hildegard bevorzugt das Frühstück ein und lauscht seinen Erzählungen aus früheren Tagen. So erfährt sie einiges über die Lebensgeschichten der Mitbewohner:innen und kommt mit Besonderheiten der englischen Kultur in Berührung. Herr Haschke ermöglicht es Hildegard beispielsweise, einen Überseedampfer zu besichtigen, der in London vor Anker liegt und demnächst Richtung Indien und Australien aufbrechen wird. Mit leicht ironischem Unterton berichtet sie auch von dessen Anstrengungen in der Gartenarbeit, die als eines der wichtigsten Hobbys der Engländer:innen gilt: „Herr Haschke hat Mr Lilith geholfen, ein Glashaus in seinem Garten bauen – nun, da sie damit fertig sind, wird ein Gleiches in unserem Garten angefangen, wobei wieder Herr Lilith fest mithilft. In der gräßlichen Hitze arbeiten die zwei im Schweiße ihres Angesichts, nachdem sie sich den ganzen Tag so plagen müssen. Es ist eben ihr Steckenpferd: gardening."

Aus ihren autobiografischen Aufzeichnungen geht hervor, dass Hildegard schließlich ihre erste Stelle nicht über eine öffentliche Vermittlungsagentur findet, sondern diese den persönlichen Kontakten von Fräulein Gräff zu verdanken hat. Sie kommt zu einer jüdischen Familie in Hampstead, wo sie als Erzieherin tätig ist und den achtjährigen Sohn Bertie – eines von insgesamt vier Kindern – in Deutsch unterrichten soll.

„Schreibt bald, recht bald – gleich wieder!" Formeln familiärer Verbundenheit

Hildegards Briefe vom Sommer 1898 zeugen davon, dass es nicht einfach für sie gewesen ist, aus ihrem geschützten Umfeld in Wiener Neustadt wegzugehen. Als ältestes von insgesamt fünf Kindern ist sie es gewohnt, auch für ihre Geschwister zu sorgen und regen Anteil an deren Entwicklung zu nehmen. Als sie 1898 die Fahrt nach England antritt, ist ihre Schwester Emma bereits verheiratet. Die anderen beiden Schwestern Ella und Fina sind noch ledig und wohnen samt dem zwölfjährigen Nachzügler Ernst bei ihren Eltern. Eine Stelle in einem von Hildegards Briefen weist darauf hin, dass es für die Eltern mit Schwierigkeiten verbunden gewesen sein muss, für so viele Personen in ihrem Haushalt zu sorgen: „Auch für Euch meine Lieben, wird der Tag nicht gar so ferne sein – und obwohl arme Mädchen, werden wir uns doch herauswagen ins Leben, um unser Brot zu verdienen, nur Ihr werdet Euch um uns nicht mehr sorgen dürfen.“ Gerade in den ersten beiden Briefen ist die Anteilnahme am Leben der Verwandten und die Freude ob der Briefe, die Hildegard von ihrer Familie erhält, besonders groß. Sie stellen für sie eine Versicherung dar, dass sie mit Personen, die ihr sehr am Herzen liegen, auch über die Distanz weiterhin verbunden ist und dass sie – wenn auch nur emotional – bei ihrer Familie immer Zuspruch und Unterstützung findet („Wie sehr Ihr doch gut mich tröstet und so lieb und herzlich!“). Hildegard selbst steht mit vielen Personen in intensivem Briefkontakt und berichtet auch davon ihren Eltern:

> *Undatiertes Brieffragment, vermutlich August 1898:* Schwer habe ich Emmas Brief erwartet, da ich schon fürchtete die Photographien seien herausgefallen, daher könnt Ihr Euch denken, wie sehr mich ihr genauer Bericht gefreut hat. Wie froh bin ich, dass es Euch allen gut geht – denn in der Ferne macht man sich gleich allerlei Gedanken, wenn man längere Zeit keine Nachricht erhält. Ich war auch sehr freudig über Emmas Karte – ist es doch ein sicheres Zeichen, dass sich Emmerl wieder recht wohl befindet. Auch Ella sandte mir einen Gruß aus Aschach. Nach der harten Arbeit und Anstrengung in Wien kann sie nun froh genießen. Wie schön gestaltet sich doch der heurige Sommer gegen den vorigjährigen! Nicht wahr, meine Lieben, man soll doch nie verzagen! Nur übers Geschäft schreibt Ihr mir zu wenig; bitte, holt das nächstesmal nach! Nun kamen mir von allen Seiten Briefe. Tante Lina schrieb mir übrigens gütig und liebevoll – sie hatte große Freude über meinen ausführlichen Bericht. Ich

schätze mich wirklich glücklich, mich von ihr geliebt zu wissen. Auch Tante Louisens Antwort traf am selben Tage ein. Gestern ist Otto ausgemustert worden. Was für ein bedeutungsvoller Tag! Wie vergehen doch die Zeiten! Der kleine Otto schon Officier, bezieht seinen Gehalt, ist selbständig. Alles strebt hinaus in die Welt u. wie lange wird's dauern, so sind alle 5 Söhne draußen auf eigenen Füßen und die arme Tante Louise, die solange gekämpft und gerungen, kann in Ruhe sich an dem Siege übers Schicksal freuen.

Es fällt auf, dass es vorwiegend Frauen sind, mit denen Hildegard in schriftlichem Kontakt steht. Die einzige Ausnahme bildet ihr Vater, der ihr auch von Zeit zu Zeit persönlich Post zukommen lässt, was Hildegard hervorhebt: „[...] besonders dass Papa sich nun auch einmal zum Schreiben gemacht hat, hat mich innig gefreut." Er ist vor allem als Informant über die politischen Ereignisse in der k. u. k. Monarchie zuständig und schickt seiner Tochter wiederholt auf deren Wunsch Zeitungen zu („Wird mir Papa die Zeitung senden? Ich wüsste so gerne die jüngsten politischen Ereignisse."). Im Gegensatz zu ihrer Mutter wird ihr Vater mitunter direkt in einem der Briefe angesprochen.

Der Postweg wird aber nicht nur dazu genützt, um Hildegard persönliche Mitteilungen und österreichische Zeitungen zukommen zu lassen, sondern es finden sich ebenso Hinweise darauf, dass der Paketversand gut funktionierte. Gleich zu Beginn erhält Hildegard eine Postsendung, deren Inhalt es ihr ermöglicht, wie zu Hause gewohnt dem Klavierspiel und dem Malen nachzugehen: „Das Paket bekam ich am 8. – es war also 8 Tage auf der Reise. Alles darin war richtig – ich bin sehr froh, dass ich meine Noten u. Malereien besitze, weil ich mich so nützlich beschäftigen kann. Zu zahlen hatte ich hier für das Paket keinen Kreuzer." Am Ende des 19. Jahrhunderts war es noch durchaus üblich, dass sich Frauen aus dem Bürgertum im Musizieren übten – klassischerweise durch Klavierspiel – und auch als Amateurinnen das Malen praktizierten. Es waren Fertigkeiten, die, wie auch von Hildegard, als sinnvoll angesehen wurden und zu den erwünschten Freizeitbeschäftigungen zählten. Darüber hinaus handelte es sich auch um Qualifikationen, die bei einer Tätigkeit als Gouvernante von Vorteil sein konnten.

Auch Bücher werden nicht nur einmal auf den Weg gebracht. Während es zu Beginn jene aus Hildegards eigenem Besitz sind, bittet sie später um ein bestimmtes Buch zum Einsatz bei ihrem Deutschunterricht, das ihr ein Verwandter schickt. Im Mai 1899 lassen ihr die Eltern auch einmal einen Geldbetrag zukommen, um sie bei einer geplanten Reise zu unterstützen. Die Zusendung will im Fall von Devisen wohl überlegt sein: „Ich bin froh, dass Ihr mir einen so großen Beitrag zur Reise sendet u. will sie recht vernünftig einrichten – damit ich Euch recht viel Interessantes erzählen kann u. Euch auf diese Weise eine kleine Freude mache. Bitte, sendet das Geld vielleicht in Banknoten zu Frl. Gräff, wo Herr Haschke es wechseln könnte. Ich komme am 24. hin." Besondere Erwähnung finden in ihren Briefen zudem private Fotografien, die ihr Verwandte schicken, sowie die Erwähnung des neuen Mediums der Bildpostkarte („Heute kam auch Emmas Karte aus Emmerberg – jetzt haben sie schon Ansichtskarten dort."). Der große Durchbruch der Bildpostkarte geschieht in deutschsprachigen Ländern genau um das Jahr 1898 herum, als es durch Verbesserungen bei drucktechnischen Verfahren und dem Einsatz der Chromolithografie für Farbmotive zu einem regelrechten Boom kommt. Innerhalb kurzer Zeit werden auch kleinere Orte von den Produzent:innen in der Postkartenindustrie in den Blick genommen und finden durch fotografisch illustrierte Karten weite Verbreitung.

Im Zentrum der Korrespondenz steht jedoch das Schreiben als Vergewisserung und Bestärkung der familiären Bande. Immer wieder lässt Hildegard durchblicken, wie sehr sie ihre Lieben vermisst: „Wie fröhlich müsst Ihr jetzt beisammen sein – u. wie gerne wäre ich ein Stündlein nur in Eurem Kreise!" In keinem ihrer Schreiben fehlen Aufforderungen, ihr doch bald wieder einen Brief zukommen zu lassen; mitunter nehmen diese einen flehentlichen Ton an: „Schreibt mir wieder bald. Ihr könnt mir nicht ausführlich genug schreiben! Ich grüße alle innigst." // „Ich wünschte Eure Briefe wären noch ausführlicher. Seht, ich schreibe so schrecklich viel!" // „Schreibt bald, recht bald – gleich wieder!" Einige Male versucht sie auch, die Eltern dazu einzusetzen, andere Verwandte, insbesondere ihre Schwestern, zu bewegen, ihr doch rasch wieder zu schreiben: „Nun aber habe ich Euch hoffentlich befriedigt. 3mal musste ich aufhören, weil mir die Hand so weh that. Lebt alle herzlich wohl. Jetzt wird wohl Ella wieder schreiben! Könnte nicht Finerl auch einmal sich dazumachen?" // „Meine Lieben, Ihr sollt den Brief noch sonntags bekommen, darum schließe ich. Habt Ihr gar nichts von Emma Hoch gehört? Sie antwortete mir noch gar nicht!" Die innige Verbundenheit mit ihren Lieben während der langen Zeit in der Ferne vermitteln auch die Abschiedsformeln, mit denen Hildegard ihre Briefe an die Eltern beschließt: „Eure ferne Tochter Hilda" // „Seid innig geküsst. Eure treue alte Hilda" // „1000 Küsse an alle. Euch umarmt Eure dankbare Tochter Hilda" // „Ich küsse Euch innig u. bin Eure treue Tochter Hilda". Dankbarkeit und Treue sind die vorrangigen Kategorien, mit der Hildegard ihren Eltern während der Zeit, die sie allein in England verbringt, begegnet.

Eine politisch gesinnte junge Frau zwischen Liberalismus und Deutschnationalismus

Hildegard drückt die enge Verbundenheit mit ihrer Familie und ihrer Heimat in den ersten Briefen auch in mehreren Passagen aus, aus denen hervorgeht, wie sie lebhaft an der Politik in der k. u. k. Monarchie Anteil nimmt. Vor allem mit ihrem Vater, der ihr regelmäßig Zeitungen zukommen lässt, diskutiert sie verschiedene innenpolitische Neuigkeiten. Er ist auch am kulturellen Austausch zwischen Österreich und England interessiert und gibt seiner Tochter bald nach ihrer Ankunft den Tipp, als Zuhörerin an einem Frauenkongress in London teilzunehmen, zu dem auch die Frauenrechtlerin Auguste Fickert erwartet wird. Diese tritt als eine der Ersten in Österreich für eine Gleichstellung von Frauen und Männern ein. Fickert ist selbst Lehrerin und beginnt sich politisch zu engagieren, als 1888 beschlossen wird, dass in ihrem Heimatbundesland Niederösterreich, dessen Recht auch für sie als in Wien Arbeitende gilt, das seit 1849 existierende Frauenwahlrecht[8] wieder zurückgenommen wird. 1893 gründet sie daraufhin den Allgemeinen Österreichischen Frauenverein, in dem sie ab 1894 die Funktion der Präsidentin einnimmt und dessen Vizepräsidentinnen Rosa Mayreder und Marie Lang sind. Obwohl es damals für Frauen verboten ist, Politik zu betreiben, setzt sich der Verein dennoch für viele frauenpolitische Agenden ein, so zum Beispiel für die Verbesserung der Arbeitsbedingungen von Dienstbotinnen,

Beamtinnen, Fabriksarbeiterinnen oder Telefonistinnen. Fickert reicht zudem eine Petition gegen Prostitution ein und plädiert für eine verbesserte Rechtsstellung der Frau in der Familie. Um sich Unterstützung zu holen, aber auch in der Öffentlichkeit besser wahrgenommen zu werden, beginnen sich am Ende des 19. Jahrhunderts die Frauenvereine verschiedener Länder zu vernetzen. 1896 wird mit dem Internationalen Kongress für Frauenrechte und Frauenbestrebungen in Berlin die erste solche Versammlung organisiert. Zwei Jahre später findet das Vernetzungstreffen von Frauen verschiedener Länder in London statt. London wird im frühen 20. Jahrhundert mit der Suffragettenbewegung zu einem Zentrum der ersten Welle der Frauenbewegung werden, die mit durchaus radikalen Aktionen in Erscheinung tritt. Bereits die zweite Hälfte des 19. Jahrhunderts ist davon bestimmt, dass Frauen beginnen, für Gleichberechtigung einzutreten. 1897 schließen sich in Großbritannien unterschiedliche Verbände zur National Union of Women's Suffrage Societies zusammen, einer bürgerlichen Bewegung, die auf friedliche Weise für das Frauenwahlrecht mobilisiert, und der Millicent Fawcett vorsteht.

Der Kongress widmet sich jedoch vorrangig der Abschaffung der Prostitution und tritt für ein Ende der Kriminalisierung der involvierten Frauen ein. Anlass war ein wiedereingeführtes Gesetz in Britisch-Indien, das es in Garnisonen ermöglichte, Frauen willkürlich behördlichen Gesundheitskontrollen zu unterziehen und im Falle einer Erkrankung in eine eigene Anstalt zu separieren. Der Hintergrund für diese Maßnahme war eine rasante Verbreitung von Geschlechtskrankheiten bei Soldaten. So standen beim Londoner „Internationalen Sittlichkeitskongreß", wie er in einem österreichischen Bericht der *Arbeiter-Zeitung* genannt wird, die „Abolition", also die Abschaffung der Prostitution beziehungsweise deren staatlichen Regulierung, und andere damit verwandte Themen der Sexualität im Mittelpunkt.[9] Die vom 13. bis zum 15. Juli 1898 stattfindende Veranstaltung wurde von „The Ladies National Association for the Abolition of the State Regulation of Vice" ausgerichtet und hieß rund hundert Delegationen aus vielen Ländern Europas sowie den USA, Asien und Russland willkommen. Sie fand im Friends' Meeting House der religiösen Gesellschaft der Quäker statt.[10]

London, 16. Juli 1898: Donnerstag war ich bei diesem Congress, zu welchem Papa mir das Programm sandte. Es war in der City. Frau Fickert war nicht gekommen, hatte aber einer anderen Wienerin von mir erzählt – u. ich habe mich dieser vorgestellt. Wie froh war ich, wieder einmal wienerische Laute zu hören! Im Anfang verstand ich von den Reden sehr wenig – das besserte sich aber schnell u. zuletzt verstand ich schon viel mehr. Das Ohr muss sich eben an diese Laute gewöhnen. Eine Frau sprach auch, die von der Sache sehr hingerissen war. Sie kämpfte beständig mit den Thränen, und sprach lebhaft u. bewegt – die Herren mehr kühl u. bedächtig. Ich wäre gerne noch einmal gegangen – doch kommen immer andere Sachen dazwischen u. dann kostet es auch hin u. zurück 30 Pence.

Der Allgemeine Österreichische Frauenverein entsendet Marie Lang als Rednerin zu der Konferenz; sie ist „die andere Wienerin", von der Hildegard schreibt. Langs Vortrag findet am Abend des ersten Tages statt. Obwohl sich die Reihen des Saals schon etwas gelichtet haben, rufen ihre Ausführungen großes Interesse hervor. Marie Lang legt die Geschichte der Prostitutionsgesetze in Österreich beginnend mit der Herrschaft Maria Theresias dar, bevor sie eine Zukunftsvision des gleichberechtigten Zusammenlebens von Mann und Frau entwirft.[11] Vor dem Hintergrund der theosophischen Gedankenwelt, der sie anhängt, plädiert sie entgegen den Normen ihrer Zeit für ein sexuelles Leben, das nicht als etwas Niedriges und Verabscheuungswürdiges betrachtet werden soll, sondern vielmehr als etwas Heiliges, das im Einklang mit dem Naturgesetz der Erhaltung der Gattung in der Ehe seine Vollendung findet.[12]

Trotz ihres Verbleibs in Wien ist Auguste Fickert sehr an den Vorträgen der Konferenz interessiert und korrespondiert mit ihren Mitstreiterinnen intensiv darüber. In einem Brief an Rosa Mayreder legt sie voller Empörung dar, warum sie nicht die Reise antreten konnte: „Ich hatte aber mit der Dummheit und Feigheit der Menschen nicht gerechnet. Mein Urlaubsgesuch – fünf Tage hatte ich begehrt – wurde nicht bewilligt. Mein Herr Inspektor traut sich nicht, mir den Urlaub zu gewähren, weil ich ‚oben' schlecht angeschrieben bin. Ich schlug in wahnsinniger Wut um mich und habe mir vielleicht eine neue Disziplinaruntersuchung eingebrockt. Ich bin in einer ziemlich menschenfresserischen Stimmung, wie Sie aus einigen ‚lieblichen' Ausdrücken dieses Briefes ersehen."[13] Aus Hildegards Zeilen geht hervor, dass mit Auguste Fickert schon im Vorfeld der Tagung in Wien Kontakt aufgenommen wurde, denn sonst hätte sie nicht die tatsächlich angereiste Wienerin über das beabsichtigte Treffen mit ihr informieren können. Wie die Verbindung zwischen der Familie Petritsch und der Frauenrechtlerin Fickert aussah, ist mir nicht bekannt. Das Missing Link könnten Hildegards Tanten sein, die ja seit 1872 die Mädchen-Bürgerschule Petritsch in Wien führen. Ich vermute, dass die emanzipierten Schwestern Petritsch, die alle selbst als Lehrerinnen tätig sind, Auguste Fickert über den im Jahr 1870 gegründeten Verein der Lehrerinnen und Erzieherinnen Österreichs kennengelernt haben. Fickert tritt diesem 1872 bei und beginnt, sich vehement für Frauen- und Mädchenbildung sowie für Gleichberechtigung von weiblichen Lehrpersonen einzusetzen. So fordert sie unter anderem eine Abschaffung des Zölibats von Lehrerinnen, eine Trennung von Kirche und Schule und die Zulassung von Frauen zum Hochschulstudium. Die kurze Passage in Hildegards Brief zum Londoner Frauenkongress lässt auch offen, inwiefern sie selbst aus eigenem Interesse an der Sache zugegen ist oder ob sie eher aus Pflichtschuldigkeit gegenüber ihrer Familie ihre Aufgabe darin sieht, Auguste Fickert in London willkommen zu heißen. Ein explizites Eintreten Hildegards für Frauenpolitik ist jedenfalls nicht überliefert. Wenn es tatsächlich eine Sympathie für die zeitgenössischen Agenden der Frauenrechtlerinnen gegeben hat, dann war diese mit Sicherheit an die bürgerliche Richtung der österreichischen Frauenbewegung gebunden. Ich bezweifle, dass sie selbst die durchaus radikalen Forderungen von Auguste Fickert mittrug, die sich zudem dadurch auszeichneten, dass sie keine klare Trennlinie zwischen den Anliegen von bürgerlichen Frauen und denen von Arbeiterinnen zog.

Bald nach ihrer Ankunft und als Ausgleich zu ihrer frustrierenden Stellensuche beginnt Hildegard, sich eigene Räume in London nach ihren Vorlieben anzueignen. Der erste dieser Orte, von dem sie mit Begeisterung berichtet, ist die Hampstead Central Library, die erst im Jahr zuvor, also

1897, eröffnet wurde und an der Ecke der Straßen Finchley Road und Arkwright Road ansässig ist. Von ihrer Unterkunft in St John's Wood ist sie fußläufig gut erreichbar.

> *London, 16. Juli 1898:* Nun gehe ich nach dem Thee öfters nach Hampstead, das ist an der nordwestlichen Grenze von London. Es ist ein sehr hochgelegener Stadtheil. Die Abende sind immer wunderschön u. da sieht man weit hinaus, immerzu Häuser u. Häuser, so weit das Auge reicht. Am Horizont ragen noch immer Kamine oder Kirchthürme in die Höhe. Hampstead ist ein neuer Stadttheil, schöne Auslagen, elegantes Publicum. Dort oben ist in einem schönen neuen Hause die Freibibliothek – das Ziel meiner Wanderung. Sie wird von dem Stadttheil erhalten. In einem großen Hause sind viele Tische mit Sesseln. Man setzt sich nieder u. kann lesen soviel man will. Ebenso ist electrisches Licht. Dort sind alle Zeitungen, Zeitschriften zu lesen. In einem anderen Saal bekommt man Bücher. Man findet hier das eleganteste Publicum. Gesprochen darf nicht werden. Ihr könnt Euch denken, wie gerne ich diesen Weg mache. Gestern abends war ich bis ¼ 9 dort.

Seit dem vom britischen Parlament 1850 beschlossenen *Public Libraries Act* ist es Gemeinden erstmals möglich, öffentliche Bibliotheken zur unentgeltlichen Informationsvermittlung zu gründen. Die Hampstead Central Library geht auf eine private Initiative von Henry Harben zurück, der durch eine neue Form der Lebensversicherung für die Arbeiter:innen-Klasse ein Vermögen erwirtschaftet hat.[14] Er nimmt als Vorsitzender des Gemeinderates des Londoner Stadtteils Hampstead auf die lokale Politik Einfluss und betätigt sich als Philanthrop, der seinem Heimatbezirk vielfältige Förderungen zukommen lässt und unter anderem eine neue Bibliothek stiftet. Der Bau ist zweigeschoßig, wobei ebenerdig Büros sowie eine Leihbibliothek untergebracht sind, während sich im ersten Stock die eigentlichen Räume zur Nutzung der Bestände vor Ort befinden. Diese umfassen im lichtdurchfluteten Eckraum eine Präsenzbibliothek mit mehreren Tischen in Nischen für maximal 40 Leser:innen sowie den Zeitschriften-Lesesaal, in dem sich weitere 58 Personen in 30 verschiedene Zeitungen sowie in die Bahnfahrpläne, die zur Einsichtnahme aufliegen, vertiefen können. In den anlässlich der offiziellen Eröffnung am 10. November 1897 erschienenen Zeitungsberichten wird neben der Annehmlichkeit einer Zentralheizung die Elektrifizierung in den Benutzerräumen erwähnt, die auch Hildegard besonders hervorhebt.[15] In London fand bereits seit den 1880er-Jahren schrittweise die Umstellung von Gaslicht auf elektrische Beleuchtung in öffentlichen Räumen statt. Die Metropole war damit einer Mittelstadt wie Wiener Neustadt zeitlich voraus, wo erst nach 1900 Maßnahmen zur Elektrifizierung von der Stadtverwaltung unternommen werden.

Die Hampstead Public Library erweist sich als wichtige Anlaufstelle, um Zugriff auf nationale und internationale Zeitungen zu bekommen. Hildegard ist zweifelsohne eine politisch interessierte junge Frau, die aus einer ursprünglich dem Liberalismus anhängenden Familie stammt, die nach und nach dem Deutschnationalismus zuspricht. In London hat sie die Möglichkeit, den Blick von außen auf die Politik der k. u. k. Monarchie nachzuvollziehen. Zum Zeitpunkt ihrer Ankunft, im Sommer 1898, werden in englischen Zeitungen sowohl die Ereignisse in Österreich auf der Ebene des für die cisleithanische Hälfte der Monarchie zuständigen Reichsrats diskutiert als auch die kommunale Stadtpolitik Wiens. Es ist jene Zeit, in der der bis heute wegen seiner antisemitischen Agitationspolitik umstrittene Karl Lueger als Bürgermeister amtiert. Dieser hat Anfang der 1890er-Jahre nach einem Zusammenschluss mit den gewerblichen Reformern sowie Mitgliedern der katholisch-konservativen und deutschnationalen Bewegungen die Christlichsoziale Partei als moderne Massenpartei des Kleinbürgertums gegründet. Er erweitert sein ursprüngliches Programm von demokratisch-sozialen Zielsetzungen um einen radikalen Antisemitismus. Nachdem er 1895 zum Bürgermeister gewählt wird, muss die Wahl mehrmals wiederholt werden, da Kaiser Franz Joseph I. sich aufgrund von dessen nationalistischen und antisemitischen Hetzreden weigert, ihn zu vereidigen. Im November 1895 kommt es zu einem Tauziehen hinter den Kulissen und schließlich zu einem Geschäft: Lueger verpflichtet sich, der Regierung mit seiner Partei keine gefährliche Opposition zu machen, wenn Ministerpräsident Kasimir Felix Graf Badeni ihn unterstützt. 1897 tritt Lueger schließlich sein Amt als Bürgermeister von Wien an.

In britischen Zeitungen wird fortan regelmäßig über Lueger berichtet, da er mit seiner protektionistischen Wirtschaftspolitik der British Continental Gas Association, die seit den 1840er-Jahren für die Gasversorgung Wiens zuständig ist, den Kampf ansagt. Immer wieder ist von seiner anglophoben Gesinnung die Rede, die aus dem Wahlversprechen resultiert, die Wiener Gasversorgung innerhalb von drei Jahren zu kommunalisieren. Ein Korrespondent überliefert Luegers diesbezügliche Ansage mit den radikalen Worten: „[...] I will destroy the British in Vienna within three years.“[16] Dies wird ihm schließlich nur teilweise gelingen, da die äußeren Bezirke eigene Verträge haben. Auch der Preis für die Steuerzahler:innen ist exorbitant hoch, denn er nimmt das Angebot der British Continental Gas Association, deren Infrastruktur zu einem Ablösebetrag zu erwerben, aus ideologischen Gründen nicht an und baut stattdessen um mehr als das Doppelte eigene Gaswerke und Leitungen.[17] Auch mit dem Ausstieg aus einem Teil der Verträge im Jahr 1900 reißen seine gegen die Brit:innen gerichteten Gehässigkeiten und Ausfälle nicht ab, was schließlich im April des Jahres zu einer Zurechtweisung im Rahmen einer Audienz beim Kaiser führt, bei der dieser ihn mit Nachdruck dazu auffordert, seine polemischen Hetzreden fürderhin zu unterlassen.[18]

Karl Luegers eigentliches Ziel untergriffiger Anschuldigungen und politischer Agitation betrifft jedoch die jüdische Gemeinschaft. Während Hildegards Zeit in England, zwischen 1898 und 1900 also, wird von den englischen Auslandskorrespondenten regelmäßig der in Österreich besorgniserregend ansteigende Antisemitismus thematisiert.[19] Es ist von einer „anti-Jewish anarchy“[20] die Rede, und das schnelle und kontinuierliche Wachstum des Antisemitismus wird als das hervorstechendste Merkmal des öffentlichen Lebens in Österreich beschrieben. Luegers Rolle darin erfährt explizite Erwähnungen: Er wird als „anti-Semitic Buergermeister of Vienna“[21], einmal sogar als „Dictator of Vienna“[22] beschrieben – wenn auch unter Anführungszeichen. Mit diesen konträr zu den österreichischen Medien stehenden Berichten wird auch Hildegard im Zuge ihrer Zeitungslektüren konfrontiert:

London, 16. Juli 1898: Ich las in einer Zeitschrift: Ein sich auflösendes Kaiserthum. Was war das? Natürlich unser liebes Österreich. Wie gerne hätte ich Papa bei der Hand gehabt! Es wurde schrecklich über unsere Zustände hergezogen; besonders über den Befähigungsnachweis im Gewerbe, der es verhindert, daß fähige intelligente Leute neues Leben in ein Gewerbe bringen. Der gute Lueger war natürlich auch das Ziel ihres Spottes, sie sagen, er besitze die schauspielerische Unverschämtheit eines Volkshelden – die Vorliebe der Wienerinnen für den hübschen Mann, seine Handlungsweise in den Novembertagen etc.

Der Befähigungsnachweis im Gewerbe, von dem hier die Rede ist, wird 1883 in einer Novelle der Gewerbeordnung unter der Regierung von Eduard Graf Taaffe, der die katholisch-feudalkonservativen Kräfte des Adels um sich schart, beschlossen. Er setzt den geltenden liberalen Bestimmungen im Gewerbe ein Ende und leistet einer staatlichen Reglementierung und protektionistischen Förderung Vorschub.[23] Die Regierung Taaffe tritt zudem für eine Versöhnung der unterschiedlichen und miteinander konkurrierenden Nationalitäten der k. u. k. Monarchie ein. Ihr Ziel ist der Österreichisch-Böhmische Ausgleich nach ungarischem Vorbild, der den Tschechen eine innenpolitisch autonome Regierung und ein Landesparlament in Prag zuspricht. Die Vorschläge gehen jedoch den Jungtschechen, einer nationalliberalen Partei, die dem Panslawismus anhängt und eine dezidierte Stärkung der tschechischen Identität forciert, nicht weit genug. Kasimir Felix Graf Badeni, von 1895 bis 1897 Ministerpräsident des österreichischen Teils der k. u. k. Monarchie, tritt das politische Erbe Taaffes an. Er führt 1897 eine Wahlrechtsreform durch, die erstmals die Wählerschicht beträchtlich erweitert und so das Aufkommen von Massenparteien ermöglicht. Außerdem ist er für die Badenische Sprachenverordnung verantwortlich, die festlegt, dass zukünftig in Böhmen und Mähren nicht nur Deutsch, sondern auch Tschechisch als innere Amtssprache gebraucht werden muss. Sie tritt im April desselben Jahres in Kraft. Diese Stärkung der slawischen Sprache löst in den deutschsprachigen Teilen der Monarchie, aus denen oft Beamte rekrutiert werden, die sogenannten Badeni-Krawalle aus. Auch die

Deutschnationalen im Reichsrat beginnen mit der Obstruktion. Bis in den Winter hinein finden heftige Proteste und Demonstrationen statt. Bei der Herbstsession kommt es zu nationalistischen und antisemitischen sprachlichen Ausfällen, gegenseitigen Beschimpfungen und gewalttätigen Ausschreitungen. Grund dafür ist das Bestreben der Rechten, ein österreichisch-tschechisches Ausgleichsprovisorium durchzupeitschen. Die am 25. November 1897 proklamierte „Lex Falkenhayn", der zufolge die Polizei Abgeordnete nach Verletzung des parlamentarischen Anstandes des Saals verweisen kann, bewirkt nicht die erhoffte Mäßigung, sondern führt zum finalen Eklat. Vor allem die tschechischen Sozialdemokraten sehen dieses Gesetz als Provokation an, da es von konservativ-föderalistischer Seite initiiert wurde und die Möglichkeit in sich birgt, Abgeordnete anderer Fraktionen temporär entfernen zu lassen und so das Mehrheitsverhältnis bei Abstimmungen zu manipulieren. Am Folgetag kommt es zu Tumulten und zum Sturm auf die Präsidentenbühne. Daraufhin entscheidet sich Badeni, die Lex Falkenhayn anzuwenden und ruft die Polizei, um 13 Abgeordnete aus dem Parlamentssaal zu entfernen. Dieser Präzedenzfall führt schließlich zu seinem Rücktritt und findet auch in internationalen Medien breites Echo. Noch ein knappes Jahr später schreibt darüber der Österreich-Korrespondent jener englischen Zeitung, die Hildegard liest und von dessen Artikel sie berichtet:

> *London, 16. Juli 1898:* Dann kam der Badeni an die Reihe. Er habe Taaffe nachahmen wollen, es aber übel getroffen, weil der Vorbedingungen andere seien. Die ganze Sitzung im Parlament, wo die Polizei hineinkam, ist dargestellt. Sie als freie Engländer finden es natürlich haarsträubend. Sie sind auf Seite der Deutschen, sagen dass der Czeche kein Weltbürger ist – wenn er aus seinem Sprachgebiet herauskommt, kann er sich mit seiner Sprache nicht mehr zurechtfinden – er hat nur 5 Millionen Menschen, mit denen er sprechen kann. Die jungczechischen Führer geben selbst ihre Kinder zur Erziehung nach Dresden, um ihnen ein Fortkommen zu ermöglichen. Der Schreiber des Artikels als Kenner Österreichs sieht die einzige Hoffnung in den Socialisten, welche noch eine Änderung des jetzigen Zustandes herbeiführen könnten. Parlament – freiheitlich ge-

sinntes Parlament – ist sein Rath. Ihr könnt Euch denken, mit welchem Interesse ich das las. Im Ganzen weiß man hier sehr wenig über österreichische Verhältnisse. Während der Verkehr mit Deutschland äußerst rege ist, die Waren hin und her ausgetauscht werden, kümmert sich niemand um Österreich – es ist ein im Untergang begriffenes Land, ihrer Meinung nach.

Hildegard wird sich von dem Österreich-Korrespondenten, der für eine Unterordnung der Tschechen unter die deutsch-österreichische Vorherrschaft innerhalb der k. u. k. Monarchie Partei ergreift, gut verstanden gefühlt haben. In ihren politisch gefärbten Briefpassagen polemisiert sie wiederholt gegen die tschechische Bevölkerung. Diese Geisteshaltung korrespondiert mit der deutschnationalen Anhängerschaft ihrer Familie, die auch mit der Bewegung des Pangermanismus – der Idee eines Großdeutschen Reichs – sympathisiert. Weniger glücklich ist sie hingegen mit der negativen Sichtweise des aktuellen Zustands des österreichischen Parlaments. Gerade im Juni und Juli 1898, zum Zeitpunkt ihrer Ankunft in London, wird von den Wien-Korrespondenten britischer Zeitungen ein verheerendes Bild der politischen Verhältnisse in Österreich gezeichnet.[24] Der Reichsrat wird als von hoffnungsloser Demoralisierung befallen geschildert und wiederholt mit dem Adjektiv „deplorable", also „erbärmlich", beschrieben.[25] Der weiterhin schwelende Nationalitätenstreit zwischen den Deutschen und Tschechen führt nicht nur zu persönlichen Feindschaften zwischen den Abgeordneten, sondern zu einer kompletten Lähmung des Parlaments. Es wird konstatiert, dass man bereits die Grenze der Gefährdung demokratischer Werte weit überschritten habe und es außer „hotch-potch Austria"[26], dem an ein zusammengewürfeltes Eintopfgericht erinnernden Vielvölkerstaat, kein anderes Land in Europa gäbe, in dem der Frieden dermaßen in Gefahr sei.

Da Hildegard leidenschaftlich an der Innenpolitik der k. u. k. Monarchie Anteil nimmt, klagt sie immer wieder darüber, dass ihr die Informationen in den britischen Zeitungen nicht genügen und wünscht sich fundiertere Kommentare aus der Heimat: „Man liest in allen hiesigen Zeitungen wenig über Österreich u. ich möchte so gerne was Neues hören. Lieber Papa, wenn es einmal einen interessanten Leitartikel gibt, so schicke ihn mir. Die englischen Zeitungen sind ganz anders als die unsrigen. Die Thatsachen werden kurz u. knapp erzählt, ohne jegliche Umschweife u. jeder kann sich seine Meinung selbst bilden.“ Die Diskussion der politischen Situation zu Hause bleibt weiterhin Thema. Jener Brief von Hildegard, der eineinhalb Jahre später an der symbolisch bedeutsamen Zeitenwende vom 19. zum 20. Jahrhundert verfasst wurde, endet mit einer sorgenvollen Brandrede zur politischen Lage in Österreich:

> *Undatiertes Brieffragment, Neujahr 1899/1900:* Was Papa über Österreich schreibt ist sehr traurig u. beschämend. Ist denn keine Hoffnung, dieses Feinde Herr zu werden? Nicht soviel Kraft u. Klugheit in den Deutschen, die anderen Völker herunterzukriegen? Kein Patriotismus, keine Aufopferung im Volke? Nur Egoismus u. Trägheit? Aber was ist denn mit der Rechten? Wenn die Polen sich von den Czechen losmachen, sind sie ja verloren? Und mit Polen u. Clericalen müssten die Deutschen ja sich vereinen können, um diese Teufel schweigen zu machen. Das neue Jahrhundert kommt! Was für Aufgaben gibt es zu lösen. Alles voll Fragen – Übergangsstadien. Möge es doch dem Guten zum Sieg verhelfen! Deutsches Österreich! Wach auf, lass das Träumen!!!

Hildegards Zeilen lassen an Johann Gottfried Herders Gedicht *Germanien*[27] aus dem Jahr 1791 denken, in dem Deutschland aufgerüttelt und dazu ermahnt wird, seine Identität und Unabhängigkeit zu schützen. Ihr Appell, der in Zusammenhang mit der Regierungskrise 1899 steht, verleiht ihrer deutschnationalen Gesinnung nochmals expliziten Ausdruck. Der nur knapp drei Monate amtierende Ministerpräsident Manfred von Clary und Aldringen sah sich einer konservativ-slawischen Opposition gegenüber, die die Mehrheit hatte. Nachdem er die Badenische Sprachenverordnung zurücknimmt, um die deutschnationale Fraktion zu besänftigen, löst dies einen neuerlichen Eklat aus, der neben den tschechischen Mandataren auch den in der Regierung berücksichtigten Polenclub gegen ihn aufbringt. Allerdings stellt sich heraus, dass die Opposition doch weniger geeint ist als gedacht. Da die Polen sich dagegen entscheiden, den harten Obstruktionskurs der Tschechen mitzutragen, leidet deren langjährige Allianz.[28] Hildegard stimmt ein in den zeitgenössischen antislawistischen Chor, der den tschechischen Forderungen Einhalt gebieten möchte. Sie denkt eine neue Koalition unter Ausschluss der Tschechen an. Im Juni 1900 wird es dann so weit sein, dass die Auflösung jenes konservativen Bündnisses zwischen Deutschen, Tschechen, Polen und Klerikalen, das zwanzig Jahre lang die Politik im Reichsrat bestimmt hat, der Vergangenheit angehört.

Das Nilpferd im Zoo und ausgelassenes Vergnügen an der Küste: Erste Eindrücke aus London und Umgebung

Hildegard mobilisiert in der ersten Zeit in London alle ihre Kräfte dafür, eine Stelle als Gouvernante zu finden, um finanziell auf eigenen Beinen zu stehen. Zeit für Sightseeing bleibt dabei keine, allein schon die vielen neuen Eindrücke der Metropole London zu verarbeiten, ist anfangs genug („Wenn ich keine Stelle suchen müsste, wie viel besser könnte ich all das Neuartige genießen!"). Sie zieht von St John's Wood ausgehend ihre Kreise, einer wohlhabenden Gegend, die westlich vom Regent's Park liegt. Von dort kann sie einige Ziele fußläufig erreichen, was ihr aus Kostengründen sehr lieb ist („Das Haus hat eine sehr gute Lage. In einer halben Stunde bin ich in Hampstead u. in einer ½ Stunde im Westend auf der anderen Seite, wo all die eleganten Leute wohnen u. die schönen Läden sind. Nach Harleystreet brauche ich ¾ h."). Trotz vieler Fußmärsche ist es dennoch oft unabdingbar, die öffentlichen Verkehrsmittel zu verwenden. Hildegards Briefe berichten auch davon, wie sie sich erst auf die großen Distanzen der Weltstadt London einstellen muss und mit welchen Kosten öffentliche Mobilität verbunden ist: „Es ist alles so weit und die Fahrten kosten eine Menge, wenn ich auch noch so viel zu Fuße laufe. Wenn ich in die City fahre kostet es 30 Pence. Manchmal laufe ich 2 Stunden herum, um die Auslagen zu ersparen. Ich gebe für nichts anderes aus als für Fahrten u. Marken. Die Leute fahren hier die kleinsten Strecken, weil der Omnibus gar so bequem ist." 30 Pence sind tatsächlich ein stolzer Betrag für einen Hin- und Rückfahrschein. Vergleicht man diesen Geldwert mit einem Grundnahrungsmittel wie Brot, entspricht er rund 10 Kilogramm Brot zur damaligen Zeit![29] Als Hildegard im Sommer 1898 nach London kommt, stehen ihr jedenfalls bereits fünf

Underground-Linien zur Verfügung, darunter die 1863 eröffnete Metropolitan Line, deren Kernstück die erste U-Bahn weltweit darstellt. Anfang August 1898 wird als sechste die Waterloo & City Line eröffnet. Alle U-Bahnen werden zu diesem Zeitpunkt mit Dampflokomotiven betrieben, was nicht gerade einem guten Luftklima innerhalb der Stationen förderlich ist. Nicht zuletzt deshalb werden Pferde-Omnibusse, deren Beliebtheit auch Hildegard erwähnt, als Fortbewegungsmittel bevorzugt. Sie haben ein Open-Air-Deck, das man über eine steile Leiter erklimmen muss, um dort einen Sitzplatz zu ergattern. Erst nach 1900 geht langsam die Ära der mit Pferdekraft betriebenen öffentlichen Verkehrsmittel zu Ende; mit ein Grund dafür ist, dass die Versorgung von 25.000 Pferden der Stadt London zunehmend Probleme bereitet.

Hildegards erste große Unternehmung findet auf Initiative von Fräulein Gräff statt und führt zum Earl's Court Exhibition Centre. Dieses groß angelegte Messe- und Veranstaltungszentrum wurde 1887 eröffnet, um sowohl Spektakeln nach amerikanischem Vorbild wie der Buffalo Bill Wild West Show als auch nationalen Leistungsschauen einen fixen Ort zu geben. Ab 1895 erfolgt durch den aus Ungarn stammenden Unternehmer Imre Kiralfy der Ausbau und die Modernisierung des Geländes.[30] Bis zum Ersten Weltkrieg werden zahlreiche erfolgreiche Ausstellungen, die sich zwischen Attraktion und Wissensvermittlung, zwischen Weltausstellung und Themenpark ansiedeln, gezeigt. Im Sommer 1898 findet dort die International Universal Exhibition statt. In den Zeitungsberichten, die anlässlich der Eröffnung Anfang Mai erscheinen, wird von den vielen Attraktionen berichtet, mit denen die Ausstellung diese Saison aufwartet.[31] Dazu zählen ausgewählte nationale und internationale Kapellen, die die Besucher:innen mit Militärmusik unterhalten, aber auch sogenannte Side Shows, ein Beiprogramm, das um 1900 noch aus Völkerschauen und Aufführungen von Menschen abseits der körperlichen Norm, etwa Kleinwüchsigen, besteht. Als Hauptattraktion wird ein Seeschlacht-Spektakel angepriesen, das es in dieser Form noch nie gegeben habe. Eine Flotte maßstabsgetreu verkleinerter Schiffe der englischen Marine wird elektrisch navigiert und simuliert eine Seeschlacht samt dem Abfeuern von Torpedos und der Zerstörung eines feindlichen Forts.

Dieses „grand patriotic naval spectacle“[32] wird als äußerst illusionistisch beschrieben: Als Betrachter:in glaube man, aufgrund der „scientific imitation“[33] bei den tatsächlichen Manövern dabei zu sein. Der eigentliche Kern der Ausstellung, nämlich eine Leistungsschau der besten und neuesten Produkte verschiedener Länder zu bieten, wird in den Zeitungen nicht vorrangig erwähnt. Hildegard, die zum ersten Mal eine Ausstellung dieser Größenordnung besucht, kann sich an dem einen Abend zumindest einen kleinen Eindruck von dem vielfältigen Angebot verschaffen.

> *Undatiertes Brieffragment, vermutlich August 1898:* Vorige Woche war Frl. Gräff mit uns in der Earl's Court Ausstellung. Das ist eine permanente großartige Ausstellung im Süden von London. Eintrittsgeld mit Fahrbillet kostet nicht mehr als 80 Pence. Wir fuhren erst nach dem Thee hin. Es war ein herrlicher Abend. Zuerst kommt man in einen ungeheuren Hof von lauter weißen Gebäuden in indischem Stil umgeben – in der Mitte ein großer klarer Teich auf welchem 2 electrische Schiffe herumfahren. Wo keine Gebäude sind, ist die Aussicht durch mit Landschaften bemalte Wände versperrt, die täuschend wirklich aussehen u. oben nach den Contouren der Bäume und Häuser ausgezackt sind. Vorne sind schöne Blumen gepflanzt, dass man nicht weiß, wo die Wirklichkeit aufhört. Es ist als ob man weit ins Land sehe. Gleich beim Eintritt begrüßte mich eine österreichische Militärmusik. Ihr könnt Euch denken, wie wir Österreicherinnen stolz in dem Genuße der heimatlichen Musik schwelgten. In einer großen Halle mit tropischen Pflanzen spielt eine Schweizerkapelle in Nationalcostüm – dann sind noch 2 ungeheure Höfe mit Musikkapelle. Die Ausstellungsgänge haben wir nicht so genau besichtigt. Es ist auch viel von Österreich – besonders Glassachen von Stölzle[34] –, eine große Abtheilung türkischer Teppiche, Stickereien, Schuhe u. Kleider, dabei Türken u. Türkinnen in Nationaltracht. Am schönsten war es, als wir abends zurückgingen und der erste Hof in hellem Lichterglanz erstrahlte. Entlang der Gebäude alles kleine Lichter, ebenso an dem kleinen See – dicht nebeneinander ein rothes u. gelbes abwechselnd dann hohe Kandelaber mit 12 rothen Lichtern. Besonders schön nahmen sich die

2 fantastisch gebauten, gedeckten Brücken aus, auch ganz weiß – à la Rialto – die über den See führen. Es war ganz feenhaft. Wir kamen um ½ 11^{h} nachhause.

Ihren Schilderungen nach ist es also weniger die Ausstellung selbst, die Hildegard entzückt, als vielmehr die Inszenierung des Geländes. Eine künstlich angelegte Wasserlandschaft, Scheinarchitekturen und vor allem die abends erstrahlende farbige elektrische Beleuchtung hinterlassen einen bleibenden Eindruck. Ihre Beschreibung des „Queen's Court" benannten Hofes des Earl's Court Exhibition Centre erinnert an die Kultur visueller Attraktionen im 19. Jahrhundert wie beispielsweise Panoramen. Auch hier ist alles auf Augentäuschung ausgelegt: Der gemalte Rundumblick wird um das sogenannte „Faux Terrain" ergänzt, das aus realen Gegenständen besteht und durch geschickte Lichtführung den Übergang zum gemalten Bild verunklärt. Auf der International Universal Exhibition im Jahr 1898 gibt es tatsächlich ein solches Panorama zu bewundern. Im Gebäude des Cyclorama wird das mit *Hungary* betitelte Rundbild des Malers Árpád Feszty ausgestellt, das die Besiedelung Ungarns durch die Magyaren am Ende des 9. Jahrhunderts zum Thema hat. Das Hervorrufen illusionistischer Effekte wird aber im Earl's Court-Gelände auch im Außenraum verfolgt, wo durch die Bemalung und Dekoration von Fassaden offensichtlich sehr wirksam ähnliche Effekte hervorgerufen werden.

Schon im Sommer 1898 unternimmt Hildegard auch eine Fahrt ans Meer. Sie schließt sich der im Haus von Fräulein Gräff arbeitenden Köchin an und begleitet sie für knapp zwei Tage nach Southend-on-Sea. Auf der Rückseite des Briefes vermerkt sie „Seeunkraut aus Southend", ein Hinweis darauf, dass sie getrocknetes Seegras als Souvenir dem Brief beigab.

Undatiertes Brieffragment, vermutlich August 1898: Und nun muss ich Euch noch von meiner großen Meerfahrt erzählen. – Ja staunt nur! Unsere Köchin, eine ältere sehr nette Person, erhielt eine Woche Ferien, die sie in Southend verbringen wollte – das ist ein Badeort an der Mündung der Themse. Ich benutze die gute Gelegenheit u.

fuhr mit ihr Montag dahin. Man fährt 1 ½ Stunden mit dem Dampfer u. zahlt 3 s 6 d hin u. zurück, umgerechnet nur 2 Gulden. Wir hatten herrliches Wetter. In London ist es drückend heiß, doch an der Themse weht eine frische Brise. Am Dampfer hat man Gelegenheit englisches Volksleben zu studieren. Eine kleine Kapelle spielte bald vorne, bald hinten am Schiff u. die guten Engländerinnen, tanzlustiger als alle Wienerinnen, drehten sich da ungeniert im Kreise. Natürlich waren es ganz gewöhnliche Frauenzimmer, alt, hässlich, roth und dick, mit offenem Schlitz und ausgefranstem Rock. Der Dampfer war so voll, dass die Hälfte stehen musste! Die Themse wird bald so breit, dass man das Ufer nicht mehr sieht u. sich im Meere währt. Ach, schön ist es! Ringsherum glitzernde Wellen, weiße Möwen kreisen am blauen Himmel und lassen sich auf die glatte Meeresfläche herunter. Segelschiffe hier und dort. Endlich ein lang gestreckter weißer Streifen, der sich als die Küste mit Southend entpuppt. Der „Pier" oder die Landungsbrücke ist 1 ¾ englische Meilen lang. Wie auf einer Promenade gehen da die Leute in weißen Kleidern auf und ab – am Geländer stehen dichtgedrängt die Fischer mit Angeln. Am Strand war ein furchtbares Gewimmel wie ein vielfarbiger Ameisenhaufen. Es war gerade Fluth und tausende badeten dort in dem Wellenschlag. Es ist jetzt die Höhe der Saison. Southend ist aber ein Badeort für arme Leute – daher ein sehr gemischtes Publicum – Dienstleute, Aufwaschfrauen, Greissler, alles nimmt sich dort Ferien. [...]

Weiter hinunter am Strand ist es wie im Wurstelprater: Ringelspiele, Hutschen, u. andere Einrichtungen u. Vergnügungen, bei denen einem Hören und Sehen vergehen. Überall zum Geldanbringen, hier ein Penny, dort ein Penny. Dort tanzen wieder ein Paar wie verrückt, als ob sie bezahlt wären, da reiten ein paar Marinäre[35], große, stämmige Kerle auf Eseln, der eine fällt kopfüber herunter u. liegt auf allen vieren, die anderen kugeln sich vor Lachen. Man könnte 10 Augen brauchen, um nichts zu übersehen. Was für ein leichtsinniges Völkchen ist hier beisammen! Das mühsam Ersparte geben sie in ein paar Tagen aus. Ich komme mir manchmal wie eine rechte Knickerin[36] vor. Hier spart kein Mensch. Weil der

Dampfer so spät angieng u. ich erst um 1^h in London angekommen wäre, übernachtete ich bei der Köchin u. fuhr erst nächsten Tag um 4^h. Dafür hatte ich noch einen genußreichen Morgen am Pier, wo noch nicht soviele Leute waren u. ich nach Herzenslust in die weite Ferne sehen konnte. Ich liebe das Meer ganz ungeheuer u. kann mich an diesem Anblick nicht sattsehen. Bei der Rückfahrt sah ich Sonnenuntergang am Schiffe. Ich fuhr allein – schrieb fleißig Tagebuch u. kam um ½ 10^h glücklich daheim an. Nun darf ich aber nichts mehr unternehmen, denn ich habe doch 10 Shilling ausgegeben.

Neben dem Besuch des Earl's Court Exhibition Centre und ihrer Fahrt nach Southend-on-Sea schildert Hildegard in diesem Brief auch ausführlich Besuche im Londoner Zoo, bei denen ihr nicht nur einzelne ausgestellte Tiere, sondern vor allem die elegante Garderobe des Sonntagspublikums einen bleibenden Eindruck hinterlässt.

Gestern, sonntags u. vorigen Sonntag war ich im Zoologischen Garten welcher im Regent's Park ist, was sehr nahe von uns. Frl. Gräff hat Freikarten von Mr Gable, dem Herrn im 1. Stock bekommen u. am Sonntag ist das feinste Publicum im Zoo. Er lässt sich vielleicht mit Schönbrunn vergleichen, ist aber noch viel großartiger was Ausdehnung sowohl als Seltenheit der Thiere anlangt. Die Pavillions sind im Parke verstreut. Dazwischen befinden sich prachtvolle Rasenplätze mit schönen Baum- und Blumengruppen. Mitten im frischen Gras sind Stühle u. jeder kann sich hinsetzen. Dort sitzt Elite der Gesellschaft. Was sieht man da für Toiletten! Es kommt beinahe kein Mensch herein ohne Lackschuhe, die Damen mit hohen französischen Absätzen. Die Kleider sind schwer Seide gefüttert, unten alles Spitzen u. Rüschen, meistens seidene Unterkleider, Gaze, gestickte Überkleider, u. ganz aus Spitzen u. Band zusammengestellt, echte große Perlen um den Hals, Diamanten wo es nur möglich ist, die Hüte voll Federn. Wir haben eben ganz eine falsche Vorstellung von der einfachen, praktischen Engländerin. Das ist nur die auf Reisen. In London ziehen sie sich so extravagant an, wie nirgends anders. Die Engländerin ist eitler als jede andere Frau u. sieht das

> Anziehen als ihre höchste Aufgabe an. In Wien würde sich niemand mit so auffallenden Kleidern auf eine Straße wagen. Ich komme mir da höchst einfach u. schäbig vor. Aber sie sind nicht so nett angezogen wie die Wienerinnen, gern etwas schlampiger. Wir waren im Affenhaus, was höchst unterhaltlich ist, besonders hässlich doch interessant ist das Nilpferd, ein Ungeheuer an Größe und Hässlichkeit, das immer keuchend aus dem Wasser kam u. gerade vor mir sein viereckiges enormes Maul aufmachte, gerade als ob es meine zoologischen Kenntnisse was das Gebiss anbetrifft erweitern wollte durch die directe Anschauung; diese ungeheuren Zähne! 90 cm stehen sie aus dem Kiefer heraus! Daneben hatte die Giraffe ihr Haus; das war ein köstlicher Gegensatz: graziös tänzelnd sprang sie auf ihrem beschränkten Platz herum als wollte sie sich vortheilhaft von dem Ungeheuer abheben!

An mehreren Stellen in Hildegards Briefen an ihre Eltern fällt auf, dass sie – wie auch hier bei ihrem Bericht vom sonntäglichen Besuch im Zoo – einen scharfen Blick für das soziale Klassengefüge im spätviktorianischen London hat. Die Orte, die Hildegard bei ihren Unternehmungen besichtigt, ebenso die Viertel, die sie durchstreift, werden immer auch in Hinblick auf die anderen Anwesenden beziehungsweise ihre Bewohner:innen wahrgenommen. Die ausgelassen feiernden Dienstleute in Southend-on-Sea und die elegante Bevölkerung in Hampstead bilden dabei die Enden eines breiten Spektrums, mit dem sie in Wiener Neustadt und Wien kaum Berührungspunkte hatte. Sehr atmosphärisch schildert sie ihre Beobachtungen der oberen Zehntausend:

> *London, 16. Juli 1898:* Nach Hampstead hinaus sind mehr Villen von sehr reichen Leuten. Die haben vorne sorgfältig gepflegte Gärten, beim Eingang stehen ungeheure Blumenkörbe, gefüllt mit köstlichen Blumen, zur Thüre führen Lauben mit zarten Schlinggewächsen, drinnen stehen große Vasen aus Porzellan mit Blumen, manchmal führt auch ein Glasgang zum Haus. Es ist eben ein Luxus hier, wie ich nie gesehen habe. Im Hause sieht man die Bediensteten herumschießen, im Speise-Zimmer die Damen in Soirée-Toilette[37] beim

> dinner sitzen. Ach wieviel Reichthum u. Verschwendung sieht man u. wie arm kommt man sich vor!

Der nordwestlich gelegene Stadtteil Hampstead entwickelt sich von einem kleinen Dorf, das zunächst wegen seiner eisenhaltigen Quelle als Kurort bekannt und in Folge wegen seiner Naturnähe von Schriftsteller:innen und Maler:innen als Wohnort nicht nur während der Sommermonate geschätzt wurde, nach seiner Eingemeindung in den Großraum London im Jahr 1888 zunehmend zu einer exquisiten Wohngegend für reiche Bürger:innen. Hampstead ist weit genug entfernt von den Fabriken und Elendsvierteln, um seinen Bewohner:innen ein gehobenes Zuhause jenseits des industrialisierten London zu ermöglichen. Hier gibt es genug Freiflächen für den Bau neuer Villen samt großzügiger Gärten, während in der Innenstadt der Platz bereits knapp ist und ein ganz anderes Bild vorherrscht, wie auch Hildegard bemerkt. Die bevorzugte Bauweise seit dem 17. Jahrhundert umfasst ganze Straßenzeilen aus Ziegelhäusern, die sich die Seitenwände teilen und Fassaden nach einem einheitlichen Bild aufweisen. Diese „London terraced houses“ werden häufig um ein Gartenquadrat angelegt und von einem durchgehenden Eisengitter umgeben. Auf Hildegard wirken sie eher nüchtern:

> *London, 16. Juli 1898:* Die Straßen haben hier ein ganz anderes Aussehen. Sie haben kein zu hübsches Äußeres, sind meistens gehbar ohne jeglichen Schmuck, nur haben sie vor den Fenstern die reizendsten Blumen. Meistens hat ein Haus nur 2 bis 3 Fenster in der Front aber das merkt man nicht, weil sehr häufig 2 u. 2 Häuser zusammengebaut sind als ob es ein Haus wäre, nur im Inneren getrennt. Manchmal sind auch 10 Häuser so nebeneinander, ganz gleich, das nennt man Terrasse. Nur die ärmsten Leute bewohnen nicht allein ein Haus. Am Hausthor, welches nun immer eine kleine Thüre mit Messingbeschlägen ist, sind zwei Glocken, eine für die Diener u. Geschäftsleute, die andere für Besuche. Oder aber haben die ersteren einen Eingang neben dem Haupteingang hinunter ins Souterrain, wo die Küche u. Dienstbotenzimmer sind.

Hildegard begibt sich zudem regelmäßig in das Getümmel der Innenstadt, wo um 1900 der städtische Verkehr bislang ungeahnte Ausmaße erlangt. Neben Pferde-Omnibussen, den als Taxi dienenden zweisitzigen Hansom Cabs, Pferde-Tramways und Fuhrwerken sind es insbesondere zahlreiche Fußgänger:innen, die eine Regelung des Treibens auf den Straßen erforderlich machen. In einem ihrer Briefe beschreibt Hildegard diese gerne liebevoll als „Bobbies" titulierten Polizisten als respektierte Verkehrsordnungsmänner:

> *London, 16. Juli 1898:* Am schönsten ist es in Oxfordstreet – dort herrscht ein ungeheurer Verkehr. Bei den Übergängen, wo die Straßen sich kreuzen, sind in der Mitte erhöhte Stellen, wo die Laternen stehen, da geht man zuerst dorthin u. wartet dann den Zeitpunkt ab, ganz hinüberzukommen. Da steht auch immer ein Polizeimann, der einem hinüberhilft, gebietend die Hand erhebt, um den Wagenverkehr für einen Augenblick zu unterbrechen. Er braucht nie zu sprechen oder gar zu schelten. Man folgt ihm widerspruchslos.

Aus Hildegards Zeit als Gouvernante bei einer jüdisch-großbürgerlichen Familie haben sich keine brieflichen Berichte erhalten. Nur in ihren autobiografischen Aufzeichnungen findet sich die Notiz, dass sie sich dort anfangs sehr wohlfühlt. Zur schnellen Vertrautheit in der neuen Umgebung trägt bei, dass es sich um deutschsprachige Dienstgeber:innen handelt. Die Dame des Hauses stammt aus Berlin und ihr Ehemann aus dem damals der k. u. k. Monarchie angehörenden Teil Polens. Doch mit der Zeit merkt sie, dass dadurch der eigentliche Grund für ihren Aufenthalt in England, nämlich so viel wie möglich Englisch zu sprechen, zu kurz kommt. Nach circa einem halben Jahr widmet sich Hildegard Anfang 1899 erneut der Stellensuche. Durch Vermittlung einer Agentur erhält sie schließlich die Möglichkeit, mit 1. Mai 1899 als Lehrerin in die Mädchen-Eliteschule Allenswood einzutreten.

„Nichts, was an eine Schule gemahnte": Als Lehrerin in Allenswood

Die Allenswood Boarding Academy wird 1883 von der Französin Marie Souvestre in Wimbledon als Eliteschule für Mädchen gegründet und bis zu ihrem Tod im Jahr 1905 von ihr geleitet. Bereits zuvor hat sie einer eigenen Schule für Mädchen vorgestanden: In Fontainebleau war sie gemeinsam mit Caroline Dussaut, mit der sie auch privat liiert war, Direktorin des Internats Les Ruches, das von Französinnen, Belgierinnen, Engländerinnen und Amerikanerinnen aus gutem Hause und aus intellektuellen Zirkeln besucht wurde. Nach einem Streit über den Fortgang der Schule sowie Beziehungskonflikten und einem anschließenden Eklat verlässt Souvestre mit ihrer neuen Partnerin Paolina Samaïa Frankreich und initiiert mit ihr gemeinsam Allenswood.[38] Die Schule wird als Internat für Mädchen aus adeligen und großbürgerlichen Familien geführt, die nicht nur aus Europa, sondern auch von Übersee kommen. Hildegard erwähnt in ihren Aufzeichnungen, dass einige der Schülerinnen von so hohem Stand sind, dass sie bei bestimmten Gelegenheiten der englischen Königin vorgestellt werden. Die Mädchen lernen mehrere Sprachen (neben Französisch – das nicht nur als primäre Unterrichtssprache dient, sondern auch verpflichtend zur allgemeinen Unterhaltung und Verständigung verwendet wird – auch Englisch, Deutsch und Italienisch), Geschichte, Literatur, Kunst und Philosophie. Vorrangiges Ziel ist es, den jungen Frauen zu möglichst viel Selbstständigkeit im Denken und Handeln zu verhelfen, dies kann auch dadurch geschehen, dass sie eine Ausbildung im Reiten oder im Lenken von einem Pferdegespann bekommen.

Souvestre führt Allenswood gemeinsam mit ihrer aus Italien stammenden – und damals inoffiziellen – Partnerin Paolina Samaïa. In ihren Lebenserinnerungen beschreibt Hildegard, wie sie bei ihrer Ankunft gleich mit ihr Bekanntschaft macht: „Schon der Weg hin entzückte mich, da es ganz am Lande war. Man kam durch eine grosse Allee, zu beiden Seiten Parks mit blühenden blue bells, das Haus wie ein schönes Landhaus gebaut, vorne Rosen. Ein feines Stubenmädchen öffnete mit weisser Haube und Schürze und Kragen. Die Hall voll schöner Radierungen. Ich sprach mit einer kleinen italienischen Dame, die mich ausfragte. Es war ihr nicht recht, dass ich katholisch war, doch sagte sie, niemand werde mich fragen und ich müsse Sonntags mit den Mädeln in die Kirche gehen. Ja, ist es eine Schule? fragte ich ganz erstaunt; denn man sah nichts, was an eine Schule gemahnte.“

Sonst fasst sie sich in ihren Lebenserinnerungen von 1947 bezüglich ihrer Eindrücke zu Allenswood eher kurz und verweist stattdessen auf das Buch *The Educated Pin* von Marjorie Mack, in dem die Atmosphäre ihrer Meinung nach „meisterhaft beschrieben" ist. Im Zentrum dieses 1944 erschienenen autobiografischen Romans steht die Entwicklungsgeschichte von Daw, einem jungen Mädchen, das im spätviktorianischen Zeitalter geboren ist. Der Titel bezieht sich auf eine Nadel, die der Protagonistin als Talisman dient und die als Metapher für ihren Wunsch steht, durch Bildung etwas aus dem eigenen Leben zu machen. Diese Nadel erscheint analog zum literarischen Kunstgriff, den Hans Christian Andersen in seinem Märchen *Die Stopfnadel* vorgenommen hat, fast als ein personifiziertes Wesen.[39] In Form eines Rückblicks wird Daws Kindheit und Jugend erzählt, die sie zwischen 1901 und 1904 als Schülerin in Allenswood verbringt. Die Autorin beschreibt eindrücklich Daws erste Eindrücke von dieser privaten Mädchenschule anlässlich der Besichtigung: so etwa die Eingangshalle mit einem Fresko von Puvis de Chavannes und einer Kopie der Nike von Samothrake, die Bibliothek von Marie Souvestre mit wertvollen Büchern in Ledereinbänden, die sie von ihrem Vater, dem bekannten bretonischen Schriftsteller Émile Souvestre geerbt hat, die Grande Salle d'Étude und die Petite Salle d'Étude, die Schuluniformen mit einem Strohhut, der als Band die Schulfarben Weiß und Grün aufweist, sowie die Zimmer der Mädchen. Auch das erste Zusammentreffen mit Mademoiselle Souvestre ist Thema, die nach wenigen in bemüht exaktem Englisch ausgesprochenen Begrüßungsworten sehr zur Überforderung des jungen Mädchens rasch zu Französisch wechselt. Im weiteren Verlauf erhält man auch Einblick in die vielen Gebote und Verbote, von denen der Alltag der Schülerinnen bestimmt war. Es wurde beispielsweise ein Preis für die ordentlichste Schülerin ausgelobt und man musste täglich beichten, wie oft man sich verbotenerweise auf Englisch statt auf Französisch verständigt hat.[40]

Ohne Ausbildung als Lehrerin wird Hildegard dort aufgenommen, um die Mädchen vorrangig Deutsch zu lehren. Der Wechsel von einer privaten Familie in ein renommiertes Mädchenpensionat stellt für Hildegard einen beruflichen Aufstieg dar.[41] Lehrpersonen sind in Allenswood ganztägig in das Internatsleben eingebunden, nehmen mit den Schülerinnen die Mahlzeiten ein, verbringen mit ihnen gemeinsam die Abende und schlafen ebenfalls im Internatsgebäude. In ihren Selbstaufzeichnungen berichtet Hildegard von den räumlichen Verhältnissen, den Gepflogenheiten und ihrer Begegnung mit der Leiterin: „Es gab im Hause etwa 12 Schlafzimmer und nur 2 Schulzimmer, Miss Souvestre unterrichtete in ihrer Bibliothek. Der Speisesaal war sehr gross. Am mittleren Tisch saß Miss Souvestre und um sie gruppierten sich die Vorgeschrittenen, die gut französisch debattieren konnten. Der 2. Tisch war der deutsche, wo ich präsidierte. Am 3. Tisch waren die Kleinen. Das Essen wurde fein serviert, und abends zog man sich fürs dinner festlich an. Die kleine Italienerin, Miss Samaïa, hatte den Haushalt und die Pflege der Kranken über. Miss Souvestre war sehr geistreich, aber beissend scharf. Sie verkehrte in der höchsten Gesellschaft, war auch beim Lord Mayor eingeladen. Sie kritisierte immer meine Liebenswürdigkeit, die in England nicht am Platze war."

Auch Marjorie Mack lässt Daw auf die unterschiedlichen Seiten von Marie Souvestre zurückblicken: Auf der einen Seite öffnet ihr eine private Geschichtsstunde die Augen für unkonventionelle Zusammenhänge und Interpretationen des Weltgeschehens; auf der anderen Seite berichtet sie von der Schmach, die diejenigen erfahren, die den hohen Ansprüchen der Schulleiterin nicht genügen und die sie in solchen Momenten „imbéciles", also „Dummköpfe", zu nennen pflegt.[42]

Der Anfang in Allenswood gestaltet sich für Hildegard nicht friktionsfrei; in ihren autobiografischen Aufzeichnungen verwendet sie einmal das Adjektiv „unendlich schwierig", ein andermal „erbärmlich". Da die Hauptlehrerin krank ist, gibt es keine Person, die sich ihrer annimmt, um sie in den Hausgebrauch einzuführen und ihr zur Seite zu stehen. Hildegard muss sich selbst eine Klasse zusammenstellen und ohne Curriculum einen eigenen Lehrplan entwerfen. Dazu lässt sie sich beispielsweise ausgewählte Bücher von ihren Verwandten nach Allenswood senden, um auf deren Grundlage den Mädchen Deutsch nahezubringen. Sie ist zudem mit disziplinarischen Problemen konfrontiert und auf das Benehmen einiger Mädchen nicht vorbereitet. Der erste briefliche Bericht an die Eltern spricht diese Probleme bereits an.

Undatiertes Brieffragment, vermutlich Mai/Juni 1899: Jetzt habe ich sehr viel zu thun – kein Augenblick für mich, jeden Tag 6 Stunden u. all die anderen Sachen. Zuviel – recht oft muss ich mich kränken über das Benehmen der Mädchen – nicht, weil ich empfindlich bin – sondern weil ich mich besorgt frage, wird es denn gar nicht besser? Ich glaube aber wirklich, dass die Engländerinnen ganz anders sind. Ich glaubte, wenn ich ihnen helfe u. mich aufopfere, werden sie mich gerne haben. Ja Schmarrn – mit Strenge hätte ich sie eher gewonnen. Doch das Strengsein ist schwerer als das Gutsein – denn man darf ja nicht ungerecht sein u. diese Engländerinnen sind so scharfsichtig u. keck u. rücksichtslos.

Die Großen lesen nun den „Talisman“ u. da sagte Hettie, ein Mädchen, das kein Talent hat u. auch nicht besonders gescheit ist, dass er ihr nicht gefällt, weil so viele Reden vorkommen, die nicht nothwendig zur Handlung sind. Immer nur finden sie alles dumm u. idiotisch. Die Kleinen hatten mit „Hans Huckebein“ große Freude. Habt Ihr Felix das Geld dafür geschickt? 2 Gulden 10? Ich danke Euch vielmals! Ich schreibe im Bett, denn ich darf nicht länger als ½ 11^{h} im Schulzimmer bleiben u. im Schlafzimmer ist kein Tisch.

Hildegard hat sich offensichtlich bemüht, den Mädchen anhand von kurzweiligen und amüsanten Texten die deutsche Sprache näherzubringen. Mit Wilhelm Buschs in Paarreimen formulierter Bildergeschichte über den Unglücksraben Hans Huckebein, der sich nach seiner ungewollten Domestizierung durch den Knaben Fritz als undankbares Tier erweist und den Haushalt seiner Tante auf den Kopf stellt, bis er sich nach Alkoholgenuss selbst stranguliert, trifft sie bei den jüngeren Schülerinnen ins Schwarze. Das gewählte Stück *Der Talisman* von Johann Nestroy scheint hingegen schwieriger zu vermitteln gewesen sein. Die Posse um Titus Feuerfuchs, der wegen seiner roten Haare wenig Chancen auf gesellschaftliche Anerkennung und romantische Beziehungen zu Frauen aus gutem Hause hat und sich daher mit Perücken tarnt, dann aber doch jene Frau heiratet, die ihn als Einzige so liebt, wie er ist, besteht nicht nur vorwiegend aus direkten Reden, sondern erschwert auch durch die wienerische Mundart, in der Nestroy schreibt, das Sprachverständnis für Personen, die Deutsch nicht zur Muttersprache haben. Die Anfangsschwierigkeiten gehen wohl zu einem Teil darauf zurück, dass Hildegard mit einer Gesellschaftsschicht in Berührung kommt, deren Regeln und Gesetze sie vorher nicht kannte und die ihr eigenes Wertesystem zum Teil erschüttern. Bezeichnend dafür ist eine Stelle in einem Brief an ihre Eltern, wo die sozialpolitischen Ansichten und Meinungen eines Mädchens, auf das ich gleich noch ausführlicher zu sprechen kommen werde, deutlich werden.

> *Undatiertes Brieffragment, vermutlich Mai/Juni 1899:* Heute gieng ich mit Nellie spazieren. Da hättest Du geschaut, lieber Papa, was für Faxen das Mädchen hat: Die Welt wäre besser dran, wenn es keinen Mittelstand gäbe, denn der bringt die Unruhe u. die Revolution. Nur Adel u. Arbeiter. Arbeiter geknechtet im Dunkel gehalten u. gentlemen herrschen. Die gentlemen haben etwas Imponierendes was ein Bürger sich nie erwerben kann – das muss durch Generation großgezogen werden. Sie erzählte, dass bei ihnen in Irland sich einmal die Arbeiter erhoben u. ihren Vater in Scharen bedrohten. Er kam heraus u. durch die Macht seiner Persönlichkeit geschreckt, zogen sie ab. Guthesthun ist Dummheit, alles bloße Schwärmerei – die Welt wird nicht besser u. die wahre Zierde des Menschen ein verfeinertes Benehmen, ein je ne sais quoi, das der gentleman hat, auch wenn er zum Bettler oder Dieb wird. Und solche Ansichten sind hier verbreitet. Wahrheit, Ehre, Freiheit sind leere Begriffe, dummes Zeug. Und dazu der Eigensinn der Engländer, der keine andere Meinung aufkommen lässt!

Auch in Hildegards autobiografischen Aufzeichnungen findet sich eine Notiz, die Aufschluss darüber gibt, dass das politische Weltgeschehen seine Auswirkungen auf das Leben in der multinationalen Schule hat. Insbesondere die Tatsache, dass die französische Politik mitunter ideologisch anders ausgerichtet ist als die englische und in Konflikten auf der Gegenseite steht, hinterlässt Spuren: „Der Burenkrieg schlug seine Wellen bis an die Pforten des Instituts. Ladysmith, Pretoria, Krüger etc. Die Mädels feierten die Siege u. Mlle Souvestre trauerte mit den Buren."

Ab dem Herbst- und Wintertrimester 1899/1900 geht es mit der Zusammensetzung neuer Jahrgänge langsam besser. Zu diesem Zeitpunkt tritt auch die wohl prominenteste Schülerin in Allenswood ein: Eleanor Roosevelt, die spätere Frau des US-amerikanischen Präsidenten Franklin D. Roosevelt. Sie kommt im Herbst 1899 im Alter von 15 Jahren mit ihrer Tante und deren Familie nach England. In ihrer 1937 verfassten Autobiografie schildert sie ähnlich wie Marjorie Mack die Regeln („There were a great many rules [...].") und den Hausgebrauch im Internat.[43] Für jeden Tagesordnungspunkt gibt es strikte Vorgaben, etwa wie lange man das Badezimmer benützen und wie viel Zeit man für das Anlegen der Abendgarderobe anwenden darf. Nach dem Frühstück wird täglich mit den Schülerinnen ein Spaziergang gemacht, bevor dann unmittelbar darauf der Unterricht beginnt. Eleanor Roosevelt berichtet insbesondere von den sie sehr bereichernden Geschichtsstunden bei Mademoiselle Souvestre, die von den Mädchen verlangt, die vorgetragenen Inhalte eigenständig durch Lektüre und Recherchen zu vertiefen. Wie es die Leiterin von Allenswood versteht, ihren Schülerinnen nicht nur Wissen zu vermitteln, sondern sie insbesondere in ihren individuellen Fähigkeiten zu bestärken, wird auch in einer Szene in der 2022 in den USA veröffentlichten populärkulturellen Fernsehserie *The First Lady* gezeigt, in der Eleanor Roosevelt als eine von drei Protagonistinnen auftritt. In einer Episode erhält man einen Eindruck vom Internatsleben, so unter anderem vom Zeichenunterricht unter freiem Himmel im herrschaftlichen Park und von besagtem Geschichtsunterricht, in dem Eleanor vermittelt wird, dass nicht das Äußere einer Frau, sondern deren Geist zähle. Wenige Auserwählte, darunter auch sie selbst, werden außerdem zu bestimmten Anlässen abends eingeladen, in Marie Souvestres Bibliothek zu kommen, wo diese Lesungen bekannter Gedichte, Stücke oder Romane auf Französisch hält. Eleanor gehört auch zu denjenigen, die am Tisch der Internatsleiterin essen dürfen. Im Frühjahr 1901, so Eleanor Roosevelt in ihrer Autobiografie, lädt die schon betagte Mademoiselle Souvestre ihre Lieblingsschülerin ein, mit ihr eine Reise nach Frankreich zu unternehmen, was diese als „a revelation" bezeichnet. Aus einer schriftlichen Beurteilung im Zeugnis[44] vom Frühjahrstrimester 1900 geht bereits hervor, dass Mademoiselle Souvestre ihre Begabung sofort erkannt hat: „Excellent. She is the most amiable girl I have ever met, she is nice to every body, very eager to learn and highly interested in all her work." Eleanor Roosevelt wird auch von Hildegard in Deutsch unterrichtet, wie das Zeugnis bescheinigt: „Very good pupil, is always interested in her work." Das Zeugnis hält aber noch eine zweite Information betreffend Hildegards Aufgabengebiet in Allenswood fest. So unterzeichnet sie ebenfalls mit ihren Initialen im Fach „Travaux à l'aiguille", womit Schneider- und Handarbeiten gemeint sind.

Eleanor Roosevelt freundet sich in Allenswood mit der temperamentvollen Nellie Post an, über deren Ansichten zu einem rigiden Gesellschaftsmodell von Herrschaft und Knechtschaft sich Hildegard so sehr gewundert hat. Nellie, die Eleanor in ihrer Autobiografie mit dem Namen „Jane" anonymisiert, hat wie sie amerikanische Wurzeln und wird ihr durch ihren feinen Verstand und ihre Warmherzigkeit eine enge Vertraute. Gleichzeitig hat Nellie noch eine andere Seite, die sie gegenüber jenen Personen zeigt, die sie nicht respektiert. Ihr Jähzorn und ihre Wutausbrüche werden schließlich Hildegard während der Deutschstunden fast zum Verhängnis. David Michaelis schildert in seiner Biografie über Eleanor Roosevelt, wie diese als Zeugin Nellies Eskapaden gegenüber Hildegard erlebt: „In Fraulein Petritsch's classroom, to Eleanor's horrified delight, Nelly's pranks and capers repeatedly brought the lesson to a complete standstill."[45] Hildegard erwähnt gleichfalls in ihren Erinnerungen von 1947 die „besonderen Schwierigkeiten mit Nellie Post", die sich auch im Folgetrimester fortsetzen. Eine Begebenheit war so schwerwiegend, dass diese sogar Eingang in Michaelis' Biografie über Eleanor Roosevelt gefunden hat. Nach einer angekündigten Strafmaßnahme durch Hildegard kam es zu einer Eskalation, die darin bestand, dass Nellie ein Tintenfass auf sie warf – in Anbetracht der damals herrschenden Disziplin, die für Schulen wie Allenswood unabdingbares Gesetz war, eine beispiellose Entgleisung.[46] Hildegard selbst erwähnt diesen Vorfall nicht explizit, sondern umschreibt ihn lediglich – offensichtlich war er dermaßen unangenehm und schambehaftet für sie. Ich fühle ehrlich mit ihr, die sich so mutig den Unterricht in einer französischsprachigen Schule ohne Erfahrung und Ausbildung zugetraut, mit viel

Herzblut ihre Stunden vorbereitet und dafür ihr privates Leben komplett hintangestellt hat.

Nellie wird später der Schule verwiesen, was einen absoluten Ausnahmefall darstellt. Ich kann nur darüber spekulieren, welche Bedeutung der Vorfall mit dem Tintenfass dafür hatte – vermutlich waren letztendlich weitere Probleme mit anderen Lehrenden ausschlaggebend, worauf Hildegards Lebenserinnerungen hindeuten.

Konsultation des Bibelorakels in Hastings

In ihrer gesamten Zeit in England ist Hildegard Familie Wilks eine wichtige Stütze. Sie ist ihr von ihrer einstigen Englischlehrerin vermittelt worden, die mit Mr Wilks in einem geschwisterlichen Verwandtschaftsverhältnis steht. Schon bald nach ihrer Ankunft machen sie sich miteinander bekannt. Familie Wilks nimmt sich der jungen Österreicherin auf das Herzlichste an und wird ihr zu wertvollen Freunden. Die engen Bande sind auch dadurch dokumentiert, dass in unserem Familiennachlass ein fotografisches Personenporträt vorhanden ist, das fünf Mitglieder der insgesamt sechsköpfigen Familie Wilks zeigt. Es stellt das einzige fotografische Relikt aus Hildegards Zeit in England dar. Die Fotografie ist Teil eines sechs Blätter umfassenden selbstgebastelten dünnen Albums, das den Titel „Gewesenes und Gebliebenes" trägt. Die 1900 entstandene Aufnahme ist das älteste Bild in diesem Heftchen, das, ohne einer Chronologie verpflichtet zu sein, besonders wichtige Momente und bedeutsame Personen für Hildegard zusammenfasst.

Familie Wilks lädt Hildegard schon im ersten Jahr ihrer Ankunft dazu ein, das Weihnachtsfest im Kreise ihrer Familie im Bezirk Tottenham im Norden Londons zu verbringen. Auch für ihr zweites und letztes Weihnachtsfest in Großbritannien nimmt sie die Einladung zu Familie Wilks an. Während sie von ihrer Familie in Wiener Neustadt mit vielen Briefen bedacht wird, um Gefühlen von Heimweh zuvorzukommen, und in Gedanken bei ihren Lieben weilen kann („Ich glaube, Eure Weihnachten waren recht gemütlich! Möchte gerne wissen, ob es zur Schlittenpartie kam. Wie lustig soviel Eis u. Schnee! Wie geht es mit der Mühle? Wirklich eingefroren? Was machen die Neustädter?"), erholt sie sich rund um den Jahreswechsel 1899/1900 von den Strapazen des Unterrichtens und

Fotografie von Familie Wilks aus dem Jahr 1900 aus
Hildegards Erinnerungsalbum „Gewesenes und Gebliebenes“

Problemen mit den Schülerinnen („Glücklich bin ich, nicht in Allenswood sein zu müssen.“). Ausführlich schildert sie den Eltern ihre Eindrücke von den Familienmitgliedern, insbesondere von Mr und Mrs Wilks:

> *Undatiertes Brieffragment, Neujahr 1899/1900:* Mrs Wilks habe ich von der ganzen Familie doch am liebsten. Sie ist so aufgeweckt u. klug u. dabei herzensgut. In ihrer Gesellschaft zu sein ist ein Vergnügen; sie belebt so sehr. Ihr Mann thut ihr alles was sie will. Ich glaube, dass sie überall herrscht, wo sie hinkommt, aber ohne im mindesten herrschsüchtig zu sein, mehr durch ihre Klugheit u. Liebenswürdigkeit; u. so hübsch ist sie! Sie hat gar gerne Spass u. Unterhaltung, ist jedoch bei der Arbeit ernst. Sie kocht u. wäscht u. arbeitet so herum. Die Kinder haben, trotzdem sie manchmal kindisch ist, sehr viel Respekt u. folgen aufs Wort. Die ganze Familie

lebt sehr glücklich u. zufrieden u. ich bins auch, sobald ich ihren Kreis betrete. Sie sind alle so lieb u. aufmerksam gegen mich. Mr Wilks macht oft Spass – ich bin ihnen schon eine Art Hausgenossin geworden. Mr Wilks hat sogar einen Reim auf mich gemacht. Abends spielen wir oft Whist bis ½ 12^h und meistens rauche ich auch ein Cigarrettchen, denkt Euch!

Die freie Zeit bei der befreundeten Familie verbringt Hildegard zu einem großen Teil mit Schneiderarbeiten, von denen eine für die Tochter des Hauses bestimmt ist. Fertigkeiten im Nähen waren bis ins späte 19. Jahrhundert eine gern gesehene Kunst und wurden im privaten Bereich ausschließlich von Frauen praktiziert. Hildegard, die selbst Nähen in Allenswood unterrichtet, stellt ihr Können auch den Mitgliedern der Familie Wilks zur Verfügung, wohl um sich für deren Gastfreundschaft zu revanchieren.

Die letzten 2 Tage arbeitete ich sehr fleissig u. machte eine Taille[47] für Dolly ganz fertig, worüber Mrs Wilks so schrecklich froh. Ich könnte so lang hier bleiben wie ich wollte, wenn ich ihnen nur etwas nähe, aber ich möchte u. muss auch einiges für mich herrichten u. das thue ich doch nicht gerne in einem fremden Hause. Die Taille wurde so schön – mit weißem Sammt u. gelber Spitze u. braunen Fellstreifen. Noch nie gieng mir das Schneidern so gut u. glatt von der Hand.

Familie Wilks lädt Hildegard auch mehrmals ein, Hastings, ein Seebad in East Sussex, zu besuchen, wo die Familie zuweilen in einer Privatpension ihren Urlaub verbringt. Bereits zum Jahresende 1898 lernt sie dort Midge Hart kennen, mit der sie ein Leben lang verbunden bleibt und die rund dreißig Jahre später als wichtige Kontaktperson für ihre Tochter Hilde die Freundschaft in die nächste Generation fortführen wird. Auch im April 1899, unmittelbar vor Antritt ihrer Stelle als Lehrerin in Allenswood, verbringt sie einige Tage in Hastings. Zwei Postkarten an Familienmitglieder zeugen davon: „Ich lerne soviel Englisch u. bin so glücklich in all dem Herzlichen, das ich sehe. Gestern regnete es – doch

Postkarten von Hildegard an die Familie aus Hastings von April 1899

heute ist ein hübscher Ausflug nach der Abtei geplant, wo Wilhelm der Eroberer ans Land stieg. Es hat sich ganz aufgeheitert." In Hastings möchte Hildegard auch ein zweites Mal das Radfahren versuchen, das sie durch Familie Wilks kennengelernt hat und das um diese Zeit von Großbritannien ausgehend einen Boom erlebt: „Einmal war ich mit ihnen im Park u. da fuhren wir abwechselnd am Rad. Es gieng sehr gut. Ich konnte sogar einen steilen Hügel hinauffahren, hinunter war es dann ein Vergnügen. Vielleicht werde ich in Hastings öfters ausfahren können – es sind doch so schöne Straßen."

In Hastings fällt zu Ostern 1900 schließlich auch der folgenreiche Beschluss, dass Hildegard ihre Stelle in Allenswood aufgeben wird. In ihren Erinnerungen schildert sie jene Episode, die für den weiteren Verlauf ihres Lebens eine wichtige Rolle spielt. Während des Urlaubs an der Küste kommt es ihr in den Sinn, das Bibelorakel über ihren zukünftigen Lebensweg entscheiden zu lassen: „Dort erlebte ich das Seltsame, dass ich die Bibel zurate zog, ob ich in Allenswood kündigen soll. Ich fand die Stelle, wo der Finger ruhte: Kehr zurück in Dein Land und zu Deinem König, denn hier bist Du immer ein Fremder, ein Ausgestossener." Hildegard bleibt noch bis zum Ende des Sommertrimesters 1900 und blickt dann doch versöhnlich auf die letzte Zeit zurück: „Der Abschied von Allenswood war durchaus befriedigend. Im letzten ‚term' studierte ich mit meinen Anfängerinnen ein Theaterstück ein. Die Mlle Souvestre war entzückt über das Theaterspiel u. die Fortschritte, Mlle Samaïa tat es aufrichtig leid, mich zu verlieren, u. die schlimme Nellie Post entschuldigte sich am letzten Abend sehr nett, daß sie sich mir gegenüber so schlecht benommen."

Zusammen mit den Briefen hat sich auch das handschriftlich am 1. Juli 1900 von Marie Souvestre verfasste Arbeitszeugnis erhalten, das sie Hildegard ausstellt. Darin bescheinigt sie ihr, eine äußerst zuvorkommende Person zu sein, die sich um alle Interessen ihrer Vorgesetzten kümmert, und erwähnt die erheblichen Fortschritte, die die ihr anvertrauten Schülerinnen in der deutschen Konversation gemacht haben.[48] Zudem finden sich im familiären Nachlass sechs ledergebundene Ausgaben von ausgewählten Königsdramen von William Shakespeare, die sie zum Abschied aus Allenswood geschenkt bekommen hat. Sie umfassen die Komödien *As you like it* und *The Merchant of Venice* sowie die Tragödien *Hamlet, Macbeth, Romeo and Juliet* und *Julius Caesar*, in Leder gebunden aus der von J. M. Dent & Sons Ltd herausgegebenen Edition *The Temple Shakespeare*, einer um 1900 äußerst beliebten Ausgabe in handlichem Pocketformat. Drei der Bände weisen Widmungen auf. Jene von Greta E. Ward, die laut dem Zeugnis für Eleanor Roosevelt Geschichte und Algebra unterrichtet, und ein handschriftlich vermerktes Datum von Mitte Juli 1900 sind der Beweis dafür, dass es sich um ein Geschenk zur Erinnerung an ihre Kolleginnen handelt. Marjorie Macks Buch *The Educated Pin*, das mit viel Hintergrundwissen und genauen Fakten zur Allenswood Boarding Academy aufwartet, hilft dabei, weitere Personen zu identifizieren. Mack selbst kommt erst 1901 nach Allenswood und verpasst so knapp Hildegard, aber andere Personen sind identisch, da sie über einen längeren Zeitraum anwesend sind. So trägt ein Shakespeare-Band die alleinige Widmung von Molly Ames, die Mack in ihrem

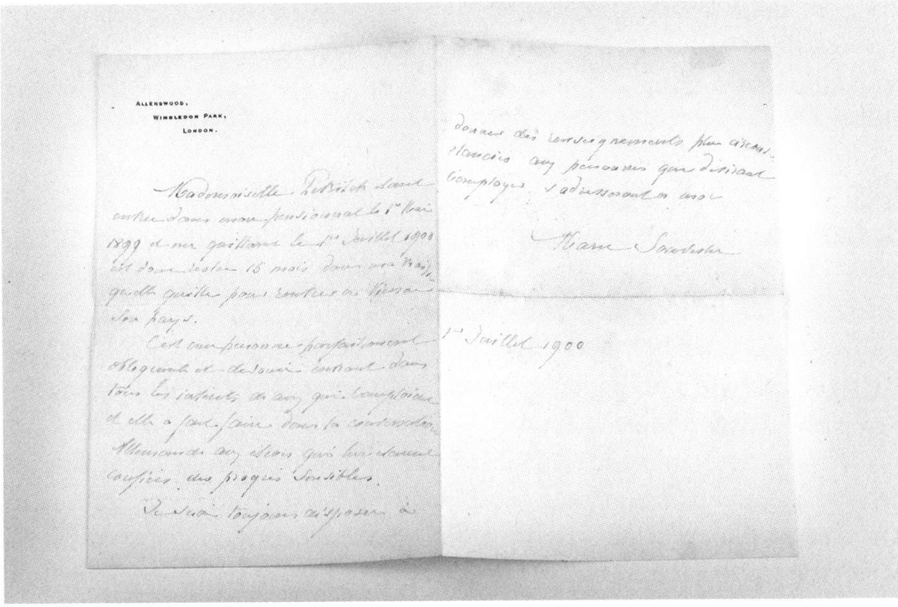

ALLENSWOOD,
WIMBLEDON PARK,
LONDON.

Marie Souvestre

1er Juillet 1900

Arbeitszeugnis für Hildegard von Marie Souvestre vom 1. Juli 1900

Abschiedsgeschenk für Hildegard von Kolleginnen aus Allenswood mit Widmungen

Buch als eine sehr beliebte und rührige Musiklehrerin beschreibt. Dorothy Strachey, die zu Hildegards Zeiten als „visiting mistress" in Allenswood tätig ist, scheint jedoch nicht auf. Sie hat nach Mack einen komplett anderen Status als die übrigen Lehrerinnen, war sie doch die Tochter der Kämpferin für Frauenrechte Jane Maria Strachey. Diese nahm Marie Souvestre nach ihrem Fortgang aus Les Ruches auf und legte ihr die Gründung einer französischsprachigen Schule auf englischem Boden nahe. Damit gehörte sie zum engsten Kreis um Marie Souvestre, mit dem Hildegard als temporäre Deutschlehrerin nichts zu schaffen hatte. Dorothy Strachey, verheiratete Bussy, ist insofern interessant, als sie später mit dem anonym publizierten Buch *Olivia* einen Bericht über lesbische Liebe in Allenswood verfasst.[49]

Ein weiterer Name gibt Aufschluss darüber, dass sich auch Schülerinnen beim Abschlussgeschenk für Hildegard beteiligen. So hat in einem Band Helen Gifford unterzeichnet, die 1900 noch als Schülerin in Allenswood ist, Jahre nach dem Tod von Marie Souvestre dann zunächst mit deren Nichte die Allenswood Boarding Academy fortführt, bevor sie in Cobham eine Schule namens Benfleet Hall gründet, die das Erbe von Allenswood auf würdige Weise bis in die 1930er-Jahre vertritt. Sie steht mit ihrer Adresse in Cobham in Hildegards Adressbuch, was darauf schließen lässt, dass der Kontakt nach der Zeit in Allenswood in irgendeiner Weise aufrechterhalten wird.

Von London über Paris nach Lichtenwörth: Unterrichten in der Ferne und der Heimat

Nach ihrer Kündigung in Allenswood fährt Hildegard im Sommer 1900 nach Paris. Zu diesem Zeitpunkt weiß sie schon, dass sie dort gerne mehr Zeit verbringen würde, um nach den Englisch- nun auch ihre Französischkenntnisse zu perfektionieren. Nach einer Reise durch die Schweiz kehrt sie zurück nach Wiener Neustadt, bricht jedoch im Herbst schon wieder auf, um in Paris ihre Zelte aufzuschlagen. Sie wird als Lehrerin in die katholische Mädchenschule der Assomption in Auteuil vermittelt, ein Frauenkloster, wo sie statt Deutsch nun Klavier unterrichtet. Auch hier profitiert sie von verschiedenen Bildungsangeboten und schließt Freundschaften. Im Sommer 1901 nimmt sie einen zusätzlichen temporären Job an und kommt in das Haus des Grafen Philippe Vitali, der ein herrschaftliches Palais am Place de l'Étoile, das heutige Hôtel de Günzburg, sowie das Château de Vigny im nördlich von Paris liegenden Département Val d'Oise besitzt. Hildegard bleibt bis zum Sommer 1902 in Paris und kehrt dann in die Heimat zurück. Im Herbst legt sie die französische Staatsprüfung ab und entschließt sich dazu, im Institut Petritsch selbst zu unterrichten. Zusätzlich bessert sie sich ihr Gehalt durch Privatstunden in Englisch und Französisch bei der Tochter eines Rechtsanwalts auf, die sie an den Nachmittagen besucht. Hildegard nimmt nun auch selbst Unterricht im Institut, und zwar in Form von Kursen, die sie und eine zweite Person für das Ablegen der Matura in den geforderten 26 Prüfungsfächern vorbereiten. Im Sommer 1904 tritt sie in Krems an: „Die Prüfungskommission tuschelte miteinander, als sie meine verschiedenen Zeugnisse musterte. So etwas hatten sie noch nicht in Krems gesehen. Englische, französische Staatsprüfung, dann Zeugnisse aus London u. Paris!" Aufgrund ihrer guten Vorbildung besteht sie die Externist:innenmatura auf Anhieb.

Die weitere Zeit als Lehrerin im Institut Petritsch erlebt sie ambivalent. Zwei ihrer Tanten, die die Schule maßgeblich leiteten, sind früh verstorben. Vor allem haben sich jedoch inzwischen im Vergleich zu den 1870er-Jahren die Bildungsmöglichkeiten für Mädchen beträchtlich erweitert. Nun gibt es öffentliche Mädchen-Mittelschulen, die von den Töchtern der reicheren Bürgerklasse besucht werden. Das Institut wird aufgrund finanzieller und personeller Probleme 1904 geschlossen. Im Herbst 1905 tritt Hildegard eine neue Stelle als Volksschullehrerin an, und zwar in dem kleinen Dorf Lichtenwörth bei Wiener Neustadt. Diesmal sind es weniger disziplinarische Herausforderungen, vor die sie ihre Schüler:innen stellen, sondern soziale Fragen. Sie berichtet von Kindern, die ohne Schuhe mit schmutzigen Füßen in den Unterricht kommen und nicht auf eine weibliche Lehrperson vorbereitet sind. 1906 legt sie schließlich die Lehrbefähigungsprüfung ab.[50]

Im Sommer 1907 unternimmt sie eine Reise an die Adriaküste und lernt in Pola, heute Pula, ihren späteren Mann Rudolf Slezak kennen. Dieser ist dort als Maschinenleiter 2. Klasse der k. u. k. Kriegsmarine stationiert und umwirbt Hildegard leidenschaftlich. Nicht zuletzt ihre Sprachkenntnisse machen ihn auf die junge Frau aufmerksam. Es ist jedoch nicht vorrangig ihre Gewandtheit in der englischen Konversation, sondern vielmehr im Französischen, die den Liebhaber romanischer Sprachen beeindruckt und in der er eine Verbundenheit zweier Seelen sieht. Im Herbst unterrichtet sie in Wiener Neustadt, wohin sie sich beworben hat. Durch die Verlobung zu Weihnachten und die Hochzeit im Mai 1908 tauscht sie nun ihr Leben als Lehrerin gegen das der Ehefrau ein. Weiteres Unterrichten ist damit nicht mehr möglich. Zum einen herrscht in vielen Teilen der Monarchie bis zu deren Ende ein Berufsverbot für verheiratete Volksschullehrerinnen, so etwa in Niederösterreich zwischen 1905 und 1918[51] oder in Istrien zwischen 1908 und 1918. Zum anderen ist es undenkbar, als Ehefrau eines Mitglieds der Marine selbst zu arbeiten, da dies dem gesellschaftlichen Stand unangemessen ist. Hildegard zieht zu ihrem Mann nach Pola, wo 1909 ihr Sohn Rudolf und 1910 ihre Tochter Hilde geboren werden. Erst nach ihrer Rückkehr nach Wiener Neustadt nach dem Ersten Weltkrieg wird sie ihre Englischkenntnisse nützen können, und zwar in Form von privaten Nachhilfestunden und Konversationsrunden.

Hintergrund, Kontext, Vertiefung

ESSAYS TEIL I

Li Gerhalter

„Man könnte 10 Augen brauchen, um nichts zu übersehen."

Briefe und andere Selbstzeugnisse als unbezahlbare Quellen für die historische Forschung

Die begeisterte Feststellung „Man könnte 10 Augen brauchen, um nichts zu übersehen" im Titel dieses Beitrags kommt von Hildegard Petritsch (1872–1954). Es war Sommer 1898, sie war 26 Jahre alt – und hielt sich gerade für längere Zeit in London auf, um hier ihr Einkommen zu sichern und ihre Fremdsprachenkenntnisse zu perfektionieren. Ihr Aufenthalt ist in regelmäßigen Briefen an die Eltern in Wiener Neustadt in Niederösterreich dokumentiert. Diese Poststücke sind ein Schatz für das Familiengedächtnis. Und das umso mehr, als auch Hildegard Petritschs Tochter Hilde Slezak (1910–1981) gut 30 Jahre später 1929/30 und dann deren Tochter Christl Stainer (1950–2025) noch einmal rund 35 Jahre später 1967 als junge Frauen in London waren – und von ihnen ebenfalls jeweils Briefe vorhanden sind.[1] Neben dem persönlichen Wert für die Familie der Schreiberinnen sind diese Korrespondenzen aus drei Generationen nicht zuletzt unbezahlbare Quellen für die historische Forschung. Dabei sind die darin dokumentierten Inhalte so vielfältig und reichhaltig, dass es bei ihrer Lektüre wiederum „10 Augen" brauchen würde, um alles zu überblicken. Wie Briefe und andere Selbstzeugnisse aktuell als Gegenstände in der historischen Forschung behandelt werden, wird im Folgenden kurz skizziert.

Briefe als Gegenstände der historischen Forschung

Briefe sowie auch Tagebücher, Haushaltsbücher, Fotoalben oder Schmalspurfilme etc. werden in den Geschichtswissenschaften aktuell auf vielfältige Weise beforscht.[2] Durch diese persönlichen Aufzeichnungen eröffnet sich die seltene Möglichkeit, Informationen über das frühere Leben von Personen aus der breiteren Bevölkerung zu erhalten – und auch über die verschiedenen Weisen, wie sie sich selbst dokumentiert und präsentiert haben. Die Geschichte dieser breiteren Bevölkerung war lange Zeit kaum von Interesse für die Geschichtsforschung, deren Fokus vor allem auf ‚großen Ereignissen' und ‚bedeutenden Männern' aus der Politik, Kunst, Wissenschaft, Wirtschaft oder dem Militär lag. Frauen im Allgemeinen, aber auch Männer aus den mittleren und unteren Gesellschaftsschichten sowie Angehörige sogenannter Minderheiten oder jeglicher marginalisierter Gruppen – also der Großteil der Bevölkerung – wurden schlichtweg ignoriert. Zumindest bis in die 1980er-Jahre, als sich die Geschichtsschreibung tatsächlich grundlegend veränderte.

Im Kontext der allgemeinen gesellschaftlichen Umbrüche (etwa durch die 1968er-Bewegung und den Bildungsboom der 1970er-Jahre) kam auch Bewegung in den Wissenschaftsbetrieb. Die Abschaffung der Studiengebühren erleichterte den Zugang zu den Universitäten und gleichzeitig änderten sich die Inhalte der Forschung und der Lehre, wie die folgenden zwei Beispiele aus Wien exemplarisch dokumentieren: Unter der Prämisse „In jeder Lebensgeschichte steckt Weltgeschichte" organisierte der Sozialhistoriker Michael Mitterauer (geb. 1937) gemeinsam mit Studierenden ab 1984 einen Gesprächskreis in der Volkshochschule Ottakring. Die Forschungsgruppe lud interessierte Zeitzeug:innen ein, hier über ihre eigenen Erfahrungen und Erinnerungen zu berichten. Das Thema der ersten Runde war „Ich kam vom Land in die Stadt", und adressiert wurden dabei insbesondere Menschen, die in bildungsfernen Zusammenhängen aufgewachsen waren. Die Historikerin Edith Saurer (geb. 1942) organisierte 1989 ebenfalls gemeinsam mit Studierenden im alternativen Kulturzentrum WUK die Ausstellung „70 Jahre Frauenwahlrecht in Österreich". Mit einem Zeitungsaufruf suchten sie dabei Selbstzeugnisse aus der Zeit um 1919, die sie in privaten Schubladen, Kellerabteilen oder auf Dachböden vermuteten. Das war vor nunmehr vier Jahrzehnten. Für die damals übliche Geschichtsforschung waren solche Initiativen nachgerade revolutionär, sie prägten das Geschichtsbewusstsein aber schließlich nachhaltig, sowohl in der Forschung als auch in der Bevölkerung.

Beide genannten Initiativen führten (später) zu den Gründungen von Spezialsammlungen für Selbstzeugnisse an der Universität Wien. Konkret sind das die Dokumentation lebensgeschichtlicher Aufzeichnungen am Institut für Wirtschafts- und Sozialgeschichte sowie die Sammlung Frauennachlässe am Institut für Geschichte, die in der aktuellen Forschungslandschaft inzwischen jeweils bestens etabliert sind.[3] In der Sammlung Frauennachlässe sind derzeit (2025) die Vor- und Nachlässe von mehr als 500 Personen archiviert. Diese enthalten unter anderem ca. 80.000 Korrespondenzstücke, ca. 1800 Bände von Tagebüchern oder ca. 101.000 Fotografien in gut 500 Fotoalben, die in knapp 2000 Orten in Österreich, Europa und auch Außereuropa geschrieben wurden oder entstanden sind. Das älteste Selbstzeugnis ist dabei derzeit eine Familienchronik mit Einträgen von 1771 bis 1794, das jüngste sind wirtschaftliche Haushaltsaufzeichnungen, die bis 2018 reichen. Diese vielen verschiedenen historischen Aufzeichnungen enthalten einerseits Informationen über die individuellen Lebensläufe und Erfahrungen sowie die kontextbezogenen zeitgenössischen Handlungsspielräume ihrer Schreiber:innen und auch der weiteren darin dokumentierten Personen. Andererseits belegen sie deren Kommunikationsgewohnheiten, Selbstdokumentations- oder Erinnerungspraktiken – und damit auch die große Vielfalt von Selbstzeugnissen und deren Veränderungen im Laufe der Zeit. Das alles können nun wiederum Fragestellungen sein, mit denen Selbstzeugnisse wissenschaftlich ausgewertet werden.[4]

Forschung auf Augenhöhe

Um etwas über die vielfältigen Aspekte vergangener Leben von einzelnen Personen erfahren zu können, haben sich zwei hauptsächliche Wege etabliert: Der eine führt über Selbstzeugnisse wie Briefe oder Tagebücher, die zu einer früheren Zeit verfasst wurden. Der andere führt über niedergeschriebene Erinnerungen oder lebensgeschichtliche Interviews (Oral History), in denen in der Gegenwart über die Vergangenheit berichtet wird. Der wesentliche Unterschied der hier jeweils dokumentierten Inhalte liegt im Zweck, für den sie zusammengestellt wurden. Während dieser bei Briefen oder Tagebüchern ursprünglich ein anderer gewesen ist, entstehen Lebenserzählungen oftmals direkt als Antwort auf ein konkretes Forschungsinteresse, wie es etwa bei dem oben zitierten Thema „Ich kam vom Land in die Stadt“ der Fall gewesen ist. Grundgelegt ist aber all diesen Herangehensweisen ein gleichberechtigtes Rollenverständnis: Sowohl die Forscher:innen als auch die Menschen, die von sich selbst berichten, gelten als Expert:innen. Die einen haben ein Spezialwissen über die historischen

Kontexte, die anderen über ihr (vergangenes) Alltagsleben und ihre Lebensgeschichten.

Multipliziert wurde diese Idee durch populäre Formate im Radio, Fernsehen und am Buchmarkt. Wiederum zwei Beispiele sind die Filmreihe *Mein Tagebuch* von Heinrich Breloer (geb. 1942), die ab 1980 ausgestrahlt wurde, oder die Publikation *Mit neun Jahren im Dienst. Ein Leben im Stübl und auf dem Bauernhof 1900–1930* von Maria Gremel (geb. Schneeweiß, geb. 1901), die 1983 erstmals erschienen ist.[5] Diese unterschiedlichen Veröffentlichungen wurden zeitgenössisch nachhaltig rezipiert: Die Filmreihe *Mein Tagebuch* wurde etwa mit dem prominenten Grimme-Preis ausgezeichnet und das Buch *Mit neun Jahren im Dienst* erreichte hohe Verkaufszahlen. Für ihre Zuseher:innen und Leser:innen konnten solche Publikationen ermutigend gewesen sein, die eigene Lebensgeschichte auch als ‚biografiewürdig' anzuerkennen. Entsprechend formulierte es Barbara Waß (geb. Krallinger, geb. 1944) in einem Brief 1984 an Michael Mitterauer: „Ich hab das Buch mit großem Interesse gelesen und festgestellt, daß Frau Gremel gerade jene Dinge am Herzen lagen, die auch ich im Sinn habe. [...] erst recht, da es einige Parallelen zu meinem Leben gibt."[6] Die Erinnerungen von Barbara Waß wurden später ebenfalls erfolgreich verlegt.[7]

Dass (zumindest in den Anfängen der Alltagsgeschichte) gerade die auto/biografischen Texte von ehemaligen Bäuerinnen, Dienstbotinnen, Sennerinnen oder Hebammen sogar zu Vorbildern wurden, ist bemerkenswert. Insgesamt dürften all diese Veröffentlichungen in ihrer Summe maßgeblich zu einer Veränderung eines allgemeinen auto/biografischen Selbstbewusstseins beigetragen haben. In diesem Sinn erklärte eine Frau, die die Korrespondenzen ihrer Mutter der Sammlung Frauennachlässe übergeben hat, ihren Beweggrund dafür folgendermaßen: „Ich freue mich, [dass sie] in dieser Form weiterleben wird." Eine zweite meinte bei der Abgabe ihrer eigenen Jugendtagebücher augenzwinkernd: „[...] dann werde ich unsterblich".[8]

Voraussetzungen für die Verfügbarkeit historischer Selbstzeugnisse

Damit Tagebücher oder Briefe Archiven überantwortet werden können – oder in einem Buch veröffentlicht, wie im vorliegenden Fall –, muss eine Reihe von Voraussetzungen gegeben sein, die wiederum von den Entscheidungen von (möglicherweise mehreren) Personen abhängen. Diese Voraussetzungen klingen sehr simpel und beschreiben doch eine zuhöchst fragile Angelegenheit.

Die erste Voraussetzung ist, dass die Selbstzeugnisse verfasst wurden. Dass Personen über sich schreiben können, setzt schlichtweg voraus, dass sie *überhaupt* schreiben können. Weil das für die bildungsfernen Schichten bis in das 20. Jahrhundert hinein durchwegs keine Selbstverständlichkeit war, haben sich zeitgenössische Aufzeichnungen von Dienstbotinnen, Bäuerinnen oder Sennerinnen entsprechend selten erhalten. Aber auch von bildungsbürgerlich sozialisierten Personen wie den Mitgliedern der Familien Petritsch, Slezak und Stainer liegen nicht automatisch Selbstzeugnisse vor, auch wenn sie darin geübt waren, sich schriftlich auszudrücken. Briefe wurden etwa zumeist dann geschrieben, wenn die beteiligten Personen räumlich voneinander getrennt waren, Tagebücher wurden durchaus nicht von allen geführt, ebenso Haushaltsaufzeichnungen etc.

Die zweite Voraussetzung, dass historische Quellen zu einem späteren Zeitpunkt zur Verfügung stehen, ist, dass sie aufbewahrt wurden. Die Schreiber:innen mussten das einerseits wollen und andererseits wiederum (über einen möglicherweise langen Zeitraum hinweg) auch dazu in der Lage sein. Bereits jeder Wohnungswechsel kann zu der Entscheidung führen, etwas nicht mehr ‚mitzunehmen'. Was aufbewahrt wird, muss mehrfach aufs Neue entschieden werden, wie es ja auch die in diesem Buch präsentierten Briefe exemplarisch zeigen: Zwar sind von Hildegard Petritsch nur einzelne Briefe bzw. Briefteile aus London (1898 bis 1900) vorhanden, die anderen sind durch nicht bekannte Umstände verloren gegangen. Die wenigen Blätter wurden von ihr aber nachträglich liebevoll und sorgsam mit einer Papiermanschette zusammengefasst und sogar zusätzlich mit wichtigen Informationen versehen. Später hat sich Hildegard Petritsch auch darum gekümmert, dass vom London-Aufenthalt ihrer Tochter Hilde Slezak (1929/30) beide Seiten der Korrespondenz aufbewahrt wurden, was diese dann wiederum 1967 für ihre Tochter weitergeführt hat: „Ich werde Deine Briefe schön aufheben, wie einstens meine Mama meine!"

In Christl Stainers Wohnung haben die so aufmerksam behandelten papierenen Schätze schließlich über die folgenden Jahrzehnte hinweg gut überdauern können, neben anderen ausgewählten Selbstzeugnissen wie zum Beispiel mehreren Fotoalben. Die zahlreichen Korrespondenzen mit weiteren Personen, die in den Briefen von allen drei Frauen regelmäßig angesprochen werden, haben sich hingegen nicht erhalten. Auch das Tagebuch von Hildegard Petritsch ist nicht mehr vorhanden. Vielleicht ist es verloren gegangen, möglicherweise wurde es anderen Erb:innen der Familie überantwortet oder sie hat sich absichtlich davon getrennt? Die Verfasser:innen können ja jederzeit entscheiden, ihre Aufzeichnungen an jemanden weiterzugeben oder sie auch aktiv zu ‚entsorgen'. Generell aber sind es Lebensveränderungen wie ein Umzug oder ein Todesfall, die den Fortbestand auch der mit größter Sorgfalt zusammengestellten und gehüteten Erinnerungsobjekte jederzeit existenziell gefährden können.

Forschungen mit Beständen historischer Selbstzeugnisse

Wenn es Briefe oder andere Erinnerungsstücke in Archive oder Publikationen ‚geschafft' haben, wurde schließlich auch die dritte Voraussetzung erfüllt: nämlich jene, dass die Nachfahr:innen (bzw. Befugten) ein aktives Interesse daran haben.[9] Die Motivationen dafür sind sicherlich individuell verschieden. Zumeist sind sie aber an den allgemeinen Wunsch geknüpft, die Erinnerung an bestimmte Personen langfristig zu sichern, die „in dieser Form weiterleben" können, wie es bereits zitiert wurde. Gegebenenfalls wird dafür auch ein beachtlicher Zeit- und Kostenaufwand in Kauf genommen, wie etwa von Barbara Reisner (geb. 1943), die sich gemeinsam mit ihrem Ehemann Herbert L. Kaufman (geb. 1932) seit den 2000er-Jahren von Antwerpen aus gezielt um die systematische Bewahrung der Erinnerung an ihre beiden Familien in Berlin, Teplitz-Schönau/Teplice und Köln gekümmert hat, die im Nationalsozialismus einer rassistischen Verfolgung ausgesetzt gewesen waren. Barbara Reisner und Herbert L. Kaufman haben dazu Hunderte Seiten von Briefen und Erinnerungstexten mit dem Computer abgeschrieben, ins Englische übersetzt und im Selbstverlag als Books on Demand veröffentlicht. Zusätzlich haben sie die originalen Schriftstücke an mehrere ihnen dafür als passend erscheinende Archiveinrichtungen in Deutschland und Österreich übergeben, wofür Barbara Reisner und eine Freundin auch Autofahrten von einigen Tausend Kilometern unternommen haben.

Für die Forschung sind diese gesicherten persönlichen Aufzeichnungen unersetzliche Quellen, wie an dieser Stelle kursorisch für die Korrespondenzen von Hildegard Petritsch, Hilde Slezak und Christl Stainer angerissen werden kann: Diese dokumentieren Informationen über die biografischen Verläufe der Frauen dreier Generationen sowie auch von den Personen in ihrem jeweiligen persönlichen Umfeld. Neben ihren individuellen Entscheidungen und Interessen werden dabei die zeit-, schicht- und ortsgebundenen Konventionen sichtbar, mit denen jede Einzelne von ihnen jeweils konfrontiert war, insbesondere auch in Bezug auf die zeitgenössischen geschlechterspezifischen Möglichkeiten. Im Fall der drei jungen Frauen unterschieden sich diese Möglichkeiten etwa in völlig verschiedenen Bildungs- und Berufssituationen. Einerseits hatten Mädchen durch die strukturellen Veränderungen seit 1919 einen sehr viel leichteren Zugang zu einer formal höheren Schulbildung, andererseits wurde das Ausüben von pädagogischen Berufen insofern erschwert, als diese zunehmend normiert und formalisiert wurden. Selbes galt auch für die damals noch neue Büroarbeit.

Die zeitgebunden unterschiedlichen Handlungsspielräume der drei Briefschreiberinnen aus Wiener Neustadt zeigen sich entsprechend auch in ihren Einkommensstrategien, die sich für Hildegard Petritsch am Ende des 19. Jahrhunderts noch völlig anders gestalteten als für ihre Tochter und ihre Enkelin ab den 1930er- und insbesondere den 1960er-Jahren. Individuell angeeignet haben sich alle drei jeweils spezifische öffentliche Räume. Bei allen war das ganz allgemein die Weltmetropole London. Hildegard Petritsch hat sich dabei mondäne Orte wie hochkarätige Kunstausstellungen und die hypermoderne Hampstead Central Library erschlossen, sie hat den eindrucksvollen zoologischen Garten besucht und auch eine transnationale Veranstaltung der liberalen Ersten Bürgerlichen Frauenbewegung, deren Aktivitäten zeitgenössisch hoch umstritten gewesen sind.

Ihre Tochter Hilde Slezak trat 1929/30 einer internationalen christlichen Studierendengruppe bei, wo sie neben jungen Brit:innen auch Gleichaltrige aus Afrika, Mittelamerika oder Indien getroffen hat. Sie kommentierte brieflich ganz selbstverständlich ihre Rezeption gänzlich neuer technischer Angebote wie den eben gerade eingeführten Tonfilm oder ihren ersten eigenen Fotoapparat. Dabei hielt sie sich insbesondere in konsumfreien Räumen der Großstadt wie den öffentlichen Parks auf[10] und berichtete über das damals noch völlig übliche Reparieren, Umändern und Selbst-Anfertigen ihrer eigenen Kleidung.

Der London-Aufenthalt von Christl Stainer 1967 wiederum unterschied sich sowohl durch die geänderten Umstände als auch durch ihr Alter stark von dem ihrer Mutter und ihrer Großmutter: Die zwei Älteren haben den Spracherwerb im Ausland mit dem Verdienst eines eigenen Einkommens verknüpft und waren während ihrer mehrmonatigen Aufenthalte weitgehend auf sich gestellt. Die Jüngste ging zu der Zeit noch zur Schule und war gemeinsam mit einer Freundin unterwegs. In den kurzen Wochen in Großbritannien standen für die Teenagerin Freizeitinteressen im Vordergrund, wofür sie von ihrer Mutter sogar mit Geldnachsendungen versorgt wurde. Neu waren aber auch die Möglichkeiten, mit dem Flugzeug zu reisen oder mit dem Telefon zu kommunizieren, inklusive der Kontrolle ihrer Anwesenheit durch die Eltern aus der Ferne.

All diese Informationen können den Schilderungen in den Briefen entnommen werden. Bereits diese wenigen Beispiele zeigen, welch vielschichtige historische Einblicke Selbstzeugnisse in die Vergangenheit geben können und welch unerschöpfliche und unbezahlbare Quellen sie für die unterschiedlichsten wissenschaftlichen Fragestellungen sind. Um es mit Hilde Slezaks Worten auszudrücken: „Es gäbe natürlich noch viel, vieles zu berichten darüber, aber das Papier erlaubt es nicht mehr.“

Julia Festman

Sprachen lernen und lehren – früher und heute

Ein Kontrast am Beispiel der Pionierin Hildegard

Drei Frauen aus einer Familie, drei Generationen mit Interesse am Lernen einer bestimmten zweiten Sprache: Aus unserer Sicht drängt sich Bewunderung auf für diese höchst bemerkenswerte Familientradition. Wenn wir heute Interesse an einer anderen Sprache haben, diese vielleicht sogar neu lernen wollen, stehen uns unzählige einfache, oft kostenfreie Möglichkeiten (oder zumindest Probeabos) zur Wahl. Alles, was wir brauchen, ist ein Internetzugang und ein Endgerät wie zum Beispiel ein Handy, Tablet oder ein Computer.

Sprachinput in jeder Sprache und Sprachen lernen heute

Wir können auf Spotify oder einer ähnlichen App Lieder in dieser neuen Sprache hören, zu jeder Tages- und Nachtzeit, ganz nach dem eigenen Geschmack ausgewählt und von einem klugen Algorithmus fast unendlich erweitert durch neue, der Musikrichtung ähnliche Vorschläge. Durch das Singen kommen die Eigenheiten, ja das Besondere dieser Sprache oft verstärkt zum Ausdruck: Wir denken vielleicht an französische Chansons, italienische Opernarien und englische Folkmusic wie die Songs *Greensleeves, Auld Lang Syne* („Should all acquaintance be forgot") oder *What Shall We Do with the Drunken Sailor?*.

Wir können Podcasts in der neuen Sprache hören, sogar welche über das Erlernen dieser spezifischen Sprache wie *6 Minuten Englisch, English Conversations, English from the News, What You Say in English!, Real Life English, Luke's ENGLISH Podcast, BBC Real Easy English, The BBC Academy Podcast* oder *English Learning for Curious Minds*. Somit haben wir authentischen Input in der neuen Sprache rund um die Uhr verfügbar, denn unzählige Podcaster:innen, die diese Sprache als erste Sprache erlernt haben, ermöglichen uns damit ein authentisches Hörerlebnis. Das ist zentral für die Schärfung unserer auditiven Wahrnehmung – so lernen wir den Lautklang, die Sprachmelodie und die Wortbetonung etc. kennen.

Wir können YouTube-Videos in der anderen Sprache wählen und werden beim Verstehen durch Bilder und visuelle Sequenzen unterstützt. Themen und damit verbunden auch das Sprachniveau können individuell ausgesucht werden. Wir können uns für standard-, bildungs- und fachsprachliche Videos entscheiden wie zum Beispiel jene vom Kanal *The Armchair Historian*. Auf diesem werden Ereignisse und Zusammenhänge der Weltgeschichte sehr gut recherchiert und in sprachlich anspruchsvoller Weise präsentiert. Genauso gibt es eine Fülle von Videos, die nicht einer vorgegebenen Regie unterliegen, sondern eher spontan sind bzw. so wirken, da es Aufnahmen von Alltagssituationen in Alltagssprache sind. Durch Videos, die in der Umgebung der neuen Sprachen entstanden sind, wird ein Teil dieser Lebenswelt vermittelt. Selbst durch Videos von Amateuren, die in ihren eigenen Zimmern filmen, erhaschen wir einen Hauch von einem Eindruck, wie die Raumgestaltung in dem Land ist. Und wenn im Video zu schnell oder zu undeutlich gesprochen wird, können wir die Abspielgeschwindigkeit ändern oder auch Untertitel in unserer Erstsprache dazuschalten. Beides vereinfacht das Verstehen des Gesagten – bei der langsameren auditiven Information hat das Gehirn mehr Zeit, das Gehörte aufzunehmen und zu verarbeiten. Die zusätzlichen Untertitel in der Erstsprache sind vielleicht nicht immer die absolut korrekte Übersetzung, aber sie geben Anhaltspunkte für den Inhalt des Gesagten.

Das Internet ermöglicht uns zu jeder Zeit, Einblicke in andere Länder zu gewinnen – Spielfilme und Serien können wir in der Originalsprache sehen, Reportagen und Dokumentationen stehen uns zur Verfügung, Übertragungen von Theateraufführungen und vieles mehr. Auch wenn dies natürlich filmische Produkte sind, die uns lediglich Ausschnitte aus der jeweiligen Welt präsentieren, so haftet ihnen doch zumindest ein bisschen Authentizität an.

Wollen wir Texte in der anderen Sprache lesen, so haben wir nicht nur durch globale Marktwirtschaft und internationale Handelswege immens erleichterte Möglichkeiten, neben Lebensmitteln, Delikatessen und Markenkleidung, die für das Land typisch sind, auch Bücher in der Originalsprache bei uns um die Ecke zu kaufen. Nein, noch einfacher können wir in der Sprache online rezipieren, Bücher als E-Books herunterladen und überall lesen, wann immer wir wollen. Mit Zeitungen, (Fach-)Zeitschriften und Magazinen verhält es sich ebenso.

Nicht zuletzt können wir mit Apps wie *Babbel* oder *Duolingo* am Sprachenlernen dranbleiben, wir werden sogar daran erinnert, täglich unsere Einheiten zu absolvieren. Wir können mit Virtual-Reality-Brillen geschaffene Lernumgebungen besuchen, die uns in die Erstsprache mit hineinnehmen – visuell und auditiv. Diese technischen Raffinessen ermöglichen eine Art der Immersion in die Welt, in der diese Sprache gesprochen wird.

Diese sind nur einige der bekannten Möglichkeiten, wie wir eintauchen können in eine andere Sprache, uns mit auditivem, auch authentischem Input versorgen und einen Teil der Lebensart im Land nachempfinden können. Zumindest haben wir eine Vorstellung davon, wie es dort aussieht, vielleicht auch von der Lebensweise der Menschen, und wir haben die Möglichkeit, uns durch unterschiedliche Quellen von Informationen aus dem Land selbst eine eigene Meinung zu bilden.

Sprachen lernen und lehren – früher

Diese breite Palette an Möglichkeiten, eine neue Sprache zu lernen und etwas von der Lebenswelt der Menschen, die diese Sprache sprechen, mitzubekommen, hatten die drei Frauen, deren Briefwechsel im Zentrum dieses Buches steht, nicht. Sie mussten dafür selbst in das Land reisen, was damals nicht nur kostenintensiv, sondern auch zeitintensiv, umständlich und gewagt war.

Wie hat Hildegard, die erste jener hier vorgestellten Frauen, die nach London gingen, damals die englische Sprache gelernt? Heute haben wir eine Vielzahl von Methoden und Medien, um den Unterricht lebendig, möglichst authentisch, interaktiv und lustvoll zu gestalten.[1] Dies war Ende des 19. Jahrhunderts sicher nicht im Fokus. Frühere Sprachlernmethoden beruhten auf dem Auswendiglernen von Vokabellisten und Grammatikregeln, auf schriftlichen Übersetzungen von Belletristik und Lyrik, auf dem Schreiben von Essays, Gedicht- und Theaterinterpretationen, Rezitieren und Vorlesen. Die Didaktik des Fremdsprachenunterrichts auch einer modernen Sprache wie Englisch wurde abgeleitet von der Didaktik der alten Sprachen wie Latein und Griechisch, die zu Hildegards Zeit den schulischen Fremdsprachenunterricht dominierten.[2] Früher nahmen die mündliche Produktion, die Interaktion oder auch die Anwendung von alltäglicher Konversation wenig bis keinen Platz im Curriculum ein. Auch die Unterrichtsmaterialien waren derart – Grammatikregeln, Literatur und ein großes Wörterbuch. Hildegards Kenntnisse der englischen Sprache dürften demnach zunächst vor allem literarischer Art gewesen sein und wenig zu tun gehabt haben mit dem Englisch, das im Alltag gesprochen wurde. Diese Spekulation wird unterstützt durch den immer wiederkehrenden Konversationsaspekt in den Dokumenten von Hildegard, der ihr besonders am Herzen zu liegen schien. Die fachdidaktischen Diskurse, die zum Beispiel in Deutschland geführt wurden, wenn es um den Erwerb von Fremdsprachen ging, dürften an ihr vorbeigegangen sein, da diese vor allem an Universitäten stattfanden. Publikationen von höchst engagierten Sprachlehrern wie die von Hermann Klinghardt[3], einem schlesischen Oberlehrer an einem Realgymnasium, haben dem Fachpublikum einen Einblick geboten, da er vier Jahre seines Englischunterrichts dokumentiert und evaluiert hat: Seine Reformansätze (die imitative Methode) legten etwa einen Fokus auf dialogisch-interaktive Sprachaneignung statt reinem Übersetzen. Obwohl der beschriebene Unterricht auch auf Lehrwerken (sogenannten Elementarbüchern) oder Texten wie *Robin Hood* oder *Macbeth* beruhte, nahm er authentische Materialien hinzu, als er beispielsweise Illustrationen zu Orten in England (bestimmte Seebäder), die in einem Text vorkamen, der die Brandung an der Küste thematisierte, auf einer Wanderkarte zeigte. Die Einbindungen von Materialien schien im Laufe der Unterrichtsvorbereitungen eher spontan, bemüht um die Verständlichkeit der Inhalte, entstanden zu sein, da sich zum Beispiel auch eine Exkursion als Folge der Brandungs- und Erosionsthematik ergab. Auch Aktualität des Sprachunterrichts spielte für ihn eine große Rolle. Ihm war die Vermittlung von realem Wissen über Land und Leute wichtig, weshalb er etwa Bauwerke in London besprach. Seiner Ansicht nach sollte den Schülern Gelegenheit geboten werden, an ihr Wissen von zeitgenössischen Ereignissen, die in der Tagespresse besprochen wurden, im Unterricht anknüpfen zu können. Daher griff er zum Beispiel das fünfzigjährige Thronjubiläum der englischen Königin Queen Victoria 1887 unmittelbar im Unterricht auf.

Familiärer Bildungstrend: Ab ins Ausland?

Wie kam die 26-jährige Frau auf die damals gewagte Idee, allein nach England zu gehen? Wer hat sie inspiriert? Liest man die Ausführungen in diesem Buch über Hildegard, wird deutlich, dass sie im engsten Familienkreis von bildungseifrigen Frauen umgeben war. Die Schwestern Petritsch waren modern und progressiv – und wenn die von ihnen gegründete und geführte Schule für Mädchen noch nicht staatlich genehmigt wurde, realisierten sie ihr Bildungsangebot eben privat. Hildegard hatte das große Glück, durch ihre Tanten in der Großstadt Wien in einem modernen Bildungsgeist erzogen und unterrichtet zu werden. Sie lernte acht Jahre in der Bürgerschule und bildete sich, bis sie 16 war, durch zusätzliche Kurse dort weiter fort. Die Rückkehr in die Urfamilie mit den vier Geschwistern, die inzwischen in Wiener Neustadt lebten, war vielleicht eher typisch, nicht aber, dass sie in größerem Ausmaß weitere Bildungsangebote annahm und ihr Lernen fortsetzte. Aufgaben im Haushalt und Mithilfe in der Bäckerei der Eltern schienen sie nicht zu erfüllen – sie war ehrgeizig und interessierte sich für Literatur und die englische Sprache und fand Zeit und Wege, sich damit intensiv zu befassen. Englisch war durch die ständig wachsende Bedeutung des britischen Empire auf geopolitischer und wirtschaftlicher Ebene zunehmend auch sprachpolitisch wichtig.[4] So auch als Unterrichtsfach. Für ihre englische Staatsprüfung fuhr Hildegard 1897 nach Graz. Sie schien keine Mühen zu scheuen, ihre Sprachkenntnisse zu verbessern, ihre Sprachkompetenzen durch Prüfungen unter Beweis zu stellen und durch Zeugnisse zu belegen.

Bildung durch Auslandsaufenthalte, um die Sprachkenntnisse zu perfektionieren und um sich weit über den österreichischen Horizont hinauszubewegen, scheinen in dieser Familie schon fast Familienprogramm gewesen zu sein. In ihren Tanten fand sie nicht nur Vorbilder für den Beruf als Lehrerin, sondern auch für die längeren Sprachreisen ins Ausland. Ungefähr im Jahr 1850 wagte die älteste Tante, Leopoldine Petritsch, diesen Schritt in die französischsprachige Schweiz, einige Zeit später Gabriele. Lina entschied sich dazu, als Gouvernante nach Russland in das Gebiet der heutigen Ukraine zu gehen. Hildegard saß also an der Quelle, um Informationen zu erhalten, wie es ist, als Frau allein in einem anderen Land zu leben, um eine andere Sprache zu erlernen. In ihrer eigenen Familie fand sie Vorbilder dafür, wie sie aus Erfahrungen und Qualifikationen beruflich eigenständig und erfolgreich leben könnte.

Auf in die neue Lebenswelt – gehört man dazu?

Wenn man sich vor dem Hintergrund des eingangs Beschriebenen nochmals vergegenwärtigt, dass sich Hildegard im Jahr 1898 aufmachte, von Wiener Neustadt mit Zügen und Fähre nach London zu reisen, um im Land selbst die Sprache noch besser zu lernen und dort zu leben und zu arbeiten, werden die Herausforderung und das Abenteuer, das für die ledige Migrantin damit verbunden war, ganz deutlich. Sie schien voll Neugierde und Abenteuerlust gewesen zu sein und hat das gesucht, was wir heute für beinahe jede Sprache stets und fast kostenfrei zur Verfügung haben: den auditiven und visuellen Input dieser Sprache und ihrer Kultur, allerdings nicht medial vermittelt wie heute, sondern in authentischer Form.

Wie klar war ihr, was sie erwarten würde? Welche Vorstellung von England hatte sie, von Land und Leuten? Vereinzelte Unternehmungen wie die Fahrt ans Meer nach Southend-on-Sea, der Zoobesuch, der Besuch des Earl's Court Exhibition Centre sind nicht nur bleibende Erinnerungen; sie begegnete dort der englischen Kultur und den Lebensgewohnheiten.

Fräulein Gräff ist sicher eine wichtige Brückenbauerin zwischen der Herkunftskultur und der neuen Lebenswelt gewesen. Ihre ausgeprägte Kenntnis der englischen Kultur und Verhaltensweisen waren ein wertvoller Wissensschatz für Hildegard. Wie ist sie vorgegangen, um ihren Aufenthalt in London zu realisieren? Heute würden wir sagen, familiäres Vitamin B war ihr erster Türöffner, zumindest um zum einen eine vorläufige Bleibe und Hilfe bei der Stellensuche (Fräulein Gräff) zu haben, und um zum anderen Anschluss an Einheimische zu finden (Familie Wilks). Hildegard behielt eine gewisse Distanz zu Engländer:innen und der englischen Kultur, gerade zu den Gesellschaftsschichten unter und über ihrer eigenen.

Deutsch, Englisch – oder Französisch?

Sprachkompetenz verbessert sich natürlich in gewissem Maß auch durch Sprachrezeption: also das Hören der Sprache im authentischen Kontext und durch Lesen (berichtet wird von Bibliotheksbesuchen, Zeitungslektüre etc.). Letztendlich wirkt Hildegard, als wäre sie besonders an Sprachproduktion interessiert gewesen, um ihre Sprachkompetenz zu perfektionieren. Dafür wäre es ideal gewesen, mit anderen Menschen auf Englisch Konversation zu betreiben, ihren Geschichten zu lauschen und selbst zu erzählen, bei politischen Diskussionen Stellung beziehen zu können, etc. Dazu ist in einem deutschsprachigen Arbeitsumfeld, das den Großteil des Tages ausmacht, weder Zeit noch Gelegenheit gewesen. Es ist in den Briefen nicht von einem großen Freundeskreis die Rede, mit dem sie ihre Zeit im Ausland hätte genießen können, wie es heute Erasmus-Studierenden möglich ist. Sicher war dies damals nicht in dem Ausmaß üblich wie heute. Fräulein Gräff und die Hausbewohner:innen sind der primäre Sozialkontakt für Hildegard – mit ihnen hat sie auf Deutsch oder Englisch sprechen können. Auch in der deutschsprachigen Familie, in der sie ihre erste Anstellung als Gouvernante findet, hat sie vorwiegend Deutsch gesprochen.

Wichtig ist in diesem Zusammenhang auch der Unterschied zwischen Varietäten von Sprache, also Ausprägungen von Sprache, die sich beispielsweise regional unterscheiden, aber auch stilistisch. Die Standardsprache war sicher die Varietät, die Hildegard beherrschen wollte, denn nur durch sie hatte man Ansehen. Dialekte und Akzente zeigten sofort die Zugehörigkeit zu niederen Gesellschaftsschichten oder lokale Färbungen.[5]

Früher wie heute ist das Prestige der Sprachen von entscheidender Bedeutung. Französisch war die am höchsten geschätzte Fremdsprache zu der damaligen Zeit in England. Dies war begründet durch die starke Assoziation von Französisch mit dem Adel und der höfischen Kultur, es war Bildungssprache von gesellschaftlichen Eliten und hatte im gesamten europäischen Raum eine entsprechende Strahlkraft.[6] Auch während ihrer Anstellung in Allenswood zeigt sich die Zeit der Sprachverwendung der englischen Sprache als höchst begrenzt, da man sich auf dieser internationalen Schule nur auf Französisch unterhalten sollte. Für Hildegard wird diese Regel ebenfalls gegolten haben – ihren Wunsch, ihre Englischkenntnisse zu verbessern, konnte sie in dieser Zeit nicht erfüllen. Einzig durch die Pflege des Kontakts mit Familie Wilks scheint sie ihrem Ansinnen näherzukommen – sie verbringt im Familienkreis Spieleabende, wird zu Weihnachtsfesten eingeladen und zu Urlauben in Hastings. Von dort schrieb sie: „Ich lerne soviel Englisch."

Berufliche Entwicklung einer Quereinsteigerin
In der sich schwierig gestaltenden Suche nach einer Stelle als „resident governess“ zeigt Hildegard ihr Durchhaltevermögen, denn Au-Pair-Agenturen, wie wir sie heute kennen, gab es damals noch nicht. Sie konnte erst vor Ort mit der Suche nach einer Stelle beginnen und hatte eigentlich keine Erfahrung in diesem Beruf. Auch hielt sich Hildegard in einer Zeit in England auf, in der bereits antisemitische Parolen kursierten (sie arbeitete bei einer jüdischen Familie) und in der die anglophobe Hetze von manchem österreichischen Politiker auf die Insel schwappte und dort mit vorsichtigen Ohren wahrgenommen wurde. Sie wird schließlich private Deutschlehrerin eines Jungen in Hampstead, dessen Eltern aus Berlin bzw. aus Polen stammen.

Hildegards weitere berufliche Entwicklung ist in der Hinsicht interessant, als dass sie den Beruf als Lehrerin für ihre Erstsprache Deutsch an einer Schule übernahm. Sie unterrichtete an der französischsprachigen Elite-Mädchenschule in Allenswood, ohne Curriculum für den Unterricht, ohne Material zum Unterrichten, ohne Lehrerhandbücher oder Unterlagen der Vorgängerin, ohne Team-Teaching, ohne Praktikumserfahrungen und Begleitlehrveranstaltungen, vor allem aber ohne das Handwerkszeug studiert zu haben, um eine Klasse zu unterrichten. Schnell kam sie an ihre Grenzen – das Classroom-Management bereitete ihr die größten Schwierigkeiten, insbesondere da sich soziale Konflikte entluden und sie als Mitglied einer niedrigeren Schicht als ihre Schülerinnen diesen unterlegen war. Dieser Sprung ins kalte Wasser forderte sie zur Gänze. Trotz aller Widrigkeiten findet sie ihren Weg an dieser Schule, für eine begrenzte Zeit.

Nach ihrer Kündigung und einem Besuch bei den Eltern über den Sommer 1900 setzte sie ihren Weg fort, blieb eigenständig und räumlich mobil und zog wieder ins Ausland, diesmal nach Frankreich. In einer Mädchenklosterschule in Auteuil gab sie nun Klavierunterricht, sie wollte ihre Französischkenntnisse perfektionieren. Zurück in Österreich arbeitete sie als Lehrerin am Institut ihrer Tanten in Wien, unterrichtete privat Englisch und Französisch bei einer Familie, bildete sich ständig weiter, bis sie 1904 die umfangreichen Maturaprüfungen sowie 1906 eine Lehrbefähigungsprüfung erfolgreich absolvierte. Eine Lehrerausbildung an Universitäten, wie wir sie heute kennen, war damals noch nicht möglich, wurden neuere Sprachen erst nach und nach als verpflichtende Unterrichtsfächer für die höheren Schulen bestimmt und mit ihnen Curricula und Materialien erarbeitet.[7] Überdies prägten damals die Verhinderung der Zulassung von Frauen zum Hochschulstudium, die Diskriminierung von weiblichen Lehrpersonen und weitere Vorgaben, die das weibliche Geschlecht benachteiligten, noch die Rahmenbedingungen für bildungsaffine Frauen wie Hildegard.

Dieses Beispiel von Hildegard kann als ein typisches für ihre Zeit eingeordnet werden – wie die jüngere historische Migrationsforschung zeigt. Räumliche Mobilität von jungen, ledigen, weiblichen Migrantinnen war lange unbeschrieben und in der Forschung wenig aufgegriffen, lag der Fokus doch auf „abenteuerlustigen jungen Männern"[8]. Migrationsbewegungen gab es nach Wiener Neustadt und allgemein in die Habsburgermonarchie zu Hildegards Zeit ebenso wie aus Wiener Neustadt in andere europäische Länder und transatlantisch.[9] Hildegards Begeisterung für das Beherrschen von mehreren modernen Fremdsprachen war sicher besonders, da sie in mehreren Ländern lebte. Sie fand viele Menschen, die sie bei der Realisierung ihres Wunsches – der der eigenen Mehrsprachigkeit auf höchstem Niveau – unterstützten. Und diese Erfahrungen haben sie zutiefst geprägt und haben schließlich eine Familientradition begründet.

Karl Zillinger

Das liberale Bürgertum in Österreich von der Monarchie bis in die 1930er-Jahre

Politik zwischen Anpassung, Auflehnung und Neubeginn

In den hier präsentierten Briefen von jungen Frauen aus drei Generationen sind auch politische Ereignisse Teil des Diskurses. Politik beschäftigt die Frauen, insbesondere Hildegard und Hilde machen sich Gedanken über die Programme der Parteien des Landes und deren Auswirkungen auf ihr eigenes Leben. Sie informieren sich aus heimischen sowie britischen Tageszeitungen über die Innenpolitik. Ihre in den Briefen enthaltenen Sichtweisen vermitteln uns ein Bild von der Meinungsbildung bürgerlicher Frauen dieser Zeit. Diese spiegelt Ängste und Hoffnungen zu verschiedenen Momenten des politischen Umbruchs wider: zwischen Monarchie und Republik, zwischen Demokratie und aufkommender Diktatur, zwischen Liberalismus und Nationalismus, zwischen Kapitalismus und Kommunismus. Nicht immer ist es leicht, aus unserer heutigen Perspektive Einstellungen und Entscheidungen früherer Generationen zu beurteilen. Oft fehlt es uns an Wissen über das systemische Ganze und über historische Fakten bzw. einem Verständnis für die Optionen, die einer bestimmten Klasse zur Verfügung standen. Im Folgenden soll kursorisch nachvollzogen werden, wo sich insbesondere bürgerliche Wähler:innen während der turbulenten Zeiten zwischen dem ausgehenden 19. Jahrhundert und den 1930er-Jahren in den sich ständig ändernden ideologischen Bewegungen am ehesten wiederfinden konnten.

Das Bürgertum in der Monarchie: Zwischen Liberalismus und Nationalismus

Hildegards Familie fühlt sich dem deutschliberalen Bürgertum zugehörig, das am Ende des 19. Jahrhunderts bereits auf eine mehrere Jahrzehnte umfassende Geschichte zurückblicken kann. Nach dem Wiener Kongress 1815 einigten sich die Großmächte auf den sogenannten „Deutschen Bund" als politische Lösung für Mitteleuropa. Dieser bestand aus 35 souveränen deutschen Fürstentümern – von einer nationalen Einheit oder gar einer deutschen Nation, wie sie sich deutschnationale Bürger:innen und Studenten seit den Freiheitskriegen gegen die napoleonische Besatzung gewünscht hatten, konnte also keine Rede sein.[1] Ein wichtiger Träger der deutschnationalen Forderungen waren die Burschenschafter, deren geistiges Zentrum in der Universitätsstadt Jena in Thüringen lag. Beim Wartburgfest 1817 in Eisenach beschworen sie den gemeinsamen Kampfeswillen gegen das System von Staatskanzler Metternich und seiner Heiligen Allianz aus Österreich, Preußen und Russland, der diese Strömungen durch militärische Interventionen, Geheimdienst- und Spitzelwesen, Zensur und Repressionen zu unterdrücken suchte.[2] Für Metternich war hingegen Großbritannien das Vorbild für das politische System in Europa nach dem Wiener Kongress. Nach dem Modell eines „Commonwealth of Nations" dachte er in Mitteleuropa ein durch Verträge souveräner Staaten verbundenes großdeutsches Reich mit der Habsburgermonarchie als dominierendem Staat an.[3] Das Revolutionsjahr 1848 beendete den Polizeistaat von Kanzler Metternich jäh, der nach England ins Exil ging. Nun wollten die liberalen und nationalen Bewegungen die Einigung Deutschlands vorantreiben. Bürger:innen, Arbeiter:innen und Studenten kämpften Seite an Seite für die liberale Idee einer Verfassung, die eine politische Mitsprache vorsah. Dieser Traum währte nur kurz. Am Ende der Revolutionsphase im Oktober 1848 siegten die reaktionären Kräfte mithilfe der Armee gegen die liberalen und nationalen Strömungen.

Der junge Kaiser Franz Joseph I. regierte in den 1850er-Jahren ohne Parlament. Die liberalen Kräfte drängten weiterhin auf eine Verfassung, die schließlich ab 1861 in Etappen in Kraft gesetzt wurde. Zu Hilfe kamen den liberalen Ideen dabei die außenpolitischen Niederlagen der Vielvölkermonarchie in Oberitalien gegen das Königreich Piemont-Savoyen und gegen Preußen 1866 in Königgrätz, wo die Habsburger ihre Vormachtstellung im deutschen Kulturraum an die Hohenzollern abtreten mussten. Das Reich der Habsburger war nun von der deutschen Einigungsbewegung ausgeschlossen. Kaiser Franz Joseph musste für seine Politik politische Zugeständnisse an alle Nationen in seinem Reich machen. Im Ausgleich mit Ungarn erhielt die ungarische Reichshälfte 1868 weitestgehende nationale Autonomie und ihre Bürger:innen verfassungsgesetzlich gewährleistete Rechte wie die Versammlungs- und Vereinsfreiheit. Dieser Ausgleich nährte jedoch die Angst bei den deutschsprachigen Bürger:innen, ihre Vormachtstellung in Politik und Kultur zugunsten anderer Nationen innerhalb der Habsburgermonarchie zu verlieren.

In der Vielvölkermonarchie waren die Deutschen mit ungefähr 23 Prozent die stärkste Nation, dennoch waren gut drei Viertel der Bürger:innen, die sich aus 18 verschiedenen Nationen zusammensetzten, einer anderen Sprachgruppe zugehörig. Im Zentrum der liberalen Gesetze und der Gleichbehandlung aller Nationen im Habsburgerreich stand der Artikel 19 des Staatsgrundgesetzes von 1867, der den nationalen Sprachen aller Volksgruppen die gleiche Berechtigung einräumte. Für die Anliegen der Deutschsprachigen bildeten sich nun Vereine und Interessensgruppen, aus denen später die politischen Parteien hervorgingen. So spielte beispielsweise der Allgemeine Deutsche Turnerbund eine wichtige Rolle. Er verband körperliche Ertüchtigung mit Volkstumsarbeit zum Schutz der deutschen Kultur.[4]

Die Radikalisierung der nationalen deutschen Idee

Die Nationalitätenfrage blieb aber auch während der kommenden Jahrzehnte ein ungelöstes Problem. Kaiser Franz Joseph ernannte 1880 Eduard Graf Taaffe als Ministerpräsident einer konservativen Regierung, die sich ihre Unterstützung im Parlament beim sogenannten „Eisernen Ring" sicherte. Als Zugeständnis an die tschechischen Abgeordneten erließ Taaffe im April 1880 die „Taaffe-Stremayrschen Sprachenverordnungen", die die tschechische Sprache als „äußere Amtssprache" in Böhmen und Mähren einführen sollten. Es folgten heftige Auseinandersetzungen zwischen tschechischen und deutschen Abgeordneten im Parlament. Das Gefühl unter den Deutschen verschärfte sich, dass ihre Sprache in einigen Kronländern in eine Minderheitenposition gedrängt wurde.[5] Damit wurde ihr Wunsch nach einer Parteienvertretung, die sich auch um den Schutz der deutschen Kultur kümmerte, immer dringlicher.

Ab 1880 entstanden die modernen Massenparteien in der Monarchie, die ihre Wurzeln im Liberalismus hatten. Die Handeltreibenden, das gewerbliche Bürgertum, Beamte und die freien Berufe wählten die liberale

Partei, die sich um die Wahrung von Werten wie „Freiheit, Fortschritt, Deutschtum und Verfassung" bemühte.[6] Allerdings sahen sich nicht alle potenziellen Wähler von dieser angemessen vertreten. So unterstützten nun etwa Gewerbetreibende, die nach dem Börsenkrach 1873 ihre Existenzgrundlage und dadurch auch den Glauben an den freien Markt verloren hatten, konservative politische Kräfte und nicht mehr ausschließlich die liberale Partei. Es war Karl Lueger, dem es in den frühen 1890er-Jahren gelang, eine neue Massenpartei aus den verschiedenen Strömungen politisch rechts der Liberalen zu formen. Für seine Christlichsoziale Partei scharte er Kleingewerbetreibende, Konservative, Katholiken und Deutschnationale um sich. Letztere fanden auch eine politische Heimat in der Deutschnationalen Bewegung von Georg von Schönerer, der im Zuge des Sprachenkonfliktes immer radikalere Forderungen zum Schutz der deutschsprachigen Bürger:innen erhob. Er fügte dem Programm der Deutschnationalen Bewegung den Antisemitismus hinzu und stützte sich dabei auch auf den deutsch-völkischen Turnerbund. Der Antisemitismus wurde schließlich von Karl Lueger in den 1890er-Jahren in bisher nicht gekannter Intensität im Wahlkampf eingesetzt und damit salonfähig gemacht.[7] In Folge fuhr seine Christlichsoziale Partei fulminante Wahlerfolge auf Kosten der liberalen Partei ein. Lueger war für viele deutsche Bürger:innen und Kleingewerbetreibende der Kämpfer ihrer Vorrechte in der Monarchie, die sie vom Großbürgertum, den neuen sozialen Forderungen der Arbeiter:innen und dem Manchesterliberalismus der jüdischen Unternehmer bedroht sahen.

Die Sprachenpolitik blieb ein heiß umkämpftes Thema in der Monarchie und führte zu einem Erstarken der radikalen deutschnationalen Kräfte auf Kosten der liberalen Kräfte. 20 Jahre nach Taaffe versuchte Ministerpräsident Kasimir Felix Graf Badeni dieses Problem erneut im Sinne der Gleichberechtigung aller Nationen zu lösen. Um die Unterstützung der tschechischen Abgeordneten im Parlament zu erhalten, erließ Badeni im April 1897 eine Sprachenverordnung zugunsten der Tschechen. In Böhmen und Mähren sollte die deutsche und tschechische Amtssprache gleichberechtigt eingeführt werden. Dies benachteiligte in den meisten Fällen die deutschsprachige Bevölkerung in Böhmen, da diese im Gegensatz zur tschechischen zumeist nur einsprachig aufwuchs.[8] Die Folgen des Gesetzes waren schwere Unruhen in der Monarchie. Die Debatte wurde nicht nur im Parlament heftig geführt, sondern auch auf öffentlichen Plätzen, wo es zu Demonstrationen und Ausschreitungen kam. Hildegard spricht in diesem Zusammenhang in ihrem Brief vom 16. Juli 1898 aufgrund der politischen Verhältnisse einen englischen Korrespondenten zitierend von der österreichischen Monarchie als „ein im Untergang begriffenes Land". Das Parlament am Ring war aufgrund der Spannungen zwischen deutschnationalen und tschechischen Abgeordneten von 1907 bis 1914 praktisch handlungsunfähig. Oft wurde in den letzten Jahren der Monarchie mithilfe von Notstandsparagraphen ohne Parlament regiert. Nach Sitzungen voller Obstruktionen wurde immer mehr der Ruf nach einer starken Hand laut.[9] Das Scheitern der Monarchie ist vor allem im Zurückdrängen des Liberalismus zugunsten eines Nationalismus zu suchen. Der innenpolitische Krieg im Parlament mündete in den Ersten Weltkrieg und wurde nun auf den Schlachtfeldern zwischen den Völkern Europas fortgeführt. Der Preis war hoch: Die k. u. k. Monarchie verlor den Krieg und zerfiel in viele einzelne Nachfolgestaaten.

Österreich in der Ersten Republik:
Multiple Krisen und die Heimwehrbewegung

Nach dem Vertrag von Saint-Germain war die neu gegründete Republik Österreich ein Kleinstaat, den viele Politiker und Bürger:innen für nicht überlebensfähig hielten. Daher forderten alle namhaften Parteien wie die Sozialdemokraten, die Christlichsozialen und die Deutschnationalen einen Anschluss an das Deutsche Reich – der jedoch durch eine entsprechende Vertragsklausel verboten war. Der große Verlierer nach dem Ersten Weltkrieg war vor allem die Mittelschicht und hier insbesondere die Beamten. Die meisten Soldaten, Offiziere und Unteroffiziere hatten ihren Rang und ihre Stellung in der Republik verloren, die nach dem Friedensvertrag von Saint-Germain nur noch maximal 30.000 Berufssoldaten beschäftigen durfte. Arbeitslose Soldaten suchten – meist vergeblich – zivile Berufe, die ihrem gesellschaftlichen Rang in der Monarchie entsprachen. Viele Offiziere wurden vorzeitig pensioniert und fanden sich mit kleinen Renten in einem ungeliebten Kleinstaat wieder, so auch der Mann von Hildegard. Enttäuschung und Zorn gegen den Staat und die Demokratie machten sich in manchen bürgerlichen Kreisen breit.

Innenpolitisch fürchtete das Bürgertum vor dem Hintergrund der russischen Revolution von 1917 nun die Enteignung ihres Besitzes und die Macht der Arbeiter:innen. In der jungen Republik Österreich ging 1919 bei den Wahlen – den ersten, an denen auch Frauen teilnehmen durften – die sozialdemokratische Partei als stärkste Partei hervor. Sie stellte mit Karl Renner den Bundeskanzler und konnte in einer Koalition mit den Christlichsozialen maßgebliche sozialistische Ideen für die Arbeiter:innen wie den Acht-Stunden-Tag und eine Arbeitslosenversicherung durchsetzen. Nach zwei Jahren zerbrach die große Koalition. Vor dem Hintergrund einer galoppierenden Inflation und einer schwachen Wirtschaft suchte man den Fehler beim politischen Gegner und nicht in gemeinsamen Lösungen.

Nach den Wahlen 1920 ging die Großdeutsche Volkspartei, die als Zusammenschluss verschiedener deutschnationaler Gruppierungen gegründet wurde, als drittstärkste Partei eine Koalition mit den Christlichsozialen ein und stellte in der Regierung den Wirtschafts- und Bildungsminister. Nun konnte sie zahlreiche Interessen des deutschnational gesinnten Bildungs- und Besitzbürgertums umsetzen. Die Großdeutsche Volkspartei war antisemitisch in der Tradition von Schönerer und Lueger, wurde vom Deutschen Turnerbund unterstützt und kümmerte sich in soldatischen Bünden, wie dem Verband der Berufsmilitär-Gagisten Österreichs und dem Verband Deutscher Frauen, um ihre Wähler:innen,[10] die vor allem in größeren Städten wie in Wiener Neustadt ihre Zentren hatten. Der Erfolg der Großdeutschen Volkspartei sollte jedoch nicht lange währen. Nachdem der von der Christlichsozialen Partei gestellte Bundeskanzler Ignaz Seipel einen straffen Sanierungsplan umsetzen musste, kam es zur Entlassung vieler Beamten und zur Kürzung der Renten. Viele Anhänger:innen der Großdeutschen waren enttäuscht und gaben bei den Wahlen 1923 einer anderen Partei ihre Stimme. So war sie kein weiteres Mal in der Regierung vertreten.

Teile des Bürgertums wandten sich in der Folge von der gemäßigt deutschnationalen Politik der Großdeutschen Volkspartei ab und unterstützten die Heimwehr. Diese war 1920 von Richard Steidle als rechter paramilitärischer Verband gegründet worden, um gegen die sozialdemokratischen und marxistischen Verbände aufzutreten. Im Lauf der 1920er-Jahre radikalisierten sich die beiden Lager. Ein Grund dafür war das sogenannte „Linzer Programm“ von 1926, ein klassenkämpferisches Manifest der Sozialdemokraten, das insbesondere dem Bürgertum Angst vor einem Umsturz einflößte. Der Konflikt mündete schließlich in den Justizpalastbrand am 15. Juli 1927, der aufgrund des Schießbefehls von Polizeipräsident Johann Schober auf die demonstrierenden Arbeiter:innen in bürgerkriegsähnliche Zustände ausartete und mehr als 80 Tote zur Folge hatte. Die Heimwehr, die einen für den Folgetag angekündigten Generalstreik der Sozialdemokratischen Arbeiterpartei verhinderte, war der Sieger dieser politischen Zäsur. In allen Bundesländern erhielt sie vermehrt finanzielle Unterstützung und baute lokale Organisation auf, so auch in Wiener Neustadt, wo unter Major Richard Gredler und dem Hotelier Julius Kampitsch der steirische Heimatschutz in Niederösterreich zahlreiche Veranstaltungen mithilfe der Frauenbewegung organisierte.[11] Auch der bekannte Adelige Ernst Rüdiger Starhemberg war in Niederösterreich aktiv. Die Politik radikalisierte sich und wurde immer mehr auf die Straße getragen. Im Oktober 1928 organisierte der steirische Landeshauptmann Anton Rintelen einen groß angelegten Aufmarsch der Heimwehr in Wiener Neustadt, einer roten Hochburg. Dies bedeutete eine offene politische Provokation für die Sozialdemokratie. Ungefähr 20.000 Soldaten der Heimwehr samt 2000 Wehrturnern standen 18.000 Mitgliedern des Republikanischen Schutzbundes rund um den Hauptplatz gegenüber und marschierten – voneinander getrennt durch Militär, Polizei und Sicherheitswache – aneinander vorbei.[12]

Der ehemalige Wiener Polizeipräsident Johann Schober wurde in dieser politischen Krisenzeit der nächste Bundeskanzler. Seine bürgerliche Politik konnte sich kurze Zeit auf eine stabile Mehrheit im Parlament stützen. Schober war für viele Bürger:innen ein wählbarer Politiker der Mitte, liberal, großdeutsch, der Wirtschaft zugetan. Es gelang ihm 1929 durch Konzessionen an die Sozialdemokraten, eine Verfassungsreform, die die Stellung des Bundespräsidenten stärkte, durchzubringen und Österreich auch außenpolitisch mit Italien als Schutzmacht gegen Deutschland in ein Bündnis zu holen.[13] Doch die Weltwirtschaftskrise verschärfte die politische Situation erneut. 1930 zählte man 350.000 Arbeitslose in Folge des Bankenzusammenbruchs der Creditanstalt. Viele bürgerliche Familien, die durch die Inflation vor den Trümmern ihrer wirtschaftlichen Existenz standen, verloren das Vertrauen in die Lösungskompetenz der Demokratie. Durchschnittlich alle acht Monate scheiterte eine Regierung aufgrund der fehlenden Mehrheit im Parlament.[14]

1930 gründete die Heimwehr mit dem Heimatblock eine politische Partei, mit der sie im selben Jahr zu den Wahlen antrat. In Folge des enttäuschenden Ergebnisses von etwas über 6 Prozent der Stimmen verließ sie den demokratischen Weg. Mit dem Korneuburger Eid vom 18. Mai 1930 schworen die Mitglieder der Heimwehr auf ein strikt antidemokratisches Programm. Infolge der anhaltenden politischen Patt-Situation der regierenden Parteien gewannen die Nationalsozialisten an Aufschwung. Insbesondere die Mittelschicht mit ihren Lehrer:innen, Schulvereinsmitgliedern, Turner:innen und ehemaligen (Unter-)Offizieren war für ihr Programm empfänglich.[15] Bei den im Jahr 1932 stattfindenden Landtagswahlen erreichte die NSDAP zulasten der Großdeutschen Volkspartei in Niederösterreich, der Steiermark und Wien große Gewinne. In Wiener Neustadt beispielsweise stieg der Wähler:innenanteil sprunghaft auf 14,5 Prozent.[16] Die Großdeutschen unterstützten – als Erben Schönerers – die aufstrebende Partei und machten dadurch den Nationalsozialismus in bürgerlichen Kreisen salonfähig.[17]

Vom Austrofaschismus über den Nationalsozialismus zu einem Neuanfang

Im Mai 1932 beauftragte der Bundespräsident Engelbert Dollfuß mit der Regierung. Dollfuß scheiterte, mit den Sozialdemokraten und den Großdeutschen eine breite Mehrheit im Parlament zu bilden. Am 4. März 1933 nutzte Kanzler Dollfuß eine Geschäftsordnungslücke des Nationalrats und schaltete das Parlament aus. Er regierte nun mit einer Notverordnung ohne Parlament, löste den Republikanischen Schutzbund auf und vereinigte die Christlichsoziale Partei mit der Heimwehr in der Vaterländischen Front. Damit wollte er einer Machtergreifung der NSDAP, die seit dem 31. Jänner 1933 mit Adolf Hitler als Reichskanzler in Deutschland regierte, in Österreich verhindern.[18] Reichskanzler Hitler forderte jedoch eine Beteiligung der NSDAP an der Regierung Dollfuß. Als dies abgelehnt wurde, eskalierte die Gewalt und es kam zu zahlreichen Terrorakten der Nationalsozialisten. Dollfuß verbot daraufhin die NSDAP in Österreich. Den anderen politischen

Gegner, die Sozialdemokraten, schaltete die Regierung Dollfuß nach dem Bürgerkrieg im Februar 1934 aus. Die Partei mit zuvor 600.000 Mitgliedern wurde aufgelöst, ihr Vermögen beschlagnahmt. Am 1. Mai 1934 verabschiedete das autoritäre Regime eine neue ständestaatliche Verfassung, in der es weder Wahlen noch Parteien gab. Die Großdeutsche Volkspartei löste sich auf und empfahl den Anhängern weiterhin die Unterstützung der nationalen Idee, nun in der Bewegung der NSDAP.[19]

Für bürgerliche Wähler:innen gab es nun keine demokratischen Parteien mehr zur Option, sondern nur noch zwei nationale Bewegungen innerhalb einer Diktatur: auf der einen Seite die Vaterländische Front als Sammelbecken für ein unabhängiges, katholisches Österreich unter Bundeskanzler Dollfuß, auf der anderen Seite die Bewegung der NSDAP, die einen Anschluss an Hitler-Deutschland forderte. Alle Frauen und Männer sollten nach der Ständeverfassung der Dollfuß-Diktatur in die Vaterländische Front eintreten, die die Parteien und ihre gegensätzlichen Ideologien ersetzen sollte. Frauen wurden, unter Berufung auf Maria Theresia, zur Mitarbeit im Sinne eines patriotischen Österreich im Frauenreferat der Vaterländischen Front eingeladen. Dieses organisierte viele Veranstaltungen, an dessen Spitze Fanny Starhemberg stand, die Mutter des Heimwehrführers Starhemberg, der nun auch Führer der Vaterländischen Front wurde.[20]

Nach einem Putschversuch der Nationalsozialisten am 25. Juli 1934 wurde Dollfuß im Bundeskanzleramt ermordet. Seine Nachfolge trat der Rechtsanwalt und ehemalige Unterrichtsminister Kurt Schuschnigg aus Tirol an, der – wie zuvor Dollfuß – mit der Heimwehr die Regierung führte und Ernst Rüdiger Starhemberg als Vizekanzler einsetzte. Schuschnigg war beim einfachen Volk kein Sympathieträger, sein politisches Umfeld als Anhänger der Monarchie machte ihn in deutschnationalen Kreisen nicht beliebt. Im Mai 1936 trennte sich Schuschnigg von Starhemberg, da in einem öffentlich gewordenen Telegramm bekannt wurde, dass Starhemberg und seine Heimwehr illegal mehr als drei Millionen Lire zur Aufrüstung der paramilitärischen Heimwehr erhalten hatten. Starhemberg trat von der politischen Bühne ab und empfahl seinen Anhängern, weiterhin die deutschnationalen Ideen zu verfolgen. Die Heimwehr bereitete dem Nationalsozialismus wider Willen den Boden.[21] Auch liberal, modern denkende Frauen fühlten sich von der Bewegung der Nationalsozialisten stärker angezogen, da das Frauenbild der Vaterländischen Front mit einem antiemanzipatorischen Grundduktus, der Pflege des „spezifisch Weiblichen" und seinem katholischen Frauenbild nicht einer modernen Anschauung entsprach.[22]

Die nationalsozialistische Propaganda nahm in Österreich nach dem Juliabkommen 1936 zwischen Reichskanzler Hitler und Schuschnigg zu. Schuschnigg musste nach diesem Abkommen zwei Nationalsozialisten in die Regierung aufnehmen. Damit begann die Unterwanderung der österreichischen Verwaltung durch Anhänger von Hitler-Deutschland. Viele deutschnationale Bürger:innen unterstützten nun die nationalsozialistische Bewegung, da sie der Ansicht waren, dass der Weg zu einer prosperierenden Wirtschaft nur bei einer Wiedervereinigung mit Deutschland zu verwirklichen war. Im März 1938 versuchte Schuschnigg mit der Ankündigung einer Volksbefragung noch einmal die Unabhängigkeit Österreichs zu sichern. Nach einem Ultimatum Hitlers, der mit dem militärischen Einmarsch in Österreich drohte, gab Schuschnigg am 11. März 1938 um 20 Uhr seinen Rücktritt im Radio bekannt.

Der Anschluss an das Deutsche Reich bedeutete für viele Österreicher:innen Haft, Vertreibung und Exil. Verfolgung und Vernichtung waren die Gefahren für die politischen Gegner der NSDAP, die Anhänger der Regierung Schuschnigg, die jüdische Bevölkerung und viele weitere bekämpfte Gruppen der Bevölkerung. Der beispiellose Mord an Millionen von Menschen während des Zweiten Weltkrieges, nicht nur auf dem Schlachtfeld, sondern in unzähligen Todeslagern, ist erschütterndes Zeugnis einer Ideologie, die anfangs von vielen Menschen unterstützt wurde. Oft wurde später danach gefragt, wie es so weit kommen konnte. Gerhard Botz identifizierte im Österreich vor 1938 ein „paranazistisches Substrat"[23], das heißt eine mentale, weltanschauliche und sozialstrukturelle Grundlage, auf dem sich die Idee des Nationalsozialismus entwickeln konnte. Dieses Substrat fußte auf einer obrigkeitsnahen, antisemitischen und antisozialistischen Gesinnung, die sich schon im 19. Jahrhundert entwickelte und von Politikern wie Schönerer und Lueger weiter kultiviert und aufgegriffen wurde.

Nach dem Zweiten Weltkrieg waren sich die großen Parteien einig, dass diese Republik nur gemeinsam aufgebaut werden konnte. Aus den Fehlern der Ersten Republik hatte man gelernt. „Kompromiss" war das neue

Schlüsselwort in der innenpolitischen Arbeit der 1950er- und 1960er-Jahre. Dies war auch ein Grund für das Wirtschaftswunder der Zweiten Republik. Die Aufarbeitung des Nationalsozialismus wurde dafür lange Zeit, bis in die 1980er-Jahre, verdrängt. Mit dem Beitritt zur Europäischen Union im Jahr 1995 finden sich heute die Nachfahren von Hildegard und Hilde in einem großen gemeinsamen Wirtschaftsraum, nämlich der Europäischen Union. Es bestehen keine Grenzen zum deutschen Nachbarstaat und man muss sich nicht um die deutsche Kultur sorgen. Trotzdem ist es angeraten, dass sich die bürgerliche Mitte immer wieder ihrer liberalen Tradition bewusst wird und nicht auf politische Populisten hört. Die Mitte der Bevölkerung, das Bürgertum, ist das Fundament des Staates, gleichermaßen damals in der Monarchie und der Ersten Republik wie heute in der Zweiten Republik. Wenn sich die Bürger:innen von der Mitte abwenden, den politischen Extremen folgen, dann wankt auch der Staat und damit die Grundfeste einer demokratischen und rechtsstaatlichen Ordnung.

Zweiter Teil

HILDE

1910–1981

Amateuraufnahme von Hilde (links) mit zwei Bekannten in Kensington Gardens von Juni 1930

Quellenmaterial

Vorhandene Briefe

Die Briefe von Hilde Slezak wurden in derselben stoffüberzogenen Papierschachtel aufbewahrt wie jene ihrer Mutter Hildegard. Es haben sich insgesamt 53 Stück erhalten; mit einem Schnitt von einem Brief pro Woche ist damit beinahe die gesamte Korrespondenz aus dem Zeitraum von einem Jahr vorhanden. Hilde verwendet in den ersten drei Monaten ein Briefpapier in der Größe eines A4-Blattes, wobei Vorder- und Rückseite mit Tinte dicht beschrieben sind. Ab Januar 1930 wechselt sie auf ein kleineres Format und ein hellblaues und fühlbar festeres Papier. In der Regel weist ein Brief einen Umfang von einem Blatt mit beschriebener Vorder- und Rückseite auf, mitunter kommt jedoch noch ein weiteres Blatt dazu. Die Briefe tragen wiederholt mehrere Datumsangaben, was bedeutet, dass ein Brief an einem Tag begonnen und an darauffolgenden

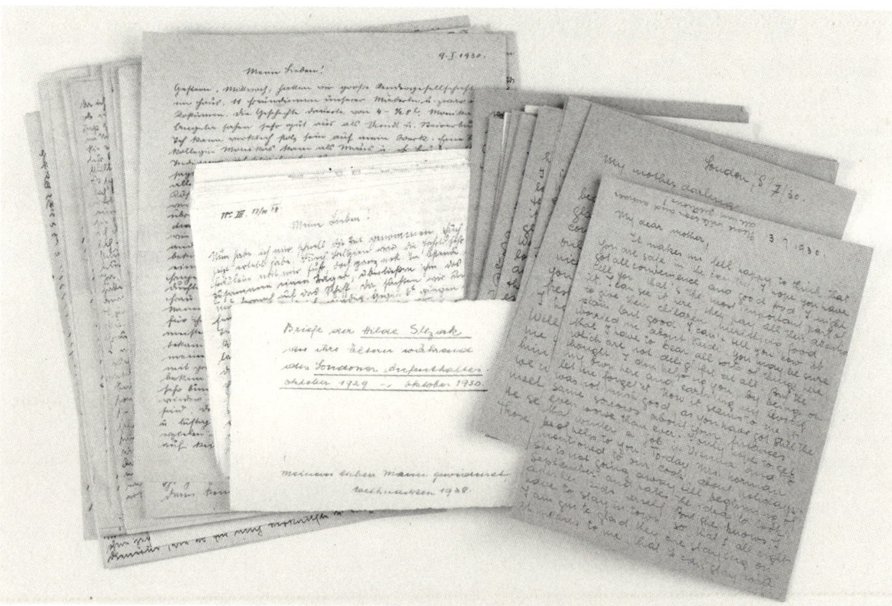

Sämtliche Briefe von Hilde aus England mit Widmungskarte an ihren Mann

Tagen fortgeführt wurde, bevor er dann schließlich den Postweg antritt. Hilde schreibt in Sütterlin, jener Schrift, die in der Zeit zwischen dem Ersten und Zweiten Weltkrieg in Österreich als Schulschrift gängig war. Da ich es mir nach wiederholten Versuchen nicht zutraue, die Briefe fehlerfrei zu entziffern, lege ich deren Transkription in professionelle Hände. Die Briefe sind generell an die Eltern adressiert, allerdings gibt es auch einzelne Briefe, die sich explizit an die Mutter richten. Ab Juni 1930 enthalten die meisten von Hildes Briefen längere Passagen, die in Englisch verfasst sind und damit ausschließlich ihre Mutter, die im Gegensatz zu ihrem Vater des Englischen kundig ist, adressieren. Mit der Wahl der englischen Sprache vollzieht sich auch der Wechsel in die Normalschrift.

Dem Briefstapel ist eine Kartonkarte mit einer Widmung von 1938 beigelegt. Sie besagt, dass Hilde im Jahr ihrer Hochzeit ihre Mädchenbriefe aus England ihrem Mann zu Weihnachten zugeeignet hat. Neben Hildes Briefen haben sich 21 Briefe von ihrer Mutter erhalten, die diese ihr nach

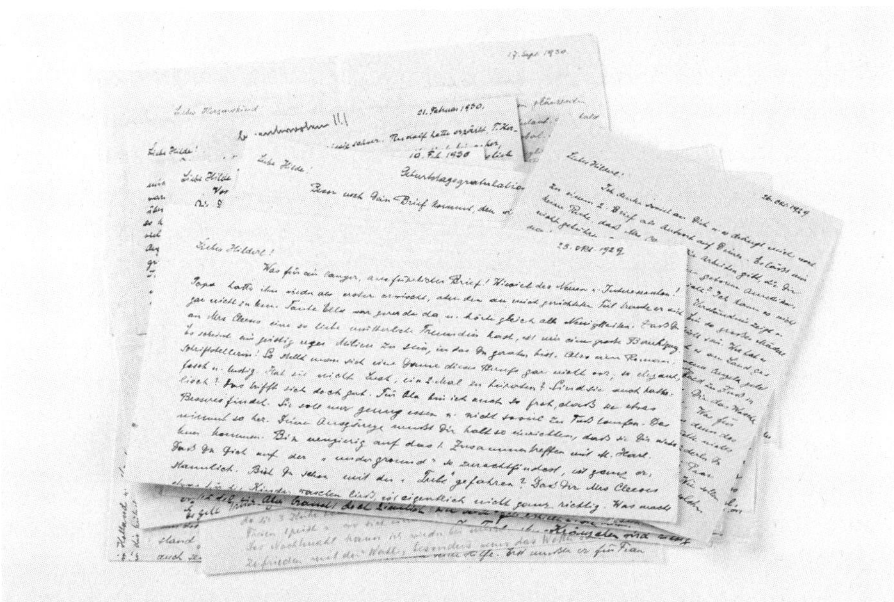

Vorhandene Briefe von Hildegard an die Tochter

London geschickt hat. Dieser Bestand ist damit weitaus fragmentarischer und umfasst weniger als die Hälfte der verfassten Schriftstücke. Während die Korrespondenz aus den ersten Monaten noch großteils vorhanden ist, fehlen ab März 1930 zahlreiche der mütterlichen Briefe. Vom Vater existieren keine Schriftstücke.

Tagebuchartige Aufzeichnungen und weitere Selbstzeugnisse
Aus Hildes Nachlass sind verschiedene schriftliche Aufzeichnungen vorhanden, die sie im Lauf ihres Lebens verfasst hat. Sie verwendet dafür – im Gegensatz zu den in Sütterlin geschriebenen Briefen – die Normalschrift. So finde ich etwa ein Heft, in dem sie ab dem Jahr 1938 bis zu ihrem Tod über verschiedene Dinge Buch führt. Vermutlich wurde es anlässlich ihrer Hochzeit angefangen. In Form von Listen werden hier Ausflüge und Einladungen, gelesene und verliehene Bücher, Kinofilme samt einer Bewertung, verfasste und erhaltene Briefe sowie Geschenke tabellarisch angeführt. Als wichtiges schriftliches Ego-Dokument, das in Hinblick auf Hildes Zeit in England relevant ist, existieren lose A4-Blätter, die tagebuchartige Notizen enthalten. Sie beginnen mit einem Eintrag anlässlich eines Ballbesuchs im Januar 1928, als Hilde Schülerin der 7. Klasse war, und werden – mit Unterbrechungen – bis 1939 fortgeführt. Während ihres Englandjahres verfasst Hilde regelmäßig Einträge, zunächst durchschnittlich fünf bis sechs pro Monat, die in der zweiten Hälfte ihres Aufenthaltes zusehends seltener, knapper und kursorischer geraten. Diese für sich selbst geschriebenen Aufzeichnungen, ohne Adressierung an eine andere Person, sind für mich eine überaus wertvolle Quelle, weil sich aus ihnen Befindlichkeiten und Ereignisse herauslesen lassen, über die sich Hilde gegenüber ihren Eltern bewusst ausschweigt.

Objekte aus der Zeit in England
In unserem Familienbesitz haben sich zahlreiche Gegenstände aus Hildes Hinterlassenschaft erhalten, die ihre Tochter Christl – meine Mutter – aufbewahrt hat. Diese umfassen nicht nur ihre persönlichen Dokumente und Zeugnisse oder von ihr angelegte Fotoalben, sondern auch diversen Hausrat wie Geschirr oder Möbel. Objekte, die mit ihrem Englandauf-

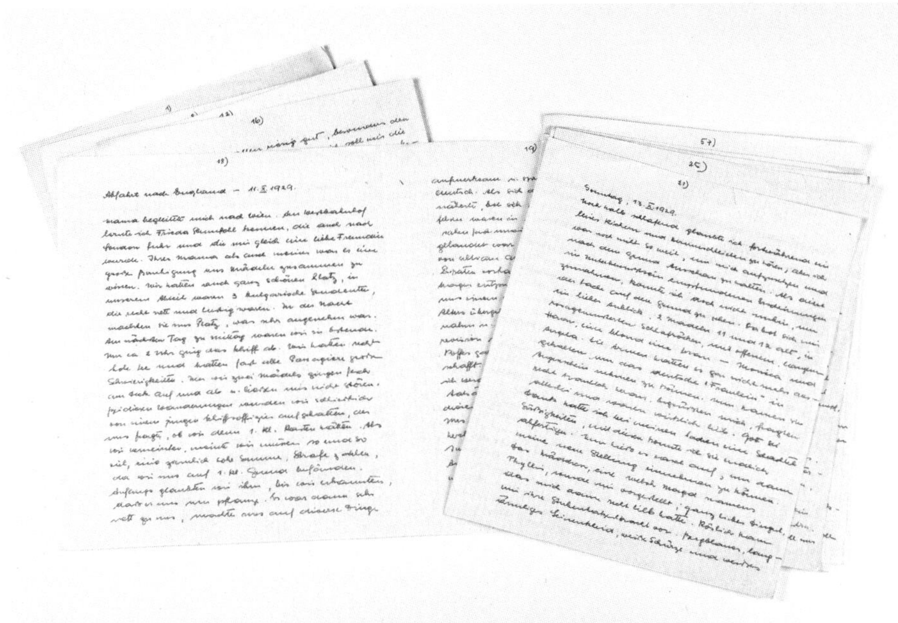

Lose Blätter mit tagebuchartigen Aufzeichnungen von Hilde

enthalt in Verbindung stehen, finden sich verteilt an verschiedenen Orten in der Wohnung meiner Mutter. In der Schachtel, die Hildes Briefe aus England enthalten, findet sich auch ein kleines Kuvert mit der Aufschrift „England 1929–1930. 1) bei Cleeves 2) bei Normans". Es enthält einzelne lose Fotografien, die Personen aus ihrem Umfeld in London zum Zeitpunkt ihres Englandaufenthaltes und danach zeigen und alle umseitig beschriftet sind. Sie wurden großteils mit einem eigenen Fotoapparat aufgenommen. Im Bücherregal meiner Mutter entdecke ich schließlich auch Hildes England-Führer mit seinem roten Einband, der 1911 erschienen ist und die wichtigsten Sehenswürdigkeiten anführt und zahlreiche Pläne enthält. Er hat sie ein ganzes Jahr begleitet. Schließlich finde ich noch Hinterlassenschaften, die mit ihrem Studium am Londoner Pitman's College in Zusammenhang stehen. Das Büchlein, das ihre Teil-

Kuvert mit einzelnen Fotografien aus Hildes Zeit als Kindermädchen in London nebst ihrem Reiseführer

nahme an diversen Kursen in Englisch, Maschinschreiben und Stenografie dokumentiert, gibt Aufschluss über die Frequenz ihrer Anwesenheit und die Ausrichtung ihrer Fortbildung. In Ergänzung dazu findet sich auch ihr Abschlusszeugnis im Nachlass. Zusätzlich gibt es noch einzelne Objekte, die auf die Weiterführung des Kontakts zu den engsten Bezugspersonen aus der Zeit in England hinweisen. Bei diesen handelt es sich vorrangig um Briefe, Fotografien und auch Geschenke, die Hilde nach 1930 auf dem Postweg in Wiener Neustadt erhalten hat.

„Recht jung für die Fremde, aber nicht zu jung“
Meine Großmutter Hilde 1929 und 1930 in London

Schülerin im humanistischen Bubengymnasium

Meine Großmutter Hilde Slezak erblickt am 18. November 1910 in Pola, dem heutigen kroatischen Pula, das Licht der Welt. Ihre Eltern Hildegard und Rudolf haben nach der Hochzeit im Jahr 1908 in der größten und ältesten Stadt Istriens ihren gemeinsamen Haushalt begründet, wo sich der Hauptkriegshafen der k. u. k. Marine befindet und ihr Vater zu diesem Zeitpunkt als Maschinenbetriebsleiter 1. Klasse stationiert ist. Sie wächst mit ihrem eineinhalb Jahre älteren Bruder Rudi in einer idyllisch am Fuße des Parks Monte Zaro gelegenen Wohnung auf. Die Kinder erleben eine unbeschwerte Zeit an der Küste Istriens, freunden sich mit anderen Mädchen und Buben von Angehörigen der Marine an und werden bei Besuchen in Wiener Neustadt von ihren Verwandten ob ihrer sonnengebräunten Haut bestaunt. 1914 wird das Familienleben schließlich durch die Kriegserklärung Österreichs an Serbien markant durcheinandergewirbelt. Hildegard bricht überhastet mit den beiden Kindern nach Wiener Neustadt auf, wo sie ihren Haushalt neu einrichtet. Im Sommer 1916 vereinigt sich die Familie noch einmal zwischenzeitlich an der dalmatinischen Küste, und zwar in Sebenico, heute Šibenik. 1918 kommt Vater Rudolf endgültig zu seiner Familie nach Wiener Neustadt. Er scheint seinen Dienst kurz vor dem Ende des Ersten Weltkrieges aufgrund von Streitigkeiten mit einem Vorgesetzten quittiert zu haben, wie es Hildegard in ihrer Lebensgeschichte erwähnt. So und so wird mit dem Zerfall des k. u. k. Habsburgerreichs sein Posten obsolet, da Österreich nun keinen Zugang zur Küste mehr besitzt. Hilde legt im September 1918 eine Prüfung an der Mädchen-Volksschule in Wiener Neustadt über den Stoff des zweiten Schuljahres ab. Ich gehe davon aus, dass sie bis dahin aufgrund des familiären Wechsels zwischen Istrien und Wiener Neustadt von ihrer Mutter, die ja ausgebildete Lehrerin ist, unterrichtet wird. Sie besteht die Prüfungen mit den Noten „Sehr gut“ und „Gut“ und wird in Folge als Quereinsteigerin in die 3. Klasse aufgenommen. Nach drei Jahren als Volksschülerin setzt Hilde 1921 ihre Schulbildung mit dem

Besuch des Bundesgymnasiums in Wiener Neustadt, heute unter dem Namen BG Babenbergerring bekannt, fort. Dieses wurde ursprünglich als Bubengymnasium gegründet. 1917 ergreifen erstmals zwei Frauen die Möglichkeit, dort zu maturieren – allerdings als Externistinnen. Emma Jahoda, die Cousine der bekannten Sozialwissenschaftlerin Marie Jahoda, die gemeinsam mit Paul Felix Lazarsfeld und Hans Zeisel für die 1933 veröffentlichte Studie *Die Arbeitslosen von Marienthal* verantwortlich zeichnet, ist eine von ihnen. Ab dem Jahr 1919 war es dann schließlich in Österreich prinzipiell möglich, Mädchen an öffentlichen Knabenmittelschulen aufzunehmen. Das Bundesgymnasium ist das damals einzige Gymnasium in der Stadt, in dem Buben und Mädchen für einige wenige Jahre koedukativ unterrichtet werden, auch wenn Schüler männlichen Geschlechts eindeutig in der Mehrzahl sind.[1] 1927 wurde dieses Unterrichtsmodell wieder rückgängig gemacht, da der Beschluss gefasst wurde, dass für Mädchen an Knabenmittelschulen eigene Parallelklassen eingerichtet werden müssen.[2] Hilde gehört zu jenen wenigen Jahrgängen, in denen Frauen ebenso zugelassen waren. Sie besucht den humanistischen Zweig, in dem acht Jahre Latein und sechs Jahre Griechisch auf dem Lehrplan stehen. In ihren Gymnasialzeugnissen suche ich vergeblich nach Fächern mit lebenden Fremdsprachen wie Englisch oder Französisch. Im Frühjahr 1929 legt sie als eines von vier Mädchen in ihrer Klasse die Matura ab, und zwar mit Auszeichnung. Somit ist sie dazu berechtigt, an einer Hochschule zu studieren. Kurz zuvor war es für Frauen noch keineswegs selbstverständlich, mit der Reifeprüfung auch einen Studienzugang zu erwerben. Das Wiener Neustädter Mädchengymnasium, das aus dem seit 1914 bestehenden Lyzeum hervorging, wertete 1922 durch intensive Bemühungen des Frauenbildungsvereins seinen Schultypus zu einem Mädchen-Realgymnasium auf und ermöglichte damit Frauen ab dem Jahr 1926, eine vollwertige Matura, die auch eine Studienberechtigung darstellte, abzulegen.[3] Hildes Jahrgang ist jedenfalls der letzte für lange Zeit, in dem es Mädchen möglich ist, am Bundesgymnasium zu maturieren.

Es erscheint mir naheliegend, dass die Initiative, nach dem Abschluss des Gymnasiums für ein Jahr nach England zu gehen, von Hildes Mutter kommt. Dafür spricht der hohe Bildungsanspruch von Hildegard, die selbst als Externistin die Matura abgelegt und zahlreiche Zeugnisse erworben hat, darunter jene der englischen und französischen Staatsprüfung sowie die Lehrbefähigung. Hildegard ist zweifelsohne ein Leben lang durch ihre Auslandsaufenthalte sowie die Erfahrungen geprägt, die sie als junge Frau in England und Frankreich gemacht hat. Aus ihrer eigenen Biografie spricht die Überzeugung, dass eine gute Bildung auch für Frauen wesentlich sei und dass man aus dem Kennenlernen eines neuen Umfelds nur profitieren könne. Hildegard muss ihre Tochter schon geraume Zeit vor der Abreise nach England auf diesen Aufenthalt vorbereitet haben, da Hilde aus ihrer Schulbildung über keine Englischkenntnisse verfügt. Da trifft es sich gut, dass Hildegard in Wiener Neustadt in verschiedenen privaten Kreisen Englischstunden anbietet, an denen auch ihre Tochter teilnehmen kann. Aufgrund ihrer exzellenten Kenntnisse der Sprache unterstützt Hildes Mutter einerseits Schüler:innen aus der Familie und von Freund:innen mit Nachhilfestunden, andererseits gründet sie einen Damenkreis, der sich meiner Einschätzung nach zwischen einem Kaffeekränzchen und einem Salonabend ansiedelt, um in dieser Runde ihre Englischkenntnisse weiterzugeben und Konversation zu betreiben. Der Privatunterricht wird nicht nur aus rein idealistischen Gründen oder als Freizeitbeschäftigung angeboten, sondern findet entgeltlich statt und hat damit die wichtige Funktion, das Familieneinkommen aufzubessern. Auch ihr Ehemann gibt vereinzelt Stunden in Französisch.

Die ökonomische Situation der Familie scheint nicht einfach gewesen zu sein. Die Slezaks können nach dem Ende der Monarchie im Jahr 1918 nicht mehr an das vorherige Leben als Armeeangehörige anschließen. Vater Rudolf verliert seinen finanziellen Status als ehemaliger Militär der k. u. k. Marine und erhält nur mehr eine relativ geringe Pension. Die Nachkriegsjahre gestalten sich für die Familie nicht nur ökonomisch als überaus schwierig, sondern stellen auch ideologisch eine Herausforderung dar. Die Gründung der Republik wird von Hildegard als „Umsturz", den man nicht gewollt hat, bezeichnet. Im Mai 1920 tritt die neunjährige Hilde das erste Mal allein einen Auslandsaufenthalt an. Die Versorgungslage nach dem Ersten Weltkrieg ist katastrophal, und so nimmt sie an einem staatlichen Hilfsprogramm teil, bei dem mangelernährte Kinder temporär von Familien aus anderen europäischen Ländern aufgenommen werden. Hilde wird im Zuge dieser Kinderverschickung einer niederländischen Familie in Doetinchem zugeteilt, mit der sie ihr ganzes Leben lang freundschaftlichen Kontakt pflegen wird. Die finanziell prekäre Lage zu Hause wird neben dem privaten Sprachunterricht auch durch anteilige Mieteinnahmen gelindert, die Hildegard aus einem von ihren Eltern an ihre fünf Kinder vererbten Haus seit 1923 bezieht. Ungeachtet des bescheidenen Familieneinkommens ist man jedoch bestrebt, zumindest den ehemaligen gesellschaftlichen Stand zu bewahren und den Kontakt zu entsprechenden sozialen Kreisen zu pflegen. So tritt Rudolf in den Wiener Neustädter Gagistenverband ein, dem ehemalige Offiziere und andere langgediente Mitglieder des k. u. k. Militärs angehören.[4]

Die Erleichterung der ökonomischen Situation zu Hause wird, wenn auch unausgesprochen, mitentscheidend gewesen sein für Hildes Aufenthalt in England – neben der Möglichkeit zum Erlernen der englischen Sprache. Der Zeitpunkt, als sie nach London aufbricht, zeichnet sich generell durch eine weltwirtschaftlich unsichere Lage aus, die in den New Yorker Börsencrash von Oktober 1929 münden wird.

„Governess" oder „nurse"?

Mithilfe von privaten Kontakten werden von Wiener Neustadt aus sämtliche Vorbereitungen für Hildes Jahr in England getroffen. Sie wird an eine Familie vermittelt, in der bereits eine andere junge Frau aus dem Freundeskreis der Familie tätig gewesen ist: Ala – eigentlich Emilie Anna Maria – Heyszl von Heyszenau, auf die ich noch ausführlich zu sprechen kommen werde. Sie ist drei Jahre älter als Hilde und schon im Jahr zuvor nach England gegangen. Der Kontakt zwischen den Familien Slezak und Heyszl scheint auf die Zeit in Pola zurückzugehen, als eine Freundschaft zu Verwandten von Alas Mutter über die k. u. k. Marine zustande kam. Die seit 1913 verwitwete Emilie Heyszl von Heyszenau scheint jedenfalls im Wiener Neustädter Telefonbuch aus dem Jahr 1929 unter exakt jener Adresse auf, an der das Haus steht, das Hildegard und ihren Geschwistern von ihren Eltern vermacht wurde. Sie ist demnach als Mieterin mit Hildegard, die sich um die Verwaltung dieses Hauses kümmert, in regelmäßigem Kontakt. In Folge begegnen sich die beiden Frauen in freundschaftlichem Verhältnis, bleiben aber beim förmlichen „Sie“. Ala Heyszl entscheidet sich dazu, bis auf Weiteres in England zu bleiben. Da sie zu diesem Zeitpunkt ihr Einkommen jedoch nicht mehr als Kindermädchen, sondern bereits als Sekretärin in einer Kunstgalerie sichert, schlägt sie für die freigewordene Stelle Hilde als ihre Nachfolgerin im Haushalt der Familie Cleeves vor. So können Hildes Eltern beruhigt die Tochter in die Ferne ziehen lassen.

Janet Olave Cleeves, geborene Story, stammt aus einer wohlhabenden Familie und wohnt mit ihren Töchtern Monica und Angela in einem Haus im Londoner Bezirk Hampstead, der für seine künstlerischen und intellektuellen Zirkel bekannt ist. Schon Hildegard beschreibt dieses elegante und großbürgerliche Viertel in ihren Briefen an die Eltern. Sie blickt dort fasziniert durch die Fenster in die herrschaftlichen Haushalte, frequentiert regelmäßig die Hampstead Public Library und landet nach einer nervenaufreibenden Stellensuche selbst in diesem Stadtteil bei einer Familie als Erzieherin. Hilde findet sich genau genommen am Rande von Hampstead wieder, im Viertel Belsize Park, unweit des schönen Aussichtspunktes Primrose Hill. Dieses ist durch seine zahlreichen viktorianischen Wohnhäuser, die großzügig gebaut sind und einheitlich weiße Fassaden mit italianisierenden Stuckelementen aufweisen, charakterisiert. An der Adresse 23 Belsize Park Gardens befindet sich das Haus von Familie Cleeves mit dem typischen zweigeschossigen Erker, ionischen Säulen beim Eingangsportal und seiner in hellem Weiß erstrahlenden Fassade.

Mrs Cleeves' Mann Alfred ist bereits 1919 verstorben. Er hat sich 1914 bei der Canadian Expeditionary Force des britischen Empire gemeldet, einer sich primär aus Freiwilligen zusammensetzenden Einheit, die in der Folge maßgeblich im belgischen Ypres an der Front im Kampf gegen die Deutschen eingesetzt wurde. Nach der Hochzeit 1916 und seiner Entlassung aus dem Dienst trifft das Paar die Entscheidung, sich im kanadischen Saanich in British Columbia auf jenem Landstück niederzulassen, das ihm sein im Krieg gefallener Bruder vererbt hat.[5] Damit kehrt Janet Olave Cleeves in ihr Heimatland zurück, denn obzwar in England geboren, stammt sie aus einer kanadischen Familie und hat seit ihrem 18. Lebensjahr in Quebec gelebt. Noch bevor das Haus fertig ist, stirbt Alfred Cleeves nach nur drei Jahren Ehe und unmittelbar vor der Geburt der zweiten

Tochter im Frühjahr 1919 an einem Geschwür, das aufgrund einer Magenperforation im Krieg aufgetreten ist. Zwei Jahre später entscheidet sich die Witwe dazu, wieder zurück nach England zu gehen.

Der Haushalt, in dem Hilde fortan tätig ist, besteht somit nur aus Frauen: Mrs Cleeves, den beiden Töchtern im Alter von zehn und elf Jahren sowie einem Dienstmädchen. Dieses ist eine junge Frau aus Wales, die eine „Stubenkatzerltracht", wie es Hilde in ihrem Tagebuch vermerkt, trägt. Die traditionelle Kleidung einer Maid bestand aus einem schwarzen Kleid und einer weißen, an den Trägern mit Rüschen besetzten Schürze sowie einem weißen Häubchen. Ihr erster Brief an die Eltern berichtet in großer Ausführlichkeit von den Eindrücken nach ihrer Ankunft bei der Familie:

> *London, 13. Oktober 1929:* Das Haus ist in einem riesig eleganten Viertel u. wunderbar. Das Mädchen brachte mich zur Mrs Cleeves, die schlüpfte schnell in den Schlafrock u. zeigte mir mein Zimmer. Ich dankte für alles weitere, nahm ein Bad u. schlief auch bald ein. In der Früh hörte ich ein Lachen u. da kamen die beiden Mäderln zu mir herein. Sie sind riesig hübsch, haben blondes längeres Haar, ganz offen, nur gescheitelt. Sie waren reizend lieb u. gut erzogen u. wir sprachen sehr gut zusammen englisch. Dann zog ich die Süßigkeiten hervor u. sie waren so glücklich darüber u. dankten so lieb dafür. Dann gingen sie, ich zog mich an u. wir trafen uns zum Frühstück im dining room. Gebratener Speck, Butter, Jam, Thee u. Toast. Sehr gut. Nun will ich das Haus beschreiben. Es steht in einem herrlichen Cottageviertel, die Häuser sind schmal, haben nach vorne einen runden Erker, dessen Glasscheiben bis zum Boden reichen. Die ganze Hochparterrewohnung mit unterem Teil gehört der Dame. Das riesige Zimmer auf die Straße ist von den Kindern. Von da gehen Stiegen hinauf, da ist schöner Vorraum, das Zimmer von Mrs Cleeves u. ein prachtvoller Salon (drawing room) mit Kamin, wie im Mädelzimmer und mit Glaserker, eine Stiege hinunter zu ist der dining room direkt in den Garten, daneben mein Zimmer, auch furchtbar groß, dann Küche, Badezimmer, Mädelzimmer u. einige Kammerln. Also furchtbar elegant. Alle Menschen, die hier leben, sind reich,

haben Auto u.s.w. Das kleinere Mäderl muss bis Mittag im Bett bleiben, so spielten wir viel mit ihr. Dann war lunch (nur kaltes Fleisch u. Pudding). Danach gingen wir spazieren (die kleinere muß in einem Fahrstuhl geführt werden) zum Hampstead Heath. Sehr schön gewesen. Nachmittagstee u. supper nehme ich mit der Dame ein. Die Kinder haben beides zusammen um 6^h. Da sprach ich gleich mit der Dame, ich soll ein bißl im Haushalt helfen u.s.w. Ich habe gleich alles festgestellt, ich muss mein Zimmer u. das der Kinder aufräumen, dann mit der Kleinen mich beschäftigen, die größere ist immer in der Schule, nachmittag muß ich die Kleine zur Stunde bringen u. mir scheint spazierengehen. Abends muß ich Angela baden (denkt Euch nur, die Kinder baden täglich außer Sonntag, gerade das Gegenteil von uns zu Hause). Um 8^h gehen die Kinder schlafen, der [Abend] gehört mir u. außerdem ein Nachmittag die Woche u. zwar Donnerstag. Die Dame ist aber furchtbar lieb. Sie meinte sie will nur haben, daß ich bei ihr glücklich bin, ich kann auch ein andersmal fort. Sie ist einfach reizend, furchtbar jung (32)[6], groß, dünn, schönes Gesicht, modern. Sie schriftstellert, will mit mir deutsch reden u. hat es heute schon versucht. Sie kann wenig. Ich rede aber immer noch genug englisch, alles sagt ich spreche gut, das habe ich wohl Mama zu verdanken. Die Mädeln reden ganz furchtbar schnell, verstehe da natürlich manches nicht. Lernen kann ich aber dabei gut. Ich habe ihnen heute die deutsche Schrift gezeigt u. sie sind schon richtig dabei. Sie sind ganz reizende Kinder, sehr „schlampert“, aber lieb. Jetzt habe ich den Kindern gerade das supper bereitet. Suppe gewärmt (weil das Mädel Ausgang hat), Toasts gebräunt u. Pudding ausgeteilt. Jetzt dürfen sie noch bis 8^h aufbleiben, aber keine Sekunde länger. Die Küche ist auch so furchtbar praktisch eingerichtet, so groß u. ganz anders als bei uns. Mrs Cleeves hat mir erzählt, daß sie dann, wenn die Kinder aus der Schule sind, Reisen machen möchte, sie kann französisch u. möchte noch gut deutsch lernen. Jetzt muß ich aber schließen, trotz des vielen Platzes, denn die 2 sind sehr lebhaft. Sie scheinen in der Schule äusserst gut zu sein, denn sie haben in Latein u. Französisch schon viele Preise bekommen.

Hilde geht unter der Erwartung nach England, dass sie wie ihre Mutter Hildegard eine Stellung als Gouvernante, also Erzieherin, einnehmen wird. Diese ist im Gegensatz zum Dienstmädchen nicht für Arbeiten im Haushalt, sondern ausschließlich für die Erziehung und Bildung der Kinder zuständig. Sie hat auch einen höheren Rang inne als ein Kindermädchen, das sich um kleinere Kinder kümmert. Oft werden fremdsprachige Erzieherinnen gesucht; in England waren vor allem junge Frauen mit Muttersprache Französisch, weniger jedoch Deutsch, gefragt. Bald stellt sich allerdings heraus, dass es im Hause Cleeves unterschiedliche Vorstellungen zu Hildes Rolle gibt. Zu ihren Pflichten zählen nämlich aus Sicht der Hausherrin nicht nur erzieherische, sondern auch allerlei praktische Aufgaben. Neben dem schon erwähnten „ein bißl im Haushalt helfen", worunter das Saubermachen des eigenen Zimmers und jenem der Kinder fällt, muss sie Wäsche waschen, bügeln, Näharbeiten erledigen, Kohlen aus dem Keller holen sowie die Mahlzeiten zubereiten, wenn das Dienstmädchen Ausgang hat. Besonders intensiven Kontakt hat sie zur jüngeren Angela, die aus gesundheitlichen Gründen vorläufig nicht wie ihre Schwester Monica in eine Privatschule geht, sondern dem Unterricht als Externistin folgt. Ihre Herzbeschwerden und rheumatischen Schübe führen dazu, dass die Zehnjährige zum Zeitpunkt von Hildes Ankunft in einem Rollstuhl geführt werden muss. Hilde kümmert sich während des ganzen Tages um sie, spielt mit ihr zu Hause, geht mit ihr im nahen Hampstead Heath spazieren, nimmt Termine mit ihrer Lehrerin wahr, um Hausübungen abzuholen, und badet sie abends. Die in die ersten Briefe eingestreuten Erwähnungen von den Aufgaben bei der Familie rufen bei Hildes Mutter Irritation hervor. Als sie selbst rund dreißig Jahre früher bei einer Familie in Stellung ging, war sie ausschließlich dafür zuständig, das jüngste von vier Kindern in Deutsch zu unterrichten. Aus ihren eigenen Erfahrungen weiß Hildes Mutter, dass es unter den Bediensteten eine strenge Hierarchie gibt. Vorsichtig äußert Hildegard also ihre Bedenken bezüglich der für Hilde vorgesehenen Aufgabengebiete:

> *Wiener Neustadt, 23. Oktober 1929:* Daß Dir Mrs Cleeves etwas für die Kinder waschen ließ, ist eigentlich nicht ganz richtig. Was macht sie mit ihrer Wäsche? Und wäscht das Dienstmädchen nichts? Es ist

ja sehr gut, wenn Du Deine hübschen Sachen selbst wäschst, denn sonst sind sie gleich hin, aber vielleicht kannst Du es mit etwas Diplomatie dahinbringen, daß das Mädchen es tut, denn man verliert doch in den Augen der Kinder. Auch mit dem Wagerlschieben wird es hoffentlich bald zu Ende sein. So ein großes Mädel ist ja sehr schwer. Wenn es ihr jetzt schon soviel besser geht, wird es wohl nicht mehr lang nötig sein.

In einem drei Tage später verfassten Brief kommt Hildegard erneut auf das Dilemma der für Hilde vorgesehenen Haushaltspflichten zu sprechen:

> *Wiener Neustadt, 26. Oktober 1929:* Ich denke soviel an Dich u. es drängt mich noch zu einem 2. Brief als Antwort auf Deinen. Es läßt mir keine Ruhe, daß Mrs Cleeves Dir Arbeiten gibt, die Dir nicht gebühren. Ist es, weil sie eine geborene Amerikanerin ist oder versteht sie das nicht? Ich kann es nicht begreifen, da sie doch sonst soviel Verständnis zeigt u. Dich froh u. glücklich sehen möchte. Ein so großes Mäderl im Wagen zu schieben, muß nicht leicht sein. Wer hat es denn getan, bevor Du kamst? Ich habe nur die Hoffnung, wenn Angela jetzt schon früher aufstehen kann, daß sie auch bald zu Fuß in die Schule gehen kann. Daß Mrs Cleeves Dir das Waschen zumutete, finde ich auch unbegreiflich. Was für Stücke mußtest Du denn waschen? Kann denn das nicht das Dienstmädchen machen? Ich möchte nichts dabei finden, wenn in Abwesenheit der Mäderln Du Deine Sachen gewaschen u. von selbst ein Paar Strümpfe der Kinder mitgewaschen hättest. Wie sollen die Mädeln vor Dir Respekt haben, wenn Du zu solchen Dienstleistungen herangezogen wirst? Wäscht Mrs Cleeves manchmal etwas aus? Geht sie einmal mit dem Wagerl? Wenn sie es auch tut, kannst Du es getrost machen, wenn nicht – dann Du auch nicht. Natürlich darf man nicht voreilig sein. Hilfst Du beim Aufgabenmachen? Was macht das Dienstmädchen? Wer wäscht für Mrs Cleeves? Schreib nur niemandem darüber u. schau, daß Du auf feine Weise solche Arbeiten abwälzest. Ich fürchte, Mrs Cleeves kommt sonst noch auf andere Gedanken u. läßt noch mehr von Dir machen. Du weißt, ich bin froh, daß Du so alle

Arbeiten kannst, aber wenn Mrs Cleeves eine „governess“ haben will, so soll sie sie nicht als „nurse“ behandeln.

Hildegard verwendet hier den Begriff „nurse“ für die Bezeichnung eines Kindermädchens. Diesem obliegt es, auf jüngere Kinder, in der Regel im Alter von ungefähr vier bis acht Jahren, zu schauen. Sie ist Aufsichtsperson und Spielgefährtin, soll den Kindern Grundbegriffe des Lesens und Schreibens, mitunter in einer Fremdsprache, beibringen und wird darüber hinaus auch für diverse häusliche Arbeiten eingesetzt, was für Gouvernanten ein Tabu ist. Hilde entscheidet sich dafür, sich in die für sie vorgesehene Rolle einzufügen und sich nicht zu gut für die häuslichen Arbeiten zu sein. Schließlich ist es weniger ein Zeitproblem für sie, alle Aufgaben unter einen Hut zu bringen, da immer wieder durchklingt, dass ihr die Tage lang werden („Im Grunde habe ich nichts rechtes zu tun u. doch kann ich mich als governess nicht hinsetzen u. tun was ich will, so stricke ich viel.“), sondern mehr eines ihren Status betreffend. Sie hofft ganz pragmatisch, dadurch bei anderen Angelegenheiten im Vorteil zu sein. Vielleicht sieht sie auch, dass die Zeiten andere sind und sich das Standesdenken, das noch aus dem 19. Jahrhundert herrührt, stark verändert hat. Auch ihre Mutter Hildegard muss eingestehen, dass in ihrer eigenen Jugend wohl noch andere Bedingungen für eine Gouvernante gegolten haben: „Aber ich bin doch wieder aus einer anderen Zeit (wo man nicht soviel arbeiten mußte)!“ In der Korrespondenz zwischen Mutter und Tochter ist bemerkenswert, dass weiterhin von Hildes Rolle als jener einer „governess“ gesprochen wird – auch wenn dies im Grunde gar nicht mehr der Realität entspricht. Auf diese Weise halten beide eine Illusion aufrecht, die viel über das damalige Klassenbewusstsein aussagt.

Dessen ungeachtet gefällt Hilde vieles im neuen temporären Zuhause. So lädt Mrs Cleeves – die Hilde auf deren Wunsch mit „Madame“ anspricht – sie abends ein, zu ihr in das Wohnzimmer zu kommen, wo sie Handarbeiten ausführt, den Töchtern vorliest oder mit Hilde plaudert. Sie empfiehlt ihr auch Bücher, die sie sich von ihr zum Lesen ausleihen darf. Ebenso ist es Hilde erlaubt, Besuchen von Verwandten oder Bekannten beizuwohnen. Im Hause Cleeves werden freundschaftliche Kontakte intensiv gepflegt und es finden oft Einladungen statt, wie es Hilde von ihrem Zuhause nicht kennt. Auch wenn es ihr anfangs sehr schwerfällt, sich an der Konversation zu beteiligen, schätzt sie es, am gesellschaftlichen Leben der Hausherrin teilzunehmen. Sie freut sich zudem, dass Mrs Cleeves sofort einen Gasofen in Hildes Zimmer einbauen lässt, um für die kalte Jahreszeit Vorsorge zu treffen. Insgesamt sieht ihr nur mündlich vereinbarter Arbeitsvertrag vor, dass sie einen Nachmittag unter der Woche und den ganzen Sonntag freihat und als Gehalt £1 pro Monat bezahlt bekommt. Dazu muss man wissen, dass sich die Kaufkraft seit 1899 halbiert hat: Entsprach zu Hildegards Zeiten in England £1 noch der Kaufkraft von £129 (Referenzwert 2019), so liegt diese im Jahr 1929 nur mehr bei £64.[7]

Schon im ersten Brief wird erwähnt, dass die beiden Mädchen „sehr lebhaft" sind. Bald stellt sich definitiv heraus, dass es mit der Erziehung der Mädchen nicht weit her ist. Disziplinarische Probleme stellen von Anfang an die vermutlich größte Herausforderung für Hilde dar. An verschiedenen Stellen klingt immer wieder an, dass sie sich um Kinder zu kümmern hat, die nach Maßstäben erzogen sind, die sie aus ihrer eigenen Familie und ihrem Umfeld nicht gewohnt ist. So berichtet sie in ihren Briefen zwischen Mitte Oktober und Anfang November 1929 Folgendes:

> Die Kinder sind nach dem supper (5^h) wahnsinnig ausgelassen, spielen die verrücktesten Spiele. Überhaupt, die ganze Familie spielt mit einer Wonne u. Stärke, ärger als ein Schusterbub, zu den unmöglichsten Zeiten. // Nur mit den Kindern ist es schwer. Die Kleinere ist jetzt gesundheitlich so viel besser u. darf schon in der früh aufstehen. Das ist mir gar nicht sehr willkommen, denn so hatte ich wenigstens bis zum lunch Ruh. // Mit den Kindern ist es manchmal scheußlich, denn sie sind ausgelassen. // Heute abends habe ich mit den Kindern was ausgestanden, wie es sich in Worten nicht schildern läßt, so überlasse ich es ganz Eurer Phantasie, aber schrecklich war es, das könnts mir glauben. // Abends furchtbarer Krach, die Kinder gehorchen nicht, Monica ins Kammerl gesperrt u. so habe ich wenigstens einen angenehmen Abend. Mrs Cleeves geht trotzdem ins Theater, es greift sie aber doch sehr an. // Die Kinder schreien fortwährend Mammy dies u. dann wieder jenes. Und sie

> antwortet immer. Ich kann das wirklich nicht verstehen. // Monica erwartete die Gäste barfuß, schmutzig u. zerrauft. In Gegenwart von Mrs Cleeves sage ich prinzipiell nichts, da ich wissen will, was sie alles rügt. Sie ermahnte sie wohl einmal, aber erfolglos. 10^{min} vor Ankunft der Gäste spielten die Kinder im dining room, hatten alle Stühle verstellt, Schuhe u. Strümpfe lagen herum. Es ist hier das reinste Künstlerleben.

Die Winke, die Hildegard ihrer Tochter zu einem friktionsfreien Umgang mit den Mädchen gibt, sind zwar gut gemeint, erscheinen mir jedoch recht antiquiert und aus der Zeit gefallen. Tatsächlich erweisen sie sich auch als mehr oder weniger wirkungslos:

> *Wiener Neustadt, 31. Oktober 1929:* Nun möchte ich aber doch wissen, was diese Teufelsmädchen treiben? Du weißt, daß ich mein Kreuz mit den Engländerinnen hatte, daß aber auch Du ihrer nicht Herr werden solltest, dachte ich nicht. Ich sann lange in meinen Erinnerungen nach. Frl. Gräff erzählte mir, daß sie die guten, süßen Sachen in Verwahrung nahm u. ihren Schülerinnen je nach dem Grade ihrer Bravheit davon zukommen ließ. In Paris hörte ich von einer sehr tüchtigen Erzieherin, die einen eitlen kleinen Zögling hatte, daß sie ihr am Abend 2–20 Zöpferln flocht, ganz nachdem wie sie zufrieden war. Diese Methoden sollten sehr wirksam gewesen sein. Vielleicht fällt Dir etwas Ähnliches ein.

Schon bald kommt noch ein drittes Kind zum Haushalt hinzu, das Mrs Cleeves im Zuge ihres sozialen Engagements temporär als Pflegekind aufnimmt. Die zweijährige Ruth ist Tochter einer in finanzielle Nöte geratenen Mutter, die sie nicht erhalten kann, und wird in ihrem Haushalt aufgepäppelt und mit der nötigen Kleidung, die man für sie sukzessive anfertigt, ausgestattet. Später soll Ruth von einer Bekannten adoptiert werden. Lakonisch kommentiert Hilde ihre neue Aufgabe, das Kleinkind zu versorgen und mit ihm spazieren zu gehen, folgendermaßen: „Dadurch bin ich sogar Kindermädchen geworden, macht mir aber nichts, da die Kleine reizend ist und ich auf diese Art mit den Großen weniger zu tun habe."

Diese Feststellung stammt nicht aus einem Brief Hildes an ihre Eltern, sondern aus tagebuchartigen Notizen, die sich ebenfalls im Familiennachlass erhalten haben. Hier finden sich zahlreiche Informationen, die Hilde ihren Eltern vorenthalten wollte, um sie nicht zu beunruhigen, beziehungsweise auch Innensichten, die expliziter als in den Briefen dargelegt Auskunft über ihren Gemütszustand geben. Manche dieser Schilderungen lassen die Vermutung aufkommen, dass die ihr anvertrauten Kinder mit psychischen Problemen zu kämpfen hatten. Der frühe Tod des Vaters, der Umzug von Kanada nach England und – wie Hilde erst später erfahren wird – eine psychisch labile alleinerziehende Mutter stellen ein schwieriges Umfeld dar, das seine Spuren hinterlassen haben dürfte:

> *Tagebuch, 3. Dezember 1929:* Nach großen Schwierigkeiten waren abends beide Kinder endlich im Bett, Mrs Cleeves war ausgegangen, so freute ich mich schon auf die Ruhe und das Alleinsein. Da plötzlich begann Monica in einer derart unerhörten Weise zu weinen u. zu brüllen, daß es nur so gellte. Als ich sie frug, was sie habe, konnte sie es nicht sagen, nur der Mrs Cleeves, u. heulte weiter. Nun brachte ich Angela in Mrs Cleeves Zimmer, damit sie wenigstens schlafen könne, und ließ Monica brüllen, bis ihre Stimmbänder erlahmten u. sie einschlief.

Mitte Dezember 1929 spitzt sich für Hilde die Situation mit den Mädchen weiter zu:

> *Tagebuch, 14. Dezember 1929:* Beide Mädeln waren so entsetzlich frech, schrien mit ihrer Mutter u. brüllten derart, daß sie Mrs Cleeves niederlegen ließ. Um 5^h durften sie wieder aufstehen, waren dann genau so schlimm wie anfangs. Meiner Ansicht nach ist dies keine Bestrafung für solche Fratzen.
>
> *Tagebuch, 15. Dezember 1929:* Meine Stimmung ist sehr verändert, da die Mädeln derart verrückt sind, daß es kaum zum Aushalten ist. Ich gehe am Sonntag allein in die National Gallery, obwohl mir das Alleinherumgehen nicht lieb ist. Aber immerhin besser als daheimbleiben.

Am selben Tag teilt Mrs Cleeves Hilde mit, dass sie zu dem Entschluss gekommen ist, ihre beiden Töchter ab Januar in ein Internat einzuschreiben. Die immer mehr außer Kontrolle geratene Situation im Haushalt scheint dafür mitausschlaggebend gewesen zu sein. Auch Mrs Cleeves ist dringend erholungsbedürftig. Erst nach ihrem Weggang erfährt Hilde von einer anderen Gouvernante, mit der sie sich befreundet, dass ihre Hausherrin wiederholt schwere psychische Probleme gehabt und sogar zwei Jahre in einer psychiatrischen Heilanstalt verbracht hat. Nun ist guter Rat teuer, denn mit der Entsendung von Monica und Angela in ein Internat ist Hildes Stelle obsolet geworden. Auch wenn ihr Mrs Cleeves zusichert, dass sie ihr bei der Suche nach einer neuen Familie beistehen wird und sie weiterhin, so lange bis sie fündig geworden ist, bei ihr wohnen kann, ist es Hilde doch klar, dass Feuer am Dach ist und sie eigeninitiativ nach einer Lösung suchen muss. Als erstes überlegt sie, die Stelle von Frieda, einer anderen Österreicherin, die sie auf der Fahrt nach London kennengelernt hat, als ihre Nachfolgerin anzutreten. Diese wird ab Februar frei, da Frieda nur für den Zeitraum von fünf Monaten nach England gefahren ist und dementsprechend früher als Hilde wieder zurückkehrt. Allerdings schrecken sie das Tätigkeitsprofil und die Rahmenbedingungen ab: Frieda hat einen Status als Haustochter und gilt damit als Familienmitglied, das zum Zwecke des Erlernens der Haushaltsführung, im vorliegenden Fall aber mehr noch mit dem Ziel, sich die englische Sprache anzueignen, für eine bestimmte Zeit von einer Familie aufgenommen wird. Sie muss jedoch schwerere Arbeiten als Hilde verrichten, etwa die Kamine putzen und die gesamte Wäsche waschen, wobei sie halbtags für die Familie tätig ist und dadurch auch nur die Hälfte von Hildes Gehalt bezieht. Das Jobprofil rückt damit so weit von der gewünschten Tätigkeit als Erzieherin ab, dass Hilde diese Idee verwirft. Auch das Angebot einer mit Mrs Cleeves befreundeten Familie, die sie im Zuge einer Einladung kennengelernt hat, nimmt sie nicht an, da diese in Welwyn Garden City ansässig ist, einer in den 1920er-Jahren neu angelegten Gartenstadt rund 35 Kilometer nördlich von Londons Zentrum. Diese durch die englische Gartenstadtbewegung gegründete Siedlung bietet moderne Häuser mit hohem Wohnkomfort sowie eine eigene Infrastruktur mit Geschäften des täglichen Bedarfs und Unterhaltungslokale wie Theater, Kinos und Tanzstätten. Damit wäre Hilde jedoch zu sehr von ihren bereits bestehenden privaten Kontakten und den Kulturveranstaltungen der National Union of Students, an denen sie rege teilnimmt, abgeschnitten gewesen. Schließlich findet sie über eine selbstverfasste Zeitungsannonce Mrs Norman, zu der sie Ende Januar 1930 übersiedelt.

Beim Erstgespräch wird Hilde von Mrs Norman zum Tee in ihr Heim eingeladen. Das Haus, das sie in South Kensington bewohnt, ist nicht so großzügig angelegt wie jenes von Mrs Cleeves und zeichnet sich durch ein weniger elegantes Äußeres aus. Es bildet den Abschluss von Kynance Mews, einer Stallstraße, deren Gebäude unter der Bezeichnung „Marstallhäuser" traditionell Platz zum Einstellen von Pferden für Kutschen bereithielten und mittlerweile zu Garagen für Autos umfunktioniert wurden. Auch war South Kensington Ende der 1920er-Jahre noch nicht jene hochpreisige Wohngegend, die sie heute ist. Aber die „sehr hübsche elegante Dame", wie sie schreibt, ist ihr sympathisch und die Bedingungen erscheinen besser als zuvor. Mrs Norman ist eine geschiedene Frau mit drei Kindern. Sie trägt Hilde an, sich um den fünfeinhalbjährigen Michael zu kümmern, während die beiden älteren Kinder, die zwölfjährige Elizabeth und der zehnjährige Graem, ein Internat besuchen. Bei gleichem Gehalt von £1 monatlich soll sich Hilde jetzt nur um ein Kind kümmern und kann weiterhin im Zentrum Londons wohnen, was ihr eine gewisse Selbstständigkeit und Freiheit bei Unternehmungen in ihrer Freizeit erlaubt. Allerdings stellt sich später heraus, dass sie nur jeden zweiten Sonntag freibekommt. Jenem Brief, in dem sie ihre Eltern von der großen Neuigkeit ihres Familienwechsels unterrichtet, fügt sie eine kleine Lageskizze bei, aus der ersichtlich wird, dass ihre neue Adresse in unmittelbarer Nähe zu den Parkanlagen Kensington Gardens und Hyde Park sowie der Museum Mile liegt, zu der unter anderem das Victoria & Albert Museum, das Natural History Museum und das Science Museum gehören. Offiziell soll sie Michael Deutsch lehren, aber dieses Jobprofil erscheint mehr und mehr als Vorwand, um eigentlich eine zusätzliche Haushaltshilfe zu lukrieren. In zwei Briefen von Ende Januar 1930 schildert sie den vereinbarten Tagesablauf folgendermaßen:

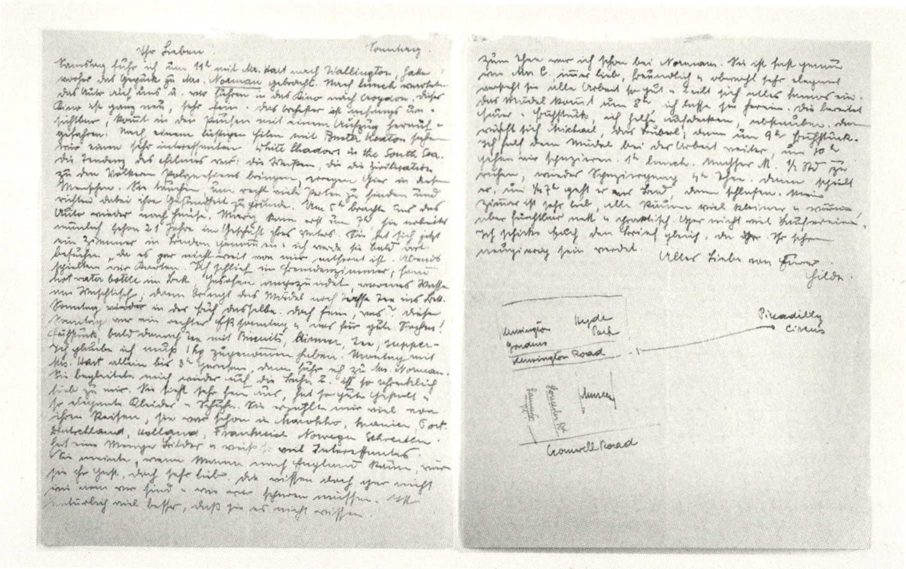

Brief von Hilde von Ende Januar 1930 mit Lageskizze der Adresse der neuen Familie

Nun mein Tageswerk. Eigentlich habe ich erst um 8ʰ aufzustehen, um das (Dienst)Mädel hereinzulassen. Bin aber schon früher fertig, Mädel macht Ofen, Boden, ich staube ab, helfe aufdecken für Frühstück (9ʰ). Michael zieht sich allein an. Dann helf ich Mädel abtrocknen, mache unsere Betten. Mrs Norman meinte, ich habe genug getan u. soll ein bißl ausruhen. Von 11 – ¾ 1ʰ Spaziergang im Kensington Gardens. 1ʰ lunch. Michael hat sich niederzulegen, um 3–4 Spaziergang, wenn ich will. 5ʰ bereiten Mrs Norman u. ich Tee. Um ¼ 7 bade ich Michael, der unglaublich brav, lieb u. guterzogen ist. Der schläft dann u. ich habe nichts zu tun. Für supper kann ich mir nämlich nehmen, was ich will, da sie meistens aus ist. Einmal die Woche muß ich Michaels Wollkombination-Socken waschen. Mrs Norman tat es bevor ich kam, sie meinte sie wolle alles getan haben. Doch nett?

Mrs Norman scheint eine praktisch veranlagte Frau zu sein, die Arbeiten im Ausnahmefall eher selbst erledigt, als sie auf Hilde abzuwälzen. So müssen gleich zu Beginn, als das Dienstmädchen für einige Zeit im Krankenstand ist, die Aufgaben neu verteilt werden:

> *Undatierter Brief, vermutlich zweite Februarhälfte 1930:* Also unser Mädel ist schon eine Woche krank u. wir machen alles allein, ich bewundere Mrs Norman tatsächlich, sie hat nie gearbeitet u. wenn Du sie sehen möchtest! Ich wärme vor dem Frühstück das Zimmer auf, sie bereitet das Frühstück, sie wäscht ab, ich trockne, sie macht die Küche, ich mein Zimmer u. die Halle, dann gehe ich spazieren, sie macht in der Zeit Badezimmer, Schlafzimmer, kocht. Nach dem Essen wäscht sie wieder ab, ich trockne, Reindl erlaubt sie nicht, das macht sie allein sowie die ganze Küche. Ich gehe wieder spazieren, Tee bereiten wir zusammen, Nachtmahl für uns auch. Da gibt es dann die besten Sachen. Wir essen zusammen in der Küche, meistens Speck u. Spiegeleier, Butter, Käse, Biskuits, Schokolade, Früchte. Einfach fabelhaft. Sie will mir auch nicht die Schuhe Michaels putzen lassen. Wenn Du sie aber abends sehen möchtest, die eleganteste Modedame. Geschminkt, gepudert u. umgezogen! Ihr gefällt die Hausarbeit ganz gut u. sie ist gar nicht unglücklich es zu machen.

Wie auch schon nach der Ankunft bei der ersten Familie schildert Hilde ihren Eltern ausführlich die räumlichen Gegebenheiten des neuen Zuhauses. Sie nimmt gleich vorweg, dass sie nun weniger herrschaftlich untergebracht ist als in Belsize Park, versucht jedoch, der räumlich durchaus beengten Situation positive Seiten abzugewinnen:

> *London, 28. Januar 1930:* Nun Wohnung: Sie befindet sich über einer Garage, was man hier viel findet u. wenn Ihr das Haus sehen würdet, würdet Ihr nicht entzückt sein. Drinnen aber ist es reizend. Stiegenhaus hat Rosenmuster-Tapete, Teppich, sehr licht. Kommt von da in sitting room. Nicht sehr groß, alle Böden sind mit gleichem Teppich belegt. An einer Wand steht zusammenlegbarer Tisch, der zu Mahlzeiten in die Mitte kommt, dann ist der dining room. Hübsche Gar-

nitur, side board, kleiner Schreibtisch u.s.f. Rechts ist Mrs Normans Schlafzimmer, sehr lieb auch. Links Küche, die äusserst praktisch ist. Gasherd, Koksofen für Badezimmerwasser, Speisekammer, Kammerl für Besen u.s.f. u. großer eingebauter Kasten für Kohle, Abwaschbassin, Geschirrkasten. Von da kommt man in mein Zimmer, sehr klein, eingebauter Kasten, mein Bett, Michaels Bett, Toilettentisch. Daneben Badezimmer u. von da ins lavatory.

Zu Beginn macht sich die räumliche Beengtheit besonders bemerkbar, da sich nun doch auch die älteren Kinder Elizabeth und Graem im Haus befinden. Aufgrund einer Erkrankung an Mumps und der damit in Verbindung stehenden Quarantänepflicht können sie nicht in die Schule gehen. Nun teilt sich Mrs Norman ihr Doppelbett mit der Tochter und errichtet in ihrem Schlafzimmer zusätzlich ein Feldbett für Graem. Hilde muss sich permanent ein winziges Zimmer mit dem Jüngsten teilen („Eingebaute Kasten, Kommode, 2 Betten und man kann sich nicht mehr rühren."). Hilde redet sich die Wohnsituation zu viert auf wenigen Quadratmetern in ihrem Tagebuch schön, um sich Mut zu machen. Dort beschreibt sie die neue Wohnung als „heimeliger" als den eleganten drawing room bei Mrs Cleeves und sieht einen Vorteil in den kürzeren Wegen, die ihr die Hausarbeit erleichtern.

Durch die ungeplante Situation, in der Hilde viel Zeit im Haus mit der ganzen Familie verbringt und auf die sie nicht vorbereitet ist, treten rasch Probleme zwischen der neuen Erzieherin und den Kindern auf. Doch allgemein ist Mrs Norman eine strengere Mutter als Mrs Cleeves und gebietet Streitigkeiten rasch Einhalt. Es war damals noch durchaus üblich, schlimmen Kindern eine Ohrfeige zu geben – eine Maßnahme, die auch Hilde mitunter ergreift („Of course, I smack them, but it has not much effect."). Auch Hilde scheint mehr und mehr zu ihrer Rolle im Umgang mit den Kindern gefunden zu haben. „Hart, aber gerecht" war das Motto, nach dem sie agierte:

Tagebuch, 29. April 1930: Wieder große Szene mit Michael, wieder beide Großen auf meiner Seite. Als dann Michael mit ihnen spielen wollte, sagte Elizabeth: „Geh zu Hilde und bitte um Verzeihung;

> wenn nicht, bekommst du keine Seidenraupen und ich spiele nicht mit dir!“ Michael kam wirklich und war sehr lieb, ob er es gemeint hat, ist eine andere Sache! Aber die Seidenraupen u.s.w.!! Bei so einer Szene sagte auch Elizabeth einmal: „Hilde ist gerecht und wen sie bestraft, der verdient es.“ Das freute mich damals sehr.

Der Haushalt der Normans kommt Hilde insofern entgegen, als er viel geregelter abläuft als das spontane und kreative Chaos in der Familie zuvor. Selbst streng erzogen, sind Respekt vor den Eltern und eine gute Erziehung für sie selbstverständlich. Auch gibt es weniger oft Gäste, was sie einerseits bedauert, andererseits jedoch dadurch die Gelegenheit hat, abends oft mit Mrs Norman Konversation zu betreiben und so fleißig Englisch zu praktizieren. Zusätzlich zeichnet sich bald ab, dass dem Essen ein höherer Stellenwert als bei Cleeves zugesprochen wird. Insbesondere in den ersten Wochen im Februar 1930 erwähnt sie wiederholt die Reichhaltigkeit und Qualität der Speisen im Haushalt:

> Die Kost ist wunderbar. In der früh immer porridge u. Eierspeis (od. ham and eggs od. weiche Eier) u. toast, butter (die feinste, die Ihr Euch vorstellen könnt), Marmelade. Mittagessen ist immer warm u. gut gekocht u. zum Thee gibt es eine Menge gute Sachen. Nachtmahl kann ich nehmen was ich will, Eier, Speck, Kakao, Kaffee, Orangen, ... // Ich hatte in England noch keine so gute Kost, Mrs Norman trifft alles hervorragend. Jeden Tag was anderes u. neu zubereitet!! // Zuerst muß ich Euch schreiben, was wir heute, Sonntag, zum Essen hatten. Mrs Norman kochte es ganz allein u. Ihr könnt Euch gar nicht vorstellen, wie gut. Brathuhn mit Speck u. ganz kleinen Würstchen, gebratene Erdäpfel, Karfiol mit Butter, Bratensaft; dann Torte mit Schlag. Es ist wirklich unglaublich, wie gut sie kochen kann, große Rolle spielt dabei, daß sie selbst gerne gut ißt u. sich daher sehr viel Mühe nimmt.

Tatsächlich bleiben die beiden älteren Kinder schließlich bis Mai in der Wohnung, bevor sie ihr Internatsleben beginnen. Auch Hildegard drückt in einem Brief ihre Erleichterung darüber aus, dass nun endlich die Situation wie ursprünglich angekündigt eingetreten ist, nämlich dass sich Hilde ausschließlich um den Jüngsten zu kümmern habe.

Wiener Neustadt, 8. Mai 1930: Bin froh, daß Elizabeth nun wegkommt. Für die kleine Wohnung sind doch zu viele Leute.

Wiener Neustadt, 15. Mai 1930: Die Engländer nützen aus, soviel sie können, besonders Ausländer, die sich nicht so auf die Füße zu stellen verstehen. Es war ja nicht ganz fair von Mrs Norman, daß sie die 3 Kinder zuhause hatte u. Dir nicht mehr gab. Aber dafür war es von Vorteil, daß Du mit ihr englisch sprechen konntest u. sie eine so feine, gebildete Dame ist u. kein Mann im Hause.

Im selben Brief stellt Hildegard ihrer Tochter auch noch folgende Frage: „Zahlt Dir Mrs Norman pünktlich?" Eine Antwort darauf findet sich in keinem der Folgebriefe. Allerdings ist auch hier vielmehr das Tagebuch die Quelle der Erkenntnis als die Korrespondenz mit den Eltern. Schon gleich zu Beginn vermerkt dort Hilde, dass Mrs Norman Zahlungen schuldig bleibt, nicht nur ihr, sondern auch Personen außerhalb des engen Haushaltskreises. Mit der Zeit verschärft sich die Lage:

Tagebuch, 5. Februar 1930: Sehr oft kommen Leute mit Rechnungen, die immer abgewiesen werden. Z. B. heute wurde ein Brief abgegeben, der Bursche wartet unten. Ich öffnete gerade und brachte den Brief der Mrs Norman. Sie sagte mir dann, ich soll sagen, sie sei nicht daheim. Da verlangt der Bursch den Brief zurück. Ich war entsetzt, aber sie meinte, ich soll nur sagen, ihre Tochter habe den Brief geöffnet. Aber der Bursch hat natürlich alles gemerkt. Bin schon neugierig, wann sie mir zahlen wird.

Tagebuch, 15. Mai 1930: Heute kam eine elegante Dame, dachte mir eine Freundin von Mrs Norman, und wünschte sie zu sprechen. Plötzlich hörte ich eine aufgeregte Debatte zwischen den beiden. Mrs Norman hatte nämlich einen Scheck ausgestellt, obwohl sie keinen Pfennig in der Bank hatte. Wegen dieses Schecks war nun die Frau gekommen. Nachher blieb Mrs Norman im Schlafzimmer, dachte schon sie werde sich was antun. Scheint aber keine Gefahr zu sein.

> Nächsten Tag hatte sie nur 20 Pence fürs Essen, wollte aber zu einer Bekannten aufs Land fahren. Endlich schied sie schweren Herzens von der Münze und gab sie der Köchin fürs Essen, lieh sich aber dann von dieser 5 Shilling aus und fuhr aufs Land. Ich hätte das an ihrer Stelle nicht getan. Mir schuldet sie schon £5. Als ich sie fragte, ob ich ihr nicht zuviel bin, sagte sie, wenn ich gehe, nimmt sie sofort jemand anderen, da sie ihre soziale Stellung nicht aufgeben will. Dabei schuldet sie der Köchin 3 Wochen. Samstag bekam sie von Verwandten £5 und kaufte für das ganze gleich ein. Sie denkt nie an ein Morgen. Von Gericht kam auch schon ein Mann. Da sie aber Einrichtung auf Abzahlung oder leihweise hat, kann man sie ihr nicht davontragen. Sonst säßen sie gewiß schon alle auf der Straße.

Dass ihre neue Dienstgeberin Hilde neben Logis zwar erfreulich gute Kost anbietet, aber nicht den verabredeten Lohn zahlt, bringt sie zusehends in Bedrängnis. Hilde versucht, so gut wie möglich mit der schwierigen Situation zurechtzukommen und sich auf anderen Ebenen Vorteile zu verschaffen. In keinem der Briefe an die Eltern berichtet sie von ihren Problemen, einerseits, um sie nicht zu beunruhigen, andererseits womöglich aus Scham, sich selbst in diese ausweglose Lage gebracht zu haben, und in dem Glauben, diese nun allein ausbaden zu müssen.

„Alles Liebe von Eurer dankbaren Hilde“
Briefkommunikation zwischen Tochter und Eltern

Die Korrespondenz zwischen Hilde und ihren Eltern zeichnet sich für mein Empfinden durch ein ungewöhnlich herzliches und inniges Verhältnis aus. Zweifelsohne ist es den Eltern nicht leichtgefallen, die Tochter für ein ganzes Jahr in die Fremde ziehen zu lassen. Schon in einem der ersten Briefe von Oktober 1929 verleiht Hildegard ihren Selbstvorwürfen Ausdruck: „Ich denke oft darüber nach, ob es das Rechte war, Dich wegfahren zu lassen; aber ich komme immer zum Schlusse, daß es das Beste war, wenn man alles bedenkt. Sei nun tapfer u. lerne recht viel.“ Aus den erhaltenen Briefen lässt sich insbesondere eine enge Bindung zwischen Tochter und Mutter erkennen, die auch die Hauptadressatin der Schreiben aus London ist und deren Post für Hilde so wichtig ist („Auf Deine Briefe warte ich immer am schwersten, da sie mir so viel Liebes bringen."). Ab Juni 1930 existiert eine Reihe von Briefen, die Hilde in Englisch verfasst und ausschließlich an ihre Mutter adressiert. So nützt sie die Möglichkeit, Englisch zu praktizieren, der Mutter zu zeigen, welche Fortschritte sie gemacht hat, und kann davon ausgehen, dass ihr Vater, der weniger des Englischen als des Französischen und Italienischen kundig ist, kein ungewollter Mitleser ist. Allein schon die Anrede- und Schlussformeln der Korrespondenz verraten viel über die innige familiäre Herzensbindung. Hilde verwendet folgende Ansprachen an die Eltern: „Meine Lieben!", „Mein liebes Mamerl!", „Liebste Mama!", „Liebstes Mamerl!", „Liebster Papa!" sowie nach dem Wechsel ins Englische „My dear mother!", „My mother darling!" und „My dearest!". Nicht weniger herzlich gestalten sich die Anreden von der Mutter an die Tochter: „Liebes Hilderl!", „Liebe Hilde", „Liebstes Hilderl!" beziehungsweise „Liebes Herzenskind!" werden abwechselnd verwendet. Noch ausführlicher lässt sich aus den Abschlussformeln die persönliche Verbundenheit zwischen Tochter und Eltern herauslesen. Sehr viele Küsse werden von London nach Wiener Neustadt geschickt („Es küßt Dich Deine dankbare Hilde", „Tausend Küsse von Eurer Hilde", „Nun noch einen Geburtstagskuß aus der Ferne!", „1000 kisses from yours Hilde", „Cheers! Kiss from Hilde"), und immer wieder betont Hilde, wie dankbar sie ist, dass ihr die Möglichkeit für diesen Auslandsaufenthalt gegeben wird („Alles Liebe von Eurer dankbaren Hilde", „Sei herzlichst umarmt von Deiner dankbaren Hilde", „Lots of love from yours thankful Hilde"). Zudem spielt die Verbundenheit mit der Heimat und ihren Lieben eine wichtige Rolle in den Grußformeln („Love from Hilde. Ich sage aber, Grüß Euch alle Gott, das ist doch Deutsch", „Recht viel Liebes an ganz Neustadt u. Wien von Eurer Hilde", „Sei Du u. Rudi innigst geküßt von Deiner Hilde", „Also recht viel Liebes an alle Verwandten u. Bekannten, seid selbst bestens gegrüßt von Eurer Hilde"). Auch aus den die Briefe abschließenden Grüßen, die Hildes Mutter verfasst hat, spricht viel Innigkeit: „Sei vielmals umarmt von Deiner Dichliebenden Mama", „Lebwohl, Herzenskind! Mit herzhaftem Kuß Deine Dichliebende Mama", „Noch einen innigen Segenskuß von Deiner Dichliebenden Mama", „Ich umarme Dich in Eile u. bin wie stets Deine Dichliebende Mama", „Gott schütze Dich weiter. In Liebe Deine Mama".

Das Verfassen von Briefen war für Hilde und ihre Eltern die einzige Möglichkeit, auf direktem Weg zu kommunizieren. Ein Telefongespräch wäre zu damaligen Zeiten viel zu teuer gewesen und war international für Privatpersonen nicht üblich. Der Alltag ist daher für die Dauer des Englandaufenthaltes sowohl für Hilde als auch ihre Eltern davon bestimmt, wann ein Brief vom Gegenüber ankommt („Wir zählen schon immer die Tage u. freuen uns sehr darauf.“) und wie rasch man selbst sein Antwortschreiben losschickt. Der Empfang eines jeden Schreibens wird unter genauer Angabe des Datums, mitunter sogar der exakten Tageszeit, bestätigt. Ebenso erwähnt Hilde gegenüber ihren Eltern explizit die Briefe von Verwandten und Freundinnen, die sie erhält. Zudem wird jedes Mal ehrlich gemeinte Freude ob des Erhalts eines Schreibens ausgedrückt, um so die enge Verbindung auf emotionaler Ebene immer wieder neu zu bestätigen. Als Pars pro Toto für die vielen formulierten Danksagungen für Briefpost soll folgendes Zitat fungieren: „Heute erhielt ich Eure beiden Briefe u. welche Freude bereiteten sie mir. Der französische Papas ist so interessant u. ich konnte ihn so gut verstehen. Der Mamas wieder brachte mir viel Liebes aus der Heimat und klärte mich über so vieles auf. Ich danke Euch also herzlichst, liebe Eltern!“ Hilde erhält sowohl Briefe als auch Karten. Vor allem ihr Vater verschickt wiederholt Ansichtskarten, für die er sich mitunter ein spezielles Konzept überlegt. So bringt er im November zu Hildes Geburtstag vier Karten mit Ansichten der Heimatstadt Wiener Neustadt kurz aufeinanderfolgend auf den Postweg, wobei er jede Karte in einer anderen Sprache verfasst. Illustrierte Postkarten haben den Mehrwert, dass Hilde in England Ansichten aus ihrer Heimatstadt herzeigen kann. Antwortet Hilde einmal nicht sofort auf ein erhaltenes Schreiben, wird diesbezüglich nachgehakt. Insbesondere Hildes Mutter ist darauf bedacht, dass die Schreiben vom Vater honoriert werden, und fragt mitunter in leicht vorwurfsvoll gehaltenem Ton nach: „Warum hast Du Papa nicht für die hübschen Namenstagskarten gedankt? Es freute mich so sehr, daß er Dir einen so netten Brief schrieb.“ Rasch ist Hilde bemüht, im nächsten Brief ihren Dank nachzureichen.

Hilde verfasst im Schnitt einen Brief pro Woche an ihre Eltern, wobei es die Regel ist, dass ein Brief einen Bericht von mehreren Tagen in Folge darstellt. Der Anspruch der Eltern wiederum ist es, ihrerseits jeden Brief zu beantworten. Das intensive Schreiben dient dazu, sämtliche Neuigkeiten auszutauschen und die Adressat:innen damit auf dem Laufenden zu halten. Es hat aber auch eine wichtige emotional stabilisierende Funktion, einerseits, um die Tochter in der Fremde so gut es geht zu betreuen („Es ist doch ein zu wonniges Gefühl zu wissen, daß man jemanden hat, der immer so lieb an einen denkt."), andererseits, um bei den Eltern keine Sorge aufkommen zu lassen. Insbesondere Hildegard scheint zu befürchten, dass sich die ihr so eng verbundene Tochter während ihres Auslandsjahres von ihr entfremden könnte. Im Frühjahr 1930, nach einem halben Jahr der Trennung, vermeint Hildegard die gewohnte enge Bindung zwischen Mutter und Tochter auf dem Prüfstand zu sehen. Die erhaltenen Briefe werden also nicht nur auf ihren Informationsgehalt hin gelesen, sondern auch daraufhin abgeklopft, ob sich etwas in Bezug auf die emotionale Beziehung zwischen Verfasserin und Adressatin geändert haben könnte. Hilde ist bemüht, die Sorgen der Mutter zu entkräften: „Du schreibst, es komme Dir vor als ob ich Dir ganz entschwände, aber Du kannst ganz beruhigt sein, daß es Dir nur so vorkommt. Denn ich freue mich schon so auf die Zeit, wo wir wieder beisammen sein werden u. gerade der Gedanke an mein Heim läßt mir vieles so viel besser erscheinen." Immer wieder wird jedoch auch noch in Folge von Hildegard die Herzensbindung bekräftigt: „Nun lebwohl, liebes Herz, schreibe wieder alles was Du Dir denkst, damit wir uns recht vertraulich bleiben. Deine Mama." // „Habe mich innig gefreut, daß Du in der Ferne so heimatverbunden bleibst u. daß wir uns so gut verstehen." // „Bin so froh, daß Du Zutrauen zu mir hast. Dein Brief ist sehr lieb u. warm."

Besonders viel Aufmerksamkeit und innige Grüße erhält Hilde zu besonderen Anlässen wie ihrem Namenstag und Geburtstag, den sie bereits einen Monat nach ihrer Abfahrt nach England feiert. Folgende Zeilen erhält sie zu diesem Anlass von ihrer Mutter:

> *Wiener Neustadt, Brief vermutlich am 13. November 1929 begonnen, am 14. November 1929 fortgeführt, „Geburtstagsgratulation":* Bevor noch Dein Brief kommt, den wir immer mit Sehnsucht erwarten, will ich Dir heute zum Geburtstag gratulieren. Das 1. Mal fern von

> zu Hause, aber innig geistig verbunden mit uns. Du bist ja erst 19 Jahre alt. Recht jung für die Fremde, aber nicht zu jung. Also was soll ich Dir wünschen? Bleibe immer gesund u. finde Dich stets so gut mit den eisernen Notwendigkeiten des Lebens ab wie bisher! Mit Freuden sehen wir, wie Du den richtigen Weg zu gehen weißt und Dich über alles freust, was Dir die Gegenwart Gutes bietet. Voll inniger Liebe verfolgen wir Deine Wege, freuen uns mit Dir u. wünschen sehnlichst, daß Dir ein wahres Glück im Leben beschieden würde. Deine Briefe sind sehr hübsch; mit Geduld gehst Du auf alles ein, was Dich bewegt, was Dir begegnet u. so erleichterst Du uns die Trennung.

Auch rund um das Weihnachtsfest wird Hilde von ihrer Mutter mit sehr viel Aufmerksamkeit und Sorge bedacht. Es ist das erste Mal, dass sie dieses Fest nicht im Kreise ihrer Familie verbringen kann. Ihre Mutter regt sie an zu überlegen, ob sie Weihnachten eventuell bei einer befreundeten englischen Familie verbringen könne. Sie selbst war 1898 und 1899 bei Familie Wilks im nördlich von London gelegenen Ortsteil Tottenham eingeladen. Für Hilde ist es jedoch klar, dass sie bei ihrer Gastfamilie bleiben wird; in ihren Augen wäre es eine Beleidigung, nicht mit Mrs Cleeves und ihren Töchtern zu feiern. Sie schreibt: „Um mich brauchst Du Dich zu Weihnachten nicht zu sorgen. Bin überzeugt, daß ich mit meiner guten Stimmung alles aufs beste einrichten werde. Und wenn etwas recht dumm hier ist, mache ich mich im Geiste lustig darüber u. denke wie schön ich es nächste Weihnachten zu Hause haben werde."

Den Eindrücken vom Heiligen Abend ist dann auch ein umfangreicher Bericht gewidmet, den Hilde am Christtag verfasst:

> Weihnachten in London!
>
> In den 10 Wochen, die ich nun in England weile, war es mir möglich alle Fähigkeiten u. guten Eigenschaften der Menschen hier kennen zu lernen. Sie vermögen viel, sind tüchtig, nett, freundlich, höflich. Eines fehlt ihnen aber, sie können nicht Feste feiern. Von Weih-

nachten war hier wirklich nichts zu fühlen, außer daß fortwährend Pakete ankamen. Im Haus wird nichts gebacken außer den plum puddings, die gar nicht viel Zeit in Anspruch nehmen. Wenn die verschiedenen Dinge für den Pudding verrührt werden, muß jedes Hausmitglied ein paarmal umrühren u. einen Wunsch tun. Es heißt, daß dieser in Erfüllung geht. Handarbeiten werden zwar emsig begonnen, mit großer Mühe und Not aber beendet. Auch draußen ist nichts von Weihnachtsstimmung zu fühlen, nur in den Geschäften kann man viele, viele Menschen sehen, die Geschenke für die Ihren kaufen. Nun will ich aber alles der Reihe nach erzählen. Montag erhielt ich viele Briefe von zu Hause, darunter Mamas Paket. Am 24. buk ich zur größten Freude aller Husarenkrapferln & Anisbogerln, die Kinder verfertigten Papierketten, die das ganze Haus festlich zieren u. Mrs Cleeves sorgte dafür, daß für die Feiertage genug im Haus ist. Sie kaufte auch ein Funzerl von einem Christbaum, das 5 engl. Schilling kostete. Die Kinder putzten es nachmittags mit einigem spärlichen Schmuck u. waren ganz begeistert davon. Da es in England keinen Weihnachtsabend gibt, hatten wir ein ganz gewöhnliches Nachtmahl. Da aber alles so sehr realistisch & kühl ist konnte ich wirklich nicht umhin kein Heimweh zu haben (Gott sei Dank). Ich nahm mir dann den Radiokoffer in mein Zimmer, hörte unter der Tanzmusik den Donauwellenwalzer u. da mein Zimmer sehr geräumig ist, tanzte ich einen feschen Walzer, der mich äusserst erfreute. Meine Gedanken weilten in Neustadt, ich stellte mir lebhaft vor, wie Eltern & Bruder meine Geschenke öffnen, sich darüber freuen (hoffe wenigstens) u. mich bemitleiden, trotzdem ich es jolly good hatte. – Die Kinder hatten ihre Strümpfe zum Füllen aufgehängt u. kamen um 6^{h} brüllend zu mir ins Zimmer gehüpft, eine Harmonika im Mund. Obwohl es nicht angenehm ist, solche Fratzerln um so frühe Stunde bei sich zu haben, gewährte ich ihnen gnädigst zu mir ins Bett zu kommen u. da gab es nun ein Quietschen & Quacken, denn das Bett ist eigentlich nicht für 3 bestimmt. Nach dem Frühstück handelte es sich darum, wann sie ihre Pakete öffnen dürfen. Schließlich kamen wir zu dem Ende, daß die Gaben, die wir Familienmitglieder uns geben, geöffnet werden können. Mrs Cleeves erhielt 3 Handarbeiten, von beiden Kindern & von mir eine. Den Kindern hatte ich hübsche Party-Täschchen genäht u. ein gekauftes handgesticktes Sacktuch hineingegeben. Auch für mich hatte jede ein reizendes Geschenk. Angela hatte mir ein äusserst apartes Nadelbüchlein u. Monica eine Taschentuchtasche gemacht. Von Mrs Cleeves bekam ich ein ganzes Kammzeug, das ich mir gewünscht hatte. Bürste, Kamm u. Bürste zum reinigen. Das ist nämlich etwas besonders englisches. Ich hatte so große Freude damit. Um 11^{h} führte ich beide Kinder in die Kirche. Trotzdem diese eine katholische ist, war kein Christbaum, keine Blumen darin, nur ein kleines Kripperl, äusserst kahl u. wieder gar nicht weihnachtlich.

Nun das berühmte englische X-mas dinner. Im Speisezimmer waren unter dem kleinen Christbaum alle Geschenke uneröffnet, wie sie mit der Post gekommen waren, ausgebreitet. Da der Bruder, die Schwester, der Schwager & ein Freund der Mrs Cleeves eingeladen waren, hatten wir eine große Tafel, die sehr schön gedeckt war. Vor jedem Gedeck war ein reizendes holzgeschnitztes Tier aufgestellt, Knallbonbons waren über den Tisch ausgebreitet u. die Mitte zierte ein prächtig aufgebauter Obstständer. Auf einem Seitentisch wurde ein Riesentruthahn, gefüllt mit einer Wurstmasse gebracht, wo ihn Mrs Cleeves Schwager zerschnitt. Dazu gab es grünen & Paradeissalat, gebratene Erdäpfel, Bratensauce & Brotsauce (noch nie gesehen). Dazu Cherry & Rotwein. Bevor der Plumpudding hereinkam, legten wir unsere Hände über Kreuz u. zerrissen auf diese Weise mit jedem unserer Tischnachbarn ein Knallbonbon. Da kamen nun die verschiedensten Kopfbedeckungen zum Vorschein, die natürlich aufgesetzt wurden. Mrs Cleeves schüttete dann Brandy über den pudding, der in hellen Flammen verbrannte u. der ihn erst so recht eßbar machte (behauptet man). Zum pudding hatten wir eine äußerst gute Sauce, Ei, Kognack, Zucker. Die Kinder drängten schon sehr, daß die Tafel aufgehoben werde, denn jetzt war der Augenblick gekommen, wo sie ihre Pakete öffnen sollten. Rund um den Christbaum wurden Stühle gestellt, Mrs Cleeves teilte die Pakete aus, denn die Geschwister hatten sich untereinander selbstverständlich auch beschenkt. Ja, da gab es Unmassen von Papier, ein

Jauchzen u. Brüllen von Seiten der Kinder, ein Bedanken. Auch ich bekam zwei weitere Geschenke; eine sehr teure Halskette (gelb) u. von dem Freund der Mrs Cleeves ein hübsches Buch, „New Arabian Nights“ by Robert Louis Stevenson. Ich war natürlich ganz perplex, da ich doch absolut nichts erwartet hatte. Nachdem die Geschenke ein Ende genommen, gings in den drawing room, die Kinder blieben mit ihren Geschenken im Speisezimmer. Dort stritten sie nach Leibeskräften, söhnten sich aus u.s.f. Auf jeden Fall sehr unterhaltend. Monica sagte übrigens zu ihrer Mama: „Bist du nicht beleidigt, wenn ich dir etwas sage: Das Geschenk, das mir am besten gefällt, ist Hildes Täschchen.“ Das bedeutet sehr viel, denn die Kinder bekamen die herrlichsten Sachen.

Aus dem Bericht über das englische Weihnachtsfest, das Hilde miterlebt, spricht dennoch zwischen den Zeilen Wehmut. Immer wieder stellt sie Vergleiche mit Weihnachten zu Hause an, den österreichischen Traditionen, die sie von klein auf kennt und im Familienkreis praktiziert. In ihrem Tagebuch findet sich eine Textstelle, aus der besser als aus dem Bericht an die Familie hervorgeht, wie sie sich tatsächlich fühlt: „Nun, weihnachtlich ist die Stimmung hier wahrhaftig nicht. Ich denke voll Trauer an unseren lieben Pfarrplatz im Winterschmuck u. mit Bäumen beladen. Wie liebte ich diese Weihnachtsstimmung daheim. Und hier. – Regenschwere Wolken hängen über den grau und düster aussehenden Häusern, alles ist naß u. kalt; die Wände im Zimmer sind so feucht, daß die Kleider, die an der Wand hängen, dampfen, wenn man sie bügelt.“ Um die Eltern nicht in Sorge zu versetzen, nimmt sie von Anfang an die Rolle der starken erwachsenen Tochter ein, die keinem Gefühl von Heimweh unterliegt. Schon in einem ihrer ersten Briefe schreibt sie: „Ich denke viel an Euch, habe aber Gott sei Dank noch kein Heimweh gehabt.“ Indirekt lässt sich aber immer wieder feststellen, dass sie doch sehr große Sehnsucht nach ihrer Familie hat und von Anfang an die Tage zählt, bis sie wieder im Kreis ihrer Lieben ist.

Auch rund um den Wechsel von den Cleeves zu den Normans ist Hilde sehr darauf bedacht, ihre Eltern nicht in Aufregung zu versetzen. Sie erzählt vorerst nichts, sondern nimmt alle nötigen Schritte, um eine neue

Familie zu finden, selbst in die Hand. Erst als ihr zweiter Dienstvertrag mündlich fixiert ist, teilt sie die „große Neuigkeit“ samt der ab Ende Januar 1930 gültigen Postadresse mit. Um die Eltern zusätzlich zu beruhigen, führt sie an, dass sie sich Mrs Hart, einer englischen Dame aus gutem Hause, mit der sich ihre Mutter Hildegard rund dreißig Jahre vorher angefreundet hat und die nun auch ein Auge auf Hilde werfen soll, anvertraut hat. Diese wollte sich selbst ein Bild von der neuen Dienstgeberin machen, damit Hilde nicht in ein ganz fremdes Haus komme – eine Behauptung, die meiner Ansicht nach erfunden ist, um Sorgen zu zerstreuen. Als Postskriptum fügt sie folgende Entschuldigung hinzu, die ihre Vorgehensweise erklären soll:

> *London, 16. Januar 1930:* Dürft nicht böse sein, daß ich alles so selbständig unternommen habe, es war aber bestimmt besser. Briefe brauchen auch so viel länger u. dann schaut alles anfangs so furchtbar aus, das am Ende gar nicht so schlimm ist.

Der Brief erreicht die Eltern vier Tage später in Wiener Neustadt und wird umgehend von Hildegard beantwortet:

> 20. d. Brief gekommen mit der großen Neuigkeit. Wir haben Vertrauen zu Dir u. sind so dankbar, daß Mrs Hart sich so lieb um Dich angenommen hat. Das wird Dir den Wechsel viel leichter machen. Der letzte Brief befriedigt mich nicht ganz. Ich wollte gerade schreiben, Du sollst doch nichts hinter dem Berge halten. Tapfer war es, daß Du es so lange allein getragen hast u. gar über die Weihnachten! Das muß Dir schon Sorgen gemacht haben! In Welwyn wäre es ja angenehm gewesen – aber so weit von London! Mache uns eine kl. Skizze, wo diese Launceston Place ist, denn im „Mayer“ ist ein Plan von London. Ich staune, wie Du alle Wege für eine neue Stellung allein gemacht hast.

In der ersten Februarhälfte erreicht Hildes Eltern weniger Post aus England als sonst üblich. Mir liegen zwar datierte Briefe vom 28. Januar sowie 7. und 10. Februar von Hilde sowie eine Entschuldigung für die längere Schreibpause vor („Ihr werdet Euch sicher wundern, daß ich anfangs dieser Woche keinen Brief schrieb, aber es ist wirklich nichts vorgefallen."), aber anscheinend war die Lücke doch zu groß und die Verunsicherung auf Seiten der Eltern zu massiv, so dass Hildegard ihrer Tochter voller Sorge folgende Nachricht schreibt:

> *Wiener Neustadt, 19. Februar 1930:* Von Post zu Post warten wir mit Bangen auf Nachricht von Dir. Du meintest doch, daß Du nach Donnerstag nach dem Besuch bei Mary gleich schreiben würdest. Ich bat Dich im letzten Brief, wenigstens eine Karte gleich zu schreiben. Was ist nur mit Dir, liebes Kind? Seitdem Du nicht mehr bei Cleeves, sind Deine Briefe nicht mehr so froh. Du bist zu rücksichtsvoll, um uns Kummer zu bereiten, aber dieses Schweigen trifft uns mehr als die Gewißheit. Du hast so liebe Freunde in London, Du schreibst auch über Mrs Norman soviel Gutes, was kann nur nicht in Ordnung sein? Bist Du doch nicht krank?
>
> Du weißt, wie teuer Du uns bist u. wie schwer es mir fiel, Dich gehen zu lassen so weit weg. Ich denke in allem nur an Dich, möchte Dir eine bessere Zukunft ermöglichen. Wenn Du nicht glücklich in London bist, so komme zurück zu uns. Soviel haben wir noch immer, daß Du zu hause bleiben kannst. Ich habe ja so große Sehnsucht nach Dir u. nur der Gedanke, daß es zu Deinem Besten ist, läßt mich die Trennung ertragen. Schütte Dein Herz ganz aus, liebes Kind; wenn Du leichter mir schreibst, so sei versichert, daß Papa nie Deine Briefe an mich liest. Sage mir alles u. denke ich habe das Recht auf Deine volle Aufrichtigkeit u. Du wirst Dich dann viel glücklicher fühlen.

Diese Zeilen werden nicht wie alle anderen Poststücke auf Briefpapier im Format A4 verfasst, sondern auf einer kleineren Kartonkarte, die Hildegard sofort abschickt. Möglicherweise wird die Panik auf Seiten der Eltern dadurch ausgelöst, dass einer von Hildes Briefen verspätet zugestellt wurde oder sogar ein Schreiben auf dem Postweg verloren ging. Zusätzlich werden die Eltern noch durch eine Verwandte irritiert, die meint, aus einem Brief von Hilde herausgelesen zu haben, dass diese in

England unglücklich sei. Die ganze Affäre zeigt eindrücklich, dass die Briefkommunikation mitunter als trügerisch wahrgenommen wird und die Leser:innen Schwierigkeiten damit haben, aus schriftlichen Berichten Informationen über den Gemütszustand der Autor:innen herauszufiltern. Heute gibt bei Telefongesprächen schon die Stimme Aufschluss über die emotionale Verfassung einer Person, ganz abgesehen von den Möglichkeiten der Videotelefonie, bei der die Gesprächspartner:innen sogar sichtbar sind.

Um nicht wieder einen dermaßen sorgenvollen Ausnahmezustand zu erleben, schlägt Hildegard ihrer Tochter eine fixe Vereinbarung für das Versenden eines wöchentlichen Briefes vor: „Nun darfst Du uns nicht mehr so lange warten lassen u. ist es uns schon am liebsten, wenn Du immer Sonntag schreibst u. wir Deinen Brief Dienstag oder Mittwoch bekommen. Wenn Du einmal wirklich nicht zu einem Briefe kommen solltest, so schreibe wenigstens eine Karte. Daß Du keinen Stoff haben solltest, ist wirklich ganz unglaublich. Etwas gibt es doch immer zu erzählen u. wir interessieren uns für alles." Auch wenn sich zeigen wird, dass montags aufgegebene Post mitunter erst nach Mittwoch zugestellt wird, so stellt sich dennoch der abgesprochene Rhythmus ein und bietet einen neuen verlässlichen Rahmen für die Kommunikation zwischen Tochter und Eltern.

Sightseeing und Besuch der Ideal Home Exhibition

Ein glücklicher Zufall will es, dass Hilde bereits bei ihrer Abreise am Wiener Westbahnhof, als sie den Wien-Ostende-Express besteigt, auf eine andere junge Frau in ihrem Alter trifft, die genau wie sie auf dem Weg nach England ist, um dort eine Stelle in einem Haushalt anzutreten. Frieda, die sie zunächst in ihren Briefen als „das Wiener Fräulein" bezeichnet, ist ihr während der langen Fahrt eine willkommene Reisegefährtin – erst im Nachtzug, dann auf der Fähre und schließlich in einem Zug der englischen Bahngesellschaft mit dem Ziel Victoria Station. Die gemeinsame Überfahrt schweißt die beiden so sehr zusammen, dass sie fortan regelmäßig Kontakt haben und nach Möglichkeit an ihren freien Tagen zusammen Besichtigungen und Ausflüge unternehmen. Auch wenn Friedas Familie in Goodmayes im Nordosten Londons wohnt, verabreden sich die beiden Österreicherinnen nach Möglichkeit einmal pro Woche und entdecken gemeinsam die britische Hauptstadt. Frieda scheint aus ähnlichen Verhältnissen wie Hilde zu stammen („sie ist aus unserem Kreis, spart wo sie kann u. interessiert sich für dasselbe wie ich") und fährt genauso wie sie für einige Monate nach London, um die Sprache gut zu lernen. Mit Frieda besichtigt sie der Reihe nach alle wichtigen Sehenswürdigkeiten und Gebäude: Westminster Abbey, Buckingham Palace, St James's Palace, St Paul's Cathedral, den Tower of London oder die Guildhall und berichtet davon ausführlich ihren Eltern. Auch Friedas Gastfamilie ist herzlich zu Hilde, lädt sie ein und bietet ihr an, sie in schwierigen Situationen zu unterstützen.

Schon im Oktober 1929 beschließt Hilde, sich einen Stadtführer zu kaufen. Das Buch mit dem Titel *A Pictorial and Descriptive Guide to London and its Environs* gehört der Reihe „Ward Lock Travel Guides" an, die wegen ihrer Buchcover in roter Farbe auch „Red Guides" genannt wurden. Es handelt sich um einen kostengünstigen Stadtführer, der alle nötigen Informationen samt Plänen und Karten umfasst. Das mit Fotografien relativ reichhaltig illustrierte Buch befindet sich heute noch in unserem Familienbesitz. Hilde macht sich auch allein auf, um die Stadt zu erkunden. Da es ihr anfangs schwerfällt, sich in der Underground zu orientieren und ihr Geld knapp ist, geht sie bald dazu über, ihre Stadttouren bevorzugt zu Fuß zu unternehmen:

> *London, 1. November 1929:* Nun bin ich schon fast drei Wochen hier u. kenne mich in London in großen Zügen ganz gut aus. Ich will Euch erzählen auf welche Weise ich es mache. Unlängst war ich am Polizeiamt Hampstead, um mich zu melden. Die schickten mich aber auf das Aliens Office in der City. Gut, so machte ich mich den nächsten Tag auf, fuhr mit der Untergrundbahn u. verfehlte ganz mein Ziel (zum 1. Mal); ich hatte gerade noch genug Zeit, um zum dinner glücklich zu Hause zu sein. Nun sah ich mir die ganze Sache auf der Karte an u. beschloß meinen freien Nachmittag dazu zu verwenden. Aber zu Fuß. 1. kostet es tour-retour 8 d. 2. Kann man eine Stadt nicht kennen lernen, wenn man immer fährt. So ging ich gestern um ½ 2^h fort u. erreichte mein Ziel um 3^h. Es ging äusserst gut. Vielleicht

findet ihr es auch auf der Karte. Finchley R^{d}, Wellington R^{d}, Park R^{d} (Regent's Park), Baker Street, Oxford Street, New Bond Street, Piccadilly, Bow Street. – Dort mußte ich lange warten, da viele, viele Menschen aus aller Welt hinkommen, um ihre Sache zu erledigen. Ich kam dann zu einem äusserst netten u. lieben Polizeimann, der sagte, es war höchste Zeit, denn eigentlich hätte ich at once nach meiner Ankunft hingehen müssen. Er entschuldigte mich beim Inspektor damit, daß ich die Sprache nicht gut verstehe. Hier wurde mein Name furchtbar oft notiert, ich bekam auch ein Büchel mit meinem Bild u. er sagte mir, bevor ich meine Stellung wechsle od. heimfahre, muß ich wieder hin. 1 Stunde hatte das ganze gedauert.

Nun war es 4^{h} u. ich hatte viel Zeit mir alles anzuschauen. Gleich bei diesem Police Office ist Covent Garden, wo der Hauptmarkt Londons ist. Dann Leicester Square, wo das berühmte Empire Theatre & die Alhambra ist. Inmitten des Platzes ist ein kleiner Park mit den Statuen Reynolds, Hunter, Hogarth & Newton, die hatten alle hier gelebt. Hier befindet sich auch das Royal Dental Hospital, ein ganz fabelhaftes Gebäude. Gleich in der Nähe ging ich in einen Teeraum des Hauses Lyons (diese Lyons Shops sind in Unmassen in London, viel mehr als die A.B.C.)[8], dann schaute ich mir die prächtigen u. luxuriösen Geschäfte an. Warenhaus Stagg & Russell u.s.w. Ich glaube, diesen Luxus u. diese schönen Dinge kann man in Wien nicht sehen. Und diese Unmengen von Lichtreklame, schon fast so wie in New York. Z. B. die Royal Academy of Arts u. noch viele andere. Um ½ 7^{h} kam ich nach Hause, da war ich dann schon sehr müde, nun weiß ich aber auch schon viel besser Bescheid in London.

Ungeachtet der elterlichen Sorge in Bezug auf Hildes stundenlange Fußmärsche („Gibst Du wohl auf die Autos acht? Der Verkehr muß entsetzlich sein. Schau nur, daß Dir nichts geschieht! Es ist mir bange, wenn Du so allein herumgehst."), setzt Hilde diese Art, sich London anzueignen, unbeirrt fort. Tatsächlich erreicht das Verkehrsaufkommen 1930 einen nie gekannten Höhepunkt. Schon Hildes Mutter beschreibt im Jahr 1900 den für sie ungewohnte Ausmaße annehmenden Verkehr in der Oxford Street sowie die regelnde Funktion durch die Polizisten. Dreißig Jahre später hat der motorisierte Individualverkehr noch einmal markant zugenommen. Bemerkenswert ist, dass es 1929 in London nur an wenigen Stellen einen geregelten Fußgängerverkehr gibt. Es ist generell erlaubt, überall die Straße zu queren – allerdings nahm man gerne jene von Polizisten kontrollierten Übergänge in Anspruch beziehungsweise rettete man sich auf größeren Plätzen auf Verkehrsinseln als sicheren Zwischenstopp. Seit der Jahrhundertwende steigt die Zahl der Verkehrsunfälle merklich. Im Jahr 1929 gibt es einen traurigen Rekord von 1362 auf den Straßen Londons ums Leben gekommenen Personen und 55.000 Verletzten. Ende Oktober 1929 widmet sich eine Doppelseite von *The Illustrated London News* den alarmierenden Zahlen von getöteten und verletzten Personen im Straßenverkehr.[9] Es wird darauf hingewiesen, dass man äußerste Vorsicht beim Überqueren einer Straße walten lassen muss, nicht zögern oder die Richtung wechseln und sich nicht zwischen einzelnen Fahrzeugen hindurchbewegen soll. In Folge wird an Verbesserungen und Reglementierungen aller Verkehrsteilnehmer:innen gearbeitet, so etwa an einem ersten Ampelsystem und der Einführung sogenannter „Belisha Leuchtfeuer", die aus einer orangen Kugelleuchte auf einer schwarz-weiß gestreiften Stange bestanden und den Vorrang für Fußgänger:innen anzeigten. Zusätzlich werden eine verpflichtende Führerscheinprüfung und eine innerstädtische Geschwindigkeitsbeschränkung eingeführt sowie Einbahnstraßen und Unterführungen gebaut. Die meisten dieser Maßnahmen kommen jedoch erst nach Hildes Zeit in England zum Tragen.

Neben den in ihrem roten Führer vermerkten Sehenswürdigkeiten hebt sie wiederholt die englischen Kaufhäuser hervor, die ihre Aufmerksamkeit und wohl auch ihr Kaufverlangen erregen: „Gestern Donnerstag, traf ich das Wiener Fräulein u. wir besuchten die St Paul's Kathedrale u. Guildhall. Ich ging von Piccadilly Circus zu Fuß hin, wieder ein neuer Weg, Strand & Fleet Street, da sah ich auch ein Woolworth Geschäft." In der Anfangszeit darf auch ein Besuch bei Madame Tussauds nicht fehlen. Hilde besucht das berühmte Wachsfigurenkabinett gemeinsam mit den Kindern von Mrs Cleeves. Detailliert zählt sie sämtliche Einzelpersonen und Gruppen aus der Vergangenheit und Gegenwart auf:

London, 12. November 1929: Wirklich fein. Zuerst The Grand Hall. Parliament. Viele vergangene Staatsmänner: Chamberlain, Snowden, MacDonald u.s.w. – The Royal Family. Das ganze Königshaus kennenzulernen war für mich besonders interessant. In der Mitte König u. Königin u. zu beiden Seiten die Kinder u.s.f. Alle stehend. – The Great War Group: Nelson, Foch, Wellington, ... – American Presidents: Wilson, Washington, Lincoln, Coolidge, Hoover, ... – Ecclesiastical Group mit Papst, Luther, ... – French Section: Voltaire, Marie Antoinette, Jeanne d'Arc, ... – Hindenburg, Mussolini – Literary Corner: Dickens, Byron, Milton, Scott, Shakespeare, Shaw, ... – Hall of Kings: alle historischen Könige mit ihren Königinnen – Hall of Tableaux I: interessante Begebenheiten in Gruppen, z. B. The Death of General Gordon, dann Sport, die Boxer Carpentier und Dempsey, die Tennisspielerin Lenglen, Lindbergh, dann Bühne, Rudolfo Valentino, Alice Terry, Musiker, Verdi, Liszt, ... – Hall of Tableaux II: unter anderem Moltke, Bismarck, Franz Joseph, Ferdinand, ... – Chamber of Horrors: hier sind alle Mörder & -innen abgebildet, teils ganz, teils nur Kopfmaske, dann eine Guillotine. Ihr könnt Euch vorstellen, wie gut, wenn man alle diese Menschen, von denen man schon viel gehört, wirklich sehen kann.

Im Gegensatz zu den Angaben in ihrem London-Führer, wo Madame Tussauds lediglich als „large collection of wax figures of ancient and modern celebrities"[10] beschrieben wird, liefert Hilde in ihrem Brief an die Eltern eine detaillierte Aufzählung fast sämtlicher ausgestellter Figuren. Die Faszination für die lebensecht gestalteten Wachsfiguren war zweifelsohne im Jahr 1929 ungleich größer als heute, als es nur wenige offizielle Porträts von historischen Persönlichkeiten gab und zeitgenössische Prominente viel seltener fotografiert und gefilmt wurden.

Auf der Besichtigungsliste stehen auch die wichtigsten Kunstmuseen Londons. Als erstes besucht Hilde mit Frieda als Abschluss eines ausgedehnten Stadtspaziergangs das Victoria & Albert Museum. Dies ist keine gute Idee, sind beide doch schon sehr müde und werden geradezu erschlagen von den vielen ausgestellten Objekten („Man wird äusserst müde vom vielen Sehen u. wir werden dieses Museum einmal allein besuchen."). Auch das British Museum besticht und erschöpft Hilde durch die schier unendlichen Sammlungsbestände, allerdings findet sie hier durch ihre humanistische Gymnasialbildung schneller einen Zugang zu den gezeigten Kunstwerken:

> *London, 5. Dezember 1929:* Mich erfreuten besonders die griechischen u. römischen Räume; hier fand ich diese wunderbaren Werke der antiken Künstler, die mir von der Schule so wohl bekannt sind. Das britische Museum besitzt viele Originale. Z. B. die Gestalten des Mausolos u. der Artemisia, die auf der Spitze des Mausoleums standen. Ganz ungeheuer groß u. prachtvoll gebildet. Man muß diese alten Künstler wirklich bewundern. Dann besitzen sie die 3 Schicksalsgöttinnen vom Ostgiebel des Parthenons (leider fehlt diesen der Kopf) u. vieles, vieles mehr. Wie schon gesagt, mir war sehr viel bekannt u. ich erfreute mich wirklich an diesen edlen Formen u. Gestalten des Altertums.

Von den Gemäldemuseen ist Hilde mehr noch als von der National Gallery von der Tate Gallery begeistert: „Ich sah Bilder, die ich stundenlang anschauen könnte u. doch nicht genug bekäme. Z. B. Turner, Watts, Rossetti. Die Bilder, die mir besonders gut gefallen hatten, kaufte ich mir in Postkarten. Ich habe jetzt schon viele schöne Ansichten u. freue mich, wenn ich sie Euch werde zeigen können." Es sind also weniger die Bilder aus den Epochen der Renaissance, des Barock und des Klassizismus, die Hilde ansprechen, als vielmehr die romantischen Maler des Viktorianischen Zeitalters. Neben diesen Kunstmuseen besichtigt sie auch ein heeresgeschichtliches Museum, das Royal United Services Museum. Dieses Museum existierte bis 1962, bevor seine Bestände in die Sammlungen anderer Museen wie des Imperial War Museums oder des National Maritime Museums eingegliedert wurden. Nicht zuletzt aufgrund des früheren Berufes ihres Vaters hegt auch seine Tochter ein Interesse an der Militärhistorie. In ihrem Bericht an die Eltern nimmt sie explizit auf jene Zeit Bezug, als ihr Vater noch bei der k. u. k. Kriegsmarine im Dienst war:

London, 21. Februar 1930: Das United Services Museum enthält Überreste u. Gedenken großer Siege (für England!): Uniformen, Medaillen, Schiffmodelle u. Modelle der Seeschlacht v. Trafalgar u. Waterloo. Modell des Kreuzers „Scharnhorst“ (1916 in Dar es Salaam) unter Admiral von Span, Papa wird das wissen. Dann das Modell eines italienischen Anti-Unterseebootes, das Viribus Unitis ein Ende bereitete.[11] Sehr viele Kriegstrophäen deutscher Soldaten aus dem Weltkrieg wie Maschinengewehre, allerhand Soldatengegenstände wie Patronentasche u. ein deutscher Minenwerfer.

An einem Sonntag im Januar, der ihnen frühlingshaftes Wetter beschert, unternimmt Hilde mit Frieda den ersten Ausflug außerhalb Londons. Sie fahren nach Cambridge, um sich die berühmten Colleges der Eliteuniversität anzusehen. Mit großer Begeisterung verleiben sich die beiden Österreicherinnen die Eindrücke der ehrwürdigen Gebäude ein:

London, 20. Januar 1930: Um 9^h mußte ich schon fort, traf Frieda Liverpoolstation, von dort 1 ½-stündige Fahrt. Wir waren sehr froh über die Zeit, da wir uns immer viel zu erzählen haben. Um 12^h kamen wir in Cambridge an u. machten uns gleich an die Arbeit, denn wir wollten so viel als möglich von den 30 Colleges u. Kirchen sehen. Zum Unterschied von Oxford sind in Cambridge alle Colleges ziemlich auf einem Platz, was für Fremde die Sache sehr erleichtert. Das 1. College, das wir sahen, gefiel uns ganz ungeheuer. Von außen kommt man (meistens) in einen Hof, man könnte es mit einem Burghof unserer alten Burgen vergleichen. Wir blieben ganz gefesselt stehen. Vor uns das alte Gebäude mit Türmchen, kleinen Fenstern mit tiefen Fensternischen, zur Rechten die Kirche mit Efeu bewachsenen Turm (Türme sind immer flach endend), davor eine gewaltige Eibe. Wir waren totunglücklich, daß wir keinen Apparat hatten. Die Höfe sind alle mit dem berühmten englischen Rasen bepflanzt, frisch grün, kurz gestutzt. Wir konnten uns lange nicht von dem romantischen Bild trennen. Das Hauptgebäude besteht fast immer aus vielen Flügeln, immer wieder kommt man in einen anderen Hof u. das Bild wechselt beständig.

Nach Friedas Rückreise nach Wien im Februar 1930, die Hilde von Herzen bedauert, unternimmt sie seltener Besichtigungen. Schon im Januar schreibt sie, dass sie in ihrem geplanten Programm weit vorangeschritten ist („Ich habe ja jetzt fast alles gesehen, was ich wollte, mit kleinen Ausnahmen."). Folglich sind es im Frühjahr und Sommer 1930 auch weniger klassische Sehenswürdigkeiten und Museen, die sie in ihrer Freizeit besichtigt, sondern vielmehr temporär stattfindende Veranstaltungen. So berichtet sie ausführlich vom Besuch der Ideal Home Exhibition, einer Messe, die 1908 von der Boulevardzeitung *Daily Mail* ins Leben gerufen wird und seitdem jährlich Innovationen für das Heim und den Haushalt präsentiert. Analog zur Zeitung adressiert sich auch die Ausstellung vorrangig an ein weibliches Publikum der Mittelschicht und propagiert einen „konservativen Feminismus"[12]. Mit der Präsentation von neuen Trends bei Möbeln und Einrichtungsgegenständen sowie innovativen Raumgestaltungen, insbesondere aber von Erleichterungen für die Hausarbeit soll der angestammte Platz der Frau – die eigenen vier Wände – attraktiv gemacht und nicht nur als Arbeits-, sondern auch als Erholungsort definiert werden. In den 1920er- und 1930er-Jahren erhält die Ideal Home Exhibition durch das zunehmende Haushaltseinkommen sukzessive eine größere Öffentlichkeit, da der Personenkreis, der sich ein eigenes Haus samt Inneneinrichtung leisten kann, langsam anwächst.

> *London, 11. April 1930:* Gestern nachmittag war ich in Olympia mir die Ideal Home Exhibition ansehen. In Olympia ist im Winter immer ein Zirkus, es sind ganz ungeheuer große Ausstellungshallen, nicht weit von uns entfernt. Ja, diese Ausstellung ist ganz schrecklich vielgestaltig, man findet wirklich alles Erdenkliche, sehr viel Praktisches. Ich will versuchen einiges herauszusuchen, z. B. Kinderzimmer vieler Nationen, zuletzt ein Zukunftsbild in 1960. Von einem bequemen Armstuhl aus kann die Nurse das Baby regeln, das heißt, sie drückt nur auf Knöpfe u. alles ist gemacht. Es gibt angenehme Stühle für brave Kinder u. Folterstühle für schlimme. Die Wiege besteht aus Eisen mit festverschließbarem Deckel, im Zimmer befindet sich ein Gymnasium mit den modernsten Turngeräten, ja u. noch viel anderes. – Dann sind ganze Wohnungen eingerichtet, mit sehr schö-

nen Möbeln, sehr modern u. künstlerisch. Sogar ganze Häuser sind in einem Teil erbaut ca. 8. Um diese Häuser zu besichtigen mußte man sich anstellen, ich sah mir 2 an. Ein Tudor house, sehr schwere schöne Möbel alles gediegen u. hochfein. Ein modernes; interessant sind Sofas od. breite Armstühle, die man zu einem prächtigen Doppelbett entfalten kann, noch feiner als unser blaues zu Hause. Mama würde besonders von der Küche entzückt sein; alles in Blau gehalten, Schränke an die Wände gebaut, ganz fabelhaft sparsam mit Raum u. doch für jede Kleinigkeit Platz. Tisch hat eine Emailplatte; neben der Küche ganz kleiner Abwaschraum auch mit hohem Wandschrank für das Porzellan. Dann sah ich einen Sekretär, der eigentlich nur aus einem ganz an die Wand gebauten Brett besteht, sehr praktisch für kleine Wohnung. Die untere Hälfte kann man öffnen, sieht wie eine Mappe aus, für Papier. Die obere Hälfte läßt sich zur waagrechten herunterbiegen, dient als Tisch zum Schreiben, wie es bei Bureaus meist ist. – Eine ganze Abteilung enthielt das schönste Rosenhagener Porzellan, wunderbare Services. Dann gab es viele selbstspielende elektrische Klaviere, Fernsehapparate, automatisch Platten u. Nadeln wechselnde Grammophone u. noch hunderterlei andere Dinge. Sehr viel Interessantes über Kocherei u. Haushalt. Könnt Euch aber vorstellen, wie man nach all dem müde wird, zum Schluß sieht man überhaupt nichts mehr.

Hildes Schilderungen decken sich im Großen und Ganzen mit den zeitgenössischen Zeitungsberichten, die nach der Eröffnung der Ideal Home Exhibition am 24. März 1930 erscheinen.[13] Ein Highlight ist die Präsentation der „Nurseries of the Nations“, die Kinderkrippen aus Holland, der Türkei, Ungarn, Japan, Lappland und England zeigen. Besonders viel Aufmerksamkeit erregt die Zukunftsvision eines „ultra-modernen“[14] Kinderzimmers aus dem Jahr 1960, wo die Kindermädchen Hosen und Metallhelme tragen und per Knopfdruck für das Kind und die Sauberkeit sorgen können.[15] Es ist wohl kein Zufall, dass Hilde, die mit der Disziplinlosigkeit der ihr anvertrauten Kinder zu kämpfen hat, die erzieherischen Stühle erwähnt. Auch wenn man bei ihrem Begriff eines „Folterstuhls“ an schwarze Pädagogik denken muss, handelt es sich doch nur um einen etwas härter konzipierten Stuhl, auf den man sich zur Strafe begeben muss. Der „Black Rod Chair" ist im Gegensatz zum „Gold Chair" für brave Kinder, der mit einem Flügelpaar und einer Engelsgestalt dekoriert ist, schwarz lackiert und zeigt auf der Sessellehne zwei sich kreuzende Ruten.[16]

Hilde rezipiert die Haus- und Wohnmesse vordergründig aus ihrer Position eines temporären Kindermädchens und vor der Folie ihrer eigenen Pflichten bezüglich Kinderbetreuung und Haushaltsführung, mit denen sie von ihrer englischen Gastfamilie betraut ist. Gleichzeitig hat sie auch ihr Zuhause in Wiener Neustadt vor Augen und berichtet von Innovationen in der Gestaltung von Küchen, die mit neuen Materialien und einer Verbesserung beziehungsweise Ökonomisierung der Arbeitsabläufe punkten.[17] Es ist die Zeit, als die Einbauküche erfunden und erstmals Innenarchitektur aus der Perspektive der darin arbeitenden Frauen konzipiert wird. Bereits 1926 entwirft eine österreichische Architektin ein bahnbrechendes Modell, das vor allem aus dem Gedanken der Optimierung weiblicher Hausarbeit und der finanziellen Leistbarkeit hervorgegangen ist. Die Rede ist natürlich von Margarete Schütte-Lihotzkys Frankfurter Küche. Hilde verleiht auch ihrer Begeisterung für elegante und praktische Inneneinrichtungen Ausdruck. Der englische Wohnstil, mit dem sie wiederholt in Berührung kommt, wird sie selbst beim späteren Einrichten ihrer gemeinsamen Wohnung mit ihrem Ehemann prägen.

Zaungast bei der Upperclass

Nicht nur im Haushalt ihrer Gastfamilien, sondern auch über Freunde und Bekannte verkehrt Hilde während ihres Aufenthaltes in England mit Angehörigen der Upperclass. Relativ rasch nach ihrer Ankunft nimmt sie mit Midge Hart Kontakt auf, einer guten Bekannten ihrer Mutter, die diese über enge Freund:innen 1899 kennengelernt hat und mit der sie seit ihrer Rückkehr nach Wiener Neustadt brieflich korrespondiert. Sie lebt mit ihrem Ehemann und ihrer Stieftochter Mary etwas außerhalb im Süden Londons und lädt Hilde alsbald ein, ein Wochenende samt Übernachtung bei ihnen zu verbringen. Sowohl die herzliche und familiäre Aufnahme der noch mit London fremdelnden Hilde als auch der gehobene Lebensstandard begeistern sie. Enthusiastisch und in aller Ausführlichkeit berichtet sie ihren Eltern:

London, 26. Oktober 1929: Um ½ 4 kamen Harts mich abholen, sie gab mir gleich einen Kuß (Gott sei Dank bin ich das jetzt schon gewöhnt, Engländer küssen nämlich viel), er nahm meinen Koffer (wie stolz bin ich auf ihn u. wie dankbar, daß ich ihn bekam) u. wir stiegen in einen äußerst eleganten Luxuswagen, Chauffeur in Uniform schloß die Tür u. fort gings. Ich plauderte fleißig mit Mrs Hart u. verstand sie ausgezeichnet. Nach einer ¾ Stunde kamen wir in Wallington an. Das Haus ist rings umgeben von einem reizenden echt englischen Garten, das heißt nichts Abgezirkeltes, sondern ganz Natur. Das Haus ist einstöckig. Zuerst kamen wir in die Hall, wunderbar ausgestattet, Teppiche, Vasen u.s.w. u. peinliche Sauberkeit. Sie müssen sehr reich sein, haben 2 Dienstboten. Mrs Hart nahm mich unterm Arm u. wir gingen Stiegen aufwärts in mein Zimmer. Eigentlich ist es Marys (40 Jahre alt, aber sie schlief im 2bettigen Fremdenzimmer mit ihrer Freundin aus Schottland). Das Zimmer ist entzückend eingerichtet, am Bett eine Daunendecke, Hülle aus rosa Seide, es erinnert mich mehr an zu Hause, furchtbar peinlich sauber alles. Hier sollte ich also schlafen, vom Fenster ein prächtiger Blick auf den Garten u. die ganze Umgebung. Dann führte sie mich ins Badezimmer zum Hände waschen. Da ist alles weiß, Badezimmer, Klosett u. Waschraum in einem. In Anschluss zeigte sie mir das Fremdenzimmer, hat die Aussicht nach vorne u. ist auch fabelhaft. Dann Harts Schlafzimmer, da führte sie mich zu ihrem Bett u. da hängt an der Wand unser Familienbild (aus Sebenico, wo Mama so einen blöden Hut hat) u. am Nachtkastel steht Mamas Bild wie sie in England aussah. Ist das nicht rührend? Ausser diesen Zimmern ist noch ein Nähraum oben u. ein Waschraum. Die Stiege ist mit prächtigem Teppich belegt u. in den Ecken stehen großartige Vasen u.s.w. Meine einzige Meinung ist, daß sie sehr reich sind. Dann gingen wir hinunter. Ein Eckzimmer ist der dining room, auch sehr elegant u. äusserst gemütlich, vis à vis der drawing room mit prächtigem chimney und 2 Glaskasten. Neben dining room ist ein Wohnraum, wo wir ein schönes Feuer vorfanden. Hier war schon für den tea gedeckt. Nun plauderten wir u. warteten auf Mary u. ihre Freundin. Beide, als sie kamen, waren furchtbar nett zu mir, ganz rührend u. konnte sie auch so gut verstehen. Dann nahmen wir Thee ein. Es gab so viele Sachen, wie ich noch nie gesehen u. so wunderschön aufgedeckt. Butterbrote, Biskuit mit Butter, eine richtige Schokoladen Torte, 2 andere, eine Kaffeetorte, u. ein Aufsatz voll Krapfen. Wir 3 hatten allein supper im dining room, fein gedeckt. Schinken, Wurst, Apfelmost, Butter, rote Rüben Salat, Paradeis, Käs mit Biskuit, Apfelmus mit Schlag. Dann setzten wir uns zu den Alten in den Wohnraum zum Feuer. Ich habe noch nie so reizendes Familienleben gesehen wie dieses. Mrs Hart ist so lieb, Mr Hart furchtbar nett zu Frau u. Tochter. Hier blieben wir bis 11^h. Dann gingen wir schlafen. Alle 3 Frauen gaben mir einen Gute Nacht Kuß, zeigten mir noch einiges. Bald als ich im Bett war, brachte mir Mary eine Tasse Kakao. Dann schlief ich die ganze Nacht ausgezeichnet. In der Früh wachte ich auf, sah die Sonne durch die Fenster dringen, öffnete sie u. sah in einen sonnigen, prächtigen Tag hinein. Der Garten war feucht vom Tau u. alles so frisch u. schön. Bald kam das Mädel, brachte mir warmes Wasser u. eine Tasse Tee. Als ich fertig war, sagte ich Mrs Hart Guten Morgen (sie hatte ein sehr schönes Stoffkleid an, sehr schick u. sieht so fein aus). Wir 3 hatten nun breakfast im dining room. Zuerst Früchte u. zwar 1 Orange. Dann „Force“ (das sind ganz kleine, feine, resche Teigblättchen), darüber heiße Milch u. Zucker, ausgezeichnet. Dann Tee, Butter, Brot, Jam, Marmelade. Als wir fertig waren, zeigte mir Mrs Hart den Wintergarten, der anschließend an den Wohnraum ist, reich, viele schöne Blumen. Von da kommt man in den Garten. Neben dem Haus ist eine Garage, wo der feine Wagen steht. Hierauf gingen wir 3 Jungen aus. Wir gingen in den Sonntagsmorgen hinein, kamen zu einem ungeheuren Flugplatz. Hier zahlte Mary Karten u. wir konnten auf ein hohes Haus steigen, von wo wir prächtige Aussicht hatten u. die verschiedenen Flieger beobachteten. Dann tranken wir im Restaurant heißen Kaffee u. sahen von dort das große Flugzeug London-Paris ankommen. Zurück fuhren wir mit der Tramway. Um 1^h dinner. Vor Mr Hart stand ein guter Schweinsbraten, den er austeilte, ihm gegenüber Mrs Hart, die die Zugaben hergab (wie ich es im Primas gelernt habe). Dazu Kohl, Erdapfel. Dann ein fabelhafter Kasturipudding[18] mit cream. Hernach setzten wir uns in den drawing room zum Kamin. Mrs Hart zeigte das Buch, in das sich Mama geschrieben hat. Um ½ 5^h hatten wir hier Thee, wieder soviel gute Sachen. Hernach sagte Mrs Hart, ob ich nicht die Hände waschen will, das heißt auf deutsch, sie will mit mir allein sprechen. Wir gingen, sie sagte ich muß sie bald wieder einmal besuchen. Wir setzten uns zum Feuer im dining room. Sie sagte, wenn ich in trouble bin, muß ich es sie gleich wissen lassen, od. wenn ich jemanden zum in die Stadt gehen brauche, ich muß wissen, daß ich in ihr eine sehr gute Freundin habe. Sie meinte, daß Mama so Angst um mich hat u. daß so ein junges Mädel nicht allein herumgehen kann. Ist das nicht furchtbar nett? Ich soll sie in Zukunft auntie nennen. Ich bin so froh, so liebe Menschen hier zu haben. Da der Chauffeur Sonntag frei hat, wollen sie, daß ich Montag fahre, ich sagte, ich kann nicht u. so brachte mich Mr Hart ganz bis Mrs Cleeves (Bahn u. Untergrund, zahlte auch alles), sprach sogar noch mit ihr. Das ist doch rührend, nicht? Er trug auch immer meinen Koffer u. war so lieb. So hatte ich 2 wunderschöne Tage. Von Harts bin ich ganz entzückt, so lieb, nett u. gut, alle drei.

Leider ergibt es sich nur ein einziges weiteres Mal während Hildes Englandaufenthaltes, dass sie privat bei Harts zu Besuch ist. Das Ehepaar entscheidet sich im Frühjahr 1930, das herrschaftliche Haus in Wallington zu verkaufen und zieht provisorisch in ein Hotel in Brighton. Erst nach Hildes Rückkehr nach Wiener Neustadt richten sie sich neu in einem Haus an der Küste ein, und zwar in Bournemouth. In Hildes Nachlass hat sich eine kleine Fotografie mit einem Einblick in das Wohnzimmer dieses neuen Hauses erhalten. Sie muss Auntie Midge darum gebeten haben, da sie das vorige Heim der Familie so sehr begeistert hat und wohl auch ihrer Mutter einen Eindruck vom gehobenen Lebensstandard der befreundeten Familie vermitteln wollte. Ich gehe davon aus, dass die Harts ihre Einrichtung aus Wallington übersiedelt und wiederverwendet haben; die von Hilde erwähnten Vasen sind auf der zugesandten Fotografie gut zu erkennen.

Dass die befreundete Familie Hart in besseren Verhältnissen als ihre eigene Familie lebt, ist Hilde sehr deutlich bewusst und wird in jenem

Brief, in dem sie von ihrem Besuch in Wallington im Januar 1930 berichtet, extra erwähnt: „Die wissen doch gar nicht, wie arm wir sind u. wie wir sparen müssen. Ist natürlich viel besser, daß sie es nicht wissen." Die Korrespondenz zwischen Hilde und ihrer Mutter gibt an verschiedenen Stellen Aufschluss über die ökonomische Situation der Familie in Wiener Neustadt. Während der Wintermonate schreibt Hildes Mutter wiederholt davon, welche Zimmer zu Hause geheizt werden und wie sich das Ehepaar arrangiert, um sich in den warmen Wohnräumen aufzuhalten. Trotz der Sparmaßnahmen wird auf eine Haushaltshilfe zurückgegriffen; vermutlich, weil es damals in gewissen bürgerlichen Kreisen zum Standard gehörte, dass man nicht alle Hausarbeiten selbst erledigte. Der immer wieder erwähnte prekäre Gesundheitszustand von Hildes Mutter scheint auch ein Grund dafür gewesen zu sein. Aus ihren Briefen lässt sich jedenfalls an mehreren Stellen herauslesen, dass sie die Verantwortung über das familiäre Budget innehat und mit diesem sehr streng haushaltet. Im Dezember 1929 schreibt Hildegard in Bezug auf das Weihnachtsgeld und die Geschenke an ihre Kinder Hilde und Rudi:

> *Wiener Neustadt, 8. Dezember 1929:* Papa bekam seine Zulage u. übergab sie mir. Ich kaufte schon Leintücher u. ein Tischtuch u. für Papa 2 Hemden. Rudi bekam ein Paar Strapaz-Schuhe[19] u. einen Halbkrach[20], der ihm ganz gut steht. Von dieser Zulage bekommst Du als Weihnachtsgeschenk 1 £, welches Du von den 3 £ abziehen kannst u. Dich dafür bei Papa bedanken mußt. Du kannst es für Deine Toilette verwenden oder für einen guten Sitz im Theater, wie Du es Dir wünschest. Auch ich möchte Dir gerne eine Freude machen u. bitte Dich, mir zu sagen, wie Du es am liebsten haben möchtest. Entweder gebe auch ich Dir 1 £, sodaß Du nur mehr 1 £ schulden würdest, oder ich kaufe Dir hier etwas, was Du Dir wünschst, was hier bleibt oder wenn ich Dir etwas senden kann, was man besser hier kauft, so schreibe es mir.

Das Geld wird im Wiener Neustädter Haushalt also mehr oder weniger gerecht zwischen den Familienmitgliedern aufgeteilt. Notwendige Ausgaben für die Ausstattung der Wohnung und die Anschaffung von Kleidung stehen dabei an oberster Stelle („Ich habe auch Kokskübel u. Ofenvorsetzer gekauft u. Wolle für Strümpfe für Rudi."). Neben der Deckung der Grundbedürfnisse des Wohnens scheint aber auch der Eindruck, den man nach außen hin vermittelt, wichtig gewesen zu sein. Nicht nur enge Verwandte und Freund:innen, sondern auch jene Personen, die zu besonderen Anlässen eingeladen werden beziehungsweise am privaten Sprachunterreicht teilnehmen, kommen in die Wohnung. Wiederholt schreibt Hildegard von Teekränzchen, die am Nachmittag stattfinden und neben dem geselligen Beisammensein auch dem Demonstrieren des eigenen Status dienen:

> *Wiener Neustadt, 24. November 1929:* Heute hatten wir unseren Tee. Unser Fräulein brachte ein feines Bischofbrot u. ich machte Husarenkrapferl u. Quittenkäs. Die Sandwiches gelangen auch sehr gut. Wir hatten auch guten Wein. Papa erwartete sie im Hof. Ich saß zwischen Schlachta u. Ströhr[21] u. alles ging aufs beste. Die Unterhaltung war auch immer ganz lebhaft. Papa war tadellos, mußte sich mit Frl. v. Schlachta unterhalten. Geschirr, Silber u. Gläser kamen schön zur Geltung. Besonders Schlachta war so fein beisammen: Lackschuhe, Glacé-Handschuhe etc. Er ist durch u. durch korrekt. Papa war damit sehr zufrieden.

Im Februar 1930 schaffen sich Hildes Eltern einen neuen Teppich an, der insbesondere ihrem Vater sehr wichtig ist und offensichtlich mehr eine Repräsentationsfunktion nach außen einnimmt, als dass er dem eigenen Wohlbefinden der Familie dient:

> *Wiener Neustadt, 11. Februar 1930:* Papa ist nun selbst ganz stolz auf den Teppich u. zeigt ihn allen Leuten. Letzthin meinte er zu meinem größten Erstaunen, daß eine schöne Wohnung unbedingt notwendig sei. Ich sagte ihm an dem Tage des Kaufes, daß Schlachta u. Ströhr gewiß darum so nett jetzt seien, weil sie eingeladen waren u. sahen, daß wir doch nicht gar solche Hascher seien. Ich freute mich auch sehr über den Teppich. Das Zimmer hat dadurch sehr gewonnen. Heute ist Tee bei Frau Dr. Kaiser. Ich denke mit Schrecken, daß auch

ich eine Einladung werde geben müssen. Da kann ich beide Zimmer benützen à conto des Teppichs.

Oft ist man gezwungen, zu improvisieren. Gerade im Frühjahr 1930 ergibt es sich unglücklicherweise, dass sowohl Hilde als auch ihr Bruder Rudi in finanzielle Nöte geraten. Während es bei Hilde unverschuldet ist, da ihr ihre Dienstgeberin Mrs Norman nicht das fixierte Gehalt bezahlt, kauft sich ihr Bruder ein Motorrad, dessen Raten er in Folge nicht bezahlen kann und wofür seine Eltern einspringen müssen. Aber auch hier ist das Geld äußerst knapp. Wenn wirklich ein finanzieller Engpass im Hause Slezak herrscht, wendet sich Hildegard an ihren Bruder Ernst, der Inhaber eines florierenden Bäckerei-Unternehmens in Wiener Neustadt ist und wiederholt seinen vier Schwestern aushilft. Auch wenn dadurch Schulden beglichen werden können, fällt es Hildegard nicht leicht, mit ihm, der auch innerhalb der Familie als harter Geschäftsmann gilt, zu verhandeln. Nicht nur einmal verlässt sie nach einem solchen Bittgesuch unter Tränen sein Haus, wie sein Sohn berichtet.

Eine Bekannte macht Furore: Die frühe Karriere der Galeristin Ala Heyszl

Mit dem Kontakt zu Ala Heyszl von Heyszenau findet sich so wie im Fall von Hildegard und ihrer Schülerin Eleanor Roosevelt auch in der Biografie meiner Großmutter Hilde ein Moment, in dem eine Person, die später aufgrund ihrer Leistungen Bekanntheit erlangen wird, das Leben einer Angehörigen meiner Familie kreuzt – auch wenn Ala nur kunstaffinen Personen ein Begriff ist. Mich als Kunsthistorikerin interessiert besonders der Werdegang von Ala Heyszl, die unter dem Namen Ala Story ab 1940 in den USA eine beachtenswerte Karriere als Galeristin und Museumsdirektorin machen wird und heute gerade auch aufgrund ihrer dort offen gelebten Partnerschaft mit Margaret Mallory als frühes Vorbild für die LGBTQ+-Szene gilt.

Emilie Anna Maria Heyszl von Heyszenau, so Alas voller Name, verliert bereits in jungen Jahren ihren Vater – Oberst Wilhelm Heyszl von Heyszenau –, der Kommandant des k. u. k. Ulanenregiments „Kaiser" Nr. 4 war und 1913 überraschend verstarb. Er ist am Wiener Neustädter Militärfriedhof begraben. Im Folgejahr wird seiner Witwe und ihren beiden Kindern vom Kaiser das Adelsprädikat verliehen.[22] Alas Lebenslauf, wie er heute in der Öffentlichkeit zirkuliert, geht auf jenen zurück, der in der Publikation *The Ala Story Collection of the Santa Barbara Museum of Art* unter ihrem späteren Namen veröffentlicht ist.[23] Aus diesem geht hervor, dass sie schon sehr früh für die Kunst brennt und sogar noch während ihrer Zeit als Gymnasiastin an der Akademie der bildenden Künste aufgenommen wird, wo sie fünf Jahre lang Malerei studiert. Meinen Nachforschungen zufolge war sie jedoch an keiner der staatlichen Kunstuniversitäten als reguläre Studentin oder Gasthörerin inskribiert, weder an der Akademie der bildenden Künste noch der Wiener Kunstgewerbeschule, der heutigen Universität für angewandte Kunst. Ich vermute, dass sie an der 1897 gegründeten Kunstschule für Frauen und Mädchen, die 1926 in „Wiener Frauenakademie und Schule für freie und angewandte Kunst" umbenannt wurde, ihre Ausbildung erhalten hat. Ab 1926 ist sie für zwei Jahre an der Universität Wien inskribiert. Als sie 1928 Gemälde von Van Gogh in einer Ausstellung in der Österreichischen Galerie Belvedere sieht,[24] die sie zutiefst beeindrucken, beschließt sie, unter ihre malerische Praxis einen Schlussstrich zu ziehen und sich fortan als Vermittlerin der Kunst widmen zu wollen. Im selben Jahr geht sie nach London, wo sie zuerst als Kindermädchen und Haushaltshilfe arbeitet („Sie erzählte mir auch, daß sie es anfangs gar nicht so traf wie ich, sondern direkt Dienstbote dort war. Was sie Gutes u. Schreckliches schon durchgemacht, ist nicht zum sagen."). Bald eröffnet sich für Ala Heyszl die Möglichkeit, in der vom Bildhauer Frederick Lessore 1923 gegründeten Beaux Arts Gallery[25] in Mayfair tätig zu sein und zusätzlich einen privaten Deutschkreis zu leiten, dem betuchte Engländer:innen angehören.

Hilde und Ala sind schon vor ihrer Zeit in London miteinander bekannt gewesen und haben sich bei verschiedenen Anlässen in Wiener Neustadt und Umgebung getroffen. Alas Mutter ist, wie bereits erwähnt, Mieterin in jenem Haus, das von Hildegard im Auftrag ihrer Geschwister verwaltet wird. Nachdem Ala Hilde eine Stelle bei Mrs Cleeves vermittelt hat, empfängt sie sie bei ihrer Ankunft am Bahnhof Victoria Station und organisiert ein Taxi, das sie zu ihrer Gastfamilie bringt. Für Hilde ist Ala zweifelsohne eine wichtige Kontaktperson, von der sie bereits Informationen zu ihrem Aufenthalt in London vorab per Brief erhalten hat und der sie sich freundschaftlich verbunden fühlt. Relativ bald nach ihrer Ankunft im Oktober besucht Hilde sie in der Galerie in Mayfair: „Ich war heute vormittag bei Ala u. sie hat es sehr fein. Diese Galerie ist ganz im Zentrum Londons u. ist furchtbar nett. Ala war allein u. so hatten wir es sehr schön. Sie konnte mir vieles sagen, was für mich wichtig ist." Hildes Hoffnung, dass ihr Ala eine wichtige Bezugsperson in London sein würde, erfüllt sich jedoch letztendlich nicht. Ala hat sich innerhalb eines Jahres bereits einen großen Kreis an teilweise einflussreichen Kontakten erschlossen, die sie umfassend pflegt. Sie ist aber nicht nur gesellschaftlich äußerst umtriebig, woraus sich ihr gut bezahlter Job als private Deutsch-Lehrerin ergibt, sondern auch in ihrer Funktion als Mitarbeiterin der Beaux Arts Gallery sehr beschäftigt. Im Dezember 1929 eröffnet dort eine Ausstellung mit österreichischem Kunsthandwerk der Wiener Werkstätte, bei deren Organisation sie eine wesentliche Rolle spielt. Es handelt sich um die erste Schau in England, in der Arbeiten der Wiener Werkstätte präsentiert werden. Sie nimmt dazu Kontakt mit Josef Hoffmann auf, Architekt, Mitbegründer sowie wichtiger Mitarbeiter und Repräsentant der Wiener Werkstätte, der damals auch Professor an der Wiener Kunstgewerbeschule ist. Dieser zeichnet für die Auswahl der in London gezeigten Kunstobjekte verantwortlich. Alas Kontakt zu diesem in Wien sehr anerkannten Mann wird auch in den Briefen zwischen Hilde und ihrer Mutter zum Gegenstand des Austausches. So schreibt Hildegard:

> *Wiener Neustadt, 20. November 1929:* Ich staune, wie geschäftstüchtig Ala ist. Daß sie die österreichische Ausstellung zusammenbrachte, ist wirklich eine Leistung. Diese Wiener Ausstellung in London wird sicher von großer Bedeutung für sie sein. Heiner sagte mir, daß schon 120 Kisten von Wien abgegangen sind. Architekt Hoffmann, der hier die Geschichte in die Hand nahm, ist sehr einflußreich. Es ist zum Staunen, daß er Ala so ernst nahm. Auf das hin kann man wohl annehmen, daß Ala erfolgreich wird.

Die Briefe belegen, dass Alas Bekannten- und Freundeskreis ehrliche Anerkennung für ihre Leistung äußert. Ich möchte unabhängig davon anhand von objektiven Quellen Aufschluss über die Rolle bekommen, die Ala bei der Organisation und Konzeption der Ausstellung einnahm. Leider ist im Wiener Werkstätte-Archiv der Universität für angewandte Kunst keine Korrespondenz im Zuge dieser Ausstellung, die von Ala stammt beziehungsweise in der sie erwähnt wird, vorhanden.[26] Ihr Bestreben, von dem Hilde in einem Brief berichtet, auf den Einladungskarten und Ankündigungen zur Ausstellung namentlich ausgewiesen zu werden, um eine Referenz für zukünftige in Wien geplante Projekte zu haben, scheint nicht von Erfolg gekrönt gewesen zu sein. Allerdings gibt es einen Hinweis im Vorwort des kleinen Begleitkatalogs, in dem sich der Eigentümer der Galerie, Frederick Lessore, explizit bei seiner Sekretärin Miss Ala Heyszl dafür bedankt, dass sie ihm die Idee zu diesem Projekt unterbreitet hat.[27] Sie war also Initiatorin und Organisatorin eines österreichisch-englischen Kunstprojekts, das es ohne sie an diesem Ort nicht gegeben hätte, und hatte den richtigen Riecher, was die Anerkennung des Kunsthandwerks der Wiener Werkstätte auf britischem Boden betrifft.

Ala Heyszls Einsatz für diese Ausstellung in der Beaux Arts Gallery verhilft ihr in Londoner Kunstkreisen zu erster Anerkennung. Aber auch in Wiener Neustadt wird sie unter denjenigen, die sie kennen, zum Stadtgespräch. Hildes Mutter bringt vor allem ihre Wertschätzung für die Selbstbehauptung und Eigeninitiative der jungen Frau zum Ausdruck: „Über Alas Erfolg freue ich mich herzlich; es ist eine große Leistung gewesen für ihre Jugend; denn meistens nimmt man junge Leute nicht ernst. Sie brauchen viel Energie, um sich durchzusetzen." Gleichzeitig beginnt Hildegard zu überlegen, ob sich aus der Situation nicht vielleicht auch ein Vorteil für die eigene Tochter ziehen lassen könnte:

> *Wiener Neustadt, 24. November 1929:* Du kannst Ala manches abgucken u. ist der Verkehr mit ihr sicher fördernd für Dich. Tante Fritzi läßt Dich recht schön grüßen. Sie meint, Du solltest beim österreichischen Gesandten (mir scheint er heißt Franckenstein[28]) vorsprechen u. ihn bitten, Dir Mittel u. Wege zu zeigen, damit Du vorwärts kommst. Du mußt trachten, daß Du in eine soziale Stellung kommst. Auf die Gesandtschaft müßtest Du Dein Maturitätszeugnis mitnehmen. Doch muß vorher alles gut überlegt sein. Frage auch

> Ala so nebenhin ein bißl über die österreichische Gesandtschaft, wo sie ist u. wie man dort vorkommt.

Hilde wird diesen Weg auf die österreichische Gesandtschaft in London nie antreten, auch war es ihr möglicherweise peinlich, Ala danach zu fragen. Die Eröffnung der Ausstellung, an der Hilde gemeinsam mit Mrs Cleeves teilnimmt, findet am 4. Dezember 1929 statt. Noch am selben Tag schildert sie ihre Eindrücke von diesem Abend in einem Brief an ihre Eltern:

> Heute bin ich zur Eröffnung von Alas Ausstellung. Es war wirklich großartig, so viele Menschen, viele deutsche darunter; der österreichische Minister, sein Name ist Baron Franckenstein, sprach als Einleitung in sehr gutem Englisch; sehr schöne Erscheinung, groß, schlank, also ein guter Repräsentant für Österreich. Die Wiener Arbeiten fanden, wie es mir schien, großen Anklang, besonders das Wiener Glas; Mrs Cleeves Bruder gefiel es sogar besser als das venezische. Er kaufte auch einiges, Mrs Cleeves war es aber zu teuer. Sie hat halt Kinder, die teuer sind. Es gab sehr schöne handgearbeitete Handtäschchen, Keramik, Seidentücher, Silbersachen. Ich traf hier einen jungen Mann, der behauptete, mich von Wien zu kennen, was natürlich nicht der Fall ist. Er scheint in dieser Branche tätig zu sein, denn er zeigte viel Verständnis dafür u. kannte alle Namen der Wiener Künstler. Ala kann wahrhaftig sehr zufrieden sein, denn es ist ihr Werk u. sie hat nun eine sehr aufregende und anstrengende Zeit hinter sich. Ihr Direktor war nämlich ganz aus der Fassung gebracht, es ging über seine Begriffe, für Ala ein sehr schweres Arbeiten dadurch.

Am darauffolgenden Tag berichten sogar schon einige österreichische Zeitungen von der Ausstellungseröffnung in London. So heißt es etwa in der *Neuen Freien Presse:* „Aus London wird gemeldet: Der österreichische Gesandte Frankenstein (sic!) eröffnete Mittwoch die Ausstellung moderner Wiener kunstgewerblicher Arbeiten von Mitarbeitern der Wiener Werkstätte und anderer angesehener Kunstgewerbler. Die Auswahl der Arbeiten war durch Professor Hoffmann vorgenommen worden. Bei Eröffnung der Ausstellung gab der Gesandte eine Darstellung des Ursprunges und der Entwicklung der Wiener Werkstätte und des österreichischen Kunstgewerbes, das sich trotz ungeheurer Schwierigkeiten in der ganzen Welt großer Wertschätzung erfreue."[29] Der englischen Presse ist die Trademark „Wiener Werkstätte" noch kein Begriff, wird aber als parallele Entwicklung zur Arts & Crafts-Bewegung eines William Morris vorgestellt.[30] Besondere Erwähnung finden dort schwarzweiße Perlenketten, Trinkgläser, Schmuckstücke wie Diademe und als „sehr modern" titulierte Spitzenarbeiten. Im Heftchen, das zur Ausstellung publiziert wurde, finden sich 223 Objekte aufgelistet, die jeweils nach dem Herstellungsmaterial (u. a. Keramik, Glas, Email, Leder, Silber, Seide) geordnet sind. Es enthält zudem vier Abbildungen von Kunstobjekten: einen Tischaufsatz aus Glas und ein silbernes Teeservice von Josef Hoffmann, ein Spitzendeckchen von Dagobert Peche sowie Arbeiten aus dem Atelier für Keramik.

Ala kommt für das Weihnachtsfest zurück nach Wiener Neustadt. Sie besucht Hildegard bald nach ihrer Ankunft und wird auch von vielen anderen mit ihr bekannten Familien empfangen, die neugierig sind und gerne mehr über die Ausstellung in London wissen wollen. Nun ist es Hildes Mutter, die in direktem Kontakt mit ihr steht und ihrer Tochter über sie berichtet. Aus den Briefen geht hervor, dass Ala ursprünglich den Plan hatte, in Wien ihre Laufbahn im Galeriewesen fortzusetzen. Sie trifft den Kunsthändler Alfred Wawra, der das von seinem Vater Carl Josef begründete Auktionshaus C. J. Wawra übernommen hat: „Sie war also bei Wawra, doch sagte er ihr, sie soll lieber nach England zurückgehen. Hier sei nichts zu machen. Sie wäre ganz gerne in Österreich geblieben, aber doch nur im Kunstfach u. die Kunst liegt bei uns sehr darnieder, weil so gar kein Geld da ist." Die ökonomische Situation in Österreich und die fehlende finanzielle Absicherung der zeitgenössischen Kunst lassen anscheinend einen weiteren Verbleib in Wien tendenziell aussichtslos erscheinen. Mitte Februar 1930 fährt Ala folglich wieder zurück nach England.

Ala ist für Hilde zweifelsohne ein großes Vorbild, dem sie in verschiedenen Beziehungen nacheifert. Durch sie hört Hilde das erste Mal von der National Union of Students und lernt die wohlhabende Bankiersfamilie, die Ala als Deutschlehrerin engagierte, kennen. Ala ist eine junge Frau, die sich souverän in gehobener Gesellschaft bewegt und die die Gabe hat, anregend Konversation zu betreiben („Ich habe Ala wieder bewundert, wie sie zu unterhalten versteht, es ist wirklich großartig.“ // „Letztere verstand es herrlich den ganzen Kreis zu unterhalten, ich staunte nur so.“). Ich muss an das vielseits gerühmte Talent von Marie Souvestre denken, der Begründerin der Schule in Allenswood, an der Hildegard tätig war, die durch ihre geistreiche Konversation die Anwesenden in Bann zu ziehen verstand. Hilde beneidet Ala generell um ihr intensives soziales Leben, das aus zahlreichen Einladungen und der Teilnahme an diversen gesellschaftlichen Veranstaltungen besteht. Auch der dafür erforderliche Kleidungsstil erregt Aufmerksamkeit; so werden ihr elegantes Auftreten und ihre Garderobe, die von Hilde und ihrer Mutter bemerkt werden, wiederholt zum Inhalt der Briefe („Ala hat wunderschöne englische Schuhe.“). Hilde tauscht sich auch mit Ala bezüglich ihrer Pläne, einen Kurs für Stenografie zu belegen, aus. Ihr Bestreben ist es nämlich, die Zeit in England für eine Zusatzqualifikation zu nützen, die ihr nach ihrer Rückkehr nach Österreich zum Vorteil sein könnte. Ein Tagebucheintrag macht deutlich, dass sich Hilde mit Ala vergleicht und ihr Erfolg sie anspornt, das Beste aus ihrer Zeit in England herauszuholen:

> *Tagebuch, 14. März 1930:* Heute habe ich Ala getroffen und wieder einiges durch dieses Zusammentreffen gelernt. Erstens lernte auch sie Stenographie allein, bevor sie den Kurs begann und ich kam mir schon so außergewöhnlich tüchtig vor, ich Ganserl! Dann scheint sie sich noch viel mehr bemüht zu haben, um schnell und gut die Sprache zu erlernen als ich.

Häufig ist Hilde jedoch enttäuscht, dass ihre Bekannte aus Wiener Neustadt sich nur selten um sie kümmert. Immer wieder beklagt sie sich, dass Ala aufgrund ihrer zahlreichen Einladungen keine Zeit für sie hat. Dabei ist es ihr ein Rätsel, wie es Ala mit nur einem Jahr Vorsprung möglich gewesen ist, so viele Personen kennenzulernen und sich mit diesen zu befreunden.

Im Mai 1930 verkündet schließlich Hildegard folgende große private Neuigkeit, die sie von Alas Mutter in Wiener Neustadt erfahren hat:

> *Wiener Neustadt, 6. Mai 1930:* Liebe Hilde! Heute erfuhr ich von Frau Heyszl, daß Ala geheiratet habe u. zwar schon am 23. April den Bruder der Mrs Cleeves, den Du wohl auch schon kennen gelernt hast. Ich bin neugierig, ob Du davon wußtest, ob Ala Dir gar nichts davon gesagt hat. Ich glaubte erst, ich höre nicht recht. Für Frau Heyszl ist es auch überraschend gekommen, denn sie verlobten sich erst nach Alas Rückkehr. Natürlich ist sie froh, Ala gut geborgen zu wissen. Du sagtest mir ja auch, daß alle diese Geschwister so prächtige Menschen sind. Der Vater ist Admiral in Canada. Für Dich ist es äußerst interessant, die ganze Familie so gut zu kennen. Das junge Ehepaar wohnt jetzt in der Wohnung Cleeves; was später geschieht, weiß sie noch nicht. Ich glaube der junge Mann ist eigentlich noch nichts. Ich wollte nicht viel fragen. Maycroft, die gute Freundin Alas, bereitete die Hochzeit, die auch bei Cleeves stattfand. Sie sind katholisch getraut worden auf Wunsch des Bräutigams. Das hätte ich doch nicht gedacht u. die Engländerinnen werden schön böse sein, wenn eine Ausländerin ihnen so eine Partie wegschnappt. Ich sah auch ein Bild von „Peter“. Er schreibt seiner Schwiegermama selige englische Briefe u. Frau Heyszl hat große Mühe, sie zu verstehen. Nun ist eigentlich ihre Aufgabe gelöst u. sie kann noch sich ein paar Jahre des Lebens freuen. Sie ist jetzt ordentlich aufgeblüht, hat Farben bekommen u. ist viel heiterer. Es ist ja doch kein Spaß, seine Tochter in keiner sicheren Position zu wissen. Frau Heyszl sagte, sie habe immer geglaubt, sie werde mit ihren Möbeln einmal Ala ausstatten; nun könne sie doch nicht die alten Sachen so weit schicken. Doch ein merkwürdiges Schicksal u. ein staunenswertes Mädel! Wie sie sich alles zurecht legte u. ihren Weg ging! Es steckt schon etwas Adeliges in dieser Familie.

Hilde fühlt sich verständlicherweise vor den Kopf gestoßen. Aufgrund des Naheverhältnisses ihrer Familie mit der Familie Heyszl wird sie angenommen haben, dass ein solch wichtiges Ereignis im Vorfeld ihr gegenüber kommuniziert werde. Auch das Ignorieren der Tatsache, dass sie sich als einzige Bekannte aus Wiener Neustadt zum Zeitpunkt der Hochzeit in London befindet, muss sie kränken. Zudem hat Ala in die Familie Story eingeheiratet, die sie selbst vonseiten der Schwester des Bräutigams, ihrer ersten Dienstgeberin Mrs Cleeves, gut kennt. Mrs Cleeves' Bruder Neville Edward Oswald Story, Peter genannt, wird ihr bereits im November anlässlich einer Einladung vorgestellt und ist auch bei der Eröffnung der Ausstellung über Kunsthandwerk der Wiener Werkstätte anwesend. Ala wird durch die Hochzeit die Tante von Angela und Monica, jener beiden Mädchen, um die sich Hilde in den ersten drei Monaten nach ihrer Ankunft gekümmert hat. Eine in Hildes Nachlass vorhandene Fotografie zeigt Ala in ungezwungener Pose und in herzlichem Verhältnis mit ihren beiden Nichten in einem Hauseingang stehend. Zusätzlich muss es Hilde beschäftigt haben, dass Ala und ihr Mann Peter als frisch gebackenes Ehepaar keine eigene Wohnung beziehen, sondern sich bei Mrs Cleeves, seiner Schwester, einquartieren. Da ihr Haus nach der Entsendung der beiden Mädchen in ein Internat nun großteils ungenützt ist und Mr Story selbst kein Einkommen bezieht, scheint dies eine willkommene Lösung gewesen zu sein. Mir drängt sich der Verdacht auf, dass dieses Arrangement schon länger geplant war und deswegen Mrs Cleeves den Entschluss fasst, zu Jahresbeginn ihre Töchter in ein Internat einzuschreiben und Hilde zu kündigen, um für ihren Bruder und ihre künftige Schwägerin frei über das Haus verfügen zu können. Vielleicht hatte Ala auch Sorge, Hilde könnte durchschauen, dass sie schlussendlich wegen ihrer Hochzeit die Stelle als Kindermädchen bei den Cleeves verlor, und ging daher zu ihr auf Distanz. Die Kunde von der Hochzeit macht jedenfalls in Folge auch in Wiener Neustadt die Runde, wo sie Anlass zu allerlei Spekulationen gibt. Im Vorfeld eines Besuchs von Alas Mutter in London im Mai, bei dem ein Treffen zwischen ihr und Hilde fix eingeplant ist, schreibt Hildegard aus Wiener Neustadt:

> *Wiener Neustadt, 15. Mai 1930:* Punkto Ala ist noch einiges zu erzählen. Diese Geheimhaltung nach der Hochzeit ist ein bißl komisch, als ob es etwas zu verbergen gebe. Daß Ala auf Dich vergaß, mag man der Überstürzung zuschreiben; da sie nur 14 Tage verlobt waren

u. auch den Schwierigkeiten, die sich der Heirat entgegen stellten, da die Eltern doch in Canada sind u. wahrscheinlich das junge Paar anfangs unterstützen müssen. Er muß jetzt erst eine Stelle suchen (!). Diese Überstürztheit gibt zu allerlei Gedanken Anlaß. Dennoch ist es keine Entschuldigung dafür, daß Ala es Dir nicht mitteilte. Ich glaube, Frau von Heyszl wird sich bemühen, es Dir gegenüber zu erklären u. wird sehr nett zu Dir sein. Sie wird überhaupt sehr froh sein, mit Dir zu plaudern, da sie doch sehr wenig Englisch kann. Ich glaube, Du solltest Mrs Story im Belsize Park aufsuchen, ihr zur Vermählung gratulieren u. fragen, wo die Mama wohnt u. ob Du sie besuchen kannst. Es ist verwunderlich, daß sie nicht bis zur Ankunft der Mama mit der Hochzeit warteten, aber das hätte Frau von Heyszl viel gekostet, denn dann hätte sie es übernehmen müssen u. wird es für sie jetzt doppelt bitter sein, so wenig Mittel zu besitzen. Denn was sind unsere armseligen Schillinge in England! Der ärmste Arbeiter lebt besser als wir Pensionisten.

Hilde, die sich mit ihrer Mutter rege über die Hochzeit austauscht, kann sich das Geheimhalten ihr gegenüber nur so erklären, dass Ala kein Interesse daran hatte, sie als Angehörige einer weniger elitären Gesellschaftsschicht dabeizuhaben: „Daß sie mich nicht eingeladen ist zu komisch, vielleicht nicht, weil ich bei Cleeves Governess war oder hatten sie so viele Gäste. Kann mir gar nicht vorstellen, daß sie in der Westminster Cathedral getraut wurden, da dort die elegantesten Hochzeiten sind.“

Dass hinter den Umständen von Alas Heirat, die offensichtlich nicht den gewohnten Regeln entsprechen, andere Ursachen stecken, zeigt sich erst retrospektiv. Der eilig geschlossene Ehebund verbirgt – zumindest aus Alas Perspektive – eine „marriage of convenience“[31], also eine Zweckehe. Da sie sich bereits mit der Idee trägt, ihr Leben in den USA oder Kanada fortzusetzen, wäre Ala dazu die kanadische Staatsbürgerschaft ihres Mannes eine große Starthilfe. Möglicherweise war ihr auch schon in England bewusst, dass sie sich mehr zu Frauen als zu Männern hingezogen fühlt, und hatte das Gefühl, sie müsse ihre lesbische Neigung durch ein Alibi verschleiern. Davon ahnen Hilde und ihre Mutter nichts, dennoch sind ihre spekulativen Äußerungen zu Alas Hochzeit ein Symptom für ein dahinterliegendes Unausgesprochenes. Hilde und Ala sehen sich noch zu dem einen oder anderen Anlass in London, aber Hilde macht sich keine Illusionen, dass ein Kontakt darüber hinaus bestehen bleiben wird. Zu unterschiedlich sind die Interessen und die Lebensrealitäten der beiden jungen Frauen. Im Juni schreibt Hilde ihrer Mutter in einem etwas verbitterten Ton: „Ala sehe ich gewiß nie mehr. Die Ursache dafür ist glaube ich die: Ala kann es sich nicht leisten, Freunde zu haben, die ihr nichts bieten können, darum hatte sie immer verheiratete Frauen oder reiche Leute. Du kannst Dir vorstellen, daß es nicht einfach für sie war, sich in England so weiter zu bringen. Aber ihr ist es lieber, immer lieb sein zu müssen u. eingeladen zu sein, als ein unabhängiges mittelmäßiges Leben zu führen."

Ala Story bleibt weiterhin sehr umtriebig in London. Sie arbeitet im Sekretariat der Redfern Gallery, wird Leiterin der Wertheim Gallery und leitet schließlich die Storran Gallery. 1936 wechselt sie zur Stafford Gallery, die sie zum British Art Centre umwandelt, einer Non-Profit-Institution, die sich für den Ankauf zeitgenössischer Kunst an Museen einsetzt. Ab 1940 führt sie ihre Ausnahmekarriere in den USA fort.

Zusammenkünfte mit internationalen Student:innen

Hilde hingegen hadert weiterhin mit ihrem Status als Gouvernante, der ihr zu einer Zeit, als dieses Berufsbild bereits überholt ist, zahlreiche zusätzliche Hausarbeiten aufbürdet. Offensichtlich schämt sie sich, in England als Kindermädchen Arbeiten zu verrichten, die sie selbst als Angehörige einer bürgerlichen Familie zu Hause nicht machen musste. Auch Hildes Mutter empfindet dies so und rät ihr, Stillschweigen darüber zu bewahren („Schreib nur niemandem darüber [...]."). Hilde selbst ist sehr darauf bedacht, dass ihr Auslandsjahr in Wiener Neustadt in ihrem Bekannten- und Freundeskreis als Erfolgsgeschichte wahrgenommen wird: „Ihr müßt überall herumsagen, daß es mir fabelhaft geht, lieber protzen, denn das imponiert mehr." Nachdem ihre Tante sich Sorgen über Hildes Gemütszustand in England gemacht hat und sich an ihre Eltern wendet, empfindet Hilde diese Anteilnahme nicht als von Herzen kommende Unterstützung, sondern vielmehr als Bedrohung und Affront:

Undatierter Brief, vermutlich Anfang März 1930: Ich habe mich ganz ungeheuer über Tante Hermine geärgert, die meint, daß ich unglücklich bin. Man muß doch bedenken, daß ich Geld verdiene u. ganz selbständig bin, dann ist es mir möglich trotz Stelle vieles zu sehen u. zu lernen u. schließlich werde ich, trotzdem ich eigentlich nur governess bin, wie eine gute Freundin gehalten. Das einzige ist, daß man nicht so viel frei hat, aber wenn man viel frei hat braucht man auch viel Geld u. darum ist es so besser. Übrigens läßt mich Mrs Norman immer abends weg, wenn ich eine Einladung zu einer Tanzerei bekomme. Wie gesagt, wenn ich wo au-pair wäre, würde es gar nicht viel anders ausschaun, nur daß ich kein Geld hätte. Wie sich die Leute wie Tante Hermine nur vorstellen, daß Engländer Ausländer nehmen u. sie faulenzen lassen, trotzdem so viele ihrer Landsleute stellungslos sind.

Als Ala zu ihrem heimatlichen Weihnachtsbesuch aufbricht, befürchtet Hilde, dass das positive Bild, das sie nach außen hin vermitteln möchte, Risse bekommen könnte. Eindringlich bittet sie ihre Eltern, nicht zum Inhalt von Gesprächen erkoren zu werden: „Mittwoch fährt also Ala weg u. ich möchte Dich nur bitten, sie nichts über mich zu fragen: 1. weiß sie nichts, weil wir fast nie zusammen waren. 2. wird besonders vom englischen Klub aus ein solches Gerauff sein u. ich mag nicht, daß sie sich irgendwo abfällig darüber äußert." Ebenfalls ist Hilde in Sorge, dass ihr Wechsel zu einer neuen Familie im Januar 1930 Anlass zu ungewollten Spekulationen sein könnte: „Allen Bekannten u. Verwandten sagt nur, daß Mrs Cleeves auf Reisen ging u. ich es bei Freunden von ihr fabelhaft gut habe." Generell möchte sie bis zu ihrer Abreise im September 1930 vermeiden, dass Bekannte aus der Heimat, die in London auf Besuch sind, sie während ihrer Dienstzeit in der Gastfamilie antreffen. Zwei Stellen in Briefen gehen explizit darauf ein: „Wegen Trudes nach England kommen: möchte nicht, daß sie mich bei Normans trifft, hat ja keinen Dunst, daß ich Governess hier bin." // „Bitte Onkel Sepp aber sagen zu lassen, entweder mir zu schreiben oder mich anzurufen bevor er mich sehen möchte, da ich ihn nicht so ins Haus fallen sehen will, wenn ich z. B. gerade Michael vom Spaziergang nach Hause bringe." Hilde schreibt es insbesondere ihrem Stolz zu, sich in London allein durchzuschlagen und niemandem zur Last zu fallen („Mein Stolz half mir durch, jetzt ist es aber schon lange überstanden.“).

Um ihrem Dasein als Kinder- und Hausmädchen zu entfliehen und in ihrer eigenen Freizeitgestaltung dazu einen Kontrapunkt zu setzen, interessiert sich Hilde schon kurz nach ihrer Ankunft für studentische Kreise. Von verschiedenen Seiten hört sie, dass es in London einige Institutionen gibt, die sich dem Austausch nationaler und internationaler Student:innen verschrieben haben, darunter die National Union of Students. Sie wurde 1922 vor dem Hintergrund des „Great War“, wie in England der Erste Weltkrieg mit seiner enormen Zahl an Gefallenen genannt wird, als völkerverbindende Gemeinschaft von Studierenden, die bewusst ein länderübergreifendes Verständnis und Miteinander propagieren wollen, gegründet.[32] Ab Juni 1925 befindet sich der Hauptsitz der N.U.S. für mehrere Jahrzehnte in einem ehemaligen Privathaus im Bezirk Bloomsbury mit der Adresse 3 Endsleigh Street.[33] Dort wird mit seinen diversen Departments und Büros die Anlaufstelle für Studierende eingerichtet, die eine Unterkunft suchen, sich vernetzen möchten, an Studierendenreisen ins Ausland interessiert sind oder anderweitige Hilfe benötigen.[34] In regelmäßigen Abständen finden auch Zusammenkünfte statt, meist zum Tee, aber auch abendliche Tanzveranstaltungen. Mit ihrer Freundin Frieda, dem „Wiener Fräulein“, nimmt Hilde an einem ersten geselligen Beisammensein teil, von dem sie begeistert ihren Eltern berichtet:

> *London, 27. November 1929:* Heute also war der große Tag, an dem eine party im National Union of Students war. Ich traf mich mit Frieda bei der Untergrundhaltestelle. In der Hall empfingen uns zwei sehr hübsche, elegante Damen, führten uns in einen Raum, wo wir unsere Mäntel ablegen konnten. Dann gings hinauf, wo wir ein rundes Taferl mit unseren Namen u. dem Land angesteckt bekamen. Eine reizende Engländerin, blond, hübsch in braunem Prinzesskleiderl stellte uns einem Engländer vor, den ich (natürlich) gleich zu fesseln wußte. Dann trafen wir viele Wienerinnen, Deutsche, Rumänen, ein Geschwisterpaar aus Zürich. Ich war aber so froh, daß

der Engländer uns Gesellschaft leistete, denn ich will ja englisch lernen. Dann gings hinunter in einen Raum wo Ping Pong gespielt wurde. Fortwährend waren die Komiteedamen u. Herren um einen bemüht. Oben wurde später schwarzer Kaffee, Brötchen mit Butter u. Schinken, u. die allerfeinsten Konditoreibäckereien serviert. Eine Dame bot Zigaretten an. Zur Musik eines Grammophons wurde auch getanzt. Auf der Einladung hieß es morning dress, alle waren aber äusserst elegant. Wir hatten nur unsere Stoffkleider an, aber Samstag nachmittag ist Tanz u. Musik, da ziehen wir Tanzkleider an. Die oberen Räume sind sehr schön ausgestattet, Fauteuils, Bücherkasten u.s.f. Wenn man bedenkt, daß man das alles umsonst hat. Die Engländer sind halt viel reicher, da spielt es gar keine Rolle. Wir unterhielten uns ausgezeichnet u. um ½ 11^{h} brachen wir auf, da Frieda mit dem Zug noch fahren muß. Wir sind beide so froh nun öfters hinauszukommen u. Menschen kennenzulernen. Ich freue mich heute schon auf Samstag, ich wechselte Donnerstag mit Samstag, da diese Zusammenkunft von ½ 5 – ½ 7 ist.

Die gesellschaftlichen Zusammenkünfte finden im sogenannten „Club Room" im ersten Stock des Gebäudes in der Endsleigh Street statt. Dieser wird 1925 als repräsentativer Ort des sozialen Austausches eingerichtet. Seine Wände erstrahlen in hellem Orange, während die Vorhänge und Teppiche komplementär dazu in Violett gehalten sind.[35] Offensichtlich ist es für die Teilnahme an diesen Empfängen nicht zwingend erforderlich, an einer Londoner Universität inskribiert zu sein. Die National Union of Students bemüht sich um einen breit angelegten Austausch von jungen Menschen aus verschiedenen Ländern, für die das „Hospitality Council" eine erste Anlaufstelle bietet.[36] Hilde verschweigt, dass sie nicht zum Studieren nach England gekommen ist („Ich verrate natürlich nichts u. sage, daß ich nächstes Jahr Philologie studieren werde." // „Ich sage nie, daß ich Governess bin, die Leute haben ja keine Ahnung!"). Dabei versteht sich die N.U.S. nicht nur als elitäre Organisation, sondern hat sich auch die Unterstützung für Studierende und bildungsaffine junge Menschen aus weniger begüterten Familien an ihre Fahnen geheftet. So versucht sie Gastfamilien für Studierende zu finden, bei denen sie unentgeltlich wohnen können, vermittelt Ferialjobs zur Aufbesserung des Budgets und initiiert in der Zeit der Wirtschaftskrise finanzielle Hilfe in Form von Darlehen und einem Sozialfonds. Zudem macht es sich die N.U.S. auch zur Aufgabe, sich um junge Menschen aus dem Ausland zu kümmern, die für einen kürzeren Sprachaufenthalt nach Großbritannien kommen. Im Sommer 1929 veröffentlicht die Ehrensekretärin der League of Nations Union, einer britischen Organisation, die sich im Sinne des Völkerbunds für Frieden einsetzt und den internationalen Austausch von Studierenden unterstützt, im *Surrey Mirror and County Post* einen Artikel, in dem sie darum wirbt, Studierende aus Frankreich, Deutschland, Österreich oder Italien als Sprachlehrer:innen, Gouvernanten, Begleiter:innen oder auch Haushaltshilfen und Kinderbetreuer:innen an Familien zu vermitteln, um auch jenen einen Auslandsaufenthalt zu ermöglichen, die nicht genug finanzielle Mittel haben, um als „paying guests“ zu kommen.[37] Hilde mag es für die zahlreichen Einladungen, die sie Ende 1929 erhält, auch in die Hände gespielt haben, dass die N.U.S. insbesondere zu Österreich sehr gute Kontakte unterhält. Im Zuge der Organisation von Studierendenreisen ins Ausland, einem ihrer erklärten Schwerpunkte, sind Wander- und Alpinreisen in das österreichische Bergland überaus beliebt. Vor allem wird die große Gastfreundschaft der österreichischen Studierenden, die sich als Führer:innen um die Gäste kümmern und mit ihnen Ausflüge und Bergtouren unternehmen, hervorgehoben.[38] Im selben Brief berichtet Hilde drei Tage später von einer Nachmittagsgesellschaft, die nun von einer der Gönnerinnen der Union vermutlich in deren Privatwohnung ausgerichtet wird und zu der sie eingeladen ist. Enthusiastisch legt sie ihre Eindrücke von den nobel ausgestatteten Räumen und dem eleganten Rahmen des Empfangs dar:

> Ein Diener im Frack öffnete, führte uns durch eine prachtvolle Hall in ein sehr reich ausgestattetes Schreibzimmer, wo wir Namen u. Land niederschrieben. Hierauf führte er uns in den 1. Stock, ein Zimmer wie man es sich eleganter u. reicher nicht vorstellen kann, chinesische, persische, ägyptische Teppiche, alte Ölgemälde, prachtvolle Vorhänge, Fauteuils, Flügel u.s.w. Am Eingang stand diese

Dame, schöne Erscheinung in schwarzem Spitzenkleid, der Diener nannte ihr die Namen. Wir waren unter den elegantesten Herren u. Damen. Von den Mädchen sind deutsche u. Wienerinnen vorherrschend. Ich wurde hierauf einem Ungarn vorgestellt, der sehr gut englisch spricht. Es wurde getanzt, jeder bekam eine Papiermütze, die Damen eine englische Studentenmütze. Dann führte uns unser Herr hinunter, um Tee zu trinken. Auf einem riesigen Tisch waren die feinsten Dinge, die man sich denken kann, ausgebreitet. Zwei Mädchen in schwarz-weiß servierten Tee, ein Lakai bediente uns dann, auf silberner Tasse alles reichend. Überhaupt sehr viel Silber u. wertvolle Gegenstände. Wir wurden dem österreichischen Delegierten mit Frau (Französin) vorgestellt, wechselten einige Worte. Ein junger Deutscher gab eine Beethovensonate zum Besten und dann folgten einige heitere Vorträge u. Spiele. Um ½ 7 machten uns die Unionsdamen aufmerksam, daß wir uns verabschieden müssen, die Dame des Hauses hieß uns aber noch vorher eine Stärkung zu nehmen, dann Verabschiedung u. draußen waren wir. Es gäbe natürlich noch viel, vieles zu berichten darüber, aber das Papier erlaubt es nicht mehr.

Mitte Dezember besucht Hilde mit Frieda eine Veranstaltung in einem weiteren Studierendenclub, dem Student Movement House. Begleitet werden sie von Scott, jenem Engländer, den sie bereits bei ihrem ersten Besuch in der National Union of Students kennenlernt und von dem sie ihren Eltern schreibt, dass sie ihn gleich zu fesseln wusste. Das am Russell Square liegende Student Movement House wurde 1917 von der christlichen Studentenbewegung – dem weltweit agierenden Student Christian Movement – gegründet, um geflüchteten belgischen und russischen Student:innen als Unterkunft und sozialer Treffpunkt zu dienen.[39] In der Zwischenkriegszeit erweiterte sich das Profil jedoch hin zu einer Öffnung für Studierende aus der ganzen Welt. Man ist stolz, 1927 bereits Mitglieder aus 45 unterschiedlichen Ländern zählen zu können.[40] Insbesondere für People of Color ist das Student Movement House ein wichtiger Ort, da dort der nationenverbindende Gedanke über diskriminierenden Begegnungen steht. Auch Hilde schreibt über ihre

Eindrücke, die sie aus der Zusammenkunft mit Studierenden aus Afrika, Mittelamerika oder Indien gewinnt:

> *London, 11. Dezember 1929:* Nun der Studentenklub, lange nicht so elegant wie die Union, sind aber die meisten Unionsmitglieder hier, da er geistig sehr anregend ist. Ich sah Australier, Hindu, Chinesen. Gestern war gerade lectures über Rassen, Nationalitäten. In einem Raum nahmen wir zuerst Kaffee, dann gingen wir ins Vorlesungszimmer. Podium, auf dem zwei Fachmänner saßen, gegenüber die Zuhörer. Als die Vorlesung oder besser der Vortrag beendet war, folgten freie Diskussionen, die hoch interessant waren. Jeder Zuhörer, der eine Idee hatte oder eine Frage beantwortet wissen wollte, wendete sich an die beiden Herren, die sich dann darüber entzweiten. Sehr gut ist es natürlich, daß man die Schwarzen unter den Zuhörern hat. Fragte zum Beispiel einer, ob die Schwarzen sich in gleicher Weise über die Weißen äussern, nämlich wir nennen sie die schwarzen Teufel. Da antwortete ein Australier: nein, wir lernen von klein auf, daß die Weißen etwas Besonderes sind u. würden nie auf solch eine Idee kommen (großes Gelächter im Raum).

Hildes Zeilen sind ein gutes Beispiel dafür, wie wichtig es zu dieser Zeit ist, junge Menschen aus unterschiedlichen Kontinenten zusammenzuführen, ist es doch keineswegs gegeben, dass man anderswo miteinander in Kontakt kommt, und durch die unterschiedlichen Lebensrealitäten besteht eine beachtliche soziale Kluft. Erklärtes Ziel der Zusammenkünfte im Student Movement House ist das Stiften von Freundschaften zwischen ausländischen Studierenden in London, ungeachtet der Hautfarbe, des Geschlechts und des religiösen Bekenntnisses.[41] Um miteinander in Kontakt zu kommen und Vorurteile abzubauen, werden regelmäßig Vortragende eingeladen, die zu Diskussionen über die Themen Politik, Religion, aber auch Kunst anregen. Die christliche Studentenbewegung bietet insbesondere zu jenen Zeiten, an denen sich junge Menschen aus anderen Ländern aufgrund der Distanz zu ihren Familien am meisten einsam fühlen können – etwa zu den hohen kirchlichen Festen wie Weihnachten – spirituellen Halt im christlichen Glauben und kulturellen Austausch in Form geselliger Zusammenkünfte an.[42] So lässt sich Hilde auch gerne dazu überreden, den Silvesterabend kurzerhand im Student Movement House zu verbringen:

> *London, 31. Dezember 1929:* Ich wollte schon zu Hause bleiben, Radio hören (Wien, Berlin, ...); da telephonierte mich Scott, der junge Engländer vom Russell Club, zum 2. Mal an, ich soll doch hin kommen, sie haben es sehr lustig dort. Da konnte ich nicht widerstehen u. fuhr hin. Ich traf eine große Gesellschaft an, viele bekannte Gesichter darunter. Gerade als ich ankam, gaben Inder Musikstücke aus ihrer Heimat zum besten. Ich hatte größte Mühe das Lachen zu verbeissen, so komisch war das. Es ist eigentlich nur ein Takt andeuten auf einer Art Trommel, dazu spielte einer am Harmonium immer wieder dieselbe Melodie (eigentlich kann man es gar nicht Melodie nennen) u. dann sang sogar einer mit Turban am Kopf. Wirklich sehr interessant für mich. Ein Hauptmitglied des Klubs, ein junger fescher Amerikaner, gab hierauf ulkige Dinge zum Besten, er erzählte von den Wundern Kanadas, wirklich sehr gut. Scott stellte mir seinen Freund, einen jungen Chinesen namens Ling vor, mit dem ich mich sehr gut unterhielt. Ich lernte sogar ein wenig chinesisch schreiben, ist aber furchtbar schwer. Als ein junger Mann sehr fesche Schlager am Klavier spielte, fühlte sich eine sehr hübsche Amerikanerin veranlaßt zu singen, aber mit einer derartigen Stimme, daß ich wirklich besser auftreten hätte können. In England kann man überhaupt an Musik etwas hören! Um 12^h stellten sich alle in einen Kreis mit Händen überkreuz auf u. sangen ein Silvesterlied. Dann hieß es zur Untergrund rasen, da Unmengen von Menschen den letzten Zug erreichen wollten.

Hildes Berichte über ihre Zusammenkunft mit internationalen Studierenden lesen sich heute ambivalent. Vor allem befremdet jene Stelle, in der sie wiedergibt, wie die Bemerkung eines Aborigines über die ihnen eingetrichterten rassistischen Stereotype, dass die Weißen ihnen überlegen seien, mit Lachen quittiert wurde. Wie lassen sich Hildes Zeilen dazu interpretieren? Liegt ihnen auch ein latenter oder offensichtlicher

Rassismus zugrunde? Aus heutiger Sicht wünscht man sich zweifelsohne von Hilde mehr interkulturelle Kompetenz. Allerdings ist gleichzeitig zu bedenken, dass sie in ihrer Schulzeit keinerlei Möglichkeit hatte, Personen aus anderen Kontinenten und deren Kulturkreisen kennenzulernen. Aufgrund der kolonialen Geschichte Großbritanniens herrschte hier seit jeher eine andere Form der internationalen Durchlässigkeit als in Österreich. Nicht einmal in der Hauptstadt Wien gab es in der Zwischenkriegszeit eine Schwarze Community, sondern lediglich einzelne wenige Personen, die heute nachweisbar sind.[43] Afrikaner:innen kamen lange Zeit nur als teils zwangsverpflichtete Schausteller:innen, Sportler (insbesondere Boxer) und Musiker:innen nach Wien, um als exotischer Import das Publikum zu unterhalten. Hilde, die ihre Schulzeit in Wiener Neustadt verbracht hat, ist mit dieser Szene sicher nicht in Kontakt gekommen. Allerdings gibt es in ihrer Verwandtschaft doch ein ziemlich singuläres Moment, durch das die Familie mit der Kultur von Schwarzen konfrontiert wird. Hildes Großtante Gabriele Petritsch gebar im Jahr 1879 als unverheiratete Frau einen Sohn namens Carlo. Dessen Vater war der gefeierte Gospelsänger Thomas Rutling. Carlos Kinder Camillo und Kurt sind ungefähr gleichaltrig mit Hilde und Teil der Wiener Verwandtschaft, mit der man Kontakt pflegt. Auch wenn in der Familie für lange Zeit dieses illegitime Verhältnis tabuisiert wurde, muss doch zumindest in Ansätzen eine Akzeptanz der Schwarzen Kultur stattgefunden haben. Doch auch vor diesem familiären Hintergrund ist es für Hilde etwas komplett Neues, in direktem Austausch mit Studierenden unterschiedlichster Nationen zu sein. Letztendlich schätzt sie im Student Movement House sowohl den christlichen als auch den horizonterweiternden Aspekt dieser Zusammenkünfte in geschütztem Rahmen sehr:

> *London, 3. März 1930:* Heute war ich abends im Studenten Klub u. verbrachte wieder einen recht angenehmen Abend. Ein römisch-katholischer Geistlicher hielt einen sehr interessanten Vortrag aus seiner Praxis. Er steht einem residence house für arme Burschen vor, die in London arbeiten u. keine Eltern haben. Manche von diesen Jungen kommen von den untersten Schichten, viele aus dem Gefängnis u. dieser Geistliche trachtet für sie Arbeit zu finden u. sie auf gute

> Bahn zu leiten. Es war großartig, wie er es verstand, Lustiges u. Trauriges abwechselnd zu bringen u. zu zeigen, wie dankbar diese armen Burschen manchmal sind zu wissen, daß sie zu ihm kommen können, um ihr Herz auszuschütten. Ich lernte einen netten jungen Inder kennen, der sich sehr für das Leben dieser Schichten interessiert u. den der Vortrag sehr packte. Ich finde diesen Klub so sehr nett, so viele fremde Studenten kommen zusammen, haben einen Raum zur Unterhaltung, im anderen sind meistens Vorträge. Man bekommt hier auch Kaffee u. Biskuits u. kann viele liebe Menschen treffen.

Für Hilde bedeuten die Zusammenkünfte mit anderen Studierenden in der National Union of Students und im Student Movement House nicht nur eine willkommene Ablenkung von ihren täglichen Haushalts- und Kinderbetreuungspflichten, sondern auch die zumindest temporäre Zugehörigkeit zur Klasse der Studierenden. Auf jeden Fall wirken sie Stimmungstiefs und der Isolation im Haushalt der Gastfamilie entgegen: „Seitdem ich soviel eingeladen bin (diese Woche 4mal) ist meine Stimmung sehr gehoben. Ich kann mich rein über nichts kränken od. ärgern, da ich mich z. B. auf eine Abendunterhaltung freuen kann." Der National Union of Students verdankt sie zudem auch die Möglichkeit, zu ausgewählten Anlässen Freikarten für Konzerte und andere kulturelle Veranstaltungen zu bekommen. Dadurch wächst sie Schritt für Schritt mehr in das englische Leben hinein und erlebt sich schließlich doch als privilegierte Expatriate.

English und Shorthand

Auch wenn Hilde primär wegen der Möglichkeit, soziale Kontakte zu knüpfen, zu den Veranstaltungen der Studierendenclubs geht, ist es ihr doch auch eine willkommene Gelegenheit, um Englisch zu üben. Von Anfang an ist ihr Ehrgeiz darauf ausgelegt, den eigentlichen Zweck ihrer Reise zu erfüllen und sich die fremde Sprache bestmöglich anzueignen. Seit ihrer Ankunft in London ist es in ihren Briefen Monat für Monat bis zu ihrer Abreise Thema, wie sich ihre Fortschritte diesbezüglich gestalten. Im Oktober 1929 kämpft sie noch damit, sich in bestimmten Situationen an die neue Sprache zu gewöhnen: „Mitreden konnte ich leider nicht. Vom Zuhören allein kann man aber schon viel lernen.“ // „Ich kann noch nicht so gut englisch, das ist wohl furchtbar. Aber es wird schon immer besser werden.“ // „Es ist so lustig, wenn Arbeiter im Haus sind, weil ich sie nie verstehen kann, wenn sie mir etwas sagen.“ In den ersten Monaten lässt der große sprachliche Durchbruch noch auf sich warten. Doch durch den Wechsel in den Haushalt von Mrs Norman macht Hilde beachtliche Fortschritte. Ihre neue Dienstgeberin ist öfters zu Hause als vormals Mrs Cleeves und nimmt sich regelmäßig abends Zeit, mit Hilde Konversation zu betreiben. Außerdem motiviert sie Hilde viel zu lesen, und leiht ihr Bücher, die sie über den Times Book Club bezieht. Während Hilde sich nach ihrer Ankunft noch mithilfe eines Handwörterbuchs mühsam einen Weg durch den Roman *Vanity Fair* von William Makepeace Thackeray bahnen musste („Es ist ein sehr altes Buch, soll aber so gut sein. Da schreibe ich mir jedes Wort, das ich nicht weiß, heraus u. lerne die Vokabeln nachher.“), gestaltet sich das Lesen nun schon viel flüssiger. Zeitgenössisches, seien es Sachbücher wie die neu erschienene Biografie von Heinrich VIII. von Francis Hackett oder auch literarische Werke, gehört im Gegensatz zu den Klassikern, an denen sie sich auch versucht, zu ihren Favoriten: „Ich lese jetzt moderne Literatur. Bin sehr froh darüber, denn Dickens u. Scott ist ziemlich schwer zu verdauen, sehr fad.“ Auch zahlreiche Tageszeitungen werden von Mrs Norman abonniert, so etwa *The Times, The Daily Mirror* und *Evening Standard*. Ab dem Frühjahr, ein halbes Jahr nach ihrer Ankunft, erwähnt Hilde immer wieder voller Stolz ihre Fortschritte, die sich mitunter auch darin äußern, dass sie in bestimmten Situationen bereits als Native Speaker wahrgenommen wird: „Der deutsche Professor in der National Union of Students hatte mich zuerst für eine Engländerin gehalten, so gut spreche ich schon, mit ihm tanzte ich Walzer, was ihn (zwecks meines leichten Tanzens) sehr erfreute.“ // „Unlängst hielt mich eine Engländerin sogar für eine ihrer Landsmänninnen u. konnte gar nicht begreifen, daß ich Ausländerin bin.“ // „Übrigens finden sehr viele Menschen, daß ich sehr gut spreche. Scott meinte gestern, das einzige, worin ich fehle, ist die Zeit (the tenses): I have been, I was u.s.w. Aber auch das werde ich noch lernen.“ // „Auntie Midge has not seen me since January and she thought my English so good and said I have changed so much in having more confidence in the language. I am so glad.“ Schließlich versöhnt sich Hilde sogar mit ihrem Status als Gouvernante, denn sie sieht den großen Vorteil darin, dass sie dadurch die Möglichkeit hat, die Sprache besser zu lernen als Austauschstudent:innen, die in der Regel viel weniger mit Personen zusammenkommen, die Englisch zur Muttersprache haben. Immer wieder beobachtet sie, dass ihr Sprachniveau besser als jenes der ausländischen Studierenden ist.

Schon bald nach ihrer Ankunft kommt der Gedanke auf, dass sie die Zeit in England nützen sollte, um eine Zusatzqualifikation zu erwerben. In einem Brief von November rät ihr ihre Mutter: „Ich glaube, Du solltest schauen, an Deinen freien Tagen ‚Lectures‘ zu besuchen, an einer Schule, oder Universität. Vielleicht nach Xmas, aber erkundigen kannst Du Dich jetzt schon. Mit Deinem Matura-Zeugnis müßte man Dich überall zulassen.“ Auch für einen Stenografie-Kurs interessiert sich Hilde frühzeitig. Bereits im Haushalt von Mrs Cleeves findet sie ein Lehrbuch von Pitman Shorthand, dem damals in Großbritannien gebräuchlichsten Kurzschriftsystem. Ab Februar geht sie mithilfe des Buches Lektion um Lektion im Selbststudium durch, um sich auf den Kurs vorzubereiten. Gleichzeitig beginnen die Planungen zur Inskription im Pitman's College. Tageskurse schließen sich prinzipiell aus, da sie bei ihrer Familie zur Betreuung von Michael gebraucht wird. Bleiben also die Abendkurse, die zwischen 19 und 21 Uhr stattfinden und für die sich Hilde dreimal pro Woche Ausgang erbeten möchte. Ihre Eltern bittet Hilde in einem Brief, zu Hause niemandem zu sagen, dass sie die Kurse quasi berufsbegleitend absolvieren muss: „Bitte sagt ja niemandem daß ich nur Abendklassen besuche, sondern untertags, die Leute verstehen so nichts u. es ist besser nicht zu versuchen zu erklären.“ Der sogenannte „Secretarial Course“ dauert in Summe 17 Wochen und umfasst neben Stenografie auch Maschinschreiben und Buchhaltung, außerdem englische Grammatik und „Composition“, also Aufsatzschreiben. Ein zunächst für Mitte Mai geplanter Start verzögert sich schließlich auf Anfang Juni. In ihrem noch existierenden Kursbuch wird laut Stempel am 2. Juni 1930 ihr Kursprogramm vereinbart. Da zu diesem Zeitpunkt Mrs Norman Hilde ihr Gehalt nicht zahlen kann, erhebt sie keinerlei Einwände, ihr die gewünschten Abende freizugeben. Vom Kursbeginn berichtet sie ausführlich ihren Eltern:

London, 4. Mai 1930: Also Montag abends begann ich bei Pitman's u. ich will Euch zeigen wie gut organisiert die ganze Sache ist. Zuerst kam ich zum Sekretär, der meinen Namen eintrug, mein Mitgliedsbüchlein gab mit meiner Nummer u.s.f. Als ich gezahlt hatte, brachte mich ein Diener im Lift in den I. Stock, wo ich in einer Kanzlei einem Mann alles erklärte, was ich will. Er ließ mich Englisch aus einem Buch vorlesen, war recht zufrieden u. meinte ich könnte in fortgeschrittenen Kurs kommen (ich lese nämlich täglich Michael ½ Stunde vor dem Schlafengehen vor, was eine ausgezeichnete Übung ist). Dann richtete er meinen Stundenplan ein, wöchentlich 3 Stunden Stenographie, 2 Maschinschreiben, 2 Buchhaltung, 3 Englisch, immer von 7–9^{h}, da ich aber ½ Stunde brauche, um hinzukommen, macht es gerade 3 Stunden aus. Obwohl es schon spät war, konnte ich doch gleich mit Steno beginnen. Er hatte mir eine Liste aller Bücher u. Hefte gegeben, die ich alle unten in der Hall bekam. Eine furchtbare Menge, für jeden Gegenstand ein Buch u. viele Hefte. Kosteten 16 Shilling. Das Stenographie-Heft ist besonders fabelhaft, alles vorgedruckt, so daß man gleich oben Beispiele vor sich hat. Also meldete ich mich einem der beiden Stenolehrer, der mir Einleitung gab u. ich konnte gleich versuchen (stenographiert wird nur mit Tinte). In der Zwischenzeit ging er zu anderen Schülern u. dann kam er wieder zu mir, verbesserte meine Übung. Es ist so gut, daß ich schon so viel Steno kann. Dienstag abends konnte ich wieder auf 1 Stunde gehen u. zwar Bookkeeping, wieder ein sehr netter Lehrer, der mich schnell einführte. In beiden Gegenständen kann ich nun viel zu Hause machen, was so gut ist.

Auch der Unterricht in Maschinschreiben sagt Hilde zu:

Am Donnerstag hatte ich meine erste Stunde Typewriting. Ich war entzückt. Es sind zwei sehr liebe Lehrerinnen. Zuerst erklärte sie mir einiges, dann konnte ich gleich beginnen u. zwar 6 Buchstaben

> hintereinander, 6 Reihen. Wenn ohne Fehler konnte ich erst zur nächsten Übung. Sie war sehr zufrieden, meinte: „Oh! I think we have caught a good bird." Am Ende lobte sie meine Arbeit sehr. Mir machte es ungemeinen Spaß.

Die Stunden zur Ausbildung als Sekretärin nehmen fortan für Hilde einen hohen Stellenwert ein. Für die erforderlichen Gebühren mobilisiert sie unter großen Schwierigkeiten ihre letzten Geldreserven und ordnet der Teilnahme an den Abendklassen alles andere unter. Um regelmäßig dreimal die Woche den Kursen im Pitman's College folgen zu können, verzichtet sie beispielsweise darauf, samstags zu Veranstaltungen der National Union of Students zu gehen. Ebenso hat der Kurs bei der Planung der Sommermonate oberste Priorität. Einen Strich durch die Rechnung macht ihr, dass das College von Mitte Juli bis Mitte August Sommerferien hat und während dieser Zeit kein Unterricht stattfinden kann („Nächste Woche beginnen Ferien. Sehr traurig aber unabwendbar."). Dadurch kann sich Hilde erst zur Abschlussprüfung Mitte September anmelden, wodurch sich ihre geplante Rückkehr nach Österreich nach hinten verschiebt. Sie versucht dies möglichst schonend ihrer Mutter beizubringen:

> *London, 24. August 1930:* Well, my dearest, now I shall tell you something and please let father know it but slowly. I asked on Friday when I could do my examins at Pitman's and they told me not before the September 12, because there are held examinations only once a month. So, it means I shall stay here for 3 weeks more. You may be sure it is not so very nice for me as well, as I have to work at home and for Pitman's. At any rate, I could not finish my shorthand before then, I shall have to work hard to do so in this time.

Da Hilde aufgrund des ihr so wichtigen Pitman-Kurses nun länger als geplant in England bleiben möchte, stellt sich die Frage, wie sie sich die letzten Wochen finanzieren kann. Durch die geänderten Prioritäten – ihre Tätigkeit als Kindermädchen ist nun zweitrangig und wird wegen der Sommerferien auch gar nicht benötigt – müsste sie sich eigentlich eine neue Unterkunft suchen. Doch Mrs Norman bietet ihr an, doch noch bis zum Ende ihres Aufenthaltes bei ihr zu bleiben. Das Agreement sieht freie Kost und Logis samt der Erfüllung von Hausarbeiten vor, allerdings ohne zusätzliche Bezahlung. Die Kinder verbringen vierzehn Tage auf dem Land mit ihrer früheren Gouvernante, während Hilde und Mrs Norman allein das Haus in London bewohnen. Die ungewohnte Ruhe und Entbindung von ihren Pflichten in der Kinderbetreuung lassen Hilde sichtlich aufatmen: „Ich bin so froh darüber, kann mich mehr den Studien widmen u. habe freie Zeit. Denn, wenn man bedenkt, daß ich seit Jänner hier bin u. nur 1 week-end hatte, jeden Tag zur selben Zeit aufstehen u. dann Kinder!! Ich brauche wirklich ein bißl Ferien." // „Ich habe es jetzt gottvoll. Ca. um 8^h stehe ich auf, dann räume ich auf, während Mrs Norman Frühstück bereitet, habe letzteres in Ruhe u. Frieden, dann gibt es allerlei im Haus zu tun." // „Now I can meet my friends more often, can study just before my examins and enjoy myself thoroughly." Allein schon die Befreiung von ihren Pflichten als Gouvernante vermittelt Hilde Urlaubsgefühle und lässt sie für die letzten beiden Wochen ihres Englandaufenthaltes das relativ selbstbestimmte Leben führen, das sie sich im Grunde während des ganzen vergangenen Jahres gewünscht hat.

Sisterhood zwischen Mutter und Tochter: Rezepte, Mode und Fotografien

Aus dem vorliegenden Briefwechsel zwischen Hilde und ihrer Mutter lässt sich nicht nur eine enge emotionale Bindung herauslesen, sondern auch eine vertraute weibliche Komplizenschaft. Diese ergibt sich auch daraus, dass Hildegard als junge Frau während ihrer Zeit in England sehr ähnliche Erfahrungen gemacht hat, die sie an ihre Tochter weiterzugeben trachtet. Die umfassende Korrespondenz zur Frage nach den adäquaten Arbeitsbereichen für eine Gouvernante sind Zeugnis dafür. Es finden sich aber auch noch zahlreiche weitere Textstellen, die dokumentieren, wie Mutter und Tochter einen Dialog führen, der klassisch weiblich konnotierte Themen zum Inhalt hat. Diese betreffen beispielsweise hauswirtschaftliche Belange oder einen Austausch über die Komplettierung der Garderobe. Während in Hildes Schreiben an ihren Vater der höfliche Ton auffällt und inhaltliche Berichte überwiegen, finden sich im Briefwechsel zwischen Mutter und Tochter auch intimere Themenfelder.

So fragt schon in einem der ersten Briefe Hildegard besorgt nach, ob ihre Tochter in der Ferne nicht unter Liebeskummer zu leiden hätte: „Und nun noch eine Frage aufs Gewissen! Mir träumte, daß Du wegen eines gewissen guten Tänzers, der in Wien wohnt, ungern nach England gefahren bist. Ist das wahr? Und da sagt man gar nichts seiner Mama? Ist sie nicht die beste Freundin?“ Hildegards Anspruch, ihrer Tochter nicht nur Mutter, sondern auch beste Freundin zu sein, konnte jedoch nur teilweise eingelöst werden, denn Hilde spricht ihrerseits in ihren Briefen kaum explizit an, wie es in ihrem Inneren tatsächlich aussieht. Auch auf die Frage nach dem zurückgelassenen Verehrer antwortet sie nicht. Grund dafür ist vermutlich ihr diskreter Charakter, aber auch der Wunsch, ihrer Mutter über die vorhandene Distanz keine Sorgen zu bereiten. Außerdem ist Hilde ebenfalls oft bange um ihre Mutter, die sich sowohl mit gesundheitlichen als auch finanziellen Problemen herumschlagen muss und dazu neigt, über die eigenen Grenzen zu gehen.

Während der ersten Zeit in London findet ein intensiver Austausch über das Kochen samt Besprechung von Rezepten statt. Hintergrund für den breiten Raum, den dieses Thema einnimmt, ist der Umstand, dass Hilde im Haushalt von Mrs Cleeves allerlei Missgeschicke bei der Zubereitung von Speisen beobachtet, die sie dazu anspornen, mit ihren eigenen Kochkünsten Abhilfe zu schaffen. Mehrmals berichtet sie ihrer Mutter zwischen Ende Oktober und Anfang November 1929 von Katastrophen in der Küche:

> Bitte, schicke mir bald das Rezept mit englischer Bedeutung von Husarenkrapferln u. noch einigen guten Sachen. Mrs Cleeves möchte es so gerne haben u. die Cakes, die das Mädel gemacht, sind wirklich scheußlich. Torte ist leider nicht möglich, weil sie keine Form haben. // Zum supper sollte Mrs Cleeves Freundin kommen, ein Glück, daß sie nicht kam. Das Essen war nämlich scheußlich, das Mädel kann unbekannte Dinge nicht kochen. In einer Schüssel halb Würstchen, halb Makkaroni (ganz gut) u. darüber Unmengen von Paradeisextrakt gestrichen, von dem 1/8 mit Wasser genügt hätte, so war alles ungenießbar. Dann gekaufte Teigblättchen mit Wurstpasta gefüllt (die doch in Wasser gekocht werden müssen) hat sie am Rost ohne Fett gebacken. Großer Gott! Da haben wir halt Brot, Butter gegessen.

Ich werde einmal Fleischmakkaroni mit Paradeis machen, das wird aber anders ausschauen. // Zum supper 1 Dame u. 3 Maler eingeladen. Um 5^h machte sich Mrs Cleeves ans kochen, da das Mädel Ausgang hat u. ich half ihr. Eine Schinkenkeule wurde zuerst gekocht, dann gebraten. Paradeisäpfel mit Salz u. Butter gebacken. Fertig gekaufte, sehr fein geschnittene Erdäpfelspalten im Rohr gebacken. Dann Früchte gemischt mit Cakes u. Cream. Als alle da waren u. Mrs Cleeves das Fleisch schneiden wollte, bemerkte sie, daß es gar nicht zu schneiden war, noch nicht weich. Einer der Herren fuhr nun mit seinem Wagen nach Hause u. holte ein kaltes Huhn u. Schinken. Was ich lachen mußte darüber, was würden die Wiener Hausfrauen dazu sagen!

Hilde macht sich in Folge daran, trotz der beschränkten Möglichkeiten verschiedene Süßigkeiten zu backen: einen Apfelkuchen, die erwähnten Husarenkrapferl sowie Anisbögen. Für diese bittet sie um Zusendung von ein paar Gramm Anis per Post aus Wiener Neustadt, da sie das Gewürz in England nicht finden kann. Stolz berichtet Hilde davon, dass ihre Bäckereien, die sie anlässlich der Geburtstagsfeier von Angela produziert, viel Lob bekommen haben: „Ich machte Husarenkrapferln u. Anisbogerln. Alles ist entzückt davon u. jedem wird gesagt, daß Fräulein sie gemacht hat. Mrs Cleeves sagte mir, ich muß Mama schreiben, daß das die besten Cakes sind, die sie je gegessen u. die Dame, die heute zu Besuch war, konnte es gar nicht glauben daß ich sie gemacht."

Hildegard freut sich, dass die Kochkunst ihrer Tochter „solche Triumphe feiert" und gibt auch allerlei gute Ratschläge, damit Hilde als stolze Repräsentantin österreichischer Küche auftreten kann: „Ich hoffe, daß die Makkaroni gut ausgefallen sind. Eine Hauptsache: das Faschierte länger braten lassen u. das Ganze darf nicht naß sein. Vielleicht möchten ihnen die Rindsschnitzel als ‚Vögerln' gut schmecken. Recht dünn geprackte[44] Rindsschnitzel salzen, dann wickelt man 1 Stückerl Speck, Gurke u. Zwiebel hinein u. gibt sie in Fett u. Zwiebel u. dünstet sie (mit wenig Wasser) schön weich u. etwas braun. Dazu Reis." In der Adventzeit schildert sie selbst ausführlich ihre Vorbereitungen für das Festessen. Immer wieder hebt Hildegard dabei das verbindende Moment hervor: „Ich habe vormittags eine Bisquittorte mit Soya gemacht u. endlich auch herausgefunden, warum die Deine immer klein war. Du warst ganz unschuldig daran, denn Du hast nur 2 Eier genommen; heute machte ich sie aus 4 Eiern u. da bekam sie die richtige Form. Ich habe auch schon Dir zu Ehren Husarenkrapfen gemacht; da denken wir bei jedem Krapferl an unsere ferne Tochter, die im fernen England so erfolgreich ihre Heimat vertritt."

Neben dem hausfraulichen Austausch über Rezepte und Küchenwinke kristallisiert sich mit der Zeit das Thema der benötigten repräsentativen Garderobe heraus. Hilde konnte nicht viel Gepäck nach England mitnehmen, nur einen Koffer, mit dem sie zweimal umsteigen musste. Anfangs fehlt es ihr an nichts, zumal in ihrem Zimmer auch wenig Platz zum Aufbewahren ist („Kleiderkasten geht mir sehr ab, habe nur in einer Ecke Haken zum aufhängen u. Kommode."). Doch mit dem Beginn der Teilnahme an diversen Tanzveranstaltungen der National Union of Students, die in elegantem Rahmen stattfinden, beginnt sich Hilde Gedanken über ihre Kleidung zu machen. Für die Abendveranstaltungen gilt nämlich die Etikette „evening dress". Hilde hat zwar ein schwarzes Samtkleid aus Wiener Neustadt mitgenommen, doch erscheint ihr dieses für besonders feierliche Anlässe wie die Christmas Party nicht ganz angemessen. Mrs Cleeves schafft Abhilfe mit einem blauen Seidenkleid aus ihrem Kasten, das sie Hilde schenkt. Damit ist die Garderobe jedoch noch immer nicht komplett: „Ich brauche jetzt noch Abendschuhe u. die Samtjacke. Abend-Handtäschchen werde ich mir selbst eines sticken, werde Mrs Cleeves um Samt u. Seide bitten. Dann ist Schluß u. ich bin ganz ausgestattet." Hilde ist sehr darauf bedacht, nach außen hin ein gutes Bild abzugeben, damit man ihren Stand als Kindermädchen nicht bemerkt: „Ich muß trachten so gut als möglich angezogen zu sein, denn dann gelte ich mehr." Dennoch hat sie immer wieder den Eindruck, nicht angemessen gekleidet zu sein, und erklärt ihrer Mutter ausführlich, wie sie ihr verdientes Geld für Kleidung ausgibt:

> *Undatierter Brief, vermutlich zweite Februarhälfte 1930:* Weißt Du, mit meinen Kleidern schaue ich miserabel aus; schenierte mich wirklich. Ich hatte das grüne Kleid u. das Samtjäckchen an; das graue Kleid ist nämlich total hin, habe unterm Arm schon 2 Flecke

eingesetzt, einmal gewaschen u. jetzt zerreißt es überall. Das braune Kleid ist furchtbar kurz außer den Zipfen, ich ließ es jetzt so viel als möglich heraus. Das alte braune ließ ich schon bei Cleeves zurück, da es unmöglich war. Das einzige ist das Wollkleid für zu Haus; am besten ist noch das Samtkleid. Der Umsturz in der Mode ist halt schrecklich, ich habe alles kurz u. eng. Bin so froh über Mrs Cleeves Seidenkleid, das einzig mögliche für Tanzereien. Ich muß mir unbedingt einen Stoff kaufen. Durch Vera bekomme ich sehr guten für £1 und die Schneiderin kostet auch £1. Es wird nichts übrig bleiben. Bei den sales bekommt man vieles billig, kaufte mir Sommerschuhe um 10 Shilling. Werde aber noch ein Paar brauchen, da die braunen ausgeschnittenen wohl hin sind, die braunen Halbschuhe nur für schlechtes Wetter u. die lichten müßten gedoppelt werden. Sah sehr gute Lizard u. Krokodile[45] für 15 Shilling. Du darfst nicht glauben, daß ich verschwende, aber ich schaue wirklich mies aus.

Nach und nach vervollständigt Hilde ihre Garderobe, und zwar mit vereinten Kräften. Als erstes ersteht sie die für das berühmte nasse britische Wetter notwendige Ausrüstung: „Kaufte mir schon Gamaschen u. Regenmantel in einem schönen Blau, Mrs Cleeves hat dieselbe Art u. trägt ihren das 3. Jahr. Er kostete 25 Shilling und ist einer, wie ihn Damen tragen." Im Frühjahr hat sie so viel Geld beisammen, dass sie bei weiteren Kleidungsstücken zugreift. Immer betont sie, dass es sich um Schnäppchen handelt, die sie zu einem besonders günstigen Preis erworben hat: „Dann war ich einkaufen u. zwar ein braunes Seidenkleid, lang u. stark glockig für 30 Shilling. Sehr gut dazu gekommen, da die meisten 60 u. mehr kosten. Ein anderer guter Fang war ein licht grüner Jumper[46] feinster Wolle aus einem sehr teuren Geschäft für 12 Shilling. Sie kosten hier meistens über 30; ich trage ihn zum lichten Rock u. Sommermantel u. sehe sehr gut damit aus." Zudem hilft Hildegard ihrer Tochter, indem sie ihr auf deren Bitte Kleidungsstücke von zu Hause auf dem Postweg zukommen lässt. Hilde möchte sich auf diese Weise Geld sparen: „Bitte Mama, möchtest Du mir bald den braunen Strohhut u. zu gleicher Zeit vielleicht das rote Etamin- od. das Tenniskleid schicken. Ich will mir nämlich die Auslage eines Hutes ersparen." Hildegard bietet ihrer Tochter auch an, ihr ein Paar ihrer eigenen Schuhe zu übertragen: „Ich möchte Dir meine Nubuk-Schuhe schicken, da sie mir etwas eng sind u. sie noch in sehr gutem Zustande sind u. zwar schicke ich sie einschreiben als Muster ohne Wort. Willst Du sie haben?“ Dankend wird das mütterliche Angebot angenommen.

Mit der Zeit erweitert sich Hildes Kreis an Freund:innen und Bekannten beträchtlich. Vor allem durch die viele Zeit, die sie mit Mrs Normans Sohn Michael in der Parkanlage Kensington Gardens verbringt, lernt sie andere Mütter und Kindermädchen kennen, die ihr sehr ans Herz wachsen. Eine von ihnen ist Doreen Whitlock, die regelmäßig den Sohn ihrer Freundin betreut und für Hilde eine willkommene Ansprechperson für verschiedene Belange darstellt, so auch bezüglich des Aufbesserns ihrer Garderobe:

> *London, 18. Mai 1930:* Diesen Samstag hab ich wirklich Glück gehabt. Zuerst brachte mir Doreen ein Kleid, das sie mir gerne verkaufen möchte für 5 Shilling. Es ist ein sehr teures Abendkleid von einer Bekannten, hat ca. £12 gekostet, sie kaufte es billig ab, paßte ihr aber nicht, so dachte sie an mich. Beschreibung: lichtblau ganz voll Glasperlstickerei, sehr fein gearbeitet, glatt, von Schultern fällt ein ganzes Rückenteil lose herunter zur Taille, Rock voll Volants u. vorne einige Falten gelegt, einfach gottvoll. Ich probierte es, paßte wie angegossen, ganz die Farbe meiner Augen, macht mich sehr schlank. Ich zeigte es unserer Bedienerin, die war entzückt u. meinte es sei lächerlich 5 Shilling. Ich dachte mir aber, ich habe doch das blaue von Mrs Cleeves, zeigte es ihr u. da sagte sie, sie könnte es leicht verkaufen, vielleicht für ein bißl mehr. Richtig! Heute brachte sie mir 8 Shilling! Was sagst Du dazu? Ich zog es gleich abends an, sah wirklich sehr hübsch aus, hatte Dein Goldketterl (denke beim Anlegen immer an Dich) u. lichte Seidenschuhe, die ich mir von Mrs Norman auslieh. Ich war hochelegant. Jetzt habe ich 2 hübsche Abendkleider, die ich noch lange tragen werde, da sie nicht übermodern doch aber lang sind.

Obwohl sich Hildes Garderobe beständig erweitert, kann sie nicht widerstehen, bis in den Sommer hinein weiter an ihren Outfits zu tüfteln. Kleider, Schuhe und gegebenenfalls ein Hut machen ein Ensemble aus, das allen modischen Ansprüchen genügen soll. Ende der 1920er-Jahre ändert sich die Kleidermode von relativ kurzen und figurbetonten Kleidern zu Schnitten mit Rocklängen bis weiter unter das Knie. Auf den Modeseiten zeitgenössischer Frauenmagazine sieht man die typischen Hängekleider der Roaring Twenties mit der tiefsitzenden und kaum betonten Taille, für die damals die Bezeichnung „frock" gängig war. Immer wieder erwähnt Hilde, wie glücklich sie über ihre Neuerwerbungen ist: „For the dance yesterday I looked awfully nice in my black frock, red hat and black shoes." // „The other night when I went out with Millie, I looked very chic." // „Now my appearance is perfect and I am looking ever so smart."

Neben dem Kauf von Stücken in Kaufhäusern oder Secondhand im Freundeskreis zeugt die Korrespondenz auch immer wieder davon, dass es 1930 noch viel üblicher als heute war, Stoff zu kaufen und daraus Kleidung zu schneidern beziehungsweise schneidern zu lassen. So erwirbt Hilde kurz vor ihrer Abreise aus England noch Seide für eine Bluse, die sie sich selbst näht: „Donnerstag kaufte ich Rohseide u. Schnitt für 5 Shilling, schnitt eine Bluse aus, nähte alles mit der Hand u. hatte sie gestern schon an. Doreen bewunderte sie u. fragte, wo ich sie kaufte, paßt so gut zum lichten Hut. Sie konnte nicht glauben, daß ich sie selbst gemacht habe. Ich bin so froh darüber, werde in Hinkunft viel mehr nähen." Stoff für spätere Schneiderarbeiten zu erwerben bietet sich insbesondere dann an, wenn es sich um ein Geschenk für eine andere Person handelt, da die Passform dann direkt vor Ort an die Trägerin angepasst werden kann. So kauft Hilde Tweed für ihre Mutter und sich selbst, aus dem sie sich in Wiener Neustadt einen Mantel für den nächsten Winter schneidern lassen möchte.

Aber nicht nur englischer, sondern auch österreichischer Stoff wird auf dem Postweg zwischen Wiener Neustadt und London versandt. Im Januar 1930 findet im Haushalt von Mrs Cleeves ein Kostümfest statt, zu dem die beiden Mädchen Angela und Monica auf Vorschlag von ihrer Mutter eine österreichische Tracht tragen sollen: „Die Kinder brauchen fancy dresses nach Weihnachten u. Mrs Cleeves will, daß sie österreichisches Dirndlkleid u. Steirergwandl bekommen; bitte schreibe mir eine gute Zusammenstellung u. schicke den Stoff für einen Janker (rot schwarz kariert, nicht Wollstoff), Knöpfe für die Hose u. Hosenträger. Das übrige können wir hier kaufen.“ Hilde ist zuständig für die Besorgung der benötigten Materialien und das Anfertigen der Kostüme, was sich als ein größeres Unterfangen herausstellt. Ihre Mutter unterstützt sie in mehreren Schritten bei diesem Werk. Zunächst kauft sie beim Stoffgeschäft Platzer, das sich in unmittelbarer Nähe zum Wiener Neustädter Hauptplatz befindet, ein Muster eines Samtstoffes, um bei Hilde zu erfragen, ob er den Vorstellungen in England entspricht. Nachdem dieser auf Zustimmung gestoßen ist, lässt sie den Stoff bereits für einen Janker zuschneiden, ergänzt das Outfit um passende Hosenträger und Trachtenknöpfe und hofft, dass die Postsendung gut ankommt. Die getätigten Auslagen werden samt Porto genau aufgelistet, damit nachher Mrs Cleeves das Geld Hilde erstatten kann. Schließlich ergibt sich noch das Problem, ein „Jägerhütl“ für eines der beiden Kinder in London zu finden. Wie durch ein Wunder kann Hildes Mutter auch hier Abhilfe schaffen und lässt es gerade rechtzeitig vor dem Fest der Familie in England zukommen. So ist die „fancy dress party“ gerettet:

> *London, 9. Januar 1930:* Gestern, Mittwoch, hatten wir große Kindergesellschaft im Haus, 11 Freundinnen unserer Mäderln in Kostümen. Die Geschichte dauerte von 4 – ½ 8^h. Monica u. Angela sahen sehr gut aus als Dirndl u. Steirerbub. Ich kann wirklich stolz sein auf mein Werk. Eine Schulkollegin Monicas kam als Maus u. ihr Bruder als Indianer; ich sprach abends mit ihrer Gouvernante u. sie sagte mir, daß sie die Kostüme gemacht hatte. Ganz allerliebst sah ein 7jähriges Mäderl aus in bretonischem Kostüm. Bevor die Kinder ihre Jause hatten, tanzten wir alle im drawing room englische Nationaltänze, übrigens hielten sich die Kinder die ganze Zeit im drawing room auf u. machten einen derartigen Lärm, wie man es in Österreich nie erlauben würde. Ein anderes sehr nettes Spiel wurde gespielt: jedes Kind bekam auf den Rücken ein Karterl mit dem Namen einer berühmten Persönlichkeit genadelt u. mußte durch Fragen herausbekommen, welchen Mann oder welche Frau sie darstellten. Sie hatten äusserst schwere Namen z. B. Sokrates, Phidias u.s.w. Sie scheinen für ihr Alter in dieser Schule viel zu lernen. Wer die meis-

ten Namen in einer bestimmten Zeit erraten hatte, bekam einen Preis. – Die Jause verlief auch sehr schön, meine Bäckereien mundeten wieder ausgezeichnet, mit großem Hallo wurden Knallbonbons geöffnet, jedes bekam dann eine Papiermütze u. das Bild war ein sehr buntes u. fröhliches. – Aus dieser Einladung habe ich wieder ersehen, daß englische Kinder viel freier gehalten sind, die Mütter sind nur bestrebt ihre Kinder glücklich u. lustig zu sehen. Ob das natürlich nur dadurch zu erzielen ist, will ich dahingestellt sein lassen. Ich möchte auf keinen Fall die Mutter eines englischen Kindes sein.

Auch hier berichtet Hilde einmal mehr in großer Ambivalenz vom Erziehungsstil, den sie im Haushalt der Cleeves kennengelernt hat und der mit den ihr bekannten Benimmregeln wenig zu tun hat. Trotzdem freut sie sich, dass sich ihr großes Engagement samt Versand von Stoffen quer durch Europa gelohnt hat, um der Kinderparty zum Erfolg zu verhelfen. Neben ausgewählten Kleidungsstücken und Nähmaterial werden aber auch noch allerlei andere Gegenstände von Wiener Neustadt nach London geschickt, vorwiegend Geschenke. Als erstes erhält Hilde ein Paket zu ihrem Geburtstag im November. Ihre Mutter schreibt dazu: „Nun ist mein Geburtstagsgeschenk auch auf der Bahn. Ob ich das Rechte getroffen habe? Ein schönes Buch, das Du schon kennst, für Deine Schülerinnen gedacht. Es hat entzückende Illustrationen. Vielleicht kannst Du ihnen zuerst etwas von den Bildern erzählen u. kann Mrs Cleeves mit dem Lesen beginnen." Hildes Mutter hat sich also für ein Geschenk entschieden, das nicht nur Hilde eine Freude bereiten soll, sondern auch einen pädagogischen Anspruch hat und ihr die Arbeit des Deutsch-Lehrens im Haushalt Cleeves erleichtern soll. Bei besagtem Buch handelt es sich um das 1912 erstveröffentlichte Werk *Die Biene Maja und ihre Abenteuer* von Waldemar Bonsels, das die gesamten 1920er-Jahre hindurch äußerst populär war. Hildes Freude ist übergroß, wenn sie auch nicht vorrangig daran denkt, das Buch für die beiden ihr anvertrauten Kinder zu verwenden: „Ich konnte es gar nicht fassen, so ein wunderschönes Buch! Ich habe es ja schon vor langer Zeit einmal gelesen, aber nicht im geringsten mit dem richtigen Verständnis für dieses schöne Deutsch u.

die großartige Naturbeobachtung. Wenn Mrs Cleeves mehr deutsch kann u. vielleicht auch die Kinder, möchte ich es gerne mit ihnen lesen." Tatsächlich liest Hilde Mrs Cleeves fortan regelmäßig aus dem Buch vor und findet in ihr eine begeisterte Zuhörerin, da diese in einer Familie, in der Bienen gezüchtet worden sind, aufgewachsen ist und daher die Lektüre bei ihr auf sehr fruchtbaren Boden fällt.

Neben dem Postweg entscheidet sich Hildes Mutter auch dazu, ihre persönlichen Kontakte zu nützen, um ihrer Tochter Geschenke zukommen zu lassen. So bittet Hildegard Ala kurz vor deren Rückkehr nach England im Frühjahr 1930, eines ihrer Schmuckstücke für Hilde mitzunehmen: „Heute fuhr Ala von Neustadt mit dem Frühzug weg. Gestern war ich noch bei ihr, traf aber nur Frau Heyszl u. gab ihr das Etui mit dem Goldketterl, das ich Dir als etwas vorzeitiges Ostergeschenk schicke. Alle bewundern es so u. finden es allerliebst. Da soll es lieber einen jungen Hals als meinen ausgetrockneten schmücken. Wenn Du es nimmst, wirst Du immer an mich denken? Aber nur nicht verlieren, gelt?" Die Goldkette bedeutet mehr als eine Aufmerksamkeit der Mutter gegenüber ihrer fernen Tochter, ist sie doch ein am Körper getragenes sichtbares Zeichen der familiären Verbundenheit. Bald darauf lässt sich Hildegard ein weiteres Geschenk für die Tochter einfallen, das abermals dank einer Botin persönlich transportiert und ihrer Tochter übergeben wird:

> *Wiener Neustadt, 6. Mai 1930:* Nun, liebe Hilde! Frau Heyszl war so lieb, ein Geschenk für Dich mitzunehmen, u. zwar einen Photographenapparat; Frau Dworsky trug mir einen an. Es wäre vielleicht besser gewesen, den Apparat in London zu kaufen; aber ich freute mich so, ihn hier selbst zu kaufen u. da Frau von Heyszl nun einmal so lieb war, ihn mitzunehmen, so machte ich es auf diese Weise u. hast Du ihn wenigstens gleich in der Hand. Ich hoffe, Du wirst die Bilder gut zusammenbringen. Man hält den Apparat entweder senkrecht oder waagrecht u. sucht das Bild, das man aufnehmen will im Finder. Du kannst Dir alles im Büchel zusammenlesen. Ein Film für 6 Aufnahmen ist schon eingezogen. Hoffentlich hast Du noch recht viele hübsche Momente festzuhalten durch die Camera.

Ich bin mir ziemlich sicher, dass es sich bei diesem Fotoapparat um die erste Kamera, die ein Mitglied der Familie Slezak besaß, handelt. Im Familienalbum finden sich vor dem Jahr 1930 kaum Amateurfotos, sondern primär professionelle Fotografien, die zu ausgewählten Anlässen angefertigt wurden, also bei größeren Familienfeiern, im Atelier oder in der Schule. Für die wenigen Knipserfotos sind vermutlich andere Personen verantwortlich, die sie den Abgebildeten geschenkt haben. Dennoch spielen Fotografien auch schon vor dem Erhalt der eigenen Kamera in der Korrespondenz zwischen Hilde und ihren Eltern eine Rolle. Immer wieder wird die Gelegenheit genutzt, ein Porträtbild auf den Postweg zu bringen. So schickt Hilde schon im Oktober 1929 eine erste Fotografie von sich nach Wiener Neustadt, die vermutlich jemand aus ihrer ersten Gastfamilie gemacht hat. Kurz darauf nützt sie bei ihrem Besuch bei Madame Tussauds das dort aufgestellte Photomaton, das eine Neuheit mit Sensationswert darstellt. Im Februar 1928 wurde der erste dieser vollautomatisierten Apparate in London bei Selfridge's vorgestellt, der für einen Shilling einen Streifen mit acht unterschiedlichen Porträts ausspuckte.[47] Er wurde für seine „simplicity and rapidity"[48] von allen Seiten gelobt, darüber hinaus versprach er, im Unterschied zu den steifen und fremdbestimmten Atelierporträts ein natürliches und lebensnahes Bildnis einer Person zu ermöglichen. „No sitting! No posing! No waiting!"[49] lautete einer der Slogans, mit dem für diese angepriesene Revolution in der Fotografiegeschichte geworben wurde, die eine Demokratisierung des Mediums mit sich brachte.[50] Schon im Juni 1928 schien in einer Annonce Madame Tussauds als einer von neun Orten in London auf, an denen ein solcher Apparat neugierigen Kund:innen zur Verfügung gestellt wurde.[51] Hilde schreibt: „Ich ließ mich in einem Fotoautomat fotographieren u. sende Euch eine Probe davon, es sind 12 Bilder u. so kann ich auch meine Freundinnen beschenken." Ob dieser Apparat tatsächlich Streifen mit 12 Fotografien statt der üblichen 8 ermöglichte oder Hilde sich bei der Anzahl geirrt hat, lässt sich heute nicht mehr rekonstruieren – zumal sich leider auch keines der Exemplare erhalten hat. Auf jeden Fall liegt sie mit ihrer Verwendungspraxis ganz im Trend, wird doch gerne in den Texten zu dieser neuen Erfindung darauf hingewiesen, dass sich die Bilder einzeln gut als Freundschaftsbilder eignen, die dann etwa in der Geldbörse der Beschenkten aufbewahrt werden können. Aber auch von Wiener Neustadt aus werden Fotografien versandt, wenn auch seltener. Beispielsweise erbittet Hildegard von den zu Weihnachten angefertigten Familienfotos der Verwandtschaft einen Extra-Abzug für ihre Tochter in London („Helene ließ die Kinder photographieren u. da bekommst Du wieder eines.").

Der eigene Fotoapparat kommt für Hilde gerade im rechten Moment. Im Mai 1930 hat sie sich bereits gut in England eingelebt und viele Bekanntschaften gemacht. Ständig erweitert sich ihr Freundeskreis, außerdem bekommt sie hin und wieder Besuch von Bekannten oder Verwandten. Mit den „snaps", den Schnappschüssen, die sie mit ihrer Amateurkamera anfertigt und in kleinem Format ausarbeiten lässt, liegt Hilde am Puls der Zeit. Ende der 1920er-Jahre werden Rollfilmkameras erstmals für eine breitere Gesellschaftsschicht erschwinglich. Dennoch sind Knipserkameras noch etwas Außergewöhnliches, zumal für Frauen, worauf Hildegards Erwartungshaltung ob ihrer Geschenkidee hinweist: „Was Du wohl zum Photographen Apparat sagen wirst?" Hilde kommt zugute, dass sie ein Jahr in der Fremde verbringt und ihre Mutter sie gerne dabei unterstützen möchte, die einmaligen Eindrücke zu teilen und auch für die eigene Erinnerung länger zu bewahren. Beim Ausflug nach Cambridge mit ihrer Freundin Frieda hat Hilde noch außerordentlich bedauert, dass sie nicht die Möglichkeit hatte, das Gesehene fotografisch festzuhalten („Wir waren totunglücklich, daß wir keinen Apparat hatten."). Nun ist es ihr endlich möglich, Bilder von Ausflügen und Zusammenkünften mit Freund:innen anzufertigen und diese dafür zu nützen, die Eltern an ihrem Leben auch ein Stück weit visuell Anteil nehmen zu lassen.

Frauen bei der Heimwehr und das Feindbild Sozialdemokratie

Ein weiteres Feld der Verbundenheit zwischen Mutter und Tochter stellt deren Engagement bei der Heimwehr dar. Die Heimwehr, auch Heimatschutz genannt, ist eine politische Bewegung am extrem rechten Rand, die sich nach dem Ende der Monarchie mit dem Ziel gebildet hat, linken Parteien Einhalt zu gebieten. Sie formierte sich als paramilitärische Einheit, die sich zunehmend für die Abschaffung der Demokratie einsetzt.

In Hildes Familie lässt sich eine Affinität zum Liberalismus und Deutschnationalismus nachverfolgen, die sich nun in der Unterstützung der Agenden der Heimwehr äußert. Bereits Hildegards Briefe aus London aus dem Jahr 1898 zeugten von ihrem großen Interesse für Politik, das sich noch in der Zeit der k. u. k. Monarchie im Eintreten für eine deutsche Vorherrschaft gegenüber Angehörigen anderer Sprachgruppen wie etwa den Tschechen sowie einer Parteinahme für die Politik Karl Luegers äußerte. Hildegards politische Gesinnung hat auch ihre beiden Kinder beeinflusst: Rudi frequentiert nach seinem Schulabschluss unter anderem Tanzveranstaltungen deutschnationaler Studentenverbindungen und auch Hilde unterstützt die Anliegen der Heimwehr. Als Siebzehnjährige, so ist es in einem Tagebucheintrag dokumentiert, nimmt sie beim großen Aufmarsch der Heimwehr und des Schutzbundes am 7. Oktober 1928 in Wiener Neustadt teil, indem sie auf der Neuklosterwiese beim Verkauf von Abzeichen und Karten mithilft. Nach ihrer Abreise nach England ist es ihr äußerst wichtig, durch Informationen ihrer Mutter sowie das Lesen von Zeitungen auf dem Laufenden zu bleiben. Wiederholt werden ihr österreichische Zeitungen oder ausgewählte Artikel nach London geschickt, für die sie sich immer ausgiebig bedankt. Schon im Oktober, kurz nach ihrer Ankunft, versucht Hilde, ihr politisches Weltbild mit einer Außensicht, die sie aus englischen Zeitungen kennt, in Einklang zu bringen. Zweimal zitiert sie in einem Brief vom 23. Oktober 1929 aus Zeitungsartikeln längere Passagen, die bereits zu diesem Zeitpunkt die Heimwehr mit dem Faschismus gleichsetzen und deren Aktivitäten als Aufruf zum Bürgerkrieg interpretieren:

> Heute habe ich in der Zeitschrift *New Statesman* einen Artikel über Österreich gefunden: Austria's Medicine.[52] Ist nicht so einfach zu verstehen, aber sehr interessant. Es heißt: They have crystallised now into the struggle between Socialism and Fascism (for this, in essentials, is what the Heimwehr movement means) that has produced the recent parliamentary crisis and threatened the country with civil war. Will Herr Schober's new government cure this mischief with the bottle of "Constitutional Reform" mixture that they are preparing? u.s.w. Es heißt auch, daß das Ausland mit Schrecken

> auf Österreich sieht u. daß die einzige Lösung der Anschluß an Deutschland wäre. [...]
>
> Im *Daily Herald:* Crisis nearer in Austria: Heimwehr threats Cause Run on Banks. The debate on the proposed "reforms" of the Austrian Constitution began in Parliament to-day. Herr Renner, the former Chancellor, speaking for Soc. Party, declared that it would never accept the proposals – which cannot constitutionally be carried against its vote. Rapidly growing anxiety for the future is indicated by the continued withdrawal of credits and investments both by Austrians and foreigners. These withdrawals have now increased until they have become, in fact, a run on the Vienna banks. Nevertheless, the leaders of the Heimwehr continue to threaten civil war unless demands are conceded.[53]

Tatsächlich wurde im Herbst 1929 ein Putsch vonseiten der Heimwehr befürchtet, die eine Verfassungsreform mit dem langfristigen Ziel einer Abschaffung der parlamentarischen Demokratie herbeizuführen trachtete. Sie bekämpfte bereits die Vorgängerregierung des Bundeskanzlers Ernst Streeruwitz, die um Lösungen zwischen Christlichsozialen und der Sozialdemokratischen Arbeiterpartei bemüht war. Die extreme Agitation der Heimwehr gegen eine möglicherweise nicht in ihrem Sinn ausfallende Verfassungsreform und ihr Ruf nach einer starken Hand anstatt parlamentarisch erkämpfter Kompromisse führte zu Kursverlusten an den Börsen und einer Abwertung des Schillings. Schließlich sah sich Streeruwitz gezwungen, seinen Rücktritt einzureichen. Sein Vorschlag, den parteilosen Polizeipräsidenten Johann Schober zu seinem Nachfolger zu küren, verhinderte die im Ausland befürchtete Machtübernahme der Heimwehr. Schober erhob die Reform der Verfassung zu oberster Priorität seiner neuen Regierung und kam in seinem ersten Entwurf vom 18. Oktober 1929 den Forderungen der Heimwehr entgegen. Da die Sozialdemokraten, deren Stimmen Schober für die gebotene Zweidrittelmehrheit benötigte, jedoch massive Änderungen einforderten, fiel die finale Bundes-Verfassungsnovelle schließlich zuungunsten der Fraktion der Heimwehr aus. Die Folge war ein Kampf der Heimwehr gegen den Parlamentarismus und den Parteienstaat und mit dem sogenannten

Korneuburger Eid von Mai 1930 ein explizites Einschwören auf einen austrofaschistischen Kurs, der ab 1934 in den Ständestaat mündete.[54]

Hildegard tut die alarmierenden Befunde über die österreichischen Zustände als Propaganda und Fake News ab: „Über die Heimwehr sind die Engländer nicht gut unterrichtet. Kein Wunder! Unsere größten Feinde, die Tschechen, wollen uns keine Reparationen zahlen u. trachten unseren Schilling zum Fallen zu bringen, indem sie im Auslande Nachrichten über Bürgerkrieg u. Putsch verbreiten." Außerdem ist Hildegard skeptisch, ob die beiden Zeitungen, aus denen die Zitate stammen, tatsächlich mit der rechtskonservativen politischen Ausrichtung, der sie traditionell anhängt, konform gehen und empfiehlt Hilde eine andere Lektüre: „Ich weiß nicht, was New Statesmen für eine Zeitung ist. Schau, daß Du manchmal den Daily Telegraph, The Times oder Daily Mail lesen kannst." Tatsächlich sind beide Zeitungen im linken Meinungsspektrum anzusiedeln. Hilde findet sie im Haushalt von Mrs Cleeves vor, die – wie sich bald herausstellt – eine erklärte Anhängerin der Sozialdemokratie ist.

Für Hildegard, deren politisches Weltbild ideologisch extrem verfestigt ist, muss es zunächst ein Schock gewesen sein, dass ihre Tochter in England nun ausgerechnet für eine überzeugte Sozialdemokratin arbeitet („Es ist ganz ein eigentümliches Zusammentreffen, daß Du gerade in das Haus einer Sozialistin kommst."). Sie selbst äußert sich immer wieder abfällig über die österreichischen Sozialdemokraten und setzt sie, analog zur Meinung der Heimwehr, mit den Bolschewisten gleich, die nach Lenins Vorstellungen eine proletarische Diktatur anstrebten, in der sämtliches Eigentum abgeschafft werden sollte. Unhinterfragt übernimmt sie die deutschnationalistische Propaganda, wie sie beispielsweise in der lokalen Wochenzeitung *Wiener Neustädter Nachrichten,* die sich im Untertitel als „Unabhängiges deutschvölkisches Wochenblatt" bezeichnet, verbreitet wird. Dieses Medium tritt mit harschen Worten gegen die ihr verhasste marxistische und bolschewistische Agitation auf und ist Sprachrohr des Heimatschutzes, dessen Entwicklung sie mit Jubelmeldungen kommentiert. Für sämtliche andere Sichtweisen ist Hildegard nicht empfänglich, nicht einmal ihrem Ehemann schenkt sie Gehör, der den Reformideen der Arbeiterbewegung prinzipiell offen gegenübersteht, wie eine Passage aus einem ihrer Briefe bezeugt:

> *Wiener Neustadt, 31. Oktober 1929:* Nun kam Papa täglich voll mit dem Inhalt der Arbeiter-Zeitung u. begann: „Darin haben sie ja recht!"... (sie hatten in allem recht, seiner Meinung nach) – bis ich bös wurde u. ihm sagte, daß er diese durchsichtigen Redereien doch durchschauen könnte! Z. B. sagte Seitz[55], daß Kaiser Franz Joseph für die Burg soviel Geld u. Arbeit gebraucht habe. Gut, dafür steht auch etwas Schönes dort. Die Gemeindebauten werden in 20 Jahren zusammengepurzelt sein u. besser, daß die Leute die Burg bauten, als wenn sie als Arbeitslose herumlungern. – Nun werde ich hoffentlich von der Arbeiter-Zeitung Ruh haben.

Es handelt sich hierbei um die einzige Textstelle, in der sich Hildegard abfällig über ihren Mann äußert, ja sogar von einem offen ausgetragenen Streit berichtet. Die einzige Lösung, die sie sieht, liegt darin, zukünftig politische Diskussionen, in denen andere Meinungen zum Tragen kommen, zu unterbinden. Eine tolerante Haltung gegenüber anderen Sichtweisen oder auch eine Auseinandersetzung mit politischen Positionen, denen man selbst nicht anhängt, scheint ausgeschlossen.

Hilde fragt ihre Mutter nach Informationen, wie denn nun eigentlich die sozialdemokratische Partei Englands ausgerichtet sei, damit sie mit der überraschenden Situation im Hause Cleeves besser umgehen könne. Wie immer ist Hildegard vorrangig bemüht, ihre Tochter in der Ferne nicht zu verschrecken, indem sie auf diplomatische Weise versucht, dem Ganzen Gutes abzugewinnen. Ihre Strategie liegt darin, der Labour Party möglichst viele Affinitäten zu Werten zuzusprechen, mit denen sie selbst konform geht: „Die Sozialisten in England sind etwas ganz anderes als unsere Sozi. Die englischen Sozialisten sind religiös, patriotisch u. königstreu. Sie machen vor dem König eine ebenso tiefe Verbeugung wie die Konservativen. England ist ein stolzes Land u. es hält etwas auf seine Vergangenheit! Unsere Sozi hingegen sind Bolschewiken, wollen nur alles niederreißen und am liebsten die Vergangenheit Österreichs auslöschen." Tatsächlich sind Mutter und Tochter einigermaßen beruhigt, dass es doch gemeinsame Werte gibt, die man mit Mrs Cleeves teilt. So ist es beispielsweise üblich, dass man – zumindest hin und wieder – sonntags gemeinsam den katholischen Gottesdienst besucht. Auch der Umstand, dass Mrs Cleeves durch ihre Heirat zu Reichtum gekommen ist und in einem sehr wohlhabenden Viertel ihr Leben führt, gibt Hildegard eine gewisse Sicherheit, dass ihre Tochter nicht mit extremem linkem Gedankengut in Kontakt kommt. Mrs Cleeves, deren Mann in jungen Jahren an den Folgen einer Kriegsverletzung gestorben ist, outet sich gegenüber Hilde zudem als überzeugte Pazifistin und stellt das Völkerverbindende klar vor nationalistische Herrschaftsansprüche. Hinsichtlich des Verlusts von Soldaten spricht sie Deutschland ebenso viel Mitgefühl aus wie Großbritannien: „Sie findet, daß es nicht gut ist gegen andere Völker Haß zu empfinden. Sie hat doch wohl sehr unter dem Krieg gelitten, sagt aber, daß auch so u. so viele Deutsche dasselbe Schicksal erlitten haben u. daß man niemand einen Vorwurf machen kann. Edel, nicht?“ Zudem ist ihr Leben dadurch bestimmt, dass sie sich intensiv für die Armenfürsorge einsetzt. Insbesondere Verbesserungen im Alltag von Kindern aus sozial benachteiligten oder zerrissenen Familien sind ihr ein großes Anliegen. Hilde erlebt dieses Engagement hautnah mit, wird doch schon Ende Oktober ein Kleinkind im eigenen Haushalt in Pflege genommen. Aus ihrem Bericht an ihre Mutter über den familiären Hintergrund von Mrs Cleeves und ihre soziale Hilfsbereitschaft lässt sich ehrliche Anerkennung herauslesen:

> *London, 5. November 1929:* Mrs Cleeves ist ihrer Anschauung nach eine Sozialdemokratin im wahrsten Sinne des Wortes. Sie sagt, sie ist reich von Seiten ihres Mannes, sie erhielt den Reichtum ohne ihr Dazutun, ohne Anstrengung, daher muß sie trachten, Armen zu helfen u.s.w. Von zu Haus aus hat sie kein Geld, ihr Vater war naval officer u. hatte 10 Kinder. Gestern schrieb sie für die Zeitung einen Artikel u. zwar: Es gibt viele Mädchen, die sonntags nicht wissen wohin gehen. Die Kinos, Theaters, alles ist geschlossen u. für den teuren Sport wie Tennis, Golf u.s.w. haben solche Mädchen kein Geld. Nun meint sie, daß die Kirche, die über große Säle verfügt, etwas tun könnte. Z. B. solche Teeräume einrichten, wo sich diese

Mädchen mit ihren Freunden Sonntag nachmittags aufhalten können. – Ihr seht also, sie befaßt sich viel mit sozialen Gedanken. Sie hatte nun durch 1 Woche bei einer reichen Dame gearbeitet, Briefe geschrieben u. a. 2 Stunden täglich. Die ist aber so scheußlich, daß sie es jetzt aufgab. Nun meinte sie, wie gut sie es hat im Vergleich zu 1000 jungen Mädchen. Sie kann es aufgeben, denn sie steht nicht drauf an, sie kommt nach Hause, hat ihre Räume, ihr Feuer u. ihr Essen. Wieviele Mädchen aber müssen ausharren, da sie davon leben, u. auf diese Weise Schreckliches ertragen. Ich finde, daß es wohl selten Menschen gibt, die so denken. Nicht? Wenn man bedenkt, daß sie doch ziemlich jung ist. Aber alle ihre Freunde sind Sozialisten u. wirken in dieser Weise.

Hildes wohlwollende Schilderung der von Mrs Cleeves – entsprechend ihrer sozialdemokratischen Gesinnung – praktizierten Hilfeleistungen bewegt ihre Mutter dazu, in den folgenden Briefen wiederholt auf einer vorgeblich sozialen Mission der Heimwehr zu insistieren: „Du musst nur denken, wieviel in der Heimwehr für die Armen getan; bei der Weihnachtsbescherung sollen 40 Kinder beteilt werden u. das gibt Arbeit." Die Weihnachtsaktion für bedürftige Kinder wird von der Frauenhilfsgruppe des Heimatschutzes Wiener Neustadt organisiert.[56] Aus den Briefen geht hervor, dass sich Hildegard selbst aktiv dafür einsetzt, Spenden für Geschenke an bedürftige Kinder zu lukrieren. Sie wohnt zudem regelmäßig Vorträgen bei, die ideologisch darauf ausgerichtet sind, die Leistungen der Arbeiter:innenschaft schlechtzureden und den eigentlichen sozialen Fortschritt dem rechten Lager zuzuschreiben: „Gestern war im christl. Turnerheim eine sehr interessante Redeübung. Es gab einen Vortrag über die soziale Fürsorge im Mittelalter u. unter Lueger in Wien, um zu beweisen, aus guten Quellen, daß die Roten gar nichts Neues auf diesem Gebiete leisten. Im Gegenteil ging es den Arbeitern im Mittelalter beim Innungswesen viel besser. Lueger stellte seine Arbeiter glänzend u. sorgte in jeder Weise für sie."

Hilde hingegen wird in England mit einer divergierenden Sichtweise konfrontiert. Sie lernt über ihre Arbeitgeberin eine andere Sozialdemokratin kennen, die für die damaligen groß angelegten Bauprogramme eintritt, welche entscheidende hygienische Verbesserungen für Angehörige der unteren Schichten im Wohnen mit sich bringen. Ironischerweise sind es gerade die sozialen Wohnprojekte des Roten Wien, denen Hildes Mutter keine lange Lebenszeit prognostiziert, die nun als Vorbild für das soziale Bauen in Großbritannien dienen:

> *London, 6. Dezember 1929:* Nachmittag war ich mit Mrs Cleeves ihre Freundin besuchen, die bei einer Gemeinschaft tätig ist, die wie in Wien Häuser für die Armen bauen. Sie ist von sehr reichem Haus u. arbeitet so viel für diese Sache. Sie werden teils von der Regierung unterstützt, das übrige müssen sie sich zusammenbetteln. Sie führte uns in einige Wohnungen der neuen Häuser, die gut gebaut. Es wird immer Wien als Beispiel hingestellt u. alle Damen möchten nach Wien, um die Gemeindebauten zu sehen. Unsere Häuser sehen von außen hübscher aus, finde ich, aber solider sind entschieden diese hier. Und wenn man im Gegensatz die alten Häuser sieht, wo diese armen Menschen, Familien in 1 Raum ohne Licht, Wasser, Luft wohnen, muß man diese Bewegung wirklich gutheißen.

Ihre Sympathie für die sozialen Errungenschaften, die in Großbritannien durch Initiativen der Labour Party bewirkt worden sind, lässt Hilde in Folge zum aberwitzigen Schluss kommen, dass der britischen Sozialdemokratie, die in ihren Augen so ganz anders als jene in Österreich ausgerichtet ist, doch im Grunde dasselbe Engagement wie der vermeintlich sozialen Heimwehr nachzuweisen sei: „Ich finde, unsere Heimwehrbewegung-Anhänger sind eher mit den englischen Sozialisten zu vergleichen als unsere Sozialisten.“ Mit dieser gewagten Analogie lässt sich die eingeimpfte Antipathie gegen die österreichische Sozialdemokratie aufrechterhalten, gleichzeitig aber auch Mrs Cleeves’ soziale Tätigkeiten im rechten Licht interpretieren.

Während Hilde in England weilt, intensiviert sich Hildegards Engagement bei der Wiener Neustädter Frauenhilfsgruppe der Heimwehr. Gleich nach dem Weihnachtsfest wird der Heimwehr-Ball vorbereitet. Man lässt zudem in Einzelfällen in Not geratenen Frauen – sofern sie auch derselben politischen Richtung angehören – finanzielle Hilfen zukommen. Der Fall einer Bekannten, die von ihrem Mann verlassen wurde, ohne dass er ihr Zuwendungen für den Unterhalt angedeihen lässt, und die in Folge für die Miete nicht mehr aufkommen kann, wird ausgiebig diskutiert. Unterstützung kommt auch den Gründerinnen von Vereinigungen in benachbarten Orten zu, so etwa im Fall von Lichtenwörth im Februar 1930. Immer wieder schreiben Mutter und Tochter in ihren Briefen, wie froh sie sind, dass „es so gut vorwärts geht". Nicht einmal gefährliche Zusammenstöße zwischen dem Republikanischen Schutzbund und der Heimwehr, wie jener vom 1. Dezember 1929 in Wiener Neustadt, die teilweise auch gegen Frauen gerichtet sind und nach welchem Hilde in Sorge ist, ob ihre Mutter dabei verletzt wurde, können das Eintreten für die vermeintlich gute Sache dämpfen.[57] Wiederholt berichtet Hildegard ihrer Tochter euphorisch von den Vorträgen, die sie im Rahmen der Heimwehr verfolgen konnte: „Donnerstag war die Hauptversammlung im Bräuhaus, sehr gut besucht; 2 famose Redner, ein Graf u. ein ehem. Offizier, aus der Neustädter Akademie. Der erstere sprach pathetisch, der letztere volkstümlich. Alles war sehr begeistert." // „Sie haben in Lichtenwörth eine sehr schneidige Obmann-Stellvertreterin. Es sind schon über 100 Frauen beigetreten. Alle waren ganz begeistert über die Rede, man sah sogar einige Tränen vergießen. Am 18. u. 20. d. M. haben wir große Versammlungen in Neustadt, zu denen Fürst Starhemberg u. Steidle kommen werden." Der Besuch Richard Steidles, des ersten Bundesführers des österreichischen Heimatschutzes, ist Anlass für Hildegards folgende begeisterte Schilderung: „Wir hatten eine grandiose Heimwehr-Versammlung, in der Steidle eine meisterhafte Rede hielt. Jedes Wort ein Treffer! Alles Sentenzen! Nachher waren wir noch mit ihm im Deutschen Haus." Steidle war dafür bekannt, in glühenden Reden gegen die Sozialdemokratie zu polemisieren und für ein autoritäres politisches System einzutreten.

In der Zwischenzeit nimmt auch Hilde in London an politischen Debatten teil, allerdings nicht in einem derart ideologisch verfestigten Rahmen, sondern in unterschiedlichen Kontexten. Weiterhin besucht sie gerne die Veranstaltungen der beiden Studierendenvereinigungen, wo sie auf ein internationales Publikum trifft. Aber auch im öffentlichen Raum wird politisiert. Während der vielen Stunden, die sie mit dem Sohn von Mrs Norman nachmittags in Parks verbringt, entwickeln sich immer wieder Gespräche und Diskussionen, an denen sie teilnimmt oder zum Teil nur beobachtet. Mitunter wird sie Zeugin von recht verqueren Ansichten über die jüngste Geschichte, deren Fragwürdigkeit sie immerhin mit einem Fragezeichen kommentiert: „Heute sprachen wir mit einem älteren Mann im Park, der in Wien und Deutschland für Jahre gewesen war und sehr gut deutsch sprach. Er meinte, Österreich habe zu viel verloren durch den Krieg, da es doch mehr oder weniger in den Krieg eintreten mußte (?), Deutschlands wegen. Die Österreicher seien so nett und wirkliche Gentlemen, während die Deutschen, besonders Preußen unausstehlich u. manierenlos seien. Also das ist die Meinung eines Engländers.“ Ausführlich berichtet sie auch von einem Streitgespräch im berühmten Speakers' Corner im Hyde Park, das im Juni 1930 stattfindet und bei dem von einer rhetorisch versierten Frau Hasstiraden gegen die Juden geführt werden, auf die ein angesprochener Mann kontert. Hilde ergreift Partei für die antisemitische Meinung der Frau, so wie auch einzelne andere Passagen in den Briefen von Mutter und Tochter auf deren abfällige Meinung über die jüdische Bevölkerung schließen lassen. Insbesondere das pejorative Stereotyp vom „Geldjuden“ kommt dabei zum Tragen. In beiden Ländern gab es 1930 also bereits markante antisemitische Tendenzen. Ich empfinde es als niederschmetternd zu entdecken, dass in meiner Familie dieses Gedankengut auf fruchtbaren Boden fiel und die Briefe aus dem Jahr 1930 davon bis heute Zeugnis ablegen. Zumal Hildegard selbst zweimal von der Finanzkräftigkeit jüdischen Großbürgertums profitiert hatte: einmal in London, wo sie bei einer jüdischen Familie ihre erste Stelle als Gouvernante fand, und etwas später in Wien, wo sie durch die Betreuung eines jüdischen Mädchens, das sie sehr schätzte, ein gutes Zusatzeinkommen bezog. Aufgrund ihrer persönlichen Erfahrungen hätte sie nicht in den Chor antisemitischer Hetze, die den Boden für den Völkermord an rund sechs Millionen Jüdinnen und Juden während des Zweiten Weltkrieges bereitete, einstimmen dürfen.

„Gottvolle“ Stunden im Park, Kinoliebe und andere Freizeitaktivitäten mit Freund:innen

Während ihres Jahres in England verbringt Hilde die meiste Zeit, in der sie nicht im Haus ihrer Gastfamilie beschäftigt ist, in Londoner Parks. Diese werden häufig von Kindermädchen oder Erzieherinnen als öffentliche Räume genützt, um dort den Nachmittag mit den ihnen anvertrauten Kindern zu verbringen. Frische Luft, Bewegung und gegebenenfalls Sonnenstrahlen sind der gesundheitliche Benefit und stehen auch schon 1930 hoch im Kurs. Zudem bringt diese Form der Freizeitgestaltung den Vorteil mit sich, dass die Kinder gemeinsam auf den Spielplätzen herumtollen können, während die Betreuerinnen entweder mit ihresgleichen plaudern oder die Zeit anderweitig für sich nützen. Hilde entschließt sich beispielsweise dazu, die anfangs als langweilig empfundenen Stunden im Park zur Lektüre englischer Bücher, später auch zur Vertiefung des Unterrichtsstoffes der Pitman-Kurse zu verwenden („Ich nehme mir immer ein Buch in den Park u. lese fleißig. Habe gerade ‚Oliver Twist‘ beendet u. ‚Ivanhoe‘ angefangen.“). Auch mit Nähen wird die Zeit verbracht. Während Hilde anfangs von Mrs Cleeves aus vorrangig den Hampstead Heath und Regent’s Park frequentiert, liegen später der Hyde Park und die Kensington Gardens am nächsten zu ihrer Wohnstätte. Vor allem im Frühling gerät sie heftig ins Schwärmen: „Wir haben jetzt das herrlichste u. wärmste Wetter, das Ihr Euch vorstellen könnt. Die englischen Parks sind ja so gottvoll u. romantisch. Außer der Serpentine ist ein großer Teich mit vielen Enten, Möwen, Tauchenten, Seehühnern, die wir täglich füttern. Es ist ein großartiges Bild: der Teich, die Tiere, grüne Wiesen rundherum (auf denen man ruhig spazieren gehen kann) u. die vielen herzigen Kinder mit ihren Gouvernanten.“ Immer wieder verwendet sie das Adjektiv „gottvoll“, wenn es um die Beschreibung ihrer im Grünen gesammelten Eindrücke geht. Begeistert ist sie auch von der naturnahen Bewirtschaftung der Grünflächen, etwa durch den Einsatz von Schafen als Rasenmäher:

> *London, 22. März 1930:* Denkt Euch nur, als wir heute im Park waren, trafen wir eine riesige Schafherde an, von einem Hirten u. 2 Schäferhunden behütet. Wir kamen gerade dazu, wie sie zum Teich zum

> Trinken getrieben wurden. Es ist unglaublich, wie diese Schäferhunde trainiert sind, wie sie alle Schafe zusammen jagen. Im Hyde Park ist auch eine Herde, diese Schafe kommen von Aberdeen u. zwar zum Zweck, daß sie das Gras kurz fressen. Daher sind die Parks hier so wunderschön. Man möchte es wirklich nicht für möglich halten, daß man in einer so großen Stadt ist. London ist ganz außergewöhnlich anziehend durch diese Kontraste.

Ab April 1930 trifft sie sich auch gerne gemeinsam mit Freund:innen im Grünen und erkundet auf diese Weise manchen etwas weiter weg vom Stadtzentrum gelegenen Park. So schwärmt sie etwa vom Richmond Park südwestlich von London, den sie bis nach Kingston upon Thames durchquert, um schließlich entlang der Themse wieder zurück zum Ausgangspunkt zu spazieren:

> *London, 3. April 1930:* Richmond Park ist sehr berühmt. Es gibt Hirsche u. Rehe, Schafherden grasen, ganze kleine Wälder von ? (jetzt ist mir der Name dieses Busches entfallen, große Blüten in rosa, rot, weiß), ganz wunderschön.[58] Von Zeit zu Zeit Teiche für das Wild, die das Bild noch romantischer machen. Von Kingston wanderten wir an die Themse (das 1. Mal, daß ich die Themse außerhalb Londons sah) u. tranken in einem allerliebst gelegenen Teehaus guten, erfrischenden Tee. Wir hatten Aussicht auf die andere Seite des Flusses, wo alte Herrschaftshäuser mit Parks sich nebeneinander reihen. Das Gras ist gerade jetzt so recht saftgrün u. Weiden, die hauptsächlichst den Fluß entlang wachsen, sind direkt gelbgrün, ganz zart u. fein. Ja, mit einem Wort, gottvoll. Es war so wunderbar hier den Fluß zurück zu wandern nach Richmond, immer das sonnenbeschienene Ufer vor sich, der Sonne Spiegelung im Wasser.

Die Londoner Parks bieten Hilde aber nicht nur die Möglichkeit, die Natur zu genießen, sondern entpuppen sich auch als wichtiger sozialer Ort. Denn hier trifft sie auf Mütter und andere Frauen mit Kindern, deren Rhythmen im Tagesablauf jenen Hildes ähneln. Mit einigen von ihnen befreundet sie sich und findet in ihnen nicht nur Gleichgesinnte zum Zeitvertreib, sondern auch teilweise mütterliche Freundinnen, die sich ihrer Probleme annehmen und ihr mit Rat und Tat zur Seite stehen. Besonders eng verbunden ist Hilde Mrs Lowry, Mutter eines mit Michael etwa gleichaltrigen Buben namens Dick: „Du kannst Dir gar nicht vorstellen, wie froh ich bin, sie als Freundin zu haben. Vormittag bringt sie immer Dick in den Park und ich kann mit ihr alles so gut besprechen, über Mrs Norman, über Kurs, einfach alles. Sie versteht so gut meine Lage und kann mir sehr gute Ratschläge geben." Mrs Lowrys Mann ist als Chefsekretär des Imperial College of Science, Technology and Medicine tätig und hat damit eine Position inne, die Hilde sehr beeindruckt („Ja wirklich großartig, wenn man bedenkt wie jung noch Mr Lowry ist u. welche Stellung!"). Zum engen familiären Umfeld der Lowrys gehört auch Doreen Whitlock, eine Freundin von Mrs Lowry, die aus einer gut situierten Familie stammt und sich nachmittags um den kleinen Dick kümmert. Sie lädt Hilde manchmal in ihr Haus ein, das sie mit ihrer Mutter allein bewohnt, während ihr Vater berufsbedingt in Indien weilt. Doreen bietet Hilde sogar an, dass sie temporär bei ihnen wohnen könne, als sich herausstellt, dass sie aufgrund des späten Prüfungstermins im Pitman's College noch bis September in London bleiben muss. Auch sie steht ihr mit Rat und Tat zur Seite, von ihrer Unterstützung beim Erwerb eines Secondhand-Kleides war schon die Rede. Insbesondere in jenen Zeiten, als Hilde von Mrs Norman nur unregelmäßig bezahlt wird und gleichzeitig um die Teilnahme an den Pitman-Kursen kämpft, ist sie ihr eine wichtige Ansprechperson. Zudem genießt sie es, mit ihr die Freizeit zu verbringen und dabei auch Orte zu entdecken, die sie bislang noch nicht kannte:

> *London, 22. Mai 1930:* Heute habe ich den ganzen Nachmittag u. Abend mit Doreen verbracht u. kann Euch gar nicht sagen, wie gern ich sie habe. Zum Tee gingen wir in das Regent Palace Hotel, wo Musik war u. ich noch nie gewesen war. Dann gingen wir zusammen ins Kino u. herauf noch in ein Lyons Haus, wo auch eine Kapelle spielte. Ich plauderte soviel mit Doreen u. sie versteht alles so gut. Sie hat mich auch sehr gern u. meinte, es wird sehr traurig für sie

> sein, wenn ich nach Hause fahre. Sie kann mir so viel helfen, in Geschäften, im Englisch lernen u.s.f.

Auch mit einer anderen Gouvernante freundet sich Hilde an. Ihr Name ist Millie, sie stammt aus dem französischsprachigen Teil der Schweiz und betreut die kleine Mary. Hildes Freundeskreis aus dem Park ist ihr eine emotional wichtige Stütze und hat wohl auch deswegen für sie so einen hohen Stellenwert während ihres einjährigen Aufenthaltes in England, weil sie es sich gewissermaßen selbst zuzuschreiben hat, dass sie mit diesen Personen in nahen Kontakt gekommen und ihnen fortan innig verbunden ist. Hier handelt es sich nicht um Personen, die ihr von Dritten wie ihrer Mutter vermittelt wurden, sondern um das hohe Gut einer eigenständig geschlossenen Freundschaft, das man umso mehr zu schätzen weiß, wenn man selbst die Erfahrung gemacht hat, als Einzelperson ins Ausland zu gehen. Wiederholt wird bei diesen Zusammenkünften auch fotografiert. Vor allem im Mai und Juni erwähnt Hilde in zahlreichen Briefen das Fotografieren („Ich nahm meinen Apparat u. Jill (Hund) u. traf mich mit Doreen im Park. Dort nahmen wir einige snaps u. dann gingen wir zu ihr zum Tee."). Vor allem aber ist das Teilen der Bilder mit den Eltern wiederholt Thema: „Dienstag bekomme ich die 1. snaps meiner Kamera u. freue mich schon sie Euch zu senden." // „Heute hätte ich die snaps bekommen sollen, waren aber noch nicht fertig. So werde ich sie nächste Woche an Euch absenden." // „Nächste Woche werde ich snaps schicken." // „Ich werde Euch dann die Fotos gleich schicken, bitte hebt sie auf, dass ich sie dann in ein Album geben kann." Neben Michael und der Hündin Jill aus dem Hause Norman sind auf den Abzügen Millie und Mary sowie Mrs Lowry, ihr Sohn Dick und Doreen zu sehen. Gestellte Porträts von frontal vor der Kamera stehenden Personen und vermeintlich ungezwungene Schnappschüsse von Picknick-Szenen auf der Wiese wechseln einander ab. Dass das private Fotografieren im Jahr 1930 auch eine Kostenfrage ist, davon zeugt ein Brief von Juli, in dem Hilde erzählt, dass sie mit Millie den Schlosspark Hampton Court besichtigt und mit ihr gemeinsam entscheidet, die Kosten für den Film und in Folge auch die Aufnahmen zu teilen: „In Hampton Court ist es Sonntags sehr überfüllt, der Park rundherum ist aber auch schön. Sie haben so viel Geschmack im Zusammenstellen von den verschiedensten Blumen, es ist zu schade, daß man die Farbenpracht auf der Photographie nicht wiedergeben kann. Millie u. ich hatten uns zusammen einen Film gekauft u. jede bekam die Hälfte der Ansichten." Die Abzüge existieren als lose Einzelfotos. Nicht alle der in den Briefen erwähnten Aufnahmen sind heute noch in unserem Familiennachlass vorhanden.

Nachdem Hilde in den ersten Monaten nach ihrer Ankunft zunächst alle wichtigen Sehenswürdigkeiten besichtigt und Museen besucht hat, sind es in der schönen Jahreszeit nun neben den Parks Veranstaltungen, die kein touristisches Publikum anziehen, sondern von Brit:innen frequentiert werden. Hilde interessiert sich dafür, alles typisch Englische zu Gesicht zu bekommen, und nützt gerne ihre Kontakte, um sich Zutritt auch zu exklusiven Veranstaltungen zu verschaffen. So besucht sie im Mai mit Doreen zum ersten Mal ein Polospiel:

> *London, 31. Mai 1930:* Freitag nachmittag fuhr ich mit Doreen zum Roehampton Club, für den mir Mrs Norman die Eintrittskarten gab; man kann nämlich nur dann hin, wenn man ein Mitglied kennt. Leider hatten wir miserables Wetter, war aber trotzdem sehr interessant u. schön u. werden bald wieder gehen. Dieser Klub ist äußerst teuer, ich weiß nicht, wie viele Pfund jährlich, sind aber auch die Mitglieder durchwegs sehr reich. Der Klub hat eine ungeheure Ausdehnung, mit Tennisplätzen, Pologrund u. Golfgrund. Gestern fand gerade ein Polowettkampf statt. Da ich noch nie vorher Polospielen gesehen hatte, war ich entzückt. Es ist sehr aufregend u. man muß die Geschicklichkeit der Spieler bewundern, wie schnell sie ihre Pferde zum Stehen u. Wenden bringen. Da es später zu regnen begann, konnten wir uns kein Golf oder Tennis ansehen. Aber es war schon sehr nett, im Teehaus Tee einzunehmen u. die vielen Menschen zu beobachten. Man bekommt teatickets alle zu demselben Preis, braucht kein Trinkgeld geben. Finde das eine sehr gute Einrichtung. Der Blick von dem Teehaus auf die weiten grünen Wiesen ist so sehr englisch, wie man es auf Bildern zu sehen gewöhnt ist. Und die vielen eleganten Menschen, die man da trifft, rechte Sporttypen.

Durch Zufall hat Hilde auch Gelegenheit, einen Boxkampf zu sehen. Sie nimmt die Einladung eines ihrer Tanzpartner von der National Union of Students an, ihn auf dem University College London zu besuchen. Von dem Boxkampf mit Studierenden einer anderen Universität berichtet sie mit Faszination, aber auch Abscheu ob der Brutalität. Universitäten besucht Hilde zu verschiedenen Gelegenheiten – auch, weil sie damit liebäugelt, selbst einmal zu studieren. Neben dem Boxkampf gibt es eine Kuriosität zu besichtigen, nämlich die sogenannte „Auto-Icon" des Gründers der Universität, Jeremy Bentham („Sehr interessant ist, daß sie den Gründer des Colleges Jeremias Bentham, der schon über 100 Jahre lang tot ist, ausgestellt haben u. zwar mit den Kleidern, die er zuletzt trug angetan u. Wachskopf. Sein wirklicher Schädel ist auch zu sehen eingesalbt u. ganz erhalten in einem Glaskasten."). Es handelt sich um jenen Jeremy Bentham, der mit dem Panopticon ein Gefängnismodell entwickelte, das die zentrale Überwachung aller Insassen ermöglicht und in Michel Foucaults Buch *Überwachen und Strafen* eine wesentliche Rolle spielt.

Kurz vor ihrer Abfahrt kann noch ein anderer lang gehegter Wunsch Hildes in die Wirklichkeit umgesetzt werden, nämlich ein Hunderennen zu besuchen. Mrs Lowry nimmt sie und Doreen an einem Samstag mit nach White City, einem Areal im Westen Londons, das ursprünglich zu Beginn des 20. Jahrhunderts als Ausstellungsgelände erbaut und im Zuge der 1908 in London stattfindenden Olympischen Spiele um ein großes Stadion ergänzt wurde. Seit 1927 finden dort die überaus populären Wettrennen von Windhunden statt.[59] Ausführlich berichtet Hilde auch von dieser Veranstaltung ihren Eltern:

> *London, 14. September 1930:* Samstag abends luden mich Lowrys ein zum dinner u. nachher dogs races. Mrs Lowry nahm ein Taxi zur White City, wo die races sind. Dort war es schon sehr aufregend, die ungeheuren Menschenmengen; die Anlage ist oval, wo die Zuschauer sind, ist es gedeckt, die Hunde rennen im Freien; rundherum geht elektrische Leitung mit künstlichem Hasen, der vor den Hunden herausgelassen wird u. wenn er zum 2. Mal herumkommt, sausen die Hunde aus dem Stall. Zuerst geht man zu den Bookies, dic das Geld nehmen, im ganzen sind 7 Rennen, jede 1/4 Stunde. Die Bookies

haben die Namen aufgeschrieben, beim ersten z. B. Lady Lawyer 7/2. D. h. man gibt 2 Shilling u. wenn der Hund gewinnt, bekommt man 9 Shilling zurück. Wenn nicht, sind 2 verloren. Dann werden die Hunde, bei gewissen Rennen 6, bei Hürden 4, herum geführt, damit die Leute wählen können, welcher nachher am besten zu sein scheint. Das Rennen selbst ist furchtbar aufregend, alles schaut auf die Tafel, wo der Winnende erscheint, dann rennt alles zum Booky, natürlich nur, wer gewonnen u. bekommt das Geld. Die Meisten gehen nur des Sports wegen, viele arme Leute aber um zu gewinnen. Arme Teufel kann man dort sehen, mit Kindern u. Frauen. Es gibt auch die Möglichkeit, Karten zu kaufen, wo Fachmänner Anweisungen geben, welcher Hund der versprechendste ist, meistens stimmt es aber nicht. Es war sehr fein. Ich bin so froh, daß sie mich mitgenommen, denn wenn man seinen Weg nicht weiß, ist es hoffnungslos.

Neben diesen Sportveranstaltungen sucht Hilde regelmäßig nach Möglichkeiten, auch dem kulturellen Leben beizuwohnen, und nimmt jede Gelegenheit wahr, um Theaterstücke zu sehen oder Konzerte zu hören. Dank der National Union of Students bekommt sie eine Freikarte für ein klassisches Konzert in der Aeolian Hall, das sonst für sie unerschwinglich gewesen wäre („Nicht eine Dame ohne Pelzmantel (mit Ausnahme meiner Wenigkeit), alle geputzt u. hergerichtet, die reichsten Menschen, die man sich vorstellen kann."). In der Weihnachtszeit sieht sie sich mit der Familie Cleeves das Kinderstück *The Windmill Man* im Victoria Palace Theatre an, das alle begeistert. Ausführlich wird nach jedem Theaterbesuch auf den Inhalt des Stückes und ihre Eindrücke eingegangen:

London, 20. Januar 1930: Heute waren wir alle im Victoria Palace, um das Stück „The Windmill Man" zu sehen. Es war sehr fein, da sehr viele Tanzeinlagen waren. Es ist die Geschichte zweier Königskinder, die sehr schlimm sind u. vom Windmühlenmann auf die rechte Bahn geleitet werden. Ein großer Teil spielte im Wald; sie hatten großartige Kulissen. Die Bäume begannen sich zu bewegen, Frösche hüpften herum, Spinnen u. allerlei anderes Getier. Die Elflein u. Feen u. Schmetterlinge wurden von entzückenden Kindern einer sehr berühmten Tanzschule gespielt. Getanzt wird in England überhaupt ausgezeichnet gut, ich sehe, was Monica für großes Geschick hat, da sie in der Schule viel Tanzunterricht erhält.

Generell lässt sich aus Hildes Chronologie ihrer Theaterbesuche herauslesen, dass sie eher dem Unterhaltungs- und Varietétheater zuspricht als der Hochkultur. Eine Ausnahme gibt es jedoch: eine Aufführung von Shakespeares Drama *Hamlet* im Old Vic Theatre, das für seine erstklassigen Schauspieler:innen und seine leistbaren Ticketpreise bekannt ist („Bin ich nicht ein Glückspilz, Shakespeare in England hören zu können?"). Möglicherweise erklärt sich die stärkere Fokussierung auf die leichte Muse auch aus ihren begrenzten finanziellen Möglichkeiten, denn sehr wohl bedauert sie, dass die Karten für das Royal Opera House in Covent Garden für sie unerschwinglich sind. Sonst sieht Hilde gerne zeitgenössische Stücke wie die Operette *Bitter Sweet* von Noël Coward, die ihr auch deswegen gut gefällt, weil ein Teil der Handlung in Wien stattfindet, oder das im Ersten Weltkrieg spielende Antikriegsstück *Journey's End* von R. C. Sheriff. Mit ihrem Bekannten Scott, der sie zu zahlreichen Unternehmungen einlädt, besucht sie auch das Holborn Empire, ein Varietétheater, das außerdem als Music Hall und als Kino betrieben wird und in dem überaus populäre Stars auftreten. Ein komödiantischer Sketch wird recht detailreich geschildert:

London, 3. April 1930: Einige Nummern waren ausgezeichnet. Z. B. wurde der so (viel) gerühmte englische Bobby parodisiert. Sie können sich das mit ihren Wachleuten erlauben, denn sie sind wirklich großartig. Auf der Bühne erschien ein kleiner, dicker Polizeimann der in Gegenwart eines „Pülchers"[60] die größte Angst ausstand, verhaut zu werden. Es nahm sich so komisch aus, da man gewohnt ist große, starke Kerle als Bobbies zu sehen. Die Leute brüllten.

Das eigentlich präferierte Medium ist für Hilde jedoch das Kino. Schon in Wiener Neustadt besucht sie regelmäßig Vorstellungen. Der Zufall will es, dass Hilde zu einem in der Geschichte des Kinos extrem spannenden Zeitpunkt nach London geht, nämlich im Jahr des großen Umbruchs vom Stummfilm zum Tonfilm. Schon im Bericht von ihrem ersten Kinobesuch hebt sie hervor, dass sie „talkings“ gesehen hat. Beim Hauptfilm handelt es sich um Friedrich Wilhelm Murnaus *4 Devils*, seinem – nach *Sunrise. A Song of two Humans* – zweiten in den USA gedrehten Film, der heute als verschollen gilt. Er wurde sowohl in einer Version als Stummfilm als auch als Tonfilm gedreht und erzählt die Geschichte von vier Waisenkindern, die gemeinsam im Zirkusumfeld aufwachsen und von denen zwei ein Paar werden. Als sich der Mann einer fremden Frau zuwendet, kommt die Harmonie des Paars und der Artistengruppe insgesamt stark ins Schwanken:

> *London, 26. Oktober 1929:* Als wir mit dem Essen fertig waren, gingen wir Jungen in Sutton in ein prächtiges Kino, Mary nahm die Karten, mit Lift gings hinauf u. da hatten wir feine, weich gepolsterte Plätze. Die Leute sitzen da im Kino, rauchen, essen u. freuen sich. Zuerst wurde neues gebracht, alles talkings, fein nicht. Nach der Wochenschau kam ein Lustspiel u. schließlich „4 Devils“ mit Janet Gaynor. Fabelhaft!! Das Ganze dauerte 2 ½ Stunden, um 9^h kamen wir wieder nach Hause.

In mehreren Kommentaren zu Filmen thematisiert Hilde das Ungewohnte an den nun von der Leinwand sprechenden Personen und die teilweise daraus resultierende Sprachverwirrung. So schreibt sie in Bezug auf einen Wochenschau-Bericht über die Londoner Naval Conference, an der Großbritannien, die USA, Japan, Frankreich und Italien zum Zweck der Regulierung von Kampfschiffen zusammenkommen: „Ich hörte u. sah Ramsay MacDonald bei der Naval Conference sprechen u. die anderen Delegierten, der Japaner sprach japanisch, das ist doch eine Zumutung.“ Aber auch bei Spielfilmen musste man sich erst an die Sprechweisen der Schauspieler:innen gewöhnen, zumal dann, wenn diese nicht in ihrer Muttersprache redeten. Denn nachträgliche Synchronisationen waren in der Frühzeit des Sprechfilms noch nicht möglich; sollte ein Film in mehreren Sprachversionen verfügbar sein, musste er auch mehrmals gedreht werden. So belustigt Hilde die englische Aussprache des französischen Hauptdarstellers in Ernst Lubitschs Operettenkomödie *The Love Parade:* „Abends schaute ich mir ‚Love Parade' mit Maurice Chevalier, einem äußerst beliebten französischen Schauspieler, an. Es ist ein Tonfilm u. er spricht mit französischem Akzent sein Englisch, furchtbar lustig." Es muss 1929 eine Attraktion gewesen sein, die schon aus den Stummfilmen bekannten Publikumslieblinge nun erstmals sprechen zu hören. So erwähnt Hilde, dass sie den ersten Tonfilm mit Emil Jannings gesehen hat („spricht ganz gut Englisch, gibt im Film einen englischen Professor"). Es muss sich hierbei um die englische Version von Josef von Sternbergs UFA-Produktion *Der blaue Engel* gehandelt haben. Hilde erfährt auch im Alltag, dass die Situation für Schauspieler:innen eine besonders herausfordernde ist. Plötzlich ist es ein großes Thema, ob man für Produktionen aus fremdsprachigen Ländern überhaupt infrage kommt. Durch Mrs Cleeves lernt sie ein befreundetes Ehepaar kennen, das beim Film arbeitet. Beide investieren Ende 1929 viel Zeit und Energie in das Erlernen der deutschen Sprache, um ihre Chancen, gecastet zu werden, zu erhöhen. Aber auch Hildes Mutter weiß aus verwandtschaftlichen Beziehungen von den Problemen zu berichten, die der Medienwechsel vom Stummfilm zum Tonfilm mit sich bringt. Sie kommt auf den Sohn einer Tante zu sprechen, der bislang als Orchestermusiker in Berliner Kinos sein Brot verdiente, nun aber keine Aufträge mehr erhält.

Hilde besucht verhältnismäßig oft das Kino. Sie teilt ihre Leidenschaft gerne mit Freund:innen, geht aber auch allein dorthin, um à jour zu bleiben. Sie scheint regelmäßig Filmkritiken zu lesen, denn sie erwähnt immer wieder, dass sie diesen oder jenen „viel besprochenen" Film gesehen hat. Unter den in den Briefen dokumentierten Titeln findet sich neben den schon erwähnten Filmen Ewald André Duponts See-Drama *Atlantic* („Er gefiel mir recht gut, aber ich habe schon so viele Schiffsfilme gesehen, so daß ich nichts Besonderes dabei gefunden habe."), W. S. Van Dykes noch als Stummfilm gedrehte Romanze *White Shadows in the South Seas* („Die Tendenz des Filmes war: Die Weißen, die die Zivilisation zu den Völkern Polynesiens bringen, erregen Gier in diesen Menschen. Sie tauchen, um recht viele Perlen zu finden und richten dabei ihre Gesundheit zu Grunde.") sowie sein ebenfalls in der Südsee spielendes romantisches Drama *The Pagan*. Außerdem sah Hilde die im damals noch seltenen Technicolor-Verfahren gedrehte musikalische Komödie *Gold Diggers of Broadway* („talking u. Farbenfilm") des Amerikaners Roy Del Ruth mit ihren opulenten Revue-Szenen samt Stepp- und Akrobatikeinlagen sowie die Somerset-Maugham-Verfilmung *Charming Sinners* der Regisseurin Dorothy Arzner.

Sind die Filme schon selbst Attraktion genug, hinterlassen aber auch die Kinogebäude in und um London bleibende Eindrücke bei Hilde: „Die Kinos sind hier sehr prunkvoll. Heute war ich in einem, in dem z. B. zwei Springbrunnen in grüner Beleuchtung vor der Bühne eingebaut sind, die das Bild ganz romantisch erscheinen lassen." Meinen Recherchen in der Bibliothek im British Film Institute nach könnte es sich um das 1928 eröffnete Regal Odeon Marble Arch gehandelt haben, das tatsächlich im Zuschauerraum Springbrunnen installiert hatte.[61] Es zählte zu den größten zeitgenössischen Kinos und zeichnete sich durch sein außergewöhnliches Innenraumdesign aus: Dieses bestand großteils aus floralem herbstlichem Dekor und griff römische Motive auf, die Decke zierte ein funkelnder Sternenhimmel. Außerdem hatte das Regal Odeon Marble Arch die damals größte Kinoorgel Europas, die zusätzlich mit einem Glockenspiel ausgestattet war. Ein besonderes Erlebnis ist auch der Besuch des Davis Theatre in Croydon, wohin sie Mary Hart mitnimmt. Dieses wurde ebenfalls 1928 eröffnet und war mit 3725 Sitzen das größte Kino Englands.[62] „Nach lunch wartete das Auto auf uns u. wir fuhren in das Kino in Croydon. Es ist ganz neu, sehr fein. Das Orchester ist anfangs unsichtbar, kommt in den Pausen mit einem Aufzug heraufgefahren." In ihrem Tagebuch geht sie noch näher darauf ein, wie überwältigt sie von diesem Kino ist und wie anders dort die Hausregeln sind als zu Hause: „Also ich war ganz weg von der Größe und dem Pomp dieses Kinos. Kein Wunder – im Vergleich zum Neustädter Zentralkino. Dann fiel mir auch auf, daß alles rauchte u. es sich sehr bequem machte; in den Pausen gabs diverse Dinge zum Essen, also wie ein Varieté." Hilde hat die Möglichkeit, in der Weltstadt London die Zeit der Hochblüte des Kinos mitzuerleben, als der Film eines der populärsten visuellen Medien ist und insbesondere junge Menschen mit Leidenschaft der Kinokultur anhängen.

Von Frauen und Männern:
Weibliche Selbstbestimmung und traditionelle Geschlechterrollen

Als Hilde nach London geht, gibt es gesellschaftlich zunehmend mehr Freiheiten für Frauen und Mädchen, sich allein im öffentlichen Raum zu bewegen und ein selbstbestimmtes Leben zu führen. Ihre Familie weist insbesondere mütterlicherseits eine Reihe von starken Frauen auf, die einen Lebensentwurf nach ihren eigenen Vorstellungen umsetzten. Nicht nur ihre Mutter Hildegard, die 1898 den Schritt wagte, allein nach London und in Folge nach Paris zu gehen, ist ein Beispiel dafür. Schon vier von Hildes Großtanten lebten vor, wie bürgerliche Frauen in der zweiten Hälfte des 19. Jahrhunderts ein Leben entgegen der klassischen Rolle als Ehefrau und Mutter für sich in Anspruch nehmen konnten. Leopoldine, Gabriele, Fanny und Lina Petritsch reisten bereits selbstständig in diverse europäische Länder, etwa in die Schweiz, wo es bildungsliberalere Gesetze für Frauen als in der k. u. k. Monarchie gab, um Sprachen zu lernen, sich weiterzubilden oder auch selbst zu unterrichten. Im Anschluss betrieben sie mit dem Institut Petritsch zunächst in Klagenfurt, dann in Wien über drei Jahrzehnte eine bürgerliche Mädchenschule. Hilde ist also in ihrer Familie keine Pionierin bezüglich ihres einjährigen Auslandsaufenthaltes. Dennoch stellt es damals ein recht außergewöhnliches Unterfangen dar, als junge Frau aus der Kleinstadt gleich nach der Matura für ein Jahr in die Fremde zu gehen. Die Begleitumstände waren ganz andere als heute – es war ein Leben ohne Telefongespräche und E-Mail, aber auch ohne Kreditkarte oder die Möglichkeit, per Flug rasch für einige Tage zu Hause die Familie zu besuchen.

In Ansätzen lässt sich aus der Korrespondenz zwischen Hilde und ihrer Mutter herauslesen, welche Vorstellungen die beiden von der Rolle der Frau haben und wie sie sich selbst im Geschlechterdiskurs positionieren. Bei ihnen herrscht darüber Einverständnis, dass eine junge Frau 1930 ihr alleiniges Glück nicht in der Ehe finden müsse, sondern zuerst für sich selbst sorgen können und deshalb in eine gute Ausbildung investieren solle. So schreibt Hildegard kurz bevor ihre Tochter sich zur Teilnahme am Pitman-Kurs entscheidet:

Wiener Neustadt, 15. Mai 1930: Mit einem englischen Zeugnis hast Du mehr Aussicht u. es wäre so gut, wenn Du im Herbst schon etwas finden könntest in Wien. Ich unterstütze Dich lieber jetzt, nehme Geld von Onkel Ernst heraus u. dann im Winter wirst Du, so Gott will, auf eigenen Füßen stehen. Ich möchte Dich ja am liebsten zuhause haben u. wäre es das Schönste. Aber diese ewige Fretterei ist doch zermürbend u. die Mädeln brauchen einmal mehr als die Buben; das sagt auch Frau Wolff, die genau Buch führt für jedes Kind.

Auch Bruder Rudi, der ein gutes Jahr älter als Hilde ist, steht noch nicht auf eigenen Füßen. Er absolvierte vier Klassen des Gymnasiums und wechselte dann auf die Maschinenbauschule. Er bestand die Matura „mit Stimmenmehrheit" – im Gegensatz zu einer Matura „mit Stimmeneinhelligkeit" oder sogar mit dem Attribut „reif mit Auszeichnung" bedeutet dies kein besonders gutes Ergebnis. Während der Zeit, als Hilde in England weilt, ist seine Zukunft noch weitgehend unklar. Bezahlte Arbeitsmöglichkeiten sind in Zeiten der Wirtschaftskrise rar und ein reguläres Studium kommt aufgrund des schlechten Maturazeugnisses, aber wohl auch aus Kostengründen, nicht infrage. Schließlich entscheidet er sich dazu, als außerordentlicher Hörer für einen Kurs im Bereich der Papiertechnologie an der Technischen Hochschule in Wien zu inskribieren.[63] Gleichzeitig wird bereits nach konkreten beruflichen Möglichkeiten Ausschau gehalten. Über Vermittlung von Bekannten und Verwandten landet Rudi später tatsächlich in der Papierindustrie.

Während Hilde sich als Gouvernante bereits ihr eigenes Geld verdient, genießt Rudi in vollen Zügen seine Freiheiten. Ich ertappe mich dabei, dass ich die in der Familie gelebten Geschlechterrollen aus heutiger Perspektive als ungerecht empfinde, dies scheint jedoch damals niemand der Beteiligten so gesehen zu haben. Rudi lebt bei den Eltern in Wiener Neustadt, nützt aber auch das familiäre Netzwerk in Wien, um dort gegebenenfalls nach späten Kursen an der Hochschule oder nach Abendveranstaltungen zu übernachten. Außerdem ist er sportlich sehr aktiv; wiederholt ist die Rede davon, dass er nach durchtanzten Nächten noch an Skirennen teilnimmt. Zu Beginn des Wintersemesters lässt Hildes Mutter jedoch durchblicken, dass ihre Vorstellungen vom Fleiß und Ehrgeiz ihres Sohnes andere sind als seine: „Gestern hielt ich ihm noch eine Rede, die er nicht gern anhörte. Ich legte ihm ans Herz, Kino, Radio, Romane u. Zeitung fahren zu lassen u. nur sich seinem Studium zu widmen. Es wird manche Lücken zu füllen geben. Ich sagte, daß ich es vorgezogen habe, ihm vorher Papas u. meine Wünsche mitzuteilen u. daß ich nicht beabsichtige, mich über ihn zu ärgern. Doch wird es von seinem Fleiße abhängen, daß ich ihm manchmal eine Freude ermögliche. Nun werden wir das Weitere abwarten. Ich habe mich geärgert, daß Rudi an seinen freien Tagen: Samstag, Sonntag, Montag, gar nichts Ernstes anfing.“ Die Vorhaltungen, die Hildegard ihrem Sohn macht, scheinen dann doch etwas bewirkt zu haben, zumindest gibt es vorerst eher Lob als Klagen über ihn zu berichten: „Mit Rudi komme ich jetzt famos aus. Er arbeitet fleißig u. ist von seiner Würde als akademischer Bürger durchdrungen. Manchmal bietet er sich sogar zum Geschirrtrocknen an.“ Alles deutet darauf hin, dass er die Lücke, die Hilde hinterlassen hat, zu füllen bemüht ist und sich daher in ungewohnter Weise an Hausarbeiten beteiligt. Spätestens ab Januar 1930 wird jedoch von Rudi nichts mehr über sein Studium berichtet, sondern ausschließlich über seine Teilnahme an Bällen. Dies wird von seiner Mutter sehr wohlwollend betrachtet und mit allen Kräften unterstützt, scheint man sich doch durch das Frequentieren vor allem von Wiener Bällen zu erwarten, dass der Sohn damit den nötigen Schliff bekommen und in die gehobene Gesellschaft eintreten würde, wodurch ihm im Idealfall eine reizvolle berufliche Stellung angetragen wird.

> *Wiener Neustadt, 19. Januar 1930:* Nun gibt es bei uns Bälle nacheinander. Das Techniker-Kränzchen wird riesig elegant werden u. auch sehr teuer kommen. Rudi braucht einen Smoking. So entschloß ich mich schweren Herzens u. ging mit ihm u. dem alten Smoking zum Schneider. Weil dieser gar so schönen Stoff hat, war es besser, zu einer Rekonstruktion zu greifen. Mit Hose u. Gilet neu wird es auf S 105.– kommen.[64] Er braucht es auch für Wien. Oft denke ich mir, ob Du es heuer gut hättest? Deine lieben Bekannten sind ziem-

> lich in festen Händen. Und alles so elegant! Die Buben haben es viel besser, bekommen billige Studentenkarten u. haben immer denselben Anzug.

Hilde gönnt ihrem Bruder von ganzem Herzen das Tanzvergnügen, wenn es ihr vielleicht auch insgeheim einen Stich ins Herz gegeben hat, dass sie selbst von ihrem Freundeskreis abgeschnitten ist und nur mithilfe von Berichten aus der Ferne darüber auf dem Laufenden gehalten wird, wer mit wem welchen Ball besucht und welche Partner:innen gerade bei ihren Freund:innen und Bekannten hoch im Kurs stehen. Mehrmals schreibt Hilde, dass sie „sehr froh [ist], daß Rudi solche Fortschritte macht", einmal mit der Begründung, dass „nichts schöner [ist], als einen feschen Bruder zu haben", ein andermal, dass sie selbst es ja während ihrer Gymnasialzeit bezüglich der Ausstattung an Kleidung viel besser gehabt habe und nun also ausgleichende Gerechtigkeit herrsche. Gleichzeitig fühlt sie sich erleichtert, dass sie dieses Jahr auf ihre Studierendenkränzchen in London gehen kann, wo sie im Vergleich zu Wiener Neustadt als junge Frau viel weniger unter Beobachtung steht. Eine Textstelle zeugt davon, dass der Druck auf alleinstehende Frauen in einer Stadt, in der sich die meisten Personen einer Schicht kennen, ungleich größer ist: „Für mich wäre es gar nichts in Neustadt, denn wenn man keinen Freund hat, ist man in Neustadt unmöglich."

Hilde selbst wurde auf einem traditionellen Bubengymnasium sozialisiert und hatte keine Berührungsängste mit Männern. Ihr großer Bekanntenkreis besteht nicht nur aus Freundinnen, sondern gleichermaßen aus Burschen, die sie teilweise aus dem Umfeld ihres Bruders kennt. Sie ist generell ein lebenslustiger Mensch und kommt leicht mit anderen Leuten in Kontakt. Schon von der Überfahrt nach Großbritannien berichtet sie von einem ersten Flirt auf der Fähre:

> *London, 13. Oktober 1929:* Als das Wiener Fräulein und ich auf Deck kamen, war der Mond aufgegangen und der Ausblick ganz märchenhaft. Wir spazierten fesch am Deck herum, da kam plötzlich ein junger Lieutnant, fragte ob wir für 1. Klasse Karten hätten, wir sagten natürlich nein, da meinte er, wir dürften dort nicht herum

gehen, weil der Platz nur für die 1. Klasse ist. Eigentlich müßten wir auch sehr viel Strafe zahlen (wir glaubten es anfangs). Aber wir sahen, daß er sich gern mit uns ein bißl unterhält; er hatte vorher schon immer zu uns geschaut. Das kam uns sehr zu Gute, er war so nett, bald mußte er aber weg, u. ich sah ihn mit anderen Herren sprechen. Als wir zum Land kamen, sprachen uns die 2 an, sagten, der Lieutnant habe sie beauftragt auf uns zu schauen, was sehr angenehm war. Dann erklärten sie uns genau, was für Papiere wir gleich brauchten u. wo sie auf uns mit den Koffern warten werden wegen der Zollrevision. Es ging alles glatt u. wir konnten gleich in den Zug.

Nach ihrer Ankunft bei Mrs Cleeves sind die Möglichkeiten jedoch zunächst beschränkt, um sich den unbeschwerten Seiten des Lebens zuzuwenden. Es braucht Zeit und Energie, bis Hilde in ihrer neuen Rolle als Kindermädchen angekommen ist. Besonders konfliktreich entpuppt sich bei beiden Familien, bei denen sie in Stellung geht, der Umstand, dass sie sich ein eigenes Zimmer wünschen würde, in das sie sich unter Wahrung ihrer Privatsphäre zurückziehen könnte. In Mrs Cleeves' Haus ist zwar ein Raum für sie allein vorgesehen, allerdings ändert sich dies rasch und ohne beidseitige Absprache, als das Pflegekind Ruth aufgenommen wird. Ihre Nöte in dieser für sie unhaltbaren Situation beschreibt Hilde ausschließlich in ihrem Tagebuch:

Tagebuch, 19. November 1929: In der Nacht schlief ich gar nicht, höchstens 2 Stunden, da Ruth fortwährend brüllte. Mrs Cleeves hatte sie nämlich eines Tages, als sie abends Gäste erwartete, die sich immer in ihrem Zimmer ausziehen, in mein Zimmer gestellt, damit die Kleine nicht gestört werde. Von da an blieb sie bei mir. Also ich hatte nichts dagegen, da sie ja reizend war u. ich sie sehr lieb hatte, aber des Nachts hätte ich doch gerne meine Ruhe. Nun, den folgenden Abend brüllte sie wieder ganz fürchterlich. Da öffnete ich die Tür, damit Mrs Cleeves das Geschrei höre u. wirklich, sie nahm sie wieder in ihr Zimmer. Ich war glücklich wie schon lange nicht und schlief bis 8^{h}.

Auch im Haushalt von Mrs Norman ist es für Hilde problematisch, dass sie kein Zimmer ausschließlich für sich bekommt. Hier besteht aufgrund der begrenzten räumlichen Verhältnisse gar keine Möglichkeit, dass sie in einem anderen Raum als in Michaels Zimmer schläft. Sie arrangiert sich mit der Situation, klagt nicht, aber leidet zunehmend unter einem Lagerkoller. Darauf lässt sich aus Bemerkungen in Briefen schließen, in denen davon die Rede ist, wie sehr sie es genießt, dass ihre Familie einmal über das Wochenende verreist („Als ich abends nach Hause kam, sah ich zu meiner größten Freude, daß Normans noch nicht zurück waren. Ich war wirklich sehr froh über dieses Week-end.").

Ich weiß nicht, ob es ein Zufall ist oder ob die Zeit dafür reif war, dass man Ende der 1920er-Jahre ein Bewusstsein dafür entwickelte, dass auch Frauen berechtigterweise häusliche Privatsphäre eingeräumt werden solle. 1929 erscheint jedenfalls Virginia Woolfs bedeutender Essay *A Room of One's Own*. In diesem tritt sie explizit dafür ein, dass Frauen ein Anrecht auf ein Zimmer für sich allein hätten, um ihnen einen zum Schreiben unerlässlichen Raum in Abgeschiedenheit zuzugestehen. Der darin formulierte Anspruch kann jedoch auch auf andere Bedürfnisse nach weiblicher Intimität und Privatsphäre umgedeutet werden – und sei es nur, um sich von den Kindern, die man den ganzen Tag über betreut, für eine Weile zu distanzieren.

Hilde betrachtet ihre Zeit in England als Herausforderung, auf eigenen Beinen zu stehen, finanziell weitgehend von den Eltern unabhängig zu sein und selbst Entscheidungen zu treffen. Dabei merkt sie, dass sie einen anderen Weg als ihre Freundinnen in Wiener Neustadt eingeschlagen hat, der ihr trotz aller Schwierigkeiten und Opfer dennoch wichtig ist:

> *Undatierter Brief, vermutlich Anfang März 1930:* Trude schreibt nicht viel, sie scheint sehr in Anspruch genommen zu sein. Ich muß sagen, daß sie wohl noch ein recht wohlbehütetes Leben führt, alles nur bestrebt (ich mein besonders ihre Mutter) sie zu verheiraten. Du darfst ja nicht glauben, daß ich sie beneide u. mich hier verlassen fühle, weiß ich doch immer, daß ich Euch habe u. bin ja auch so glücklich darüber. Aber ich bin ja auch wirklich sehr stolz darauf, viel mehr mit dem wirklichen Leben in Berührung zu sein, u. zu

> sehen wie schwer es heutzutage ist, weiter zu kommen. Ihre Briefe enthalten nichts als Liebesaffairen, endlich ließ sie Richard stehen, nachdem er ihr schon so lange begreiflich gemacht hatte, daß er genug habe. Bin neugierig, wer ihre nächste unglückliche Liebe ist, sie nimmt diese Dinge viel zu ernst u. zu schwer.

Mutter und Tochter sind sich einig, dass es als Frau wichtig ist, seinen eigenen Weg zu gehen und nicht allein die Ehe als Lebensziel anzustreben. Wenn sie sich über gemeinsame Bekannte austauschen und ihre Eindrücke von anderen Beziehungen teilen, fällt immer wieder auf, dass Frauen noch andere Betätigungsfelder haben sollten, außer den familiären Haushalt zu führen und sich um ihr Äußeres zu kümmern. So schreibt Hildegard in Bezug auf eine Freundin von Midge Hart: „Es ist ganz gut, wenn man ein bißl Einblick in andere Ehen gewinnt u. sieht, daß es nirgends nur Gutes gibt. Hier ist eben nichts Vollkommenes. Emmie ist nur Hausfrau u. eigentlich macht sie das auch nicht froh. Ich habe soviel anderes, was mich freut u. interessiert u. kann daher nie so unzufrieden u. grantig werden.“ Hilde hingegen betrachtet in London so manche Tradition durch die Brille einer jungen Frau, die mit alten Geschlechterklischees wenig anzufangen weiß. Beispielsweise lösen in ihr im Mai 1930 die „Representations“ – das Zeremoniell der Einführung in die Gesellschaft, bei dem Debütantinnen aus reichem Hause dem englischen Königspaar vorgestellt werden – erklärterweise Befremden bezüglich der Rolle der Frauen aus:

> *London, 15. Mai 1930:* Heute nachmittag war ich beim Buckingham Palace. Gestern u. heute sind Representations am Hof u. da gab es viel zu sehen. Die Geschichte fängt ca. um 6^h an, obwohl sie erst um 9^h vor König u. Königin kommen. Ich war schon um 5^h dort, sah viele Menschen beim Palast warten. Stellte mich auch hin u. richtig, die Königin fuhr in den Palast in schönem Rolls Royce. Die Menschen riefen ihr begeistert zu, alle haben sie so gerne, weil sie so freundlich u. gut ist. Ca. um ½ 6^h fuhren die ersten Autos mit Debutantinnen vor, u. zwar stellten sich alle Wagen in The Mall (Hauptstraße gegenüber Palast) auf der linken Seite nacheinander auf. Und die

ganzen Menschenmengen standen der Länge nach am Trottoir u. sahen sich die Mädel u. Frauen an. Mir kam es wie im Zoo vor, muß nicht sehr angenehm sein. Und die Sachen, die man hören konnte! Die eine fand eine junge Dame entzückend, dann eine andere: Schau dir die an, die Haare u. das Gesicht, die hätte zu Hause bleiben können!! Könnt Euch vorstellen wie komisch zum Zuhören. Einige waren sehr schön, alle mit Straußfedern oder Tüll im Haar, sehr wertvollem Schmuck u. wunderschönen Kleidern. Meistens waren die Mütter mit, aber auch Offiziere mit jungen Frauen. Es war wirklich sehr schön u. belustigend u. so sehr neu für mich.

Im Jahr 1930 finden die ersten beiden Vorstellungen bei Hofe am 14. und 15. Mai statt. Schon im Vorfeld wird in der Presse über das große gesellschaftliche Ereignis berichtet. Vor allem die Trends in der jährlichen Mode bei den Kleidern, den Accessoires und der Frisur lassen Frauenmagazine zur Hochform auflaufen, auch werden bereits einzelne Namen und Porträtfotos der Debütantinnen abgedruckt.[65] Nach strengem Zeremoniell werden die jungen Damen einzeln vom Lord Chamberlain, dem leitenden Beamten am Hofe, im Ballsaal des Buckingham Palastes aufgerufen, um dem König und der Königin mit einer Verbeugung und einem Knicks ihre Aufwartung zu machen. Erfolgt die eigentliche Vorstellung hinter verschlossenen Türen, so bestaunt die Allgemeinheit gerne im Vorfeld als Zaungäste die jungen Damen aus hohem Haus samt ihrer Aufmachung. Die Debütantinnen müssen mehrere Stunden in ihren exklusiven Automobilen entlang der Mall auf ihren großen Auftritt warten. Dies nutzen vor allem weibliche Neugierige, die sie begaffen und dabei neben Bewunderung auch persönliche Kritik an deren Aussehen äußern. Nur wenige Privilegierte haben die Erlaubnis, einen den Blicken entzogenen Seiteneingang zum Palast zu verwenden.[66] Die anderen gehen entweder offen mit ihrer Rolle als Objekte der Schaulust um oder schützen sich hinter verdeckten Scheiben vor den ungewollten Blicken. In den Berichten und veröffentlichten Fotografien zu den Representations steht nicht nur die offizielle Veranstaltung im Fokus, sondern genauso das Spektakel auf der Straße, an dem auch Hilde teilnimmt.[67] Bis 1958 bleibt die Tradition aufrecht, Töchter von hohem Stand mit 18 Jahren am königlichen Hof einzuführen und ihnen damit das Recht zuzugestehen, offizieller Teil der Gesellschaft zu sein und heiraten zu dürfen. Erst dann erklärt Königin Elisabeth II. die Veranstaltung für nicht mehr zeitgemäß und schafft sie ab.

Während Hilde hier Beobachterin ist, wie junge Frauen ihres Alters sexistisch beurteilt und durch äußerliches Taxieren erniedrigt werden, muss sie auch am eigenen Leib übergriffiges Verhalten erfahren. Heute gibt es für sexuelle Belästigung ein öffentliches Bewusstsein, das durch die von der amerikanischen Menschenrechtsaktivistin Tarana Burke initiierte Kampagne #MeToo ausgelöst wurde. 1930 existierte dafür weder ein begriffliches Instrumentarium noch eine öffentliche Artikulationsmöglichkeit, und die Betroffenen waren mit ihren Schamgefühlen auf sich selbst zurückgeworfen. Prinzipiell ist Hilde erleichtert, dass sie als Gouvernante in zwei Haushalten mit alleinstehenden Frauen arbeiten kann. Ein Mann würde zumindest bedeuten, dass sie das Wohnzimmer abends nicht mitbenützen dürfte, wie sie anlässlich ihres Wechsels in das Haus von Mrs Norman bemerkt: „Ich habe wieder solches Glück gehabt; denn wenn ich in ein Haus komme, wo ein Mann ist, habe ich meistens im Kinderzimmer zu sitzen; hier sitze ich im sitting room u. habe es angenehm.“ Unmittelbar zuvor muss Hilde die Erfahrung machen, dass bei Männern, die junge Frauen als Gouvernanten oder Kindermädchen zu sich nach Hause holen, Vorsicht geboten ist. Im Zuge ihrer Suche nach einer neuen Stelle meldet sich auch ein gewisser Herr Berger auf ihre Annonce, ein Deutscher, der seit seiner Jugend in London lebt und nach einer Gefährtin für seine erwachsene Tochter sucht. In ihrem Tagebuch beschreibt sie, wie sich das Ersttreffen gestaltete:

> *Tagebuch, 17. Januar 1930:* Um ½ 7^{h} traf ich Herrn Berger beim Lyons Corner House, um mit ihm und seiner Tochter gemeinsam zu soupieren u. sich kennenzulernen. Wer aber nicht kam, war die Tochter und wer sehr nett und zutraulich wurde, war Herr Berger. Da wußte ich sofort, wieviel es geschlagen hat. Ich ließ es mir aber trotzdem gut schmecken, zeigte mit keiner Miene meine Gedanken, um den Kerl nicht unangenehm werden zu lassen. Aus seinen Gesprächen

sah ich bald klar, daß ich mich nicht geirrt hatte, so ein alter Schöps[68]! Da wir denselben Weg nach Hause hatten, wollte er mich auch von der Untergrund heimbringen. Gott sei Dank bewährte sich meine Kunst, Menschen leicht los zu werden und ich ließ ihn in der Untergrund weiterfahren. Es wäre höchst unangenehm gewesen, mit ihm durch das stille und dunkle Villenviertel herumzuwandern. – Nun bin ich umso froher, daß ich zu Mrs Norman kann, eine geschiedene Frau ist für mich wohl ungefährlicher als so ein alter Kerl!

In einer anderen Situation ist Hilde schlichtweg überrumpelt von den Zudringlichkeiten eines fremden Mannes und es fällt ihr schwer, sich dagegen zu wehren. Die Situation, in der sie Opfer eines sexuellen Übergriffs wird, findet in einem Kino statt. Obwohl sich Hilde bewusst ist, dass man sowohl als Gouvernante in einem Haushalt mit einem Mann als auch als junge Frau, die allein eine Kinovorstellung besucht, auf der Hut sein muss, scheint es sie doch bei dieser unliebsamen und verletzenden Begegnung im Kino kalt erwischt zu haben:

> *Tagebuch, 20. Februar 1930:* Als ich abends im Kino war, saß rechts von mir ein Fräulein und links ein alter Mann von 60–70 Jahren. Ich war froh, da ich dachte, auf diese Art Ruhe zu haben. Da wir sehr eng saßen, hatte ich auf einmal das Gefühl, als ob er mit seiner Hand gegen mich zu taste; konnte es aber nicht für möglich halten, da er so großväterisch aussah. Ich rückte immer weiter weg und trotzdem fühlte ich, wie er mit seiner Hand ganz bei mir war. Ich hätte den Menschen anspucken können. Es berührte mich sehr traurig, daß so ein alter Mann noch so blöd und ordinär sein kann. Wenn es auf der Welt nur nicht solche Sachen gäbe, ich bin direkt unglücklich darüber.

Beide Ereignisse vertraut Hilde exklusiv ihrem Tagebuch an. Sie findet sehr klare und deutliche Worte dafür, wie sie die Situation erlebt hat und wie sehr sie darunter leidet. Die Schilderung der Ambivalenz, in eine Situation geraten zu sein, aus der sie sofort wieder herausmöchte, aber nicht recht weiß, wie sie dies bewerkstelligen solle, gerät ihr sehr eindrücklich und erinnert mich an einige der Erfahrungsberichte von Frauen, die im Rahmen der #MeToo-Kampagne ihre Stimme erhoben haben.

Kontakte zu Männern auf Augenhöhe findet Hilde während ihres Jahres in England vor allem im Rahmen von Veranstaltungen der Studierendenvereinigungen. Dort lernt sie junge Männer verschiedener Nationalitäten kennen. Ein Name fällt in ihren Briefen sehr häufig, nämlich jener von Scott. Ihn trifft sie bereits bei der ersten Veranstaltung in der National Union of Students, der sie beiwohnt. Auch ihm scheint die dortige anregende interkulturelle Atmosphäre zu gefallen und er nützt als Engländer die Treffen als Gelegenheit, um Menschen unterschiedlicher Nationalitäten kennenzulernen. Er selbst studiert begleitend zu seinem Beruf in der Londoner Stock Exchange. Zudem scheint es ihm Spaß zu machen, Neuankömmlingen London zu zeigen. Scott entpuppt sich auch für Hilde sowohl als bereitwilliger Führer, der der Österreicherin seine Heimatstadt zeigen möchte, als auch als guter Freund und Helfer in allen Belangen („mein spezieller Freund, wenn ich etwas brauche"). Er nimmt sie zu einem besonderen Gottesdienst zu Ehren des Papstes in die Westminster Cathedral mit, überredet sie zur Silvesterfeier im Student Movement House, vermittelt ihr Tanzpartner oder macht mit ihr einen Ausflug nach Bromley in Kent, wo er zur Schule ging. Ihm verdankt Hilde zahlreiche neue Eindrücke. So schildert sie beispielsweise ihren Eltern ausführlich, dass sie mit Scott das erste Mal in ihrem Leben Chinesisch essen war und beschreibt in aller Ausführlichkeit die dort angebotenen Speisen:

> *London, 28. März 1930:* Nach dem Kino gingen wir in ein chinesisches Restaurant zum Nachtmahl. Das war schrecklich lustig. Wir aßen Chop Suey mit Reis u. etwas wie ein Omelette. Chop Suey ist ein Gemisch von allerhand Gemüse, Schwammerln, Eier u. Lobster (Hummer, ist mir momentan nicht eingefallen). Ich versuchte natürlich mit Stäbchen zu essen, hätte aber auf diese Weise nichts zu mir nehmen können, da es verteufelt schwer ist. Hernach hatten wir Litschi, das ist eine chinesische Frucht ca. wie Weintraube aber viel größer, in Zucker eingelegt. Ganz außerordentlich feiner Ge-

schmack. In diesem Restaurant waren natürlich fast durchwegs Chinesen u. ich bewunderte ihre Geschicklichkeit mit den Stäbchen, sieht aber auch bei ihnen nicht sehr appetitlich aus.

Scott führt Hilde auch an so manchen Ort, den sie als Frau sicher nicht allein aufgesucht hätte. Sie erzählt von einem Ausflug zum West India Dock („ein sehr interessanter Teil Londons, den der größte Teil der Londoner gar nicht kennt u. der als gefährlich bezeichnet werden kann, weil dort sehr viele arme Leute, Chinesen u. Schwarze wohnen") und dem Besuch von zwei Tavernen in Limehouse in East London, darunter auch das berühmte Pub Charlie Brown's. In diesem nahe der Themse und zu den östlichen Docks gehörenden Stadtgebiet existierte Londons erste Chinatown, in der man unter anderem auch Opiumhöhlen finden konnte und die insbesondere in den 1920er-Jahren zunehmend in der Kritik stand.

London, 4. Mai 1930: Charlie Brown's ist eine kleine Bierhöhle, einen Raum aber hat der Besitzer als ein Museum benützt. Da kann man die eigentümlichsten Dinge nebeneinandergehäuft finden. Meistens chinesische Kostbarkeiten, die die Seeleute mitgebracht hatten. Diese Bude bildet eine der Sehenswürdigkeiten Londons und z. B. Anna May Wong, die berühmte chinesische Filmschauspielerin, hat ihr Autogramm dagelassen. Dann gingen wir in eine andere Tavern, nicht so sehr Museum, aber richtige Seemannshöhle. In einem Raum spielten Männer Darts, Messer an die Wand werfen. Diese Bude hat als besonders anziehend auf der Rückseite des Hauses, die gegen die Themse geht, eine Art Veranda (zu viel gesagt). Es ist ein Platz ohne Scheibe mit Dach, bedeckt, aber sehr schmutzig, rohe Holzbank. Also sehr romantisch, was? Aber die Aussicht!! Die Themse in grünblau, viele Boote, Schiffe mit Lichtern, rot, blau, gelb, die Docks in der Ferne, wirklich für einen Maler. Absolute Ruhe außer hie u. da der Pfiff eines Schiffes u. das Gemurmel der Seemannsleute herum, die bei einem Glas Bier Feierabend machen. Leider fehlt mir die Gabe, es noch weit u. schöner auszuführen, aber Ihr könnt es Euch vielleicht ein bißl vorstellen. Ich bin so froh, daß mich Scott hierher gebracht hat.

Hilde findet in Scott einen echten Freund, der sich sehr um sie bemüht. Er hält regelmäßig mit ihr Kontakt und lässt sich immer wieder Neues einfallen, das er ihr zeigt. Manche brieflichen Äußerungen lassen darauf schließen, dass Scott sich durchaus gewünscht hätte, aus der Freundschaft mit Hilde würde sich mehr entwickeln („Scott telephoniert 2–3 mal wöchentlich, wenn er auch gar nichts Besonderes zu sagen hat. Elizabeth geht meistens zum Telephon, kommt dann strahlend zu mir u. meint, der Mann mit der tiefen Stimme ist am Telephon."). Auch Hilde ist sich bewusst, dass sie vielleicht gegenüber ihren Eltern erklären sollte, um welche Form des Verhältnisses es sich handelt: „Ich hoffe, Papa sieht nichts Unrechtes, daß ich mit ihm herumgehe, aber es ist doch wirklich nicht anders möglich. 1. ist wirklich nichts dahinter, u. 2. kannst Du es mit der Union entschuldigen. Weißt Du, man kann hier nicht genug Freunde haben. Manchmal fühle ich mich recht verlassen, wenn ich allein ausgehe." Obwohl Hilde auf einem lediglich freundschaftlichen Verhältnis beharrt, bleibt der Kontakt zu Scott doch ein Leben lang bestehen und sie pflegen auch nach Hildes Rückkehr eine jahrzehntelange briefliche Korrespondenz.

Abschluss eines nicht immer einfachen Jahres

Hilde macht in ihrem Auslandsjahr in Großbritannien viele neue Erfahrungen, die ihr Leben bereichern, aber auch schmerzhafte, auf die sie lieber verzichtet hätte. In jedem Fall verbucht sie es als äußerst positiv für sich, dass sie das Beste daraus gemacht und sich selbstständig Wege eröffnet hat, um mit den Herausforderungen umzugehen. Dass die genaueren Umstände ihres Daseins als Kindermädchen in zwei englischen Familien nicht nach außen dringen, ist ihr wichtig. Dies lässt sich unter anderem an jenen Briefstellen ablesen, in denen sie die Eltern anweist, dass sie anderen an einem London-Aufenthalt interessierten jungen Frauen aus Wiener Neustadt signalisieren sollen, eine Vermittlung an eine englische Familie wäre aussichtslos:

> *London, 3. März 1930:* Gelacht habe ich, daß sich viele schon als meine Nachfolgerinnen sehen. 1. kommt die englische governess, die vor mir hier war, zurück wenn ich gehe u. 2. würde ich nie das Risiko

> auf mich nehmen, jemanden herzurekommandieren. Ihr könnt allen Leuten sagen, daß nichts zu machen ist, England ist von Deutschen so schon überschwemmt u. sie lassen ihre Kinder fast durchwegs französisch, aber fast gar nicht deutsch lernen. Dann stellen es sich die Mädeln viel einfacher vor als es ist, man muß sehr fleißig u. ausdauernd sein wovon z. B. Fritzi keine Ahnung hat.

Richtig ungehalten wird Hilde, als sich während ihrer Zeit in London Bekannte melden, mit denen sie vormals kaum in Austausch war und die sich nun insofern als falsche Freundinnen entpuppen, als dass sie sich erhoffen, von Hildes Kontakten nach England für sich selbst einen Vorteil ziehen zu können:

> *London, 12. Juli 1930:* Ja, denkt Euch heute bekam ich einen Brief u. zwar von Mausi, das ist doch wirklich unerhört. Grund könnt Ihr Euch denken, sie ist aber die Allerletzte, für die ich etwas fände. Diese verwöhnte, arrogante Person! Wahrscheinlich denkt sie, Ala heiratete in London, ich bin doch so viel hübscher, muß es versuchen. Wenn sie glaubt, daß Engländer nur auf ein hübsches Gesicht hin heiraten, macht sie einen großen Fehler. Ich werde ihr nicht antworten, in Neustadt war sie immer sehr zurückhaltend zu mir, die dumme Gans. Dann schreibt sie noch, daß sie nicht erst jetzt an mich denkt, wo sie etwas will!! Auch will sie nicht au-pair, nein möglichst viel Bezahlung!! Die soll sich etwas selbst finden. Ja, aber nun Schluß davon.

Das Interesse junger Frauen in ihrem Alter aus ihrer Heimatstadt, selbst für längere Zeit nach Großbritannien zu gehen, fördert in Hilde den Stolz und die Dankbarkeit darüber, dass ihre Erfahrungen alles andere als gewöhnlich sind. Die Tatsache, dass andere sie darum beneiden und danach trachten, in ihre Fußstapfen zu treten, hilft ihr, mit den schwierigen Seiten ihres Daseins leichter umzugehen. Als sie ein Onkel auf einer seiner Englandreisen besucht und sie gemeinsam die Stadt besichtigen, drückt auch dieser aus, wie gerne er mit Hilde tauschen würde, worauf sie sich erneut bewusst wird, wie privilegiert sie im Vergleich zu ihren

Freundinnen ist: „Uncle Sepp likes London so much and envies me to be able to stay here for as long. But I can realize my luck, you know, and I would not change with any of my girlfriends." Während der letzten Wochen in England sieht Hilde vorwiegend das Positive ihres Auslandsjahres und fasst ihre Erfahrungen insgesamt in einer sehr versöhnlichen Bilanz zusammen: „Nun sind meine Tage schon gezählt u. bald werde ich bei Euch sein. Freue mich schon so auf die Heimat, habe aber London auch sehr liebgewonnen, mit allen Bekannten u. Freunden."

Der Abschluss ihres Jahres in England als Gouvernante wäre recht einfach gewesen, wenn sie sich mit den Kursen am Pitman's College nicht noch eine gewaltige Zusatzaufgabe aufgebürdet hätte. Hilde muss unter großem Druck gestanden sein, die Abschlussprüfungen zu bestehen, weil sie einerseits der Teilnahme an den Kursen gegenüber Mrs Norman eine hohe Priorität eingeräumt hat und andererseits ihre Eltern sie dafür finanziell unterstützt haben. In einem ihrer Briefe drückt Hildegard im Vorfeld bereits die Sorge bezüglich eines Scheiterns aus: „Natürlich kann es Dir auch mißlingen. Was dann?" Hilde arbeitet indessen mit Hochdruck auf die Prüfungen in mehreren Fächern hin. Als erstes legt sie die Prüfung in Englisch ab, danach tritt sie zu Stenografie und Maschinschreiben an.

> *London, 14. September 1930:* Freitag hatte ich also Schriftliche in Englisch. War verhältnismäßig sehr schwer. Hatte 10 Fragen, von denen ich 7 beantworten mußte. Composition wählte ich „Characters expressed by clothes". Dann war ein Brief als Antwort auf eine Annonce zu schreiben. Die 5 übrigen Fragen waren alle grammatikalisch. Jetzt erst bin ich darauf gekommen, daß ich Englisch u. nicht English for foreigners besucht habe. 2 junge Mädchen machten die Prüfung in letzterem, daher hatten sie ganz andere Fragen. Resultat kann ich erst Ende der Woche erfahren, hoffentlich habe ich es bestanden.

Anfang Oktober, kurz vor ihrer Abreise aus London, schickt Hilde noch in großer Eile eine Postkarte an ihre Eltern, auf der sie ihnen vorab die Prüfungsergebnisse kommuniziert: „Prüfung in Englisch I-class bestanden, Stenografie u. Typewriting keine Abschlussprüfung. Näheres im nächsten Brief.“ Sie erwirbt damit ein Zeugnis, das ihr das Beherrschen der englischen Sprache analog zu Muttersprachler:innen bescheinigt. In den Fächern Stenografie und Maschinschreiben klappt es aber trotz allen Übens und Bemühens nicht mit dem ersehnten positiven Abschluss.

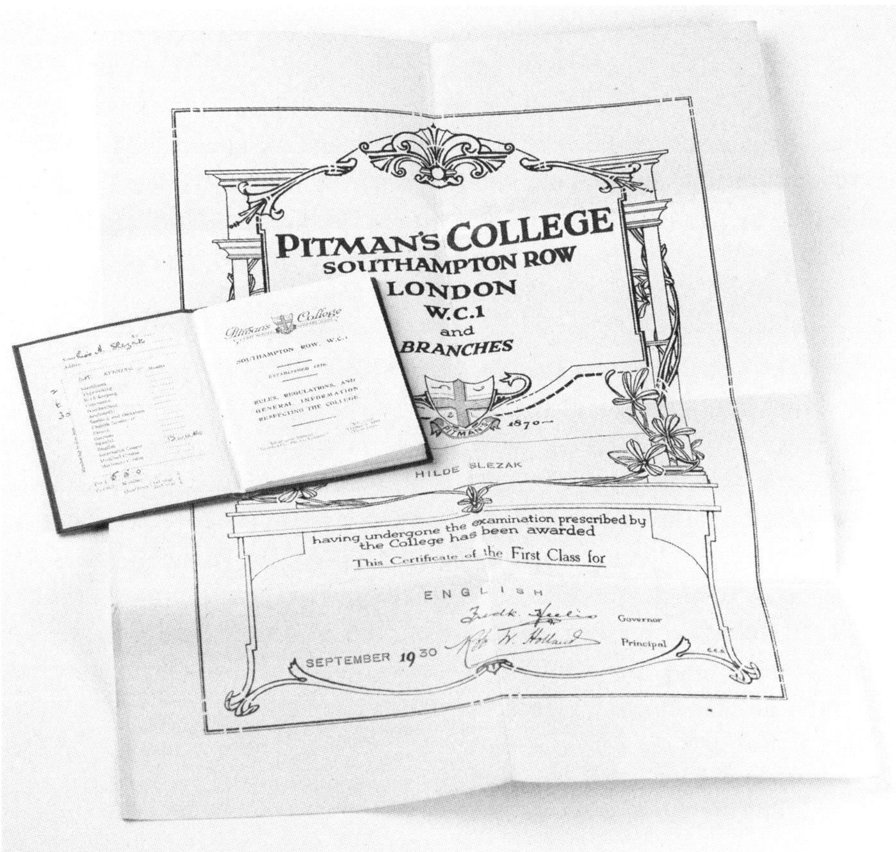

Kursbuch und Zeugnis von Hilde vom Pitman’s College

Zwei Tage später besteigt Hilde die Fähre nach Holland, wo sie jene Familie besucht, bei der sie im Jahr 1920 im Zuge des Kinderverschickungsprogramms nach dem Ersten Weltkrieg ein paar Wochen verbracht hat und der sie auch zehn Jahre später noch immer innig verbunden ist. Aus einem Tagebucheintrag lässt sich herauslesen, dass sie doch erleichtert ist, ihre Tätigkeit als Gouvernante beenden zu können: „Abschied war rührend, da alles weinte, nur ich nicht. Millie brachte mich auf die Bahn. Ich fuhr Hoek van Holland Linie. Fabelhafte Kabine, sehr gut geschlafen. Am nahesten ging mir der Abschied von Jill. Sie wird mir so abgehen." Es spricht Bände, dass Hilde die engste emotionale Verbindung innerhalb ihrer Gastfamilie zu deren Hund aufgebaut hat. Sie verbringt zwei Wochen in Doetinchem und reist dann weiter nach Wiesbaden, wohin ihre Tante vor Kurzem übersiedelt ist. In der zweiten Oktoberhälfte kehrt sie schließlich zu ihren Eltern nach Wiener Neustadt zurück. Zu diesem Anlass erhält sie von ihrem Vater ein umfassendes enzyklopädisches englisch-deutsches Wörterbuch, den 1910 gedruckten „Muret-Sanders". Es trägt die Widmung „Keep this book as a memorial. Your father", die Hilde um das Datum des 22. Oktober 1930 ergänzt, wohl der Tag, an dem sie nach über einem Jahr Trennung mit ihren Eltern zusammentrifft.

Trotz des großen Interesses am universitären Leben zerstreuen sich ihre Pläne zu studieren. Stattdessen tritt sie am 16. Februar 1931 eine Stelle in der Firma Ideal & Ideal – Nationale Radiator Gesellschaft in Wiener Neustadt an, die sie bis zu ihrer Hochzeit mit Robert Stainer im Jahr 1938 innehat. In ihrem Arbeitszeugnis wird extra erwähnt, dass sie dort nicht nur die Verantwortung für die gesamte Registratur, die Bedienung der Telefonanlage sowie für den Schriftverkehr und die Buchhaltung innehatte, sondern „infolge ihrer ausgezeichneten Kenntnis der englischen Sprache ebenfalls eine wertvolle Hilfe bei Erledigung unserer ausgedehnten englischen Korrespondenz" darstellte.

Hintergrund, Kontext, Vertiefung

ESSAYS TEIL II

Gerhard Geissl

Wiener Neustadt 1900 – 1930 – 1965

Eine Stadt- und Wirtschaftsgeschichte über drei Generationen

Die Geschichte von Wiener Neustadt im Zeitraum von 1900 bis 1965 ist äußerst vielfältig. Zwei Weltkriege, der Zerfall der Donaumonarchie, die Weltwirtschaftskrise, die Zerstörung im Bombenhagel und der Wiederaufbau stellen einen facettenreichen historischen Hintergrund dar. Es scheint sinnvoll, im Rahmen dieses Textes die wirtschaftliche Entwicklung als roten Faden für eine Stadtgeschichte näher zu betrachten. Die Bevölkerungsdaten lassen erkennen, dass Wiener Neustadt in der zweiten Hälfte des 19. Jahrhunderts im Aufbruch war. In den fünf Dekaden zwischen 1850 und 1900 vollzieht sich ein Wachstum von der Kleinstadt zur Mittelstadt. Die Bevölkerungszahl erhöhte sich im letzten Jahrzehnt des 19. Jahrhunderts um mehr als 3660 Personen. Am 31. Dezember 1900 zählte die Steinfeldstadt über 28.304 und 1910 bereits 31.708 Einwohner:innen.[1]

Wie lässt sich nach mehreren Jahrhunderten der Stagnation nun dieser rasche Zuzug erklären? Für den deutlichen und schnellen Anstieg war insbesondere die Industrialisierung verantwortlich, welche Kaiser Joseph II. mit der Ansiedelung von Textilmanufakturen initialisierte und die mit dem Aufschwung der Metall- und Maschinenindustrie Mitte des 19. Jahrhunderts dramatisch an Fahrt aufgenommen hatte. Selbstverständlich ist dieser Zuzug nicht aus einer Landflucht und einer Übersiedelung aus dem flachen Land in die Stadt allein zu erklären. Angelockt von den Arbeitsmöglichkeiten in Wiener Neustadt kamen einer Zählung der heimatberechtigten Zuwander:innen zu Beginn des 20. Jahrhunderts zufolge nicht nur Niederösterreicher:innen, sondern auch Personen aus der Steiermark (1299), aus Böhmen (2104) und aus Mähren (1260).[2] Letztere gehörten fast ausschließlich der sudetendeutschen Volksgruppe an. Aufgrund der wachsenden Anzahl an Industriebetrieben überrascht es nicht, dass die Mehrheit der Migrant:innen Arbeiter:innen, Handwerker:innen sowie Hilfskräfte aus Agrarräumen repräsentierte, die sich bessere Verdienstchancen erhofften. Die rasch wachsende Stadt bot ebenso für Gewerbetreibende und Dienstleister:innen attraktive Erfolgsaussichten und Märkte.

Die Industrie als Motor der jüngeren Stadtgeschichte

Ein Blick auf die industrielle Vergangenheit zeigt, dass dieser Sektor, weit über das Wirtschaftliche hinaus, die Geschichte der Stadt im 20. Jahrhundert bestimmen sollte. Zu Beginn der Hochkonjunkturphase Anfang des 20. Jahrhunderts dominierte in Wiener Neustadt bereits die Metallindustrie. Weichenstellend war die Gründung einer Lokomotivfabrik im Frühjahr 1842, bald nach der Eröffnung des ersten Südbahnabschnitts zwischen Wien und Wiener Neustadt am 20. Juni 1841. Die für den nationalen und internationalen Markt produzierende Lokomotivfabrik mit 2800 Beschäftigten, welche sich unter wechselnden Besitzverhältnissen auch in Krisenzeiten behaupten konnte, löste eine Tradition aus, die lokal zu einer Konzentration an metallverarbeitenden Betrieben führte.[3] Mit der Gründung der Österreichischen Daimler Motoren Gesellschaft im Jahr 1899 in unmittelbarer Nachbarschaft zur Lokomotivfabrik wurde Wiener Neustadt neben der Hauptstadt Wien zu einem bevorzugten Standort der Verkehrsmittelindustrie. Initiiert unter Paul Daimler, errang das als Tochterbetrieb der deutschen Daimler Werke ins Leben gerufene Unternehmen unter dem technischen Direktor Ferdinand Porsche einen geradezu ikonischen Stellenwert. Hier wurden Sportautos gebaut, die prestigeträchtige Rennen im In- und Ausland wie die Alpenfahrt, die Prinz-Heinrich-Fahrt oder die Targa Florio zu gewinnen in der Lage waren. In der Wiener Neustädter Daimler Fabrik arbeitete man zudem an der Entwicklung des Elektroantriebes und dem Hybridmotor, damals als benzinelektrisches System bezeichnet, 100 Jahre bevor dieses Thema aus ökologischen Gründen eine Renaissance erlebte.

Der technische Innovationsgeist der Zeit widerspiegelt sich ebenso in der Gründung des ersten österreichischen Flugfelds am westlichen Stadtrand und in den rasanten Fortschritten des lokalen Flugwesens. Ferdinand Porsche stellte bald fest, dass sich in den Hangars zwar geniale Flugzeugkonstrukteure wie Igo Etrich oder Adolf Warchalowski niedergelassen hatten, deren größter Hemmschuh aber die Motorisierung darstellte. Binnen eines Jahres konstruierte das Daimler Werk aus einem Sportwagenmotor einen funktionsfähigen Flugmotor, so dass mit der „Etrich Taube“ das erste komplett in Wiener Neustadt gebaute Flugzeug entstand. Die technische Optimierung des Flugmotors bescherte der Österreichischen Daimler Motorenfabrik unter dem Markennamen „Aero-Daimler“ eine höchst zukunftsträchtige Ergänzung ihres Produktportfolios. In der Pionierzeit der österreichischen Aviatik leisteten diese Motoren gewissermaßen Geburtshilfe und stellten das Projekt „Erstes österreichisches Flugfeld“ auf erfolgreiche Beine. Leider zu erfolgreich, müsste man überspitzt formulieren. Während sich ganz Wiener Neustadt über die Anwesenheit von Kaiser Franz Joseph I. und bis zu 30.000 Besuchern bei den Wettkämpfen der tollkühnen Piloten am Flugfeld freute,[4] arbeitete Wien ein Konzept aus, in Aspern 1912 ein ziviles Flugfeld zu errichten und der Steinfeldstadt den Rang abzulaufen. Das Wiener Neustädter Flugfeld wurde nun, sozusagen am Vorabend des Ersten Weltkrieges, in einen wenig prestigeträchtigen militärischen Flugplatz umgewandelt. Wiener Neustadt hatte in diesem entscheidenden Punkt das Nachsehen und zudem ein trojanisches Pferd als Geschenk erhalten. Denn mit dieser militärischen Einrichtung und den Synergien durch die benachbarte Industrie vollzog sich zwischen 1913 und 1918 ein Wandel der Stadt vom positiv konnotierten Hightech- hin zum problembehafteten Rüstungsstandort. Und mehr noch, durch die Errichtung großer Kasernenanlagen wie der Kaiser-Karl-Fliegerkaserne, die staatlich erzwungene Kooperation zwischen Daimler und dem Geschützproduzenten Škoda sowie der Österreichischen Flugzeugfabrik AG (OEFFAG) erwuchs in der rasch wachsenden nördlichen Stadthälfte ein militärisch-industrieller Komplex. Porsche und der Daimlerfabrik gelang es, mit benzinelektrischen Straßenzügen, dem sogenannten „C-Zug“, bis dato als undurchführbar geltende Transportaufgaben zu erfüllen und dem österreichischen Heer mit der Beförderung schwerster Geschütze auf Straße einen strategischen Vorteil zu bescheren.[5] Die OEFFAG baute Jagdflugzeuge, ausgestattet mit den jeweils neuesten bei Daimler konstruierten Aggregaten. Dass die kriegswichtigen Unternehmen wie die Lokomotivfabrik, das Daimler-Werk und andere metallverarbeitende Betriebe sowohl in ihren Anlagen als auch die personelle Ausstattung betreffend mit der Dauer des Krieges immer mehr zur Expansion gedrängt wurden, ist nachvollziehbar. Gilt der Krieg zwar als Katalysator der technischen Innovationskraft, so steht auf der Gegenseite sein zerstörerisches Potenzial. Diese Erfahrung vollzog sich für Wiener Neustadt in mehreren Etappen.

Der Krieg führte zu einer deutlichen demografischen Veränderung. Etwa 70.000 Einwohner:innen sollen es zwischen 1914 und 1918 unbestätigten Annahmen zufolge gewesen sein, wobei viele, auch Kriegsgefangene, in Barackenlagern im Umfeld von Industriebetrieben lebten.[6] Bis 1920 schrumpfte die Zahl aufgrund der fehlenden Rüstungsproduktion wieder auf etwa 35.000 Menschen. Es würde zu weit führen, auf alle Ursachen einzugehen, die zu einer Verschlechterung der wirtschaftlichen Situation im Wiener Neustadt der 1920er-Jahre beitrugen. Die Auswirkungen des Zerfalls der Habsburgermonarchie und der Weltwirtschaftskrise sind nur zwei Aspekte. Flugmotoren und Flugzeuge durften laut dem Friedensvertrag von Saint-Germain nicht mehr produziert werden. Das kleine Restösterreich benötigte zudem nicht mehr so viele Lokomotiven, wobei einem Wiener Unternehmen, der Lokomotivfabrik Floridsdorf, der Vorzug gegeben und die Neustädter Lokomotivfabrik 1930 stillgelegt wurde. Vier Jahre später traf es die Österreichische Daimler Motorenfabrik, welche nach dem Zusammenschluss mit Puch schließlich mit Steyr zur „Steyr-Daimler-Puch AG" fusionieren musste. Massive Auswirkungen auf die Region hatte das Scheitern, die ehemalige Wöllersdorfer Munitionsfabrik in eine Art Gewerbepark umzuwandeln. Die Stilllegung der gesamten Verkehrsmittelindustrie im Stadtgebiet sowie weiterer Groß- und Mittelbetriebe verursachte eine Massenarbeitslosigkeit und hatte verheerenden Einfluss auf das wirtschaftliche Fortkommen der Stadtbewohner:innen. Die sinkende Nachfrage durch die geringe Kaufkraft bekamen fast alle Gewerbeunternehmen und Geschäfte zu spüren. Krisenresistenter erwiesen sich die Nahrungsmittelindustrie und Unternehmen, die allgemein wichtige Fabrikate erzeugten. So konnte die Nationale Radiator GesmbH mit der Fertigstellung und dem Zusammenbau von Rohgussteilen aus den Schwesterunternehmen die schwierige Zwischenkriegszeit überdauern.[7]

Während des Zweiten Weltkrieges erlebte die Bevölkerung das Phänomen der Rüstungskonjunktur ein weiteres Mal. Basierend auf der Tradition Wiener Neustadts als Pionierstadt des Flugwesens mit seinen vakanten Einrichtungen in Bezug auf Industriehallen, Kasernen und Flugfelder, avancierte die Stadt zum Zentrum der Messerschmitt-Jagdflugzeugproduktion (Bf 109) und mit dem Fliegerhorst West und dem Luftpark Wöllersdorf „Trutzdorf" zur Drehscheibe für militärischen Flugverkehr. Spätestens als im August 1943 die ersten alliierten Bomberverbände ihre todbringende Last abwarfen, war klar, dass diese Entwicklung der Stadt zum Verhängnis gereichen sollte. Die Einwohner:innen und vor allem die Stadtpolitik zogen ihre Lehren aus dieser schmerzhaften Lektion, welche Wiener Neustadt für viele Jahre ins Unglück stürzte. Auch wenn die Industrie nach 1950 nicht mehr die Bedeutung als uneingeschränkt wichtigster Brotgeber besaß, achteten die Verantwortlichen darauf, dem Rüstungssektor keine Basis mehr zu bieten.

Stadtentwicklung und Modernisierung

Welche Auswirkungen hat das zuvor Beschriebene auf die Stadt, das Stadtbild und seine Bevölkerung? Im Rahmen dieses Textes lassen sich nur wenige Beispiele anführen, zu komplex und vielschichtig waren die Ereignisse. Nach einer langen Phase der Stagnation, zwischen der Zeit, als Wiener Neustadt als Residenzstadt Kaiser Friedrichs I. eine Blütezeit erlebte, und dem Beginn der Industrialisierung, setzte im ersten Jahrzehnt des 20. Jahrhunderts eine dramatische Trendwende ein. Die Stadt war, abgesehen von temporären Vorstädten, jahrhundertelang auf ihr Mauergeviert festgelegt gewesen und hatte mit dieser Platzressource ihr Auslangen gefunden. Die Industrialisierung und die damit in Verbindung stehende Zuwanderung lösten eine Konjunktur im Bauwesen aus. Die Arbeiter:innen und ihre Familien benötigten in großer Zahl Wohnungen und Schulen für ihre Kinder. So entstanden neue Stadtviertel wie die Josefstadt und das Flugfeld. Die günstige wirtschaftliche Situation bewirkte zudem einen gewissen Wohlstand, der sich in zentrumsnaher städtischer Expansion manifestierte. Entlang der neuen Ringstraße errichteten sowohl betuchte Unternehmer als auch Behörden Repräsentativbauten. Die Wohnhäuser, Villen sowie institutionellen Einrichtungen in diesem die Altstadt umgebenden Gürtel (das Landesgericht, das Gymnasium, die Ringschule, das Krankenhaus, ...) zeugen von einem bürgerlichen Statusbewusstsein um 1900. In diesem Umfeld freuten sich Architekten über eine florierende Auftragslage. So plante das bekannte Wiener Architektenduo

Siegfried Theiß und Hans Jaksch beispielsweise die evangelische Kirche (1910/11), den Wasserturm (1910), die Artilleriekaserne in der Fischauergasse (1909/10), den Posthof (1907–09), das sogenannte „runde Haus" an der Kreuzung Engelbrechtgasse und Neunkirchner Straße (1909) und viele weitere Objekte.[8] Der Stadtpark erfuhr mit der Anlage eines Rosariums und der Errichtung von Denkmälern und Spazierwegen eine attraktive Ausgestaltung.

Die Übernahme bzw. Herstellung wichtiger Versorgungseinrichtungen durch die Stadtgemeinde fallen ebenfalls in den Zeitraum von 1900 bis 1910. Im Jahr 1900 übernahm die Stadt das Gaswerk aus den Händen einer Aktiengesellschaft und ließ das poröse Leitungsnetz sanieren. Mit dem Bau eines Wasserwerks, des Wasserturms und eines Rohrleitungssystems war in Wiener Neustadt ab Dezember 1910 die Trinkwasserversorgung gesichert und die zuvor immer wieder grassierende Cholera durch verseuchtes Brunnenwasser gebannt. Die ersten Gebäude, die in Wiener Neustadt dank eigener Versorgungstechnik über elektrisches Licht verfügten, waren der Brauhof und die Theresianische Militärakademie. Im Jahr 1910 nahm der Magistrat das erste gemeindeeigene Dieselaggregat in Betrieb, welches zur öffentlichen Stromversorgung diente. Am 8. Februar 1911 erstrahlte die Innenstadt in elektrischem Licht. Die Beleuchtung und Versorgung der Vorstädte mit Strom nahm mehrere Jahre in Anspruch und war mit der Gründung der „Niederösterreichischen Elektrizitätswirtschafts-Aktiengesellschaft" (NEWAG) im Jahr 1922 auf sichere Beine gestellt.[9] Wiener Neustadt erlebte in den ersten beiden Jahrzehnten des 20. Jahrhunderts einen Bauboom und einen Modernisierungsschub, an den erst in der Wiederaufbauphase nach dem Zweiten Weltkrieg und in der Zeit der Wirtschaftswunderjahre angeschlossen werden konnte.

Wandel im städtischen Alltag

So wechselvoll sich die Geschichte im besprochenen Zeitraum darstellt, so unterschiedlich musste die Stadt auf die jungen Frauen Hildegard, Hilde und Christl gewirkt haben. Hildegard erlebte ein Wiener Neustadt im Aufbruch, von Expansion und Modernisierung gekennzeichnet. Sie lebte in einer Mittelstadt im Herzen der Monarchie mit einem durchaus mondänen Stadtzentrum und einer industriell geprägten Peripherie. Zu dieser Zeit wurde in Wiener Neustadt Technikgeschichte geschrieben. In internationalen Medien war Erfreuliches über Fahrzeuge der Daimler Motoren Gesellschaft und über die Veranstaltungen am Flugfeld zu lesen. Es konnte nicht schwerfallen, sich aus bürgerlicher Sicht mit dieser Stadt zu identifizieren, wenngleich die Industrialisierung eine zunehmende Kluft zwischen Arm und Reich bewirkte.

Einen ganz anderen Eindruck musste Hilde von Wiener Neustadt erhalten, das nunmehr an der östlichen Grenze eines Kleinstaates lag. Gerade ihre Jugendjahre waren von Stillstand und wirtschaftlichem Niedergang geprägt. Rund 15.000 Personen waren 1927 arbeitslos gemeldet, wobei sich diese Entwicklung zu Beginn der 1930er-Jahre noch verschärfte.[10] Dieses Umfeld bildete einen idealen Nährboden für antidemokratische und gewaltbereite Strukturen. Es formierten sich paramilitärische Verbände. So standen sich die von Bürgertum und Industrie unterstützte Heimwehr und der von sozialdemokratischer Seite und Arbeiterschaft ins Leben gerufene Republikanische Schutzbund verfeindet gegenüber. Am 7. Oktober 1928 konnte bei einem Aufmarsch beider Gruppierungen am Hauptplatz eine Konfrontation gerade noch verhindert werden.[11] Die sich sowohl ökonomisch als auch politisch zunehmend prekärer gestaltenden Lebensumstände in einer der am härtesten von der Wirtschaftskrise betroffenen Städte des Landes, ließen es für Hilde nicht opportun erscheinen, einem Hochschulstudium nachzugehen. Dennoch war sie insofern privilegiert, als sie durch ihre Bildung und ihre Sprachkenntnisse in einem der wenigen noch verbliebenen Industriebetriebe, der Nationalen Radiator GesmbH in der Wiener Straße, eine gehobene Position erlangen konnte. Was die Freizeitmöglichkeiten betrifft, so boten die 1920er-Jahre wesentlich bessere Voraussetzungen, als sie Hildes Mutter in ihrer Jugendzeit vorfand. Das 1917 eröffnete Ungarbad wurde 1927 in ein Strand- und Familienbad mit echtem Adriasand aufgewertet. 1923 stellte der Magistrat die ehemalige Reitschule als Sporthalle für die Bevölkerung zur Verfügung. Zwar hatte das Theater in der Zwischenkriegszeit geschlossen, doch gab es nun neben dem in die Jahre gekommenen „Wiener Neustädter Biograph" im ehemaligen Karmeliterkloster mit dem „Atlantiskino", ab 1920 mit dem „Zentralkino" in der Brodtischgasse 3 sowie mit dem „Elitekino" am Babenbergerring 6 neue Unterhaltungsmöglichkeiten.[12]

Christl verbrachte ihre Jugendzeit wiederum in einem völlig veränderten Wiener Neustadt. Im Jahr 1950 geboren, hatte sie die Gunst der späten Geburt auf ihrer Seite. Während ihre Mutter Hilde und ihre Großmutter Hildegard den wirtschaftlichen Niedergang in der Zwischenkriegszeit, die Zerstörung der Stadt im Zweiten Weltkrieg und die entbehrungsreiche Nachkriegszeit in ihrer ganzen Härte zu spüren bekamen, durfte sie eine aus Trümmern wiedererwachsende Stadt erleben. Die Zeit des wirtschaftlichen Aufschwungs hat sie entsprechend geprägt. Wiener Neustadt hatte sich mittlerweile von der Industriestadt zum Handels- und Dienstleistungszentrum des Viertels unter dem Wienerwald gewandelt, mit einer Vielzahl an Schulen, Sport- und Freizeiteinrichtungen sowie Einkaufsmöglichkeiten. Neben dem Kaufhaus Riha in der Wiener Straße, das von Kleidung, Haushaltsartikeln bis hin zu Spielwaren ein breites Sortiment an Waren anbot, befand sich nur wenige Meter entfernt das auf Kleidung spezialisierte GÖC-Kaufhaus. 1970 eröffnete schließlich mit dem Rax Markt an der Stadionstraße das erste Großkaufhaus am Stadtrand, gefolgt vom COOP Konsumgroßmarkt in der Marktgasse.[13]

Im ersten Viertel des 20. Jahrhunderts sah es in Bezug auf die höhere Schulbildung für Mädchen in Wiener Neustadt noch sehr düster aus. Zwar gab es seit 1914 ein Mädchenlyzeum, ein vollwertiges Gymnasium mit der Berechtigung, nach Abschluss ein Studium aufzunehmen, stellte es jedoch nicht dar. Erst ein 1922/23 vom Frauenbildungsverein gegründetes Mädchen-Reform-Realgymnasium in der Herrengasse 27 gestattete ab 1926 eine vollwertige Matura.[14] Im Jahr 1930 besuchten bereits 147 Schülerinnen diese Schule.[15] Zielte die Schulbildung vorwiegend darauf ab, Mädchen für eine Berufsausbildung in der Industrie, in einem Gewerbeunternehmen oder auf ihr zukünftiges Leben als tüchtige Hausfrau vorzubereiten, so diente höhere Frauenbildung bestenfalls dazu, in bürgerlichen Verhältnissen eine entsprechende Konversation mit dem Ehemann und Gästen führen zu können. Eine Ausnahme stellte die Lehrerinnenausbildung ab den späten 1920er-Jahren an der Bundes-Lehrerbildungsanstalt in der Herrengasse 29 dar. Lange Zeit unerwünscht war es, dass Frauen durch ein Hochschulstudium gar eine leitende berufliche Position anstrebten.

Ganz anders gestaltete sich die Situation Mitte der 1960er-Jahre. Das Recht auf höhere Schulbildung mit Matura sowie der Zugang zu einem Hochschulstudium waren für junge Frauen nun selbstverständlich. Abgesehen davon, dass grundsätzlich an höheren Schulen der Stadt Schülerinnen unterrichtet wurden, gab es speziell für das weibliche Geschlecht das Bundesgymnasium für Mädchen in der Zehnergasse 15, das Wirtschaftskundliche Bundesrealgymnasium für Mädchen am selben Standort und die Höhere Lehranstalt für wirtschaftliche Frauenberufe am Burgplatz 1.

Wiener Neustadt hatte sich in einem gemeinsamen Kraftakt von Bund, Land, Kommune und Bewohner:innen von der meistzerstörten Stadt Österreichs im Zweiten Weltkrieg binnen zwei Jahrzehnten zum bedeutendsten Wirtschafts- und nicht zuletzt auch Schulstandort des südlichen Niederösterreichs entfaltet.

Tanja Schwan

London via Brief – A Room of One's Own?

Eine kulturpoetische Lektüre mit Virginia Woolf

> All diese völlig unbekannten Leben bleiben noch aufzuzeichnen, sagte ich [...], und ging in Gedanken weiter durch die Straßen Londons und spürte in meiner Vorstellung den Druck dieser Stummheit, die Anhäufung nicht beschriebenen Lebens [...]. Und außerdem steht hinter der Ladentheke ein Mädchen ... und ich würde ihre wahre Geschichte gern ebenso bald geschrieben sehen wie die hundertundfünfzigste Biographie Napoleons [...].[1]

Mit ihrem „Unternehmungsgeist" und dessen Dokumentation im Medium Brief über mehrere Frauengenerationen hinweg schreiben die Vorfahrinnen von Christina Natlacen nicht nur ein Stück Kulturgeschichte des 20. Jahrhunderts zwischen London und Wiener Neustadt – sie belegen auch „das auffällige Erscheinen von Briefschreiberinnen an den historischen ‚Gelenkstellen'"[2]: Schlüsselmomente von epochalem Wert – um die Jahrhundertwende 1900, die Weltwirtschaftskrise 1929 sowie am Vorabend des gesellschaftlichen Aufbruchs von 1968 – stecken den Rahmen ab, in dem sich Abenteuer und Alltag, private Geschichten und politische Geschichte kreuzen. Im Verlauf des rund 70 Jahre umspannenden Zeitraums wechseln sich historische Großereignisse wie die beiden Weltkriege mit Zwischenzeiten ab, die von Traditionsbrüchen und Neuanfängen, von Revolte und Restauration geprägt sind.

Einschneidende Zäsuren markieren auch die Geschichte der Frauenemanzipation: Faschismus und Stunde Null mobilisieren reaktionäre Kräfte, um zum Backlash gegen die feministische Bewegung auszuholen und die weibliche Bevölkerung wieder an ihren angestammten Platz am heimischen Herd zurückzuverweisen. Retrospektiv betrachtet, wird dadurch eine erste Welle des Feminismus seit dem 19. Jahrhundert, die den Frauen vielerorts zum Wahlrecht[3] verhalf, von einer zweiten radikal abgeschnitten. Als sie ab den 1960er-Jahren erneut in Gang kommt, muss die Frauenbewegung selbst wiederum bei null ansetzen – ohne Kenntnis und Bewusstsein von der Existenz und den Schriften ihrer Vordenkerinnen.

Gender & Genre
Vorliterarisches Schreiben, vererbt von Mutter zu Tochter

Abseits dieser großen Erzählung einer „Geschichte der weiblichen Geschichtslosigkeit"[4] stiften Urgroßmutter Hildegard, Großmutter Hilde und Mutter Christl mit dem hier vorgestellten Briefnachlass eine familiäre (Schreib-)Tradition der Matrilinearität, die sich wie eine vorweggenommene Antwort auf den Appell am Ende von Virginia Woolfs Essay *A Room of One's Own* (1928/29) liest. Darin ruft die britische Schriftstellerin ihre Zeitgenossinnen dazu auf, Wegbereiterinnen zu werden für künftige Generationen von Autorinnen – ihres eigenen Lebens wie ihrer Texte: Shakespeares unbekannte Schwester, jene laut Woolfs Gedankenexperiment hochbegabte „tote Dichterin" (EZ, 155), die mangels Chancen zu Lebzeiten nie eine Zeile geschrieben, geschweige denn hinterlassen hat, feiere ihre leibhaftige Auferstehung, sobald „Frauen es sich zur Gewohnheit gemacht haben, wie selbstverständlich zu schreiben, so dass eine derartige Tätigkeit Ihrerseits allein schon als Vorspiel zur Dichtung von unschätzbarem Wert wäre." (EZ, 149) Die hier zum Ausdruck gebrachte optimistische Zukunftsvision für die damals bevorstehenden hundert Jahre (also ziemlich genau bis in unsere heutige Gegenwart) besagt demnach: Erst wenn Frauen sich in der Breite und über eine *longue durée* zwanglos in unterschiedlichen Gattungen und Formen üben, wenn sie innovative Erzählmuster erproben, in denen der „Drang zur Autobiographie [...] sich erschöpft" (EZ, 109), wird ihnen das Schreiben eines Tages derart in Fleisch und Blut übergegangen sein, dass es sie zu Geburtshelferinnen herausragender Werke aus weiblicher Feder prädestiniert.

Liegt Virginia Woolfs Zielvorstellung auch im „Schreiben als Kunst [...], und nicht als Methode, um sich auszudrücken" (EZ, 109), so gelten ihr literarische Texte dennoch nicht als abgehobene einsame Geisteszeugungen. Vielmehr werden sie in kollektiver Anstrengung zur Welt gebracht und haben ihren Sitz im Leben: Jegliche Schreibweisen sind zugleich Existenzweisen. „Literatur", konstatiert Woolf, „gleicht einem Spinnennetz, das, und sei es auch noch so lose, an allen vier Ecken mit dem Leben verknüpft ist [...], verknüpft mit grobstofflichen Dingen wie Gesundheit, Geld und den Häusern, in denen wir leben." (EZ, 57 f.) So wird sie denn gegenüber ihrem weiblichen Publikum auch nicht müde zu betonen, wie essenziell die materiellen Voraussetzungen für intellektuelle Arbeit und Muße sind, „welchen Stimmungswechsel ein festes Einkommen bewirkt" (EZ, 52): „Wenn ich Sie also bitte, Geld zu verdienen und ein Zimmer für sich allein zu haben, bitte ich Sie, [...] zu leben, ein erquickliches Leben sollte es sein, ob man es vermitteln kann oder nicht." (EZ, 151)

In London angekommen, wird Hildegard tatsächlich das Privileg zuteil, über „ein schönes großes Zimmer mit der Aussicht in den Garten, samt Schreibtisch" zu verfügen. Reiselust, Neugierde und „Wissensdurst" ziehen sie schon früh in die pulsierende Metropole. Von Niederösterreich in die Hauptstadt des Vereinigten Königreichs ist es nicht nur geografisch ein weiter Weg, den die Mittzwanzigerin sich bahnt, um dort, ganz auf sich allein gestellt und nicht frei von Rückschlägen, eine unabhängige Existenz für sich aufzubauen. Indem Hildegard in London aber nicht nur ein erfülltes selbstgewähltes Leben lebt, sondern es zudem kontinuierlich Briefe schreibend begleitet und bezeugt, vermittelt sie es auch – getragen von dem Bemühen, dem ephemeren Ort auf Zeit etwas Bleibendes abzuringen. Indem sie der Korrespondenz mit ihren Lieben in der Heimat ihre Geschichten anvertraut, gehen diese, verbrieft und beglaubigt, nicht zuletzt materialiter in die Familiengeschichte ein.

Gemäß ihrer Rolle als Pionierin begründet Hildegard eine weibliche Erbkette, in der jedes weitere Glied „sowohl Erbin als auch Urheberin" (EZ, 149) sein wird, eine Genealogie des Erzählens in mütterlicher Linie. „Denn wir denken durch unsere Mütter zurück, wenn wir Frauen sind", bekräftigt Virginia Woolf: Mit einer Ahnmutter wie Hildegard im Rücken wissen die nachwachsenden Töchterjahrgänge bereits eine „Tradition hinter sich", die sie darin stützt und bestärkt, „ihre Gedanken zu Papier [zu] bringen" (EZ, 104), und verfügen über elaboriertere Erzählformen sowie „eine breitere Palette" (EZ, 109) an Sujets. Hildegard und ihre Nachfahrinnen treten an, ein so geläufiges wie fantasieloses Narrativ über Frauen in der Literatur umzuschreiben, das da lautet: „Dann und wann sind sie Mütter und Töchter. Aber sie werden beinahe ausnahmslos in ihrer Beziehung zu Männern gezeigt." (EZ, 113)

Nachdem, wie von Woolf vorausgesehen, das regelmäßige Schreiben den Korrespondentinnen zu einer lieben Gewohnheit und zum festen Bestandteil ihrer Alltagspraxis geworden ist, generiert es neben den Briefen nach und aus Österreich weitere Textsorten wie Tagebücher oder Hildegards Lebenserinnerungen (1942, 1947). Es verkettet also nicht nur Frauen verschiedener Altersklassen über Mutter-Tochter-Genealogien miteinander, sondern regt die einzelnen Akteurinnen auch dazu an, sich in unterschiedlichen Genres auszuprobieren. Schon in den Briefen bilden sie charakteristische Stilmittel aus, um das „Schreiben als Vergewisserung [...] der familiären Bande" zu etablieren, und bestätigen damit einmal mehr die kulturhistorische Stellung des Briefs als bevorzugtes „Medium bürgerlicher Selbstkonstitution"[5] seit dem 18. Jahrhundert. Nimmt man an, dass diese „Formeln familiärer Verbundenheit" jenseits der Überbrückung einer aktuell gegebenen räumlichen Distanz auch eine Ansprache an zukünftige Adressatinnen (und Adressaten) über längere zeitliche Abstände hinweg leisten sollen, so spricht daraus eine gezielte Sorge um die Überlieferung des eigenen Selbstbildes an die Nachkommen sowie um Bewahrung der einmal begonnenen Familientradition weiblichen Alleinreisens zu Bildungszwecken und parallelen Verschriftlichens der Reiseerlebnisse.

Ob Zufall oder nicht, verhält sich dazu auch eine Namensgebungspraxis stimmig, in der sich die weibliche Linie unbeschadet der patrilinear bedingt unterschiedlichen Familiennamen behauptet. Weichen die Vornamen der Mütter und Töchter (Hildegard/Hilda und Hilde, Christine/Christl und Christina) jeweils nur minimal voneinander ab, so präsentieren sie sich generationsübergreifend in spiegelbildlicher Reihenfolge: Tochter Hilde erhält als Nachgeborene die Kurzfassung des Namens ihrer Mutter Hildegard (ihrerseits Hilda genannt), wohingegen Mutter Christl ihrer Tochter Christina als Langversion des eigenen Rufnamens die Variante ihres offiziellen Namens Christine auf -a verleiht. Auch in dieser chiastischen Anordnung der Vornamen manifestiert sich ein Wille zur Form, welcher der Tochter im Namen der Mutter in die Wiege gelegt wird: Mit Erhalt und Weitertragen ihres Namens nebst seiner Verlängerung ins Morgen ist ein stilbewusstes – gleichsam metonymisches – Einstehen der einen für die andere sowie für das gemeinsame Gestern signalisiert. Den Töchtern werden die Namen der Mütter nicht bloß zugesprochen; als deren Trägerinnen in zweiter Generation fällt ihnen zugleich die Aufgabe der Traditionswahrung über das Hier und Heute hinaus zu. Das Zurückdenken durch die Mütter erzeugt ein Vorausdenken in die Zukunft der Töchter – aus dem Erbe, das ihnen mit auf den Weg gegeben wird, formt sich ein programmatischer Entwurf.

Zuweilen scheinen die Fußstapfen der Mütter den Töchtern jedoch allzu groß vorgekommen zu sein. So liest man zwischen den Zeilen von Hildes Briefen manch verhaltene Befürchtung, den hohen Ansprüchen Hildegards an das töchterliche Auslandsjahr nicht zu genügen. Vieles fällt vollends durch die Maschen des von England nach Österreich und retour gespannten Kommunikationsnetzes, weil Hilde es ausspart, den Kanal wechselt und auf Tagebuchnotizen ausweicht. Die Leerstellen, die der Briefverkehr offenlässt, schließt sie an einem anderen, noch intimeren Schreibort. Bei der Teenagerin Christl wiederum wird sich eine buchstäblich stille Rebellion dagegen regen, den mitunter als Bürde empfundenen mütterlichen Schreibauftrag vonseiten Hildes („ich werde Deine Briefe schön aufheben, wie einstens meine Mama meine!“) wie gewünscht auszuführen: Im Getümmel Londons wirkt sie oft gehetzt, findet Ausflüchte, um auch mal einen Brief auszulassen oder ihn in Zeitnot irgendwo unterwegs aufs Blatt zu kritzeln. Möglicherweise geht ihr innerer Widerstand, die Briefkultur weiter zu pflegen und vor allem „schön“ zu schreiben, mit deren allmählicher Ablösung durch neue Medien der Telekommunikation einher. Dass diese stumme Tendenz der Töchter, aus dem ererbten epistolografischen Projekt auszuscheren, von der dritten zur vierten Generation immer deutlicher vernehmbar wird, zeigen Christinas nurmehr sporadische Briefe an ihre Eltern während ihres Studienaufenthaltes im Paris der 1990er-Jahre. Nun ist es Christl, in die Mutterrolle aufgerückt, die mit einem „stattlichen Packen“, auf dünnem Luftpostpapier geschrieben, dafür sorgt, dass der Briefkontakt nicht abreißt. Ist das Verfassen von Briefen ihrer gerade volljährigen Tochter zur lästigen Pflichtübung geworden, in die sie den geringstmöglichen Aufwand investiert, so dient es der mit dem Korrespondieren noch vertrauteren Christl auch als Gespräch mit sich selbst („Wem kann ich so manches erzählen? Niemandem. Vielleicht schreib ich mir dann alleine Briefe"). Indem sie Christinas spärliche Postsendungen mit nachsichtigen Worten quittiert und die dicht getakteten Briefe von eigener Hand literarisch unterfüttert, gelingt es ihr, dem Briefwechsel eine neue Qualität hinzuzufügen.

Namentlich schlägt das dabei entstehende „Lesetagebuch", das Klassiker der französischen Literatur auf die Agenda setzt, eine Brücke zurück zu den Briefen der Madame de Sévigné. Vielfach „als Fragmente einer Kulturgeschichte des 17. Jahrhunderts"[6] rezipiert, die über Lektüren und Theaterbesuche ebenso kundig und amüsant Auskunft zu geben wissen wie über angesagte Modetrends und den stets neuesten Hofklatsch, sollten diese ein Vierteljahrhundert anhaltenden Dauergespräche in Briefform einer von ihrer einzigen Tochter im leeren Nest zurückgelassenen Mutter zum Lebenselixier werden. Tagesaktuell und scheinbar ungefiltert bereitet Marie de Sévigné ihr Erleben und Empfinden für die abgöttisch geliebte Abwesende schriftlich auf. Unermüdlich beschwören ihre Briefe das allgegenwärtige Phantom einer Tochter herauf, die es so nicht gibt – es sei denn als Reflexionsfigur für die eigenen Gedanken und Gefühle.[7] Fast 250 Jahre nach dem Tod der Marquise de Sévigné lässt Virginia Woolf sie in einer 1942 posthum publizierten Porträtskizze als ideelle Zeitgenossin aufleben, zeigt sich verblüfft von ihrer Präsenz und voller Bewunderung ihres Könnens, dank dem die *épistolière* „Wort für Wort"[8], Brief um Brief, Anekdote um Anekdote ohne jede erkennbare Anstrengung aus dem Handgelenk zu schütteln scheint:

> Das Präsens zu gebrauchen ist ganz natürlich, denn wir leben in ihrer Gegenwart. Wir werden eines störenden Mediums zwischen uns kaum gewahr – daß sie schließlich mittels geschriebener Wörter lebt. [...] Wie, so fragen wir uns, [...] gelingt ihr diese Ordnung, diese Vollkommenheit der Komposition? Hat sie ihre Kunst geübt? Es scheint nicht. Hat sie Briefe zerrissen und korrigiert? Es gibt keinen Beleg für irgendwelche mühevolle Sorgfalt. Sie sagt wieder und wieder, sie schreibe ihre Briefe, wie sie spreche. Sie fängt einen an, sowie sie einen anderen abschickt; das Blatt liegt da auf ihrem Schreibtisch, und sie füllt es in den Pausen zwischen all ihren anderen Tätigkeiten.[9]

Scharfsichtig richtet Woolf ihr Augenmerk auf den paradoxen Status der Sévigné-Briefe: Unter dem Eindruck einer spontan wie von Zauberhand in die Schreibfeder geflossenen Konversationskunst gerät die Eigenschaft der Episteln als in Schrift gegossene Artefakte in Vergessenheit – und doch verhilft ausgerechnet diese Eskamotierung seines Kunst(werk)charakters „dem Medium Brief zum literarischen Durchbruch."[10]

Hatte Madame de Sévigné die Briefkunst bereits so weit perfektioniert, dass sie ihre Kunstfertigkeit kokett unterschlagen konnte, gibt der Mikrokosmos einer Familienkorrespondenz von Müttern und Töchtern dreier Altersstufen Anlass zu beobachten, wie latent literarisches Schreiben im Sinne Virginia Woolfs seine Kreise zieht, wie es sich sowohl intergenerationell fortzeugt als auch textuell produktiv wird und sich je adäquate Artikulationsformen sucht. Eine solche Perspektivierung des Korpus entspricht dem unter anderem von Renate Stauf vertretenen Neuansatz in der Briefforschung, Briefe nicht mehr lediglich „als eine gern genutzte Quelle", als bloße Materiallieferanten oder Zeitdokumente zu funktionalisieren, sondern ihnen künstlerischen Wert zuzubilligen und die Briefproduktion „als ästhetisch motivierte Kulturtechnik des Schreibens" zu konzipieren, die „ein Forum für jene alltags- und praxisbezogene Ausbildung ästhetischer Schreib- und Leseprozesse"[11] bietet. Selbst sowohl Schreibfläche wie Denkort, ließe sich der Brief im Zwischenraum von Literatur und Leben ansiedeln, einem „gelebten, dynamischen Raum, der weder Schreiben und Leben scharf differenziert noch beide [...] schlicht fusioniert."[12]

Seine Ausdehnung auf das Terrain des genuin Literarischen erfährt ein qua Brief kultiviertes niederschwelliges Stilisierungsmuster, als Irmgard Keun 1931 den nonchalant daherkommenden Plauderton in ihrem Romandebüt *Gilgi, eine von uns* zitiert. Noch an diesem Text lassen sich die Kategorien Zeitroman und Kunstwerk verhandeln.[13] Er dreht sich um eine Stenotypistin vom Typ Neue Frau, eine jener „Tippmamsells"[14], die sich mit Sekretariatsarbeiten das Geld für Auslandsreisen zusammenspart und nebenbei übersetzt, „nur so, zur Übung vorläufig": „Noch ein Jahr weiter, und sie wird auf drei Monate nach Paris fahren, drei Monate nach London und drei Monate nach Granada. Vielleicht allein [...]. Fahren wird sie." Als wäre sie selbst zur Schreibmaschine geworden, spuckt Gilgi zwischen ihren hochfliegenden Tagträumen vorgefertigte Klischeesätze aus, die sie wie automatisch abspult: „Wenn man drei fremde Sprachen perfekt kann, ist man gegen Stellungslosigkeit wohl so ziemlich gesichert."[15] Um ihrer Unabhängigkeit willen verlässt sie schließlich ihren Geliebten: „es ist – wegen meiner Selbständigkeit. Ich muß einen Ort zum Arbeiten haben, hier bei dir in der Nähe kann ich's nicht, und in meinem Zimmer hätt' ich auch keine Sekunde Ruhe, wenn ich denken müßt', du könnt'st plötzlich erscheinen."[16] Mit drei Müttern kann Gilgi auch aufwarten – anders als Hildegard & Co. bleiben sie ihr allerdings fremd.

Briefe im Raum, Räume im Brief

Über den innerfamiliären Zirkel hinaus kann mit den nun veröffentlichten und kommentierten Auszügen aus den Briefnachlässen die Erschließung neuer Räume und Rollen durch und für Frauen anhand der Lebensgeschichten der drei Verfasserinnen exemplarisch nachvollzogen werden. Als Raum wäre dabei nicht nur der konkrete, von Woolf vehement eingeforderte Rückzugsort eines Zimmers mit Privatsphäre zu verstehen, der es jeder Frau erlauben sollte, „alle Ablenkungen auszusperren" (EZ, 57), um sich konzentriert der Schreibarbeit widmen zu können. Vielmehr fallen darunter symbolisch auch der im Wandel begriffene Platz von Frauen in der Gesellschaft, der Zugang zu ihnen bisher verschlossenen Erfahrungswelten sowie die paradigmatischen Orte der Moderne.

Für den jahrhundertelangen Ausschluss aus Bildungsinstitutionen qua Geschlecht etwa findet sich in *Ein Zimmer für sich allein* ein treffendes Bild. Während es von den Männern, denen alle Türen offenstehen, heißt: „zuversichtlich, gefestigt und überzeugt, sie seien [...] willkommen, betreten sie einen Raum" (EZ, 50), schallt es Woolfs Ich-Erzählerin, wenn sie Einlass in die altehrwürdige Bibliothek von „Oxbridge" begehrt, schon auf der Schwelle wie von den Wänden sinngemäß entgegen: „Zutritt verboten". Jener verbarrikadierte Lernort *par excellence,* der – den Frauen unzugänglich hinter Schloss und Riegel – das gesammelte Wissen einer ganzen Kultur bewahrt, steht bei Woolf *pars pro toto* für eine Literatur, die der weiblichen Perspektive kreative Entfaltung verwehrt: „die Mittel der englischen Sprache würden über ihre Maßen beansprucht werden, und ganze Schwärme von Worten müssten sich illegitim ins Dasein schwingen, bevor eine Frau sagen könnte, was geschieht, wenn sie ein Zimmer betritt." (EZ,

120) Wollte man ihre „unbeschriebenen Gesten [...], diese ungesagten oder halbgesagten Worte“ (EZ, 116) sprachlich abbilden, müsste man „eine Fackel entzünden in einem weitläufigen Gemach, in dem noch nie jemand gewesen ist“, wo „alles in Zwielicht und tiefem Schatten“ (EZ, 115) liegt. Es böte sich „ein Anblick, der seit Anbeginn der Welt noch nie gesehen ward“ (EZ, 116).

Münzt man diesen Gedanken auf die hoffnungsfrohe Ankunft der entdeckungslustigen Bildungsreisenden aus Österreich an der englischen Küste um, lässt sich ermessen, wie immens das Neuland, das sich vor ihren Augen erstreckte, den jungen Frauen tatsächlich erschienen sein mag. Umso bemerkenswerter ist es, in ihren Briefen alsbald eine imaginäre Topografie Londons erstehen zu sehen, die Stück für Stück begangen und ausgeschritten, besichtigt und konturiert werden will. Ganz London mitsamt seinen Bibliotheken, Parks, Kinos und Attraktionen bietet sich den Stadtflaneurinnen *totum pro parte* als Sehnsuchtsort dar, als *the place to be,* den es sich in teilnehmender Beobachtung (brieflich) anzueignen gilt, als eben jener *room of one's own,* der ihnen – und sei es nur temporär – einen Platz „für sich allein“ inmitten der weiten Welt verspricht. Das Schreiben fungiert dabei als Prozess und Produkt der Formgebung; es lässt Vorstellungen Gestalt annehmen und neue Erfahrungsräume Realität gewinnen. Geraten sie postalisch in Umlauf, wird es zu Transportkanal und Vermittlungsinstanz. Ob es nun London per se ist, das als Raum eingenommen und sich zu eigen gemacht wird, oder das via Brief erfasste und ausgeschmückte London, wie es den Empfängerinnen und Empfängern im fernen Wiener Neustadt in greifbare Nähe gerückt beziehungsweise jenen aus einer entlegenen Zukunft vergegenwärtigt werden soll, bleibt quasi ununterscheidbar. Dem Hin und Her der Briefe, ihrer Produktion und Rezeption, das sich in der Formel *writing London* (sich London erschreiben) hier, *London writing* (Post aus London) dort verdichten ließe, korrespondiert das Dazwischentreten des Mediums, von dem an keiner Stelle abstrahiert werden kann.

Als Autorinnen von traditionell „nicht als literarisch kategorisierten Texten im epochalen Kontext der Moderne“[17] wie Briefen und (bzw. inklusive) Reiseberichten hinterlassen Hildegard, Hilde und Christl Schriftspuren eines Familienerbes, über die sie mit der Kultur- und Mediengeschichte ihrer jeweiligen Zeit in vielfältiger Hinsicht vernetzt sind. Die Österreicherinnen beziehen einen Beobachtungsposten *of their own,* um dicht am Puls der Großstadt unterhaltsame Geschichten in einem lebendigen Schreibstil aufzuzeichnen. Ihre „Reisebriefe sind [...], wenn nicht als fiktionale, so doch zumindest *wie* fiktionale Texte zu lesen“[18], da sie die erzählten Ereignisse publikumswirksam als Erzählereignisse in Szene setzen, die auch dann nicht an erzählerischem Effekt verlieren, wenn sie aus dem Bezugsrahmen privater Briefkommunikation herausgelöst und in eine literarische Kommunikationssituation überführt werden. Legt man einen kulturwissenschaftlich erweiterten, extensiven Literaturbegriff (basierend auf lateinisch *litterae,* das den Brief ausdrücklich umfasst) zugrunde, so verschaffen sich die drei Auslandskorrespondentinnen von ihren oftmals prekären Londoner Schreibzimmern aus Eintritt zu den Vorräumen literarischen Schreibens. Je versierter sie in der Kunst des Briefeschreibens werden, desto nachhaltiger wirken sie daran mit, die Grenzen des Literarischen im Modell einer „Poetik der Kultur“[19] aufzuheben.

Virginia Woolfs eindringliches Plädoyer an ihre Geschlechtsgenossinnen für ein eigenes Zimmer, das 1929 mit Hildes London-Aufenthalt zusammenfällt, und der 1967, im Jahr von Christls England-Reise, durch Roland Barthes zuerst in englischer Übersetzung ausgerufene „Tod des Autors“ stellen entscheidende Wegmarken einer solchen Neuorientierung im 20. Jahrhundert dar. Hatte Woolf bereits die Durchlässigkeit von alltäglichen Schreibpraktiken zur Höhenkammliteratur formuliert und auf diese Weise schreibende Frauen mit ihren scheinbar belanglosen Themen in den Stand des Literaturwürdigen versetzt, so stürzt Barthes den bis dato implizit männlich gedachten Autor als gottgleiches Genie vom literarischen Olymp und legt die Vorstellung eines der Schrift vorgängigen Subjekts, das sein Werk aus sich selbst heraus schöpfe und beherrsche, endgültig ad acta. Der (oder die) Schreibende werde vielmehr „im selben Moment wie sein [ihr] Text geboren“[20]; er/sie repräsentiert sich nicht in ihm, sondern geht in ihn ein, um sich an ihn zu entäußern. Mit jedem neuen Akt des Lesens aber verwirklicht sich die Schrift zum „vieldimensionalen Raum“ des Textes, der performativ zum Leben erweckt wird. Schreibende sind immer zugleich und zuerst Lesende, Mittler:innen, die längst geknüpfte Textfäden weiterspinnen. Für welche Art der schriftlichen Kommunikation sollte dies mehr Gültigkeit beanspruchen dürfen als für den dialogbasierten Austausch per Brief?

In ihrer Qualität als Medien der Raumerkundung und -bekundung schreiben die Briefe des vorliegenden Korpus ein Kapitel Literaturgeschichte als Kulturpoetik. Sie weben mit an einer kulturellen Textur, einem Netzwerk von Texten „aus unzähligen Stätten der Kultur“[21], in dem sie an Virginia Woolfs *Room of One's Own* anknüpfen können, wenn es um Verflechtungen von Gender und Genre geht. Im von Generation zu Generation neu aufgelegten, zwischen Mutter und Tochter, Schreiberin und Leserin, London und Niederösterreich zirkulierenden Schriftverkehr wird eine diskursive Raumkonstellation entworfen und durchmessen, in der Brief- und Positionswechsel einander sowohl bedingen als auch hervorbringen. An jenem Ort im Dazwischen produziert und konserviert sich ein die reine Mitteilungsfunktion des Briefs als Zweckform überschießender ästhetischer Mehrwert, der historisch dazu beigetragen hat, das Schreiben von Frauen „von den Peripherien der Literatur in deren Zentrum vorrücken“[22] zu lassen.

Christina Natlacen

Bilder aus der Ferne für die Heimat

Eine kleine Geschichte privater Gebrauchsweisen der Fotografie auf Reisen

Ein wesentliches Merkmal der Eindrücke von Reisen und Aufenthalten in der Fremde ist deren flüchtiger Charakter: Sie sind in der individuellen Wahrnehmung der jeweiligen Person verankert und müssen gespeichert werden, damit sie nicht dem Vergessen anheimfallen. Neben Tagebüchern, Logbüchern und Briefen an die Daheimgebliebenen, in denen das Gesehene und Erfahrene aufgezeichnet wird, existiert der Wunsch, auch in Form von Bildern die besuchten fernen Orte festzuhalten und von diesen zu berichten.

Mit der Etablierung fixer Reiserouten, zunächst in Zusammenhang mit der Grand Tour des Adels, später dann im Zuge von Bildungs- und Vergnügungsreisen des Bürgertums, geht auch die Entwicklung einer Bilderindustrie für all jene Reisenden einher, die sich nicht selbst zum Zeichnen und Malen berufen fühlen. Ansichten von den am häufigsten besuchten Städten sowie von besonders pittoresken Landschaften, die im Genre der Vedute ihren Ursprung haben, werden – meist in Form von reproduzierbaren Druckgrafiken – entlang der beliebten Reiserouten zum Verkauf angeboten. Ab der Mitte des 19. Jahrhunderts übernimmt die Fotografie die Aufgabe, Bilder als Souvenirs von der Reise zur Verfügung zu stellen. Wiederholt wurde auf den Zusammenfall der Erfindung dieses Bildmediums mit dem Beginn des Tourismus hingewiesen, liegen doch zwischen der offiziellen Bekanntgabe der Fotografie vor der französischen Akademie der Wissenschaften im Jahr 1839 und der ersten Gruppenreise, organisiert 1841 von Thomas Cook, nur zwei Jahre.[1] Bis es allerdings so weit ist, dass sich die Allgemeinheit das Fotografieren leisten kann – seit der Einführung des Smartphones mit integrierter digitaler Kamera und großzügigem Datenspeicher eine selten hinterfragte Selbstverständlichkeit –, gilt es noch verschiedene Etappen in der Geschichte hin zu einem demokratischen Bildmedium zu durchschreiten. In den Briefen von Hildegard, Hilde und Christl, die den für die Entwicklung des Tourismus und der Privatfotografie gleichermaßen wichtigen Zeitraum von 1900 bis in die 1960er-Jahre abdecken, lassen sich an verschiedenen Stellen Hinweise zum Bildgebrauch ablesen, der für die jeweilige Epoche durchaus typisch ist.

Die Ansichtskarte als frühes Bildmedium für die breite Masse

Als Hildegard 1898 nach London kommt, steht für sie außer Frage, dass sie von den Orten, die sie besichtigt, keine Fotografien selbst anfertigen wird. Zu diesem Zeitpunkt ist das Knipsen eigener Bilder nur einer kleinen Bevölkerungsschicht vorbehalten, die dafür die Zeit und vor allem die finanziellen Mittel aufbringen kann. Timm Starl präzisiert in seiner der Bildgeschichte der privaten Fotografie im deutschsprachigen Raum gewidmeten Studie *Knipser,* dass in der Zeit von 1880 bis 1900 das Fotografieren trotz des zunehmenden Aufkommens von leicht zu bedienenden Handkameras ein elitäres Vergnügen bleibt, das sich seinen Schätzungen nach nicht einmal 10 Prozent der Bevölkerung leisten können.[2] Wenn man sich selbst abgebildet sehen möchte, sucht man zu diversen Anlässen das Atelier eines Berufsfotografen oder einer Berufsfotografin auf. So finden sich auch unter den von Hildegard und ihrer Familie überlieferten Porträtfotografien ausschließlich Aufnahmen, die den Stempel eines Fotoateliers tragen. Diese Fotografien im Carte de visite- oder Cabinetformat wurden gerne in größerer Anzahl bestellt, um auch fernen Verwandten Abzüge zukommen zu lassen. John Tagg weist in seiner Sozialgeschichte der Fotografie, in der er die Entwicklungslinie einer Demokratisierung des Bildes herausstreicht, darauf hin, dass die Bedeutung von Porträtbildern nicht nur im Festhalten der individuellen Erscheinung einer Person, sondern auch in der Einschreibung von sozialer Identität liegt.[3] Demnach haben Porträtfotografien immer auch etwas mit gesellschaftlichem Status zu tun, den man nach außen demonstrieren möchte. Für nahe Verwandte ist diese Lesart weniger wichtig, dafür überwiegt die Freude, über ein Bildnis seinen Lieben nahe zu sein. Hildegard empfängt mit Dankbarkeit Fotografien auf dem Postweg, verschickt jedoch selbst keine Porträtfotografien, da der Gang in ein Atelier bei ihrem knappen Reisebudget nicht möglich ist. Allerdings fällt ihr Aufenthalt in England in genau jene Zeit, als ein neues visuelles Medium, das fotografische Bilder in reproduzierter Form mannigfaltig verbreitet und von zahlreichen Personen aus unterschiedlichen Gesellschaftsschichten privat verwendet wird, seinen Durchbruch erlebt: Die Rede ist von der fotografisch illustrierten Postkarte.

Diese war als Korrespondenzkarte ursprünglich als reines Textmedium konzipiert, um knappe Nachrichten zu einem reduzierten Portoentgelt zu verschicken. Einer der entscheidenden Ideengeber zum Format der Postkarte ist der Nationalökonom Emanuel Herrmann, der unter anderem auch in Wiener Neustadt tätig war. 1869 veröffentlicht Herrmann, zu dieser Zeit Professor an der Theresianischen Militärakademie, einen Artikel in der *Neuen Freien Presse,* in dem er erstmals ein standardisiertes offenes Postformat der Öffentlichkeit vorstellt. Ganz Ökonom, rechnet er dort vor, wie teuer das Briefeschreiben im Grunde ist, wenn man neben dem Porto auch die Kosten für die Umschläge, den Siegellack bzw. die aufwendige Arbeitszeit miteinrechnet. Da das Schreiben jedoch der Bildung und wirtschaftlichen Wohlfahrt in hohem Maß dienlich ist, müsse es in Zukunft mit einer Art „Post-Telegramme" durch eine Zeit- und Kostenersparnis erleichtert werden.[4] Er gehört damit zu den Ersten, die diese Form der Korrespondenz, die zu Beginn noch den Anschein des Unanständigen und Anrüchigen hatte, andenken. Erst nach der Freigabe der Produktion von illustrierten Postkarten an die Privatwirtschaft im Jahr 1885 wird es dann möglich, diesen auch Bildelemente hinzuzufügen. Sind diese in den 1890er-Jahren noch vorrangig lithografierte Ansichten, die von einem Zeichner oder einer Zeichnerin stammen, wird ab 1897 zunehmend die Fotografie als Vorlagenlieferantin dominant.[5] Parallel dazu wandelt sich die Ästhetik der Karten, die nun Ansichten bildfüllend – und nicht nur als Vignetten oder Rahmenelemente – verbreiten.[6] Hildegards im April 1899 aus Hastings versandte Postkarte illustriert sehr deutlich diesen Zwischenstatus: Die Ansicht der Strandpromenade mit den namensgebenden weißen Felsen im Hintergrund nimmt ungefähr die Hälfte des Kartenraums ein, so dass es noch gut möglich ist, eine schriftliche Nachricht anzubringen. Denn erst 1902 erlaubt es das britische Postgesetz als erstes weltweit, die Adressseite für persönliche Mitteilungen zu nutzen.

Innerhalb kurzer Zeit entstehen unzählige Motive von diversen Orten – man hat den Eindruck, dass es der Anspruch war, zumindest die dicht besiedelte sowie touristisch bereiste Welt möglichst komplett zu ‚kartografieren'. Auch Hildegard ist erstaunt ob der raschen Verbreitung des Mediums: „Heute kam auch Emmas Karte aus Emmerberg – jetzt haben sie schon Ansichtskarten dort." Sándor Békési bezeichnet die topografische Ansichtskarte als das erste globale Bildmedium schlechthin und klassifiziert die touristische Kommunikation als vorrangige private Gebrauchsweise.[7] Dafür wird ein schon länger existierendes Bildgenre – die Vedute – übernommen, um deren stereotype Ansichten auf lokale Motive anzuwenden. In der Blütezeit der Ansichtskarte, die bis zum Ersten Weltkrieg anhält, entwickelt sich eine regelrechte Kartenmanie, die die nun für beinahe jede Person erschwinglichen Bildobjekte milliardenfach zirkulieren lässt. Nicht immer ist allerdings das Verfassen einer Nachricht der vorrangige Grund zum Versenden einer Karte, denn es finden sich auch Beispiele von per Post zugestellten Ansichtskarten ohne Grußbotschaften. Bei diesen kann mit hoher Wahrscheinlichkeit davon ausgegangen werden, dass es sich um Sammlerstücke handelt. Ob Hildegard solche Karten an Sammler:innen aus ihrem Familien- und Freundeskreis verschickt hat, ist nicht überliefert, genauso wie nicht mehr nachvollzogen werden kann, ob sie Ansichtskarten in England gekauft hat, um sie für sich selbst aufzubewahren. Fest steht allerdings, dass das Sammeln von Postkarten insbesondere bei Frauen überaus beliebt war. Vielleicht war es für das weibliche Geschlecht, dem nach traditionellem Rollenmuster die häusliche Sphäre zugeordnet war, eine Möglichkeit, sich über das Medium Bild den öffentlichen Raum anzueignen und diverse Orte für sich zumindest virtuell zu entdecken? Die Postkarte bleibt jedenfalls das ganze 20. Jahrhundert lang ein mit dem Unterwegssein verknüpftes äußerst geschätztes Bildmedium. Hilde erhält rund dreißig Jahre später von ihrem Vater diverse Ansichten von Wiener Neustadt zu ihrem Namenstag zugesandt und kauft Reproduktionen jener Gemälde in der Tate Gallery, die ihr besonders gut gefallen, um deren Eindruck zu bewahren und sie nach ihrer Rückkehr ihren Eltern zeigen zu können. Und auch Christl verschickt Ansichtskarten an ihre Lieben zu Hause, allerdings meist nur als zusätzliche Aufmerksamkeit, da ein Brief als höherwertige Gabe betrachtet wurde.

Popularisierung der Fotografie: Amateure, Knipser, Automatenbilder

Erst Mitte der 1920er-Jahre wird langsam das Fotografieren breiteren Gesellschaftsschichten möglich. Mit neuen Rollfilmapparaten und zunehmend günstigen Boxkameras können weitere Käufer:innen erreicht werden.[8] Damit wächst die Gruppe der Knipser:innen, die ohne tiefere Kenntnisse von Technik und Ästhetik Gelegenheitsfotografien anfertigen. Im Gegensatz zu diesen stehen die künstlerisch ambitionierten Amateurfotograf:innen, die oft in Clubs organisiert sind und sich an der Malerei als Vorbild orientieren. Trotz der gesunkenen Kosten für Kameras und der propagierten einfachen Bedienung ist es dennoch um 1930 alles andere als selbstverständlich, selbst zu fotografieren. Das Fotografieren ist zudem auch von gewissen sozialen Normen bestimmt, denen man sich in der Regel unterwirft. So ist die Fotografie als vermeintlich technisches Hobby lange vorwiegend Anwendern männlichen Geschlechts vorbehalten gewesen. Martina Mettner weist außerdem darauf hin, dass der Anlass für den Kauf einer Kamera meist mit der Familiengründung zusammenfällt.[9] Vor diesem Hintergrund erscheint es als geradezu emanzipativer Akt, dass Hilde als Erste in ihrer Familie einen „Photographenapparat" geschenkt bekommt – und noch dazu ihre Mutter als Geberin fungiert. Auslöser für den Wunsch, Fotos anzufertigen, war das Dokumentieren ihrer Zeit in England – und nicht etwa, die Fotografie in den Dienst des familiären Zusammenhalts zu stellen.

Hildes Kamera war sehr wahrscheinlich eine jener einfach zu bedienenden Rollfilm-Boxkameras, die von der Firma Kodak bereits im Jahr 1900 entwickelt und massenhaft vertrieben worden sind.[10] Für Hilde ist das Fotografieren mit diesem Apparat synonym mit dem Anfertigen von Schnappschüssen. Sie verwendet für ihre selbst geschossenen Fotografien in ihren Briefen den Begriff „snaps", und zwar nicht nur in einem durchgehend auf Englisch verfassten Brief an ihre Mutter, sondern auch als Anglizismus in den Berichten in ihrer Muttersprache. Dort ist die Rede davon, dass sie demnächst „snaps schicken" werde und dass sie mit ihren Freundinnen im Park – in starker Anlehnung an die englische Wendung „to take a photo" – „einige snaps nahmen". Mit dem lässigen Ausdruck „snap" meint Hilde Knipserfotos, die bei bestimmten Gelegenheiten zur Erinnerung an ihren Aufenthalt in England gemacht werden, ganz analog zu folgender

Begriffsdefinition des „snapshot“: „an amateur photograph usually taken to document an event of everyday life“[11]. Die wenigen noch vorhandenen Fotografien von Hilde zeigen Personen, denen sie während ihrer Zeit in London nahesteht. Aufnahmen von Sehenswürdigkeiten haben sich hingegen keine erhalten. Es bleibt eine offene Frage, ob diese ihr die Kosten für ein Bild nicht wert gewesen sind oder ob sie sie sehr wohl während ihrer Besichtigungen fotografiert hat, diese Bilder aber verloren gegangen sind. Meine Vermutung geht jedenfalls in die Richtung, dass Hilde ihre Kamera vor allem für das Festhalten von sozialen Anlässen und zur Erinnerung an Personen, denen sie sich verbunden fühlte, verwendet hat.

Die Fotografie erobert in den 1920er-Jahren neben der Verbreitung von Amateurkameras noch in weiterer vielfältiger Ausprägung die Populärkultur. In reproduzierter Form ist sie in illustrierten Magazinen präsent und stellt auch künftig Motive für Postkarten bereit, wobei sie hier dem beliebten Medium Film begleitend zur Seite steht und dessen Stars in Form von Fan-Porträtkarten unter Cineasten verbreitet. Den Nerv der Zeit trifft schließlich auch die Automatenfotografie, die ab 1928 einen unvergleichlichen Boom erlebt. Sie verbindet die Nonchalance der Knipserfotografie mit einer kinematografischen Ästhetik, erinnern doch die seriell angefertigten und untereinander auf einem Streifen angeordneten Fotografien an einen Filmkader.[12] Das Photomaton fasziniert zudem dadurch, dass nun eine vollautomatische Maschine den ganzen Prozess der fotografischen Aufnahme bis hin zur Entwicklung des fertigen Bildes übernimmt. Die im öffentlichen Raum aufgestellten Apparate machen die Herstellung eines eigenen Porträtfotos so niedrigschwellig, einfach und günstig wie nie zuvor. Sie stellen eine echte Alternative für all jene Personen dar, die nicht zu einem niedergelassenen Atelierfotografen oder einer Atelierfotografin gehen wollen. Zudem rufen sie erst neue Bedürfnisse und Begehrlichkeiten an Porträtbildern hervor, ist es doch jetzt möglich, auch Spaß- und Freundschaftsfotos anfertigen zu lassen, die nicht den Ernst und die Würde von langlebigeren Studioporträts in sich tragen müssen. Hilde wäre in London nicht auf die Idee gekommen, in ein Fotoatelier zu gehen. Nicht nur die finanziellen Mittel und ein entsprechender Anlass fehlten, darüber hinaus waren Studiofotos von jungen alleinstehenden Frauen aus dem Ausland, die sich als Kindermädchen verdingten, im sozialen Gefüge auch Ende der 1920er-Jahre noch unüblich. Allerdings ergreift sie gerne die Gelegenheit, das bei Madame Tussauds aufgestellte Photomaton auszuprobieren. Vermutlich spielen dabei Neugierde auf das erst seit Kurzem existierende Medium, außerdem die Popularität desselben gerade bei Jugendlichen eine Rolle. Mit einem Schlag erhält Hilde kostengünstig Porträtfotos, die sie zudem auf einfache Weise ihrer Familie und Freundinnen als Zugabe zu ihren Briefen per Post zukommen lassen kann.

Reisen und Fotografieren: Eine zunehmend eng gefasste Partnerschaft
Während Hilde noch eher zufällig zum Fotografieren kommt und sich vor allem dann Bilder aneignet, wenn es eine günstige Gelegenheit erlaubt, ist das Fotografieren im Jahr 1967 bei Christl von Anfang an als wichtige Aktivität ihres Auslandsaufenthaltes mit eingeplant. Seit der Mitte der 1950er-Jahre kann von einer massenhaften Verbreitung der Fotografie gesprochen werden,[13] wobei sich ab 1960 immer mehr eine Verschiebung vom Knipsen in der Freizeit hin zum Fotografieren im Urlaub beobachten lässt.[14] Tourismus und Fotografie gehen nun endgültig jene Allianz ein, die bis heute unwiderruflich anhält. Das mit Urlaub und Reisen verbundene Fotografieren verknüpft eine stark standardisierte Sichtweise der Welt, die von der Übernahme bereits etablierter Bildmuster wie beispielsweise Motiven in Reiseführern oder Ansichtskarten herrührt, mit dem kreativen Impuls von Amateurfotograf:innen. Neben dem Festhalten des Gesehenen als Erinnerungsstütze und dem Einfrieren des flüchtigen schönen Moments zum Zweck des emotionalen Bewahrens existieren noch einige weitere Erklärungsversuche, warum während des Unterwegsseins so exzessiv fotografiert wird. Hans Magnus Enzensberger bringt in seinem Aufsatz *Eine Theorie des Tourismus* beispielsweise die These vor, dass Tourist:innen auch in ihrer Freizeit gehorsam sein und dem Bildungsanspruch als einer anderen Form von Arbeit nachkommen wollen.[15] Die vielen Aufzählungen Christls der zu besichtigenden Sehenswürdigkeiten sollen sicherlich gegenüber ihren Eltern, die ihr den Sprachaufenthalt im Ausland ermöglichen, die Wissbegierde der Schülerin und ihr Interesse an Kultur demonstrieren. Ihre davon angefertigten Fotos dienen schließlich als Beweis, dass sie tatsächlich da gewesen ist. Auch noch ein weiteres Motiv zum Fotografieren in der Fremde findet sich bei Christl verwirklicht, nämlich ein soziales Interesse,

das sich insbesondere im Anfertigen von Bildern von Einheimischen ausdrückt. Martina Mettner erklärt das Ablichten von allem, was fremd und andersartig erscheint, nicht mit einem voyeuristischen Impuls, sondern vielmehr als Taktik, das begrifflich nicht zu Fassende vor jeder Einordnung erst einmal als Bild zu speichern.[16] Und schließlich wirkt das Fotografieren auf Reisen oft „erlebnissteigernd“[17]: Die Suche nach dem perfekten Bild überragt die häufig ermüdende Besichtigung. Auf jeden Fall lässt sich aus Christls Briefen herauslesen, dass mitunter sogar das Fotografieren selbst den Impuls gibt, einen bestimmten Ort – in diesem Fall den Speakers' Corner im Hyde Park – aufzusuchen.

Die Teenagerin fotografiert jedoch noch aus einem weiteren Grund: Ihr Ziel ist es, nach ihrer Rückkehr von ihrem einmonatigen Sprachaufenthalt in England ein Fotoalbum anzufertigen. Damit greift sie aktiv ein Medium auf, dessen Blütezeit laut Cord Pagenstecher in den 1950er- und 1960er-Jahren liegt.[18] Er klassifiziert das Fotoalbum zwischen Tagebuch und Autobiografie, was diesem den Status eines visuellen Selbstzeugnisses zuschreibt. Das Fotoalbum, das oft Züge eines Scrapbooks annimmt und im Fall eines Reisealbums Bildmaterial unterschiedlicher Herkunft wie beispielsweise Ansichtskarten, Tourismusprospekte oder topografische Karten inkludiert, integriert Bild und Text und bietet sich auch für künstlerisch motivierte Gestaltungsformen an. Nicht das Einzelfoto steht im Vordergrund, sondern vielmehr eine aus vielen Elementen zusammengesetzte „Erinnerungscollage der persönlichen Urlaubseindrücke“[19]. Neben der (auto)biografischen Bedeutung des Fotoalbums wird auch wiederholt auf dessen kommunikative Funktion hingewiesen. Martha Langford behauptet sogar, dass die gesprochenen Texte beim Zeigen von Alben wichtiger sind als die Bilder selbst.[20] Da das Album also bereits narrative Züge in sich trägt, ist es leichter, mit seiner Hilfe die Erinnerungen mit anderen zu teilen. Christls Briefe dokumentieren, dass sie den Wunsch ihrer Eltern, ihnen ein Foto von sich und der Gastfamilie vorab per Post zukommen zu lassen, abschmettert. Vielleicht ist nicht nur das Aufsparen des Geldes für andere Ausgaben während der Reise ein Grund dafür, sondern erklärt sich ihr Vorgehen auch damit, dass sie ihre Eltern auf die Folter spannen und selbst ihre Geschichte erzählen möchte? Die Fotografien würden damit eine Rolle als Pfand für die alleinige Deutungshoheit über das Erlebte einnehmen.

Auch wenn sich das analoge Fotografieren in der zweiten Hälfte der 1960er-Jahre in vielen Punkten von der digitalen Fotografie heute unterscheidet, weist es dennoch in mancher Beziehung bereits auf diese voraus: Das Bestreben liegt darin, die Eindrücke während des Aufenthaltes in der Ferne möglichst umfassend zu dokumentieren. Je mehr man reist und je weniger Zeit man für das Erkunden vor Ort hat, desto hemmungsloser wird geknipst. 2024 wurden weltweit schätzungsweise 1,94 Billionen Fotos geschossen, davon 94 Prozent mit der Kamera eines Smartphones.[21] Milliarden von Bildern werden täglich über soziale Netzwerke geteilt. In Anbetracht dieser uns heute selbstverständlich erscheinenden Gebrauchsweisen der digitalen Fotografie scheint sich ihr Demokratisierungsanspruch vollends eingelöst zu haben. Dennoch lohnt ein Blick zurück in jene Zeiten, als Fotografien noch einer Bilderökonomie unterlagen. Es stimmt: Man musste sie sich leisten können, knipste seltener beziehungsweise nur zu ausgewählten Anlässen und war auf eine zeitaufwendige Entwicklung des Films angewiesen. Auch das Weitergeben und Teilen von privaten Aufnahmen war mit einem größeren Aufwand verbunden. Dafür hatte das einzelne Bild einen anderen Stellenwert als in unserer heutigen schnelllebigen Epoche der Bilderflut und überdauert wohl in dem ein und anderen Familiennachlass längere Zeit als die vielfach nur als digitale Daten gespeicherten Handyfotos.

Dritter Teil

CHRISTL

1950–2025

Fotografie von Christl bei der Ankunft in London Heathrow
im Juli 1967 aus ihrem England-Album

Quellenmaterial

Eine vollständig vorhandene Korrespondenz zwischen Mutter und Tochter
Die Korrespondenz zwischen Christl Stainer und ihren Eltern aus dem Jahr 1967 hat sich quasi vollständig erhalten, lediglich eine Postkarte, die zusätzlich zu den Briefen versandt wurde, ging verloren. Es handelt sich um den kürzesten und komprimiertesten Austausch, der in diesem Buch vorgestellt wird. Er basiert auf einem einmonatigen Aufenthalt während der Sommerferien bei einer befreundeten Familie in der Grafschaft Kent zwischen dem 10. Juli und 7. August. Die Korrespondenz umfasst zwölf Schreiben von Christl an ihre Eltern nach Wiener Neustadt und dreizehn Briefe von ihren Eltern nach England. Elf davon schrieb ihre Mutter Hilde im Namen beider Eltern, einer stammt von beiden Elternteilen ge-

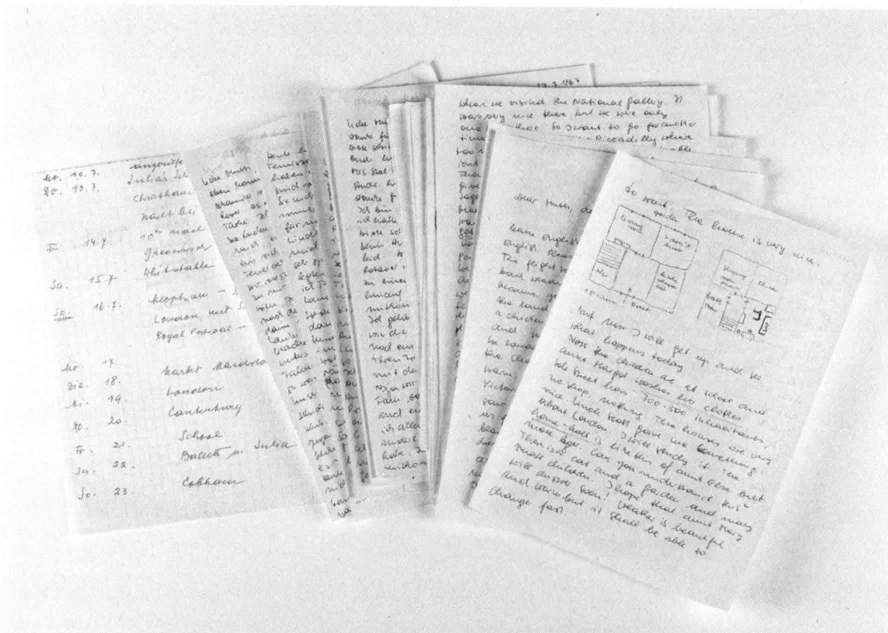

Briefe von Christl aus Sole Street an die Eltern samt losem Zettel von Hilde mit einer Auflistung der Aktivitäten ihrer Tochter

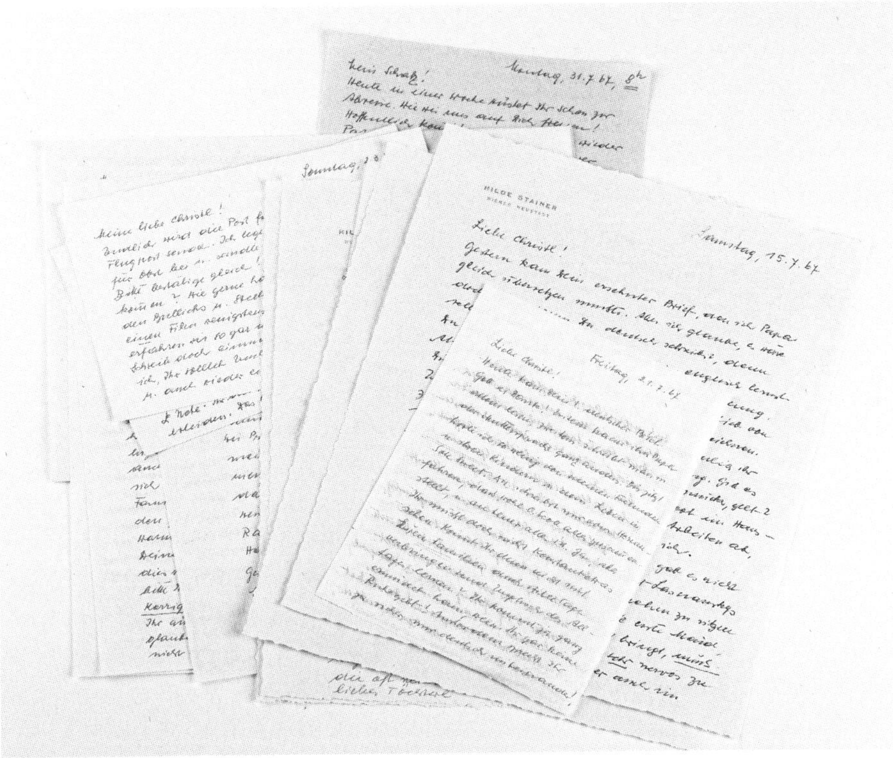

Briefe von Hilde an die Tochter

meinsam und ein weiterer ausschließlich von ihrem Vater. Seine Mitteilungen zeichnen sich dadurch aus, dass sie nicht handschriftlich verfasst, sondern mit der Schreibmaschine getippt wurden. Die Briefe von Christl bestehen in der Regel aus zwei Blatt Papier im Format A5, das beidseitig beschrieben ist. Mitunter kommt es vor, dass ein Brief am Folgetag fortgesetzt beziehungsweise an verschiedenen Orten verfasst wurde. Der erste Brief aus England trägt den 11. Juli als Datum, der letzte den 2. August. Es wird also unmittelbar nach der Ankunft mit dem Schreiben begonnen, fortan im Schnitt jeden zweiten bis dritten Tag ein Brief in die Heimat verfasst, bevor unter Beachtung der für die postalische Zustellung des letzten Schreibens benötigten Zeit die Korrespondenz ihr Ende findet. Das Kalenderdatum wird nach Erhalt des Briefes von Hilde zur besseren Orientierung um den Wochentag ergänzt. Die ersten drei Briefe, die in englischer Sprache geschrieben wurden, tragen zudem einzelne Markierungen und Korrekturen von falschen Ausdrücken, inkorrekten Wendungen oder Grammatikfehlern, die von Christls Mutter bei ihrer Lektüre angebracht wurden. Den Briefen liegt außerdem ein von Hilde handschriftlich verfasster Zettel bei, der die täglichen Aktivitäten der Tochter auflistet, wie sie aus der Korrespondenz ersichtlich sind. Auch die beiden Telefonate am 10. und 26. Juli sind hier vermerkt.

Das Fotoalbum als ergänzendes Dokument

Ergänzend zu den aus England stammenden Briefen existiert ein nach der Rückkehr von Christl selbst angelegtes Urlaubsalbum, das neben Schwarz-Weiß-Fotografien auch zahlreiche mit der Reise verbundene Objekte und Dokumente aufweist. In Anlehnung an ein Scrapbook hat sie Postkarten, Tickets, Folder von Sehenswürdigkeiten, aber auch Rezepte oder eine Muschel eingeklebt. Das Album besteht aus 38 buntfarbigen Kartonblättern, die zuerst in einem Ordner gesammelt und schließlich von einem Buchbinder zu einem festen Ganzen verleimt wurden. Es stellt das zweite Exemplar einer ganzen Reihe von Fotoalben dar, die den Abschluss eines Auslandsaufenthaltes bilden und die Christl in gleichbleibender Form während ihrer insgesamt dreißig Jahre umfassenden Reiseaktivitäten angefertigt hat.

Das England-Album aus dem Jahr 1967 geht aus mehreren Gründen eine enge Symbiose mit den vorhandenen Briefen ein. Zum einen ist in den Briefen häufig vom Stellenwert des Fotografierens die Rede. Die Mitnahme einer eigenen Kamera ist eine wichtige Voraussetzung für diesen Auslandsaufenthalt, bei dem Christl zum ersten Mal ohne Eltern verreist. Christl hat von Anfang an das Anlegen eines Albums geplant. Dieses war vorrangig als persönliche Erinnerungshilfe gedacht, heute ermöglicht es darüberhinausgehend Außenstehenden, sich ein Bild von den besuchten Orten und den besichtigten Sehenswürdigkeiten sowie den erwähnten Personen zu machen. Es lässt die in den Briefen geschilderten Erlebnisse plastischer hervortreten und vermittelt Anschaulichkeit. Zum anderen stellt das Album ein wichtiges Textdokument dar. Vergleichbar mit dem

Doppelseite aus Christls Fotoalbum über ihren Aufenthalt in England

Stellenwert der Fotografien enthält das Album auch Schriften, die in direktem Bezug zum Inhalt der Briefe stehen und so eine wesentliche semantische Ergänzung bilden. Das handschriftliche Manuskript für eine vor dem lokalen Rotary-Club gehaltene Rede ist ein Beispiel dafür. Im Gegensatz zu den in den Briefen oft negativ gefärbten Aussagen über die Zeit in England in Hinblick auf das schlechte Wetter oder den für die Teenagerin wenig interessanten Wohnort der Gastfamilie wird hier ausschließlich ein positives Bild von ihrem Aufenthalt gezeichnet. Außerdem weist das Album einige wenige eigenhändige Beschriftungen auf, die das Gesehene um eine persönliche Note ergänzen und mitunter Aufschluss über dessen Stellenwert geben. Zu guter Letzt sind noch jene eingeklebten Schriftdokumente, die zeittypischen Wert haben, zu erwähnen, wie beispielsweise die Rechnung für das Flugticket.

Mündliches Wissen und Absprachen

Bei meiner Mutter Christl handelt es sich um die einzige Protagonistin in diesem Projekt, die ich als Auskunftsgeberin über ihr Leben heranziehen kann. In informellen Gesprächen oder auch in Form qualitativer Interviews stand sie mir während der Vorbereitungszeit für dieses Buch zur Verfügung. Sie ist zudem der Schlüssel für das Auffinden von Quellen und Objekten wie etwa Erinnerungsstücken an die Kindheit, weiteren Briefen oder privaten Fotoalben, die mir bedeutungsvoll erscheinen und die ich auswerten möchte, um mir ein Bild über ihr Leben zu machen. Durch die Präsenz der Person rücken schriftliche Quellen und Dokumente aus dem Familiennachlass, die ebenfalls Informationen über ihr Leben beinhalten, im Gegensatz zu den bisher besprochenen Verwandten tendenziell in den Hintergrund. Es ist mir bewusst, dass es mir bei der Auswertung dieser Briefe schwerfällt, das Gebot der Objektivität einzuhalten. Immer wieder überlagert sich das Gelesene durch mein eigenes Bild von meiner Mutter, jener Person, die ich am längsten kenne und deren Erzählungen über ihr Leben mich schon Jahrzehnte begleiten.

Der Umstand, dass mit meiner Mutter eine Person zu ihren Lebzeiten ihre Briefe und andere lebensgeschichtliche Dokumente zur Bearbeitung zur Verfügung stellt, erfordert auch einen besonders sorgsamen Umgang mit der Privatsphäre. So findet sich in ihrem Haushalt ein Tagebuch aus dem Jahr 1967, das ebenfalls während der Wochen in England täglich fortgeführt wurde. Dieses stufe ich – ohne einen Blick hineingeworfen zu haben – zu Beginn meiner Recherchen als zu privat ein, um es für mein Buchprojekt zu verwenden, und lasse es unangetastet. Nach eineinhalb Jahren Arbeit an dieser Publikation ist es dann doch an der Zeit, das Tagebuch aus der Schublade hervorzuholen. Ich bitte zunächst meine Mutter darum, es zu lesen, und lasse sie daraufhin entscheiden, ob sie es mir zur Verfügung stellen möchte oder nicht. Nach ihrer Zustimmung darf ich auch auf diese Informationen zurückgreifen. Da es das tägliche Programm während ihres Englandaufenthaltes übersichtlicher als in den Briefen auflistet, ist es mir eine hilfreiche Quelle.

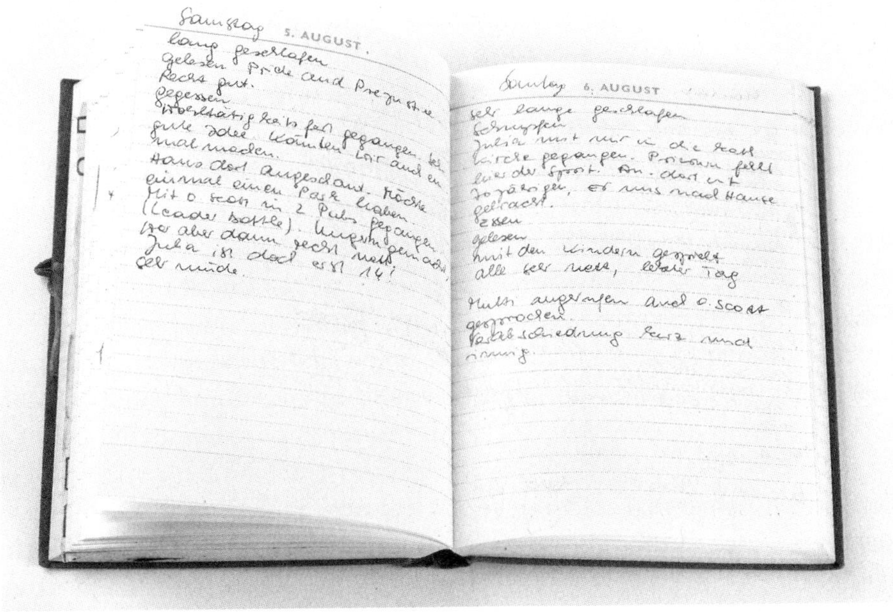

Christls Tagebuch aus dem Jahr 1967

„Schrecklich viel gesehen“

Meine Mutter Christl im Sommer 1967 in England

Als Schülerin nach England

Christl – eigentlich laut Geburtsschein Christine – Stainer wird 1950 als einziges Kind ihrer Eltern Hilde und Robert geboren und wächst trotz der entbehrungsreichen Wiederaufbaujahre in einem gut situierten bürgerlichen Haushalt auf. Sie zählt zur Generation der Nachkriegskinder, die mittlerweile in verschiedenen Publikationen umfassend beleuchtet und aufgearbeitet ist. Nach Sabine Bode haben viele Personen der Geburtsjahrgänge zwischen 1945 und 1960 in ihrer Kindheit eine ähnliche Prägung erfahren. Diese geht unter anderem auf eine strenge Erziehung, ein emotional unterkühltes Eltern-Kind-Verhältnis und das Schweigen der Eltern zu ihrer Verantwortung in der Zeit der NS-Herrschaft zurück.[1] Es fällt mir schwer, mir eine Meinung darüber zu bilden, ob dies auch für Christls Kindheitsjahre zutreffend ist. Meine Mutter erwähnt zwar immer wieder ein schwieriges Verhältnis zu ihrer Mutter, auf den Fotografien in den vier Fotoalben, die mir als Quelle vorliegen, ist jedenfalls der Eindruck einer Familienidylle und engen Beziehung vorherrschend. Schon als Baby und Kleinkind wird sie regelmäßig im Abstand von einigen Wochen oder Monaten als alleiniges Motiv fotografiert. Die überwiegende Mehrzahl der Bilder wurde zu Hause und im eigenen Garten gemacht. Besuche von Verwandten und Freund:innen bestimmen das soziale Familienleben und stellen den Anlass zum Aufnehmen von visuellen Erinnerungen dar – ganz so, wie es in der Geschichte der privaten Fotografie der 1950er-Jahre die Norm ist. Beim Betrachten der Alben ist mir natürlich bewusst, dass es ein Spezifikum von Familienbildern ist, dass nur die besonderen und schönen Momente Eingang finden – alles Konfliktbeladene bleibt ausgespart. In Christls Tagebuch ist zumindest ein Hinweis auf Streitigkeiten mit der Mutter enthalten. So schreibt sie etwa an einer Stelle: „Mutti abtrocknen geholfen. Sonst krachen wir öfters zusammen. Sie sagt, wie ich abtrocknen soll.“ Der letzte Satz ist mit rotem Buntstift unterstrichen, was ihm eine besondere Bedeutung zumisst. Handelt es sich einfach um die übliche

Rebellion einer pubertierenden Tochter oder steckt hier mehr dahinter? Auf jeden Fall scheint sich Christl sehr über die mütterlichen Instruktionen, die sie für unangebracht hält, geärgert zu haben.

1960 tritt Christl in das Bundesrealgymnasium für Mädchen Wiener Neustadt ein, das seit 1965 aufgrund der Adresse seines Neubaus als Bundesgymnasium Zehnergasse bekannt ist. Nun werden die Bilder von Ausflügen mit den Eltern um Schulausflüge und erste Skikurse ergänzt. Seit der Unterstufe ist Christl mit Bärbel eng befreundet. Als beste Freundin ist sie auch regelmäßig bei den Aktivitäten der Familie an den Wochenenden mit dabei. Die Alben geben ebenfalls über die Hobbys und Vorlieben von Christl Auskunft. Ist sie in der Zeit der Unterstufe noch beim Eislaufen und Klavierspielen abgebildet, kommt später das Tennisspielen als sportliche Betätigung dazu. Ab dem Jahr 1965 beginnen Kränzchen und Bälle das Freizeitleben der Oberschülerin zu dominieren. Zahlreiche Fotografien von Eröffnungen belegen ihre Tanzleidenschaft, die sich aus dem schulischen Tanzkurs entwickelt und fortan auch in einer Volkstanzgruppe gepflegt wird. 1967 findet schließlich zu Ostern eine Klassenfahrt nach Rom statt – eine Tradition, die in der Schule in diesem Jahr begründet und bis zu meiner eigenen Schulzeit und darüber hinaus aufrechterhalten wird. Die Eltern von Christl nehmen als Gäste ebenfalls an dieser Besichtigungsreise teil. An den Fotos in den Familienalben lässt sich gut ablesen, wie sich analog zur Tourismusgeschichte Österreichs dieser Jahre der Radius des Reisens sukzessive ausdehnt. Zunächst unternimmt die Familie regelmäßig Ausflüge, sei es nach Wien oder in die Umgebung von Wiener Neustadt wie auf die Hohe Wand oder ins Piestingtal. Einmal im Jahr verschlägt es Mutter und Tochter im Sommer zu Verwandten auf Besuch nach Warmbad-Villach, von wo aus gerne Tagesfahrten nach Venedig und Triest unternommen werden. Ab 1953 wird dann schließlich wiederholt in Italien an der oberen Adria geurlaubt, und zwar in Lignano, Grado und Jesolo. Die Klassenfahrt nach Rom stellt die bislang weiteste Distanz dar, die Christl zurücklegt, und wird im selben Jahr schließlich noch durch die in den Sommerferien nach Abschluss der 7. Klasse stattfindende Reise nach Großbritannien übertroffen.

Der Aufenthalt sollte mehreren Zwecken dienen. Erstens erhält die laut eigener Beschreibung nicht sehr sprachbegabte Schülerin, die den Zweig eines neusprachlichen Gymnasiums mit Englisch als erster Fremdsprache besucht, unmittelbar vor der Matura die Gelegenheit, ihre Kenntnisse zu verbessern und insbesondere die Sprache im Land selbst unter Native Speakern zu praktizieren. Tatsächlich belegen die Zeugnisse ihrer acht Jahre im Gymnasium mit fünf Befriedigend und drei Gut in Englisch, dass diese Fremdsprache nicht zu ihren Stärken zählte. Ein Befriedigend gilt in unserer Familie, die allgemein recht bildungsaffin ist, als ziemlich schlechte Note – ich als ehemalige Vorzugsschülerin bin tatsächlich überrascht, dass meine Mutter nicht besser abschnitt. Zweitens lässt sich durch die Sprachreise nach Großbritannien eine Familientradition aufrechterhalten, die nun bereits eine Vertreterin der dritten Generation als junge Frau nach England fahren lässt. Und schließlich stellen die gut vier Wochen im Ausland für die Siebzehnjährige einen Emanzipationsschritt hinaus aus dem Elternhaus in die Selbstständigkeit dar. Zum ersten Mal verreist das wohlbehütete Einzelkind ohne ihre Eltern ins Ausland.

Der selbstorganisierte Aufenthalt in England wurde aufgrund der vielfältigen und langjährigen Beziehungen von Christls Mutter in dieses Land ermöglicht – insbesondere zu ihrem Jugendfreund Scott. Nach ihrer Rückkehr nach Wiener Neustadt im Herbst 1930 bleibt Hilde mit ihrem ehemaligen Verehrer, mit dem sie so viele Ausflüge in und um London unternommen und zahlreiche Veranstaltungen der Studenten-Vereinigungen besucht hat, ihr ganzes Leben lang in Kontakt. Sie tauschen regelmäßig Briefe aus, vor allem in Form eines ausführlichen Jahresberichtes anlässlich der weihnachtlichen Festtage. Anhand von Hochzeits- und Geburtsanzeigen informiert man die beziehungsweise den anderen über den aktuellen Stand des familiären Lebens und dokumentiert dieses auch anhand von mitgeschickten Fotografien. Scott heiratet 1951 und wird in den darauffolgenden zehn Jahren Vater von zwei Töchtern und einem Sohn. Seine Kinder sind damit etwas jünger als Christl. Vice versa werden zu verschiedenen Anlässen Geschenke für die Kinder der befreundeten Familie versandt. So besitzt Christl heute noch zwei Puzzlespiele, die sie von Scott erhalten hat. Eines davon zeigt ein Porträt von Königin Elizabeth II., das andere setzt sich aus den einzelnen

Bücher von Beatrix Potter als Geschenke von Scott an Christl

Grafschaften Großbritanniens zusammen. Außerdem finden sich in ihrer Bibliothek einige von Scott geschenkte Bände der Tiergeschichten von Beatrix Potter, deren Illustrationen wir beide so gerne mögen. Er scheint seine vormaligen Bemühungen als junger Mann, internationalen Studierenden und Gästen in London die englische Kultur näherzubringen und zu vermitteln, auch bei Hildes Tochter in liebenswerter Weise fortzuführen. Darüber hinaus findet bereits vor Christls Fahrt nach England ein persönliches Kennenlernen statt. Anlässlich einer Europareise besuchen Scott, seine Ehefrau Margot und ihre Tochter Julia in der zweiten Hälfte der 1950er-Jahre auch Hilde und ihre Familie in Wiener Neustadt. Es ist Hilde, die Scott fragt, ob ihre Tochter einen Teil ihrer Sommerferien bei seiner Familie verbringen dürfe. Zusätzlich bittet sie ihn, auch eine Gastfamilie für Christls beste Freundin Bärbel zum selben Zeitpunkt zu finden, damit ihre Tochter eine vertraute Person an ihrer Seite habe. Scott entspricht diesem Wunsch und so können die beiden Mädchen als

Paying Guests im Juli 1967 ihre Reise antreten. Durch das privat getroffene Arrangement mit der Gastfamilie sind ihre Eltern beruhigt, sie in der Obhut von guten Bekannten zu wissen, und Christl selbst sorgt durch das Mitkommen der besten Freundin etwaigen Heimwehattacken vor.

„No shop, nothing."
Ernüchterung bei der Ankunft in der Gastfamilie

Schon die Anreise ist für die beiden Teenager ein Erlebnis, denn sie besteigen dazu zum ersten Mal in ihrem Leben ein Flugzeug. Damit repräsentieren sie den Wirtschaftsaufschwung Europas, der sich auch im boomenden Tourismus niederschlägt. In den 1960er-Jahren wird es durch leistbare Preise immer breiteren Schichten möglich, das angestrebte Reiseziel mit dem Flugzeug zu erreichen. Das in ihrem Reisealbum eingeklebte Flugticket, das über die auf Schüler:innen- und Studierendenreisen spezialisierte Organisation Ökista gebucht wurde, belegt, dass der Preis tatsächlich moderat war. Christl erwartet den Flug im Vorfeld mit Spannung und schildert das große Erlebnis gleich eingangs in ihrem ersten Brief. Sie berichtet, wie sich über Belgien das Wetter aufgeklart hat und sie genau beobachten konnte, als das Flugzeug den Ärmelkanal passierte. Auch das servierte Essen – Huhn mit Mayonnaise, Salzstangerl, Banane und ein Getränk – wird wohlwollend erwähnt. Abschließend schreibt sie über diese Reiseerfahrung, die sie als Erste in ihrer Familie macht und von der sie nicht wusste, ob sie sie ängstigen oder begeistern würde: „Ich freue mich schon sehr auf den Rückflug. Fliegen ist einfach herrlich."

Nach einem Transfer via Zug zum zentralen Bahnhof Victoria Station werden die Mädchen dort von Mitgliedern ihrer Gastfamilien abgeholt. Die fünfköpfige Familie Bullick, bei der Christl untergebracht ist, sowie Bärbels Gastfamilie werden in den Briefen häufig erwähnt, sind sie doch hauptverantwortlich dafür, wie sich die Tage in England für die Mädchen aus Wiener Neustadt gestalten. Der Plan der Erwachsenen sieht vor, dass die beiden Teenager mit der jeweiligen Familie „mitleben", das heißt möglichst viel von den Routinen und Charakteristika des Alltags in England erfahren. Im Idealfall entstehen mit jenen Familienmitgliedern, die ihnen altersmäßig am nächsten sind, Freundschaften. Zusätzlich haben die

Gastgeber:innen, vorwiegend an den Wochenenden, Ausflüge und Besuche von kulturellen Veranstaltungen geplant.

Tatsächlich ist die Ankunft bei der Familie Bullick, deren Haus im Dörfchen Sole Street zwischen Cobham und Meopham in der Grafschaft Kent östlich von London liegt, für die Teenagerin zunächst eher ernüchternd. Christl gibt zwar zu, dass die Häuschen des circa 400 Einwohner:innen umfassenden Dorfes überaus pittoresk sind, aber die Abwesenheit sämtlicher weiterer Infrastruktur ist für das unternehmungslustige Mädchen ein Schock: „No shop, nothing. There are only small houses and a street, you can buy nothing." Vermutlich hatte sie sich vorgestellt, in einem näher zum Einzugsgebiet Londons liegenden Ort unterzukommen, der ihr mehr das Gefühl großstädtischen Lebens vermitteln würde. Der einzige Trost angesichts der dörflichen Einöde scheinen die in Aussicht gestellten Tagesausflüge nach London zu sein: „I don't know when we shall drive to London for the first time. I hope soon." Sole Street ist seit 1861 an das Bahnnetz angebunden und bietet regelmäßig Verbindungen nach London an. Auch Scott legt an Werktagen die Strecke per Zug zurück, um an seinen Arbeitsplatz in der Londoner Stock Exchange zu gelangen.

Nun gilt es aber zunächst, sich in das neue Umfeld einzugewöhnen und die Regeln des fremden Alltags kennenzulernen. Christl spricht die Eltern ihrer Gastfamilie mit dem ungezwungenen „Onkel Scott" und „Tante Margot" an, auch wenn kein verwandtschaftliches Verhältnis besteht. Besonders in der Früh ist der Ablauf mit der Benützung des Badezimmers eng getaktet, zumal zu Beginn für die drei Kinder der Familie die Schulferien noch nicht begonnen haben. Ihrem ersten Brief fügt Christl eine Skizze des zweistöckigen Hauses mit der Zimmeraufteilung bei, was ihre Mutter Hilde sehr wohlwollend aufnimmt: „Es war so lieb von Dir, uns auch eine Skizze des Hauses zu zeichnen." Christl darf das Zimmer der ältesten Tochter Julia bewohnen, ein Privileg, für das sie ihre Mutter ermahnt, sich dankbar zu erweisen: „Daß Julia Dir ihr Zimmer überlasst, ist zu liebenswürdig. Gib es ihr durch liebe Kameradschaft zurück, gelt?" Tatsächlich ist Christl im Folgenden sehr froh über diesen Rückzugsort, bietet er ihr als Einzelkind doch die Möglichkeit, sich abseits der Familie von den vielen Erlebnissen zu erholen: „Ohne mein eigenes Zimmer würde ich, glaube ich, nicht mehr leben." Tagsüber ist Margot, Scotts Ehefrau, zuständig für die häuslichen Abläufe und bemüht sich, dem Gast möglichst viel vom Leben der Familie zu vermitteln. Sie ist insofern eine ideale Bezugsperson für Christl, als Deutsch ihre Muttersprache ist: Da der Schülerin das Englische noch nicht sehr geläufig ist, kann sie sich so dennoch ungezwungen mit ihr unterhalten. Scott hingegen kommt erst abends nach Hause, nimmt sich dann aber ausgiebig Zeit, für die beiden österreichischen Mädchen ein abwechslungsreiches Programm zusammenzustellen.

Christl nimmt an allen familiären Zusammenkünften teil, so etwa an den gemeinsamen Tischzeiten und dem sonntäglichen Gottesdienst. Zu Beginn werden Bärbel und sie eingeladen, die Schulen der Kinder ihrer Gastfamilien kennenzulernen und dem Unterricht temporär beizuwohnen – ein Programmpunkt, der ihnen anfangs einen interessanten Einblick in ein anderes Schulsystem ermöglicht, sich mit der Zeit jedoch erschöpft („Von Schulen habe ich jetzt genug."). Margot organisiert immer wieder Treffen mit anderen Mädchen in Christls Alter, um den Kontakt zu Gleichaltrigen zu ermöglichen. Auch ist es selbstverständlich, dass sie bei Geburtstagsfesten, zu denen die Kinder der Familie Bullick eingeladen sind, mit dabei sein darf. Zu diesen diversen Anlässen wird groß aufgekocht, was jedes Mal mit viel Begeisterung in den Briefen erwähnt wird. Auch Christl ist dazu aufgerufen, zur Förderung des kulturellen Austausches etwas Österreichisches zu kochen. Ihre Wahl fällt auf einen Kaiserschmarren, der ihr mit den ihr zur Verfügung stehenden Mitteln gut machbar scheint.

Pflichten im Haushalt gibt es für Christl keine, jeder Beitrag geschieht auf freiwilliger Basis. Sie muss lediglich ihr Zimmer in Ordnung halten und sich um ihre Wäsche kümmern („Heute habe ich wieder gewaschen. Meine Tennissocken muß man weghauen. Sie haben ein Loch nach dem anderen und sind verfilzt. Tante Margot hat gesagt, man darf sie nicht einweichen. Du machst es aber auch immer?"). Allerdings bläut ihr die Mutter in ihren Briefen ein, sich ja als wohlerzogenes Mädchen und hilfsbereiter Gast zu erweisen („Hilfst Du auch wohl der lieben Margot im Haushalt? Bitte nimm ihr gewisse tägl. Arbeiten ab, das entlastet am meisten, finde ich." // „Bitte zeige Deine Dankbarkeit unseren lieben Freunden, die Dir so viel Schönes ermöglichen. Auch finde ich, solltest Du mehr im Haus helfen, nicht?"). Hilde, die sich durch Hausarbeiten und ihre Rolle als Kindermädchen ihren Englandaufenthalt selbst verdienen musste, war offensichtlich in Sorge, dass ihre Tochter keinen guten Eindruck hinterlassen und sich für ihre Beherbergung nicht gebührend dankbar erweisen könnte. In einem der letzten Briefe erwähnt Christl, dass sie regelmäßig nach dem Abendessen das Geschirrabtrocknen übernimmt. In England, weit entfernt von der mütterlichen Aufsicht, konnte sie es schließlich so machen, wie es allein ihr richtig erschien!

Möglichst oft nützt Christl die Gelegenheit, bei ihrer im Nachbarort untergebrachten besten Freundin zu übernachten beziehungsweise wird es auch dieser ermöglicht, mitunter bei Bullicks zu schlafen. „Bärbel has two beds in her room and so I can sleep at her as often as I want and can." // „Gestern ging ich zu Bärbel schlafen. Das tue ich sehr gerne. Wir haben die Kinder niedergelegt und dann machen wir uns immer ein gutes Essen. Es gibt Mayonnaise, einen besonderen Käs, Schlagobers, Eis, zum Frühstück bekommen wir Bacon heiß. Es war herrlich." // „Morgen fahren wir nach Canterbury, da wird Bärbel bei mir schlafen, Freitag u. Samstag werde ich bei den Steels wieder schlafen. So ist für Programm gesorgt." // „Bärbel schlief bei uns am Boden auf einer Luftmatratze. Es war sehr schön." Um sich bei den beiden Gastfamilien zu bedanken, werden noch nachträglich weitere Geschenke auf den Postweg gebracht. Christl macht ihrer Mutter in bestem Kauderwelsch den Vorschlag, in einem der Wiener Neustädter Kaufhäuser folgendes zu besorgen: „Please send also ein Geschirrtuch mit Österreich drauf, du weißt schon, diese bekommt man beim GÖC oder Riha. Es gibt sie auch mit Rezepten, wenn möglich bitte mit dem Land Österreich. They use these as tablecloth." Offenbar sind die Gastgeber jedoch nicht immer ganz so froh über die Unzertrennlichkeit des Duos aus Wiener Neustadt. Das klingt in einer kurzen Erwähnung an, die besagt, dass Margot die beiden bei bestimmten Anlässen eher einzeln beschäftigen als ihnen die Möglichkeit geben wollte, alles gemeinsam zu unternehmen und ununterbrochen aufeinanderzukleben.

Tatsächlich setzen Christl und Bärbel alles daran, so oft wie möglich die Heimatorte ihrer Gastfamilien zu verlassen und in die Metropole London zu fahren. Dabei kommt es ihnen gelegen, dass sie zu zweit sind und so aufeinander aufpassen können. Allerdings ist dies nicht mit Hilde abgesprochen. Denn der Entsendung der beiden Mädchen ins Ausland geht eine von den Eltern eingeforderte Verpflichtungserklärung voraus. Diese sieht vor, dass Christl und Bärbel, die als Siebzehnjährige noch drei Jahre von der damals geltenden gesetzlichen Volljährigkeit entfernt sind, nur zusammen mit einer erwachsenen Person aus der Gastfamilie ins rund fünfzig Kilometer entfernte London fahren dürfen. Offensichtlich wissen die beiden Mädchen geschickt ihre stellvertretenden Aufsichtspersonen um den Finger zu wickeln, um die Erlaubnis für diese Ausflüge zu erlangen. Wie sie das angestellt haben, davon ist in den Briefen an die Eltern verständlicherweise keine Rede, und auch auf meine mündliche Nachfrage hin kann sich meine Mutter nicht mehr genau erinnern, wie es dazu kam, dass in Absprache mit der Gastfamilie das Gebot der Eltern umgangen wurde. Offensichtlich machen die beiden Siebzehnjährigen einen vertrauenserweckenden und selbstständigen Eindruck, vielleicht sind auch die elterlichen Direktiven im Hause Bullick lockerer gefasst als bei Christls Eltern. So fahren sie nicht nur an den Wochenenden gemeinsam mit Scott nach London zum Sightseeing, sondern auch an zahlreichen selbstgewählten Tagen unter der Woche.

„Es gibt so schrecklich viel zu photographieren." Sightseeing in London

Voller Ungeduld drängen die beiden Mädchen aus Wiener Neustadt darauf, möglichst bald in die heißersehnte Großstadt fahren zu dürfen. Schließlich geben ihre Gastfamilien die Erlaubnis für Freitag, vier Tage nach ihrer Ankunft. Der erste Ausflug von Christl und Bärbel nach London ist von Scott gut vorbereitet. Er verfasst ein minutiös ausgearbeitetes Programm für den Tag, das Informationen zu den Zugverbindungen, aber auch zu einzelnen Punkten für Besichtigungen enthält und das sich heute noch im Album von Christl findet. Der vereinbarte Deal lautet, dass sich die beiden Österreicherinnen unbedingt an dieses Programm zu halten haben – was sich ja auch leicht durch mündliche Nachfragen überprüfen lässt. Obwohl Christl weiß, dass ihre Fahrt nach London allein mit Bärbel mit ihren Eltern nicht abgesprochen ist, berichtet sie ihnen davon. Sie hofft wohl, dass die Zeitverzögerung die Reaktion der Eltern abmildert und ihre Schilderungen deren Sorgen zerstreuen können:

> *Sole Street, 15. Juli 1967:* Yesterday we were in London. We were a little bit excited, but we had the plan of Uncle Scott. We started at 10 o'clock and reached London at ¾ 11. First, we went by Underground to Westminster and had a look at the Abbey which I liked very much. Then we went from Westminster to Greenwich. It was a nice travel. We saw zero meridian and Bärbel took a photograph of me with one foot at this side and one at the other of the globe. We get always some sandwiches and some drinking for the day.

Zwei Tage darauf, Sonntagnachmittag, fährt Scott mit Christl nach London. Einmal mehr erweist er sich für Gäste aus dem Ausland als kompetenter und äußerst bemühter Führer durch die englische Hauptstadt, der er seit seinen Studienzeiten verbunden ist. Er verknüpft einen weitläufigen Stadtspaziergang mit dem abendlichen Besuch eines Konzerts in der Royal Festival Hall, zu dem er Karten im Vorfeld gekauft hat.

> *Sole Street, 17. Juli 1967:* Yesterday Uncle Scott and I arrived in London at 3 pm. We went from Victoria to the Catholic Westminster Cathedral built in Byzantine style. Then to the Temple, Aldwych, Fleet Street, Oxford Street, Regent's Park, Hyde Park with the Speakers' Corner, to Knightsbridge where a Scottish house is and to the Royal Festival Hall. He also showed me where you were dancing. Then we ate something. I was already kaputt. I wore my blue linen costume and carried the Burberry and my hand bag; I wore also the black lack shoes. The Festival Hall is very large just at the Themse. You think you are at a ship. They played Beethoven's symphony „Pastorale" and a concerto with soloist Emil Gilels. I have never heard such a long applause. Then we drove home. I thought to have died but I am still living.

Die nicht allzu sportliche Christl absolviert den Sightseeing-Rundgang in jenem Outfit, das sie bereits für den abendlichen Besuch in der Royal Festival Hall ausgesucht hat. Statt Lackschuhen wären jedoch bequeme Turnschuhe die bessere Wahl gewesen … Nicht nur hier, sondern auch an anderen Stellen wird explizit thematisiert, wie anstrengend die zahlreichen Besichtigungen sind. Bei einem ihrer weiteren Ausflüge nach London kehrt sie noch einmal mit ihrer Kamera, die ein wichtiger Begleiter ihrer Englandreise ist, zu dem Haus zurück, „where you were dancing“. Es handelt sich um das Londoner Hauptquartier der National Union of Students in 3 Endsleigh Street, wo Scott Hilde rund vierzig Jahre vorher kennengelernt hat. In einem Brief an ihre Mutter erwähnt sie, was für „eine riesige Freude“ Scott hatte, dass sie diese Erinnerung an frühere Zeiten fotografisch festhält. Zugegebenermaßen rührt es mich, dass Scott noch nach so vielen Jahren seine Begegnung mit meiner Großmutter Hilde wiederaufleben lässt. Alle Zeichen deuten darauf hin, dass er sich damals mehr erhofft hat als „nur“ eine gute Freundschaft, und nun führt er Hildes Tochter an den Schauplatz der bei studentischen Tanzveranstaltungen gemeinsam verbrachten früheren Stunden.

Aufnahme des Sitzes der National Union of Students in 3 Endsleigh Street aus Christls England-Album

Die nächste Fahrt nach London ist bereits drei Tage darauf geplant. Dieses Mal stehen neben St Paul's Cathedral und der Londoner Börse – ein Pflichtbesuch, da ja Scott dort arbeitet – zwei der wichtigsten Kunstmuseen Londons am Programm: das British Museum und die Tate Gallery. Christls Bericht zeugt jedoch nicht unbedingt von Kunstbeflissenheit:

> *Sole Street, 18. Juli 1967*: Im Britischen Museum war furchtbar viel zu sehen, wir haben aber nur gelacht. Die Leute müssen glauben, wir sind nicht ganz dicht. Dann gingen wir in die Stock Exchange, wo es sehr interessant war. Onkel Scott wartete dort auf uns. Er ist reizend um uns bemüht. Wir sahen einen Film über die Geldgeschäfte. Dann gingen wir noch zu St Paul's. Es ist leider eingerüstet. Nun waren wir in der Tate Gallery. Es sind recht viele moderne Bilder. Nur viel zu viele. Von jedem Maler eines würde genügen. Es sind unsagbare Schätze. Wir gehen viel zu Fuß, um uns den Autobus zu ersparen. Um 19^{h} fährt unser Zug vom Victoriabahnhof.

Als Kunsthistorikerin, die selbst von Museen gar nicht genug bekommen kann und auf Reisen oft ganze Tage mit dem Betrachten von Ausstellungsobjekten verbringt, weiß ich nicht recht, ob ich eher lachen oder weinen soll, wenn meine Mutter hier ernsthaft vorschlägt, dass eine Reduktion der ausgestellten Gemälde auf ein einziges pro Künstler:in ein besseres Ausstellungskonzept wäre. Noch dazu ausgerechnet in der Tate Gallery, wo es all die wunderbaren Gemälde von William Turner zu sehen gibt! Immerhin hat sie als Erwachsene Museumsbesuche ernsthafter betrieben, denn ich habe es zu einem guten Teil ihr zu verdanken, dass diese seit meiner Jugend eine Selbstverständlichkeit sind und ich dadurch wohl auch das Interesse an der Kunstgeschichte entdeckt habe.

In derselben Woche findet schließlich auch ein Ausflug nach Canterbury statt, den Julia, die älteste Tochter von Margot und Scott, mit Christl und Bärbel unternimmt. Hier hindern keine Ermüdungserscheinungen die jungen Frauen am Kulturgenuss; richtig enthusiastisch, unter dreimaliger Verwendung des Adjektivs „herrlich" und so mancher Superlative, berichtet Christl ihren Eltern von dem Gesehenen:

Sole Street, 21. Juli 1967: Donnerstag machten wir den bis jetzt schönsten Ausflug nach Canterbury. Es war herrlich. Die Cathedral, das könnt Ihr Euch nicht vorstellen. So etwas Schönes, schöner als der Petersdom. Es gibt auch moderne Glasfenster darinnen. Einfach herrlich. Wir sahen den Platz, wo Thomas Beckett ermordet wurde. Dann kamen wir in einen Klosterhof, wo die King's School gerade für ein Konzert probte. Es war so schön und stimmungsvoll. Ein Bursch zeigte uns ein bißchen die Kirche. Wir würden gern zu so einer Vorstellung fahren, aber die guten sind schon alle ausverkauft. Dann sahen wir die Krypta, die das Schönste ist. Sie ist die größte Norman (romanische) Krypta der Welt. Einfach herrlich.

Aus den Briefen erfährt man, dass die beiden jungen Frauen neben Ausflügen nach Windsor und in das benachbarte Eton, nach Rochester, nach Whitstable an der Küste sowie nach Knole, dem ehemaligen Herrenhaus der Familie Sackville-West in Sevenoaks, noch fünf weitere Male nach London gefahren sind. Nicht immer werden sie sich konfliktlos darüber einig, welche Orte besucht werden sollen. Je besser die beiden Mädchen London kennenlernen, desto mehr möchte zumindest Bärbel selbst über die Ziele entscheiden: „Bärbel ist manchmal recht schwierig, sie will nicht das tun, was Onkel Scott uns aufschreibt. Doch er wird es bestimmt wissen. Ich lasse sie aber, manchmal stimmt ihres, manchmal aber gar nicht." Jedes Mal berichtet Christl am Folgetag ihren Eltern, nur der letzte Stadttrip unmittelbar vor der Abreise ist nicht mehr dokumentiert. Im Folgenden sollen vier Auszüge einen Eindruck von der Struktur dieser Erzählungen und deren Inhalt geben:

Sole Street, 23. Juli 1967: Ja also gestern fuhren wir dann nach London. Ich zog mein Manhattankleid und den Burberry an und ich Depp meine braunen Stöckelschuhe ohne Strümpfe. So viele Blasen habe ich noch nie gehabt. Zuerst fuhren Julia, Bärbel + ich zu Madame Tussauds. Es ist reiner Kitsch. Bärbel schaute es sich nicht mehr an. Eine Abteilung war ganz gut und zwar die Battle of Trafalgar. Man hörte das Schießgeräusch, es war dunstig und staubig, wie auf einem Kriegsschiff. Unten sah man Lord Nelson sterben.

Aber sonst ist nichts los. Der Papst Johannes XXIII. und Paul VI. ist dort. Nicht zum Erkennen. Nachher waren wir in „As you like it". Ich habe kaum etwas verstanden (thee and thy).

Sole Street, 25. Juli 1967: Wir fuhren gestern gleich nach dem Tower. Ich besichtigte nicht die Kronjuwelen, da zu viele Leute waren (Wartezeit 1 Stunde). Der Tower war sehr ermüdend und grauslich. Dann gingen wir zur Southwark Cathedral, Royal Exchange, Guildhall, noch einer Kirche, Kensington Park, London Museum, Kensington Palace, Albert Memorial, Albert Hall und Victoria. Könnt Euch vorstellen, daß wir dann Leichen waren.

Sole Street, 31. Juli 1967: Gestern war ein schöner London Tag. Wir gingen zuerst in die Petticoat Lane. Dort waren schrecklich viele Leute, ich wollte für Euch eine afrikanische Trommel kaufen. Aber ich tat es nicht. Dann gingen wir zum Post Office Tower, gingen aber nicht hinauf. Dann zur Heilsarmee, dann zum Speakers' Corner. Dort war es sehr interessant. Wir blieben 2 h dort, dann in die Westminster Church in eine Messe, mußten aber nach der ½ Messe weg, da unser Zug schon ging. Es war ein sehr schöner Tag.

Sole Street, 2. August 1967: Gestern waren wir in London. Wir besuchten Henry VII Chapel and the Houses of Parliament. Es war very interessant. Wir hatten einen Führer. Wir sahen das House of Commons und das of Lords. Am besten gefiel mir die Hall (Westminster), gebaut 1060. Ich schicke Euch die beiden Karten. Nachher gingen wir in die Downing Street Nr. 10. Patrick Gordon Walker kam gerade heraus. Es waren viele Leute dort. Es war recht schwül. Wir gingen dann noch ein bißerl in den Straßen und Kaufhäusern. Ich kaufte gestern den 7. Film. Bis jetzt machte ich 100 Fotos. Aber es gibt so viel, man kann nicht anders.

Seit dem ersten Bericht von den Londonausflügen, in dem Christl das Foto erwähnt, das Bärbel mit ihrer Kamera am Nullmeridian beim Greenwich Observatorium von ihr gemacht hat, beschreibt sie das Fotografieren als integralen Bestandteil des Besichtigens. Die Teenagerin hat eine eigene Kamera im Gepäck, die sie sich – wie sie mir erzählt – von jenem

Geld gekauft hat, das sie sich während ihrer Schulzeit mit Nachhilfestunden verdient hat.

Der Fotoapparat hat sich in den 1960er-Jahren als ein Konsumgut etabliert, das in der Mittelschicht weit verbreitet ist und seinen Anspruch auf Exklusivität verloren hat. Das Fotografieren ist ein vor allem mit ihrer Reisetätigkeit eng verknüpftes Hobby. Schon bei der im Frühjahr des Jahres 1967 nach Rom unternommenen Schulfahrt ist ihre Kamera dabei. Damals fotografiert sie mit Farbfilmen – ein zu diesem Zeitpunkt ziemlich teures Hobby, wie sich nach dem Entwickeln der Bilder herausstellen wird. Im Tagebuch vermerkt sie Ende März: „Photos abholen gegangen. 400 Schilling – nie mehr Farbphotos.“ 400 österreichische Schilling entsprechen im Jahr 2025 etwas mehr als 190 Euro, was doch ein stolzer Betrag für Urlaubsfotos einer einzelnen Reise ist.[2] In Folge existieren vom gesamten Aufenthalt in England nur Schwarz-Weiß-Fotos in kleinem Format. Festgehalten sind die wichtigsten Sehenswürdigkeiten und die besuchten Orte, darüber hinaus werden Beobachtungen im öffentlichen Raum angestellt und Ausflüge dokumentiert. Wiederholt bieten auch Mitglieder der Gastfamilie und Szenen aus dem Alltagsleben Anlass zum Fotografieren. Einige der Fotografien zeugen von dem Willen der Amateurin, auch „künstlerische“ Ansichten von besonders pittoresken Szenen oder individuellen Beobachtungen anzufertigen. Aus den Berichten lässt sich schließen, dass der Akt des Fotografierens eine gewisse Aufmerksamkeit und Konzentration erforderte. Während der Ausflüge nach London fotografiert Christl vorrangig dann, wenn sie allein mit Bärbel unterwegs ist – mit Scott und den Kindern der Gastfamilie scheint sie zu abgelenkt zu sein. Mir kommt es so vor, als ob es auch eine Analogie gebe zwischen dem Akt des Fotografierens und dem schriftlichen Berichten über die Eindrücke beim Sightseeing. Der kurze Moment des Festhaltens eines Bildes wird gedoppelt in der meist recht knappen Erwähnung der besichtigten Sehenswürdigkeit. Sowohl das Sehen als auch das Berichten geschieht schnappschussartig – vor allem deswegen, weil eine intensivere Auseinandersetzung den Umfang des Briefes sprengen würde. Nur hin und wieder streut Christl persönliche Bewertungen und subjektive Befindlichkeiten ein – sie erwähnt, was ihr besonders gut gefallen hat, ist aber auch schnell im Abqualifizieren der Wachsfiguren von Madame Tussauds als Kitsch. Eine ähnliche nicht allzu reflektierte Meinung ohne besondere Berücksichtigung des Geschichtsbewusstseins offenbart sich an anderer Stelle, wo Christl die Beobachtung der Wachablöse kommentiert: „Vor mir stampft gerade eine Guard. So etwas Unnützes. Schade um das Geld. Onkel Scott wollte, daß wir am Samstag eine Parade am Buckingham Palace sehen, wir sagten nein. Es ist wirklich schade um den Menschen, der so einen Beruf ausüben muß." Immerhin bringen mich diese Betrachtungen beim Lesen jedes Mal aufs Neue zum Schmunzeln.

„Bitte schreibt so viel als möglich!" Briefkommunikation als integraler Bestandteil des Englandaufenthaltes

Auch wenn es nicht in den Briefen dokumentiert ist, gehe ich davon aus, dass vor Christls Abreise nach England mit den Eltern besprochen wird, auf welche Weise man miteinander trotz der Distanz in Kontakt bleibt. Es ist dabei für Christl klar, dass regelmäßige Schreiben an die Eltern Voraussetzung und Bedingung für die Ermöglichung ihres Auslandsaufenthaltes sind. Sie soll in ihren Briefen möglichst umfassend all ihre Erlebnisse an die Daheimgebliebenen schildern. Dies ist durchaus erstaunlich, denn bei einem einmonatigen Auslandsaufenthalt könnte man auch nach der Rückkehr mündlich von den noch frischen Eindrücken ausführlich berichten. Christls Situation ist ja eine ganz andere als beispielsweise noch jene von Hildegard, die zwei Jahre durchgehend in England weilte und daher schon allein deshalb auf das Briefeschreiben angewiesen war, um keine Details ihrer Erlebnisse während dieser langen Zeit zu vergessen. Trotzdem wird auch noch 1967 im Fall von Christls Familie die Briefkommunikation als wesentlicher Bestandteil ihrer Zeit in England angesehen.

Den ersten Brief an die Eltern eröffnet sie durch folgenden Satz: „Dear Mutti, dear Papa, as I like to learn English, I will write my letters in English. Please translate them for Papa." Christl ist also sehr motiviert, den Aufenthalt in England von Anfang an dazu zu nützen, um auch aktiv die Fremdsprache zu praktizieren. Dass ihr dies nicht unbedingt leichtgefallen ist, davon zeugt eine andere Stelle in ihren Briefen: „Uncle Scott corrects my English. It is very hard to speak English. But I think and hope I will learn much." Wider Erwarten erhält sie jedoch von ihrer Mutter kein Lob für ihre schriftliche Kommunikation in der zu lernenden Sprache, sondern wird vielmehr dazu aufgefordert, wieder ins Deutsche zu wechseln. Einerseits dürfte Hilde, die selbst sehr intensiv ihr Sprachstudium betrieben hat und so stolz war, dass sie am Ende ihres Jahres in London sogar von manchen Personen als Native Speaker angesehen wurde, die noch nicht sehr elaborierte Ausdrucksweise ihrer Tochter wenig goutiert haben. Es gelingt ihr nicht, über das noch brüchige und wenig elegante Englisch hinwegzusehen. Wie bei einer Schularbeit eingefügte Korrekturen zeugen davon, dass ihre eigene Sprachgewandtheit das Maß für die Beurteilung der Briefe ihrer Tochter ist. Andererseits erscheint es ihr zu mühsam, die Briefe in toto für ihren Ehemann, der über keine Englischkenntnisse verfügt, übersetzen zu müssen. Durch die mehrere Tage in Anspruch nehmende Postzustellung und die dadurch anfangs verzögerte Kommunikation äußert Hilde ihren Wunsch nach Briefen in Deutsch dreifach, dabei von Mal zu Mal nachdrücklicher:

> *Wiener Neustadt, 15. Juli 1967:* Gestern kam Dein ersehnter Brief, den ich Papa gleich übersetzen mußte. Aber ich glaube, es wäre doch besser, wenn Du deutsch schreibst, denn selbst gelesen ist selbst gelesen u. englisch lernst Du dort durch Scott's Güte bestimmt genug. Also bitte deutsch wegen Papa! // *Wiener Neustadt, 17. Juli 1967:* Nun mein Schatz, schreib bitte deutsch und ausführlich über Dein Leben bei Scott, damit wir besser im Bilde sind. Zu Deinem Namenstag einen festen Kuß, genieß den Tag! Viel Liebes an alle! // *Wiener Neustadt, 20. Juli 1967:* Gestern kamen Deine beiden Briefe vom Samstag und Montag. Wir freuten uns sehr darüber, aber bitte schreib deutsch wegen Papa!

Hildes zum Ausdruck gebrachte Erleichterung, als sie endlich Christls ersten Brief aus England in Deutsch erhält, spricht Bände: „Heute kam Dein 1. deutscher Brief. Gott sei Dank! Erstens kann ihn Papa allein lesen, zweitens schreibt man in der Muttersprache ganz anders." Hier klingt eine leise Kritik an der noch rudimentären und stilistisch unausgereiften

Ausdrucksweise der siebzehnjährigen Tochter an. Hilde selbst hat das Briefeschreiben als formvollendete Kunstfertigkeit von ihrer Mutter kennengelernt und sie dafür bewundert. Ob ihr bewusst war, dass diese familiäre Tradition, die sie nun an ihre Tochter weitergibt, von einem hohen Anspruch geleitet war und von Christl auch als Bürde erlebt werden konnte?

Im Zeitraum von rund vier Wochen verfasst Christl elf Briefe an die Eltern sowie eine Kurznotiz an die Mutter. Im Gegenzug erhält sie zwölf Briefe von ihrer Mutter sowie einen Brief von ihrem Vater. Zusätzlich versandte Postkarten sind nicht mehr in unserem Familienbesitz vorhanden. Nach der Ankunft rufen Christls Eltern bei der Familie Bullick an, außerdem noch ein weiteres Mal, bei dem ihre Tochter jedoch nicht zu Hause anwesend ist. Die aus Kostengründen kurz gehaltenen Telefonate dienen der persönlichen Rückversicherung, dass alles in Ordnung ist, ersetzen jedoch nicht die eigentliche Kommunikation per Brief: „Wir haben uns sehr gefreut, daß wir beim Telefonat so gut gehört haben u. von Euch erfuhren, daß Ihr gut angekommen seid. Nun sind wir sehr gespannt auf den 1. Brief!" In der zweiten Hälfte der 1960er-Jahre sind Telefongespräche ins Ausland noch immer unüblich und werden nur in Ausnahmefällen als Kommunikationsmittel verwendet. Das Briefeschreiben hat in Christls Familie eine lange Tradition, die Hilde hochhält („Ich freu mich schon sehr auf Deinen 1. Bericht; ich werde Deine Briefe schön aufheben, wie einstens meine Mama meine! Von Papa u. mir viele Küsse!") und die bewusst weitergeführt werden soll. Vorrangiges Ziel ist es, die gegenseitige Verbundenheit und Anteilnahme auszudrücken, gegebenenfalls auch gegen Attacken von Heimweh der Siebzehnjährigen anzukämpfen. Die brieflichen Anrede- und Abschlussformeln sind im Vergleich zu den Briefen der beiden vorangehenden Generationen etwas neutraler gehalten („Liebe Mutti, lieber Papa!" // „Liebe Christl"), doch die Verabschiedungen der Mutter sprechen von einer großen Herzlichkeit („Innigst, Deine Mutter" // „Innigste Küsse, Deine Mutti" // „Es küßt Dich innigst Deine Mutti"). Oder ist es einfach die etwas antiquierte Ausdrucksweise, die mir diese Grußworte zu Herzen gehen lässt?

Hilde kommt der Aufforderung nach, all das zu sammeln, was ihre Tochter von zu Hause interessieren könnte („Please write many news to me!“), um sie à jour zu halten und aus der Distanz am Geschehen teilhaben zu lassen („Nun mein Schatz, ich geh in die Stadt wie ein Journalist u. schau mich nach tollen Neuigkeiten um.“). Nicht immer fällt es ihr leicht, die Seiten zu füllen („Interessantes gibt es heute nichts zu berichten.“). Von Christl wiederum wird erwartet, dass sie all ihre Erlebnisse in der Fremde gebührend in Briefform zum Ausdruck bringt. Ich bin erstaunt, dass diese weibliche Tugend bürgerlicher Korrespondenz offensichtlich auch noch in den 1960er-Jahren eine wichtige Rolle spielt. Christl erweist sich als pflichtbewusste Tochter, für die es selbstverständlich ist, einen Großteil ihrer in England verbrachten Zeit dem Verfassen von Briefen an die Eltern, Verwandte und andere Bezugspersonen zu widmen. In die Heimat versandte Briefe, so interpretiere ich einige Passagen aus der Korrespondenz, stellten zu dieser Zeit noch ein erstrebenswertes Gut dar, an dem sich die Bildung und Entwicklung einer jungen Frau ablesen lässt. Auch die Zeit, die man beim Schreiben dem Adressaten oder der Adressatin widmet, scheint wertvoller als ein schnell gekauftes Souvenir gewesen zu sein. So beharrt ihre Mutter beispielsweise darauf, dass sie keine Mitbringsel erwerben solle, denn stattdessen habe sie ja allen so fleißig geschrieben. Tatsächlich erwarten sich nicht nur die Eltern Schriftstücke, sondern es sollten auch eine Vielzahl anderer Personen aus dem familiären, schulischen und befreundeten Umfeld mit Briefen aus England bedacht werden. Hilde erinnert Christl regelmäßig an ihre Schreibpflichten gegenüber zahlreichen Adressat:innen: „Bitte schreib gleich am Anfang an Karpfs, Suzak, Luise, nach Josefinenhof, Paula, Petritschs, Eva, Klaus, Garstenauer, Hansy. Dann alle anderen.“ // „Bitte auch ganz meinem Wunsche zu entsprechen und niemand was mitzubringen. Lieber noch da oder dort eine hübsche Karte! So weiß ich nicht, ob Du an folgende schriebst: Rauter, Lisi, Agathon (Wien 19, Döblinger Hauptstr. 43), Dipl. Ing. Weninger, Am Kanal.“ // „RAUTER schreiben!!“ Christl hält ihre Mutter jeweils auf dem Laufenden, wer bereits mit Poststücken von ihr bedacht wurde („I have written to Karpf, Belegschaft, T. Luise.“ // „Morgen werde ich T. Johanna noch 1 x schreiben und einmal noch T. Eva. Frl. Suzak habe ich diese Woche geschrieben.“ In einzelnen Fällen, wenn ihr etwa die Adresse nicht bekannt ist, bittet Christl Hilde darum, einen für eine dritte Person mitgeschickten

Brief in Wiener Neustadt dem Empfänger oder der Empfängerin zuzustellen. Auch Hilde verfasst nicht nur Briefe an ihre Tochter, sondern auch an die Familie Bullick und die Gastfamilie ihrer besten Freundin Bärbel, wodurch sich Christl zurückgesetzt fühlt: „Bitte schreibe nicht so viel anderen, sondern mehr mir." // „Nun viele liebe Grüße und schreib bitte, schicke aber nicht alles den anderen!"

Das Versenden und Empfangen von Briefen hat auf beiden Seiten eine Taktung der Tagesabläufe während des vierwöchigen Englandaufenthaltes von Christl zur Folge. Hilde vermerkt sogar einmal die Tageszeit der erwarteten Postzustellung: „$\underline{11}^{\text{h}}$. Leider kam keine Post von Dir, ich warte schon soooo!" Fast ausnahmslos wird berichtet, zu welchem Zeitpunkt ein Brief die Adressatin erreicht hat, meist gleich zu Beginn des Schreibens: „Thank you for your letter. I have got it on Friday, after two days." // „Zuallererst danke für Eure Briefe. Ich freute mich sehr. Ich war schon unglücklich, weil Bärbel so viele von ihrer Mutter bekam und ich erst einen. Doch dann kamen auf einmal 3. Bitte schreibt so, daß ich nicht alle auf einmal bekomme." Aufgrund der verzögerten Zustellung einiger Briefe entspinnt sich eine Diskussion über den Sinn, die Schriftstücke per Luftpost aufzugeben. Hilde, deren Post in den Jahren 1929 und 1930 wohl noch ungeachtet der schon existierenden Luftpostverbindungen aus Kostengründen über den Landweg transportiert wurde, möchte ihre Briefe an die Tochter per Luftpost ausweisen („Endlich wird die Post funktionieren, da ich per Flugpost sende."), obwohl eine solche Extra-Kennung im Grunde gar nicht mehr notwendig ist, wie sie Christl belehrt: „Die Briefe brauchst Du nicht extra Luftpost schicken, sie gehen sowieso alle per air mail. Die Briefe dauern 3 Tage, nicht weniger und nicht mehr."

Aufgrund des dichten Programms gestaltet es sich für Christl zunehmend schwierig, den Erwartungen ausführlicher Schreiben nachzukommen („I have so much to do and so I have less time to write."). Sie nützt zwar jene Tage, an denen sie mehr Zeit im Haus der Gastfamilie in Sole Street verbringt, um die Briefe an die Eltern zu Papier zu bringen, aber zunehmend muss sie flexibel mit dem Schreiben umgehen. So werden Briefe an einem Ort begonnen, dann aber im Laufe des Tages an einem anderen Ort fortgesetzt. Immer wieder ist von Unterbrechungen in Christls Briefen die Rede: „Nun muß ich aufhören, da ich zur Bahn muß.“ // „Ich sitze nun hier und warte auf den Einlass ins Bad.“ // „Ich erwarte minütlich Bärbel, die heute mit dem Rad zu mir kommt.“ // „Morgen in der Früh schreibe ich weiter.“ // „Auf unserem heutigen Programm steht Covent Garden wegen Karten, British Museum, Stock Exchange, Tate Gallery. Ich werde den Brief mitnehmen und in London beendigen.“ Während ihrer Ausflüge nützt sie verschiedene Momente, in denen etwas mehr Zeit, vor allem aber eine Sitzgelegenheit vorhanden ist: „Am Freitag sind wir nach Rochester gefahren (Castle + Cathedral). Ich habe dort Fr. Rauter + T. Emmi geschrieben.“ // „Nun sitzen wir hier in Windsor und haben gerade gegessen. Es ist nicht so schönes Wetter, aber Hauptsache, daß es nicht regnet.“ Nicht immer erweist sich der Ort als geeignet für das Briefeschreiben: „Sitting in the boat to Greenwich and writing to you a wave came and swept over and I got quite wet.“ Das Briefeschreiben bekommt durch den zeitgleichen Vollzug der Handlung und der schriftlichen Erwähnung des Vorgangs etwas Performatives. In einem Fall ist dies sogar im Schriftbild ersichtlich, da der Ortswechsel mit der Verwendung eines anderen Kugelschreibers einhergeht.

Konfliktlinien in der Mutter-Tochter-Beziehung

Die Korrespondenz aus dem Jahr 1967 bringt auf verschiedenen Ebenen Konfliktlinien zwischen Mutter und Tochter zum Vorschein. Im Kern dreht sich die Auseinandersetzung darum, dass Christl und Bärbel entgegen aller vorangegangenen Absprachen allein Ausflüge nach London unternehmen. Die postalisch bedingte asynchrone Kommunikation mit mehreren Tagen Zeitverzögerung kommt Christl beim Austragen dieses Konflikts insofern entgegen, als dadurch ein Umgehen direkter Antworten und Reaktionen möglich ist. Sobald Hilde vom ersten Londonbesuch, den die beiden Mädchen allein unternehmen, erfährt, fragt sie mit einem etwas strengen Unterton nach, was es mit der Verselbstständigung der Teenager auf sich habe: „Heute kam Deine Karte aus London. Ich war recht erstaunt, daß Ihr beide so bald diese Fahrt unternommen habt. War das Euren beiden Familien wohl recht?! Auf jeden Fall habt Ihr viel gesehen.“ Auch im nächsten Brief kommt ein neuerlicher Ausflug gleich zu Beginn zur Sprache: „Wir sind ganz erstaunt, wieviel Ihr unterwegs seid, kommt Ihr da nicht zu wenig zum Englisch? Natürlich wird all das Schöne, das Ihr seht, auch von Wert sein." Christl argumentiert in ihren Briefen, dass die Unternehmungen für sie so wichtig seien, weil das Alltagsleben in Sole Street gar so wenig Zerstreuung biete und sie ohne die willkommene Abwechslung des Sightseeings mit der besten Freundin Heimweh bekommen und gedrückter Stimmung sein würde: „If I can't make trips with Bärbel I would get trübsinnig here." // „One week has gone, so I am happy. Haltet die Daumen, daß die Zeit weiter so schnell vergeht. It is nice but I am a Neustädterin." Im dritten Brief unterzeichnet sie mit „Eure ganz österreichische Christl". Ich sehe das weniger als patriotisches Aufwallen denn als Ausdruck von Heimweh. Gleichermaßen spielt die Lust, möglichst viel zu sehen und damit den eigenen Erfahrungsschatz anzureichern, eine Rolle („Aber wenn wir nicht zu zweit gewesen wären, hätte ich nicht viel mehr als Sole Street gesehen. Und so doch a lot."). Die Bedenken, dass der Sinn des Englischlernens zu stark in den Hintergrund rückt, wenn sie erst wieder nur mit der österreichischen Freundin unterwegs ist, versucht sie zu zerstreuen: „Wenn wir nicht zu zweit wären, hätten wir noch nicht viel gesehen. Darum ist es aber so schön. Soviel gelacht habe ich noch nie in den Ferien. Allein wäre ich nicht mehr hier. Wir sprechen zusammen auch immer englisch. Ein bißerl Kauderwelsch halt."

Dem Konflikt um die Gestaltung des einmonatigen Englandaufenthaltes liegt ein Missverständnis zugrunde, das sich wohl aus Hildes eigenen Erfahrungen erklärt. Sie selbst ist im Jahr 1929 – der Zeit der Weltwirtschaftskrise – nach England gegangen, um sich durch das Sprachstudium als Frau für einen späteren Beruf gut zu qualifizieren. Auch wenn es ihr wichtig war, so viel wie möglich von der englischen Kultur zu sehen und kennenzulernen, so war ihr doch die Nähe zu Native Speakern über die Familien und Freund:innen am wichtigsten („Ich lese jetzt immer mit viel Freude meine Briefe aus England an meine Eltern! Was erlebte ich alles menschlich Schöne! Wohl war ich 12 x solange dort."). Christls Mutter Hilde vertritt auch ein etwas altmodisches Modell der Völkerverständigung. In ihrer Vorstellung ist es etwas Besonderes, Zeit mit Personen aus anderen Ländern zu verbringen, die sie als Botschafter:innen ihrer Nation betrachtet:

> Bis jetzt hörte ich so wenig von meinen Freunden u. ihren Kindern u. Dein Leben in Sole Street. Du schreibst nur vom Herumfahren. Ja, aber Ihr müsst doch nicht konstant etwas sehen. Könnt Ihr denn nicht mit Euren Familien auch stille Tage verbringen und Englisch des Alltags lernen? Ihr kommt ja ganz ermüdet heim, wenn Ihr gar keine Ruhe gebt! Außerdem sprecht Ihr ja sicher nur deutsch miteinander! // Überhaupt erfahren wir so gar nichts von Eurer Umgebung. Schreib doch einmal etwas vom Alltag. Auch glaube ich, Ihr solltet Euch körperlich nicht zu viel zumuten u. auch wieder eine Pause einschalten. Ihr habt ja jetzt schon so viel gesehen. // Ich glaube, ich sah während meines Englandjahres nicht alles, was Du gesehen hast in dem 1 Monat! // Ob Scott und Margot nicht gerne mehr von Dir hätten, Erzählungen von daheim, über Österreich, die Familie, Schule, etc.? // Schau, daß Du in den letzten Tagen noch recht viel Englisches aufnimmst, all das, was man hier nicht lernen kann. // Auch bitte ich Dich, die letzten Tage Zeit für die Familie zu haben, denn es war doch ein Opfer und als Gegengabe erwarten sie Unterhaltung von Dir, indem Du von Österreich und von zu Hause erzählst. Vielleicht kannst Du, mein Schatz, da noch einiges nachholen.

Tatsächlich bestehen Christls Briefe zu einem Großteil aus fast manisch wirkenden Aufzählungen vom avisierten Programm der jeweils nächsten Ausflüge nach London und an andere ausgewählte Orte:

> This week we shall go to a market tomorrow, Tuesday to London. Thursday to Canterbury and Friday to a school, but we would rather prefer to go to London. We shall see. This is all with Bärbel, on Saturday I and Julia will go to a ballet to the Covent Garden. On Sunday we shall go to Cobham to the Anglican Church. This is the program for this week. I hope it will pass fast. // Then we will drive to London, I and Uncle Scott, and go to the Royal Festival house to a concert by Beethoven. On Monday I will be at home and on Tuesday we shall go to a market in Maidstone, on Wednesday we shall go to London, on Tuesday a girl will come to see me. On Friday we shall go to

London and on Saturday to a ballet to the Covent Garden with Julia. // Morgen fahren wir um 10 nach London. Nächste Woche fahren wir 2 x nach London, 1 x nach Windsor, samstags mit T. Margot ins Theater, sonntags mit Bärbel nach London. Erholung ist es keine, wir schauen nicht gerade gut aus, sagt sie. Wenn wir aber hier sind, wollen wir viel machen. // Montag: Tower, Dienstag: Windsor, Mittwoch: Rotary, Donnerstag: Rochester, Freitag: London, Samstag: London Theater, Sonntag: London. // Wir haben unser Programm nun umgestellt. Heute Donnerstag mache ich einen Haustag mit Waschen und Schreiben, morgen werden wir nach Rochester fahren, Samstag Theater, Sonntag London (das wollen die Bullicks nicht, aber ich möchte die interessanten Leute im Speakers' Corner und so photographieren). Dienstag London: Wir haben noch die Houses of Parliament und das Victoria and Albert Museum zu machen. Auch habe ich noch nicht die Chapel in der Westminster Abbey gesehen. Mittwoch ist Mrs Steel mit Kindern bei uns eingeladen, Donnerstag Sevenoaks, Freitag London Shopping, Samstag Folkloreabend, Sonntag Meopham Church. Montag Ade. // Heute habe ich Theater. Morgen machen wir Petticoat Lane, Post Office Tower, Speakers' Corner, Westminster Church (Messe). Nächste Woche bin ich Montag in Gravesend (Rotary), Dienstag London (Houses of Parliament und Kino „Ship of Fools"), Mittwoch Sevenoaks mit Familie Steel, Donnerstag kommt Bärbel samt Fam. zur Jause, Freitag London (Shopping). Samstag Folkloreabend, Sonntag Church. Montag [hier ein gezeichnetes Flugzeug].

Das Erstellen eines straffen Programms hat zweifelsohne für Christl den Zweck, die ihr sehr lang erscheinende Zeit in der Ferne gut zu strukturieren und durch viele Unternehmungen und Ablenkungen rasch vergehen zu lassen. Es fällt auf, dass sie mehrmals von dem avisierten Programm für die nächsten Tage schreibt, auch dann, wenn es zu keinen Verschiebungen kommt. Offensichtlich dienen die Ausflüge und Fahrten dazu, sich an diesem Plan im übertragenen Sinn anhalten zu können, also einen Anker in der nahen Zukunft zu haben, um zu mehr Stabilität zu gelangen.

Hildes Ärger darüber, dass ihre Tochter nicht die vorangegangenen Absprachen einhält, ist jedoch gleichzeitig von echter Sorge um das Wohl der beiden Mädchen durchzogen. Da die Teenager in zwei verschiedenen Orten – Sole Street und Priestwood – untergebracht sind, stellt sich für Hilde die Frage, wie sie die Fahrt nach London organisieren, da der Bahnhof nicht fußläufig zu erreichen ist („Bitte schreib mir, wie Du zu Bärbel gelangst u. wie von dort zur Bahn."). Bei Familie Bullick ist kein Auto vorhanden; mitunter hilft Familie Steel aus und chauffiert sowohl Bärbel als auch Christl zum Bahnhof: „Du fragst mich, wie ich zu Bärbel komme. Mrs Steel holt mich und am Morgen fahren wir mit Mr Steel zur Station Meopham und von dort mit dem Zug weiter. Heute zum Beispiel fährt Bärbel um 9^{h} nach Meopham mit Mr Steel, wartet dort bis ich um 10^{h} komme (da sind die Züge dann um 30 S billiger) und wir beide fahren dann gen London." Da die Fahrten nach London regelmäßig auf dem Plan stehen, wird Bärbel schließlich ein Fahrrad zur Verfügung gestellt, um den Weg zum Bahnhof in Meopham zu bewältigen. Christl ist heilfroh, dass es nicht sie ist, die sich mit dem Rad durchschlagen muss: „Gestern kam Bärbel mit dem Rad. Sie fuhr herunter 20 min. Bei mir zog sie sich dann um. Ich bin froh gesagt zu haben, daß ich nicht Radfahren kann. Das wäre nichts für mich." // „Gestern mußte Bärbel mit dem Rad kommen und nach Hause fahren. Ich hätte geflucht. Sie aber sagte, es macht ihr gar nichts." // „Bärbel fuhr bei Regen nach Priestwood. Sie war recht verzweifelt als ich sie anrief."

Die mütterliche Sorge betrifft aber nicht nur die Organisation der Wege zum Bahnhof, sondern auch den mitunter etwas prekären Gesundheitszustand von Christl. Wie ein Leitmotiv ziehen sich Bedenken durch die Briefe, dass das intensive Besichtigungsprogramm zu anstrengend für die Teenagerin sein könnte, die sich in ihren Schulzeiten nicht unbedingt durch Robustheit und Sportlichkeit auszeichnete. Die Sorge der Eltern wird noch dadurch befeuert, dass sie immer wieder erwähnt, nach einem Tag in London „kaputt" oder sogar wie eine „Leiche" zu sein und dass sie Ruhetage bitter nötig habe („Heute ist das Wetter nicht so schön, aber sehr geruhsam. Wir erholen uns von den gestrigen Strapazen."). Außerdem steht in den Sommerferien mit einer gemeinsamen Fahrt nach Prag noch eine weitere Reise am Programm („Prag steht vor der Tür, wieder anstrengend. Schaut auf Euch!"). Vor allem in der zweiten Hälfte des Londonaufenthaltes bringt Hilde die Aufforderungen, es mit den Aktivitäten nicht zu übertreiben, mit immer größerer Vehemenz vor. Ratschläge der Mutter im Konjunktiv („Auch glaube ich, Ihr solltet Euch körperlich nicht zu viel zumuten u. auch wieder eine Pause einschalten. Ihr habt ja jetzt schon so viel gesehen.") wandeln sich schließlich zum Imperativ: „Nun mein Schatz, schaut beide auf Eure Gesundheit u. genießt das Landleben, denn sonst schaut Ihr von den Strapazen des Herumfahrens zu schlecht aus!" Hilde äußert besorgt, ihre Tochter solle nur ja nicht „wie ein Hering" von England zurückkommen – eine mir nicht mehr geläufige Metapher für eine sehr dünne Person, die mich schmunzeln lässt. Der Vergleich mit diesem schlank geformten Fisch stammt von einer Bekannten, deren Sohn ebenfalls einige Zeit in Großbritannien verbracht hat. Ob darin wohl auch eine Anspielung auf die englische Küche steckt?

Während des Aufenthaltes in London stellen sich bei Christl tatsächlich körperliche Beschwerden ein, zum Glück jedoch nur harmloses Zahnfleischbluten – ein Leiden, das sie bereits zu Hause hatte. Dennoch erwähnt es Christl im Briefwechsel gegenüber ihrer Mutter mehrmals („Jetzt hat auf einmal mein Zahn zum Bluten angefangen. Ich weiß nicht warum. Es ist aber schon wieder aus. Vielleicht habe ich mich aufgebissen."). Die Zahnschmerzen, die im Grunde kaum der Rede wert sind, setzt Christl bewusst als Mittel ein, um bei ihrer Mutter Mitgefühl hervorzurufen und von ihren vielen Londonfahrten abzulenken. Dies scheint auch gut zu gelingen, wie folgende besorgte Äußerungen von Hilde belegen: „Daß Du wieder Zahnweh hast, ist so traurig." // „Über Deine Zahnschmerzen bin ich sehr unglücklich. Hoffentlich wird wieder alles gut." Ähnliche Beschwerden führt sie bei Bärbel ins Feld: „Stellt Euch vor, Bärbel hat auch Zahnbluten gehabt gestern, aber 2 h lang, ich ja nur ein paar Minuten. Wir gingen in eine Apotheke wegen blutstillender Watte. Sie gaben uns aber stattdessen Desinfektionstabletten und sagten, es könnte vom Essen sein. Hoffentlich nicht Skorbut!!" In Wirklichkeit hat Christl selbst nie daran gedacht, dass an der völlig an den Haaren herbeigezogenen Diagnose Skorbut etwas dran sein konnte, wie sie mir persönlich versichert. Aber sie gesteht, dass sie damals die Symptome gezielt eingesetzt habe, um mit diesem psychologischen Trick ihre Mutter zu beunruhigen. Die vermeintlichen Mangelerscheinungen ziehen noch einen anderen durchaus willkommenen Nebeneffekt nach sich, nämlich dass Christls Mutter sie mit Geldzuwendungen für vitaminreiche Kost bedenkt: „Ich lege heute eine Pfundnote für Obst bei u. sandte dasselbe an Bärbel. Bitte bestätige gleich! Ihr dürft das Geld nur für Obst ausgeben, denn das Zahnbluten ist eine Mangelerscheinung. Wenn Ihr Euch täglich nur 1 grünen Apfel kauft, kostet hier 5 S, habt Ihr genug Vitamine! Ist besser als Schokolade. Ihr dürft nicht gesundheitlichen Schaden erleiden. Das viele Herumlaufen ist zuviel für Euch." Offensichtlich hat Christl ihrer Mutter verschwiegen, dass dem Haus der Familie Bullick ein Garten angeschlossen ist, in dem es zahlreiche Obstbäume und ein Gemüsebeet gibt. Von Julia, mit der ich im Laufe dieses Projekts ein persönliches Gespräch geführt habe, weiß ich, dass in ihrer Familie während des Sommers zur Erntezeit Obst und Gemüse aus Eigenanbau jederzeit in großen Mengen verfügbar war. Einmal mehr liefern mir Informationen aus einer anderen Quelle als den Briefen wichtige Hintergründe zur Interpretation.

Zu einem späteren Zeitpunkt bestätigt sich nochmals das Faktum, dass Christls Zahnfleischbluten ihrer Mutter gegenüber völlig aufgebauscht wurde, denn in ihrem Tagebuch wird es gar nicht erwähnt. Darin erscheinen im Übrigen die Notizen zu den persönlichen Kontakten (alle sind „sehr nett") und den Ausflügen (die sich allesamt „sehr schön" gestalten) durchwegs in positiver, wenn nicht teilweise sogar in euphorischer Grundstimmung. Diese Quelle ist also insofern wichtig, als es in paralleler Betrachtung mit den Briefen zwei verschiedene Sichtweisen der Erlebnisse ermöglicht. Im Vergleich mit Hildes tagebuchartigen Notizen fällt auf, dass nun die Kommunikation genau gegenläufig erfolgt: Wollte Hilde noch ihre Sorgen gegenüber den Eltern nicht ansprechen und vertraute diese nur dem Tagebuch an, ist es bei Christl so, dass sie diese bewusst einsetzt, um die Eltern für sich milde zu stimmen.

Insgesamt sind die Dialoge um das im Ausland benötigte Geld ein die ganze Korrespondenz durchziehender Diskussionspunkt. Offensichtlich hat man unterschätzt, wie viel der einmonatige Aufenthalt kosten werde. Bereits die Frage, welcher Betrag angemessen für die Deckung der Lebenskosten bei der Gastfamilie ist, wird innerhalb der Familie widersprüchlich beurteilt. Aus den Briefen geht hervor, dass man sich auf 2000 österreichische Schilling geeinigt habe, die in zwei Raten vor Ort zu zahlen sind. Dies entspricht 2025 der Kaufkraft von rund 960 Euro.[3] Hilde ist dennoch in Sorge, dass dies zu wenig sein und dadurch das freundschaftliche Verhältnis belastet werden könnte: „Papa meinte, daß unser finanzieller Beitrag sehr klein sei, da die Lebenskosten verglichen mit Österreich 100:165 stehen! Wie werden wir uns revanchieren?“ Ab der zweiten Woche ist es in den Briefen dann ein sich durchziehendes Thema, dass die beiden Österreicherinnen mit ihrem Budget sehr haushalten und sich während der Londontage auf das Nötigste beschränken müssen, um durchzukommen: „Wir haben beide ganz knapp unser Geld. Wenn wir etwas brauchen, werden wir schreiben. Für einen Ausflug kann man 100 ö. S rechnen.“ Auch Bärbel, die einem Brief von Christl eine kurze Nachricht an Hilde beifügt, erwähnt darin ihre Geldsorgen: „Danke vielmals für den lieben Brief. London ist interessant, aber furchtbar ermüdend. Aber trotzdem müssen wir die Zeit nützen. Hoffentlich kommen wir (ich zumindest) mit unserem Geld aus. Viele liebe Grüße Bärbel.“

Christl hat 1400 österreichische Schilling mitbekommen und macht in der ersten Woche die Erfahrung, dass sie rund 300 Schilling pro Woche ausgibt, wenn sie äußerst sparsam mit dem Geld umgeht. So ist nicht viel Spielraum für zusätzliche Ausgaben. Sie erwähnt wiederholt das hohe Preisniveau in Großbritannien in Bezug auf den Warenwert ganz unterschiedlicher Dinge wie Briefmarken oder Tickets für den öffentlichen Verkehr: „Writing is so expensive; one card is 6 d and stamps 5 d so it is 3,50 ö. S“ // „Das Zugfahren kostet recht viel. Gleich sind 10 engl. S weg.“ // „Wir sparen wie die Wahnsinnigen, fahren kaum mit dem Bus in London; alles zu Fuß.“ Besonders oft erörtert Christl das knappe Budget in Hinblick auf die Verpflegung während der Tage außer Haus. Mit einem Hang zur Übertreibung wird geschildert, dass sich die beiden jungen Mädchen quasi jedes Stück Obst vom Mund absparen und sich maximal Street Food leisten können: „Gestern, an meinem Namenstag, leistete ich mir einen Pfirsich (1 engl. S). Es ist hier alles Obst sehr teuer.“ // „Am Mittwoch kauften wir uns Fish & Chips um 3 engl. S zusammen. Wir aßen sie auf der Straße.“ // „Heute kauften wir uns um 3 d ein Gebäck. So etwas Gutes habe ich schon lange nicht gegessen. Es hieß Rock Cake. Es war herrlich. Nun ist in meiner Geldbörse nur mehr 7 d.“ // „Wir haben gerade das Letzte gegessen und müssen nun bis 8^h hungern. Wir haben kein Geld nicht mehr." Mir fällt auf, dass keine Kosten für die Eintritte von Museen und Sehenswürdigkeiten erwähnt werden. So wie heute auch war es in den 1960er-Jahren möglich, die großen staatlichen Museen in England gratis zu besuchen.[4]

Die oftmaligen Erwähnungen des geringen Budgets werden von Hilde großzügig mit Gegenmaßnahmen erwidert. Wahrscheinlich erinnert sie sich lebhaft an ihre eigene Zeit in London, als sie unter Mrs Normans unregelmäßigen Zahlungen gelitten hat und ihre Eltern um Geld für ihren Stenografie- und Englischkurs bitten musste. Noch vor Ablauf der zweiten Woche wird eine erste größere Geldüberweisung mittels Reiseschecks in die Wege geleitet. Diese konnten bei einer bestimmten Bankfiliale nur von jener Person abgeholt werden, für die das Geld vom Scheckausgeber intendiert war. Ich erinnere mich noch selbst, dass ich bei Reisen mit meiner Mutter in den 1980er-Jahren dabei war, als sie auf diese Weise Geld abholte, da sie aus Angst vor Diebstahl nicht mit größeren Bargeldbeträgen unterwegs sein wollte. Man musste sich ausweisen und bestätigte durch Unterschrift seine Identität. Wie unvorstellbar ist eine solche Reiseorganisation heute, wo es an allen Ecken Bankomaten gibt beziehungsweise das bargeldlose Zahlen fast überall möglich ist! Zusätzlich legt Hilde jedem ihrer Briefe einzelne Pfundnoten bei. Sie führt genau Buch über das versandte Geld und fordert jedes Mal eine Bestätigung darüber ein, dass die Tochter auch die jeweilige Summe erhalten hat: „Wir senden Dir heute 10 £ per Traveller's Cheque. Sollte B. was brauchen, schreibt mir nur, ich schicke ihr auch Geld, wenn notwendig. [Am Briefkopf steht:] Bitte bestätige sofort die 10 £." Tatsächlich schreibt Christl umgehend ihrer Mutter, dass sie die monetäre Sendung bekommen habe. Dazu verschickt sie eine Notiz auf einer Karte, die zum alleinigen Inhalt den Erhalt des Geldes hat: „Gerade jetzt Samstag in der Früh ist das Geld gekommen. Danke vielmals! Ich gebe Bärbel 7 £ und für mich sind 3 £ da. Wenn ich noch etwas brauche, schreibe ich." Obwohl damit die finanziellen Engpässe behoben sind, findet noch die ein oder andere Pfundnote als Beigabe zu einem Brief ihren Weg nach Kent. Die fortan erfolgenden regelmäßigen Bestätigungen seitens der Tochter, dass sie kein Geld mehr brauche, finden kein Gehör und sie erhält schließlich mehr Geld, als sie ausgeben kann: „Danke vielmals für das Geld. Ich habe nun glücklich noch 20 £." Es scheint, als wäre die Sorge um das knappe Budget der Tochter im Ausland so übermächtig gewesen, dass Hilde die Beteuerungen, keine Geldsendung mehr zu benötigen, einfach überlesen hat. Die Erwähnung des noch vorhandenen Geldbetrags von £20 in Christls letztem Brief aus England ruft bei der Mutter jedenfalls Erstaunen hervor: Mit rosa Buntstift hat sie zum für sie nicht nachvollziehbaren Geldüberhang ein Fragezeichen gesetzt.

Die oben erwähnte Schokolade stellt ein stark vermisstes Genussmittel dar, das in England bedeutend mehr kostete als in Österreich. So äußert Christl schon bald in einem ihrer ersten Briefe den Wunsch, dass ihr jene Dinge per Post geschickt werden sollen, die sie ihrem Ermessen nach am dringendsten benötigt: „Please send some films, fruit and schokolade." Der Gedanke ist, diese Dinge mit einer Paketsendung an die beiden Gastgeberfamilien zu kombinieren, mit deren Vorbereitung ihre Mutter gerade beschäftigt ist. Ihr Vorschlag wird jedoch aus praktischen Gründen abgelehnt, weil Hilde fürchtet, dass die Lebensmittel – immerhin ist Hochsommer – beim Transport verderben könnten und es ihr ratsamer erscheint, dafür Geld zu schicken, damit ihre Tochter sich die gewünschten Güter selbst vor Ort besorgen könne: „Obst und Schokolade hat keinen Sinn. Denn ein Packerl wäre ungünstig, da es zu lange braucht. Auch kannst Du dort die Filme kaufen und entwickeln." Christl nimmt jedoch die rationale Entscheidung der Mutter nicht gut auf, vermutlich reagiert sie so überschießend, weil sie sich in der mütterlichen Fürsorge vernachlässigt fühlt: „Daß Du mir keine Süßigkeiten und Obst schickst, war ein harter Schlag für mich. Ich habe mich schon so auf das süße Packerl gefreut. Naja. So ist es eben." Selbst mehrmalige Aufforderungen, sich doch den Wunsch nach Schokolade mit den erhaltenen Pfundnoten zu erfüllen („Ich lege heute wieder eine Pfundnote bei, sie ist <u>nur</u> für Obst u. Schokolade!!!" // „Kauf Dir, wenn Ihr unterwegs seid, Obst, cakes, rolls!"), können Christl nicht versöhnen. Im Gegenzug kommt auch sie einem Wunsch ihrer Mutter nicht nach. Diese bittet sie inständig, ihr vor ihrer Rückkehr bereits eine Fotografie von ihr und Bärbel mit den beiden Gastgeberfamilien zukommen zu lassen: „Wie gerne hätten wir 1 Foto von Euch u. den Bullicks u. Steels gehabt. Kannst Du nicht <u>einen</u> Film wenigstens entwickeln lassen?" Doch trotzig wird dieses Anliegen mit Verweis auf die hohen Kosten abgeschmettert: „Filme kann ich auch keine hier entwickeln lassen, das würde zu teuer kommen. Wir zahlen wirklich nur die Bahn und Bus und Ansichtskarten. Das ist übergenug." Schließlich springt eine Bekannte, die wohl von Christls Begehr gehört hat, mit dem Versand von Süßem ein. Geradezu triumphierend berichtet sie davon der Mutter: „Heute in der Früh war ein Packerl für mich da von Frl. Suzak: Lindt Schokolade! Kannst Dir vorstellen, es ist für mich wie eine gefundene Oase. Ich werde sehr sparsam damit umgehen. Den beigelegten Brief bitte ihr zu geben." Christl ist also für den weiteren Verlauf ihres Auslandsaufenthaltes mit dem so heiß ersehnten Gut ausreichend versorgt.

Begegnungen mit Brit:innen

Hildes Kritik an den vielen Unternehmungen des österreichischen Duos liegt, wie soeben ausgeführt, vorrangig darin begründet, dass dadurch persönliche Begegnungen mit Engländer:innen, die in ihren Augen den Kern der Reise bilden sollen, in den Hintergrund treten: „Ihr seid zu viel unterwegs! Freilich ist es schön, daß Ihr auf diese Weise so viel vom Land seht, unwiederbringlich! Aber kommt der Kontakt mit den Menschen nicht zu kurz?" Tatsächlich sind Christl und Bärbel vor allem stille Beobachterinnen des Lebens auf den Straßen in London. Schon in ihrem ersten Brief berichtet sie gleich zu Beginn von der in London herrschenden Multikulturalität und Jugendmode, die ihr sofort nach der Ankunft in Heathrow auffällt: „You see a lot of black people; every girl has a mini-dress." People of Color aus den verschiedenen Ländern des Commonwealth und die Kleidung junger Personen werden mehrmals in einem Zug erwähnt. Christl und Bärbel kommen zu einem Zeitpunkt nach London, als sich die britische Jugendkultur zum internationalen Leitbild erhebt. Es ist insbesondere ein mit wenig Material auskommendes Kleidungsstück – der Minirock –, der die Engführung von Mode und weiblicher Selbstermächtigung repräsentiert. Seine Erfindung in den frühen 1960er-Jahren wird unter anderem Mary Quant zugeschrieben, allerdings räumt diese ein, dass sie nur eine Idee aufgegriffen habe, die bereits in der Luft lag und eigentlich auf die Mädchen der Swinging Sixties zurückgeht.[5] In London reüssiert er früher als in konservativ geprägten Ländern wie Österreich, ganz abgesehen davon, dass er in kleineren Städten wie Wiener Neustadt noch weit mehr Zeit braucht, um als salonfähig zu gelten. Es ist das – im Übrigen mit Christl gleichaltrige – britische Teenagermodel Lesley Lawson alias Twiggy, das in der zweiten Hälfte der 1960er-Jahre durch ihre Fotoshootings dem Minirock zu seinen revolutionären Auftritten verhilft. Aber auch das Kino verbreitet Bilder von den kurzen Röcken und Kleidern, man denke etwa an Michelangelo Antonionis in London gedrehten Film *Blow up* von 1966, in dem einige Szenen von Mode-Shootings des Fotografen Thomas, mit Frauen, die skandalös wenig Stoff an ihren Körpern tragen, zu sehen sind. In Großbritannien erhält das umstrittene Kleidungsstück gerade bei traditionellen Gesellschaftsereignissen viel Aufmerksamkeit. So ist etwa Anfang Juli 1967 die Tatsache, dass einige Damen in kurzen Röcken dem renommierten Pferderennen in Ascot beiwohnen, Anlass zu einer Bildstrecke in der Zeitschrift *The Illustrated London News*.[6] Die Erwähnung von Miniröcken auf der Straße, aber auch an Orten der Hochkultur wie dem Theater, beschäftigt Christl während ihres ganzen Englandaufenthaltes und wird leitmotivartig an mehreren Stellen erwähnt:

> *Sole Street, 19. Juli 1967:* Im Theater sind sehr viele Ausländer. Jedes Mädchen will sich so anziehen, um aufzufallen. Es werden auch Beatniks mit langen Haaren hineingelassen. Ich sah eine elegante Dame mit einem Mädchen mit Haaren bis zum Popo, einem Kleid bis zum Popo und Klips. Angeschmiert sind die Engländerinnen viel, meist bei den Augen.
>
> *Sole Street, 25. Juli 1967:* London ist eine Weltstadt, Wien dagegen ein Dorf. Minirock ist eine Alltäglichkeit, sie sind so kurz gekleidet, alle, wie mein Tennisröckerl. Bärbel hat einige photographiert. Du kannst buchstäblich alles anziehen, auch einen Pyjama. Schlurf[7] sieht man keine. Es gibt furchtbar viele Schwarze und Inder. Sie gehören zum Straßenbild. Bärbel war mit den Steels bei Indern in deren Wohnung und sie erzählte, daß es sehr interessant war. Andere Länder, andere Sitten.

Sole Street, 2. August 1967: Die Leute am Bahnhof sind sehr interessant. Wir sitzen gerne und beobachten sie. Wir haben einige Mädchen mit kurzen Röcken photographiert. Aber es ist sehr schwer. Sie haben viel so ein englisches Leinen als Rock und einen schwarzen Pullover. Das schaut sehr schick aus.

Aus den Beobachtungen lässt sich bestätigen, was ich über die Teenagerjahre meiner Mutter bereits aus den Familienfotoalben und ihren Erzählungen weiß: Sie ist in einem bürgerlich-konservativen Umfeld einer Mittelstadt aufgewachsen und hat niemals sichtbar dagegen rebelliert. Ihr Modebewusstsein orientiert sich an zeitlos-klassischen Looks; der englische Leinenrock steht ihr in jedem Fall näher als der Minirock und grelles Make-up. Sie selbst ist mit einem Manhattan-Kleid für Konzertbesuche, einem Burberry-Mantel zum Drüberziehen und Lackschuhen, die ihr bei langen Sightseeing-Touren zum Verhängnis werden, angereist. Auf nachlässig gekleidete Personen wie den sogenannten „Schlurf" oder auf Leute, die einen etablierten Dresscode nicht wahren – beispielsweise beim abendlichen Theater- oder Konzertbesuch –, blickt sie tendenziell herab. So werden lange Haare bei Männern und lässige Looks mit Ensembles, die sie an Pyjamas erinnern – die zu dieser Zeit jedoch in Wirklichkeit im Flower-Power-Design von der Mode als Street Wear aufgegriffen werden –[8] wenig goutiert. Christl kommt ohne näheres Wissen über jugendkulturelle Gruppen wie die Hippies oder Beatniks nach London und ist sich auch im Klaren, dass sie nie ein Teil davon sein möchte. Auch war sie nie expliziter Fan einer Band, ein Faktum, das mir vor allem in meiner eigenen Jugend unbegreiflich war. In der Blütezeit der Swinging Sixties, als London auch zur Hauptstadt der Popmusik avanciert, in der sich die Beatles und die Stones anlässlich von Konzerten die Klinke in die Hand geben, steht sie diesem Bereich der Jugendkultur fremd und gleichgültig gegenüber. Es wäre für sie unvorstellbar gewesen, mit all den Hippies an einer Demonstration für die Legalisierung von Marihuana teilzunehmen, wie sie an einem der Tage, an dem sie selbst London besichtigte, im Hyde Park stattgefunden hat, nämlich am 16. Juli 1967.[9] Potenziellen Berührungspunkten mit solchen Veranstaltungen weiß wohl auch Scott gezielt auszuweichen, der an diesem Tag mit Christl in London unterwegs ist. Von diesem Teil der Jugendkultur bleibt sie komplett unberührt, allerdings nimmt sie in der Swinging City die Vertreter:innen der Beat-Generation, die gegen das damalige Establishment revoltieren, zumindest als unbeteiligte Beobachterin wahr. In ihrem Londonalbum finde ich keine Fotografien von Repräsentant:innen jugendkultureller Gruppen, dafür aber eine der „schick" gekleideten jungen Frauen in Victoria Station und halb versteckt aufgenommene Bilder von Schwarzen auf einem Straßenmarkt, die mir heute Unbehagen auslösen. In Zeiten einer kritischen Reflexion von diskriminierenden und rassistischen Umgangsweisen von Weißen sind diese Fotografien zumindest Symptom einer zweifelhaften Blickpolitik und unzureichenden Sensibilität gegenüber People of Color. Zwischen Faszination und Voyeurismus bewegt sich das mit der Fotokamera ausgeübte Beobachten der im öffentlichen Raum als „anders" und „fremd" wahrgenommenen Personen. In den Briefen aus London wird jedenfalls deutlich, dass damals für ein

Fotografie am Bahnhof Victoria Station aus Christls England-Album

Mädchen aus einer niederösterreichischen Stadt der Blick auf eine multikulturelle Gesellschaft noch eine Konfrontation mit etwas völlig Neuem darstellt.

Vereinzelt finden sich auch kurze Kommentare, die auf die in den 1960er-Jahren herrschenden Geschlechterbeziehungen schließen lassen. Einmal wird ein Erwachsener erwähnt, der hinter Bärbel her ist („Bärbel was fetched by a seventy years old man" – damit ist so viel gemeint wie: Bärbel wurde von einem Siebzigjährigen angemacht), ein andermal wird das Gefälle zwischen alten Männern und junger Frau benannt, das Christl anlässlich einer Rede bei einem Rotary-Meeting, zu dem sie als Gast eingeladen ist, aktiv für sich zu nutzen weiß („Lauter alte Männer, das ist nicht schwer."). In Bezug auf gleichaltrige junge Männer scheinen die Österreicherinnen andere Erfahrungen als in der Heimat gemacht zu haben: „Wir sind noch nie angestänkert worden. Es ist ganz anders als bei uns." Mit „anstänkern" sind in diesem Kontext Verhaltensweisen gegenüber Frauen gemeint, die man heute als „Catcalling" bezeichnet, also ein anzügliches Hinterherrufen oder Nachpfeifen unbekannter weiblicher Personen auf der Straße. Ich erlebe diese Textstelle als ambivalent in ihrer Aussagekraft, und es fällt mir schwer zu entscheiden, ob sie eher Erleichterung ausdrückt oder Bedauern im Sinne einer Kränkung, als Frau nicht wahrgenommen zu werden. Auf jeden Fall habe ich den Eindruck, dass man damals Catcalling nicht zwingendermaßen als Beleidung und Affront empfunden hat, sondern auch als Selbstbestätigung – so zweifelhaft mir das aus meiner eigenen Perspektive als feministisch geprägte Frau, der die Bewusstmachung patriarchalischer Verhaltensformen am Herzen liegt, erscheint. Ich nehme an, dass die beiden Schülerinnen bei der Rom-Reise ein halbes Jahr zuvor andere Erfahrungen gemacht haben. Die Nähe zu den Italienern und deren mit Leichtigkeit praktizierte Form der Gesprächsanbahnung ist jedenfalls durch folgende Äußerung belegt: „Die englischen Buben reden dich nie an. Gestern in Victoria kamen 5 Italiener. Es war sehr lustig. Sie wollten uns nicht glauben, daß wir Österreicherinnen sind. Ich sagte immer AUSTRIA – TYROLIA. Ich habe aber die Italiener lieber als die Engländer. Sie sind viel natürlicher."

Christl hat, abgesehen von ihrer Überantwortung an die Familie Bullick, von ihren Eltern zwei weitere Kontakte vermittelt bekommen. Zum einen schlägt Hilde vor, ein Treffen mit Mary Hart in die Wege zu leiten. Sie selbst hat 1929/30 die Freundschaft zur Familie Hart fortgeführt, die von ihrer Mutter Hildegard begründet wurde, als diese im Jahr 1900 Marys Stiefmutter Midge anlässlich eines Aufenthaltes in Hastings kennenlernte. Hilde war 1929 unendlich dankbar und glücklich, als sie von Midge, ihrem Mann und ihrer Tochter Mary in deren Haus in Wallington für ein Wochenende eingeladen wurde und sich dort so familiär aufgenommen fühlte. Mit Mary besuchte sie dann noch das ein und andere Mal einen der tollen Kinopaläste zu einer Filmvorführung. Der Briefkontakt ist über die Jahrzehnte bestehen geblieben und wurde anlässlich von Christls Englandaufenthalt erneut von Hilde aktiv praktiziert („Ihre Verbundenheit mit unserer Familie ist rührend."). Auch wenn versucht wurde, ein Treffen in die Wege zu leiten, ist dieses aufgrund ihres Wohnsitzes an der Küste im Südwesten Englands und ihrer altersbedingt mangelnden Flexibilität dann schließlich doch nicht zustande gekommen.

Zum anderen nehmen ihre Eltern im Vorfeld Kontakt mit dem geografisch nächstgelegenen Rotary Club in Gravesend auf. Christls Vater ist in Wiener Neustadt seit dessen Wiedergründung im Jahr 1955 Mitglied und möchte auch seine Tochter von der Möglichkeit der internationalen Vernetzung profitieren lassen. Christl wird ebenso in den Folgejahren die Angebote des Rotary Clubs für junge Menschen wahrnehmen, da sie dreimal an den sogenannten Sommer-Croisièren teilnimmt. Rotary Clubs stellen Netzwerke für den sozialen und beruflichen Austausch dar und stehen ab dem Jahr 1989 auch Frauen offen. Die erklärten Vereinsziele sind humanitäres Engagement sowie der Einsatz für Frieden und Völkerverständigung. Im Jahr 1929 fällt der Startschuss für die Etablierung eines der größten nichtstaatlichen Jugendaustauschprogramme, das unter dem Namen „Youth Exchange" seit der Mitte der 1960er-Jahre offizieller Bestandteil von Rotary ist. Es sieht vor, dass Clubs Jugendliche zu Gastfamilien anderer Clubs entsenden und im Gegenzug einen Platz für einen Interessenten oder eine Interessentin aus dem Ausland bereitstellen. Die Jugendlichen treffen auf ihren Reisen nicht nur mit der einheimischen Bevölkerung zusammen, sondern im Zuge gemeinsamer

Programmpunkte auch mit Gleichaltrigen aus vielen verschiedenen Ländern. Christls Mutter unterstützt die Kontaktaufnahme mit Vertretern des Rotary Clubs, vermutlich weil sie selbst so bereichernde Erfahrungen bei Veranstaltungen der Studentenclubs in London in den Jahren 1929 und 1930 gemacht hat. Mir fallen einige Parallelen zwischen den Rotary-Jugendprogrammen und den Aktivitäten der National Union of Students auf. Tatsächlich finde ich in einem zeitgenössischen Zeitungsartikel, der den vernetzenden Aktivitäten der National Union of Students zwischen Gaststudierenden und Einheimischen gewidmet ist, den Hinweis, dass 1929 einzelne Rotary Clubs ausländische Studierende neuerdings zu ihren Treffen einladen.[10] Bei beiden Organisationen steht der Gedanke im Vordergrund, Freundschaften über nationale Grenzen hinweg zu stiften, genauso wie die Ermöglichung von Auslandsreisen für junge Personen, die auch jene umfassen sollen, die aus nicht allzu begüterten Familien kommen. Auf einen Brief von Hilde und ihrem Mann an die Verantwortlichen des Clubs in Gravesend meldet sich ein Mitglied, das Christl zu einem Tagesausflug mit seiner Familie einlädt. Wohin es geht, ist eine Überraschung. Christl hätte sich zwar Oxford oder Cambridge gewünscht, doch dann ist der Ort ob der Liebenswürdigkeit des Ehepaars zweitrangig:

> *Sole Street, 27. Juli 1967:* Nun muß ich Euch von gestern erzählen. Ihr könnt Euch nicht vorstellen, wie gastfreundlich und nett sie zu mir waren. Um ½ 10^{h} holte mich ein älterer Mann und eine Frau ab. Wir fuhren an die Südküste in der Nähe von Brighton. Dort waren nämlich ihr Sohn mit Frau und 2 kleinen Kindern. Ich ging gleich in die See baden. Es war herrlich. Dann aßen wir ein Picknick und nachher gingen wir Golf spielen. Der Mann war sehr sympathisch und so nett zu mir. Weißt Du, wo sie jedes Jahr auf Urlaub hingehen? Nach Treffen und Warmbad! Heuer waren sie 6 Wochen auf einer Reise (6000 km), alles mit dem Auto – Dänemark, Germany u. Österreich. Er konnte ein bißerl deutsch. Oft kommt zu ihnen eine Studentin aus Wien. So kennen sie Wien sehr gut. Ich photographierte sie alle. Dann bekamen wir Fish + Chips. Um 7^{h} fuhren wir weg, dann zeigten sie mir noch ein Städtchen Tunbridge Wells. Um 10^{h} waren wir

> bei der Straße, wo wir nach Sole Street hätten abbiegen müssen. Wir fuhren aber weiter. Ich dachte mir was nun. Sie gaben mir noch zu Hause in Gravesend einen Kaffee, zeigten mir die Themse bei Nacht. Also einfach reizend. Ich möchte ihnen dann etwas aus Österreich schicken. Aber bitte erst bis ich zuhause bin. Ich gab ihm meine Adresse und er mir seine. Ich sagte, sie müssen kommen, wenn sie in Österreich sind.

Die gegenseitige Sympathie wird durch die glückliche Fügung begünstigt, dass der gastfreundliche Rotarier mit Warmbad-Villach einen Ort gut kennt, in dem Christl die Sommer ihrer Kindheit aufgrund der dort ansässigen Verwandtschaft verbracht hat. Das erwähnte Gruppenbild von der Familie, das Zettelchen mit der Adresse sowie das Ticket zum Golfspiel finden sich alle auf einer Seite des Englandalbums versammelt.

Mehr Kopfzerbrechen bereitet Christl in Folge die offizielle Einladung zum Club-Meeting. Die Frage, ob sie ihre Freundin Bärbel mitbringen darf, hat eine Diskussion über interkulturelle Etikette zur Folge, die in der Korrespondenz intensiv geführt wird. Christl findet es am einfachsten, allein zum Meeting zu gehen, aber ihre Mutter ist diesbezüglich anderer Meinung („Ich sagte Scott am Telephon, daß Du unbedingt, falls es Montag rotarisch zu etwas kommt, Bärbel mitnehmen mußt, da es hier so üblich ist."). Daraufhin nehmen Christls Gasteltern gegen ihren Willen mit dem Club Kontakt auf („Ich finde das unmöglich. Ich gehöre schon gar nicht hin. Du weißt so, wie die Männer darüber denken. Und dann noch eine Freundin."). Die Entscheidung wird schließlich vom Präsidenten getroffen, der sich gegen die Teilnahme am Meeting im Doppelpack ausspricht („Nun tut es mir wieder leid, aber ich konnte es ja gleich verstehen. Sie haben nämlich, so glauben wir, für mich Mädchen zum Meeting eingeladen."). Christl sieht jedenfalls ihre Aufgabe darin, eine kleine Rede mit Informationen über ihre Heimatstadt vorzubereiten („Ein bißerl etwas über Neustadts Geschichte und dann engl. impressions und dann der Dank."). Ihre Mutter ist in Sorge, dass der „Rotary speech" zu ungelenk formuliert ist, und richtet folgenden Appell an die Tochter: „Laß bitte Deine Rede an den Club <u>von Onkel Scott korrigieren!!</u>" Schließlich klappt in Christls Wahrnehmung alles recht gut bei dem Meeting:

Sole Street, 31. Juli 1967: Eben komme ich vom Meeting zurück. Es waren recht viele Leute dort. Ich saß zur Rechten des Präsidenten. Sie luden die Tochter eines Fleischhauers ein für mich, ein rotarisches Mädchen. Es hat alles ein viel niedrigeres Niveau als bei uns. Ein Feuerwehrmann ist auch Mitglied. Kannst Dir vorstellen. Sie waren schrecklich freundlich zu mir. Die Tochter des Präsidenten ist in Wien. Ich werde sie einmal anrufen. Nach dem Essen wurde ich begrüßt. Ich hielt dann meinen Speech. Sie waren recht erfreut. Lauter alte Männer, das ist nicht schwer. Ich brachte die Rotary Prospekte mit. Auf einem unterschrieben sie sich alle. Auch bekam ich die Fahne von Gravesend. Daraus seht Ihr, wie nett sie waren. Ich schicke jetzt eine Karte ab an den Neustädter Club.

Der Entwurf zur Rede ist Bestandteil ihres Londonalbums. So kann ich nachlesen, dass sie von der Gründung Wiener Neustadts im Jahr 1194 durch Leopold V. berichtet, außerdem von der Geschichte der Burg, in der Kaiser Maximilian I. begraben liegt, der Gründung der Theresianischen Militärakademie durch Kaiserin Maria Theresia, der Baugeschichte des romanisch-gotischen Doms sowie der Neuklosterkirche, in der dem damaligen Wissensstand zufolge Mozarts Requiem uraufgeführt wurde. Ich staune über die präzise Angabe von Jahreszahlen und Geschichtswissen zu Zeiten, als Informationen noch nicht jederzeit online allerorts verfügbar waren, entdecke dann aber in Christls Album einzelne vom Wiener Neustädter Rotary Club herausgegebene Prospekte, die die Grundlage zum Inhalt der Rede lieferten. Interessanterweise erwähnt sie die historischen Verbindungen zwischen Wiener Neustadt und England, die auf die legendäre Figur Richard Löwenherz zurückgehen, nicht. Vielleicht war dieses Wissen damals im Schulunterricht nicht so prominent vertreten wie zu meiner Zeit? Richard I. von England, der aufgrund seiner militärischen Aktivitäten den Beinamen „Cœur de Lion“ trägt, unterstützte beim Dritten Kreuzzug den römisch-deutschen Kaiser Friedrich I. Barbarossa, den französischen König Philipp II. und den Österreichischen Herzog Leopold V. Nach Friedrich Barbarossas und seines Sohnes Tod übernahm schließlich Leopold V. den Oberbefehl über die kaiserlichen Truppen. Unter seiner Anführung konnte die heute in

Israel gelegene Festung Akkon durch die Kreuzritter vom Sultan Saladin zurückerobert werden. Allerdings wurde in Folge der englische König zur Persona non grata, da er die Gewinnansprüche des Babenbergers umging und ihm dadurch signalisierte, dass er sich diesem vom Rang her überlegen fühlte. Nachdem Richard Löwenherz sich auch mit dem französischen König zerstritt und nun nicht mehr auf dem Seeweg heimkehren konnte, war er darauf angewiesen, inkognito das Babenbergerreich zu durchqueren. In Wien Erdberg wurde er schließlich aufgrund nicht handelsüblicher Goldmünzen gestellt. Es folgten Jahre der Gefangennahme durch die Babenberger wie beispielsweise auf der Burg Dürnstein sowie im Deutschen Reich. Nach langen Verhandlungen und der Auszahlung eines Teils des geforderten Lösegelds, das mit 100.000 Mark Silber eine gigantische Summe darstellte, kam er schließlich frei. In Folge entschloss sich der Babenbergerherzog Leopold V. im Jahr 1194 dazu, die „Neuenstat" zu gründen und einen Teil des erhaltenen Geldes in die Errichtung von massiven Befestigungsmauern zu investieren. Der Standpunkt inmitten der Ebene des südöstlichen Steinfeldes war wohlüberlegt, diente er doch strategisch dazu, das Reich vor einem möglichen Einfall der Ungarn zu schützen. Ohne das englische Lösegeld, das von Richard Löwenherz' Bruder Johann Ohneland, in seiner Heimat als John Lackland bekannt, würde es also Wiener Neustadt und seine lange Geschichte so nicht geben.

Christl bemerkt noch in ihrer Rede, wie positiv überrascht sie vom Wetter in England ist („In Austria I thought England would be grey because of rain, fog and factories.") und hebt die Freundlichkeit und Hilfsbereitschaft der Brit:innen insbesondere bei Fragen nach dem Weg hervor. Im Album findet sich auch eine kleine Zeitungsnotiz aus einem Lokalblatt, die Christl nachträglich zugeschickt wurde. Darin wird sie als Gast namentlich genannt und es wird von ihrem ersten Besuch in England berichtet, bei dem sie von Mitgliedern des Rotary Clubs Gravesend betreut und eingeladen wurde. Auch ihr Vater als „member of the Rotary Club of Vienna Neustadt" wird erwähnt sowie seine Verbindung zur Gastfamilie – obwohl diese ja auf seine Frau Hilde zurückgeht. Ich finde es einigermaßen kurios, dass Christls Besuch zu einer Zeit, in der schon viel gereist wurde, noch eine Erwähnung in der Regionalzeitung

Wert war. So ist jedenfalls offiziell dokumentiert, dass die Siebzehnjährige schließlich doch noch zur Botschafterin der Heimatstadt, wie es sich ihre Mutter so sehr gewünscht hat, geworden ist.

„Und am Montag – Adieu!
Ich glaube es ist genug, einmal in England gewesen zu sein"

Nach vielen Seiten beschriebenen Papiers neigt sich Christls Englandaufenthalt langsam dem Ende zu. Von ihren Eltern wird sie schon sehnsüchtig erwartet: „Mein Schatz! Heute in einer Woche rüstet Ihr schon zur Abreise. Wie wir uns auf Dich freuen!" Nicht nur Christl kündigt ab Ende Juli bereits die letzten Briefe an („Ich schreibe jetzt nur mehr Montag abends und Donnerstag früh. Dann höre ich schon auf."), sondern auch ihre Mutter: „Meine letzte Post werde ich am Mittwoch, den 2. 8., absenden und am Samstag, d. 5., oder Sonntag, d. 6., werden wir Dich anrufen am Abend. Vielleicht ist Sonntag besser!"

Für Hilde endet mit der baldigen Ankunft ihrer Tochter auch jene Zeit, in der sie selbst anhand ihrer eigenen Briefe auf ihre Erlebnisse in England in den Jahren 1929 und 1930 zurückblickt:

> *Wiener Neustadt, 31. Juli 1967:* Schau, daß Du in den letzten Tagen noch recht viel Englisches aufnimmst, all das, was man hier nicht lernen kann. Ich schrieb vor 37 Jahren auch deutsche Briefe heim, aber an Mama immer englische extra, denn sie wollte meine Fortschritte sehen u. für den engl. Club gute Wendungen auffrischen. Übrigens mußt Du Onkel Scott sagen, daß ich seinerzeit Mama schrieb, Scott meinte, mein Englisch sei schon sehr gut, nur die tenses, die waren nicht immer in Ordnung. Das ist aber auch besonders difficult for an Austrian! Überhaupt bin ich immer wieder bei der Lektüre meiner Briefe erstaunt, wie sehr Scott mir und meinen Freunden ein immer aufgeschlossener und hilfsbereiter Freund sowie ein treuer und unendlich lieber Kamerad war.

Um das gute Verhältnis in zweiter Generation nicht zu trüben, ruft Hilde ihrer Tochter und Bärbel in Erinnerung, sich ja angemessen bei den Gastgeberfamilien für deren Freundschaftsdienst zu bedanken: „Mein Schatz, jetzt schließ ich; bitte vergiß nicht Tante Margot eine nette Aufmerksamkeit zu geben, Blumen, Parfum, Bonbons, irgend etwas Liebes! Sie hatte am meisten Belastung! Hoffentlich hatten auch Bullicks Dich gern!" // „Vor Eurer Abreise muß Bärbel den Bullicks noch für die Vermittlung ihrer Gastfamilie danken."

Hildes Ratschlag, noch „recht viel Englisches aufzunehmen", stehen die Interessen der beiden Teenager gegenüber, die als letzten Höhepunkt zu einer Einkaufstour nach London fahren möchten, denn ihrem Empfinden nach ist dieser Programmpunkt bislang zu kurz gekommen („Sightseeing und Shopping kann man nicht zugleich."). Im Folgebrief lässt der Einspruch der Mutter nicht lange auf sich warten, gepaart mit einer Ermahnung, sich häuslich nützlich zu machen: „Schaut die letzte Woche auf die Familie, laßt die Frauen einmal allein wegfahren u. schaut auf die Kinder. Und kein Shopping! In Wien bekommst Du alles, vielleicht sogar billiger. Beide Familien sollen in der letzten Woche mit Euch leben, auch die Kinder und bei Eurem Scheiden den Eindruck von lieben österr. Mädchen behalten können." Dessen ungeachtet weiht Christl ihre Mutter am Ende ihres letzten Briefes in ihre Pläne ein: „Am Freitag fahren wir nach London einkaufen." Schließlich wollen die britischen Pfund, die sie auf dem Postweg erhalten haben, nun auch noch ausgegeben werden. Dass Hilde den Einkaufstrip alles andere als gutheißt, davon zeugt eine Notiz auf Christls Brief, die sie nach dessen Erhalt anbringt. In Versalien steht darüber ein empörtes „WAS?" geschrieben. Mir fällt zudem auf, dass der für Mittwoch angekündigte letzte Brief von Hilde fehlt. Vielleicht hat sie ihn gar nicht mehr geschrieben, weil sie wegen der Shoppingfahrt nach London verstimmt war? Oder er kam erst nach der Abreise von Christl in England an und ist daher nicht mehr Teil der in unserem Familienbesitz vorhandenen Korrespondenz?

Christls persönliches Fazit über die vier Wochen in England ist durchwachsen. Offensichtlich hat es ihr in Rom besser gefallen („Und am Montag – Adieu! Ich glaube es ist genug, einmal in England gewesen zu sein. Nach Rom möchte ich gern noch einmal, aber hierher nicht unbedingt.") und sie hegt unmittelbar keine Pläne zu einer nächsten Reise in die britische Hauptstadt („Erholung war England nicht so sehr, aber wir haben schrecklich viel gesehen. Ich werde bestimmt nicht mehr hierher kommen und so ist es gut, London gesehen zu haben."). Tatsächlich war es für Christl, wie sie mir auf meine Nachfrage bestätigt, doch ein großer Schritt, zum ersten Mal außerhalb ihres gewohnten Lebensumfeldes eine so lange Zeit zu verbringen. Auf jeden Fall freut sie sich auf das Wiedersehen mit den Eltern („Schreib bitte, ob Ihr beide kommt. Es wär sehr schön.") und schließt den letzten Brief nicht ohne Ironie: „Wir kommen um ½ 6^{h} an. Bitte seid am Flughafen! Aber ich glaube, wir wären gewohnt, jetzt zu Fuß nach Hause zu gehen."

Aus Christls Schulzeugnissen lässt sich nicht ablesen, dass der Aufenthalt in England eine Verbesserung der schulischen Leistung zur Folge hat. Wie auch schon im Jahreszeugnis der siebenten Klasse erhält sie lediglich ein „Befriedigend" als Abschlussnote. Dieses fällt im Maturazeugnis umso mehr ins Gewicht, als sie alle anderen Fächer mit „Sehr Gut" und „Gut" absolviert hat.

Und wie sieht es mit dem kategorisch ausgeschlossenen Wiederkommen aus? Tatsächlich ist es nicht das letzte Mal, dass Christl England bereist. Im Juli 1990, als ich vierzehn Jahre alt bin, organisiert sie für mich einen zweiwöchigen Schülerinnenaustausch mit einem Mädchen aus Croydon, in dessen Vorfeld wir einige Tage gemeinsam in London verbringen und sie mir die wichtigsten Sehenswürdigkeiten zeigt. Wir sind auch einmal als Gäste bei der Familie Bullick eingeladen. Margot empfängt uns mit zwei ihrer drei Kinder, den Töchtern Julia, die Christl 1967 ihr Zimmer zur Verfügung gestellt hat, und der jüngeren Katrina, die damals als Kind die unbekannte Österreicherin eher skeptisch beäugt hat. Im Anschluss unternimmt Christl mit Margot eine einwöchige Besichtigungsfahrt in Südengland – 23 Jahre nach ihrem einmonatigen Gastaufenthalt bei den Bullicks. Zu diesem Zeitpunkt sind Hilde und Scott bereits verstorben. Sowohl meine Mutter als auch ich haben nach dieser Englandreise ein Fotoalbum angelegt. In dieser Beziehung eifere ich ihr nach und habe selbst große Freude mit der Gestaltung einer visuellen Dokumentation meines Auslandsaufenthaltes. Mit Margots Tod in den frühen 2000er-Jahren verliert sich vorläufig der Briefkontakt, bis ich im Zuge dieses Projekts wieder Kontakt mit Julia, Katrina und Christopher aufnehme.

Eine anspruchsvolle Aufgabe und eine Achterbahnfahrt der Gefühle

Persönliche Überlegungen zur Aufarbeitung des Briefbestandes

Individuelle Besonderheiten des jeweiligen Quellenmaterials

Ausgehend von den Briefbeständen von Frauen dreier Generationen aus meiner Familie hat sich für mich ein ganzer Kosmos an Erfahrungen, Gefühlen und zeittypischen Ereignissen entfaltet. Auf kleinem Raum – in einer leicht zu übersehenden, aus der Zeit gefallenen Papierschachtel – ist eine Vielfalt an Wissen gespeichert, das jedoch von mir erst mühsam entziffert und erforscht werden musste. Es stellte sich heraus, dass jeder einzelne Bestand durch seine individuellen Spezifika eine andere Herangehensweise erforderte: Unterschiedliche Fragestellungen bei der Aufarbeitung resultierten nicht nur aus den Charakteristika des Materials, sondern auch aufgrund der jeweiligen Rolle in unserer Familiengeschichte. Als Angehörige der Familie nehme ich selbst eine bestimmte Position in Bezug auf die einzelnen Protagonistinnen dieses Buches ein. Aber auch als Wissenschaftlerin, die sich mit ausgewählten Phänomenen der Bild- und Kulturgeschichte des 19. und 20. Jahrhunderts beschäftigt, gelingt es mir kaum, mit allen inhaltlichen Themen gleichermaßen objektiv umzugehen. Diese Besonderheiten sollen nun noch einmal zusammenfassend aus meiner Sicht dargelegt werden.

Beim ältesten Bestand in diesem Buch – Hildegards Briefen – handelt es sich auch um den fragmentarischsten. Erhalten haben sich lediglich Bruchteile einer umfangreichen Korrespondenz, von der anzunehmen ist, dass sie sich über den ganzen zweijährigen Zeitraum ihres Aufenthaltes in England erstreckte. Neben dem Zweck, regelmäßig den Eltern zu berichten und ihnen damit zu versichern, dass ihr Leben auf eigenen Füßen keinen Anlass zur Sorge gebe, diente sie wohl auch dem Bekämpfen aufkommenden Heimwehs. Ein besonderer Glücksfall ist, dass Hildegard zeit ihres Lebens das private Schreiben praktizierte und so auch weitere autobiografische Quellen vorhanden sind. Mangels lebender Auskunftspersonen wäre es ohne diese Schriften unmöglich gewesen, die genaue Chronologie ihres Aufenthaltes zu rekonstruieren und in

Folge die Briefe behelfsmäßig zu datieren. Auch bezüglich der Einordnung der namentlich erwähnten Personen sind die selbst verfassten Lebenserinnerungen eine wichtige Hilfe. Die Spanne von rund 125 Jahren, die sich vom Zeitpunkt des Verfassens der Briefe bis heute erstreckt, kann so relativ einfach überbrückt werden. Gleichzeitig muss man sich bewusst machen, dass man mit der Übernahme der Inhalte von Lebenserinnerungen eine Eigensicht reproduziert, ohne ein Korrektiv zur Hand zu haben. Von der Verfasserin stammende Ausblendungen, Beschönigungen oder bewusst hergestellte Bezüge, die es so vielleicht gar nie gab, beeinflussen das Bild, das sich die Nachfahr:innen von dem oder der Verstorbenen machen.

Hildegards in den Jahren 1898 bis 1900 geschriebene Briefe erforderten in zweierlei Hinsicht verstärkte Aufmerksamkeit, um sie zugänglich zu machen: Zum einen musste das Transkribieren unter großer Sorgfalt geschehen, da sie in einer partiell veralteten Schreibweise verfasst sind und mitunter heute wenig gebräuchliche Ausdrücke beinhalten. Neben diesen formalen Aspekten ging es zum anderen aber insbesondere darum, den Kontext vieler der in den Schriftstücken erwähnten historischen Ereignisse zu rekonstruieren. Dabei hat sich herausgestellt, dass das Verständnis für die genannten Ereignisse und geschilderten Beobachtungen umso mehr zunimmt, je mehr Wissen über das spätviktorianische Zeitalter und auch die Verfasstheit der k. u. k. Monarchie um 1900 vorhanden ist. Zusätzlich erschwerte der Umstand die Lesart, dass lediglich die Briefe von Hildegard, nicht aber die Antworten ihrer Eltern vorliegen. So treten Lücken auf und es fehlt eine Gegenstimme, die Aufschluss über die Gewichtung einer Aussage gibt.

Neben den vielen interessanten Begebenheiten, die Inhalt der Briefe sind, habe ich bemerkt, dass mich allein schon Hildegards Schreibstil in besonderer Weise anspricht. Jedes Mal, wenn ich ihre Briefe lese, bin ich von ihrer Ausdrucksweise und ihrem Sprachvermögen beeindruckt. Diese sind zum einen auf den Stil, der in Bildungskreisen am Ende des 19. Jahrhunderts gepflegt wurde, zurückzuführen, zum anderen weisen sie auf ein besonderes Naheverhältnis der Autorin zum Medium Sprache hin. Auch ihre Lebenserinnerungen erwecken aufgrund des Tonfalls, den sie anschlägt, meine Sympathie für die Schreiberin. Fast schon romanesk erscheint mir ihr Leben, das in jungen Jahren einige unerwartete Wendungen nimmt und so gar nicht dem konventionellen Lebenslauf eines bürgerlichen Mädchens aus einer Mittelstadt ähnelt.

Hildegard ist zudem die einzige Person der in diesem Buch vertretenen Töchter, die durch ihren Auslandsaufenthalt – wenn auch nur punktuell und peripher – Eingang in Quellen außerhalb des Familiennachlasses gefunden hat. Der Zufall, dass sie in der kurzen Zeit, als sie in Allenswood unterrichtete, Eleanor Roosevelt als Schülerin hatte, ist der Grund dafür, dass es sich lohnte, auch in öffentlichen Archiven und Publikationen nach Hinweisen zu ihrer Zeit an dieser Elite-Mädchenschule zu suchen. Dies hat meine Recherchen um einen Aspekt erweitert, der mich als Nachfahrin nicht ganz unberührt ließ. Obwohl nur eine biografische Petitesse, so merkte ich doch, dass ich es als besondere Anekdote empfinde, dass sich der Lebensweg meiner Urgroßmutter, die als junge Frau aus Wiener Neustadt allein nach England ging, um aus ihrem Wissen einen Beruf zu machen, an einem bestimmten Punkt mit der Biografie einer historisch so bedeutsamen Person gekreuzt hat. Ich erwischte mich dabei, dieser Tatsache einen vielleicht größeren Stellenwert innerhalb ihrer Biografie zuzuschreiben als möglicherweise angemessen wäre. Quellen, die im Internet verfügbar oder in anderen Publikationen enthalten sind und in denen meine Urgroßmutter erwähnt wird, hatten eine fast auratische Wirkung auf mich. Dies betrifft das Zeugnis von Eleanor Roosevelt und die Erwähnung Hildegards in der Biografie von Eleanor Roosevelt. Da diese Dokumente im Internet zirkulieren, wird meine Urgroßmutter gewissermaßen zu einer öffentlichen Person. Ungeachtet ihrer Bedeutung für mich persönlich sind diese Quellen jedoch insofern von allgemeinem Interesse, als sie die Selbstzeugnisse um einen zumindest punktuellen Blick von außen ergänzen.

Im Gegensatz zu den frühen Briefen von Hildegard konnte ich bei den Schriftstücken aus der Zeit von 1929 und 1930, die von Hilde stammen, aus dem Vollen schöpfen. Ein solch umfangreicher und annähernd kompletter Bestand bietet die Möglichkeit, die Erlebnisse meiner Großmutter detailliert nachzuvollziehen. Während eines Jahres verfasste sie im Schnitt einen mehrseitigen Brief pro Woche, in dem sie von den wichtigsten Ereignissen und Neuigkeiten in ihrem Alltagsleben berichtete. Zudem sind in ihrem Fall auch die Schreiben von ihrer Mutter großteils vorhanden. So lässt sich hier der Kern einer jeden Korrespondenz, nämlich das Dialogische, facettenreich nachvollziehen. Es kristallisierte sich heraus, dass insbesondere Hildes Mutter vorrangige Adressatin ihrer Schreiben ist. Dies bekommt noch einmal durch den Umstand, dass sie im Frühjahr 1930 teilweise ins Englische wechselt und damit eine Sprache wählt, die ihr Vater nur rudimentär versteht, eine besondere Relevanz.

Die Briefe von Hilde stellen aufgrund meiner Schwierigkeiten beim Entziffern der Sütterlinschrift insofern eine Besonderheit dar, als ich sie durch meine Entscheidung, sie einem professionellen Transkriptor anzuvertrauen, bereits zu einem frühen Zeitpunkt aus der Hand und einer neutralen Person zu lesen gebe. Daraus resultiert einerseits eine Abgabe von Kontrolle, was den Inhalt der Briefe, den ich selbst noch nicht kenne, anbelangt, andererseits aber auch die Chance, zu einem frühen Zeitpunkt Feedback darauf zu bekommen. Denn die Zusammenarbeit mit Günter Bräuhofer gestaltete sich insofern äußerst bereichernd, als ich nicht nur einzelne Transkripte erhielt, sondern diese auch teilweise mit fachlichen und persönlichen Kommentaren versehen waren. Die große Schwierigkeit zu Beginn dieses Buchprojekts war es, die allgemeine Relevanz dieser Quellen aus unserem Familienbesitz einzuschätzen. Ich bin mir allzu bewusst, dass ich ihnen als Familienmitglied eine größere Bedeutung zuschreibe als dies bei Außenstehenden der Fall ist. Der Dialog, der sich mit dem Transkriptor der Briefe entspann, stellte ein erstes wichtiges Moment dar, um die Eindrücke einer familienfremden Person aufzunehmen und in meine Arbeit einfließen zu lassen.

Im Vergleich zu den Briefen von Hildegard, die ich selbst entziffern konnte, empfand ich anfangs eine leichte Enttäuschung, weil mir Hildes sprachliche Ausdrucksfähigkeit um vieles banaler vorkam als jene ihrer Mutter. Hilde war sich sehr wohl im Klaren darüber, dass sich ihre Mutter eleganter und elaborierter im Schriftlichen auszudrücken wusste und das Briefeschreiben auf einem hohen Niveau praktizierte. Gleichzeitig machte ich mir bewusst, dass die Sprache immer ein Symptom für ihre Zeit ist und sich ein junges Mädchen in den 1920er-Jahren naturgemäß anders ausdrückt als eine Frau, die beinahe sechzig Jahre früher geboren ist. Mit der Zeit wuchs mir schließlich Hildes Schreibstil sehr ans Herz. Sie weiß sich pointiert auszudrücken, oft bemerke ich einen ironischen Ton. Obwohl sie sich gegenüber ihren Eltern und wohl auch gegenüber sich selbst nicht zu tief in ihre Seele blicken lassen wollte, wird doch ihre Gefühlslage auf sympathische Weise transparent. Aufgrund der guten Nachvollziehbarkeit der Ereignisse während ihres Auslandsjahres sind auch ihre Briefe diejenigen, bei denen ich selbst während der Arbeit an diesem Buch am meisten ob der in ihnen geschilderten Ereignisse Anteil nahm und mitfühlte.

Im Fall von Hilde stellte sich für mich erstmals die Frage, wie mit der Privatheit mancher überlieferter Quellen umzugehen sei. Ohne dass meine Mutter von deren Existenz wusste, fand ich in ihrer Wohnung verschiedene weitere Selbstzeugnisse ihrer Mutter, darunter tagebuchartige Notizen, die sie wohl nur für sich geschrieben hat. Sie sind zwar nicht als Tagebuch ausgewiesen, sondern bestehen aus losen, ineinandergelegten Zetteln, aber der Inhalt lässt keinen Zweifel darüber, dass Hilde hier private Aufzeichnungen geführt hat. An einer Stelle wurde ich stutzig, weil sie im November 1929 mit der Hochzeit von Ala auf ein Ereignis verweist, das erst in der Zukunft liegt. Ich kann nur darüber spekulieren, ob Hilde doch schon zu einem viel früheren Zeitpunkt über dieses Ereignis informiert war, als sie es gegenüber ihren Eltern erwähnt, oder ob die tagebuchartigen Notizen tatsächlich erst rückblickend erstellt wurden. In diesem Fall ist mir jedoch der Sinn der Aufzeichnungen rätselhaft. Auch andere Fragen wie zum Beispiel das Verschleiern eines Namens durch eine nicht mehr zu entschlüsselnde Abkürzung müssen für immer ungeklärt bleiben. Auf jeden Fall fällt mir auf, dass ich diese persönlichen Notizen anders lese als Hildes Briefe. Ich kann eine Mischung aus Neugierde und Voyeurismus nicht leugnen, gleichzeitig bin ich mir bewusst, dass ich diese Quellen sehr sorgsam behandeln muss. Wie soll ich damit umgehen, nachdem ich Kenntnis von deren Inhalt erlangt habe? Ihn einfach versuchen zu leugnen? Oder mich dadurch beeinflussen lassen, ohne es transparent zu machen? Letztlich entschied ich mich dazu, Auszüge daraus zu verwenden, die in unmittelbarem Zusammenhang mit den Briefen stehen und ein anderes Licht auf diese werfen. Sie enthalten zudem Passagen, die die Kulturgeschichte der entsprechenden Zeit um Wissen ergänzen, das nicht anders als aus privaten Quellen gewonnen werden könnte.

Die Briefe von Christl sind in ihrer mir sehr vertrauten Handschrift verfasst und ähneln mit manch ihrer Rechtschreibschwächen (die für die Veröffentlichung im Rahmen dieser Publikation ausgemerzt wurden) und den Spuren einer zügigen Schreibweise jenen persönlichen Nachrichten, die ich im Laufe meines Lebens als Kind, Heranwachsende und Erwachsene von ihr erhalten habe. Aufgrund der persönlichen und zeitlichen Nähe drängte sich mir zu Beginn die Frage auf, ob sie überhaupt für eine öffentliche Betrachtung geeignet seien. Das Dilemma wird noch zusätzlich dadurch befeuert, da meine Mutter selbst meint, ihre als Teenager verfassten Briefe seien belanglos und würden im Vergleich zu jenen ihrer Mutter und Großmutter nur ein geringes intellektuelles Niveau aufweisen. Bei meiner Beschäftigung mit dem Geschilderten merkte ich auch, dass das Verständnis des Inhalts viel weniger zeittypisches historisches Wissen als in den vorigen Fällen erfordert und sich relativ einfach ein Bogen vom Damals zum Heute schlagen lässt.

Zudem rang ich damit, wie ich mit der hohen Emotionalität der Briefe umgehen soll, in denen persönliche Fehden zwischen Mutter und Tochter ausgetragen werden. Sie enthalten viel Zwischenmenschliches, so dass der Beziehungsaspekt anderes zu überlagern droht. Der Schlagabtausch zwischen Mutter und Tochter rührt vor allem daher, dass die beiden Gastmädchen für sich beanspruchen, selbstständig unterwegs zu sein. Christl weiß ganz genau, dass sie gegen den Willen ihrer Mutter verstößt, wenn sie mit ihrer Freundin Bärbel ohne Begleitung durch eine erwachsene Person nach London fährt. Ich fragte mich, ob dieser Dialog nicht zu sehr den Beigeschmack des Trivialen hat und er überhaupt veröffentlicht werden soll.

Es glückte mir erst dann, einen anderen Zugang zu diesem Material zu finden, als ich nach all jenen Hinweisen suchte, die es ermöglichen, ihre Handlungs- und Ausdrucksweisen als Symptom ihrer Zeit zu lesen. Möchte man die persönlichen Konfliktlinien im Mutter-Tochter-Verhältnis fruchtbar machen, ist weniger eine individuelle Betrachtungsweise denn der Versuch einer kollektiven Einordnung sinnvoll. Dies gelang mir umso besser, je weiter meine Recherchen zu den 1960er-Jahren vorangeschritten. Als ich Magazine, Filme und Fotografien aus dieser Zeit vor Augen hatte, konnte ich das Gelesene vor dieser Folie besser einordnen. Die Briefe erzählen von einer Epoche, die einerseits noch von konservativen Wertvorstellungen geprägt ist, in der sich andererseits aber bereits verschiedene jugendkulturelle Tendenzen bemerkbar machen, die schließlich ein Jahr später in die Revolten des Jahres 1968 münden werden. Das Spannende an dieser Zeit ist die Loslösung der jungen Generation aus konservativen und verkrusteten Strukturen, was sich auf mannigfaltige Weise ausdrücken kann. Ich komme letztendlich zu dem Schluss, dass sich Christls Taktiken der Selbstbehauptung in diesem Kontext interpretieren lassen. Es geht zwar nur um einfache Schritte im Alltag einer Teenagerin, aber dennoch können sie im Licht der Umbrüche der damaligen Zeit gesehen werden.

Wie schon an der ein oder anderen Stelle erwähnt, stellte es bei der Bearbeitung der Briefe meiner Mutter die größte Herausforderung dar, meine eigene Position innerhalb der Familie temporär beiseitezuschieben und mich in die Rolle der Wissenschaftlerin zu begeben. Wie kann es mir gelingen, über meine Mutter zu schreiben, ohne dass sich unsere persönliche Beziehung dabei zu sehr in den Vordergrund drängt? Eine möglichst objektive Lektüre wird einerseits dadurch erschwert, dass meine Mutter mir wiederholt von ihrem nicht immer ganz friktionsfreien Verhältnis zu ihrer Mutter berichtet, andererseits aber durch unsere Mutter-Tochter-Beziehung, die dadurch geprägt ist, dass wir uns in vielerlei Hinsicht miteinander vergleichen und in Folge bewusst von der Anderen abgrenzen wollen. Während der Bearbeitung ihrer Briefe hatte ich oft Sorge, dass ich zu viel von meiner Position als Tochter in ihren Briefwechsel hineinprojiziere. So muss ich mir eingestehen, dass mein eigenes Vorwissen zum Leben meiner Mutter meine Interpretation ihrer Briefe zwangsläufig mitprägt.

Gleichzeitig stellte es auch eine große Chance dar, dass mir meine Mutter als Auskunftsgeberin zur Verfügung stand. Auch rund sechzig Jahre nachdem sie die Briefe verfasst hat, wusste sie ganz genau, wie manches darin gemeint war und wie sich ihr damaliges Verhältnis zu ihrer Mutter, das ihrer Aussage nach konfliktbeladen war, gestaltet hat. Ohne ihre Kommentare und Erläuterungen dazu hätte ich mir selbst ein ganz anderes Bild von der Beziehung zwischen den beiden Frauen gemacht. Zweifelsohne hätte ich viele implizite Hinweise darauf, wie es um das nach außen hin harmonisch wirkende Verhältnis tatsächlich bestellt war, nicht wahrgenommen. Auf der einen Seite merkte ich zwar, dass sich der Ton gegenüber den Eltern im Vergleich zu jenen Kommunikationsformeln der beiden früheren Generationen gewandelt hat. Es ist nun nicht mehr so, dass die Tochter gewisse Dinge, die die Eltern beunruhigen könnten, verschweigt, sondern vielmehr werden diese bewusst zum eigenen Vorteil geltend gemacht. Auch wird durchaus direkt und fordernd um Geld gebeten, das die Reisekasse aufbessert und ihr die vielen angestrebten Aktivitäten ermöglicht. Auf der anderen Seite zeugen Hildes Ausbesserungen und Kommentare sowie ihr Beharren darauf, dass die Tochter ihre Briefe auf Deutsch verfassen solle, von einem strengen und disziplinierenden Erziehungsstil. Dennoch berührte mich ihr herzlicher Ton und die immer wieder explizit ausgedrückte Sorge um die heranwachsende Tochter. Schließlich entschied ich mich auch hier dafür, das Material als Ausdruck für seine Zeit und damit als Emanzipationsbestrebung einer jungen Frau zu lesen. Auch wenn meine Mutter von ihrem äußeren Erscheinungsbild und ihren Vorlieben konservativ und angepasst wirkte, scheint sich doch bereits ein Aufbegehren gegen die Elterngeneration und ihre Werte bemerkbar zu machen.

Persönliche Verknüpfungen

Bereits in meinen Überlegungen zu den Spezifika des Quellenmaterials klingt an, dass es mir als Nachfahrin und Verwandte der Briefautorinnen kaum möglich ist, eine wissenschaftlich objektive und unbeteiligte Haltung einzunehmen. Immer wieder stelle ich mir die Frage, ob ich durch mein familiäres Naheverhältnis nicht in die Falle einer zu stark psychologisierenden Lesart der Briefe tappe, an der ich generell nicht interessiert bin. Das Problem, wie und ob man überhaupt Selbstzeugnisse von nahen Angehörigen objektiv wahrnehmen kann, bleibt aufrecht. Denn hier überlagert sich unausweichlich das Bild, das man selbst von der betreffenden Person hat und das aus der eigenen emotionalen Beziehung zu dieser resultiert, mit den Texten, die diese jedoch innerhalb eines völlig anderen Kontextes, zu dem man im Grunde selbst keinen Zugang hat, getätigt hat. Da mir das Dilemma bewusst ist, möchte ich damit transparent umgehen und noch einmal darüber reflektieren, welche Momente mich persönlich besonders berührt haben und wodurch meine Lektüre der Briefe zusätzlich von außen beeinflusst wurde.

Hildegard im Alter von 80 Jahren mit ihrer Enkelin Christl, 1952

Meine Urgroßmutter Hildegard erlangte für mich nach langer Zeit erneut Präsenz, als sich meine Mutter dazu entschloss, deren Grab als ihr eigenes zukünftiges Familiengrab zu nutzen. So wurde es durch den überraschenden Tod meines Vaters im Jahr 2015 von einem Tag auf den anderen zu einem Ort, der für mich selbst in vieler Hinsicht von Bedeutung ist. Meine Mutter wählte dieses Grab nicht nur aus rein pragmatischen Gründen als letzten Ort für sich und ihren Ehemann, sondern es spielte dafür auch ihre emotionale Verbundenheit eine wichtige Rolle. Sie hatte ihre Großmutter vier Jahre lang gekannt, bevor Hildegard zu Beginn des Jahres 1954 im 82. Lebensjahr verstorben ist. Obwohl meine Mutter beim Tod ihrer Großmutter noch so jung war, spricht meine Mutter oft davon, wie sie sich von ihr als Kind verstanden gefühlt und wie sehr sie sie geschätzt hat. Für alle Dinge, die ihr von ihren Eltern verboten worden waren, hatte ihre Großmutter eine Alternative parat: War es ihr zu Hause aus Angst vor Verletzung nicht erlaubt, eine Schere in die Hand zu nehmen, so lag bei Hildegard eine Kinderschere zum Spielen bereit. Auch wurden ihr Süßigkeiten, die nur für die Enkelin bestimmt waren, angeboten. Und sogar eine kleine Teeschale aus Porzellan durfte die Dreijährige unter ihrer Aufsicht benützen, um daraus ein paar Schlucke schwarzen Tees zu trinken. Meine Mutter fühlte sich von ihrer Großmutter nicht nur angenommen und geliebt, sondern vor allem ungeachtet ihres kindlichen Alters wie eine Erwachsene in ihren Bedürfnissen erkannt und ernstgenommen. Sie habe sie so sehr beeindruckt, dass sie noch immer mitunter von ihr träumt, erzählt sie mir als Vierundsiebzigjährige.

Hildegard nimmt insgesamt in unserer Familie eine besondere Rolle ein. Alle, die ihren Lebensweg und die Spuren, die sie auf diesem hinterlassen hat, kennen, stufen sie als Ausnahmeerscheinung ein. Insbesondere den weiblichen Nachfahren ist sie aufgrund ihrer Erfahrungen als junge Frau ein Vorbild. Allein ihr hoher Bildungsanspruch und die damals ungewöhnliche Entscheidung, sich als Erzieherin allein in London zu beweisen, vermitteln das Bild einer mutigen und durchsetzungskräftigen Frau. Dies ist besonders den Nachfahr:innen von Hildegards Bruder bewusst. Dessen Sohn Ernst Ludwig, also ihr Neffe, hat sich zudem schon in den 1980er-Jahren durch Recherchen und die Niederschrift seiner Familiengenealogie sehr um die Aufarbeitung der Familiengeschichte verdient gemacht und auch ihren Lebenslauf nachgezeichnet. Seine Aufzeichnungen stellen neben den vorliegenden Ego-Dokumenten eine der wichtigsten Grundlagen für meine eigene Auseinandersetzung mit meinen Vorfahren dar. Von ihm existieren darüber hinaus persönliche Erinnerungen an Hildegard.[1] Der im Jahr 1918 Geborene nennt seine Tante „eine geistige Mutter", die sich sehr für seine intellektuelle Bildung einsetzte. So unterstützte sie ihn beim Französisch-Lernen und schenkte ihm Bücher zum jeweils passenden Zeitpunkt seiner Entwicklung, um ihm neue Welten zu erschließen und gleichzeitig Wissen zu vermitteln: Zum achten Geburtstag erhielt er das Buch *Rolf, der Trapper* von Ernest Thompson Seton, das ihm ein lebendiges Bild vom Leben an der amerikanischen Frontier um 1800 vermittelte, und zum fünfzehnten Geburtstag einen Band über Michelangelo, der ihm neben der Epoche der Renaissance vor allem die Welt der bildenden Kunst nahebrachte. Außer der Weitergabe von Wissen wusste die Tante aber auch auf emotionaler Ebene eine Ratgeberin und Helferin zu sein. So vermittelte sie etwa bei Konflikten ihres Neffen mit seinem Vater auf diplomatische, aber auch liebevolle Weise.

Tatsächlich konnte ich selbst noch Anfang 2023 eine Person befragen, die sich an Hildegard erinnern konnte. Wenige Wochen vor ihrem Tod sprach ich mit dem ehemaligen Kindermädchen meiner Mutter, das unserer Familie zeitlebens sehr eng verbunden geblieben ist. Sie betreute meine Mutter von Geburt an und besuchte mit ihr als Kleinkind bei gemeinsamen Spaziergängen auch regelmäßig Hildegard. Sie selbst kam als junges Mädchen vom Land nach Wiener Neustadt, um bei der Familie meiner Mutter als Kinderfrau und Hausgehilfin zu leben. Selbst zweiundneunzigjährig, konnte sie sich noch gut an Hildegard erinnern. Vor allem eine Episode erzählte sie mir: Aus einer kinderreichen Familie stammend, kam sie mit neunzehn Jahren vom Umland nach Wiener Neustadt, um im Haushalt von Hilde für sich selbst ein Auskommen zu erwirtschaften. Hildegards Anspruch war es, auch ihr durch Wissen das Leben zu erleichtern. Sie tat dies, indem sie ihr während eines Besuches ungefragt die Grundkenntnisse über menschliche Fortpflanzung im Sinne eines persönlichen Gespräches über Sexualaufklärung vermittelte – zu einem Zeitpunkt, als dieses Thema noch allgemein tabuisiert war.

Alle diese Erzählungen tragen dazu bei, dass Hildegards Erfahrungen in England innerhalb unserer Familie stärker im Fokus stehen als beispielsweise jene von ihrer Tochter Hilde. Zweifelsohne war es im Jahr 1929 schon um vieles leichter möglich, als junge Frau ins Ausland zu gehen, aber ihre Berichte zeugen dennoch davon, dass es ihr nicht viele Bekannte gleichtaten und dass allein der Umstand, für lange Zeit von der Familie und den Freund:innen in der Heimat getrennt zu sein, eine große Hürde darstellte. Über einige Erlebnisse von Hilde in London erfuhr ich durch verstreute Bemerkungen meiner Mutter. Ich bezweifle, ob sie jemals alle ihre Briefe gelesen hat, aber sie weiß um die Bedeutung, die die Korrespondenz in der kleinen Schachtel für ihre Mutter hatte, und sie kann sich konkret an ein paar ihrer Erzählungen erinnern. Was mir meine Mutter vermittelte, waren eher vage Erinnerungen daran, dass Hilde in London mit vielerlei Problemen konfrontiert war. Ihre Aussagen beinhalteten jedoch keine konkreten Anhaltspunkte, die mit Schilderungen in den Briefen konform gingen und mir zusätzliche Informationen erschlossen. Ich entschied mich daher, im Fall von Hilde nur auf die vorhandenen physischen Dokumente Bezug zu nehmen.

Meine Großmutter Hilde starb, als ich fünf Jahre alt war – durchaus vergleichbar mit dem Tod von Christls Großmutter. Allerdings kann ich im Gegensatz zu ihr nicht behaupten, dass ich mich so lebhaft an sie erinnern kann. Ich habe zwar bestimmte Bilder im Kopf, die auf die Nachmittage, an denen ich in ihre Wohnung kommen durfte und sie mich betreut hat, zurückgehen. Allerdings bin ich mir mitunter nicht sicher, ob sich hier nicht wahre Erinnerungen mit den Fotografien aus den Familienalben vermischen. Das Bild, das ich von meiner Großmutter in mir trage, hat sich wohl hauptsächlich aus den Erzählungen meiner Mutter geformt. Diese sind wiederum von ihrem eigenen Verhältnis zu ihrer Mutter geprägt. Man sieht: Die unterschiedlichen emotionalen Verbindungen zwischen den Generationen tragen stark dazu bei, wie wiederum die Folgegeneration auf ihre Vorfahr:innen zurückblickt.

Mein Umgang mit den Quellen meiner Großmutter wurde auch noch in anderer Hinsicht durch meine Mutter bestimmt. Gerade zu Beginn meiner Aufarbeitung, als sie sich noch nicht sicher ist, was die aufbewahrten Briefe alles zum Vorschein bringen werden, erwähnte sie mir

Drei Generationen vereint: Christl, Christina und Hilde im Jahr 1978

gegenüber mehrmals, wie wichtig es ihr sei, dass von ihrer Mutter ein bestimmtes Bild gewahrt bleibe. Diskreditierende Aussagen oder das Hervorzerren von allzu Privatem, über das ihre Mutter selbst Stillschweigen bewahrt hatte, sollten vermieden werden. Ich kann ihr Anliegen gut verstehen. Auch ich ertappe mich immer wieder dabei, dass ich meine Verwandten in möglichst vorteilhaftem Licht erscheinen lassen möchte. Wir stehen vor dem Dilemma, dass einerseits meine Mutter Gewissensbisse hat, die Briefe ihrer Mutter der Öffentlichkeit zu übergeben, und andererseits ich selbst als Kulturwissenschaftlerin damit hadere, allgemein interessante Vorkommnisse aus persönlicher Perspektive verschweigen zu müssen. Bei einer Lesung von Ernst Strouhal aus seinem Buch *Vier Schwestern. Fremdes Wien, ferne Welt,* in dem er Briefe seiner Familie veröffentlicht, frage ich den Autor, ob es in seinem Fall Einsprüche von Verwandten gegeben habe oder ob er selbst etwas als zu privat für eine Veröffentlichung eingestuft habe.[2] Seine Antwort, dass es wichtig sei, alles kulturhistorisch Relevante anzusprechen, bestärkte mich schließlich in meinem eigenen Vorgehen.

Der Umstand, dass meine Mutter bei der Aufarbeitung unserer Familienbriefe eine bedeutsame Rolle gespielt hat, erforderte also eine besondere Sorgfalt im Umgang mit den damit verbundenen Fallstricken. Sie hat mir bereits öfters von den Dokumenten erzählt und wusste zu einem günstigen Zeitpunkt in meinem Leben erfolgreich meine Neugierde zu wecken, mich damit ausgiebig zu beschäftigen. Sie war Ansprechpartnerin und Auskunftsperson bezüglich der von ihr aufbewahrten Schriftstücke ihrer Verwandten und stand gleichzeitig durch die von ihr überlieferten Briefe selbst im Fokus meiner Forschung. Dadurch, dass ich im Prozess der Aufarbeitung ihrer Briefe auch zahlreiche mündliche Erzählungen und Stellungnahmen von ihr mitgeliefert bekam, erweiterte sich der Kontext der Quellen beträchtlich. Als Wissenschaftlerin kenne ich die Problematik aus meiner Auseinandersetzung mit gefundenen privaten Fotografien. Beim Versuch, diese zu interpretieren, gelangt man als Außenstehende:r immer wieder an Grenzen, denn das Bild allein stellt stets nur einen Ausschnitt der Wirklichkeit dar. Genauso ist es bei privaten Briefen. Im Grunde sind es nur die in der Situation selbst Handelnden, die Aufschluss über die Zielrichtung ihrer Aussage geben können. Es ist eine glückliche Fügung, dass mir meine Mutter als Auskunftsperson darüber, wie so manches in ihren Briefen gemeint war, zur Verfügung stand – gleichzeitig musste ich aber auch darauf achten, mich nicht zu sehr von ihren Aussagen bei meiner eigenen Interpretation leiten zu lassen.

Um mir unabhängig von ihren Selbstaussagen ein Bild zu machen, griff ich verstärkt auf jene Quellen zurück, die ich bereits als Fotohistorikerin zu verschiedenen Anlässen untersucht habe: nämlich Fotoalben, in diesem Fall jene aus der Kindheit und Jugend meiner Mutter. Mir ist zwar allzu sehr bewusst, dass private Fotografien stark von Normen geprägt sind, die dem Glücksversprechen einer heilen Welt geschuldet sind, und daher als authentische Quelle nur bedingt taugen, aber dennoch ermöglichen sie mir einen Blick auf ihr Leben, das zumindest durch die Anwesenheit einer anderen Person, nämlich der, die fotografiert, eine weitere Perspektive einführt. Ähnlich wie es Annie Ernaux in ihrem Buch *Die Jahre* mit Aufnahmen von ihr selbst als junge Frau getan hat, versuche ich in einer Rolle als unbeteiligte Person quasi-soziologisch Aufschluss über ihr Leben zu bekommen. Durch diese Betrachtungsweise greife ich wieder auf meine professionelle Identität, nämlich jene als Bildwissenschaftlerin, zurück.

Meine Mutter ist diejenige Person, die sich zu Lebzeiten in diesem Projekt am meisten exponiert. Es war für mich selbstverständlich, dass sie die Erstleserin aller Passagen dieses Buches ist, die sie und ihre Vorfahrinnen betreffen. Ich habe große Achtung vor ihr, dass sie mir selbstlos ihr Material zur Verfügung stellte. Das erfordert eine gewisse Uneitelkeit und Größe.

Der quälende Stachel der Familiengeschichte

Obwohl zwischen dem Tod meiner Urgroßmutter und meinem Geburtsjahr mehr als zwanzig Jahre liegen, formt sich mein Bild von Hildegard nicht nur aus den von ihr überlieferten Textzeugnissen, sondern auch anhand von persönlichen Erzählungen, die mir ein äußerst vorteilhaftes und positives Bild von ihr vermitteln. Das, was über sie berichtet wird, spricht von einer ausgeprägten humanistischen Haltung, die in der Gabe Ausdruck findet, Menschen unterschiedlichen Alters und diverser Herkunft jeweils nach deren Bedürfnissen zu behandeln – immer darum bemüht, die jeweilige Person damit ein Stück voranzubringen und ihr Leben zum Besseren zu wenden. Dass sie sich nicht nur durch emotionale Wärme auszeichnete, sondern gerade Wissensvermittlung zu ihrem großen Anliegen erkor, macht sie mir zusätzlich sympathisch.

Beim Lesen ihrer Briefe legte sich allerdings recht rasch ein Schatten über dieses so positive Bild meiner Urgroßmutter. Denn ich merkte, dass ich mit der ideologischen Ausrichtung von Hildegard nicht konform gehe. Als erstes bleibe ich an ihren Erwähnungen von Karl Lueger hängen, die von einer Sympathie zu seiner Politik zeugen. In der aktuellen Gegenwart sorgt der Antisemitismus in der Geschichte Österreichs wie auch dessen unzureichende Aufarbeitung weiterhin für heftige Diskussionen. Gerade die lange offene Frage, wie mit dem Lueger-Denkmal von Josef Müllner beim Stubentor in Zukunft umzugehen sei, bestimmt in Wien den Diskurs um das vielleicht sichtbarste Vermächtnis eines ehemaligen Bürgermeisters, der seinen Erfolg zum Großteil seiner antisemitischen Hetze verdankte. Dass Hildegard sich in ihren Briefen als Anhängerin seiner Ideen entlarvt, bringt mich in einen persönlichen Konflikt und wirft zuallererst die Frage auf, wie es möglich ist, dass eine so außerordentlich gebildete Frau in politischer Hinsicht einen dermaßen ideologisch verhärteten Standpunkt einnimmt. Zudem fällt es mir schwer zu verstehen, wie sie trotz ihrer Erfahrungen mit dem liberalen und emanzipierten Umfeld der Mädchenschule in Allenswood dennoch an ihrer politischen Prägung eisern festhält. Kann ich als Nachfahrin für mich diesen Konflikt auflösen, indem ich mir mehr Kontextwissen über die politischen Zustände ihrer Zeit aneigne? Kann ich mich des familiären Naheverhältnisses emotional entledigen und sie aus größerer Distanz als Stellvertreterin für andere Personen ihrer Zeit betrachten? Was werden ihre Briefe dreißig Jahre später zum Vorschein bringen und werden sie ein anderes Licht auf ihre Jugendjahre werfen?

Zu meiner großen Enttäuschung ist es so, dass aus den Briefen von Mutter und Tochter aus den Jahren 1929 und 1930 noch viel eindeutiger herauszulesen ist, dass sich die ehemals liberale Einstellung der Familie hin zu einer Parteinahme für das sich etablierende radikale rechte Spektrum, das an der Abschaffung der Demokratie arbeitet, entwickelt. Bereits die Schülerin Hilde tritt im Oktober 1928 als Helferin beim Aufmarsch der Heimwehr in Wiener Neustadt auf den Plan. Die Sympathien von Mutter und Tochter für diesen selbsternannten „Schutzverband", der sich im Laufe der 1930er-Jahre in Teilen zunehmend der NSDAP annäherte, lassen bereits auf ihre Zustimmung zum Anschluss im Jahr 1938 schließen. Ich werde auf jene Rede von Erich Kästner aufmerksam, die dieser im Mai 1958 bei der Tagung des Deutschen PEN-Zentrums anlässlich des 25. Jahrestages der Bücherverbrennung gehalten hat. In dieser konstatiert er: „Die Ereignisse von 1933 bis 1945 hätten spätestens 1928 bekämpft werden müssen. Später war es zu spät. Man darf nicht warten, bis der Freiheitskampf Landesverrat genannt wird. Man darf nicht warten, bis aus dem Schneeball eine Lawine geworden ist. Man muss den rollenden Schneeball zertreten. Die Lawine hält keiner mehr auf. Sie ruht erst, wenn sie alles unter sich begraben hat."[3] Die Anzeichen, wohin die

Reise gehen wird, sind jedenfalls schon Ende der 1920er-Jahre aus dem grassierenden Antisemitismus abzulesen.

Ich frage mich oft, ob sich für Hildegard und Hilde mit den Aufenthalten in England nicht ein Fenster aufgetan hat, die eigene Meinung zu überdenken. Denn beide sind zu einem Zeitpunkt nach England gegangen, als sie jung waren und ihre politischen Ansichten noch nicht einzementiert gewesen sind. Sie lesen rege britische Zeitungen und werden dadurch mit der Außensicht auf die Krisen in Österreich konfrontiert. Für sie stellt das Völkerverbindende ein hohes Gut dar, wie es Hilde beispielsweise bei den Treffen der Studentenvereinigungen kennenlernte. Zudem lebt sie für einige Monate im Haushalt einer Frau, die sich für sozialdemokratische Belange einsetzt. Mit ihr spricht sie über das Erbe der im Ersten Weltkrieg verfeindeten Staaten Großbritannien und Deutschland und setzt sich dafür ein, die Vergangenheit ruhen zu lassen. Wie lebt man länderübergreifende Freundschaften, wenn sich die Herrscher der jeweiligen Staaten miteinander im Krieg befinden? Dies betrifft sowohl Hildegard, die zeit ihres Lebens mit der Familie Hart in Briefkontakt bleibt, als auch Hilde in Bezug auf ihre lebenslang gepflegten Freundschaften mit Brit:innen. Womöglich erscheinen meine Fragen als Angehörige einer Generation, die sich glücklich schätzen darf, niemals einen Krieg ihres Heimatlandes miterlebt haben zu müssen, naiv. Aber es beschäftigt mich doch, wie man auf einer persönlichen Ebene mit den politischen Verwerfungen der jeweiligen Zeit umgehen kann.

Die Schrecken des Krieges lassen kaum jemanden unberührt und weisen oft ungeahnte Verwicklungen auf. So stoße ich bei meinen Nachforschungen zur Familie Cleeves, bei welcher Hilde während ihrer Anfangszeit in London Kindermädchen ist, auf den tragischen Tod von Angela. Die jüngere Tochter von Janet Olave Cleeves, die als Halbwaise aufwuchs und bei Hildes Ankunft aufgrund ihrer gesundheitlichen Probleme in einem Rollstuhl gefahren werden muss, stirbt vor Vollendung des 21. Lebensjahres. Nur zehn Jahre, nachdem Hilde sie betreut hat, ist ihr junges Leben bereits zu Ende. Ihr Tod lässt mich nicht los. Erst nachdem ich mich ein wenig mit dem Verlauf des Zweiten Weltkrieges beschäftigt habe und über die Eckdaten des „Blitz“ – wie die Bombenangriffe der deutschen Luftwaffe auf Großbritannien von den Engländer:innen genannt werden – besser Bescheid weiß, fällt es mir wie Schuppen von den Augen: Sie ist möglicherweise eines der 43.000 zivilen Opfer, die die brutalen Luftangriffe zwischen September 1940 und Mai 1941 forderten. Tatsächlich erlange ich Gewissheit über einen Eintrag auf der Online-Seite der Commonwealth War Graves Commission: Angela wurde schon in den ersten Tagen des „Blitz", am 12. September 1940, in einem Haus in Paddington durch Bomben getötet.[4] Ob Hilde irgendwann davon erfahren hat? Ich vermute ja, da sich in Hildes Haushaltsbuch ein Hinweis darauf findet, dass sie mit Angelas Mutter noch über den Zweiten Weltkrieg hinaus in Briefkontakt war. Was hat sie wohl dazu gesagt und wie kann sie es mit ihrem Gewissen vereinbaren, auf der Seite der Angreifer zu stehen? Wie kann man einer Person gegenüber sein Beileid ausdrücken, deren Tochter, die man selbst gut kannte, im Alter von 20 Jahren sinnlos in einem Krieg verstorben ist, in dem das eigene Heimatland die Rolle des Feindes innehat?

Noch eine zweite Episode aus der Zeit des Zweiten Weltkrieges, die sich jedoch nur mehr bruchstückhaft rekonstruieren lässt, beschäftigt mich. Hildegard hat sich laut der von ihrem Neffen verfassten Lebensgeschichte nach dem Ende des Krieges erneut an Eleanor Roosevelt gewandt. Zu diesem Zeitpunkt hatte diese keine Funktion mehr als First Lady, da Franklin D. Roosevelt bereits im April 1945 verstorben war, aber sie war nach wie vor eine der einflussreichsten Frauen in den USA. Zu gerne hätte ich gewusst, wie Hildegard in diesem Schreiben aus ihrer Sichtweise zum Zweiten Weltkrieg Stellung nimmt und welches Anliegen sie dort vorbringt. Eine Anfrage an die Franklin D. Roosevelt Presidential Library blieb zu meiner großen Betrübnis ohne Ergebnis. Die betagte Hildegard hat sich von Gmunden aus an Eleanor Roosevelt gewandt, wohin sie zu ihrem Sohn und seiner Familie flüchtete, da sie sich dort mehr in Sicherheit wähnte. Wiener Neustadt war aufgrund seiner Flugzeugindustrie, die vom Deutschen Reich zur größten Produktionsstätte der im Krieg verwendeten Messerschmitt-Jagdflugzeuge ausgebaut worden war, bevorzugtes Angriffsziel der Alliierten, außerdem fürchtete man gegen Kriegsende den Einmarsch der sowjetischen Streitkräfte. Da Gmunden, wo Hildegard von Sommer 1945 bis September 1946 blieb, in der US-amerikanischen Besatzungszone lag, erbat sie sich in dem Schreiben an ihre ehemalige Schülerin Fürsprache. Eleanor Roosevelt setzte sich daraufhin mit General Mark W. Clark in Verbindung, der zu diesem Zeitpunkt US-Hochkommissar der Alliierten Kontrollkommission in Österreich war. Dieser veranlasste, dass der für den Bezirk Gmunden zuständige Ortskommandant mit ihr Kontakt aufnehme. In einem Brief von Hildegards Schwägerin an ihren Neffen wird davon berichtet, wie dieser vorfuhr und sie nach ihren Wünschen fragte. Hildegard bat darum, bis Herbst 1946 in der amerikanischen Besatzungszone bleiben zu dürfen, und erwirkte Hilfe bei ihrer Übersiedlung nach Wiener Neustadt, das von den Russen verwaltet wurde, wozu ihr ein amerikanisches Auto in Aussicht gestellt wurde. Sie selbst vermerkt in ihren Lebenserinnerungen kryptisch, dass sie in diesem Brief nach vielen Jahren auch nochmals auf „eine bestimmte Episode mit Nellie Post" zu sprechen kam, die sie offensichtlich noch immer beschäftigte.

Erneut stellt sich mir die Frage, was es für Hildegard wohl bedeutet haben mag, mit Eleanor Roosevelt in Kontakt zu treten – einer Person, die politisch auf der anderen Seite stand? Franklin D. Roosevelt war Angehöriger der Demokratischen Partei der Vereinigten Staaten und galt als Erzfeind Hitlers. Im Laufe seiner zwölf Jahre dauernden Präsidentschaft ging er mit aller Entschlossenheit gegen die Diktatur des Nationalsozialismus vor. Nach dem Angriff auf Pearl Harbour durch Japan und der Kriegserklärung Deutschlands und Italiens an die USA im Dezember 1941 wurde weniger als einen Monat später, am 1. Januar 1942, das militärische Bündnis einer Anti-Hitler-Koalition besiegelt, aus der die alliierten Streitkräfte hervorgingen: Neben den Vereinigten Staaten von Amerika, Großbritannien und der Sowjetunion gehörte diesem schließlich auch Frankreich an. Dank des Einsatzes der Alliierten konnte der Zweite Weltkrieg ein Ende finden. Ihnen fiel die Aufgabe zu, die Konzentrationslager zu befreien, unter anderem das oberösterreichische Mauthausen durch US-Truppen am 5. Mai 1945. Die Siegermächte beendeten die nationalsozialistische Diktatur in Österreich – ein Verdienst, das in der unmittelbaren Nachkriegszeit von vielen Teilen der Bevölkerung nicht honoriert wurde – und teilten das Land in vier Besatzungszonen auf, die bis zum Staatsvertrag 1955 ihre Gültigkeit behielten. Eleanor Roosevelt übernahm erst nach dem Tod ihres Ehemannes die wichtigste politische Aufgabe ihres Lebens: Sie wurde Botschafterin der im Juni 1945 gegründeten Vereinten Nationen (UNO) und widmete sich in Folge dem Verfassen der Allgemeinen Erklärung der Menschenrechte, die sie im Dezember 1948 in einer legendären Rede verkündete. Hat sich Hildegard in Anbetracht der enormen Leistungen dieser Frau, die als Demokratin viele jener Prinzipien vertrat, die mit dem Gedankengut der einstens von ihr so gehassten Sozialdemokrat:innen große Übereinstimmungen aufweisen, nicht ihre eigene politische Verblendung eingestehen müssen?

Wiederholt frage ich mich, ob es bei Hildegard und Hilde je Momente der Erkenntnis gab, in denen ihnen klar wurde, dass der Anschluss Österreichs an Hitler-Deutschland und das Regime des Nationalsozialismus in eine Katastrophe nie gekannten Ausmaßes münden würden? Dämmerte es ihnen vielleicht anlässlich des Überfalls der deutschen Wehrmacht auf Polen am 1. September 1939, der den Beginn des Zweiten Weltkrieges darstellte, dass sie für die falsche Sache eintraten? Wie sah es nach dem Ende des Krieges aus, als sukzessive der Völkermord an den Juden, Sinti und Roma sowie an vielen anderen verfolgten Gruppen wie beispielsweise kranken und beeinträchtigten Menschen oder Homosexuellen ans Licht kam? Gab es jemals eine Revidierung der eigenen politischen Parteinahme und ein Bedauern?

Relativ bald nach Beginn der Auswertung der Briefe stellte sich meine Mutter für ein Interview zur Verfügung, in dem ich diese belastenden Fragen ansprechen möchte. Ich interessiere mich insbesondere dafür, was sie als Tochter über die politische Gesinnung ihrer Mutter weiß und ob sie je darüber mit ihr gesprochen hat. Ich frage sie, wie sie sich den vehementen Deutschnationalismus von Hildegard erklärt und ob sie sich darüber Gedanken gemacht hat, wie diese so allseits gebildete Frau, die humanistische Ideale vertrat, der NS-Propaganda anheimfallen konnte. Meine Mutter interpretiert vieles aus der Zugehörigkeit zu einer bestimmten Klasse, die bürgerliche und deutschnationale Anliegen vertritt. Auch betont sie, dass sie nie von ihrer Mutter abfällige Aussagen über Jüdinnen und Juden vernommen habe und dass diese ihr Leben lang ein gutes Verhältnis zu ihren ehemaligen jüdischen Mitschüler:innen gepflegt hat – auch nach dem Krieg. Damit steht Hilde im Gegensatz zu so manchen anderen Personen aus ihrem Bekannten- und Freundeskreis. Dass Christl als Nachkriegskind unter dem noch immer grassierenden Antisemitismus als Teenager gelitten hat, davon zeugen zwei Einträge in ihrem Tagebuch von 1967. Dort vermerkt sie nach dem Besuch einer der Familie nahestehenden Person, die noch immer antisemitisches Gedankengut äußert: „Warum so gegen die Juden?" Ein andermal kommentiert sie die Einstellung von zwei Freunden ihrer Eltern: „Der ewige Judenhass!" Ende Juni 1967 notiert sie ebenda ihre Eindrücke anlässlich des Besuchs einer Ausstellung[5], die die in den Konzentrationslagern begangenen Verbrechen zum Inhalt hat: „Entsetzlich! War es Massenpsychose? Dass Menschen zu so etwas fähig sind. In dieser Zeit sich etwas zu trauen, ist groß. Könnte ich es? Menschen werden zu Hyänen." Jedenfalls fällt es uns beiden nicht ganz leicht, dieses Gespräch zu führen, und ich habe den Eindruck, dass wir heikle Themen zu umschiffen versuchen.

Meine Mutter erwähnt auch öfters, wie schwierig es war, in den 1960er-Jahren die Eltern direkt auf deren Verantwortung in der Zeit des Nationalsozialismus anzusprechen. Anscheinend war es nur möglich, das Thema des Völkermords an den Jüdinnen und Juden indirekt zu thematisieren. So geschieht es jedenfalls in einem der Briefe, die Christl in England an ihre Mutter verfasst. Einen Kinobesuch mit ihrer Freundin Bärbel nimmt sie zum Anlass, ihrer Mutter die Unsinnigkeit des Holocaust vor Augen zu führen. Es geht um Stanley Kramers Film *Ship of Fools*, zu Deutsch *Das Narrenschiff*, den sich Christl bereits zum zweiten Mal ansieht. Der 1965 herausgekommene Film, eine US-amerikanische Produktion mit einem großen Aufgebot an internationalen Starschauspieler:innen, widmet sich mit melodramatischen Mitteln dem Vorabend der Zeit des Nationalsozialismus. Er spielt im Jahr 1933 an Bord eines deutschen Ozeandampfers, der von Mexiko aus nach Bremerhaven steuert. Die einzelnen Passagiere stellen einen Querschnitt der Gesellschaft dar und lassen die Spannungen und Konfliktlinien angesichts eines damals salonfähigen Antisemitismus offen zutage treten. In einem Dialog zwischen dem Kaufmann Julius Löwenthal, der von Heinz Rühmann gespielt wird, und dem von Oskar Werner verkörperten Schiffsarzt Dr. Schumann wird ein jüdischer Witz paraphrasiert, der folgendermaßen lautet: „Ein älterer Jude aus Berlin findet sich plötzlich von Nazis umringt, die ihn zu Boden schlagen und höhnisch fragen: *‚Na, Jude, wer ist denn schuld am Krieg?‘*. Der kleine Jude ist nicht auf den Kopf gefallen und antwortet: *‚Die Juden und die Radfahrer.‘ ‚Warum die Radfahrer?‘*, fragen die Nazis. *‚Warum die Juden?‘*, kontert der alte Mann.“[6] Dieser Dialog geht in den kollektiven Zitatschatz ein und entlarvt die Argumentation für antisemitische Schuldzuweisungen als lächerlich und nicht haltbar. Auch Christl bringt ihr Fazit dieses Films in ihrem Brief folgendermaßen auf den Punkt: „Dann gingen wir in ‚Ship of Fools‘ in Englisch. Es war einmalig. Den Film schaue ich mir auch ein 3. Mal an. Der Oskar Werner ist einmalig. Es ist das mit ‚Jaja Juden u. Radfahrer‘. Warum Radfahrer, warum denn Juden.“

Ich verstehe diese Passage als einen Wink mit dem Zaunpfahl, die Absurdität, Jüdinnen und Juden zu Sündenböcken zu machen, anzusprechen und sich darüber Rechenschaft abzulegen. Es ist mir unbekannt, ob Hilde, die in ihren jungen Jahren selbst so oft ins Kino gegangen ist und diese Leidenschaft auch noch als Erwachsene pflegt, den Film gekannt hat. Jedenfalls gibt es keine Antwort von ihr darauf; es ist ihr letzter Brief aus London, in dem Christl über *Das Narrenschiff* berichtet und den Hilde nicht mehr beantwortet. Die Bedeutung dieses Films für die junge Erwachsene ist jedenfalls ein Symptom dafür, dass sich in den 1960er-Jahren langsam ein neuer Blick auf die jüngste Zeitgeschichte auftut.

Einseitiges Korrespondieren und der Versuch einer späten Wiedergutmachung
Eine persönliche Coda

Sich in die Rolle einer Wissenschaftlerin zu begeben und mit Neugierde die Briefe seiner Vorfahrinnen zu lesen, ist eine Sache. Solange man nicht als Verfasserin aufscheint oder auf andere Weise in die Korrespondenz direkt involviert ist, lässt sich eine gewisse kritische Distanz zu den überlieferten Schriftstücken aufrechterhalten. Eine ganz andere Sache hingegen ist es, sich selbst als Teil der familiären Brieftradition mitzuberücksichtigen. Da es ebenfalls von mir einen vergleichbaren Briefwechsel als Teenager mit meiner Mutter gibt, gelange ich schließlich an den Punkt, diesen erneut hervorzuholen.

Tatsächlich habe auch ich die Tradition, nach der Matura für ein Jahr ins Ausland zu gehen, fortgeführt. Im Gegensatz zu den Frauen vor mir wählte ich jedoch Paris zum Ziel, um meine Schulkenntnisse in Französisch zu verbessern. Es erschien mir ratsamer, mehr Herzblut in das Erlernen dieser Fremdsprache zu stecken, die ich im Gymnasium nur vier Jahre – halb so lange wie die englische – erlernt hatte. Meine Eltern ermöglichten mir, dass ich an der Sorbonne inskribieren konnte, um dort an umfassenden Sprachkursen teilzunehmen. Im Zuge der Arbeit an diesem Buch machte ich mich auf die Suche nach Briefen, die von September 1994 bis Juni 1995 zwischen Paris und Wiener Neustadt verschickt worden waren. Es dauerte nicht lange, bis ich sie fand. Trotz des dünnen Luftpostpapiers machten sie einen stattlichen Packen aus. Die Suche nach meinen Briefen gestaltete sich schwieriger: Nur einzelne Briefe, vor allem aber Postkarten kamen zum Vorschein. Nachdem ich begonnen hatte, die Korrespondenz sukzessive zu lesen, musste ich erkennen, dass sie vollständig war und es gar nicht mehr Schriftstücke von mir gab. So standen 99 Briefe aus der Feder meiner Mutter läppischen 12 Postsendungen von mir nach Wiener Neustadt gegenüber! Diese waren zudem in einem bemüht witzigen Ton gehalten, der mir heute schrecklich pubertär vorkommt und peinlich ist. Es brauchte eine gewisse Zeit, bis ich mir meine Schreibfaulheit retrospektiv eingestand – und ich be-

Briefe von Christl an die Tochter (links) im Vergleich zu den
Briefen von Christina an die Eltern aus den Jahren 1994/95

reute es sehr, dass ich damals nicht zahlreicher die wirklich rührenden Briefe meiner Mutter erwidert hatte. Tatsächlich hatte sich meine Mutter einen „Taktfahrplan", wie sie es nannte, erstellt, der vorsah, dass sie mir während meiner Abwesenheit jeden zweiten Tag von zu Hause berichtete. Nur selten wies dieser Takt Unregelmäßigkeiten auf. Aus heutiger Sicht erkenne ich, wie schwer es meiner Mutter gefallen sein musste, mich in die Ferne – die im Vergleich zu früheren Zeiten gar nicht mehr so fern erschien, da sie jederzeit per Flugzeug erreichbar war – ziehen zu lassen und wie eng unsere Bindung war. Bevor sie mich in die Selbstständigkeit meines ersten Auslandsjahres entließ, verbrachten wir gemeinsam ein paar Tage in Paris. Ich musste also im Gegensatz zu meinen Vorfahrinnen nicht allein abreisen. Nach unserem Abschied gab meine Mutter bereits am Flughafen Charles de Gaulle beim Abflug eine erste Postkarte an mich auf. Im Laufe der knapp einjährigen Korrespondenz machte sie sich wiederholt auf ironische Weise darüber lustig, dass sie mir so oft schreibt: „P.P.S.: Hast Du überhaupt noch Platz für meine Briefe? Oder sind sie schon im Hausofen?“ // „Was ich an Tinte und Papier verbrauche, ist enorm. Du auch???“ // „P. S.: Ich glaube, daß noch niemand in Deinem Studentenheim so regelmäßig Post von zu Hause bekommen hat. Das geht ins Guinness Buch ein! Oder die glauben, daß ich deppert bin. Aber eigentlich bin ich urlieb.“ Gleichzeitig warb sie darum, dass ich ihr und meinem Vater eine so große Freude mit einem Brief machen würde: „Schreib mir und Papi, auch wir bekommen gerne Post!“ // „Dein ‚Brief‘ war recht kurzgehalten. Auch ich möchte Post bekommen!“ // „Schreib doch einmal, Papa würde sich so freuen.“ Die eindringlichen Aufforderungen und Bitten zu schreiben nahmen im Laufe der Monate kontinuierlich ab, nachdem sie mehr oder weniger unerfüllt geblieben waren. Es tut mir heute wirklich leid, dass ich meinen Eltern nicht öfters eine schriftliche Nachricht habe zukommen lassen. Was war der Grund dafür? Einfach meine Ignoranz und der fehlende Wille, die dafür benötigte Zeit aufzubringen? Freilich, mitunter erschien es mir nicht so dringlich, meinen Eltern in Briefform zu berichten, da wir oft miteinander telefonierten. Die 1990er-Jahre waren eine Zeit, als man sich häufigere Auslandsgespräche schon leisten konnte, und ich erinnere mich, dass meine Eltern auch davon regelmäßig Gebrauch machten, um sicherzugehen, dass es mir gut ging und ich zu bestimmten Zeiten im Studentenheim anwesend war. Das Jahr in Paris stellte auch in mehrerlei Hinsicht eine Abnabelung von meinem Elternhaus dar und ich profitierte von all den Freiheiten, die sich daraus ergaben.

Hat sich also in den drei Jahrzehnten seit den Briefen meiner Mutter aus England aus dem Jahr 1967 etwas grundsätzlich dahingehend verändert, dass das Kommunizieren per Brief bereits als antiquiert erschien und seine Relevanz gegenüber anderen Medien verloren hat? Hängt es mit einer allgemeinen Beschleunigung des Lebens und einem Verlust der dafür benötigten Muße zusammen? Oder vielmehr damit, dass das Briefeschreiben nicht mehr den Stellenwert einer weiblichen Tugend innehatte, die zu praktizieren man sich aktiv bemühen wollte? Ich komme letztendlich zu dem Schluss, dass ich für mich keinen triftigen Entschuldigungsgrund finde, außer dass ich nicht die nötige Reife hatte zu erkennen, wie wertvoll es für meine Eltern gewesen wäre, wenn ich auf diese Art meine Verbundenheit gezeigt hätte.

Meine Mutter berichtet in ihren Briefen von all dem, das in unserer Familie während meiner Abwesenheit passiert und das Alltagsleben bestimmt. Außerdem bemüht sie sich sehr, Kontakt zu meinen Schulfreund:innen aufrecht zu erhalten, die großteils das erste Semester in Wien an der Universität absolvieren. Sie lädt sie ein, damit sie ihr von ihren ersten Erfahrungen als Studierende erzählen und sie in Anschluss daran diese Neuigkeiten mir weiterreichen kann. Außerdem nimmt sie lebhaft Anteil an meinen Erlebnissen und all den intellektuellen Themen, mit denen ich an der Sorbonne konfrontiert werde. Tatsächlich setzt meine Mutter selbst bei ihrer eigenen Lektüre fortan einen Schwerpunkt auf französische Schriftsteller:innen. Ihre Briefe beinhalten neben vielem anderen damit auch ein Lesetagebuch. Ein dort erwähntes Buch, das ich im Zuge meiner Auseinandersetzung mit unserer Familienkorrespondenz nun selbst lese, sind die Briefe von Madame de Sévigné an ihre Tochter. Meine Mutter versucht auch, mich mit allen ihr zur Verfügung stehenden Mitteln in meinem Studium zu unterstützen. So schickt sie mir in Zeiten, als noch kein Wissen über Wikipedia allzeit verfügbar war, Kopien über das Stück *Andromaque* von Jean Racine, das wir in unserem Sprachkurs durchnehmen und bei dem ich mangels ausreichender Französischkenntnisse sowie mangels Grundwissens in der griechischen Mythologie nicht durchblicke. Auch mein vorrangiges Interesse an der Kunst wird von ihr gefördert, indem sie von Ausstellungsbesuchen erzählt und mir Zeitungsberichte dazu schickt.

Abgesehen von einem umfassenden Austausch zur französischen Literaturgeschichte dokumentiert der Briefwechsel ein paar Momente, die Typisches für die Mitte der 1990er-Jahre enthalten und aus retrospektiver Sicht kurios wirken. Damals stand man unmittelbar vor der Digitalen Revolution. Ein Zugriff auf das World Wide Web und der Besitz einer E-Mail-Adresse waren damals zwar schon möglich, aber aus praktischen Gründen doch noch sehr beschränkt. So finden sich ein paar verstreute Notizen in den Briefen meiner Mutter darüber, wie sie unvorbereitet mit neuen Techniken konfrontiert wird: „Walter hat mir alles über sein neues Handy erzählt. Das kann alles! Er wollte uns auch eines einreden!" // „Gestern war jemand bei mir mit einem Laptop (Computer transportabel). Hab so etwas noch nie gesehen. Nur funktioniert hat er nicht." Auch die erst kurz vorher zur Wissensvermittlung eingeführten Audioguides in Museen, deren Bezeichnung meiner Mutter noch nicht geläufig ist, werden erwähnt: „Dann sind wir in die Ägyptomanie-Ausstellung gegangen. Wir hätten so ein Gerät gebraucht, das uns alles erklärt."

In vielerlei Hinsicht stelle ich Analogien zu den Briefen von unseren Verwandten aus früheren Zeiten fest: so beispielsweise in Hinblick auf die Sorge der Eltern um die Tochter oder in Bezug auf liebevoll-verspielte Anreden und Grußformeln von meiner Mutter („Bussis zu abertausenden. Hoffentlich mußt Du für sie kein Nachporto zahlen."). Ebenso wurde die Post weiterhin dazu verwendet, andere Dinge wie Fotografien mitzuschicken – auch wenn nun in regelmäßigen Abständen Anlässe zu einem Wiedersehen eingerichtet wurden. Genauso war das Tempo der Post für die Zustellung der zu einem bestimmten Datum versandten Briefe Gesprächsthema. Zudem war ich offensichtlich so wie meine Mutter im Jahr 1967 auch dazu angehalten, anderen uns nahestehenden Personen aus dem Familien- und Freundeskreis einen Brief mit einem Bericht über meine Erfahrungen in Frankreich zukommen zu lassen. Diesem Auftrag scheine ich doch einige Male nachgekommen zu sein, denn meine Mutter gibt das Lob, das die Adressat:innen nach Erhalt meines Briefes ausgesprochen haben, an mich weiter. Während einer kurzen Phase wird sogar beiderseits auf Französisch gewechselt – dieses Mal im gegenseitigen Einvernehmen. Das von meiner Mutter so intensiv betriebene Korrespondieren scheint ihr im Laufe der neun Monate dann doch zu einer liebgewonnenen Gewohnheit geworden zu sein, denn immerhin findet sich in einem ihrer letzten Briefe folgende Notiz: „Mir wird das Briefschreiben abgehen. Wem kann ich so manches erzählen? Niemandem. Vielleicht schreib ich mir dann alleine Briefe!!" Vermutlich war sie jedoch erleichtert, nach den vielen gefüllten Papierbögen endlich wieder mehr Zeit für andere Dinge zur Verfügung zu haben.

Das knappe Jahr, das ich in Frankreich verbracht habe, hat mich für mein weiteres Leben sehr geprägt. Es entstanden Freundschaften, die bis heute halten, und eine tiefe Verbundenheit mit allem Französischen. Durch das

Pflegen der Kontakte und dem Nachkommen meiner Sehnsucht, so oft wie möglich Zeit in meiner zweiten Heimat zu verbringen, war gefühlt kein Platz mehr für ein anderes Land, zu dem ich eine ähnlich enge Beziehung hätte aufbauen können. So war ich nach meiner Sprachreise als Schülerin im Jahr 1990 nur ein einziges weiteres Mal in London, um als Studentin während eines Sommers mit Kursen mein eingerostetes Englisch aufzupolieren. Erst durch die Arbeit an diesem Buch ergab sich erneut die Gelegenheit zu einem Aufenthalt in Großbritannien. Meine vierzehntägige Zeit der Recherche nützte ich schließlich auch dazu, eine mittlerweile von mir nur mehr äußerst selten praktizierte Form der Kommunikation, die man wohl bereits als anachronistisch bezeichnen darf, zu reaktivieren. Und zwar schrieb ich am 30. Mai 2024 folgenden Brief an meine Mutter:

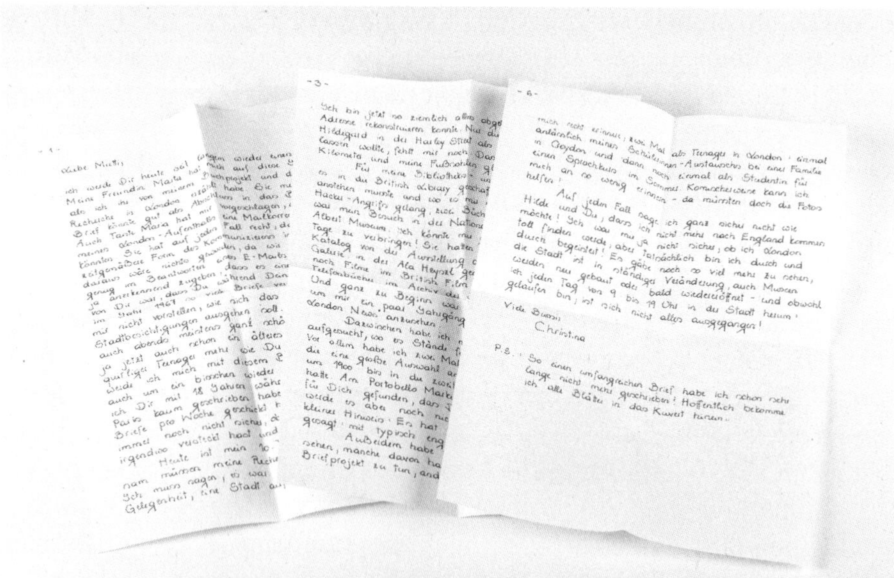

- 6 -

mich nicht erinnere; zwei Mal als Teenager in London: einmal anlässlich meines Schülerinnen-Austausches bei einer Familie in Croydon und dann noch einmal als Studentin für einen Sprachkurs im Sommer. Komischerweise kann ich mich an so wenig erinnern – da müssten doch die Fotos helfen!

Auf jeden Fall sage ich ganz sicher nicht wie Hilde und Du, dass ich nicht mehr nach England kommen möchte! Ich war mir ja nicht sicher, ob ich London toll finden werde, aber tatsächlich bin ich durch und durch begeistert! Es gäbe noch so viel mehr zu sehen, die Stadt ist in ständiger Veränderung, auch Museen werden neu gebaut oder bald wiedereröffnet – und obwohl ich jeden Tag von 9 bis 19 Uhr in der Stadt herum gelaufen bin, ist sich nicht alles ausgegangen!

Viele Bussis

Christina

P.S.: So einen umfangreichen Brief habe ich schon sehr lange nicht mehr geschrieben! Hoffentlich bekomme ich alle Blätter in das Kuvert hinein.

Brief von Christina an Christl aus London, 30. Mai 2024

Liebe Mutti,

ich werde Dir heute seit Langem wieder einen Brief schreiben! Meine Freundin Marta hat mich auf die Idee gebracht, als ich ihr von meinem Buchprojekt und meinen geplanten Recherchen in London erzählt habe. Sie meinte, ein solcher Brief könnte gut als Abschluss in das Buch passen. Auch Tante Maria hat mir vorgeschlagen, dass wir während meines London-Aufenthaltes eine Mailkorrespondenz führen könnten. Sie hat auf jeden Fall recht, dass das die zeitgemäßere Form des Kommunizierens ist. Aber ich fürchte, daraus wäre nichts geworden, da wir beide nicht schnell genug im Beantworten eines E-Mails sind. Ich muss ja anerkennend zugeben, dass es eine große Leistung von Dir war, dass Du während Deiner Zeit in England im Jahr 1967 so viele Briefe verfasst hast. Ich kann mir nicht vorstellen, wie sich das neben intensiven Stadtbesichtigungen ausgehen soll. Tatsächlich bin ich abends meistens ganz schön kaputt. Aber ich bin ja jetzt auch schon ein älteres Semester und kein quirliger Teenager mehr wie Du damals! Auf jeden Fall werde ich mich mit diesem Brief jetzt sehr bemühen, auch um ein bisschen wieder gutzumachen, dass ich Dir mit 18 Jahren während meines Jahres in Paris kaum geschrieben habe, während Du mir 2–3 Briefe pro Woche geschickt hast. Ich bin mir aber immer noch nicht sicher, ob Du meine Briefe nicht irgendwo versteckt hast und es sie doch gibt!!!

Heute ist mein zehnter Tag in London und langsam müssen meine Recherchen zu einem Ende kommen. Ich muss sagen, es war wirklich eine großartige Gelegenheit, eine Stadt auf den Spuren meiner Verwandten zu erkunden! Man hat einfach einen ganz anderen Blick, fokussiert nicht so sehr auf touristische Highlights, sondern mehr auf das Alltagsleben in verschiedenen Vierteln. Es ist auch ein besonderes Glück, dass Hilde und Hildegard in so tollen Gegenden gewohnt haben! Ich wohne in Belsize Park, gleich in der Nähe, wo Hilde die ersten Monate verbracht hat. Sie war ja ganz begeistert von den schönen weißen Häusern mit ihren Erkern. In einem solchen ist auch mein Apartment, allerdings habe ich nur eine kleine Garden Flat, die ich aber recht liebgewonnen habe. Mittlerweile habe ich mich sogar an das Geräusch der Underground gewöhnt, die man alle paar Minuten hört, obwohl meines Wissens nach gar keine Linie direkt unter mir durch geht.

Lustigerweise hat auch Hildes Mutter anfangs ganz in der Nähe gewohnt, und zwar in St John's Wood. Sie hat von dort Spaziergänge zur neu eröffneten Bibliothek in Hampstead unternommen, die ich sogar von innen besichtigen konnte, da das Camden Art Centre dort Ausstellungen zeitgenössischer Künstler organisiert. Außerdem ist sie abends gerne entlang der schönen Villen-Straßen Richtung Hampstead Heath gegangen. Ich habe am Sonntag einen ausgiebigen Spaziergang durch das Viertel gemacht und war auch ganz begeistert: vom stimmungsvollen Freud-Haus, das er nur kurz bewohnt hat, das dann aber von Anna zu ihrem Wohnsitz erklärt wurde. Oder vom Heath, einem naturbelassenen Wald mit prächtigen Bäumen und einem wunderbaren Blickpunkt Richtung Stadtzentrum. Die Skyline ist heute aber doch eine ganz andere als vor über 125 Jahren! Zum Glück sind in Hampstead keine Hochhäuser entstanden, sonst wäre die wunderbare Aussicht dahin.

Ich bin jetzt so ziemlich alles abgelatscht, was ich als Adresse rekonstruieren konnte. Nur die Stelle, bei der sich Hildegard in der Harley Street als Governess vermitteln lassen wollte, fehlt mir noch. Das waren jedenfalls einige Kilometer und meine Fußsohlen glühten nicht nur einmal!

Für meine Bibliotheks- und Archivrecherchen habe ich es in die British Library geschafft, wo ich bei allem lange anstehen musste und wo es mir mit Müh und Not wegen des Hackerangriffs gelang, zwei Bücher einzusehen. Umso erfreulicher war mein Besuch in der National Art Library im Victoria & Albert Museum. Ich könnte mir gut vorstellen, dort mehrere Tage zu verbringen! Sie hatten als Highlight den kleinen Katalog von der Ausstellung der Wiener Werkstätte in jener Galerie, in der Ala Heyszl gearbeitet hat. Sonst habe ich noch Filme im British Film Institute gesichtet und alte Telefonbücher im Archiv der British Telecom angeschaut. Und ganz zu Beginn war ich in der Guildhall Library, um mir ein paar Jahrgänge der Zeitschrift „The Illustrated London News“ anzusehen.

Dazwischen habe ich noch drei verschiedene Märkte besucht, wo es Stände für historische Postkarten gibt. Vor allem habe ich zweimal eine nette Händlerin aufgesucht, die eine große Auswahl an London-Karten von der Frühzeit um 1900 bis in die zweite Hälfte des 20. Jahrhunderts hatte. Am Portobello Market habe ich auch ein Mitbringsel für Dich gefunden, das Dir sicher gefallen wird! Ich werde es aber noch nicht verraten. Vielleicht nur ein kleiner Hinweis: Es hat mit Tieren zu tun, genauer gesagt: mit typisch englischen Tieren.

Außerdem habe ich mir noch einige Museen angeschaut, manche davon hatten mit meinen Interessen für das Briefprojekt zu tun, andere nicht. Das Sambourne House hat mir sehr gut gefallen, weil dort so anschaulich gezeigt wird, wie ein viktorianisches Haus mit seinen Räumen aussieht. Den Tipp dazu verdanke ich Renate. Hilde schreibt ja so oft, wie gemütlich es im Drawing Room beim offenen Kamin ist. Viele Infos habe ich auch im London Transport Museum erhalten, wo kulturhistorisch erklärt wird, wie sich der Verkehr (Tube, Busse, Straßenbahnen, Fuhrwerke, Autos, Schiffe) entwickelt hat und welche Probleme sich daraus ergeben haben. Mit meinem iPhone, das ich mir extra für diese Reise gekauft habe, habe ich alles wie wild abfotografiert! Hoffentlich habe ich genug Speicher, damit ich auch noch alle kommenden Eindrücke festhalten kann. Insbesondere an der Küste in Devon und Cornwall mit Karl wird das iPhone erneut heißlaufen. Karl fragt immer, ob ich eh nicht zu viele Fotos mache, dabei kostet es ja gar nichts mehr (außer Speicherplatz)! Ich freue mich schon, wenn ich dann im Sommer ein Fotobuch machen werde! Jetzt denke ich als halber Profi schon beim Fotografieren daran, was eine gute Geschichte für eine Seite hergeben könnte; z. B. „Look right!“, „Look left!“ und „Look both sides!“ – aber im Grunde kenne ich mich als Passantin bei Fußgänger-Übergängen noch immer nicht aus!

London ist übrigens noch viel mehr als Wien im digitalen Zeitalter angekommen. Ich bin mir nicht sicher, ob ich das gut finden soll. Bargeld ist abgeschafft, für alles zückt man seine Debitkarte und bezahlt kontaktlos! Normalerweise mache ich das nicht gerne, weil man komplett den Überblick verliert; ich kann nicht einmal sagen, wie viel mich das Fahren mit den öffentlichen Verkehrsmitteln gekostet hat. So praktisch es ist, ist es doch schade, denn die englischen Geldscheine schauen so toll aus – man wird sie aber praktisch nie los. Heute bin ich übrigens beim Speakers' Corner vorbeigekommen – kein Mensch! Anscheinend gibt es dieses Diskussionsforum nicht mehr – auch eine Begleiterscheinung der Verlegung so vieler Lebensbereiche ins Digitale. Eigentlich schade; ich hätte gerne zugehört, über welche Themen gesprochen wird und in welcher Form Streitgespräche geführt werden. Aber vielleicht würde heute die Situation eskalieren?

Ich kann mir übrigens kaum vorstellen, dass man früher im Speakers' Corner in der Öffentlichkeit so heftig diskutierte. Die Engländer sind ja so unglaublich höflich, das ist mir gleich zu Beginn aufgefallen. Immer bekommt man eine nette Antwort, wenn man nach einer Auskunft fragt, etwa um einen bestimmten Bus zu finden oder wenn man sich bezüglich der Benützungsregeln in Bibliotheken informiert. Gestern hat die Bibliothekarin im British Film Institute zu mir gesagt: „You're more than welcome!" Wie unglaublich nett! In Wien würde das kein Mensch sagen ...

Es gäbe noch so viel mehr über meine Eindrücke zu erzählen – über das Wetter, das man ja in England nicht unerwähnt lassen darf, das aber viel besser als sein Ruf ist (zumindest Ende Mai: nicht zu kalt, nicht zu warm, mit wunderbaren Wolkenformationen – kein Wunder, dass Constable Engländer war), die Naturnähe der Stadt durch die tollen Parks (ich habe viele Eichhörnchen fotografiert und grüne Papageien, bei denen ich mich frage, woher sie kommen), den Blick in die noblen Kaufhäuser, insbesondere in die Feinkostabteilungen, bei denen mir schon bei meinem ersten Aufenthalt mit 14 Jahren mit Dir die Augen übergegangen sind! Ich habe mir übrigens vorgenommen, im Sommer nach meinen alten Englandfotos zu suchen, die irgendwo in meinem Kinderzimmer sein müssen. Ich war ja, wenn ich mich recht erinnere, zweimal als Teenager in London: einmal anlässlich meines Schülerinnen-Austauschs bei einer Familie in Croydon und dann noch einmal als Studentin für einen Sprachkurs im Sommer. Komischerweise kann ich mich an so wenig erinnern, da müssten doch die Fotos helfen!

Auf jeden Fall sage ich ganz sicher nicht wie Du und Hilde, dass ich nicht mehr nach England kommen möchte! Ich war mir ja nicht sicher, ob ich London toll finden werde, aber tatsächlich bin ich durch und durch begeistert! Es gäbe noch so viel mehr zu sehen, die Stadt ist in ständiger Veränderung, auch Museen werden neu gebaut oder bald wiedereröffnet – und obwohl ich jeden Tag von 9 bis 19 Uhr in der Stadt herumgelaufen bin, ist sich nicht alles ausgegangen!

Viele Bussi,
Christina

P.S.: So einen umfangreichen Brief habe ich schon sehr lange nicht mehr geschrieben! Hoffentlich bekomme ich alle Blätter in das Kuvert hinein ...

Erst 13 Tage nachdem ich den Brief in London aufgegeben habe, erreicht dieser Wiener Neustadt. Es scheint, als ob es die mittlerweile privatisierte Royal Mail nicht allzu eilig hat, Poststücke zuzustellen – vielleicht wird auch bei auf dem traditionellen Postweg versandter Korrespondenz davon ausgegangen, dass diese keinerlei dringliche Belange darstellt; immerhin kommt die englische Bezeichnung „Snail Mail" nicht von ungefähr.

In Bezug auf unsere familiäre Tradition des Briefeschreibens stellt der Briefwechsel zwischen mir und meiner Mutter einen Schlusspunkt dar, da ich selbst keine Kinder habe. Ich bezweifle allerdings, dass diese heutzutage noch dazu zu bewegen wären, einen analogen Brief an ihre Mutter zu schreiben. So halte ich etwas wehmütig all die Briefe aus meiner Familie in der Hand, die mir wie eine Zeitkapsel erscheinen. In ihnen hat sich so viel von den Erfahrungen junger Frauen bewahrt, die die Möglichkeit genützt haben, ins Ausland zu gehen. Ihre Hoffnungen, ihr Mut, aber auch Rückschläge und Enttäuschungen werden darin geschildert. Gleichzeitig eröffnen sie die Möglichkeit, sich in die Weltstadt London zu einem konkreten Zeitpunkt zu versetzen. Die vielen Stunden, die die Verfasserinnen mit dem Berichten aus der Ferne verbracht haben, erscheinen mir in unserer heutigen sich unaufhaltsam beschleunigenden Epoche als wertvolles Gut der Muße, auf das sich nur mehr wenige einlassen. Dass sich die fragilen Schriftstücke über die Jahrzehnte erhalten haben, scheint fast ein Wunder zu sein, zählte doch Wiener Neustadt aufgrund seiner Rüstungsindustrie zu den während des Zweiten Weltkrieges durch Bombardierungen am stärksten zerstörten Städten. Diese Briefe, die ein bewegendes Zeugnis von familiärer Eltern-Kind-Korrespondenz über mehrere Generationen hinweg darstellen, sind selbst innerhalb weniger Jahrzehnte bereits zu einem historischen Kulturgut geworden. Dadurch werden sie frei, zu uns als Vermächtnis einer vergangenen Zeit zu sprechen.

Editorische Notiz

Die Auswahl der in diesem Buch wiedergegebenen Originalzitate aus den Briefen war davon geleitet, einen Fokus auf die im Ausland gemachten Erfahrungen der jungen Frauen und deren Dialog mit den Eltern, insbesondere den Müttern, zu setzen. Erzählungen über Dritte, seien es weitere Familienangehörige, befreundete Personen oder weitläufige Bekannte, wurden vorwiegend nicht in die Auswahl einbezogen. Bei der Transkription der Briefe stand die Treue zum originalen Schriftstück an erster Stelle. Oberstes Prinzip war es, dass der individuelle Stil einer jeden Autorin erhalten bleibt. So wurden beispielsweise die zu den bestimmten Zeiten gebräuchlichen Schreibweisen beibehalten. Auch wurde an allen für die Kommunikation per Brief typischen Spezifika – wie beispielsweise der Abkürzung „u." für „und", das einem ökonomischen Umgang mit dem zur Verfügung stehenden Schreibraum geschuldet ist –, nichts geändert. Gleichzeitig wurde für die Veröffentlichung der Briefzitate im Rahmen dieses Buches auf eine einfache und gefällige Lesbarkeit Rücksicht genommen. Das bedeutet, dass die zeittypischen Rechtschreibregeln beibehalten wurden, aber offensichtliche Fehler korrigiert, Namen berichtigt und abgekürzt wiedergegebene Begriffe ausgeschrieben wurden sowie in wenigen Fällen bei mehrmaligen Wiederholungen von Füllwörtern auf diese verzichtet wurde. In einem Fall wurde bei einer noch lebenden Person der Name durch ein Pseudonym ersetzt. Zudem wurde der Kontext eines Zitats ergänzt, sofern dies für dessen Verständnis notwendig war. Bei englischen Passagen wurden nur falsche Schreibweisen von einzelnen Wörtern ausgebessert, in die Satzstruktur wurde hingegen nicht eingegriffen, um den Stand der Sprachkenntnis authentisch zu vermitteln. Alle eingerückten längeren Zitate wurden um das Datum des Briefes ergänzt, sofern dies für die Einordnung in die Chronologie der Ereignisse hilfreich ist. Es wurde präzise darauf geachtet, dass sich aus allen diesen moderaten Eingriffen keine inhaltlichen Veränderungen ergeben.

Danksagung

Diese Publikation hätte ohne die großartige Unterstützung einer Vielzahl an Personen in dieser Form nicht zustande kommen können. An erster Stelle möchte ich mich bei meiner Mutter Christine Natlacen dafür bedanken, dass sie mir die in ihrer Obhut befindlichen Familienbriefe überlassen und das Vertrauen geschenkt hat, mit diesen zu arbeiten. Während des Zeitraums von mehr als zwei Jahren hat sie mich mit allen ihr zur Verfügung stehenden Möglichkeiten unterstützt. Sie hat mich nicht nur in ihrer Wohnung nach Fundstücken suchen lassen, sondern sich auch jedes Mal tatkräftig bemüht, mit ihrem exzellenten Gedächtnis alle meine Fragen zu beantworten. Es war nicht absehbar, dass sie die Drucklegung nicht mehr miterleben wird. Ihr ist dieses Buch in Dankbarkeit und Liebe gewidmet.

Die aufwendige Aufarbeitung des Briefbestandes, die Zusammenarbeit mit anderen Wissenschaftler:innen sowie die Erstellung des Manuskripts wären ohne externe finanzielle Mittel in dieser Form nicht möglich gewesen. Ich danke sehr herzlich dem Bürgermeister der Stadt Wiener Neustadt Klaus Schneeberger für seine wertvolle Orientierungshilfe zu Beginn meines Vorhabens. Insbesondere bin ich der Abteilung Wissenschaft und Forschung des Amts der Niederösterreichischen Landesregierung unter der Leitung von Martina Höllbacher zu großem Dank verpflichtet, dass dieses Projekt als förderungswürdig anerkannt wurde. Stellvertretend möchte ich mich vielmals bei meiner vorrangigen Ansprechperson Herrn Alexander Auer für seine kompetente und geduldige Betreuung bedanken.

Meinen aufrichtigen Dank möchte ich auch dem Soroptimist International Club Wiener Neustadt Maria Theresia aussprechen. Es freut mich sehr, dass dieser Verband berufstätiger Frauen, der sich in den Bereichen Frauenrechte, Bildung und Chancengleichheit einsetzt, die Trägerschaft für dieses Forschungsprojekt übernommen hat. Für ihre Unterstützung auf zahlreichen Ebenen möchte ich mich insbesondere bei den beiden während der Projektlaufzeit aktiven Präsidentinnen Marie Therese Stark und Gertraud Eppich sowie der Schatzmeisterin Ursula

Pauer-Rüel und der Schriftführerin Renate Haiden bedanken. Ursula Pauer-Rüel war mir eine überaus große und lehrreiche Hilfe bei der Abrechnung, Renate Haiden hat vorbehaltlos ihr umfassendes Wissen über die englische Kulturgeschichte mit mir geteilt, sei es mit wertvollen Tipps für meinen Rechercheaufenthalt in London oder als Ansprechperson bei kniffligen Fragen, die ich ohne ihre Hilfe nicht zu lösen gewusst hätte.

Die Publikation war von Anfang an als interdisziplinäre Zusammenarbeit gedacht, da ein multiperspektivischer Blick auf das Briefmaterial es erst ermöglicht, seine Inhalte in verschiedene Forschungsfelder einzureihen und daraus neues Wissen zu generieren. Es ist jedoch keinesfalls selbstverständlich, dass andere Autor:innen dazu bereit sind, sich für einen Fachbeitrag aus ihrer Disziplin auf das umfangreiche Material einzulassen. Dies wäre ohne Vertrauensvorschuss und ohne eine große Offenheit dem Projekt gegenüber nicht möglich gewesen. Ich möchte mich daher bei den Gastautor:innen Julia Festman, Gerhard Geissl, Li Gerhalter, Tanja Schwan und Karl Zillinger von ganzem Herzen dafür bedanken, dass sie sich auf so wunderbare Weise mit den Inhalten der Briefe beschäftigt und dieses Buch mit ihrem objektiven Blick auf das Material ungemein bereichert haben.

Zu Beginn der Aufarbeitung des vorliegenden Briefbestandes war meine Unsicherheit groß, wie ich als Bildwissenschaftlerin mit diesen privaten Textquellen angemessen umgehen soll. Eine große Hilfe, dabei einen Weg zu finden, waren mir zwei Gespräche mit Expertinnen auf diesem Gebiet, Christa Ehrmann-Hämmerle und Brigitte Semanek, denen ich meinen Dank für ihre kollegiale anfängliche Unterstützung aussprechen möchte. Ganz herzlich bedanken möchte ich mich auch für Hinweise und Hilfestellungen für meine Recherchen in London, die mir Waltraud Dennhardt-Herzog und ihr Mitarbeiterinnen-Team vom Austrian Cultural Forum London zukommen lassen haben. Äußerst konstruktiv verlief auch die Zusammenarbeit mit Günter Bräuhofer, der sich dazu bereit erklärt hat, umfassende Teile des Briefbestandes zu transkribieren. Nach einigen unzureichenden Versuchen meinerseits war meine Erleichterung groß, dass sich ein Fachmann der Briefe annahm. Dem auf Medienrecht spezialisierten Rechtsanwalt Peter Zöchbauer danke ich dafür, dass er mir in zwei sehr aufschlussreichen Gesprächen alle meine

Fragen bezüglich der Veröffentlichung von privatem Briefmaterial von rechtlicher Seite her kompetent und verständlich beantwortete. Während der ganzen Projektlaufzeit wurde ich von Saskia Haag auf wundervolle Weise begleitet. Sie hat mich mit ihrem germanistischen Fachwissen auf vielen Ebenen unterstützt: von zahlreichen hilfreichen Literaturhinweisen über kritisches Feedback als Leserin bis hin zu Tipps bei der Verlagssuche. Mein letzter großer Helfer war dankenswerterweise Michael Reitter-Kollmann, der sich dazu bereit erklärte, die Abbildungen für das Buch zu erstellen.

Dieses Projekt erwies sich als glückliche Fügung, um familiäre Beziehungen und Kontakte zu pflegen, beziehungsweise diese überhaupt erst zu initiieren. Vor allem möchte ich mich bei meinen Verwandten für ihre positive Aufnahme und ihre vorbehaltlose Unterstützung meines Vorhabens der Publikation des vorliegenden Briefbestandes bedanken. Insbesondere Gudrun Schulze und Gerold Petritsch verdanke ich zahlreiche Informationen und Hinweise zur Familiengeschichte. Ich habe mich von ihnen und ihren Geschwistern auf sehr wohlwollende Weise begleitet gefühlt. Ohne die umfassenden genealogischen Vorarbeiten ihres Vaters hätten mir wesentliche Informationen gefehlt. Ich bin ihnen sehr dankbar, dass sie all ihr Wissen mit mir geteilt und mich auf vielen Ebenen tatkräftig unterstützt haben. Genauso stand Cora Teufelsdorfer meiner Aufarbeitung der Briefe, in denen ihr Vater oftmals erwähnt wird, von Anfang an positiv gegenüber. Ich danke ihr vielmals, dass sie ihre Kindheitserinnerungen mit mir geteilt und mir ihr Vertrauen geschenkt hat. Zudem bin ich sehr glücklich, dass eine Kontaktaufnahme mit den Kindern von Scott und Margot Bullick erfolgreich verlief und ich von ihrer Seite sehr viel Entgegenkommen und positive Anteilnahme an meinem Vorhaben erfahren habe. Besonders gefreut hat mich die persönliche Begegnung mit Julia Morgan, die noch kurz vor der Finalisierung des Manuskripts erfolgte.

Zahlreiche Personen haben mich bei meiner Suche nach einem geeigneten Verlag unterstützt. Stellvertretend für viele andere, die mir mit wertvollen Tipps zur Seite gestanden sind, möchte ich Rainer Iglar, Michael Mauracher, Birgit Trinker, Sonja Franzke, Rudolf Holzer, Hedy Haberl, Natascha Petersch und Sabine Rauth nennen. Es freut mich ganz außerordentlich, dass sich der Otto Müller Verlag meines Manuskripts mit Verve und hoher Professionalität angenommen hat. Ich bedanke mich bei der Verlagsleiterin Nadine Hötzendorfer-Fejzuli und ihrem Team, insbesondere der Lektorin Christine Rechberger, auf das Herzlichste für die gute, verlässliche und konstruktive Zusammenarbeit.

In meinem privaten Umfeld haben sich viele Personen für mein Buchprojekt interessiert und es während des Zeitraums seiner Entstehung mit tatkräftiger Hilfe unterstützt. Diese haben nicht nur meinen Erzählungen zum Projektverlauf geduldig Gehör geschenkt, sondern zum Teil auch aktiv an der Entstehung des Manuskripts mitgewirkt. Ich danke ganz herzlich Ulrike Riha, deren Begeisterung für familiengenealogische Forschungen Ergebnisse zu Tage gebracht hat, die ich nie für möglich gehalten habe. Es ist wunderbar, dass sie mir diese zur Verfügung stellte! Sehr wertvoll war für mich zudem das Feedback meiner beiden Erstleserinnen des Manuskripts, Renate Haiden und Doris Buchner-Dornetshuber. Ihr jeweiliger kritischer Blick auf das Verfasste, seine Lücken und Unzulänglichkeiten, waren mir eine äußerst wichtige Hilfestellung. Es haben noch viele weitere Personen das Buch mit ihren Ideen bereichert und begleitet, so etwa Jasper Otto Eisenecker, Nikola Langreiter, Marta Mauro, Rebekka Bauer und Marijana Erstić. All jene, die hier nicht genannt sind, können sich dennoch meines ehrlichen Dankes gewiss sein.

Meine Familie war über Jahrzehnte mit Frau Getrud Buttlar-Elberberg (1934–2023), geborene Gerhartl, befreundet. Sie war als Historikerin über drei Jahrzehnte Leiterin und Direktorin des Stadtarchivs Wiener Neustadt. Als ich begonnen habe zu studieren, war sie mir als einzige Wissenschaftlerin im Freundeskreis meiner Eltern ein großes Vorbild. Bis zu ihrem Tod ist sie neugierig geblieben und hat mit Leib und Seele geforscht. Mit diesem Buch, zu dem sie mich noch ermutigt hat, möchte ich an ihr umfassendes Werk zur Stadtgeschichte von Wiener Neustadt erinnern.

Anmerkungen

Eine Schachtel voller Briefe

[1] Vgl. Siegfried Kracauer: Die Angestellten, Frankfurt am Main 1977; ders.: Das Ornament der Masse. Essays, Frankfurt am Main 2009; Menschen am Sonntag, Regie: Robert Siodmak et al., D 1930.

[2] Arno Geiger: Das glückliche Geheimnis, Carl Hanser Verlag, München 2023, S. 96.

„Der große Sprung in die Weite“

Meine Urgroßmutter Hildegard 1898 bis 1900 in England

[1] Siehe Michaela Jonach, der die wissenschaftlich umfassendste Aufarbeitung der Privat-Lehr- und Erziehungsanstalt Leopoldine Petritsch zu verdanken ist (vgl. dies.: Geschichte der Mädchen- und Frauenbildung in Kärnten. Von den Anfängen bis zum Ersten Weltkrieg, Dissertation Universität Klagenfurt 1999, S. 229–237).

[2] Wertvolles Wissen zu den Tanten von Hildegard verdanke ich den Recherchen von Ernst Ludwig Petritsch (1918–2005), der bereits ab den 1980er-Jahren umfassende Nachforschungen zur Familiengeschichte und deren Verschriftlichung vorgenommen hat. So liegt mir etwa von ihm ein 43-seitiges unveröffentlichtes Typoskript mit dem Titel *Die Töchter des Hauses Petritsch (1831–1932)* vor, das grundlegende Informationen zu den Schwestern Petritsch, die alle in der von Leopoldine gegründeten privaten Mädchenschule tätig waren, enthält. Der Aufenthalt von Leopoldine Petritsch im Schweizer Grandson ist in einem Nachruf dokumentiert (vgl. Ein biographischer Nachruf, in der Rubrik *Schulzeitung*, in: Der Patriot, Heft 1, 1878, S. 4 f., hier S. 4), die Tätigkeit von Gabriele Petritsch an der Universität Genf geht aus den entsprechenden Publikationen vom Wintersemester 1877/78 bis zum Wintersemester 1878/79 mit dem Titel *Liste des autorités, professeurs, étudiants et assistants de l'Université de Genève* hervor. Ich danke Ulrike Riha sehr herzlich für diese Hinweise.

[3] Vgl. dazu Wolfgang Gippert: Das Ausland als Chance und Modell: Frauenbildung im viktorianischen England im Spiegel von Erfahrungsberichten deutscher Lehrerinnen, in: ders. et al. (Hg.): Transkulturalität. Gender- und bildungshistorische Perspektiven, Bielefeld 2008, S. 181–199, hier S. 182 f.; Edith Glaser: Lehrerinnen und Erzieherinnen unterwegs in Europa. Beitrag zum Themenschwerpunkt ‚Europäische Geschichte – Geschlechtergeschichte‘, in: Themenportal Europäische Geschichte, 2009, https://www.europa.clio-online.de/essay/id/fdae-1502, letzter Zugriff: 12.03.2025. Für den Hinweis auf den Text von Edith Glaser danke ich herzlich Li Gerhalter.

4 Vgl. Governesses' Benevolent Institution, in: Myra's Journal of Dress and Fashion, 01 December 1894, S. 35; The Outlook for Governesses, in: The Queen, 28 March 1896, S. 556.

5 Vgl. Meta Wellmer: Das Governesses Home in Harley Street, London, in: Die Frauenwelt. Illustrirte Muster- und Modezeitung, 15. November 1872, S. 341.

6 Vgl. The Homeless Governess!, anonymer Leserbrief in: The Morning Post, 20 August 1897, S. 2; The Homeless Governess, in: The Morning Post, 24 August 1897, S. 3. Auch im Vergleich zu einem Arbeitergehalt wie dem eines Maurers erscheint Hildegards Lohn von £2 pro Monat als sehr bescheiden: Maurer verdienten nämlich zu dieser Zeit bis zu £2 pro Woche. Allerdings muss hierbei berücksichtigt werden, dass Gouvernanten keine Wohn- und Lebensmittelkosten tragen mussten und alleinstehend waren. Von den niedrigeren Arbeiterlöhnen mussten für die Familie rund 64 Prozent für Nahrungsmittel und zwischen 6 Shilling 6 Pence und 7 Shilling 6 Pence pro Woche für die Miete einer Drei-Zimmer-Wohnung in London aufgewendet werden (vgl. Carl von Tyszka: Die Lebenshaltung der arbeitenden Klassen in den bedeutenderen Industriestaaten: England, Deutschland, Frankreich, Belgien und Vereinigte Staaten von Amerika, Jena 1912, S. 10, 20 und 34).

7 Ein Gulden im Jahr 1899 entspricht laut Historischem Währungsrechner der Oesterreichischen Nationalbank etwas mehr als 18 Euro im Jahr 2025 (vgl. https://finanzbildung.oenb.at/docroot/waehrungsrechner, letzter Zugriff: 18.04.2025).

8 Die 1849 erlassene niederösterreichische Gemeindewahlordnung ermöglichte es wenigen Frauen, die hohe Steuerleistungen zahlten, zu wählen – allerdings mussten sie sich bei der Wahl von einem Mann vertreten lassen. Es ist daher weit gefehlt, dies als allgemeines Frauenwahlrecht zu bezeichnen, dennoch war dieses Recht anderen Bundesländern voraus (vgl. Die Wählerin seit 1918. 100 Jahre Frauenwahlrecht, S. 11, https://www.noe.gv.at/noe/Frauen/FWR_NOE_205x260_ND_web.pdf, letzter Zugriff: 03.03.2025).

9 Vgl. Ein Kongreß gegen die Prostitution, in: Arbeiter-Zeitung, 28. Juli 1898, S. 4.

10 Vgl. folgende zwei Berichte über den Kongress: State Regulation of Vice, in: Birmingham Mail, 14 July 1898, S. 3; The Ladies' Conference, in: The Woman's Signal, 21 July 1898, S. 453.

11 Vgl. Three Days' Conference, in: The Woman's Signal, 21 July 1898, S. 453 f.

12 Vgl. Damen wählen. Die Frauenrechtlerinnen Auguste Fickert, Marie Lang und Rosa Mayreder, ein Beitrag von Lea Roma in der Sendereihe *Hörbilder* von Ö1, Erstausstrahlung 9. März 2024.

13 Ebd. Der zitierte Brief befindet sich in der Sammlung der Wienbibliothek im Rathaus.

14 Vgl. Henry Harben (insurer), in: Wikipedia, https://en.wikipedia.org/wiki/Henry_Harben_(insurer), letzter Zugriff: 13.03.2025.

15 Vgl. Sir Henry Harben's Gift, in: The Kilburn Times, 12 November 1897, S. 6; The Hampstead Central Library, in: Hampstead and Highgate Express, 13 November 1897, S. 5 f.; New Hampstead Library, in: Lloyd's Weekly Newspaper, 14 November 1897, S. 6.

16 Our Vienna Letter. The British Gas Company, in: The Morning Post, 22 July 1898, S. 5.

17 Vgl. The Vienna Municipial Scandal, in: The Evening Mail, 12 October 1898, S. 2.

18 Vgl. The Emperor of Austria and the Anglophobes, in: St James's Gazette, 07 April 1900, S. 15.

19 Vgl. beispielsweise Down with the Jews! Anti-Semitism in Austria Grows in Intensity and Extent, in: The Morning Leader, 12 May 1898, S. 8.

20 Anti-Jewish Anarchy, in: Manchester Weekly Times, 4 February 1898, S. 15.

21 An Anglophobist's Defeat, in: The Northern Guardian, 10 September 1898, S. 3.

22 Anti-Semitism in Austria, in: The Morning Leader, 26 August 1898, S. 7.

23 Vgl. Günter Feltl: 150 Jahre österreichische Gewerbepolitik unter dem Aspekt der Zugangsvoraussetzungen zur Gewerbeausübung, Diplomarbeit Universität Wien 2022, siehe insbesondere S. 90–100.

24 Vgl. u. a.: Racial Rivalry in Parliament, in: The Morning Post, 07 June 1898, S. 7; The Reichsrath, in: The Morning Post, 11 June 1898, S. 8; Austro-Hungarian Politics, in: The Morning Post, 16 July 1898, S. 6; A Perilous State, in: The South-West Suffolk Echo, 11 June 1898, S. 2.

25 Beispielsweise in diesem Artikel: Austria's Deplorable Reichsrath, in: Pall Mall Gazette, 21 June 1898, S. 7.

26 Permutations and Combinations, in: Pall Mall Gazette, 03 June 1898, S. 1.

27 Für diesen Hinweis danke ich Karl Zillinger.

28 Vgl. Harald Binder: Galizien in Wien. Parteien, Wahlen, Fraktionen und Abgeordnete im Übergang zur Massenpolitik, Wien 2005, S. 361–363.

29 Laut Tyszka kostete ein 4 Pfund schwerer Brotlaib (das entspricht etwas weniger als 2 kg) 1899/1900 in London 5,6 Pence. Der Einzelticketpreis der Underground war auch um ein Vielfaches höher als die Wochenkarte für Arbeiter:innen, die staatlich gestützt war: Diese kostete beispielsweise für einen Bauarbeiter, der aus Richmond nach London pendelte, 3 Shilling (= 36 Pence) pro Woche (vgl. Carl von Tyszka: Löhne und Lebenskosten in Westeuropa im 19. Jahrhundert (Frankreich, England, Spanien, Belgien), Leipzig 1914, S. 115 und 184).

30 Vgl. Earls Court Exhibition Centre, in: Wikipedia, https://de.wikipedia.org/wiki/Earls_Court_Exhibition_Centre, letzter Zugriff: 12.03.2025.

31 Vgl. etwa: Earl's Court Exhibition, in: The Scotsman, 06 May 1898, S. 10; The Earl's Court Exhibition, in: Lloyd's Weekly Newspaper, 08 May 1898, S. 13; Earl's Court Exhibition, in: The Morning Post, 09 May 1898, S. 3.

32 So lautet die Bezeichnung in einer Ankündigung des Programms (Annonce auf der Titelseite in: St James's Gazette, 29 April 1898, S. 1).

33 The Naval Display at Earl's Court, in: The Sporting Life, 07 May 1898, S. 1.

34 Ausgehend von zwei von Carl Stölzle rund um 1835 gegründeten Glashütten im Waldviertel entwickelte sich ein weitreichendes Unternehmen für Glasprodukte, das ab 1898 mit dem k.k. Privileg ausgezeichnet wurde (vgl. Stoelzle-Glasgruppe, in: Wikipedia, https://de.wikipedia.org/wiki/Stoelzle-Glasgruppe, letzter Zugriff: 10.03.2025).

35 Mit „Marinär" ist ein Angehöriger der Marine gemeint.

36 Knicker lautet ein altertümlicher Ausdruck für „Geizhals", siehe Frühneuhochdeutsches Wörterbuch, https://fwb-online.de/lemma/knicker.s.0m, letzter Zugriff: 10.03.2025.

37 Der Begriff „Toilette" bezeichnete ursprünglich den Vorgang des Ankleidens von Hofdamen und wurde in Folge insbesondere für festliche Kleidung verwendet (vgl. Toilette, in: Wikipedia, https://de.wikipedia.org/wiki/Toilette, letzter Zugriff: 10.03.2025). Mit den hier erwähnten „Soirée-Toiletten" sind exquisite Abendroben gemeint.

38 Vgl. Marie Souvestre 1835–1905, in: Marie-Françoise Bastit-Lesourd: Émile Souvestre, Blog, https://ouestfigureshistoriques.wordpress.com/famille-souvestre/21-2/, letzter Zugriff: 08.03.2025.

39 Den Bezug zu Hans Christian Andersens Märchen *Die Stopfnadel* verdanke ich einer zeitgenössischen Buchkritik, vgl. Dream Days in der Rubrik *The Book Shelf*, in: Liverpool Daily Post, 11 April 1944, S. 2. Andersen erzählt von einer Stopfnadel, die sich für etwas Besseres hält, letztlich jedoch – weiterhin ihre hochmütige Illusion aufrechthaltend – in der Gosse landet.

40 Vgl. Marjorie Mack: The Educated Pin, London 1944, siehe insbesondere das Kapitel „Il faut savoir donner un baiser", S. 90–109.

41 Zu diesem Schluss komme ich nach der Lektüre von Edith Glasers bereits erwähntem Beitrag, in dem sich eine entsprechende Notiz zu einem Lebenslauf einer Erzieherin, die in die Rolle einer Lehrerin wechselt, findet (vgl. Glaser: Lehrerinnen und Erzieherinnen unterwegs in Europa).

42 Vgl. Mack: The Educated Pin, siehe insbesondere S. 101.

[43] Eleanor Roosevelt: The Autobiography of Eleanor Roosevelt, New York [Originalausgabe unter dem Titel *This is my Story* 1937] 1961, siehe insbesondere Kapitel 2, „Adolescence“, S. 18–32.

[44] Das erwähnte Zeugnis zählt zu den online zur Verfügung gestellten Dokumenten der Franklin D. Roosevelt Presidential Library, siehe Rubrik *Documents* unter http://www.fdrlibraryvirtualtour.org/page04-05.asp, letzter Zugriff: 10.03.2025.

[45] David Michaelis: Eleanor, New York 2020, S. 55.

[46] Ebd., S. 57.

[47] Mit „Taille“ ist hier ein Kleidungsstück für die Frau gemeint, das ein eng geschnittenes Oberteil eines zweiteiligen Frauenkleides bezeichnet; vgl. Taille (Kleidungsstück), in: Wikipedia, https://de.wikipedia.org/wiki/Taille_(Kleidungsstück), letzter Zugriff: 10.03.2025.

[48] Transkript des Arbeitszeugnisses: „Mademoiselle Petritsch étant entrée dans mon pensionnat le 1er mai 1899 et me quittant le 1er juillet 1900 est donc restée 15 mois dans ma maison qu'elle quitte pour rentrer à Vienne à son pays. C'est une personne parfaitement obligeante et du souci entrant dans tous les intérêts de ceux qui l'emploient et elle a fait faire dans la conversation Allemande aux élèves qui lui étaient confiées des progrès sensibles. Je suis toujours disposé à donner des renseignements plus circonstanciés aux personnes que désirant l'employer s'adresseront à moi.
Marie Souvestre.“

[49] Vgl. Olivia: Olivia, Wien/Hamburg 1950.

[50] Gunilla Budde beschreibt es als typisch, dass ein Großteil der Gouvernanten später die Lehrerinnenlaufbahn einschlug (vgl. Gunilla Budde: Als Erzieherinnen in Europa unterwegs: Gouvernanten, governesses und gouvernantes, in: EGO – Europäische Geschichte online, https://www.ieg-ego.eu/de/threads/europa-unterwegs/arbeitsmigration-wirtschaftsmigration/gunilla-budde-als-erzieherinnen-in-europa-unterwegs-gouvernanten-governesses-und-gouvernantes, siehe insbesondere den Abschnitt *Das Ende der Gouvernantenkarriere*, letzter Zugriff: 03.03.2025).

[51] In Niederösterreich ist es vorher jedoch schon zwischen 1870 und 1905 möglich gewesen, als verheiratete Frau in Volksschulen zu unterrichten (vgl. Ulrich Nachbaur: Lehrerinnenzölibat. Zur Geschichte der Pflichtschullehrerinnen in Vorarlberg im Vergleich mit anderen Ländern, Regensburg 2011, S. 86).

Li Gerhalter
„Man könnte 10 Augen brauchen, um nichts zu übersehen."
Briefe und andere Selbstzeugnisse als unbezahlbare Quellen für die historische Forschung

1 Die historischen Akteurinnen der Familien Slezak, Petritsch und Stainer werden in diesem Text der Einfachheit halber jeweils mit dem Nachnamen genannt, den sie vor ihrer Verheiratung hatten.

2 Weiterführende Informationen, Literaturangaben und direkte Zitate der folgenden Ausführungen finden sich in: Li Gerhalter: Tagebücher als Quellen. Forschungsfelder und Sammlungen seit 1800 (L'Homme Schriften 27), Göttingen 2021, S. 251–358.

3 Der Vollständigkeit halber ist hier zu erwähnen: Abgesehen von ihrem nachhaltigen Erfolg sind Einrichtungen wie die Dokumentation lebensgeschichtlicher Aufzeichnungen oder die Sammlung Frauennachlässe bezogen auf ihre Ausstattung verhältnismäßig klein. Beide Sammlungen waren bisher fix nur mit einer Teilzeitstelle besetzt.

4 Einen Überblick über die Forschungsarbeiten mit den Quellen aus dem Bestand der Sammlung Frauennachlässe gibt es auf der Webseite unter https://sfn.univie.ac.at/hauptmenue/forschung-veroeffentlichungen/, letzter Zugriff: 01.02.2025.

5 Vgl. Maria Gremel: Mit neun Jahren im Dienst. Ein Leben im Stübl und auf dem Bauernhof 1900–1930 (Damit es nicht verlorengeht ... 1), Wien/Köln/Weimar 1983.

6 Günter Müller: Einführung und editorische Anmerkungen, in: Dokumentation lebensgeschichtlicher Aufzeichnungen (Hg.): Kinder – Küche – Karriere. Acht Frauen erzählen (Damit es nicht verlorengeht ... 67), Wien/Köln/Weimar 2013, S. 7–16, hier S. 7 f.

7 Vgl. Barbara Waß: Mein Vater, Holzknecht und Bergbauer (Damit es nicht verlorengeht ... 6), Wien/Köln/Weimar 1985, oder dies.: Für sie gab es immer nur die Alm: Aus dem Leben einer Sennerin (Damit es nicht verlorengeht ... 16), Wien/Köln/Weimar 1988.

8 Ilse B. [Pseudonym] und Christina N. [Pseudonym]: E-Mails an die Sammlung Frauennachlässe, April 2011 und August 2016. Weiterführend: Gerhalter: Tagebücher als Quellen, S. 293–317.

9 Zur Überlieferung von literarischen Nachlässen siehe u. a.: Ursula A. Schneider und Annette Steinsiek: Hopp oder Dropp? Die ökonomische Bedingtheit literarischer Überlieferung, in: Sieglinde Klettenhammer (Hg.): Literatur und Ökonomie (Angewandte Literaturwissenschaft 8), Innsbruck/Wien/Bozen 2010, S. 200–220.

10 Zur Rolle vom Bewegen in öffentlichen Räumen für die Emanzipation von Frauen siehe Katya Motyl: Embodied Histories. New Womanhood in Vienna, 1894–1934, Chicago 2024.

Julia Festman
Sprachen lernen und lehren – früher und heute
Ein Kontrast am Beispiel der Pionierin Hildegard

1 Vgl. Heiner Böttger: Englisch lernen in der Grundschule, Bad Heilbrunn 2020.

2 Vgl. Friederike Klippel: Englischlernen im 18. und 19. Jahrhundert. Die Geschichte der Lehrbücher und Unterrichtsmethoden, Münster 1994.

3 Vgl. Hermann Klinghardt: Ein Jahr Erfahrungen mit der neuen Methode. Bericht über den Unterricht mit einer englischen Anfängerklasse im Schuljahre 1887/88. Zugleich eine Anleitung für jüngere Fachgenossen, Marburg 1888.

4 Vgl. Gerhard Leitner: Weltsprache Englisch. Vom angelsächsischen Dialekt zur globalen Lingua franca, München 2009.

5 Vgl. ebd.

6 Vgl. Bernhard Pöll: Französisch außerhalb Frankreichs. Geschichte, Status und Profil regionaler und nationaler Varietäten (Romanistische Arbeitshefte 42), Berlin 2017.

7 Vgl. Friederike Klippel, Elisabeth Kolb, und Felicitas Sharp (Hg.): Schulsprachenpolitik und fremdsprachliche Unterrichtspraxis. Historische Schlaglichter zwischen 1800 und 1989, Münster/New York 2013.

8 Annemarie Steidl: Jung, ledig, räumlich mobil und weiblich. Von den Ländern der Habsburgermonarchie in die Vereinigten Staaten der USA, in: L'Homme. Europäische Zeitschrift für Feministische Geschichtswissenschaft, Heft 2: Auf der Flucht, 2004, S. 249–269, hier S. 249.

9 Vgl. Sylvia Hahn: Fremde Frauen. Migration und Erwerbstätigkeit von Frauen am Beispiel von Wiener Neustadt, in: Zeitgeschichte, Heft 5/6, 1993, S. 139–157 und dies.: Nowhere at home? Female migrants in the nineteenth-century Habsburg Empire, in: Pamela Sharpe (Hg.): Women, Gender and Labour Migration. Historical and Global Perspectives, London/New York, 2001, S. 108–126.

Karl Zillinger
Das liberale Bürgertum in Österreich von der Monarchie bis in die 1930er-Jahre
Politik zwischen Anpassung, Auflehnung und Neubeginn

1 Vgl. Klaus Koch: ‚Hinauswerfen aus Deutschland lassen wir uns nicht!' Vom engen Bund zum weiteren Bund. Österreich und die deutsche Frage 1848/49, in: Marija Wakounig et al. (Hg.): Nation, Nationalitäten und Nationalismus im östlichen Europa, Berlin/Wien 2010, S. 505–516, hier S. 505.

[2] Vgl. Angela Luise Heinemann: Studenten im Aufbruch. Die Entstehung der Jenaer Urburschenschaft und das Wartburgfest als mediale Inszenierung, in: Harald Lönnecker (Hg.): ‚Deutschland immer gedient zu haben ist unser höchstes Lob!'. Zweihundert Jahre deutsche Burschenschaften. Eine Festschrift zur 200. Wiederkehr des Gründungstages der Burschenschaft am 12. Juni 1815 in Jena, Heidelberg 2015, S. 1–78, hier S. 49.

[3] Vgl. Wolfram Siemann: Metternich. Staatsmann zwischen Restauration und Moderne, München 2010, siehe insbesondere S. 68–70.

[4] Vgl. Roland Schmidl: Der Deutsche Turnerbund (1919) und seine politische Relevanz in der ersten Republik, Dissertation Universität Wien 1978.

[5] Vgl. Hannelore Burger: Über das Problem der Staatssprache. Der Konflikt um die deutsche Staatssprache in Cisleithanien oder: Sprache, Nation und Identität in der habsburgischen Monarchie 1880–1900, Diplomarbeit Universität Wien 1987, S. 80.

[6] Vgl. Markus E. Haider: Politische Sprache und ‚österreichische' Nation von 1866–1938, Dissertation Universität Salzburg 1994, siehe insbesondere S. 113–120.

[7] Vgl. John W. Boyer: Karl Lueger (1844–1910). Christlichsoziale Politik als Beruf, Wien 2010, S. 208.

[8] Vgl. Edith Pachinger: Die Badenischen Sprachenverordnungen im Spiegel der steirischen Presse, Dissertation Universität Innsbruck 1945.

[9] Vgl. Berthold Sutter: Die politische und rechtliche Stellung der Deutschen in Österreich 1848 bis 1918, in: Adam Wandruszka et al. (Hg.): Die Habsburgermonarchie 1848–1918, Band 3: Die Völker des Reiches 1, Wien 1980, S. 154–339, hier S. 212 und 238; Brigitte Hamann et al.: Hitlers Wien. Lehrjahre eines Diktators, Wien/Graz 2022, S. 165 ff.

[10] Vgl. Isabella Ackerl: Die Großdeutsche Volkspartei 1920–1934. Versuch einer Parteigeschichte, Dissertation Universität Wien 1967, S. 102.

[11] Vgl. Walter Wiltschegg: Die Heimwehr. Eine unwiderstehliche Volksbewegung?, Wien 1985, S. 134 und 321.

[12] Vgl. Gertrud Gerhartl: Wiener Neustadt. Geschichte, Kunst, Kultur, Wirtschaft, Wien 1978, S. 481–483.

[13] Vgl. Manfried Rauchensteiner: Unter Beobachtung. Österreich seit 1918, Wien/Köln/Weimar 2017, S. 96.

[14] Vgl. Ernst Bruckmüller: Aspekte der Geschichte des österreichischen Bürgertums als Erklärungsfaktoren für ‚1938', in: Christliche Demokratie. Schriften des Karl-von-Vogelsang-Instituts, Heft 4: Der ‚Anschluß' im März 1938, 1988, S. 281–288, hier S. 287.

[15] Vgl. Gerhard Botz: War der ‚Anschluß' erzwungen?, in: Félix Kreissler (Hg.): Fünfzig Jahre danach – der ‚Anschluß' von innen und außen gesehen, Wien/Zürich 1989, S. 97–119.

[16] Vgl. Dirk Hänisch: Die österreichischen NSDAP-Wähler, Wien/Köln/Weimar 1998, S. 90.

[17] Vgl. Thomas Dostal: Die Großdeutsche Volkspartei, in: Emmerich Tálos (Hg.): Handbuch des politischen Systems Österreichs. Erste Republik 1918–1933, Wien 1995, S. 195–206, hier S. 206.

[18] Vgl. Dirk Rupnow: Der Parlamentarismus unter Druck (1930–1933), in: Bernhard Hachleitner et al. (Hg.): Die Zerstörung der Demokratie. Österreich: März 1933 bis Februar 1934, Ausstellungskatalog Wienbibliothek im Rathaus und Wien Museum, Salzburg/Wien 2023, S. 20–26, hier S. 26.

[19] Vgl. Ackerl: Großdeutsche Volkspartei, S. 300.

[20] Vgl. Robert Kriechbaumer: Ein Vaterländisches Bilderbuch. Propaganda, Selbstinszenierung und Ästhetik der Vaterländischen Front 1933–1938, Wien/Köln/Weimar 2002, S. 30.

[21] Vgl. Wiltschegg: Heimwehr, S. 264.

[22] Vgl. Kriechbaumer: Vaterländisches Bilderbuch, S. 31.

[23] Botz: Anschluß, S. 111.

„Recht jung für die Fremde, aber nicht zu jung“
Meine Großmutter Hilde 1929 und 1930 in London

[1] Mir liegt die Maturantenliste 1897–1966 vom Bundesgymnasium Babenbergerring Wiener Neustadt vor, in der nach 1929 keine Schülerin mehr bis 1966 aufscheint. Ich danke sehr herzlich Gerold Petritsch für die Zur-Verfügung-Stellung dieses Dokuments.

[2] Vgl. Gerhard Geissl: Frauen und Bildung in Österreich. Eckdaten, Wiener Neustadt 2002.

[3] Vgl. Leopold Seltenhammer: Aus der Geschichte der Schule, in: Festschrift Bundesgymnasium für Mädchen und Wirtschaftskundliches Realgymnasium 1965, S. 20–28, hier S. 21.

[4] Der Begriff „Gagist“ stammt aus dem k. u. k. Militärwesen und bezeichnet Offiziere und höhere Unteroffiziere, die im Gegensatz zu den Armeeangehörigen niedriger Ränge eine monatliche Gage bezogen (vgl. Gagist, in: Wikipedia, https://de.wikipedia.org/wiki/Gagist, letzter Zugriff: 12.03.2025).

[5] Lieutenant Alfred Christian Cleeves, in: Find a Grave, https://de.findagrave.com/memorial/122237937/alfred-christian-cleeves, letzter Zugriff: 10.03.2025.

6 In Wahrheit ist Janet Olave Cleeves 1929 bereits 35 Jahre alt.

7 Vgl. Kaufkraft eines britischen Pfund Sterling (£) in den Jahren von 1209 bis 2019, in: Statista, https://de.statista.com/statistik/daten/studie/1066473/umfrage/kaufkraft-eines-britischen-pfund-sterling/, letzter Zugriff: 03.03.2025.

8 Ab 1909 entwickelte das Gastrounternehmen Lyons eine Kette an Teestuben, die überaus populär wurden und zur Blütezeit an mehr als 200 Standorten existierten. Es handelte sich um Lokale, die ein breites Publikum ansprachen (vgl. J. Lyons & Co., in: Wikipedia, https://en.wikipedia.org/wiki/J._Lyons_and_Co., letzter Zugriff: 11.03.2025).

9 The Toll of the Traffic: London as a Death Trap und Protecting the ‚Jay Walker': Seeking to Lessen Traffic Deaths, in: The Illustrated London News, 26 October 1929, S. 726 f.

10 Ward, Lock & Co. (Hg.): A Pictorial and Descriptive Guide to London and its Environs, London 1909, S. 146.

11 Dies ist historisch nicht richtig. Tatsächlich waren es italienische Kampfschwimmer, die das Boot der k. u. k. Marine mit Sprengsätzen versahen und im Hafen von Pola versenkten.

12 Deborah S. Ryan: ‚All the World and Her Husband'. The *Daily Mail* Ideal Home Exhibition 1908–39, in: Maggie Andrews u. Mary M. Talbot (Hg.): All the World and Her Husband. Women in Twentieth-Century Consumer Culture, New York 2000, S. 10–22.

13 Vgl. beispielsweise Sound Film Exhibit at Olympia, in: The Bioscope, 26 March 1930, S. xii des Heftteils *Modern Cinema Technique*; Nurseries of the Nations, in: Hampstead and St John's Wood Advertiser, 27 March 1930, S. 7; Ideal Home Exhibition. Better than Ever, in: The West London Observer, 28 March 1930, S. 11; His Master's Voice at Olympia, in: The South Bristol Free Press and Bedminster, Knowle & Brislington Record, 29 March 1930, S. 3; Olympia's Shop-Window, in: Sunday Pictorial, 30 March 1930, S. 23.

14 Paradise for Children. Nurseries for all the Nations, in: Sunday Dispatch, 16 March 1930, S. 9.

15 Vgl. The Nurseries of the Future, in: The Sphere, 29 March 1930, S. 553; An English Nursery of To-Day & A Nursery of 1960, in: The Illustrated London News, 29 March 1930, S. 532.

16 So die ursprüngliche Bezeichnung der beiden Stühle, wie sie auch im Katalog der Ausstellung vermerkt ist (vgl. Daily Mail Ideal Home Exhibition. Catalogue & Review, London 1930, S. 252).

17 Vgl. dazu auch folgenden ausschließlich der Präsentation von Küchen auf der Ideal Home Exhibition gewidmeten Zeitungsartikel: For your Ideal Home. Make a Good Start by Bringing your Kitchen Up to Date, in: Sunday Pictorial, 23 March 1930, S. 23.

[18] Kasturi ist ein Gewürz, das aus der Kurkuma-Pflanze gewonnen wird und in der indischen Küche für ein Dessert aus Milch und Zucker verwendet wird (vgl. Curcuma aromatica, in: Wikipedia, https://en.wikipedia.org/wiki/Curcuma_aromatica, letzter Zugriff: 10.03.2025).

[19] Unter der österreichischen Bezeichnung „Strapazschuh" oder „Strapazierschuh" versteht man einen besonders belastungsfähigen und haltbaren Schuh (vgl. Duden, https://www.duden.de/rechtschreibung/Strapazierschuh, letzter Zugriff: 10.03.2025).

[20] Andere Bezeichnung für einen Bowler oder eine Melone; es handelt sich dabei um einen eleganten Hut, der nachmittags getragen wurde (vgl. Museumsmanagement Niederösterreich, https://www.noemuseen.at/dipkatalognoemuseen/objekt-detail/catalog/hut-bowler-aeltester-fraenkel-hut-138408/, letzter Zugriff: 10.03.2025).

[21] Gemeint sind Oberst Rudolf Ritter von Schlachta (1869–1935) und Feldmarschallleutnant Heinrich Ströhr von Ostwehr (1863–1945), die Rudolf Slezak von der Wiener Neustädter Vereinigung ehemaliger Offiziere, in der er aktiv ist, kennt. Heinrich Ströhr erlangte auch als Maler und Radierer von Wiener Neustädter Ansichten Bekanntheit und wurde 1929 zum Vorstand der Wiener Neustädter Kunstgemeinschaft gewählt (vgl. Wr.-Neustädter Kunstgemeinschaft, in: Wiener Neustädter Zeitung, 19. Oktober 1929, S. 4).

[22] Vgl. die Notiz *Nobilitierung* in der Rubrik *Tages-Neuigkeiten*, in: Wiener Neustädter Zeitung, 24. Juni 1914, S. 2.

[23] Vgl. The Ala Story Collection of the Santa Barbara Museum of Art, Santa Barbara 1971, S. 5–8. Aus dieser Publikation wurden auch die Informationen für ihren Eintrag in Wikipedia übernommen (vgl. Ala Story, in: Wikipedia, https://en.wikipedia.org/wiki/Ala_Story, letzter Zugriff: 14.03.1025).

[24] Auch hier hat sich ein Fehler in ihre „offizielle" Biografie eingeschlichen: In dieser steht, dass besagte Van-Gogh-Ausstellung in der Secession stattfand, was jedoch nicht korrekt ist (vgl. ebd., S. 5).

[25] Vgl. Beaux Arts Gallery, in: Wikipedia, https://en.wikipedia.org/wiki/Beaux_Arts_Gallery, letzter Zugriff: 12.03.2025.

[26] Auskunft von Michael Hölters vom Wiener Werkstätte Archiv im Museum für angewandte Kunst Wien in einem E-Mail an die Autorin vom 11. März 2024.

[27] „The idea of holding the exhibition was first suggested to me by one of my secretaries, miss Ala von Heyszl [...]." (Frederick Lessore: Foreword, in: Exhibition of Modern Viennese Handicrafts, Katalog der Ausstellung in der Beaux Arts Gallery vom 4. 12. 1929 – 4. 1. 1930, London 1929, unpaginiert).

[28] Georg Albert von Franckenstein war als *Austrian Minister to the Court of St. James's*, so der offizielle Titel, von 1920 bis 1938 diplomatischer Repräsentant der Republik Österreich in London (vgl. Georg von Franckenstein: Facts and Features of my Life, London 1939, S. 219).

[29] Notiz in der Rubrik *Kleine Chronik*, in: Neue Freie Presse, 5. Dezember 1929, S. 7.

[30] Vgl. Viennese Crafts, in: The Daily Mirror, 6 December 1929, S. 24.

[31] Andreas Brunner: Lesbische Netzwerke im Exil, in: Lambda Nachrichten, Heft 172, 2017, S. 46–48, hier S. 47.

[32] Vgl. Mike Day: A Short History of the National Union of Students 1922–2011, https://de.scribd.com/document/249867940/A-Short-History-of-NUS-Illustrated, letzter Zugriff: 03.01.2025.

[33] Vgl. New Students' Headquarters, in: The Yorkshire Post, 26 June 1925, S. 8.

[34] Vgl. Rush of Students. Boarding Problems for Foreigners, in: The Daily News and Westminster Gazette, 08 October 1929, S. 6.

[35] Vgl. die schmale Broschüre über die Students' Headquarters in London, die 1926 von The National Union of Students of the Universities and University Colleges of England and Wales herausgegeben wurde.

[36] Vgl. London's Care for Students Visitors, in: The Daily Mirror, 13 March 1930, S. 16.

[37] National Union of Students, in: Surrey Mirror and County Post, 14 June 1929, S. 10.

[38] Vgl. For Vacation, in: Edinburgh Evening News, 26 May 1930, S. 3; Three Thousand Guests, in: The Daily Mail, 08 March 1930, S. 3.

[39] Vgl. International Students House, London, in: Wikipedia, https://en.wikipedia.org/wiki/International_Students_House,_London, letzter Zugriff: 15.03.2025.

[40] Vgl. Lonely Foreign Students, in: The Daily News, 28 December 1927, S. 8.

[41] Vgl. For the Student in London, in: The Daily Chronicle, 14 July 1925, S. 15; Peace among Nations, in: Western Daily Press, 26 March 1927, S. 10.

[42] Vgl. Lonely Foreign Students, in: The Daily News, 28 December 1927, S. 8.

[43] Vgl. Von ‚Black Vienna' kaum eine Spur, Interview mit Walter Sauer, in: Wien Museum Magazin, https://magazin.wienmuseum.at/afrooesterreicherinnen-im-wien-der-zwischenkriegszeit, letzter Zugriff: 03.01.2025.

[44] „Pracken" ist ein umgangssprachlicher Ausdruck aus Österreich, der „klopfen" bzw. „schlagen" bedeutet (vgl. Wiktionary, https://de.wiktionary.org/wiki/pracken, letzter Zugriff: 03.03.2025).

[45] Gemeint sind Schuhe aus Eidechsen- und Krokodilleder.

[46] Aus dem Englischen übernommene Bezeichnung für einen gestrickten Pullover.

[47] Vgl. folgende erste Ankündigungen des Apparates: The Photomaton Arrives, in: The Daily News and Westminster Gazette, 16 February 1928, S. 5; New Phase of Photography, in: Western Mail, 17 February 1928, S. 10; The Latest Photographic Wonder, in: The Sphere, 25 February 1928, S. 301.

[48] Rapid Portraiture Revolutionised, in: The Illustrated London News, 25 February 1928, S. 301.

[49] Photomaton, in: The Daily Mirror, 12 March 1928, S. 10.

[50] In diversen Zeitungen tauchen ab Ende März 1928 fünf verschiedene Annoncen auf, die von der Betreiberfirma des Photomaton selbst geschaltet werden und über die verschiedenen Aspekte dieser fotografischen Neuheit informieren; vgl. The Photomaton n° 1, in: The Daily News and Westminster Gazette, 27 March 1928, S. 11; Photomaton n° 2 – Birth of an Industry, in: The Daily Mirror, 28 March 1928, S. 23; Photomaton n° 3 – Giving you yourself, in: The Daily Mirror, 29 March 1928, S. 14; Photomaton n° 4, in: The Daily Chronicle, 30 March 1928, S. 11; Photomaton n°5, in: Sunday Mirror, 01 April 1928, S. 10.

[51] Vgl. Where to Get Your Strips, in: The Daily Mirror, 30 June 1928, S. 25.

[52] Der erwähnte Artikel befindet sich in: The New Statesman, 19 October 1929, S. 44.

[53] Crisis nearer in Austria, in: Daily Herald, 23 October 1929, S. 1.

[54] Vgl. Bundesregierung Schober III, in: Wikipedia, https://de.wikipedia.org/wiki/Bundesregierung_Schober_III, letzter Zugriff: 04.03.2025.

[55] Karl Seitz war von 1920 bis 1934 Vorsitzender der Sozialdemokratischen Arbeiterpartei und von 1923 bis 1934 Bürgermeister von Wien. In dieser Funktion war er maßgeblich für das Stadtmodernisierungsprogramm des Roten Wien mit seinen zahlreichen ikonischen Bauten verantwortlich.

[56] Die Frauenhilfsgruppe des Heimatschutzes schaltet in den *Wiener Neustädter Nachrichten* Aufrufe zur Weihnachtssammelaktion (vgl. u. a. Aus der Heimatschutzbewegung, in: Wiener Neustädter Nachrichten, 26. Oktober 1929, S. 5). Frauenortsgruppen der Heimwehr wurden meines Wissens nach gegen Ende des Jahres 1928 gegründet. Ab diesem Zeitpunkt lassen sie sich jedenfalls durch Erwähnungen in Tageszeitungen belegen (vgl. u. a. Heimatschutzweihnachten in Kapfenberg, in: Grazer Tagblatt, 30. Dezember 1928, S. 16; Frauenortsgruppe Mürzzuschlag, in: Grazer Tagblatt, 23. April 1929, S. 6).

57 Zu den Vorfällen am 1. Dezember 1929 siehe die – naturgemäß in ihrer Einschätzung diametral gegensätzlichen – Berichte in folgenden Wiener Neustädter Zeitungen: Ein Sonntag im Zeichen der roten Gewalt, in: Wiener Neustädter Zeitung, 7. Dezember 1929, S. 1 f.; Die Heimwehrschande von Wr.-Neustadt, in: Gleichheit. Sozialdemokratisches Organ, 6. Dezember 1929, S. 3; Wüste Ausschreitungen roter Gewalttäter in Wiener Neustadt, in: Wiener Neustädter Nachrichten, 7. Dezember 1929, S. 1 f. Anlass für die Ausschreitungen war ein Aufmarschieren der Musikkapelle des Heimatschutzes in der Innenstadt, durch das sich die Anhänger:innen der sozialdemokratischen Partei provoziert fühlten.

58 Hilde kann hier nur Rhododendren meinen.

59 Vgl. White City Stadium, in: Wikipedia, https://de.wikipedia.org/wiki/White_City_Stadium, letzter Zugriff: 15.03.2025.

60 Unter einem „Pülcher“ versteht man in Österreich einen halbstarken Mann, der sich mit Tricks und Kleinkriminalität anstatt durch Arbeit durch das Leben zu schlagen weiß (vgl. Pülcher, in: ÖsterreichWiki, https://oesterreichwiki.org/wiki/Pülcher, letzter Zugriff: 13.03.2025). Er gehört zum Repertoire der Wiener Typen.

61 Vgl. Allen Eyles und Keith Skone: London's West End Cinemas, Sutton 1991, S. 57 ff.

62 Vgl. Ken Roe: Davis Cinema, in: Cinema Treasures, https://cinematreasures.org/theaters/29092, letzter Zugriff: 05.03.2025.

63 Im Vorlesungsverzeichnis der Technischen Hochschule in Wien für das Studienjahr 1929/30 findet sich der Hinweis auf ein „Zellstoff- und Papierpraktikum“ am Institut für chemische Technologie organischer Stoffe beziehungsweise inkludierte das Fach Mechanische Technologie auch die Papierfabrikation. Für diese beiden Lehrveranstaltungen wurde 1924 eine eigene Honorardozentur für „Chemie und Technologie der Zellulose und des Papiers“ eingerichtet. Ich bedanke mich sehr herzlich bei Alexandra Wieser vom Archiv der Technischen Universität Wien, die mich bei der Frage nach dem landläufig als „Papierkurs“ bezeichneten Lehrangebot sowie nach den Inskriptionsvoraussetzungen mit ihrem Wissen auf überaus hilfsbereite Weise unterstützt hat.

64 Der erwähnte Betrag von 105 österreichischen Schilling entspricht laut Historischem Währungsrechner der Oesterreichischen Nationalbank knapp 470 Euro im Jahr 2025 (vgl. https://finanzbildung.oenb.at/docroot/waehrungsrechner, letzter Zugriff: 18.04.2025).

[65] Vgl. Court Hair and Feathers, in: Sheffield Daily Telegraph, 01 May 1930, S. 6; On Being Presented, in: Dundee Courier, 02 May 1930, S. 11; Royal Courts in Byegone Days, in: The Sheffield Daily Independent, 06 May 1930, S. 9; The Season's Court Gowns, in: Daily Chronicle, 07 May 1930, S. 15; Gowns for Court, in: The Graphic, 10 May 1930, S. 308; What Happens at a Royal Court, in: Dundee Courier, 12 May 1930, S. 6; The Queen's Gown, in: Sheffield Daily Telegraph, 12 May 1930, S. 4; As I See Life. Dresses for To-night Courts, in: The Daily Mirror, 14 May 1930, S. 18; First Court of Season, in: The Evening Chronicle, 14 May 1930, S. 9.

[66] Vgl. Avoiding the Mall, in: The Sheffield Daily Independent, 14 May 1930, S. 6.

[67] Vgl. Brilliant Scenes at Royal Court, in: The Evening News, 15 May 1930, S. 6; First Court of the Season, in: The Scotsman, 15 May 1930, S. 11; Royal Court Splendour, in: Liverpool Daily Post, 15 May 1930, S. 9; Debutantes and the Crowds, in: Birmingham Gazette, 15 May 1930, S. 1; Debutantes' Queue, in: Daily Herald, 15 May 1930, S. 9 und S. 16; 400 Happy Girls at their First Court, in: Daily Chronicle, 15 May 1930, S. 1 f. und S. 16.

[68] In Österreich gebräuchliches veraltetes Schimpfwort für einen einfältigen, dummen Menschen, vgl. Digitales Wörterbuch der deutschen Sprache, https://www.dwds.de/wb/Schöps, letzter Zugriff: 10.03.2025.

Gerhard Geissl

Wiener Neustadt 1900 – 1930 – 1965

Eine Stadt- und Wirtschaftsgeschichte über drei Generationen

[1] Vgl. Die Verwaltung der k. k. Stadt Wiener Neustadt in den Jahren 1897–1901, Wiener Neustadt 1902, S. 19; Die Verwaltung der k. k. Stadt Wiener Neustadt in den Jahren 1907–1911, Wiener Neustadt 1913, S. 30.

[2] Vgl. Bodo Fritz: Wiener Neustadt. Ein Überblick über die Bevölkerungsbewegung und Herkunft der Bevölkerung, in: Festschrift zum hundertjährigen Bestand des Vereins für Landeskunde von Niederösterreich und Wien (Jahrbuch für Landeskunde von Niederösterreich 36/2), 1964, S. 926–941, hier S. 928.

[3] Vgl. Sylvia Hahn und Karl Flanner: ‚Die Wienerische Neustadt'. Handwerk, Handel und Militär in der Steinfeldstadt, Wien/Köln/Weimar 1994, S. 168 ff.

[4] Vgl. Marcus Zelezny: Aviatik in Wiener Neustadt 1909–1912. Geschichte auf Postkarten, Salzburg 2022; Der Kaiser auf dem Wr.-Neustädter Flugfelde, in: Das interessante Blatt, 22. September 1910, S. 12 f.

5 Vgl. Gerhard Geissl: Die militärisch-industrielle Vernetzung im Kraftfahrwesen 1909 bis 1918. Eine fortschrittsfördernde Verbindung, dargestellt am Beispiel der Österreichischen Daimler Motorenwerke, Dissertation Universität Wien 2002, S. 249 ff.

6 Vgl. Fritz: Wiener Neustadt, S. 929.

7 Vgl. Ernst Wurm und Erwin Stöcklmayer: Industrie im Raum Wiener Neustadt. Unternehmensschicksale in drei Jahrhunderten (Schriftenreihe der Handelskammer Niederösterreich 9), Wien 1970, S. 41; Karl Flanner und Richard Kuser: Am fließenden Eisen. Die Geschichte der Radiatorenfabrik in Wiener Neustadt, Wiener Neustadt 1987, S. 15.

8 Vgl. Georg Schwalm-Theiss: Theiss & Jaksch. Architekten 1907–1961, Wien 1986, S. 13, 42, 44, 53 und 131 ff.

9 Vgl. Walter Edelbauer: Anton Ofenböck. Bürgermeister von Wiener Neustadt 1918–1934, Wiener Neustadt 1987, S. 114.

10 Vgl. Leopold Kammerhofer: Niederösterreich zwischen den Kriegen. Wirtschaftliche, politische, soziale und kulturelle Entwicklung von 1918 bis 1938, hg. v. Niederösterreich-Fonds, Baden 1987, S. 189.

11 Die Wiener Neustädter Lokalzeitungen berichteten jeweils aus Sicht ihrer Klientel über die Ereignisse am 7. Oktober 1928. Siehe: Der 7. Oktober 1928, in: Wiener Neustädter Zeitung, 13. Oktober 1928, S. 1 f.; Der Aufmarsch der Bürger, Bauern und Arbeiter. Ein Markstein in der Geschichte Deutschösterreichs, in: Wiener Neustädter Nachrichten, 13. Oktober 1928, S. 1 f.; Ein Tag des Stolzes, des Triumphs!, in: Gleichheit. Sozialdemokratisches Organ, 12. Oktober 1928, S. 1 ff.

12 Vgl. Werner Sulzgruber: Die sterbende Stadt. Vom Leben in Wiener Neustadt 1933 bis 1938, Wiener Neustadt 2006, S. 76.

13 Vgl. Gerhard Geissl: Wiener Neustadt – Geschichte einer bewegenden Stadt, Berndorf 2019, S. 223 ff.

14 Heinrich Zwittkovits: Vom privaten Mädchenlyzeum zum modernen (Real-)Gymnasium – Ein Jahrhundert Gymnasium Zehnergasse (seit 1914), in: 100 Jahre Gymnasium Zehnergasse Wiener Neustadt, hg. v. Schulverein Vital4Brain Bundesgymnasium Wiener Neustadt Zehnergasse, Wiener Neustadt 2014, S. 18.

15 Vgl. Adressbuch für den Stadtbezirk Wiener Neustadt 1930, Wiener Neustadt 1930, S. 26.

Tanja Schwan
London via Brief – A Room of One's Own?
Eine kulturpoetische Lektüre mit Virginia Woolf

1 Virginia Woolf: Ein Zimmer für sich allein, aus dem Englischen übersetzt, mit Anmerkungen und Nachwort von Axel Monte, Stuttgart 2012, S. 123 f. – Alle nachfolgenden Belegstellen aus diesem Primärwerk werden im Fließtext mit der Sigle EZ unter Angabe der Seitenzahl in Klammern zitiert.

2 Michaela Holdenried: Brief/Briefkultur, in: Metzler Lexikon Gender Studies/Geschlechterforschung. Ansätze – Personen – Grundbegriffe, hg. von Renate Kroll, Stuttgart/Weimar 2002, S. 44 f., hier S. 44 (im Original heißt es abgekürzt: „B.-schreiberinnen").

3 Österreich, Deutschland: 1918; Großbritannien: 1918 ab 30 Jahren, 1928 ab 21 Jahren.

4 Silvia Bovenschen: Die imaginierte Weiblichkeit. Exemplarische Untersuchungen zu kulturgeschichtlichen Präsentationsformen des Weiblichen, Frankfurt a. M. 1979.

5 Holdenried: Brief/Briefkultur, S. 44.

6 Margarete Zimmermann: Madame de Sévigné (1626–1696), in: dies./Roswitha Böhm (Hg.): Französische Frauen der Frühen Neuzeit. Dichterinnen, Malerinnen, Mäzeninnen, Darmstadt 1999, S. 185–197, hier S. 190.

7 Weiterführend zur Psychodynamik zwischen Mutter und Tochter in der Sévigné-Korrespondenz siehe Annette Runte: ‚Verbriefte Passion'. Zu Madame de Sévignés epistolärer Zerstreuung, in: Tobias Lachmann (Hg.): Ästhetik und Politik der Zerstreuung, Paderborn 2021, S. 287–312.

8 Virginia Woolf: Madame de Sévigné, in: dies.: Der Tod des Falters. Essays, nach der englischen Ausgabe von Leonard Woolf hg. von Klaus Reichert, Deutsch von Hannelore Faden, Frankfurt a. M. 1997, S. 50–57, hier S. 52.

9 Ebd., S. 52 f.

10 Jana Kittelmann: Madame de Sévigné und ihre Erb*innen, in: Marie-Isabel Matthews-Schlinzig et al. (Hg.): Handbuch Brief. Von der Frühen Neuzeit bis zur Gegenwart, Band 2: Historische Perspektiven – Netzwerke – Zeitgenossenschaften, Berlin/Boston 2020, S. 826–833, hier S. 826.

11 Renate Stauf: Zwischenräume: Briefpartnerschaften, Medien und Materialien, in: Jennifer Clare et al. (Hg.): Schreibprozesse im Zwischenraum. Zur Ästhetik von Textbewegungen, Heidelberg 2018, S. 111–114, hier S. 111.

12 Toni Tholen/Jennifer Clare: Zwischenräume: Leben und Schreiben, in: ebd., S. 27–30, hier S. 29.

13 Zur Gattungsdiskussion siehe Maren Lickhardt: Irmgard Keuns Romane der Weimarer Republik als moderne Diskursromane, Heidelberg 2009, Kapitel 2.

14 Siegfried Kracauer: Die kleinen Ladenmädchen gehen ins Kino (1927), in: ders.: Das Ornament der Masse. Essays, Frankfurt a. M. 1977, S. 279–294, hier S. 279.

15 Irmgard Keun: Gilgi, eine von uns, Düsseldorf 1979, S. 22.

16 Ebd., S. 125.

17 Jennifer Clare et al.: Vorwort, in: diess. (Hg.): Schreibprozesse im Zwischenraum. Zur Ästhetik von Textbewegungen, Heidelberg 2018, S. 7–9, hier S. 7.

18 So Ingo Breuer: Reisebriefe, in: Marie-Isabel Matthews-Schlinzig et al. (Hg.): Handbuch Brief. Von der Frühen Neuzeit bis zur Gegenwart, Band 1: Interdisziplinarität – Systematische Perspektiven – Briefgenres, Berlin/Boston 2020, S. 611–630, hier S. 615 (Hervorhebung im Original), über diese literaturwissenschaftlich noch kaum klassifizierte „semi-literarische Gattung" (ebd., S. 627).

19 Stephen Greenblatt: Grundzüge einer Poetik der Kultur, in: ders.: Schmutzige Riten. Betrachtungen zwischen Weltbildern, Berlin 1991, S. 107–122.

20 Roland Barthes: Der Tod des Autors, in: Fotis Jannidis et al. (Hg.): Texte zur Theorie der Autorschaft, Stuttgart 2000, S. 185–193, hier S. 189.

21 Ebd., S. 190.

22 Holdenried: Brief/Briefkultur, S. 44.

Christina Natlacen
Bilder aus der Ferne für die Heimat
Eine kleine Geschichte privater Gebrauchsweisen der Fotografie auf Reisen

1 So bei Cord Pagenstecher, der in diesem Zusammenhang auch den ersten Reiseführer von Karl Baedeker aus dem Jahr 1842 erwähnt (vgl. ders.: Der bundesdeutsche Tourismus. Ansätze zu einer Visual History. Urlaubsprospekte, Reiseführer, Fotoalben 1950–1990, Hamburg 2003, S. 25).

2 Vgl. Timm Starl: Knipser. Die Bildgeschichte der privaten Fotografie in Deutschland und Österreich von 1880 bis 1980, München/Berlin 1995, S. 95 f.

3 Vgl. John Tagg: A Democracy of the Image. Photographic Portraiture and Commodity Production, in: ders.: The Burden of Representation. Essays on Photographs and Histories, Minneapolis 1988, S. 34–59, hier S. 37.

4 Dr. E. H–n. [Emanuel Herrmann]: Ueber eine neue Art der Correspondenz mittelst der Post, in: Neue Freie Presse, 26. Januar 1869 (Abendblatt), o. S.

[5] Vgl. Timm Starl und Eva Tropper: Identifizieren und Datieren von illustrierten Postkarten, Wien 2014, S. 13 f.

[6] Diese Entwicklung zeichnet Eva Tropper kenntnisreich nach (vgl. dies.: Bild/Störung. Beschriebene Postkarten um 1900, in: Fotogeschichte, Heft 118, 2010, S. 5–16).

[7] Vgl. Sándor Békési: Die topographische Ansichtskarte. Zur Geschichte und Theorie eines Massenmediums, in: Relation. Beiträge zur vergleichenden Kommunikationsforschung, Heft 1, 2004, doi: 10.1553/relation1s403, S. 403–426, hier insbesondere S. 403 und S. 414.

[8] Vgl. Starl: Knipser, S. 98.

[9] Vgl. Martina Mettner: Amateurfotografie. Reise und Urlaub im Bild des Touristen, in: Klaus Pohl (Hg.): Ansichten der Ferne. Reisephotographie 1850 – heute, Ausstellungskatalog Deutscher Werkbund, Gießen 1983, S. 151–184, hier S. 156.

[10] 1900 erschien mit der Kodak Brownie die erste Kodak-Kamera, die aufgrund ihres günstigen Preises überaus populär wurde. Kodak arbeitete aber schon länger an der Vermittlung der Knipserfotografie an die breite Masse: 1888, im Jahr des Erscheinens der Original Kodak, wurde der erfolgreiche Verkaufsslogan „You press the button, we do the rest!“ erfunden, der den Amateuren die Einfachheit des Fotografierens nahelegte. Auch Frauen sollten adressiert werden: In den ersten zwei Jahrzehnten des 20. Jahrhunderts wurde mit dem Kodak-Girl geworben, das den modernen Typus Frau verkörperte, zu dessen Hobbys das Fotografieren zählte (vgl. Douglas Collins: The Story of Kodak, New York 1990, siehe insbesondere S. 46, 97 und 156 f.).

[11] Lori Fogarty: Foreword, in: Douglas R. Nickel: Snapshots. The Photography of Everyday Life. 1888 to the Present, Ausstellungskatalog San Francisco Museum of Modern Art, San Francisco 1998, S. 7–8, hier S. 7.

[12] Vgl. Christina Natlacen: ‚Jeder sein eigener Filmstar‘. Private Fotografien als Spiegel öffentlicher Schauspielerporträts im Berlin der 1920er Jahre, in: Rundbrief Fotografie, Heft 1, 2015, S. 16–25, hier S. 21.

[13] Vgl. Mettner: Amateurfotografie, S. 156.

[14] Laut Cord Pagenstecher steigt zwischen 1960 und 1975 der Anteil am Fotografieren im Urlaub von 57 auf 83 Prozent, während jener in der Freizeit von 19 auf 4 Prozent sinkt (vgl. Pagenstecher: Der Bundesdeutsche Tourismus, S. 261).

[15] Vgl. Hans Magnus Enzensberger: Eine Theorie des Tourismus, in: ders.: Einzelheiten I. Bewußtseins-Industrie, Frankfurt a. M. 1962, S. 179–205, hier S. 196.

[16] Vgl. Mettner: Amateurfotografie, S. 173.

[17] Birgit Mandel: Wunschbilder werden wahr gemacht. Aneignung von Urlaubswelt durch Fotosouvenirs am Beispiel deutscher Italientouristen der 50er und 60er Jahre, Frankfurt a. M. 1996, S. 212.

[18] Vgl. Pagenstecher: Der Bundesdeutsche Tourismus, S. 269.

[19] Ebd., S. 270.

[20] Vgl. Martha Langford: Suspended Conversations. The Afterlife of Memory in Photographic Albums, Montreal & Kingston/London/Chicago, 2008.

[21] Vgl. Matic Broz: Photo Statistics: How Many Photos are Taken Every Day?, in: Phototutorial, 6. Dezember 2024, https://phototutorial.com/photos-statistics/, letzter Zugriff: 03.01.2025.

„Schrecklich viel gesehen“
Meine Mutter Christl im Sommer 1967 in London

[1] Vgl. Sabine Bode: Nachkriegskinder. Die 1950er Jahrgänge und ihre Soldatenväter, Stuttgart 2022. Für diesen Hinweis danke ich Saskia Haag.

[2] Vgl. den Historischen Währungsrechner der Oesterreichischen Nationalbank, https://finanzbildung.oenb.at/docroot/waehrungsrechner, letzter Zugriff: 18.04.2025.

[3] Vgl. ebd.

[4] Diese Regelung wurde in den 1980er-Jahren von der konservativen Regierung aus Spargründen zurückgenommen, gilt aber kraft eines Beschlusses der Labour-Regierung wieder seit dem Jahr 2001.

[5] Vgl. Mary Quant, in: Wikipedia, https://en.wikipedia.org/wiki/Mary_Quant, letzter Zugriff: 13.03.2025.

[6] Vgl. The Long and the Short of Ascot, in: The Illustrated London News, 01 July 1967, S. 21.

[7] Wienerische Bezeichnung für männliche Mitglieder jugendkultureller Gruppen, die als Protest gegen das Establishment bestimmten Musikrichtungen anhingen und an ihren langen Haaren erkennbar waren. Der Begriff wurde während der NS-Herrschaft geprägt (vgl. Schlurf, in: Wien Geschichte Wiki, https://www.geschichtewiki.wien.gv.at/Schlurf, letzter Zugriff: 10.03.2025).

[8] Vgl. Pyjama Game, in: The Illustrated London News, 01 July 1967, S. 27.

[9] Vgl. Incense in the Park, in: The Illustrated London News, 22 July 1967, S. 9.

[10] Vgl. National Students' Union, in: The Devon and Exeter Gazette, 23 January 1930, S. 3.

1 Vgl. Ernst Ludwig Petritsch: Hildegard (Hilda) Petritsch, unveröffentlichtes Typoskript im Umfang von 8 Seiten.

2 Die erwähnte Präsentation des 2022 erschienenen Buches fand am 25. April 2023 im Wiener Kulturverein Aktionsradius in Form einer Autorenlesung statt.

3 Erich Kästner: Über das Verbrennen von Büchern, Atrium Verlag AG, Zürich 2013, S. 25.

4 Angela Christian Cleeves, in: Commonwealth War Graves Commission, https://www.cwgc.org/find-records/find-war-dead/casualty-details/3135289/angela-christian-cleeves/, letzter Zugriff: 12.03.2025.

5 Am 10. Juni 1967 wurde in Wiener Neustadt die von der Arbeiterkammer organisierte Ausstellung *Nie Wieder. Verbrechen des Faschismus* eröffnet, die vorher bereits in verschiedenen Städten Österreichs zu sehen war (vgl. Jetzt in Wiener Neustadt: Ausstellung ‚Nie wieder', in: Der neue Mahnruf, Heft 7/8, Juli 1967, S. 5). Einen Eindruck von der Ausstellung vermittelt die begleitende Broschüre: Fritz Koppe: Nie wieder. Verbrechen des Faschismus, hg. v. der Kammer für Arbeiter und Angestellte für Wien, Wien [1966].

6 Avi Primor und Christiane von Korff: An allem sind die Juden und die Radfahrer schuld. Deutsch-jüdische Missverständnisse, München/Zürich 2010, S. 9.

Biografien der Autor:innen

Julia Festman, Ph.D., habil., ist seit 2017 Hochschul-Professorin für Mehrsprachigkeit und Leiterin des Bundesschwerpunkts Fachdidaktik Deutsch in der Primarstufe an der Pädagogischen Hochschule Tirol in Innsbruck. Sie hat Lehramt für Gymnasium an der Otto-Friedrich-Universität Bamberg studiert, an der Humboldt-Universität zu Berlin ihren Magister gemacht, in Israel promoviert und an der Universität Potsdam habilitiert. Längere Auslandsaufenthalte waren neben dem Promotionsstudium in Israel ein Postdoc-Aufenthalt in Großbritannien (Universität Exeter) und die Fremdsprachenassistenz in Frankreich (Lille). Sie forscht und publiziert seit vielen Jahren zu Mehrsprachigkeit, Sprach(en)erwerb und Sprach(en)lernen.

Gerhard Geissl, Dr. phil., Studium der Geschichte und Politikwissenschaft an der Universität Wien, Dissertation über die Österreichische Daimler Motoren AG (2002). Von 1998 bis 2010 im Industrieviertel-Museum beschäftigt. Seit 1999 als Archivar und Historiker im Stadtarchiv von Wiener Neustadt tätig. Zu den Hauptaufgaben zählen die Archivagenden, die Organisation und Durchführung einer Vortragsreihe sowie die Denkmalpflege. Autor mehrerer Texte zur Industriegeschichte, Stadtgeschichte und den lokalen Denkmälern im Rahmen der Publikationsreihe des Industrieviertel-Museums, den Blättern des Wiener Neustädter Denkmalvereins *Unser Neustadt* und anderen Zeitschriften. Eigenständige Publikationen: *Denkmäler in Wiener Neustadt – Orte des Erinnerns* (2013), *Wiener Neustadt – Geschichte einer bewegenden Stadt* (2019) und *Wiener Neustadts grünes Juwel. Von der Wehranlage zum Stadtpark* (2022).

Li Gerhalter, Dr.^{in} phil., forscht und lehrt als Historikerin im Rahmen ihrer Position als Senior Scientist für Frauen- und Geschlechtergeschichte mit Schwerpunkt Selbstzeugnisforschung und -sammlung am Institut für Geschichte der Universität Wien, wo sie auch die wissenschaftliche Leiterin der Sammlung Frauennachlässe ist. Ihre Forschungsschwerpunkte sind neben der Selbstzeugnisforschung (mit einem Schwerpunkt auf Tagebüchern) und der Auto/Biografieforschung weiters die Forschungsgeschichte, die Freundinnenforschung, Erinnerungspraktiken und materielle Kulturen, Frauen- und Geschlechtergeschichte im 19. und 20. Jahrhundert sowie Sammel- und Archivierungspolitiken. Daneben ist Li Gerhalter die Administratorin des Wissenschaftsweblogs *Salon 21*.

Christina Natlacen, Dr.in phil., ist als Autorin, Universitätslektorin und Kritikerin im Bereich der Bildwissenschaften tätig. Nach einem Studium der Kunstgeschichte in Wien und Graz war sie an verschiedenen Universitäten tätig, u. a. an der Hochschule für Grafik und Buchkunst Leipzig, wo sie eine Juniorprofessur für Medien- und Kulturwissenschaften innehatte. Ihre Publikationen befassen sich vorrangig mit der Geschichte und Theorie der Fotografie, den privaten Gebrauchsweisen dieses Mediums, den Film- und Kulturwissenschaften sowie den Postcard Studies. Die Aufarbeitung von Briefen aus ihrer Familie stellt das erste Buchprojekt dar, bei dem keine visuellen Quellen, sondern private Textdokumente im Mittelpunkt stehen.

Tanja Schwan, Dr.in phil., lehrt und forscht im Bereich der Romanischen Literaturwissenschaft und Kulturstudien mit den Schwerpunkten Französistik und Italianistik am Institut für Romanistik der Universität Leipzig, wo sie 2008 mit einer Arbeit über *Geschlechterperformanzen im historischen Umbruch: Renaissance und Avantgarde* promoviert hat und seit 2014 die Aktivitäten des Interdisziplinären Forschungsseminars *Codierungen von Gender in der Romania* (CGR) koordiniert. Neben Sammelbänden und zahlreichen wissenschaftlichen Beiträgen zur medialen Inszenierung von Körper, Geschlecht, Affekten und Autorschaft publiziert sie regelmäßig auch kulturjournalistische Artikel u. a. für die Bayerische Staatsoper und das Staatsballett Berlin oder moderiert Lesungen zur Gegenwartsliteratur und -philosophie.

Karl Zillinger, Mag. phil., studierte nach der Absolvierung der Theresianischen Militärakademie in Wiener Neustadt Geschichte, Politikwissenschaft und Romanistik mit Ergänzungsstudium Rechtswissenschaften an der Universität Wien. Im Anschluss war er als Gewerbereferent der Stadt Wien und Bezirksrat in der Kulturkommission Wien-Floridsdorf tätig, bevor er sich zum Fremdenführer ausbildete. Seit 2000 ist er hauptberuflich selbstständiger Fremdenführer im In- und Ausland sowie Kulturvermittler in zahlreichen Museen und bei Landesausstellungen. Autor mehrerer Bücher mit historischem und kulturwissenschaftlichem Hintergrund wie *Wien-Donaustadt, Weihnachten in Wien, Wiener Straßenleben, Salzburger Weihnacht* und verschiedener Artikel zu sozialen, militärhistorischen und zeitgeschichtlichen Themen. Weitere Informationen unter www.zillinger4vienna.at.

Das bei der Produktion dieses Buches entstandene CO_2 wurde durch die Finanzierung von Klimaschutzprojekten kompensiert.

Die Arbeit am Manuskript bzw. die Drucklegung dieses Buches wurden gefördert von:

Die Projektträgerschaft wurde freundlicherweise übernommen vom Soroptimist International Club Wiener Neustadt Maria Theresia

ISBN 978-3-7013-1336-5

www.omvs.at
info@omvs.at

Otto Müller Verlag GmbH
Ernest-Thun-Straße 11
5020 Salzburg
Österreich

Lektorat: Christine Rechberger
Gestaltung: wir sind artisten
Fotografien: © Michael Reitter-Kollmann; S. 280 und S. 303: © Christina Natlacen
Autorinnenfoto: © Arne Reimer
Druck und Bindung: Florjančič Tisk D.o.o, Maribor